叢書・ウニベルシタス　1098

オーストリア文学の社会史

かつての大国の文化

ヴィンフリート・クリークレーダー
斎藤成夫 訳

法政大学出版局

Wynfrid Kriegleder
EINE KURZE GESCHICHTE DER LITERATUR IN ÖSTERREICH

Japanese edition published by arrangement
through the Sakai Agency, Tokyo.

日本語版への序

このたび『オーストリア文学の短い歴史』〔原題〕の日本語版が出ることになったのは、私にとって大きな喜びである。この本は当初二〇一一年にドイツ語版が出され、多くの読者にめぐまれたことで二〇一八年の第三版が可能になった。それがこの翻訳の基になっている。

この翻訳によって、本書はオーストリアの文学に関する情報をドイツ語以外で得ようという、さらに多くの読者層を得ることになろう。私にとって重要なこうした人たちは、通常多くの国や言語で存在しているドイツ文学史を頼りにしているものだ。しかしそこではたいがい、オーストリアの文学はドイツ文学の一部として記述されている。これに対して、オーストリアの視点をもった文学史を著すことが、私にとっては重要だった。

それは国粋主義的なオーストリア民族主義やオーストリアとドイツの差異の偏狭な誇張をもくろんだからではない。かといって、オーストリアの文学はドイツ文学研究がドイツの文学のために発展させてきた分類や時代区分で記述しうるものではない。神聖ローマ帝国内の狭隘な領国から、広大なハプスブルク帝国を経て、一九一八年以降の小さな共和国に至るオーストリアの歴史が、ドイツ史とはまったく異なる経過をたどってきたのと同様に、オーストリア文学はドイツのそれと異なる相貌を呈しているのである。

したがってこの本は中世の始まりから現在に至るオーストリアにおける文学の展開に関する文化史的な基礎をもつ初めての情報と理解される。〔原書の〕副題「人間・書物・制度」はその綱領を示すものだ。作家とその著作もさることながら、教育制度、流通状況、文学への政治の影響、時代ごとの文学活動の場といった文壇の制度的前提も問題にされることになる。その点でこの文学史は文化史的・社会史的視点を、伝統的なテクストそのものの重視に組み合わせている。というのも、この文学史はオーストリアの文学テクストを読むことへといざなうことを望んでいるのだから。

二〇一八年十一月、ウィーンにて

ヴィンフリート・クリークレーダー

オーストリア文学の社会史／目次

緒言

ドイツ文学史を書く者にとって、その対象に関する問題をかかえることなどはないだろう。そのことは少なくともゲオルク・ゴットフリート・ゲルヴィーヌス以来出され続けているあまたのドイツ文学史が示している。それはある時は数巻に及ぶ大著、またある時は一巻本の概説であり、ある時はあれやこれやの指導原理に従い、ある時は大家とその一回限りの作品にこだわり、そしてまたある時は文学活動の多面性に照準を合わせている。とはいうものの、「ドイツ」や「文学」それに「歴史」に関して理解されることがらは明確であろう。誰と何が属し、そして除外されるかは、いたって明解であろう。

最近のドイツ文学史も依然として、十九世紀中葉にドイツ文学史が好況を呈したときの一般に受け入れられた前提に当然のように従っていることは目をひく。それらは民族の、すなわちドイツの文学の歴史を物語ろうとしているのだ。つまりこの民族とは国家である、少なくともそうであるべきだということを出発点としている。そしてこの民族（とその文学）はその言語、つまりはドイツ語によって決定されることを前提としている。

この三つの前提には問題があるということは、少なくとも言及されてしかるべきだろう。言語と血筋による帰属という意味での「民族」という概念は、それが形成されるまでに長い曲折を経た後の、十九世紀の発明である。それまでの部族的・宗教的・地理的対象が突然廃棄され、すべてが同一の「民族」に属することになったのである。南ケルンテンの農民が、いまや突然リューベックの大商人と同じ民族的アイデンティティをもつことになったのだ——彼はドイツ人である、と。他方二軒ばかり離れた所に住んでいるスロヴェニア語を話す農民は、ケルンテンの人にとっていまや突然異邦人・他者、つまりはドイツ人ではないとされた。この民族的アイデンティティはさまざまな、とりわけ十九、二十世紀は生物学的な根拠に基づいていた。同じ（つまりドイツの）血が（トーマス・マンの文学的形象である）リューベックのヨハン・ブッデンブロークと、（ペーター・ローゼガーの文学的形象である）シュタイアーマルクにあるアルテンモースのヤーコプ・シュタインロイターの血管には流れているというのだ。

このように規定された民族が、政治的統一体、共通の国民国家も形成した——あるいは少なくとも形成すべきである、というのが第二の前提だった。共通の血によって規定される民族は、閉ざされた居住地域に生き、国家として域外の他者ばかりか域内の他者からも区別されるのであって、たとえ長期にわたってそこに居住していても、同じ民族の所属はただ血によって決まるというのである——たとえばユダヤ人はどこにも属さず、少数派に転落した者たちは異民族なのであって、他のどこかに自分の国をもっているか、もつべきだということになった。

同じ国に住む民族は、その国に——その国だけに——固有の共通の単一言語をもつ、というのが第三の前提だった。したがって国民言語による文学は、たとえそれが他所で書かれたとしても、定義からして国民文学なのであり、他の言語による文学は、たとえそれが国民国家の域内で書かれ読まれたとしても、国民文学ではない。ドイツ文学とはドイツ語で書かれたドイツ国民の文学なのである。

もちろんこの三つの前提は非常に疑わしいものであるが、それはドイツ文学史に限ったことではない。民族的帰属性という生物学的根拠は、二十一世紀になってまったく信用を失った——それは無数の民族虐殺と他民族差別を妨げなかった。それぞれの民族集団が固有の国家をもつべきだということは、それぞれの集団の地理的分布の錯綜性によって、少なくともヨーロッパでは不可能である——二十世紀における無数の民族浄化と放逐は、すべて民族的帰属性をその居住地と同一視したことに起因するものであった。単一言語が単一国家を決定するというのは、無根拠な観念であることが判明した。次第に弱体化していったのは、十九世紀に頂点をむかえた最有力の国家／国民言語による画一化だけではない。たいていの言語は多極的であることが判ってきた。ドイツ語・英語・フランス語はそれぞれ一つではない。さらに国民と言語の一体性ということももはや言えない。ドイツ語・英語・フランス語が話されている国は一つだけではない。もちろんアメリカ・カナダ・インド・南アフリカなどの英語文学はイギリス文学とは言えない。そしてオーストリアのドイツ語文学は、当然ドイツ文学ではない。

　ドイツ文学史の執筆者の多くは現在に至るまでこの微妙な違いを認識しようとはせず、オーストリアやスイスの文学をドイツ国民文学に組み入れ、せいぜいのところ「オーストリアの状況」について語るだけだった。しかし彼らがみずからに課した約束を破ってしまうことに言及せざるをえない場合が生じる。いわゆるドイツ（語）文学の歴史を書こうとしても、当然ガンダースハイムのロスヴィータやコンラート・ツェルティスなどラテン語で書いた作家がとりあげられることになってしまうのだから。それにいわゆるドイツ（語）文学の歴史を書こうとしても、「ワイマール共和国の文学」や「再統一の十年間」といった章題が必要になってくる——ドイツ国家史の政治的時代区分が当然ドイツ語文学にも有効であるかのように。

一方オーストリア文学の歴史を書こうとする者は、明らかに対象の規定という問題をかかえこむことになる。同僚の（たいていはドイツ人の）ドイツ文学者たちは、何の権利があって、そしてどういう根拠によって「ドイツ文学」という総体から「オーストリア文学」なる部分を切り取るのかという疑念でもって非難してくる。こうした議論に特徴的なのは、「ドイツ文学」の存在をあらかじめ当然のこととして想定していて、何の権利があって、そしてどういう根拠によって文学という総体から「ドイツ文学」なる部分を切り取るのかについて疑念をもたない点にある。しかしオーストリア文学とは何かという議論は、当然有効なのである。

本書はオーストリアにおける文学の歴史を叙述することでこうした問題を回避し、この文学の本質や独自性については論及しない。「オーストリア」の意味は時代の流れとともに、中世におけるドナウ河畔の小地域からハプスブルク家の広大な支配地域に至る変遷をとげてきた。ここでは最終的なオーストリア概念が用いられることになる。中世以来、今日のオーストリア共和国の領域で文学的視点からなされたもの、どのようなテクストが書かれたか、どんな文学活動がなされてきたか、どのような制度（中世の修道院から近代の出版社や雑誌、そして映画やテレビにいたるまで）がこの活動の担い手となってきたかが語られることになろう。すなわち、人と書物、そして制度が問題にされることになる。この文学史が提示する領域を構成した諸要素は、どの時代においても多かれ少なかれたがいに絡み合っていて、どの時代も多かれ少なかれ他の時代と絡み合っていた。この領域で書かれ、読まれたテクストは、当初は主にラテン語、そして後にはドイツ語が支配的だった。

中世のオーストリア公国からオーストリア第二共和国までの継続性を主張することには問題があろう。（文学）史家はこうした継続性が再三にわたって構築されたものだということを認識しなければならない――そして彼自身もこうした言説を書き継いでいるということを意識しておかなければならない。しかし多くのドイツ（文学）史家はハインリヒ一世（ドイツに詳しくない人への注：東フランク王（九一九―九三六）。皇帝オットー一世の父親）からドイツ連邦共和国までの継続性の創出にたいした問題はないと考えているのだから、オーストリアの歴史も少なくとも思考モデルとしては許容しうるはずである。領域は共通の記憶に基づいた集団的アイデンティティを創造する。そこから、オーストリアの場合、文学において連続性が生じるか、逆に断絶と不連続性がみとめられるかは、以下の叙述が示すことになろう。

したがってこの文学史は、今日のオーストリア共和国の領域を出発点とする。もちろんオーストリア共和国が成立したのは比較的最近のことである。当初は、ここで考察される地域はほとんど共通点をもたず、共通のアイデンティティはおそらく二十世紀になってようやく形成されたものと考えられる。しかしそれは以下の企てにとって問題にはならない。ここで数世紀にわたる時代を超えた「オーストリア的なるもの」を捉えるつもりはない。その代わりにこの地域で文学に関して起こったことがらが語られることになる。この地域は当初かなり非同質的であったが、その後次第にある種の同質性を形成するに至ったことが確認できる。

どういった作家がオーストリア文学の歴史に含まれるべきかは、非常に議論のある問題である。用いられた言語が規準になりえないのは明白である。もっとも重要な規準は、当該の人物がここであつかわれる地域に少なくとも比較的長期間いて、文学活動に関与していたかどうかである。期間の長さと関与の度合いという定義では、執筆者の主観的判断の要素は否定しえないであろう。こうした規準のもとでは、たとえばヴァルター・フォン・デア・フォーゲルヴァイデやコンラート・ツェルティス、それにエデン・フォン・ホルヴァートはここに含まれるが、ライナー・マリア・リルケやフランツ・カフカは除外されることになる。

この文学史はオーストリアにおける文学の歴史を語るヨーゼフ・ゲオルク・トスカーノ・デル・バナーの一八四九年に出されたトルソー『オーストリア諸邦のドイツ国民文学』(*Die deutsche Nationalliteratur der gesamten Länder der österreichischen Monarchie*)から、ヨハン・ヴィリバルト・ナーグル、ヤーコプ・ツァイドラー、エドゥアルト・カストレの記念碑的な『ドイツ＝オーストリア文学史』(*Deutsch-Österreichische Literaturgeschichte*／一八九九—一九三七)、エルンスト・ヨーゼフ・ゲルリヒのコンパクトな『オーストリア文学史概説』(*Einführung in die Geschichte der österreichischen Literatur*／一九四六)、ヨーゼフ・ナードラーの議論のある『オーストリア文学の歴史』(*Literaturgeschichte Österreichs*／一九四八)、さらにはヘルベルト・ツェーマンの『オーストリア文学史——中世の始まりから現在まで』(*Literaturgeschichte Österreichs: von den Anfängen bis zur Gegenwart*／一九九六)とツェーマンの未完の七巻本プロジェクト『オーストリアにおける文学の始まりから現在までの歴史』(*Geschichte der Literatur in Österreich von den Anfängen bis zur Gegenwart*／一九九四—)といったこれまでの試みの伝統につらなるものである。これは新たなパラダイムを打ち立てようというものではなく、これまで知られてきたものを整理し、伝統的なドイツ中心主義的文学史記述のほかに別の選択肢によるパースペクティヴを望むすべての人たちの情報への必要にこたえようというものである。

第一章

中世

後にオーストリアと呼ばれることになる地域で、中世初期から文学活動が行われていたことを考慮するならば、オーストリア文学史はこの時代に始まったということができよう。もちろん近世以前を「オーストリア」と呼ぶことについては疑問がのこるであろう。他方で、オーストリアの伝統を形づくっていく継続性について見逃すことはできないだろう。

第一節　中世初期／盛期——バーベンベルク時代

「オーストリア」

もちろん初めはまだ、オーストリアは存在していなかった。後にオーストリアと呼ばれることになる地域には聖界・世俗領主領が散在し、これらは数世紀を経ていくつかの領邦に収斂していくことになる。

これらの領主領の一つは実際に「オーストリア」といった――九九六年の古文書で「オスタリヒ(Ostarrichi)」なる名前に初めて言及がなされている。この呼称はドナウ河畔の小さな地域を指したもので、ここからその後ウィーンを中心とするオーストリアが目覚ましい発展を遂げていったのである。しかし長い間「オーストリア」は今日の連邦州のうちの上部オーストリアと低地オーストリアの一部を指したにすぎず、この地域はまずバーベンベルク家によって、そして一二八二年以降はハプスブルク家によって支配されることになった。シュタイアーマルクはバーベンベルクそして後にはハプスブルクと同君連合を組んでいたが、長い間きわめて独立的で重要な立場にあった。中世初期に大きな侯国だったケルンテンは、九七六年にはすでに公領となり、一三三五年に縮小されたかたちでハプスブルクの支配下に入った。ハプスブルクは一三六三年にチロルの一部を獲得したが、残りの部分はブリクセン〔現イタリア領ブレッサノーネ〕とトリエント〔同現トレント〕の司教が領有していた。一五二三年までにはフォアアルルベルクも漸次ハプスブルクの所領となった。かつてのザルツブルク大司教領はフランス革命後に初めてハプスブルク領となった――ヴォルフガング・アマデウス・モーツァルトは、厳密に言えばルートヴィヒ・ヴァン・ベートーヴェンと同様、オーストリア人とはいえない。それからブルゲンラントはかつてのハンガリー王国の一部であり、一九二一年になってようやくオーストリア第一共和国の一部となったのだった。

ハプスブルクはその長い歴史の中でさらに他の多くの国々――ボヘミア、ハンガリー、スペイン――を支配していた。これらはやはりオーストリア――オーストリアの家門という意味で――と呼ばれることもあった。狭義のオーストリア――後の共和国の領土――については、すでに支配者の家系がみずからの「世襲領」に共通のアイデンティティを創出しようと試みていたが、長い間成果を上げることができなかった。

中世における支配の複雑で頻繁な交代について、簡潔に概観してみよう。この地域は九世紀末にカロリング朝フランク王国の影響下に入った。ドナウ地域では九七六年にバーベンベルク辺境伯レオポルト一世が、メルク地方の狭い地域の君主として言及されている。バーベンベルク家はその後の時代、東に領土を広げ、後に聖人となった辺境伯レオポルト三世（一〇九五―一一三六）のもと、「叙任権闘争」など教皇と皇帝の対立の際に帝国政治に影響を及ぼす地位を占めるようになった。また婚姻によってシュタウフェン家やビザンティン皇帝家と姻戚関係を結んだ。ハインリヒ・ヤゾーミルゴットは宮廷をウィーンに移し、オーストリアは公領となり、一一五六年に「小特許状《プリヴィレギウム・ミヌス》」〔神聖ローマ皇帝フリードリヒ一世によって付与された特許状。オーストリアが公領となった〕によって種々の特権を付与された。一一九二年にバーベンベルク家は相続契約によってシュタイアーマルクを獲得した。レオポルト六世（一一九八―一二三〇）のもと、バーベンベルク家の権力はその頂点に達し、ウィーンは文化の中心となった。その後継者フリードリヒ好戦公は一二四六年のライタ川の戦いで倒れた。これによってバーベンベルク家の支配は終わりをつげた。大空位時代にボヘミア王プシェミスル・オッタカル二世が打ち立てた中央ヨーロッパ帝国には、オーストリアのほかケルンテンとシュタイアーマルクも含まれていたが、それをひき継いだのがハプスブルク家であった。後のスイス出身で一二七三年に皇帝に選出されたルードルフ・フォン・ハプスブルク伯は、一二八二年息子のアルブレヒト一世とルードルフにオーストリア諸邦を分封した。

ラテン語文献

当時の文学状況は、教会の領域においても父権的な貴族文化に特徴づけられている。教会機構はもっとも重要な文化の担い手であったため、当初は成立したての領邦よりも司教領の境界の方が重要であった。現在のチロルと北イタリアを含むトリエントとブリクセンの司教領とならんで、ザルツブルク大司教領とパッサウ司教領が存在し、これらはその領域を東へ拡大していった。パッサウは現在の上部および低地オーストリア州、ザルツブルク州、シュタイアーマルク州、ケルンテン州の大部分を含んでいた。九―十世紀の文学はラテン語による教会文学である。ドイツ語によるテクストは遺されてなく、口承文学に関しては憶測の域を出ない。後のオーストリア地域は民族移動時代の長い戦闘によって荒廃し、その後十世紀のハンガリーの侵入にまきこまれていた。しかしザルツブルク、パッサウなどの司教座やバイエルン公領に属するモントゼーやクレムスミュンスターなどの修道院で、次第に聖職者によるラテン語文化が広範囲で形成されていった。

継続的な文学活動は十一世紀末から始まった。古い帝国教会制度――司教は封建領主として国家秩序の担い手だった――から教会すなわち教皇が司教の任免権を保持する制度に交代したのは、この叙任権闘争の時代である。ゴルツェやクリュニーで始まった教会改革運動の結果、オーストリア地域でも多くの修道院の創設・改編が行われた。その結果ベネディクト会やシトー会、とりわけアウグスティノ会の修道士たちによる修道院ラテン語文化が開花した。なかでもゲルホーホ・フォン・ライヒャースベルク(一〇九二/九三―一一六九)は特筆すべき人物であり、このヨーロッパ的スケールの神学者は同時代の論争に参加し、教会改革の厳格な綱領を代表する人物であった。さらに彼のラテン語典礼歌、讃美歌や続唱は西ヨーロッパ地域でもとり入れられ、その注目すべき写本はクロースターノイブルクやゼッカウで見いだすことができる。

この時代のドイツ語の聖職者文学は、とりわけ十二世紀もしくは十三世紀初頭にアルプス地方に成立した三つの大きな写本集――ウィーン・ミルシュタット・フォアアウ写本――に含まれている。これらはもちろんテクストの成立地の情報を与えるものではなく、当時の受容の傾向を伝えるものでしかない。テクストには物語体と対話体の部分があったが、もちろんはっきりとした区別は不可能であり、伝承された（聖書の）できごとはみな解釈が必要であるため、伝統的な四重の釈義に従って広範な解釈がなされる一方で、説教ではとりわけイラストで例を挙げられるように、物語体の部分が用いられた。

一〇六〇―七〇年ごろには六千詩行を超える『ウィーン創世記』が成立したが、これは不規則な初期中高ドイツ語による対韻で執筆された、ひょっとするとベネディクト会修道院で成立した聖書叙事詩であり、素朴な物語が豊富な神学的注解に結びつけられている。これはかなり模倣されたようで、一一三〇年ごろに成立し、一二〇〇年ごろに書き記された改編版の『ミルシュタット創世記』のほかに、続篇の『古ドイツ語出エジプト記』がある。そのほかにも充実した聖職者文学があるが、これらは修道院の周辺から出てきたものに違いない。なかでも優れていると見なされているのは『メルクのマリアの歌』である。メルクでは一一二七年に没した「修道女《インクルーゼ》」アーヴァ夫人も活動していたが、彼女はそもそもドイツ語圏初の有名な女性詩人であった。彼女は作品の最後でみずからの名前と、彼女の神学的助言者であったという息子たちについて明かす。フォアアウ写本に遺されている彼女の大規模な新約聖書叙事詩『イエスの生涯』は、四つの連作詩を包含し、二四一八の短詩行の長さを誇っている。アーヴァ夫人の作品は『ウィーン創世記』の明確な影響を受けていて、聖書のできごとへの感情的共感という新たな敬虔さの証言と目されている。

「中世盛期」はオーストリアが公領に昇格してから(一一五六)、ハプスブルク家が政権に就くまで(一二七三)の時代であり、文学史的にも際だった時期である。美術史的にはロマネスクの時代で、クロースターノイブルクのヴェルダン祭壇のように、重要な建築上・彫刻上の遺産が今日まで遺されている。しかし修道院による文化的優勢は、基本的には終わりをつげた。世俗的な宮廷・宗教文化が次第に重要になっていく。さらに十二世紀中葉以来大きな社会的変化が生じた。著しい人口増加と都市の勃興が確認できる――ウィーンは一二〇〇年ごろには約二万人の人口をかぞえた。いわゆる「騎士市民」と一般商人がここでは指導層となっていた。一般的に領土の領邦化が進展し、帝国の中央権力が弱体化するなかで、領邦君主たちはもはやみずからを王の臣下とは認識せず、ある者は地方の有力者と結託し、またある者はそれらと対峙してみずからの権威の拡大に腐心した。

もちろんラテン語文献はひき続き修道院によって特徴づけられている。ドナウ地域のクロースターノイブルク、メルク、ザンクトフローリアン、ツヴェットルには、豊かな資料的・法的文献が存在する。それとならんでザンクトフローリアンの修道院長アルトマン(～一二二一/二三)による三千詩行を超えるヘクサメトロス〔六詩脚詩行〕を擁する『雅歌注解』が挙げられ、これは高い神学的教養に基づいた言語的に注目すべきテクストであり、フランスで興隆していたラテン語聖書叙事詩につづくものであった。宗教詩の領域も注目に値する。西ヨーロッパ流儀の新しいクリスマス・マリア讃歌が、アウグスティノ会士の周辺で生まれた。この修道会によると思われるものにはラテン語による『クロースターノイブルク復活劇』が挙げられるが、これはまだ典礼と結びついているものの、すでに後世決定的となる劇的筋だての独立傾向がみとめられる。

アルプス地方の学術的中心はザルツブルクの聖ペーター、アドモント、ゼッカウ、フォアアウといった修道院であった。現存するラテン語テクストの多くは、その成立地を特定するのが困難である。ゼッカウは明らかに宗教詩の中心であり、注目すべき讃美歌を遺した。この分野ではザルツブルクも活発だった。しかしラテン語文学の領域でもっとも顕著な成果は、世俗詩においてなし遂げられた――『カルミナ・ブラーナ』である。

『カルミナ・ブラーナ』(ベネディクトボイアーンの歌)とはブラヌス写本として遺されたもので、十九世紀に上部バイエルンのベネディクトボイアーン修道院で発見された。おそらく一二三〇年ごろに書かれ、聖職者たちの内部で使われたものであろう。成立地はブリクセン近郊のノイシュティフト・アウグスティノ会修道院と思われる。この写本は道徳教育に役だつ技巧的テクストを含んだものであるが、もちろん不道徳な歌の採用も拒んでいない。ラテン語による歌はしばしば――ラインマルやヴァルター、ナイトハルトなどの――有名なドイツ語歌謡の旋律に合わせられていて、またいくつかのテクストは二言語で書かれている。恋のテーマが支配的であり、高いミンネの理念――手の届かない女性崇拝――の入る余地はない。若い聖職者たちと女性たちがエロティックで奔放にふるまい、男性に関していえば、誘惑と暴行の区別がしばしばつきにくい。歌の多くはフランスの中世ラテン語抒情詩に由来する。原作者として想定されるのは修道院学校周辺に滞在した放浪「学生《スカラー》」たちであり、彼らは実入りのいい聖職を求めてやむをえず、時には進んで放浪生活を続けていたのであろう。したがってこの写本は当時すでに豊富に存在していた遍歴詩を、ある編纂者もしくは編纂チームが収集し、秩序立てて整理したものなのである。

ブラヌス写本は『クロースターノイブルク復活劇』との関係が指摘される未完の『ベネディクトボイアーン復活劇』、『ベネディクトボイアーン・エマオ劇』、『ベネディクトボイアーン小受難劇』といったラテン語宗教劇も若干含んでいた。注目すべきはブラヌス写本の補遺にある『ベネディクトボイアーン大受難劇』であり、これは大規模なドイツ語部分を含み、マグダラのマリアの生涯の場面によって典礼の域を超え出ている。この劇は明らかに一般の観衆を想定したものであり、できごとをことばのうえでも追うことが可能になっている。それに対して複雑な韻律を用いたラテン語による『ベネディクトボイアーン・クリスマス劇』は、もっぱら聖職者の観衆を前提にしたものである。この劇の反ユダヤ的な神学論争的要素も、とりわけ学者を想定したものであろう。

ドイツ語文学

ドイツ語文学の領域においては中世盛期に著しい変革が起こった。世俗詩が前面に出てきたのである。もちろん成立した場所の特定は、依然として難しい。多くのテクストは早くとも十三世紀末期に編纂された写本集に保存されていて、これは国内の創作状況というよりも、依頼人の好みを反映したものということができるものである。

宗教部門においては奇妙に詩化された教理に言及しなければならないが、このおそらくパッサウ教区周辺で一一七〇―八〇年ごろに成立し、唯一の写本しか遺されていない『アネゲンゲ』の著者は救済史を物語り、その際難しい神学問題に（まだ）ほとんど発達していないドイツ語で、なんとか答えようとしているのである。もっと成功しているのは、大きな謎をのこしたある作家の作品である。彼は神の「哀れな従僕」ハインリヒと名のり、しばしばメルクのハインリヒと呼ばれるが、実際にこの修道院に属していたかについては議論がある。このみずから俗人と称するハインリヒは、断片として遺されている『司祭の生涯』と千詩行以上から成る『死の記憶について』(*von des tôdes gehugde*) という詩を執筆している。双方とも十二世紀後半に成立している。ハインリヒは聖職者、貴族、騎士、市民、農民を鋭く風刺する批判を行っている。彼は死を恐れよ《メメント・モーリ》をモットーに、極端な例をひき合いに出すことで、あらゆる階級の過ちを糾弾している。ミンネの理念は姦淫として退けられる。ハインリヒは神学と修辞学に習熟した作家であり、その詩は来世観において頂点に達する。ドイツ語圏ではすでに廃れたジャンルであった聖書叙事詩の分野においては、一二〇〇年ごろに成立したコンラート・フォン・フーセスブルネンの『イエスの幼時』は、聖書外典福音書に基づいた言語的・様式的に伝統的な三千詩行以上から成る詩であり、当時興隆していたハルトマン・フォン・アウエ流の宮廷向け韻文小説を想わせるものである。この作品は相当流布し、多くの写本が遺され、十四世紀まで受容されていた。

　宗教文学と世俗文学の境界に位置しているのがトーマジン・フォン・ツェルクレーレの『イタリアの客』で、前パッサウ司教でアクイレイア総大司教のヴォルフガー・フォン・エルラの宮廷で一二一五／一六年に書かれたものである。イタリア語話者の聖職者トーマジンは大部の教訓詩を外国語であるドイツ語で執筆し、序にあるようにイタリアからの客としてドイツ人に送っている。この古代の道徳哲学を消化した本は、保守的根本姿勢に基づく徳論を供し、不変の世界秩序を強調し、この秩序からのとりわけ貴族の逸脱を非難している。トーマジンにとって神学的知識は、神意にかなった生涯に確実な手段として有効なのである。

ドナウ・ミンネザング――ヴァルター・フォン・デア・フォーゲルヴァイデなど

　オーストリア地域においてドイツ語世俗文学はドイツ文学史で特権的地位を占め続けてきたジャンルとともに始まった。すなわち、騎士文学である「ドナウ・ミンネザング」であり、その存在はいずれにせよある宮廷、バーベンベルク公ハインリヒ・ヤゾーミルゴット以降のウィーンの宮廷に結びついていて、そこで歌謡は祝宴の機会に供されたのだった。

ドナウ・ミンネザングは十二世紀中葉に突然始まり、後のドイツ語ミンネザングを特徴づけているトルバドゥールのプロヴァンス抒情詩、あるいは中世ラテン語の愛の詩の影響はさしあたり見られない。その前史は不明である――しかし一一五〇年ごろに無から生まれたとは考えられない。テクストが書かれるようになったのはずっと後のことであろう。

最初のドナウ・ミンネザンガーはキューレンベルガーとされていて、『ニーベルンゲンの歌』に近い対韻をふんだ長詩行の詩節形式による十五詩節が遺されている。キューレンベルガーにおいては男と女がいわゆる「交互」に、しかし別々に語る。満たされた愛、すなわち夫婦外での成就した、あるいは少なくとも想像上の性愛がテーマである。発覚を恐れる立場は、女性の方が男性よりもはるかに厄介である。たとえば有名な「鷹の歌」では貴族女性の社会的優越が感じられ、そこで女性はみずから育て上げた鷹（従者？）が不実であることを嘆いている。「私は一羽の鷹を一年以上も育てた。／思いのままに飼い慣らし、／羽に黄金を巻いてやったとき、／彼は天高く舞い上がり、他国へと飛んでいった。」

ドナウ・ミンネゼンガーにはレーゲンスブルクおよびリーテンブルクの城伯やディートマル・フォン・アイストも含まれるが、ディートマルの数多くの作品――彼の名で四十二詩節が遺されている――に関してはほんとうにすべての歌が同じ著者によるものかどうか意見が分かれている。というのもディートマルの場合、伝統的な長詩行と流行していたカンツォーネ形式による歌の双方が見られるのだ。さらにこの新しい形式とともに、すでに「高いミンネ」という新たな構想を見いだすことができる。淑女は手の届かない主人であり、騎士は「奉仕する男」として悲しみのなか、空しく愛を求めなければならないのだ。性的成就は彼方へと消え去る。ドナウ地域の高いミンネの代表者としてはアルブレヒト・フォン・ヨハンスドルフと老ラインマルが挙げられる。アルブレヒトはパッサウ司教ヴォルフガーの宮廷の家士、すなわち騎士の従者であったことが知られている。彼の歌で特徴的なのは空しく愛を求める者の嘆きであり、もちろんミンネも奉仕と解され、神への奉仕に比される理想的な生活のための教育である。ラインマルは同時代人の高い評価を享受した――ゴットフリート・フォン・シュトラースブルクの――『トリスタン』に「ハーゲナウの」ナイチンゲールとして現れる――が、その経歴は特定しがたい。六十四の歌が遺っているが、もちろんその多くは真作と見なされてはいない。たぶんラインマルはヴァルターのような遍歴職業詩人ではなく、ウィーン宮廷の一員であっただろう。彼の詩はミンネの理念の頂点にあり、逆説的に最高峰であると見なされているのは、詩人が絶えず嘆きながら高貴な女性に聞き届けられることを望む一方、聞き届けられることでこのジャンルの技巧が限界に達するだけではなく、手の届かない高貴な女性という理想像も崩壊してしまうことを知っていたと思われることによる。ラインマルの抽象的・非感性的・思弁的で韻律的に単純な抒情詩は、同時代人から高い評価とともに批判も受けた。ラインマルの最大の批判者はヴァルター・フォン・デア・フォーゲルヴァイデであった。

ヴァルターはまちがいなく中世最大のドイツ語抒情詩人である。その韻律的・形式的多様性に比肩する者はいない。彼の生まれについては何も知られていない。自身「私はオーストリアで歌うことと話すことを学んだ」と語り、文学的経歴の開始をバーベンベルクの国と特定しているが、その生涯は神聖ローマ帝国全域に及んでいる。死去したのはおそらくヴュルツブルク周辺であり、晩年ここに念願の領地を得たのであろう。もともとこの地方の出身だったのかもしれない。しかしオーストリアの森林地方などほかの地方を出身地として挙げる十分な根拠もある。いずれにせよこの一一七〇年ごろに生まれた詩人は、本格的な神学（および音楽）教育を受けた。それはウィーンで始まり、ラインマルとのあいだで尊敬と反感相なかばする関係に入った。彼の歌にはくりかえしラインマルへの暗示や露骨な関係が見いだされる――かつての研究は決闘の可能性を指摘していた。いずれにせよ、ヴァルターは相互に満たされるべきミンネを擁護し、手の届かない女性（frouwe）から卓越した女性（wîp）に対象を変えている。したがって彼のもっとも有名な歌のいくつかは、貴族女性ではなく、手の届く相手として淑女に優先される少女に向けられたものである。

おそらくヴァルターは一一九八年にウィーンの宮廷を去り、以後はみずから歌っているように遍歴者としてエルベからラインへ、そしてまたハンガリー国境までひき返すといったぐあいに諸国を巡り歩いた。この時期に由来する、詩人に関する唯一の記録が残っている。パッサウ司教ヴォルフガーが一二〇三年の冬、彼に当時としては少なくない額の金を、毛皮の上着のためにと提供した。この時期ヴァルターはとりわけ政治的に活動していて、宣伝に効果的な教訓詩を吟じているため、その政治路線が明確に認識できる。彼は反教皇的・親皇帝的発言をしているのだ。

レオポルト六世のバーベンベルク宮廷にふたたび地歩を固めようという試みは成功しなかった。一二二〇年ごろ、念願の領地を皇帝フリードリヒ二世から与えられた。もう一度オーストリアに戻ったことは晩年の有名な詩『悲歌』から推察されるが、その韻律は『ニーベルンゲンの歌』を想わせるものである。「おお過ぎ去った年月はどこに消えてしまったのだ！／私の生涯は夢か、まことか？／あると思っていたものは、皆なかったのか？／それでは私は眠っていて、それを知らなかったのだ」。ヴァルターの後期作品には宮廷批判、宮廷文化衰退への嘆き、宗教的調子の遁世的姿勢がはっきりと表れている。謎に包まれた詩人ナイトハルトとともに古典的なミンネザングは終わる。彼はいくつかの歌でみずからを「後悔の谷の」(von Riuwental) ナイトハルトと名のっているが、これは寓意的命名であって、嘆きの谷〔『詩篇』で現世を指す〕への暗示である。ナイトハルトの生涯については何も知られていない。しかし彼の歌にある多くの暗示・名前・地名はウィーンの宮廷を想起させ、おそらくここトゥルナーフェルト地方に一二三〇年以降滞在したものと思われる。フリードリヒ好戦公の名前ははっきりと挙げられている。

同時代および後世に非常に人気があったナイトハルトの歌は、いくぶん型にはまったやり方で二つに分類されている。「太陽の歌」では(おそらくは農民の)娘たちが母親の注意も聞かず、ダンスに誘う騎士詩人たちに誘惑される様を描いている。「冬の歌」では騎士の恋敵の「田舎者」が宮廷作法をまねて、娘に不格好に言い寄って目的を達成し、けんかが始まるというものである。ここでは「ミンネ」は性的なものに限定され、女たちは言い寄る男たちにとりあえず身をまかせるのである。宮廷衰退に対する嘆きは明白である。もちろんナイトハルトの名で遺された歌の多くは「偽ナイトハルト」によるものであり、後世の模倣である。

ナイトハルトの歌には下級貴族の零落への不安が実際にあるのかや、ここでは非宮廷的周辺へのグロテスクな倒錯によって、単にミンネの因習に対するパロディ的な当てこすりがなされているのかは判然としない。いずれにせよこれらの歌にある猥褻さ、がさつな村の場面やちりばめられた非宮廷的な語彙は多くの模倣者を生み出すことになり、なかでも高い教養をもった遍歴詩人タンホイザーは傑出していて、ウィーンをはじめとする多くの宮廷に滞在した。彼はナイトハルトとは対照的に粗野な効果は避け、官能的で優雅な歌で有名になった。ナイトハルトとは違い、タンホイザーはテクストではなくて、ヴェーヌスベルクをめぐる伝説によって後世名をのこすことになった。

史的に立証しうる数少ない中世盛期の詩人としては、ウルリヒ・フォン・リヒテンシュタインが挙げられ、彼は一二〇〇年直後に生まれ、シュタイアーマルクで高位を歴任した後、一二七五年に死去した。彼の奇妙なミンネ小説『女性奉仕』は、物語的枠組みの中に五十八の歌といくつかの種類のテクストを挿入したものである。十二歳以来奉仕し、グロテスクな愛の試練に耐える――なかでもある馬上試合で傷ついたみずからの指を切り落とし、愛のあかしとしてそれを送り届けるといった――あるミンネ騎士の生涯が物語られ、その後崇拝者の罪が暗示されると、ある貴族淑女のもとから立ち去る。小説の最後には主人公の馬上試合遠征と拘束が描かれている。もちろんこの作品は自伝ではないが、多くの歴史的なできごとが言及されている。できごとは宮廷遊戯と見なされ、すでに過去のものとなったミンネの理念は回顧的、そして時にはパロディ的に回想されている。対韻によるミンネ論『女性の本』の中でもウルリヒは騎士の立場に立って、激しさを増す教会によるミンネの理念への批判に対して、密通をもためらわない貴族的性道徳を擁護している。

この時代の抒情詩人としては国中を遍歴した格言詩人にも言及されなければならない。彼らに関しては地域的特定が特に難しい。ヴァルター・フォン・デア・フォーゲルヴァイデの後継者である修道士ヴェルンヘアは、みずからの支援者としてシュタイアーマルクとケルンテンの貴族を挙げている。ヴェルンヘアの一二二〇年から五〇年にかけて成立した、時に懺悔説教師を想わせる教訓的格言詩は、ミンネのテーマを完全に避けている。これらが贈られた君主は実に多岐にわたっている。それに対して教養あるもう一人の遍歴者マルナーは――この名前は「船乗り」を指している――おそらくシュヴァーベンの出身で、主に聖界領主を対象にしている。彼は一時マリア・ザールおよびゼッカウ修道院に滞在したものと思われる。伝承によれば、彼は一二八〇年代に高齢で殺されたという。マルナーは論争的な詩人で、多くの同業者と争い、ドイツ語のほかブラヌス写本にあるラテン語詩も執筆している。彼は詩人としてあるいは政治路線に関して、ヴァルターの伝統に立っていた。おそらくは南チロル出身のフリードリヒ・フォン・ゾネンブルクの大規模作品は、宗教色が濃厚である。彼の時期を特定できる最後の格言詩は、一二七三年に皇帝に選ばれたルードルフ・フォン・ハプスブルクを讃えたものである。

英雄叙事詩――『ニーベルンゲンの歌』など

不思議なことに中世におけるドイツ語物語文学でもっとも重要なジャンルである宮廷韻文小説は、ハルトマン・フォン・アウエやヴォルフラム・フォン・エッシェンバッハ、ゴットフリート・フォン・シュトラースブルクがなしたようには、バーベンベルク家の領土で興隆することがなかった。もちろんおそらくもっとも著名な中高ドイツ語による物語作品である英雄叙事詩『ニーベルンゲンの歌』は、まずまちがいなくパッサウ司教ヴォルフガー・フォン・エルラの宮廷で一二〇〇年直後に成立した。英雄叙事詩は史実と見なされていた口承による素材を再構成したものであるため、作者は知られていない。『ニーベルンゲンの歌』の場合、伝説はおよそ二百年ほど前にパッサウ司教ピルグリムのもとで文書として記されていた。いずれにせよここでは中央および北ヨーロッパの広大な地域に広がっていた英雄ジークフリートの謀殺をめぐる物語と、フン族の王アッティラ（『ニーベルンゲンの歌』では音韻変化してエッツェル）の宮廷におけるブルグント王族の滅亡という二つの伝承が結びつけられている。

「ブルゴントに高貴な娘が生まれたが、／それはどこの国にもいないような美しさで、／名前はクリエムヒルトといった。彼女は美しい女性に育った。／そのために多くの勇士が命をおとすことになった」。この災いを予告する詩行とともに、おそらく原典にもっとも近い写本Bは始まる。その後ブルグントの王族グンター、ゲルノート、ギーゼルヘルについて、英雄ジークフリートが彼らの宮廷にやって来て、彼らの妹のクリームヒルトに恋をし、グンターのブリュンヒルデへの求婚を策略によって援助したこと、さらにジークフリートとクリームヒルトの結婚について語られる。二人の王妃の争いの後、ブルグント族の家臣ハーゲンはブルグントの王族の名誉を回復するためにジークフリートを殺し、クリームヒルトがジークフリートから相続したニーベルンゲンの財宝を奪う。十三年後、フン族の王エッツェルがクリームヒルトに求婚し、二人は結婚する。ふたたび十三年後、彼女はハーゲンと兄弟に対する復讐を遂げるために、ブルグント族を夫君の宮廷におびき出す。血なまぐさい戦闘によってほとんどの登場人物たちが死ぬ。エッツェルの家臣ディートリヒ・フォン・ベルンが最後に残ったブルグント族であるグンターとハーゲンを倒すと、クリームヒルトはグンターを殺すよう命じ、ニーベルンゲンの財宝のありかに口を閉ざすハーゲンをみずから殺すが、ディートリヒの家臣ヒルデブラントはクリームヒルトを撲殺する。「これで物語は終わりである。これがニーベルングの災いである」。

『ニーベルンゲンの歌』の地理的状況がパッサウ司教の勢力圏であることは疑いがない。ニーベルンゲンがハンガリーにあるエッツェルの宮廷へとドナウを下っていく様は、実に厳密な土地勘で書かれている。古い物語は著者によって価値判断的・説明的論評抜きに詩形式——キューレンベルガー詩節に非常に近いニーベルンゲン詩節——で再現されている。それぞれ実に多くの異同をともなう写本が遺されていることから、このテクストは初めから解釈と改作が望まれていたと推測される。重要な写本には短詩行による四千行を超える続篇『嘆き』が添えられているが、これはこの悽惨な物語の人物たちそれぞれの罪の問題に明快に答える道徳的作品である。

一五〇四—一六年に皇帝マクシミリアン一世の依頼を受けて書かれた『アンブラス英雄本』に唯一写

本が遺された英雄叙事詩『クードルーン』は、明らかに『ニーベルンゲンの歌』直後に書かれたその対抗作である。ここでも求婚は災いをもたらす。しかし不幸なクードルーンは物語の最後で和解を選ぶ。この文学的に明らかに『ニーベルンゲンの歌』に劣る作品は、おそらくドナウ地域で成立したと思われるが、その土台となっている伝説素材は北ヨーロッパ由来のものであろう。

『ニーベルンゲンの歌』で重要な役割を演じているディートリヒ・フォン・ベルンをめぐる幾多の伝説もまた英雄叙事詩に編まれている。この人物の背後には東ゴートのテオーデリヒ大王（四五六―五二六）がいる。多くのラテン語による歴史記録がこの素材を中世初期以来伝えてきた。民族言語での伝承としては九世紀におそらくフルダで書き記された『ヒルデブラントの歌』が伝わるのみである。十三世紀に成立した不完全なかたちで遺されたものも含むいくつかディートリヒ叙事詩の多くは、オーストリアのチロルやシュタイアーマルクに由来するものである。これらの叙事詩の多くにはきわめてさまざまな版がある。二部作『ディートリヒの呪い』と『ラヴェンナの戦い』はおそらくドナウ地域由来のものであろう。ディートリヒ・フォン・ベルンはここでは史的イメージとしての征服者ではなく、エッツェルの宮廷の嘆きの亡命者として登場する。韻律上『ニーベルンゲンの歌』に類似している『ラヴェンナの戦い』で、彼はエッツェルの二人の息子に死をもたらすことになる戦いに加わる。対韻で書かれた『ディートリヒの呪い』は『嘆き』を想わせる。ここでも血なまぐさい戦いがあり、語り手は滅亡の時代について悲観的に論及している。

広い意味でのディートリヒ叙事詩に属するのは、おそらくチロルに由来する十字軍・求婚叙事詩である『オルトニート』であり、その主人公は無敵の鎧も空しく、最後に竜に殺されてしまう。形式的に見てこれと結びついている『ヴォルフディートリヒ』はディートリヒ・フォン・ベルンの先祖の一人について物語っているもので、彼は数多くの武勇伝の後、オルトニートへの復讐を遂げてその未亡人と結婚し、最後には修道院に入るというものである。『アンブラス英雄本』に不完全なかたちで遺されている叙事詩は、フランスの英雄叙事詩である武勲詩《シャンソン・ド・ジェスト》と密接な関係にある。ここで際だっているのはキリスト教的要素である。ヴォルフディートリヒ素材は中世においてはきわめて人気があった。これに基づく幾多の叙事詩が執筆された後、二千詩節以上を要する巨大な『大ヴォルフディートリヒ』がアレマン地域〔オーストリアにおいては最西部、現在のフォアアルルベルク州にあたる地域〕で成立し、一五九〇年までに六度印刷された。ブラヌス写本に断片として遺っている異形の『エッケの歌』は、やはりチロルに由来すると思われ、巨人エッケがオルトニートの鎧で武装して、ディートリヒ・フォン・ベルンに戦いを挑むが、殺されてしまうというものである。はっきりとチロルを舞台としている『ラウリーン』は対韻による短篇叙事詩であり、妖術を操る小人の王ラウリーンとの戦いにおけるディートリヒの勝利を物語り、この構図に捕らわれの身の乙女の解放を結びつけたものである。ここでは宮廷小説との境界がすでにふみ越えられてしまっている。おそらくこの作者はハルトマンの『エーレク』や『イーヴァイン』を知っていたものと思われる。チロル以外で創作された種々のラウリーン叙事詩は、この素材の人気を証明するものである。

シュタイアーマルクで成立したと思われる四百詩節足らずから成る『ばらの庭園』は、ニーベルンゲン伝説とディートリヒ伝説を組み合わせたものである。ばらの庭園の主人でジークフリートの婚約者であるクリームヒルトは、ここでは否定的に描かれ、悪ふざけからディートリヒ・フォン・ベルンとその従者たちにみずからの勇者たちと決闘するよう求める。雄々しいディートリヒ一党は、上品なニーベルンゲンの廷臣たちを打ち負かしてしまう。ジークフリートもディートリヒに倒されることになる。もちろん結末は愉快な和解である。この素材は非常に人気があり、多くの改作や続篇、劇化を生み出し、印刷されることになった。一万三千もの対韻詩行から成る巨大な『ビーテロルフとディートライプ』もこれに素材を求めているが、さらに中世初期以来多くの型が広まっていたヴァルター伝説を用いたものである（おそらくシュタイアーマルクで執筆された中高ドイツ語による英雄叙事詩『ヴァルターとヒルデブラント』は、わずかな断片が遺るのみであるが、これは『ビーテロルフ』の前身である可能性がある）。『ビーテロルフとディートライプ』はエッツェルの宮廷に滞在して、彼のために戦ったビーテロルフ王とその子ディートライプの運命を物語るものである。馬上試合の形式で行われたブルグント族との対戦は和解に終わる。結末でエッツェル王は勝利した英雄ビーテロルフとディートライプにシュタイアーマルクを贈る。この叙事詩はほとんどすべての英雄伝説の人物やモティーフを総覧するものであり、間テクスト的背後関係を知る鑑賞者を前提としたものである。ここには宮廷小説を暗示するものは何もないが、その理念をかいま見ることができる。この作品の貴族的・騎士的自負はウルリヒ・フォン・リヒテンシュタインを想わせるものである。もちろんこの叙事詩はアンブラス写本でしか遺されていないところを見ると、大きな成功をおさめることはできなかったと思われる。

短篇叙事詩

すでに『ビーテロルフ』には英雄叙事詩に対するパロディ的あつかいが浮上していた。この時代の対韻による小品にはそれが著しい。『アンブラス英雄本』に『悪い女の不運』として遺された八二〇詩行から成る『悪い女』は、おそらくチロルに由来する注目すべき韻文滑稽譚で、一人称の語り手が英雄叙事詩のしかけを総動員し、農村を舞台とした妻との格闘をとおして倒錯した世界秩序を諧謔的に描いたものである。やはりチロルに成立した四百詩行ほどの『ワイン耽溺』は、酔っぱらい讃歌であり、ミンネ讃歌の体裁でワインを讃美し、二十三の節はそれぞれ語り手の「そして彼は野良でひっかけた」ということばで終わる。修辞的技巧を駆使し、同時代文学を多く暗示しているところから見て、作者は教養ある聖職者と考えられる。

やはり短いものの、あまり喜劇的ではない文学的にはやや落ちる対韻詩を書いたシュタイアーマルクの貴族ヘラント・フォン・ヴィルドーンは、ウルリヒ・フォン・リヒテンシュタインの親族で、その引用もしている。ヘラントは全ヨーロッパ規模の物語の伝統を用いている。そのテーマとモティーフの多くはフランスの物語やボッカッチョの『デカメロン』に見いだすことができる。

短篇対韻物語の巨匠は、生前名声を博し、後世忘れられた作家シュトリッカー〔編み職人〕である。この名前はたぶん筆名であり、幅広い教養をもつこの職業作家の創作作業――テクストをつなぎ合わせること――を指すものであろう。彼はおそらくラインフランケン地方〔ドイツ中西部、ヘッセンからアルザスにかけての地方〕の出身と思われる。しかし種々の地域への言及から、彼がオーストリアで活動したことが判る。彼はさまざまなジャンルで活躍した。文学史的に重要な役割を演じた彼は、対韻による約一六五の短篇叙事詩の作者であり、それらは八ないし千詩行以上の長さのものまで含んでいる。もっとも重要なものとしては、物語と解説から成る「例」と、物語が解説から独立している韻文小説「説話」である。シュトリッカーのテクストの多くは滑稽譚で、それらすべてに共通しているのは、何の疑問ももたない秩序への信頼である。シュトリッカーの不思議な作品『坊主アミース』は表題の詐欺師による十二の連作滑稽譚で、彼はあらゆる階級の人間から金をくすね、最後に模範的なシトー会修道院長として死ぬというものである。この封建社会に対する辛辣な風刺は絶大な人気を博したが、無害な滑稽譚集とも読める。いずれにせよシュトリッカーは流派を形成することになった。彼の名前で伝えられている短篇叙事詩の多くは、おそらく後継者たちによるものであろう。

宮廷叙事詩

やはりシュトリッカーの伝統の上に立っているヴェルンヘア・デア・ガルテネーレ（庭師）はおそらく遍歴詩人で、地名から見てイン地方およびトラウン地方を舞台としている二千詩行ほどの『ヘルムブレヒト』の作者である。この小説の中心にいるのは裕福な農家の息子ヘルムブレヒトで、ナイトハルトの冬の歌を想わせる人物である。ヘルムブレヒトは自分の身分に満足せず、父親の警告を無視して、ある城主のもとで盗賊騎士の生活を始め、最後に相応の報いを受けるというものである。彼は不具、盲目となり、悔いて帰郷するが、父親に追い出され、農民たちは以前の強盗をとがめて、彼を縛り首にする。この二種の写本しか遺されていない物語は、明らかに古典的な宮廷小説に依拠していて、シュトリッカーに比せられる時代批判的視点を帯びている。過去の明確な世界秩序に基づいた理想的宮廷生活が、堕落した同時代に対置される。古い家父長的徳は消え去り、かたくなな民衆に神の裁きが下される。

シュトリッカーは約八千五百詩行に及ぶアルトゥス小説『花咲く谷のダニエル』も創作しているが、これは一二二〇年ごろに成立し、十五世紀の五つの写本が遺されているのみである。『ダニエル』はハルトマン・フォン・アウエによって打ち立てられたドイツ・アルトゥス小説の伝統につらなるものであるが、その素材と構成はフランスのクレティアン・ド・トロワを手本としたものである。シュトリッカーはこの小説に実にさまざまな前例を組みこんでいるが、最初の成功の後の罪深い行為によって、主人公に新たな試練が課されるという二つの冒険《アヴァンチュール》から成る二重プロット構造は無視されている。シュトリッカーのダニエルは問題の多くを実力ではなく、生活の知恵によって解決する。ここではおそらくアルトゥス小説のパロディが試みられているのではなく、むしろその倫理的綱領が肯定的に受けとめられている。そのほかシュトリッカーはフランスの『ロランの歌《シャンソン・ド・ロラン》』の改作で、おそらくレーゲンスブルクで一一七〇年ごろ書かれた僧コンラートの『ローラントの歌』を、さらに叙事的作品『カール大帝』に改作している。古いテクストにいくつかの新たな特徴を加えたシュトリッカー版は大きな成功をおさめ、約四十もの写本手稿が報告されている。

三万詩行に及ぶドイツ語による最大規模のアルトゥス小説であるハインリヒ・フォン・テュールリーンの『王冠』は、一二三〇―四〇年代にチロルあるいはケルンテンで成立した。『王冠』はヴォルフラム・フォン・エッシェンバッハと同郷のヴィルント・フォン・グラーフェンベルクの『ヴィーガロイス』を手本とし、キリスト教的で完全無欠な英雄の冒険という伝統的なアルトゥス小説の図式を解消している。ハインリヒはフランス韻文小説を完全無欠のアルトゥス騎士ガーヴァインによる決闘での勝利、捕らわれた女性の解放、悪い魔法使いとの戦い、超現実的イメージで描かれた不死の国である聖杯団の救済といった多彩な挿話に結びつけている。この該博な知識に裏づけられた形式的に複雑な作品は、明らかに騎士的理念を擁護し、教会的世界観に反対している。遺された写本が少ないことから見て、成功の栄誉には浴さなかったのであろう。

プライアーの二万詩行に及ぶ『花咲く谷のガーレル』は、一二六〇年直後に成立したものとみられる。彼は明らかにシュタイアーマルクの貴族を読者に想定している。「プライアー」とは溶接工のことで、シュトリッカーと同様に職業詩人の隠喩的呼称と思われ、彼の『ガーレル』は『ダニエル』と明らかに関係がある。『ガーレル』でプライアーはシュトリッカーから多くの要素や構想をひき継いでいる一方で、古典的なアルトゥス小説の復古を試み、みずからの物語と登場人物を意識的にハルトマン・フォン・アウエとヴォルフラム・フォン・エッシェンバッハが著した世界に組み入れようとしている。たいてい巧妙さと知性によって勝利するダニエルに対して、勇ましく忠誠心のある伝統的騎士が活躍する。宮廷の規範は強化される。プライアーはアルトゥス小説『タンダレイース』と『メーレランツ』で古典的レパートリーにたち戻り、既知の素材を芸術的に高めた。こうして宮廷小説の革新的伝統は終焉をむかえることになった。

ヘブライ語文献

ラテン語・ドイツ語文学とならんで中世盛期のオーストリア地域にはさらに第三言語、すなわちヘブライ語文献も存在した。ドナウ地域では十二世紀以降はユダヤ人について言及されるようになる。彼らは外国人法に従って生活し、その時々の支配者の庇護のもとにあり、みかえりに税を支払った。すでにバーベンベルク家のレオポルト六世治下のウィーンには数多くのユダヤ人居住区があり、また一一九六年には最初の迫害について記録されている。十六名が十字軍騎士に殺害された。もちろん最初の大量虐殺ははるか後年のフス戦争の時代に始まることになる。

中世盛期のウィーンではヨーロッパ的水準の二人の律法学者《ラビ》が教えていた。イーザク・ベン・モーゼはそのもっとも重要な著作からイーザク・オル・ザルアとも呼ばれた遍歴学者で、多くのユダヤ人居住区と連絡を保ち、ウィーンで大部の注釈書『オル・ザルア』を執筆し、一二五〇年に死去した。同時代人のアビゲドール・ベン・エリーヤもイタリア人居住区との活発な文通を行い、晩年はウィーンにくらした。

ザルツブルク大司教領に含まれていたケルンテンにも、十一世紀以降にはユダヤ人居住区が確認でき、ここでも一一四六年に迫害があったことが報告されている。ザルツブルクに属していたウィーナー・ノイシュタットでも、一二三〇年に大量虐殺が行われたらしい。ウィーナー・ノイシュタットはユダヤ学の中心で、著名なラビたちを輩出していた。しかし重要性という点でいえば、ウィーンの後塵を拝していた。

第二節　中世後期——初期ハプスブルク時代（一二八二—一三五八）

ハプスブルク家による政権掌握とともに、政治的変動の時代が始まる。一方においてハプスブルクは帝国政治に参画し、帝位を世襲しようと企てた。ルードルフ一世の死後（一二九一）、帝国ではルードルフの息子アルブレヒト一世とアドルフ・フォン・ナッサウがドイツ王位をめぐって対立することになった。アルブレヒトは一二九八年に軍事行動を起こしたが、一三〇八年に甥のヨハン・パリツィーダによって殺害された。王位はその後長い間ヴィッテルスバッハ家とルクセンブルク家の手にわたることになった。ようやく一四三八年になってアルブレヒト二世（公爵アルブレヒト五世）が王位をふたたびハプスブルク家に取り戻すことに成功した。

その一方でハプスブルク家は家領経営に従事し、ケルンテン、チロル、イストリア（アドリア海に面したイタリア、スロヴェニア、クロアチアにまたがる半島）などの地域を手に入れた。もちろんもともとの領地のうちスイス連邦を失うことにもなった。再三の分割相続によって、家系はいくつかの系統に分裂したほか、兄弟間の争いは日常茶飯事だった。一四九三年になってようやくマクシミリアン一世のもと、ハプスブルク諸邦はふたたび一人の手によってすべて統一されることになった。

十四世紀は全ヨーロッパで飢饉・ペスト・戦争および人口減に特徴づけられる時代である。ハプスブルク地域においては政治的には地方貴族に対する領主の優勢が確認できる。教育に関しては飛躍的に向上した――もちろん第一に聖職者教育に重きをおいた教区・私立学校が数多く見られる。特に重要なのはウィーンの聖シュテファン教区学校であり、これは十二世紀に成立したものと思われ、一二三七年には最初の言及があり、一二九六年以降はウィーン市参事会によって運営されていた。もちろん聖職者が皆読むこと、まして書くことなどできたわけではない。そもそも貴族教育においては書くことはほとんど顧みられていない。しかし貴族女性の文人が何人か存在したようだ。世俗的な行政においては十三世紀末以降ラテン語の使用が民衆言語に対して後退するが、このことは聖職者に対する世俗貴族たちの自覚をうかがわせるものである。

文学的には、十四世紀はヨーロッパ的視点からいえば、ダンテ、ペトラルカ、ボッカッチョの時代である。ドイツ語圏におけるこの新しいイタリア語文献と初期人文主義の本格的な受容は、ようやく十五世紀になってなされた。ドイツ語文学は依然一二〇〇年ごろの偉大な模範に基づいていたために、亜流にとどまっていた。大部の写本集には模範とすべき作品――とりわけミンネザング――が記されていた。新たな傾向はドイツ語による神秘主義だけであり、それもオーストリア地域では影響力をもたなかった。

ハプスブルク地域――オーストリアとシュタイアーマルク――は文学活動が盛んだった。領邦君主たちは文学の保護に熱心だったが、それをウィーン宮廷で確認することはできない。ひき続き重要な役割を演じていたラテン語文献は、高い水準に達していた。以前のラテン語およびドイツ語文学間の厳密な区別は解消され、ドイツ語が修道院文化にも浸透し始めていた。

ラテン語文献

豊富なラテン語文献について、ここでは大まかにとりあげるにとどめておく。三人の名前が際だっている。地域を超えた意味をもった万能学者は、シュタイアーマルクのエンゲルベルト（一二五〇ごろ―一三三一）で、一二九七年から一三二七年までアトモントの修道院を院長として率いていた。プラハ、パドヴァ両大学で学び、スコラ学の精神による大部で多面的な神学・哲学作品を遺した。伝えられる写本の状況から見て、もっとも成功したのは論文『マリアの奉仕と徳について』とアリストテレス倫理学に依拠した徳論『道徳の鏡』であり、これをエンゲルベルトは国王アルブレヒト一世の二人の息子アルブレヒトとオットーに捧げている。シトー会修道士のグートルフは一二六五年から一三〇〇年の間ハイリゲンクロイツ、ザンクトフローリアン、ウィーン、ハンガリー西部のマリーエンベルクにいたことがわかっていて、『文法概説』などの教育書や書簡文範『散文概説』、ヘクサメトロスによるシトー修道会創設者の伝記『聖ベルナール伝』、それに聖遺物をウィーンにもたらした聖デリツィアーナについて物語っていて、その意味でこの街の最古の詳しい頌詞である『聖デリツィアーナの移居』などを執筆した。グートルフは学識ある作家だったが、修養書においては性愛的描写も辞さなかった。三人目としては一三一二年から一三四五／四七年にフィクトリングのシトー会修道院長だったケルンテンのヨハンが挙げられ、その『ある歴史の書』はオトカルの『シュタイアーマルク韻文年代記』に大幅に依拠しながら、バーベンベルク朝の終わりから同時代までの歴史的できごとの概略を伝えるもので、後年の構想ではカロリング時代までさかのぼって記録する予定であった。驚くべきことに教会史・救済史を背景に押しやるこの作品の世俗的視点は、フォルトゥーナの輪や（ボエティウス〔東ゴート・テオドリック王治下、宰相を務めるが失脚。処刑されるまでの獄中で書いた『哲学の慰め』で、運命と神の摂理を説いた）の意味での）運命の変転の構想に近いものがある。

ラテン語文学は時代の典型的なジャンルをすべて含んでいる。豪華な『ツヴェットル修道院公文書』など修道院で執筆された年代記や、聖人にふさわしい女性たち、たとえば一三一五年にウィーンで死去したアグネス・ブランベキンの聴罪司祭による『生涯と啓示』などがある。母がイエスの上位におかれる十三世紀の極端なマリア神学を記録する神学論文や、通常民衆語でなされる説教が、ラテン語で書きとめられたものもある。さらに聖人崇拝が中世後期に重要な役割を演じていたことにともない、大部の奇跡譚や聖人伝も存在した。こうした聖人伝の多くは民衆語による韻文・散文で伝わっている。それらはほとんどが中世後期のヨーロッパ全体の聖人伝創作に基づくものなので、自国の伝統に由来するものではない。

一三四二年から四八年まで、ドイツ中世でもっとも重要なある学者が一時的にウィーンのシュテファン学校を率いていた。一三〇九年ごろニュルンベルク近郊生まれのコンラート・フォン・メーゲンベルクはパリで勉強し、一三四八年から七四年に死去するまでレーゲンスブルクで活動した。一三四八年のアリストテレス倫理学に依拠した『修道院』など、数多くのラテン語文書を執筆した。いずれにせよウィーンではヨハネス・ド・サクロボスコの『天球論』のドイツ語による改作『ドイツ語天球論』を書いた。そしてカンタンプレのトマの『自然の本質に関する書』を、時に霊感によって改作した『自然の本』は、おそらくウィーンで着手され、一三五〇年ごろに完成した。この本は第一義的に一般読者を想定したものである。写本と印刷で一四〇部ほどが保存され、ドイツ語散文の発展を伝える貴重なテクストと見なされている。

この時代のラテン語による宗教詩はたいてい典礼の一部であったということを、オーストリアではクリスティアン・フォン・リーリエンフェルトとコンラート・フォン・ハインブルクという二人の重要な人物が示している。一三三〇年直後に死去したクリスティアンは、その生涯の大半をシトー会修道院ですごし、五つの大部の手稿を遺している。彼の詩は技巧的で洗練された押韻術によって特徴づけられ、神学的省察から自由なイエスや聖人たちへの私的な呼びかけをともなうもので、たとえばスターバト・マーテル〔「悲しみの聖母」。イエスを失ったマリアの悲しみをうたうカトリック聖歌〕詩格を用いたマリアの歌は、„Mater pia, mater dya / rei via, o Maria, / ave, plena gratia"〔「慈悲深き聖母よ、神の母よ／罪人たちの道が、ああマリアよ、／恩寵に満ちて、祝福されてあれ」〕で始まる。多くは明らかに修道院学校での授業のために執筆され、とりわけ記憶術として使われた。人気があったクリスティアンの守護天使の詩を、コンラート・フォン・ハインブルクは大きな成功をおさめた祈禱書に採用した。ハインブルクに生まれたコンラートは、一三四二年から四五年までシュタイアーマルクのザイツにあるカルトゥジア会修道院長で、一三四五年から五〇年まではカール四世の要請でプラハに住み、一三六〇年に死去するまで低地オーストリアのガミングにあるカルトゥジア会修道院を率いた。形式的にきわめて作為的なマリアの歌は、アクロスティック（折句）と数の象徴を用いたもので、ヨーロッパ全体に普及していた旧約聖書の「雅歌」の寓意的解釈に基づいている。

ドイツ語宗教文献

この時代のドイツ語文学には宗教・世俗両方の文書が存在する。不完全な先行作品はあったものの、もっとも古いドイツ語聖書と称される作品への関心が、近年著しく高まってきているが、この作品にも欠落がある。これは研究者の間で「オーストリア聖書翻訳者」と呼ばれるある不詳の世俗信者が、十四世紀初頭に聖書の大部分をドイツ語に訳したものである。この手稿の発見場所にちなんで名づけられた『シュリーアバッハ旧約聖書』と『福音集』には、「反キリスト者について」、「異端について」あるいは攻撃的・反ユダヤ的な「ユダヤ人の誤謬について」などいくつかの論文が先行している——つまりきっかけは神学的・護教論的なものである。異端および異教徒との対峙のための論拠として用意されたものであろう。この聖書翻訳者は正典と外典を混在させ、聖人伝説にも手をのばし、その大部の注釈には多数の神学文献を用いている。翻訳とその解説という組み合わせは、一部では礼拝の流儀に従っている。二つの序論では聖職者の攻撃に反論している。翻訳の質は驚くほど高く、注目すべき言語感覚を示している。

シュタイアーマルクでは一三〇〇年以降、ドイツ語によるマリア／イエスの生涯に関する文学が盛んになった。グンダカー・フォン・ユーデンブルクは約五千詩行の構造的に異形のテクストである長大な『イエスの砦』を執筆したが、これはイエスの生涯を外典ニコデモの福音書に基づいて物語ったもので、イエスの処刑の後のことやピラトゥスのその後の運命、エルサレムからの報告に対するローマ皇帝ティベリウスの反応をテーマにしている。断片的に伝わる九五八対韻詩行を包含するグラーツの『マリアの生涯』は、おそらくシュタイアーマルクで成立したものである。この聖母の生涯の叙述の基礎は一二三〇年ごろにラテン語遍歴詩人によって書かれた、おそらくバイエルン地域に由来する *Vita beatae virginis Mariae et Salvatoris rhythmica*〔『韻文による聖処女マリアと救世主の生涯』〕である。別の『韻文による生涯《ヴィータ・リトミカ》』の翻案は、中世でもっとも成功した対韻文学となった。一三〇〇年ごろ南シュタイアーマルクのザイツ・カルトゥジア会修道士フィリップは、一万詩行以上にも及ぶ『マリアの生涯』を書いたが、これはドイツ騎士団によって大規模に普及した結果、百以上の写本が遺されている。フィリップはことば遣いから見て、そもそも北ドイツの出身であると判断され、一三四五／四六年にウィーン近郊マウアーバッハのカルトゥジア会で死去した。『マリアの生涯』は教化を目的とした美的・知的な野心のない娯楽本で、イエス、マリア、ヨセフとの感情的一体化に誘うものである。十四世紀には散文に直されて印刷された――そして当然マルティン・ルターによって排除された。

宗教文学としてはボーツェン〔現イタリア領ボルツァーノ〕のドミニコ会管区長ハインリヒ・フォン・ブルガイスの六千詩行以上を包含する『魂の忠告』も挙げられるが、彼の存在は一二七〇年代の資料から証明されている。「告解」、「改悛」といったさまざまな寓意的人物と魂の長い対話には思いきった罪の目録が提示され、正しい改悛の姿勢が描かれる。批判はすべての階級、なかでも貴族に向けられている。最後に悔いた魂が悪魔に引ったてられ、神の裁きの前に立ち、天秤にかけられるが、罪人《つみびと》たちはみな改悛とイエスの救済によってあがなわれる。このテクストはおそらく最後の審判劇よりも、絵画における最後の審判の描写の影響を受けている。

おそらく一三一〇年から二〇年の間に書きとめられた『ウィーン受難劇』は、ラテン語とドイツ語が混在した宗教劇である。どこで書きとめられたかは不詳である。この不完全なかたちで遺された演劇は、綿密な神学的綱領に基づいている。ルシファーは地獄落ちの後、人間を堕落させることをもくろみ、アダムとイヴを堕罪へと誘う。二人は他の罪人たちと同様に地獄の裁きの前に立たなければならない。これにラテン語の『ベネディクトボイアーン大受難劇』を大規模にひき継いだマグダレーナ劇がつづく。罪人マリア・マグダレーナはイエスによって改心する。これにつづく晩餐の場は、数行で途絶えている。『ウィーン受難劇』は明らかに「伝統的な典礼様式から近代的劇場写実主義への移行期に」立つもので

（クナップ）、十五世紀の大受難劇群を予示するものである。

世界年代記

この時代の世界年代記は宗教文学にかぞえられることもあり、『創世記』に倣って世界の創造から始まる。それは十三世紀末に執筆されたヤンス・フォン・ウィーンの『世界年代記』にも該当するが、彼は裕福なウィーン市民で、一時ヤン・デア・ヤンゼン・エニケル、すなわち「ヤンスの孫《エンケル》」と称していた。彼の三万対韻詩行に及ぶ本は、聖書・古代・中世の物語から一二五〇年の皇帝フリードリヒ二世の死まで物語り、それに厖大な聖人伝・伝説・逸話・滑稽譚が織り込まれている。注目すべきは異国やオーストリアに関する偏見に満ちた民衆とことばの描写で、特にここの住民はけんか好きに描かれている。ヤンスは未完の四二五八詩行ほどの『君主本』も遺しているが、これはオーストリアとシュタイアーマルクの始まりからフリードリヒ好戦公の死までを描いた歴史である。その一方で伝説的部分を織り込んだ物語は、明確にウィーンの「騎士市民」の視点から物語っていて、英雄的・騎士的世界観と現実的・商人的世界観の間で揺れ動いている。ヤンス・エニケルの二冊の本は言語的に刺激的なものではないが、内容的には読む価値があるものであり、『君主本』はバーベンベルク朝から大空位時代を経て、ハプスブルク朝に至るオーストリアの通史を叙述した十三世紀末以降の最初の試みの一つである。

ヤンゼンの『世界年代記』に挿入された韻文小説は、明らかにシュトリッカーの伝統につらなるものである。この伝統にはウィーンを舞台とするものの、おそらく一二七〇―八〇年ごろ、ボヘミアで成立した七百詩行から成る有名な滑稽譚『ウィーンの航海』も属している。この詩人は「喜びなき者」を称し、物質的な物にしか関心をもたない街ウィーンを風刺的に物語り、古代から有名だった逸話を引いてくる。けっこう裕福なウィーン市民たちがワインをしこたま飲み、しまいには聖地への巡礼の途上にあると思いこんでしまう。足下がふらつくのは外洋を航行しているためだと思い、嵐に責任があると見なされた者が窓から投げ捨てられ、骨を折ってしまう。酔いが覚めると、実際に旅にかかる以上の高い代償を支払わされることになる。

ザイフリート・ヘルブリングという誤った作家名と、一部のテクストにしか意味をもたない『小さなルツィダーリウス』という問題のある題名のもとに、八四〇〇詩行に及ぶ十五の詩から成る作品集が遺されているが、これはもともと一冊の本としてまとめられる予定のものではなかったと思われる。成立年としては一二八二年から九九年が妥当なところであろう。執筆者はおそらくは森林地方出身の騎士で、この風刺的文章からいって保守的で、古い身分秩序を重んじる世界観を代表しているが、もちろん宮廷騎士の理想からはすでに遠く離れたところにいる。異国の風習をオーストリアにもたらしたとしてハプスブルク家とその重臣たちをくりかえし批判し、特にユダヤ人のことは猛烈な激しさで攻撃し、バーベンベルク家時代を全面的に褒めちぎっている。露骨に地方色豊かなことばは、なぜこの作品の影響がオーストリアの域を出なかったかを語っている。同じことは『小さなルツィダーリウス』の中で名を挙げられているコンラート・フォン・ハスラウの『青年』にも該当し、この一二六四対韻詩行から成る教訓詩は、貴族の青年たちに相応のふるまいを教示することを目的としたもので、『小さなルツィダーリウス』と同様に、身分の融解と成上り者の田舎じみた行動を嘆いている。コンラートの粗野な教訓は宮廷の理想からははるかに遠いところにある——たとえばミンネ・イデオロギーなどその居場所がまったくない。

シュタイアーマルクのオトカルという名の騎士はいくつかの古文書で „Otacher ouz der Geul“ と呼ばれ、一二六〇年から一三二〇年ごろに生きていたと思われ、十万もの対韻詩行から成る『シュタイアーマルク韻文年代記』の執筆者である。同時代の宮廷文学に通暁したこの作家は、客観性を重んじ、神学的議論を廃したほとんど世俗的というべきアプローチを提示し、一二五〇年の皇帝フリードリヒ二世の死からハプスブルク家に対する一三〇九年の低地オーストリア蜂起に至る世界史を、明確にオーストリア地域に重点をおいて物語っている。観点はシュタイアーマルク＝オーストリア的・貴族的である。ハプスブルク家のルードルフ一世が限りなく肯定的に描かれているのに対して、その政敵プシェミスル家のオタカル二世は勇敢だが残酷で優柔不断な支配者として現れる。執筆者にとってはオーストリアとシュタイアーマルクにおけるバーベンベルク家からハプスブルク家への政治的継続性を打ち立てることが問題なのであった。したがってフランツ・グリルパルツァーが数百年後にその愛国的戯曲『オトカル王の幸福と最期』で、この韻文年代記作家を（人文主義者ヴォルフガング・ラーツィウスによって誤って伝えられた）ホルネックのオトカルの名で登場させ、オーストリアを讃美させていることは偶然ではないのである。

九千詩行になんなんとする叙事詩『マイとベーアフロール』は、一二七〇―八〇年ごろにシュタイアーマルクで成立したと思われる。著者は不詳である。この聖人伝めいた物語はヨーロッパ中に知られていて、ヤンゼンの『世界年代記』にも採用されている素材である。中心人物のベーアフロールは神聖ローマ皇帝の娘で、その体験は高貴な生まれの男女の出会いと別れ、そして再会という図式に従っている。彼女はみずからの父親に迫られたために、故郷から逃れ、ギリシャのマイ伯爵と結婚して幸福な夫婦生活をおくるが、義母に陥れられ、追放されてしまう。真実を悟ったマイ伯爵は母親を殺し、悔恨の年月をすごし、とうとうベーアフロールに再会する。最後に彼みずからローマ皇帝となり、教皇にすべての罪を赦される。神が汚れない主人公のためにくりかえし物語に介入することで、この叙事詩は宮廷の理想をキリスト教的秩序に結びつけている。

一三一二年ごろの文書で確認できるウィーンの教養ある医者ハインリヒ・フォン・ノイシュタットは大規模な文学作品を遺している。その二万対韻詩行を超える叙事詩『ティルスのアポロニウス』は、ハインリヒ・フォン・テューールリーンの『王冠』と同様に中世の古叙事詩において是とされるものをほとんどすべて統合している。この叙事詩は十五世紀の異同の大きい四つの写本で伝わっている。ハインリヒの基盤になっているのは古代末期の『ティルスの王アポロニウスの物語』で、彼はこれを四倍の長さに拡大し、多くの幻想的な冒険を盛り込んでいる。イエスの時代、主人公は全世界を漫遊し、何人かの美しい女性と結婚し、人生の最後に円卓会議を組織してエルサレムを征服し、ローマ皇帝となる。この叙事詩はストーリーの展開においてしばしば矛盾をはらみ、完結したストーリーというよりも場面の連鎖という構造をもっている。注目すべきは粗削りでグロテスクな個々の部分であり、時に効果を上げるエキゾチシズムである。第二作の約八千詩行に及ぶ『神の未来』で、ハインリヒはイエスの生と死と復活、さらには最後の審判をとおして、人間の救済の必要性を認識させるために、救済史を世俗信者に供することをもくろんだ。ハインリヒはその際きわめて多彩な素材を用いているものの、この時代の神学的水準には達していない。

バーベンベルク朝時代と同様に、十四世紀にも特徴的なユダヤ文化・文学がみとめられるが、その原典はわずかしか遺されていない。この時代にはキリスト教による反ユダヤ主義が顕著になってきている。ユダヤ人によるホスティアの冒瀆なる行為が頻繁にいわれるようになる――これはキリスト教による聖体崇拝の高まりの裏返しである。五千人が犠牲になった一二九八年のフランケン地方におけるリントフライシュ迫害や、六千人の犠牲者を出した一三三六―三八年のシュヴァーベンとフランケンにおけるアルムレーダー迫害のような大規模な虐殺と殺戮はハプスブルク地域では起こらなかったが、小規模な迫害はあった——たとえば一三三八年のプルカウ、レッツ、ツナイム、ホルンにおけるホスティア冒瀆のうわさの際のように。一三四八、四九年のペストの発生は反ユダヤ主義的ヒステリーを煽りたてるものであった。ユダヤ人の保護者としては、オーストリア公アルブレヒト二世（一二九八—一三五八／即位一三三〇）が際だっている。

比較的規模の大きなユダヤ人共同体はウィーンとウィーナー・ノイシュタット、クレムスにあった。しかし重要なユダヤ人教養人は伝わっていない。その多くはさすらいのラビであり、定住地をもたなかったのである。ウィーンではキリスト教徒とユダヤ人の共存が比較的平和裏に行われていたと思われる。少なくともヤンス・フォン・ウィーンにはそれを推察させる箇所がある。しかし十五世紀に状況は著しく悪化する。

第三節　中世後期——ルードルフ四世からアルブレヒト五世の時代（一三五八—一四三九）

神聖ローマ帝国内でハプスブルク諸邦が特別な地位を占めるようになるための重要な一歩は、ルードルフ四世建設公が一三五九年に作成させた偽造文書——大特許状《プリヴィレギウム・マイウス》〔ルードルフ四世が偽造させたカエサルやネロから下されたという特権文書。これによりハプスブルク家は唯一大公 Erzherzog を名のり、七選帝侯を上まわる特権を主張した〕であった。ルードルフ四世は義父であるルクセンブルク家出身の皇帝カール四世と対抗関係にあった。皇帝が帝都プラハを拡充したように、ハプスブルク公はウィーンを整備し、一三六五年には大学を設立した。「大特許状」の五つの証書のいくつかは部分的にカエサルとネロにまでさかのぼるというオーストリアの特権を規定し、この領邦を大公領に昇格させようとするものだったが、それがカール四世に承認されることはなかった。しかしハプスブルク家の皇帝フリードリヒ三世は一四五三年にこれを受け入れ、ハプスブルク支配のための国法上の重要な文書となった。

一三六五年に早世したルードルフ四世は教養も高く、ハプスブルク家のチロルとフォアアルルベルク獲得への道を切り開いた。もちろんその後の数百年間はふたたび分割相続と抗争に明け暮れることになった。公爵アルブレヒト五世によってハプスブルクの勢力伸長が予示されることになった。彼は一四三七年にハンガリー王、一四三八年にはボヘミア王そしてドイツ王にアルブレヒト二世として選出されてまもなく、一四三九年に死去したのだった。その死後に生まれた息子ラディスラウス・ポストゥムスがその遺産を相続したが、アルブレヒトのドイツ王としての後継者はフリードリヒ三世であり、彼は一四九三年までその位にあった。

社会史的にはこの時代は都市の成長に特徴づけられている。ウィーンの人口は一四三〇年から一五〇〇年までの間に二万人から五万人にまで増加した。もちろん離村は社会的緊張をもたらした。学校はエンス川下流域すなわち低地オーストリアで量的に増加した。新設されたウィーン大学の学長が校長を務めることもあったウィーンのシュテファン学校の授業計画を記録した校則が保存されている。授業言語はもちろんラテン語であり、生徒のドイツ語の使用は罰せられた。ウィーン大学はルードルフ建設公によってプラハ大学に対抗してパリを手本に設立されたが、当初は著しい困難に直面した——ローマ教皇によって神学部が認可された一三八四年は、ヨーロッパ教会分裂（一三七八—一四一七）の結果、教皇が最初は二人、後には三人も存在した時代であった。学芸学部での二年の学業を終えると、学士《バカラウレウス》の称号が授与された。ひき続き少なくとも一年間の研究・教授活動を経て、リツェンツィアートという称号と最終的な教授資格が付与された。そして費用のかさむ仰々しい授与式を経て、最高権威の研究――神学――の前提である修士号《マギスター》が得られる。もちろんたいていの学生は修了することなく、数年間の学業の後に行政・司法において、あるいは医者・聖職者として働いた。

世俗的教育についてはほとんど知られていない。ハプスブルク公の多くは教養があり、学芸の後援者であった。領主たちと都市貴族は融合していったのに対して、騎士階級は衰退していった。宮廷と騎士に関する理想は依然として喧伝されていたものの、騎士にはもはや軍事的な役割がなかった。貴族女性の読む能力は相変わらず顕著なものがあった。受容の記録が証しているように、読まれていたのは依然として十三世紀のドイツ語による古典的な物語作品であった。

この時代からそれ以前と比べて格段に多くの写本が得られるようになる――文書の作成が文字どおり爆発したのだ。特に一三六五年から九五年まで統治した敬虔な公爵アルブレヒト三世のもと、ウィーンの宮廷は文学のパトロンとしての役割を演じたが、彼がとりわけ関心をもったのは宗教的文献であった。ラテン語は全ヨーロッパの知識階級にとって共通語《リンガ・フランカ》であり、それどころか中世盛期におけるフランス主導の宮廷文化終焉後は、さらにその意味を増したのであった。イタリアではペトラルカとボッカッチョの作品によって古代様式の理想、古代のテーマへの回帰といった後の人文主義につながる特徴が見られたが、もちろんドイツ語圏ではその影響はさしあたりはまだ控えめなものであった。

ラテン語文学

十四世紀のラテン語学者文学の領域においては、ウィーン大学の教授たちによる文献が際だっている。彼らは文字どおり講義（vorlesen）した――正典に独自の注釈を加えた原稿を音読（vorlesen）したのだった。数百ものこうした原稿が遺されている。ここではヨーロッパ全体のカトリック教会に影響を及ぼした著者の伝記のみを挙げておこう。ハインリヒ・フォン・ランゲンシュタインは一三二五年ごろヘッセンに生まれた全ヨーロッパ的水準の学者で、パリでの研究・教授の後、一三八四年に新設のウィーン大学神学部に招聘された。一三九三、九四年には学長を務め、一三九七年に死去した。この時代のすべての学問領域を網羅する厖大な作品は、ハインリヒが狂信を嫌悪する懐疑主義的博識家であったことを示している。もっとも重要なのは五十以上の写本が遺されている『創世記』注釈である。ハインリヒ・フォン・オイタは一三三〇年ごろフリースラント〔オランダ・ドイツ北海沿岸地方〕に生まれ、一三九七年に死去したが、一三五〇年以降プラハで、一三七七年以降は一時的にパリで研究・教授した。やはり一三八四年にウィーンにやって来て、詩篇の注釈を執筆し、友人のハインリヒ・フォン・ランゲンシュタインと同様におりにふれての学問的著作と説教を数篇遺した。『箴言』注釈は敬虔なドミニコ会士フランツ・フォン・レッツ（一三四三ごろ—一四二七）の代表作であり、彼は生涯のほとんどをウィーン大学ですごし、神学部長を数度務めた。説教者として影響力が大きかったのは一三六〇年にシュヴァーベン〔ドイツ南部ヴュルテンベルク・バイエルン西南端オーストリア国境地域〕で生まれたニコラウス・フォン・ディンケルスビュールで、後に人文主義者たちの称讃を受けることになった。学部長に数度なったほか、一四〇五、〇六年には学長となり、一四一四—一八年にはオーストリア公アルブレヒト五世の使節としてコンスタンツ公会議に参加し、長年のシスマ〔（教会）分裂〕に終止符を打った一四一七年の教皇選挙の際のコンクラーヴェの一員だった。その厖大な作品は説教とマタイ福音書注釈のほか、同時代の神学論争への参画も含む。ニコラウスはメルク修道院改革運動にも参加し、フス教徒に断固反対し、一四二〇、二一年のウィーン・ゲゼーラ〔弾圧〕におけるユダヤ人居住地解体の際には、強制的に改宗させられたユダヤ人たちの前で説教した。一四三三年に死去した。一三八〇年ごろアルゴイに生まれたドミニコ会士イスニのヨハネス・ニーダーはウィーン大学で勤務していた——一四二六年にフランツ・フォン・レッツのもとで博士号を取り、一四三六、三七年には神学部長であった。しかし活動の重点はウィーン以外にあった。一四三一年からバーゼル公会議に参加し、修道会改革者として多くの視察旅行を試みた。一四三七年にニュルンベルクで死去した。もっとも成功した倫理神学入門である『蟻塚《フォルミカリウス》』は教会擁護の教理問答、敬神への手引きであると同時に高まりつつある魔女信仰の記録でもあり、一四八六年の悪名高い『魔女への鉄槌《マレウス・マレフィカルム》』に大きな影響を及ぼした。

最後に挙げられるべきは一三八八年にシュトッケラウ近郊ハーゼルバッハに生まれたトーマス・エーベンドルファー（一三八八—一四六四）で、彼はニコラウス・フォン・ディンケルスビュールの弟子であり、ウィーン大学で学部長・学長を数度務め、一四三一年には大学の代表としてバーゼル公会議に参加した。エーベンドルファーは歴史学にとって重要な『オーストリア年代記《クロニカ・アウストリエ》』や四千ページに及ぶイザヤ書注釈を執筆したが、後者に対して人文主義者エネーア・シルヴィオ・ピッコローミニは一四五四／五五年に、エーベンドルファーは二十二年経ってもこの預言書の第一章しか終わっていないとこき下ろしている。数多く遺された説教は同時代の迷信の記録の宝庫となっている。

宗教書翻訳

ウィーン大学周辺でも注目すべきドイツ語散文テクストが見いだされる。文学史は「ウィーン（翻訳者）学派」と言い表してきた。多くの場合、作者の問題が明確に究明されていなかったため、七十七の写本で遺されている教理修養書『罪の認識』は、誤ってハインリヒ・フォン・ランゲンシュタインのものとされてきた。一三四〇年ごろに生まれたアウグスティノ会隠修者であるウィーンのレオポルトの事績はたどることができ、パリで学んだ後、一三八四年以降はウィーン大学に務め、オーストリア公アルブレヒト三世の宮廷司祭でもあった。ローマ、エルサレム、シナイ山に関する三つの短い巡礼詩と、一三八五年には古代末期の著述家カッシオドルスの大教会史を『全キリスト教界教会史』という題名で訳している。ウィーン学派は一四〇〇年以降頂点に達した。一三六〇年ごろ生まれたウルリヒ・フォン・ポッテンシュタインはベアトリクス公の宮廷司祭となり、一四一一年から没する一七年までは上部オーストリアのエンスで司祭を務め、おそらく一三九〇年代に始められた一一〇〇ページに及ぶ大作で、四部からなる教理解釈を遺し、読者に騎士物語に代わる神意にかなったものとして供した。エンスではウルリヒはいわゆる『キリロス寓話集』を訳したが、これはおそらくは十四世紀初頭にイタリアでまとめられた寓話形式の道徳教理である。

やはりエンス川流域地方と結びついているのはヨハネス・ビショフとジーモン・フォン・リーガースブルクの翻訳で、両者とも上部オーストリア領主ラインプレヒト・フォン・ヴァルゼー二世を後援者に挙げている。ヨハネス・ビショフはフランチェスコ会士でウィーンの宮廷説教師であり、みずからの一〇六のラテン語による説教をドイツ語に訳し、明らかに聖職者の読者に向けられた序詞で、堕落した同僚に痛烈な批判を加えている。おそらくはシュタイアーマルク出身のジーモン・フォン・リーガースブルクは、一四〇九年から一四一七年に没するまで、ウィーンで説教師をしていたことが判っている。教会学者であった教皇大グレゴリウスによるヨブ記釈義『ヨブの道徳』など道徳神学の文書を訳した。ヨハネス・ビショフもジーモン・フォン・リーガースブルクも徹底した聖職者批判を行い、世俗信者が宗教書を読むことは想定していない。

ウィーン学派で文学的にもっとも重要なのは、ニコラウス・フォン・ディンケルスビュールの編者と称する不詳の学者の作品で、一四二〇年代に二巻本のニコラウスの説教翻訳を出版し、その際明らかに著者と共同作業を行っている。この編者は驚くべき言語感覚で際だっていた――この時代のドイツ語圏の散文作家の頂点に立っている。

ウィーン学派最大の影響力を誇ったのは、一三九〇年ごろにウィーン近郊グントラムスドルフに生まれたトーマス・ポイントナーで、ウィーンで説教師として高い名声を得、オーストリア公アルブレヒト五世妃エリーザベトの聴罪司祭であったことが判っている。一四三九年に死去した。師ニコラウス・フォン・ディンケルスビュールの説教に基づいた一四二八年成立の『神の愛好の書』は南ドイツ一帯に広まり、ミヒェル・ベーハイムが一四七〇年ごろに歌曲集の基にしたものである。神への没我的愛と作品の敬虔さによって、ポイントナー（とニコラウス）は完全にスコラ学の伝統に立っている。『祝日への神の愛好』や『キリスト教説』、『有益な死の技法』といったラテン語テクストの翻訳・翻案にも、ポイントナーはこのメッセージをこめている。

もちろんドイツ語による宗教文学はウィーンに限られたものではなかった。オーストリア公領ではメルクのベネディクト会修道院がもう一つの中心であった。ここには大規模なドイツ語による本の収集である助修士図書館が設立され、字の読めない修道士たちは日々朗読してもらい、字の読める修道士たちは独力で研鑽を積んだ。もっとも有名な作家・翻訳家・写本家――その区別は判然としない――は、一三九〇年ごろマット湖近郊に生まれた騎士階級出身のリーンハルト・ポイガーであり、彼は一四一九年から死去する一四五五年まで、助修士としてメルクで活動していた。ポイガーはマイスター・エックハルトの説教と新約聖書の翻訳テクストを編纂し、ウィーン学派の作品の写本を作成し、みずからタイヒナーを範とした文章的にかなりぎこちないいくつかの対韻講話を執筆した。

シュタイアーマルク公領は中世後期、オーストリアに対して文学的に重要性を失っていたが、二人の学識ある翻訳家が活動していた。イルムハルト・エーザーはアウクスブルク出身の在俗司祭で、一三三五年以降ボローニャで学び、一三八〇年までグラーツの司祭だったが、そのかたわらザルツブルク大司教領でも種々の役職を務め、『ラビ・ザームエルのラビ・イーザクに宛てた書簡』を翻訳したが、これは一三三九年ごろ執筆され、ヨーロッパ中に流布していた虚構文書で、改宗したユダヤ人がキリスト教をユダヤ人批判者に対して弁護するというものである。エーザーの翻訳は他の多くの同時代文書と違ってユダヤ人狩りを行っていないが、それは一三四八、四九年に虐殺が起こったザルツブルクの教会の対ユダヤ敵対的立場と、ハプスブルク君主の対ユダヤ友好的態度との間を綱渡りしなければならなかったことに由来するのかもしれない。一三六五年ごろ生まれたシトー会修道士アンドレーアス・クルツマンは、ミュルツ河畔のノイベルク修道院に属し、ごくわずかな写本しか遺されていないいくつかのドイツ語対韻翻訳を執筆したが、そのなかには九千詩行に及ばんとするラテン語原典で広く流布した予型論〔旧約に新約への暗示を見る解釈〕的聖書釈義『人間の救済の鏡《スペクルム・フマーネ・サルヴァティオーニス》』がある。クルツマンの翻案は明らかに助修士の前で朗読することを意図したものであり、ところどころに見られる写実的な時代批判によって際だっている。そのほかクルツマンはグレゴリウス伝説を想わせる近親相姦と親殺しの物語である『聖アルバンの伝記《ヴィータ・サンクティ・アルバニ》』と、カロリング朝の武勲詩《シャンソン・ド・ジェスト》に素材を求めた男の友情をめぐる物語『アミークスとアウレーリウスの伝記』を翻案したが、これもどぎつい性格をもったものである。

チロルにもいくつかの重要な翻訳が成立した。貴族のミヒェル・ヴェルザーはトリノ近郊のバルダッサーノの城管理者として、ジョン〔ジャン〕・マンデヴィルの旅行記のフランス語版を知り、それを一三九三年から九九年にかけて翻訳した。マンデヴィルが一三五七年から七一年にかけて執筆したエルサレムからインド、中国への旅行に関する空想物語は、中世末期・近世初期全ヨーロッパのベストセラーであった。ヴェルザーの翻訳は三十三の写本と三つのインキュナブラ版で遺されていて、やはり成功をおさめている。

ウルリヒ・プッチュは一四二七年から三七年までブリクセンの司教であり、オスヴァルト・フォン・ヴォルケンシュタインとの対立を明解に記したラテン語日記とともに、一四二六年に執筆した『魂の光《ルーメン・アニマエ》』の翻訳を遺しているが、これはスペインのドミニコ会士ベレンゲル・デ・ランドラによって一三二〇年代に成立したアルファベット順に並べられた説教教本である。『魂の光』はいくつかの異なった版で遺されている。これは寓意的に解される怪しげな知識の集積を供し、おびただしい権威、えせ権威、偽の権威に根拠を求めたものである。ウルリヒ・プッチュの翻訳は原本にかなり忠実で、明らかに学識ある読者に向けられている。『魂の光』が前人文主義的精神性の生々しい証言であるのに対して、チロルでもペトラルカの最初の翻訳を見いだすことができる。これはおそらく一四三〇年以前に成立したものだが、唯一遺されている写本は切れ切れの断片にすぎない。ペトラルカが一三五四年から六六年にかけて執筆したラテン語による二四五の対話集『禍福両方の対処法』をチロルの不詳の、いずれにせよ教養ある翻訳者が生き生きとした散文で再現し、技巧的な原典に迫る成果をおさめている。

宗教劇

ドイツ語宗教文学の分野には宗教劇も含まれる。一四四〇年以前のテクストはほとんど遺されていない。しかしすでに十四世紀後半からさまざまな素材での上演——それに劇場作品とキリスト教が共存できるかという神学論争もなされていたことが判っている。とりわけ下品な笑いの要素を受難／救済物語にもたらした粗野な聖油売りの場面の規模が大きくなりつつあり、この論争に火をつけることになった。典礼の中で救済物語が演じられるのは長い伝統であった。上演には兄弟団が責任をもった——ウィーンなどでは十五世紀末から聖体兄弟団がこの教会の祭で受難劇を上演していたことが確認できる。上演はかなり費用がかさみ、時には何日も続いた。役者には聖職者と高位の世俗信者がついた。観衆への情動的効果は絶大だった——そして時には在住ユダヤ人をキリスト殺害者に見たてた暴力行為につながっていった。

伝えられる演劇は一般にさまざまな地方からかき集められた素材によっているため、場所の特定が困難である。十五世紀末を描いた四三八詩行の長さの『新ウィーン受難劇』は『エアラウ演劇』群の一部を成したものと思われる。保存されている場所であるハンガリーのエゲル〔ドイツ名エアラウ〕から名づけられた『エアラウ演劇』は、十五世紀初頭にケルンテンのリーザー渓谷のグミュントで書かれたとみてまちがいないだろう。写本は明らかに上演用に充てられたものである。これは上演用記録であり、これを基に演出指導書が作成されたのだろう。いくつかの場面には数種の選択肢が示されている。この戯曲は伝わっている他の多くの宗教劇との共通点を示している。『エアラウ演劇』は『降誕祭劇』、『公現祭劇』、『復活祭劇』、『マグダラ劇』、『番兵劇』、『マリアの嘆き』を含む。一三三一詩行に及ぶ大規模な『復活祭劇』では粗野な聖油売り劇が全体の三分の二を占めている。ここには露骨な下ネタと性にかかわる笑いがあるが、救済物語が再開すると、いつも天使の「静粛に！」というおそらくは観衆に向けられた叫びによって制止される。風刺は聖職者たちにも頻繁に向けられた。激しい反ユダヤ的部分が、とりわけイエスの復活をとりあげた『番兵劇』に見られる。これらの劇はもちろん教会的性格をもっていて、受胎告知には強烈な場面が用いられもしている。もちろん観衆に現世の無意味さを風刺的に示すという目的を果たしているか、それとも謝肉祭的要素の方が勝っているかどうかについては断じがたいものがある。

『エアラウ劇』と比肩しうるのは『インスブルック劇』で、これは一三九一年に書かれた三一六八詩行に及ぶ未完の『マリア被昇天劇』、一一八八詩行の長さの『復活祭劇』と七五六詩行の長さの『聖体祭劇』を含む。原本はテューリンゲン言語圏に由来するものである。『復活祭劇』の聖油売りの場面やキリストの地獄行の場面などの風刺的な部分は『エアラウ劇』、さらにははるか後に書かれた『ウィーン復活祭劇』と共通している。『復活祭劇』の思想は都市民的なものである。階級の風刺はとりわけ職人の誤った行動に向けられている。

チロルには一五一五年に死去したボーツェンの学校教師ベネディクト・デプスと、一五五二年に死去したシュテルツィング〔現イタリア領ヴィピテーノ〕の画家ラーバーの遺稿による数多くの宗教劇・世俗劇が遺されている。古い演劇の筆写によるものなのか、あるいは同時代のテクストによったものなのかは明らかになっていない。さまざまな戯曲——種々の降誕祭劇・受難劇・復活祭劇、それにナイトハルト劇——の上演は一四五〇年以降になってようやく確認できる。テクストの原本が由来する領域はボヘミア、アレマン、オランダに及ぶ。

「ナイトハルト劇」は数種類のジャンルの組み合わせによる定義の難しいこの時代特有の文学現象で、全ドイツ語圏に広まったが、その発端はナイトハルトの歌の流布と模倣にあった。特に際だっているのはオーストリア・アレマン地域のナイトハルティーナで、これら地理的に離れたハプスブルク領の文化的つながりを予想させる。市民の邸宅壁画はこの伝統を活気あるものにしている。ウィーンでそれは再現の難しい地域的伝承と結びついた。一三三〇年ごろにオットー陽気公の宮廷で活動していたナイトハルト・フックスという道化貴族の名前がくりかえし言及され、この人物はその後歌人ナイトハルトと混同されるようになっていった。ルードルフ四世のもとではウィーンのシュテファン聖堂の外壁にナイトハルトの墓碑が建てられた――ルードルフの文化政策的野心と結びついた行為だろうが、その真意はよく判っていない（この墓が二〇〇〇年に掘り起こされたとき、百年以上の年代差のある二人の男性の遺骨が発見された）。

いくつかのナイトハルト笑劇が遺されているが、それはたいていナイトハルトと農夫の争いをあつかったものである。悪名高いのは菫の笑劇である。公女が今年初めての菫を見つけた者のミンネに報いる約束をする。ナイトハルトは首尾よく菫を見つけ、帽子に入れて宮廷に持っていく。途中農夫が菫を奪い、自分の排泄物とすり替えたために、ナイトハルトは公妃の不興を買うことになる。もちろん彼は農民にひどい仕返しをする。笑劇はたいてい歌の形式で伝わっている。十五世紀末に収集がなされ、アウクスブルクで初めて印刷された。ハインブルクの富裕な学校教師リープハルト・エッゲンフェルダーの一四三〇年ごろに編まれた歌の本には、すでにいくつかの笑劇歌とナイトハルトの実作が収められている。

ドイツ語年代記

この時代の年代記の分野ではドイツ語散文がドイツ語韻文やラテン語に対して優勢になってきている。もっとも重要な作品は、長い間誤ってウィーンのレオポルトのものとされてきた十四世紀末に完成された『九十五人の統治下のオーストリア年代記』で、この国の威信を高めるために、バーベンベルク家以前の時代の八十一人のオーストリアの虚構の統治者を――数年前のルードルフ四世による大特許状《プリヴィレギウム・マイウス》の偽造の精神で――列挙している。この作品はアルブレヒト三世の要請で始められたものであるものの、編者の意図は自身述べているように、政治的なものであると同時に――過去の例は教訓を与えるという――道徳的なものである。この内容的に十三世紀の韻文年代記を基にしたテクストは、多くの写本で遺されていて、オーストリアの歴史を世界の創造から一三九五年のアルブレヒト三世の死まで物語っている。その際オーストリアは当初から政治的に独立した国家として造形され、さまざまな――異教、ユダヤ教、キリスト教の――王朝によって統治され、バーベンベルク家とその後ハプスブルク家が合法的におそったとされる。この年代記は非常に愛好され、たとえばトーマス・エーベンドルファーはみずからの『オーストリア年代記《クロニカ・アウストリエ》』に用いているが、エネーア・シルヴィオ・ピッコローミニなどの人文主義者たちは嘘で馬鹿馬鹿しいと攻撃した。

もちろん伝統的な世界年代記は韻文のままであった。中世末期に典型的なのはきわめて規模の大きな世界年代記で、ここでは聖書の救済史と世俗史が結びつけられ、それぞれの著者――あるいは著者団――は躊躇なく古い年代記や物語に取材している。したがって世界年代記はきわめてまれにしか発生地域が特定されることはない。しかし少なくともいわゆる『主キリスト年代記続篇』の写本はザルツブルク＝オーストリア地域を暗示するものである。これはテューリンゲンで成立したルードルフ・フォン・エンスの世界年代記をふまえたある作品が、旧約聖書の『士師記』の初めですでに途絶えているのをひき継いだもので、その際ヤンス・フォン・ウィーンの『世界年代記』など種々の見本を用いている。十四世紀末にやはりバイエルン＝オーストリア地域で成立したハインリヒ・フォン・ミュンヘンの『世界年代記』は、この『主キリスト年代記続篇』を基にしたものである。この――五万から十万詩行の――

さまざまな規模の原稿を含む作品は、たぶん同一の著述工房で創られたものであろう。これは種々の世界年代記のほかにシュトリッカーの『カール大帝』などの宮廷叙事詩や、さまざまな版でヴォルフラム・フォン・エッシェンバッハの『ヴィレハルム』の長い部分を含んでいる。『世界年代記』は歴史的知の総合をもくろみ、もちろん事実を宗教的に解するほか、再三聖書的・世俗的歴史の予型論的連関を打ち立てる。

しばらくの間ルードルフ建設公の宮廷に関係していたのは、マイセン出身の格言詩歌人ハインリヒ・フォン・ミューゲルンである。学識に裏打ちされ、形式的にきわめて技巧的な格言詩と寓意的対韻詩『聖母の花冠』はオーストリアに根ざしたものではないが、ドイツ語散文で書かれた『ハンガリー年代記』はルードルフ公に（おそらく注文され、そして）捧げられ、これに基づいたラテン語版の部分的に韻文化された年代記は、ハンガリー王ルートヴィヒ大王に捧げられている。この年代記はハンガリー初期の一部は純粋な虚構の――フン族の――物語で、アッティラ伝説がディートリヒ伝説に結びつけられ、それがほぼ史実に基づいた十四世紀まで続いていく。ヴァレリウス・マクシムスの古代逸話集の論評のドイツ語訳は、やはり学識に裏打ちされた作品で、ハインリヒはこれをあるシュタイアーマルクの貴族に捧げている。一三七二年の文書では詩篇論評の翻訳者とおそらく不当に称され、『オーストリア聖書翻訳者』の作品と関係づけられているが、その確証は得られていない。誰が真の作者であるかは、まだ判っていない。

格言詩

ウィーンの二人の格言詩歌人ハインリヒ・デア・タイヒナーとペーター・ズーヘンヴィルトのテクス

トは地域を超えた関心を獲得した。シュトリッカーの伝統に立つ多くの短い逸話がハインリヒ・デア・タイヒナーの作者名で遺されているが、その長さが百詩行を超えることはまれである。それらはたいてい「私は尋ねられた」で始まり、「タイヒナーはこう語った」で終わる。個々の作品がきわめて不均質であることは、これらの詩の多くが異なった作者に由来するものであること、したがって「タイヒナー」とはジャンル名を指しているのではないかということを予想させる。ハインリヒ・デア・タイヒナーは教養あるウィーンの世俗信者で、おそらくどこかの宗派の兄弟団のメンバーだったと思われるが、その伝記はほとんど判っていない。彼のテクストは一三五〇年以降に成立したと思われる。一三七七年以前に死去した。その格言詩はたいてい道徳教育的に跡づけられる語りの部分を含んでいる。タイヒナーは様式的には単純であり、技巧的修辞手段は回避し、聖書と教父をひき合いに出して、聴衆を教化しようとしている。動物寓話・教訓物語・譬え話・奇跡譚といった物語それ自体は、大きな価値を帯びたものではない。同時代の説教文学と密接な関係にあることは明白で、タイヒナーは教会教育上の準則に厳密に従っている。その世界像の根底には騎士がまだ騎士らしく、貴族がまだ貴族らしかった過去の時代の讃美がある。一方で穏やかな市民生活の讃美をくりかえし歌う。総じて聖職も世俗者も免れえない世界にはびこる罪深さを訴える。地域を越えた宮廷周辺でもみとめられる受容は、その診断が多くの者たちによって共有されていたことを示している。

タイヒナーの追悼文を書いているペーター・ズーヘンヴィルトの伝記を跡づけるのははるかに容易である。一三二〇年代に生まれ、一三四七／四九年から九五年の間に格言詩を執筆し、まずオーストリア公アルブレヒト二世、ハンガリー王ラヨシュ一世、バイエルン公ルートヴィヒ五世といった有力諸侯のお抱え詩人として勤め、一三七七年以降はウィーンに家を所有していたことが判っている。一三九五年から一四〇七年の間に死去した。ズーヘンヴィルトが有名なのは、その美文調の追悼文——オーストリア公ら高位の貴族への讃辞で、たいていそれに死者の紋章の詳細な描写がつづく——による。チロルの対韻テクストも伝わっている。富裕なボーツェン市民ハンス・フィントラーは一四一一年にイタリア語の *Il fiore di virtù* に基づいた一万一七二詩行に及ぶ大部の教訓詩『徳の花』を完成した。フィントラーはハインリヒ・フォン・ミューゲルンによるヴァレリウス・マクシムス訳などのドイツ語テクストから引いた多くの例を使って、手本の徳と悪徳の詳細なカタログを補完した。文化史的に特に興味深いのは迷信による風習の長大なリストであり、フィントラーはこれに懐疑的に対している。その冷静で風刺的な眼ざしは、タイヒナーとその保守的な世界観を想わせる。教会による保証付きの道徳が媒介される。洗練されたことば遊びはハンス・フィントラーのもち味ではない。

抒情詩

それに対して同時代の多くの抒情詩人たちの特徴は言語的技巧にあった。伝記的に跡づけることのできないある詩人が際だっている。ザルツブルクでは一三六五年から九六年まで大司教ピルグリム二世が治めていたが、彼は政治意欲旺盛な教会君主であると同時に、芸術の重要な庇護者でもあった。その宮廷で活動していたザルツブルクのある名前不詳の修道士は、中世末期もっとも影響力があったドイツ語詩人であった。その歌は有名な『シュテルツィング雑録写本』を含む十五世紀中葉のいくつかの写本で伝わっている。もちろん写本にはきわめて異同があり、中世詩人によくあるように、テクストそれぞれの作者を特定するのが困難である。いずれにせよこの修道士は聖歌および世俗歌を作詞作曲した。複雑なラテン語続唱のきわめて技巧的な翻案のほか、技巧的だが単純な民衆用聖歌もある。もっとも著名な歌は二十四節から成る『修道士の黄金のａｂｃ』で、アルファベットの（ｊとｖ以外の）二十四文字で始まる。この修道士の全作品のような形式的にきわめて複雑なこの時代のマリア信仰の証拠は、聖職者・世俗信徒が混在する宮廷社会が想定されたものであろう。この修道士のしばしば性的に奔放な世俗的抒情詩は、その音楽的水準で際だっている――その二声の歌はドイツ語最古の世俗的ポリフォニーの証拠である。伝統的なミンネのテーマは、ここでは変更されている。ミンネの対象の近寄りがたい貴婦人などはいない。男と女は互いに求め合い、その成就を求め、時にそれを妨げるのは嫉妬深い世間だけである。性的関係はたいてい隠喩的に言及されるだけだが、それが臆されることはない。テクストの根底にあるのは、宮廷における慇懃さの欺瞞である。とりわけこの修道士の宗教詩は広く流布し、『黄金のａｂｃ』は十五世紀になっても三度印刷された。この修道士の歌はオスヴァルト・フォン・ヴォルケンシュタインだけではなく、職匠歌人たちにも影響をあたえた。

上流貴族のフーゴ・フォン・モンフォール（一三五七―一四二三）は作家としてはこの修道士よりもはるかに劣っている。しかしみずからの詩文を一四〇一年にまとめて、一四一五年ごろに豪華本にしあげさせている。彼は日常的には文学よりも戦争や政治に従事していた。フーゴはフォアアルルベルクの家系の出身で、三度の結婚によってケルンテンとシュタイアーマルクに重要な所有地を獲得し、幾人かのハプスブルク公のもとで何度か戦争に参加し、一四一三年―一五年にシュタイアーマルクの地方長官として活動した。フーゴのしばしばぎくしゃくした詩行は、形式的にはペーター・ズーヘンヴィルトの影響を受けたもので、彼と交流があったことは明白である。作品は三十八の談話、歌、手紙から成り、ミンネのテーマも含んだ教訓的性格が際だっている。女性讃美はしばしば正式な夫婦愛に行き着く。現世的楽しみの移ろいやすさがくりかえしうったえられ、この時代特有の死への恐れ《メメント・モーリ》の伝統が見え隠れする。フーゴは宗教的・教会的正統派信仰に基づいた教説を遺している。彼はみずからの芸術への従事を神への奉仕と理解していた。

フーゴ・フォン・モンフォールはおそらく今日もっとも著名な中世末期のドイツ語抒情詩人であるオスヴァルト・フォン・ヴォルケンシュタインと個人的に知り合いだった。オスヴァルトは第一級の作家であり、肖像画も知られ、歌に付けられた曲も遺っていて、その生涯は多彩に記録されている。彼は実体験をくりかえし歌に織り込んでいるが、もちろんその体験はたいてい脚色され、できごとへの視点に都合よく利用されているため、どの発言が本当なのかはっきりしない。

オスヴァルト・フォン・ヴォルケンシュタインはおそらく一三七六年に南チロルのプスター渓谷に貴族の家庭の次男としてシェーネク城で生まれた。彼の生涯は波乱に富んだものであった。十歳ですでに従騎士としてヨーロッパ中を移動した。多くの軍事的事業、おそらくは十字軍にも参加し、多くの私闘にまきこまれた。彼は兄と激しい相続争いを起こしている。これに他のチロル貴族との領地争いが加わり、その過程で一四二一年に敵に拘禁され、拷問を受けている。この拘禁はオスヴァルトの愛人アンナ・ハウスマンも一緒で、その名は後年の歌で称讃されている。公爵フリードリヒ四世に対するチロル貴族の反乱という背景からいえば、オスヴァルトはチロル政治において重要な役割を演じていたことになる。さらに一四一三年以降は皇帝ジーギスムントに仕え、その命でヨーロッパ諸国を旅し、スペインそしてモロッコにも行った可能性がある。オスヴァルトは死去するまで争いにまきこまれたが、それと同時に大きな名声にもめぐまれた。一四四五年にメラーン〔現イタリア領メラーノ〕で死去した。

オスヴァルトの歌は自身で作らせた二つの羊皮紙写本と、死後おそらく家族の依頼で作られた紙写本で遺されている。音楽は既存のメロディーと自身の作曲によるもの双方を用いている。約一三〇の歌は宗教的領域から下品な嘲り、旅物語詩からミンネの歌、結婚の称讃から度を越した性愛にまで及ぶテーマの多彩さと言語的名人芸で驚かせる。愛の歌には満たされることのないミンネへの憧れではなくて、満たされる欲望がとりあげられる。自伝的な歌には驚くべき多言語性が支配的である。オスヴァルトは故郷の方言から地域を越えた共通語使用にいたる多彩な語彙使用にとどまらず、時には他のヨーロッパ言語までもちだす。しばしば彼にとって重要なのは、明晰さや理解しやすさではなく、響きの効果なのではなかったかと思われる。オスヴァルトの作品には強烈な個性がみとめられるが、もちろんそれが直後の時代にはさほどの影響をもたらさなかったのは、彼の歌のごくわずかしか大きな写本集に採用されなかったことも関係があるだろう。

中世末期の抒情詩を伝える写本集では、一五五二年に死去したシュテルツィングの画家・演出家のヴィギール・ラーバーの遺稿による十九世紀に発見されたいわゆる『シュテルツィング雑録写本』が挙げられる。これは何人かの作家によっておそらく十五世紀初頭に、あるいはブリクセン大聖堂参事会の周辺でまとめられたもので、ドイツ語とラテン語の「ポルノから聖者伝まで」（クナップ）、まさにさまざまなテクストを集成したものである。ラテン語テクストにおいては宗教的なものが優勢である。しかし多数を占めているのはドイツ語による抒情詩である。著者のなかにはタイヒナーやザルツブルクの修道士、ナイトハルト（とその偽作者）がいる。編者はとりわけ音楽的要素に関心があり、韻律的・音楽的可能性によって多様な側面を獲得している。

ヘブライ語文献

ヘブライ語文献——とユダヤ文化——は一四二〇、二一年の「ウィーン・ゲゼーラ〔弾圧〕」で壊滅的打撃を受けた。すでにそれ以前にシュタイアーマルクとりわけザルツブルクで虐殺と処刑がなされたが、それは宗教的理由はもとより、経済的理由に起因するものであった（それに対してチロルにはめぼしいユダヤ人共同体は存在しなかった）。ハプスブルク公たちはまったく利己的な理由から、まず教会の攻撃と暴力にうったえるキリスト教住民たちからユダヤ人共同体を保護した。そしてフス戦争の際にアルブレヒト五世は政策を転換した。一四二〇年五月、資産をもたないすべてのユダヤ人たちは、オーストリア公領から追放された――彼らの大部分はドナウをあてどなくさまようことになった。裕福な者たちは投獄されて拷問を受け、隠し資産を没収され、一部は強制的に改宗させられた。過酷な拘束から生きのこった約二百人は、一四二一年三月、公によって火刑に処せられた。その後継者の皇帝フリードリヒ三世は、利益を見こしてユダヤ人に対して寛容に転じた。

ユダヤの学術の（一四二〇年以前の）中心都市はウィーン、ウィーナー・ノイシュタット、クレムスだった。もっとも重要なラビの一人としてはマイアー・ベン・バルフ・ゼガールが挙げられ、彼は一三二五年ごろにフルダで生まれ、一三九三年から一四〇六年までウィーンにいたことが確認できる。もう一人はイスラエル・イサラインで、彼は一三九〇年ごろにおそらく下部シュタイアーマルク〔現スロヴェニア領シュタイエルスカ〕のマールブルク〔同現マリボル〕に生まれ、クレムスとウィーンで育ち、家族の中で唯一人迫害に生きのこり、その後とりわけマールブルクで、そして一四五〇年に死去するまでウィーナー・ノイシュタットで活動した。彼は大規模な「反応」集を遺し、一四二〇、二一年の惨事に関するユダヤの学術を十五世紀に伝えた。もちろんヘブライ語はキリスト教におけるラテン語のように学術語であった。ユダヤ人の多数派においてはドイツ語が優勢だった――しかしこうした文献的記録は、はるか後年になってようやく遺されるようになった。

第二章
近世初期

「中世末期」に「近世初期」の章を続けることで、我々は時代の断絶を暗示することになるが、これはもちろん疑わしい図式といえる。一四五〇年当時、これで中世が終わり、新たな時代に突入したのだなどと考えた者はいなかった。継続していたことは、新たに始まったことと同じくらい重要だった、いやより重要なのかもしれない。

第一節　人文主義と宗教改革（一四四〇―一六一八）

「太陽の沈むことなき帝国」

早世した皇帝アルブレヒト二世の息子ラディスラウス・ポストゥムスの死後の一四五七年、ハプスブルク家内では新たな争いが始まった。この王朝の成果に乏しい当主、皇帝フリードリヒ三世（一四一五一九三）はやがてボヘミア・ハンガリーとの戦争にまきこまれてしまった。ハンガリー王マーチャーシュ一世は一四八五年にウィーンとオーストリアの大半を占領し、オーストリアの諸階級が忠誠を誓ったことでオーストリア大公の称号を得た。マーチャーシュ一世は人文主義的教養をもった学問の庇護者――一四六五年にブラティスラヴァ大学を創設した――で、一四九〇年に四十七歳の若さで死去した。皇帝フリードリヒ三世の息子で後継者の「最後の騎士」マクシミリアン一世（一四五九―一五一九）は、ハプスブルク家の領土を彼のもとに統一しただけではなく、それを拡大することに成功した。

巧みな結婚政策によって、ハプスブルク家は短い間にヨーロッパ有数の王朝の一つとなった――ブルゴーニュとスペインならびに海外のスペイン植民地を獲得した。「戦いは他にまかせて、幸運なオーストリアよ、結婚せよ（Bella gerant alii, tu felix Austria nube）」は家訓となった。「幸運な」相続は度をこした。一五二六年に若いボヘミア＝ハンガリー王ラヨシュ二世は、トルコ帝国との戦争におけるモハーチの戦いで殺された。相続したのはハプスブルク家である――王国の大部分はトルコ治下にあったので、ハンガリーの領有権はまったく理論上のものであった。しかし後のドナウ帝国の基礎は固まった。マクシミリアンの孫で後継者の皇帝カール五世（一五〇〇―五八）は、彼が語ったと伝えられるところによると、太陽の沈むことなき帝国を支配した。

分割協約によって、カールの弟フェルディナント一世はハプスブルク家領のうち中央ヨーロッパ部分の支配権を得た。一五五八年には兄から皇帝位を継承した。こうしてスペイン系とオーストリア系という二つの家系が形成されることになった。フェルディナント一世は諸階級の抵抗に反して、オーストリア諸邦に支配権を確立した。一五二二年にはウィーナー・ノイシュタットで同市民の指導者を含む八人の政敵を極刑に処した。一五六四年に彼が没した後は、その遺産は三人の息子に分割された。この分割はオーストリア内〔シュタイアーマルク、ケルンテン、クライン〔現スロヴェニア〕〕に関しては一六一九年まで、チロルとフォアランデ〔スイス国境地帯等〕に関しては一六六五年まで効力があった。オーストリア、ボヘミア、ハンガリーにおけるフェルディナントの後継者は一五六四年に皇帝位に就いたマクシミリアン二世であったが、彼はプロテスタントに大きな共感を寄せていた。一五七六年に皇帝位を継いだのは、スペインで教育された息子のルードルフ二世（一五五二―一六一二）で、ウィーンからプラハに居を移し、そこでとりわけ学芸には熱心だが、政治的には消極的な宮廷生活をおくった。ルードルフ二世は独身をとおしたため、ハプスブルク家にふたたび兄弟闘争が勃発し、その結果一六〇八年ルードルフは弟のマティアスに実権を奪われてしまった。その後マティアス一世が一六一二年から一九年まで皇帝として君臨することになった。

宗教改革とその余波

政治的領域に関してこの時代特徴的だったのは、神聖ローマ帝国の中世的な普遍的・多民族的理念からの漸次的転換である。一四四二年には初めて「ドイツ国民の神聖ローマ帝国」に言及されている。それは法律文書では一四八六年に初めて現れる。したがって後に「オーストリア」と呼ばれることになる諸邦は、もはや普遍的帝国ではなく、ドイツ国家の一部ということになったのである。こうして神聖ローマ帝国の十九世紀における正式な解消後に顕在化する問題が浮上することになる。どういった点でオーストリアは他のドイツ諸邦にかかわるのか？　その中の一つなのか？　それとも独自のアイデンティティをもっているのか？　もっとも影響力のあった近世初期のできごとは、一五一七年にマルティン・ルターが起こした宗教改革であり、それは当初教会内での改革運動であったが、やがて教会分裂――と帝国における宗派対立――へとつながっていった。ハプスブルク諸邦において宗教改革は貴族のほか都市民の間で支持をあつめた。十六世紀後半にはオーストリア諸邦の人口の七〇%がルターの支持者だったという。マクシミリアン二世もルードルフ二世もプロテスタントには比較的寛容に対処した。しかしこの寛容さは地方に広まった再洗礼派運動のような、数多くの宗教改革上の急進派に適用されるものではなく、その支持者たちはカトリック側からも改革派指導部からも迫害されることになった。モラヴィアで活動していたかつてのフライブルク・イム・ブライスガウの神学教授バルタザール・フープマイアーは、一五二八年にウィーンで火炙りにされた。チロルの人ヤーコプ・フッターも一五三五年にインスブルックで同じ目に遭った。

一五五五年のアウクスブルク宗教和議の際、帝国には „Cuius regio, eius religio" ――君主は臣民の宗派を決める権利を有する――の原則が定められた。いまやハプスブルク家は体系的に反宗教改革を始め、これはトリエント・カトリック改革公会議（一五四五―六三）の原理に基づいて、基本的に新設されたイエズス会によって推進された。イエズス会はハプスブルク諸邦においてまもなく教育施設を独占するようになった。一五五一年にはプロテスタント構成員の激しい抵抗のなか、ウィーン大学で活動を始めた。一五八五年には新設されたグラーツ大学の指導権を得た。一六二三年にはウィーン大学哲学部・神学部を確保した。

宗教改革はドイツ語文学全体のその後の展開に著しい影響をもたらし、宗派だけではなく言語的・文学的二分化をひき起こした。プロテスタント諸邦が成立し、その文学は言語的にマルティン・ルター、すなわちマイセン＝中部ドイツ語的規範にのっとるようになっていった。一方カトリック諸邦では皇帝およびバイエルン宮廷の上部ドイツ語的模範が中部ドイツのカトリック地域――ラインラントなど――

にまで定着した。どの言語的伝統に従うかは、宗派的表明であった。敵側の言語的特性は徹底して拒否された。したがって統一的・標準的ドイツ語は宗派対立の終結後の十八世紀になって、ようやく動きだした。ハプスブルク諸邦は近世初期においてもなお上部ドイツ語文学体系の一部を成し、ドイツ語における オーストリア的特性の形成には至らなかった。宗教改革の時代に特徴的なのは中央ヨーロッパに多く発生した農民蜂起であり、これは中世末の経済危機への反応として宗教運動と結びつき、農民だけではなく市民や下級貴族も加わって、たいていはきわめて残虐に鎮圧された。一五一四年にはハンガリーでジェルジ・ドージャが率いる大きな農民戦争が発生した。一五二五―二六年のいわゆる「ドイツ農民戦争」は後のオーストリアの地方でいうとチロル、ザルツブルク、シュタイアーマルクを襲った。チロルでの蜂起の首謀者ミヒャエル・ガイスマイアーは軍事的敗北の後イタリアに亡命したが、殺し屋に殺された。さらに挙げられるべきはマテイヤ・グーベッツに率いられた一五七三年の悲惨な結果に終わったクロアチア農民蜂起、一五九七―九八年の低地/上部オーストリアの農民戦争、それにシュテファン・ファーディンガーに率いられた一六二六年の上部オーストリアの農民戦争である。これは悪名高い「フランケンブルクの賭け」によってひき起こされた。一六二五年に代官アダム・ヘルベルストルフ伯が反乱を起こした三十六の集落の首謀者二人ずつに賽を振らせ、負けた方を絞首刑にしたというものである。

近世初期は対外的には総じてハプスブルク家とトルコ帝国の対立に刻印されている。一四四八年のコソヴォの戦いにおけるオスマンの勝利と一四五三年のビザンツ征服は、バルカンにトルコ支配をもたらし、ヨーロッパの均衡を決定的に変えるものであった。一五二六年のモハーチの戦いの後、オスマンはハンガリーの大部分を支配することになった。一五二九年にトルコ軍はウィーンを包囲し、莫大な犠牲によって撃退された。絶えざる戦いは一五九二年から一六〇六年までの「長いトルコ戦争」でその頂点に達した。ハンガリー貴族の多くはオスマンと同盟を組むことになった。一六八三年のいわゆる第二次ウィーン包囲におけるトルコの総司令官カラ・ムスタファの決定的敗北を経て、ようやくハプスブルク帝国は攻勢に転じ、ハンガリーの領土を奪還したのだった。

言論・教育状況

文学の歴史にとって、教育機関の発展と印刷手段の発達は重要である。学校制度の拡大は実際的な理由——読み書きはますます重要になっていった——とともに、教育そのものに価値をおく新たな人文主義思想の結果としてなされたのだった。大小の都市に「ドイツ語学校」が設立され、読み書き計算が教えられるようになった。ラテン語学校はたいていは教会によって運営され、男子生徒が大学進学に備えるためのものであった。大学は聖職者のためのものであり続け、人文主義的プログラム導入以前はたいがい伝統的な自由七科に限定されていた。ドイツ語圏全体で十五世紀は大学設立のピークだった。一四五七年にはウィーンの Alma Mater Rudolphina〔ウィーン大学〕に次ぐハプスブルク領内二番目の大学として、前部オーストリア〔現ドイツ、バイエルン州西部・バーデン＝ヴュルテンベルク州南部地域〕のフライブルク・イム・ブライスガウ大学が創設された。

近世初期におけるもっとも重要な発明はおそらく印刷術であり、それは活版によって大量の印刷物を生産することを可能にした。もちろんヨハン・グーテンベルクの発明以後のかなりの期間、まだ手写も行われていた。メディアの転換は急激になされるわけではない。本は依然として高価であり、新しい技術がさしあたり新たな文学ジャンルをもたらすことはなかった。例外はちらしとパンフレットで、安価に制作できることから大量に生産された。このジャンルには活気ある政治宣伝である多様な

„Turcica“〔反トルコ〕文学がある。また宗教改革と反宗教改革の内容豊かな論争文学も、新たなメディアなしには考えられないものである。

印刷術は経済要因であり、都市の印刷所はやがて従来の修道院の写本工房の地位にとって代わった。しかしハプスブルク諸邦に重要な印刷の中心地が成立することはなかった――この現象は二十一世紀まで文学活動の妨げになった。上部ドイツ＝カトリック文学圏はケルン、そして十六世紀末からはミュンヘンの印刷業者によって推進されることになった。確認されるオーストリア最初の印刷本は、一四八二年にウィーンで出されたものである。大学周辺の印刷状況は人文主義者たちの出版活動によって一定の飛躍をみることになった。

印刷術は文学活動を二十世紀まで特徴づけることになる検閲という現象をもたらすことになった。これは宗教的事案だけではなく――すでに一四七九年にカトリック教会は検閲措置を制度化し、一五五九年には最初の禁書目録が作成された――、世俗的事象でもあった。帝国議会は神聖ローマ帝国全体に適用される種々の法的根拠を制定している。おのおの領邦君主たちは外国書の輸入の阻止と、国内の印刷物の監視に多かれ少なかれ成功している。嫌疑をかけられたのは、指定された宗教に反する文書――すなわちハプスブルク諸邦においてはプロテスタント文学――だけではなくて、いわば反道徳生活に誘惑する娯楽本もそうであった。しかしハプスブルク家は敵対する各階級のプロテスタントと戦わなければならず、初期絶対主義的試みは諸邦の一部でしか実現することができなかった。

人文主義

ラテン語およびドイツ語文学はひき続き並行して存在し、言語の選択はたいてい実際的決定に基づいていた。どんな受容者に語りかけるのか？　貴族や都市民の階級にはドイツ語が、国際的な知識人にはラテン語が使われた。ドイツ語が次第により重要なコミュニケーション手段になっていったことは、逆説的に人文主義者の古代ラテン語志向と結びついている。まさに人文主義者たちがキケロのラテン語を規範にまで高め、中世ラテン語の発展を後退させようとした。この過程はハプスブルク帝国においては宗教改革に刻印された他のドイツ語圏地域や、国民言語が形成された他のヨーロッパ諸国よりもゆっくりと進行していった。しかしそれは止めようがなかった。

精神史的に見て、十五世紀中盤は新たな時代が始動していた。古代を志向し、大学と市民階級出身の宮廷官吏が担い手となった教育政策的綱領、人文主義である。アルブレヒト二世（一四三八）およびフリードリヒ三世（一四四〇）の選出によって、帝国の宮廷とその官房はボヘミアからハプスブルク諸邦に移動した。皇帝——とりわけマクシミリアン一世——は依然として一所にとどまることがなかったが、行政機構が形成されるようになり、宮廷に代わって官僚たちが意思決定を担うようになっていった。文学生活においてもオーストリアではますます国家官僚たちがその担い手となっていった。

宮廷における人文主義はすでに百年前に皇帝カール四世のプラハ宮廷で実を結んでいた。カールはペトラルカと交流があった。カールはローマ帝国の再生という政治理念を共有することはできなかったが、ペトラルカを一三五六年に宮中伯に任命している。カールの宰相ヨハネス・フォン・ノイマルクトは人文主義的なラテン語を公文書に採用し、ラテン語からの翻訳によって標準ドイツ語を確立し、マルティン・ルターの文章語の基盤を築いた。初期人文主義でもっとも重要なドイツ語文学であるヨハネス・フォン・テープルの『ボヘミアの農夫』も、この公文書改革の流れで見るべきものである。おそらく一三五〇年に生まれ、一四一五年にプラハ市書記として死去したこの作家は、妻を死によって奪われたある農夫と死神との三十三の短い章から成る法的論争を、一四〇〇年ごろにドイツ語散文で著した。修辞上技巧的に構築された対話の結末には神の判決があり、農夫には名誉が、死神には勝利が認められる。多くの写本と印刷で伝えられたこのテクストは、現世的生に意味を見いださない中世的観念に抗して、此岸的価値への固執を対置した注目すべき新しい意識の証言と見なされている。

オーストリア宮廷における初期人文主義の中心人物はシエナ出身のエネーア・シルヴィオ・ピッコローミニ（一四〇五―六四）であり、一四三二年以降バーゼル公会議に参加し、一四三九年には公会議で選出された対立教皇フェーリックス五世の書記となり、一四四三年以降はウィーナー・ノイシュタットの帝国官房で働いた。すでに一四四三年にはフランクフルトで皇帝フリードリヒ三世によって桂冠詩人《ポエタ・ラウレアトゥス》に列せられている。ピッコローミニは公会議主義者からローマ教皇主義者に転じた。一四四七年以降トリエステの司教となったが、外交官としてハプスブルク家に仕えていた。一四五六年に枢機卿となり、一四五八年には自身ピウス二世として教皇に選出された。

ピッコローミニの影響力は自作の文学作品によるところが大きいが、ネットワーカーとしての活動の中で生み出された文通によるものはさらに大きい。彼の書簡は数世紀間修辞上の模範であった。一四三八年に執筆された書簡は当時のウィーンの街の様子を描いたもので、新興市民の自意識に彩られた時代の変化を伝えているが、これはヴォルフガング・シュメルツルの『ウィーン礼讃』だけではなく、無数の史的年代記や文学的描写作品から語彙形成にいたるまで影響をあたえることになった。一四四四年にピッコローミニは有名な官能的心理小説『二人の恋人の物語』*Historia de duobus amantibus*、宮廷生活の風刺的総括である『宮廷人の哀れさについて』*De miseris curialium*、書簡体小説『フォルトゥナの夢』*Somnium Fortunae* を執筆している。一四四三年付のジーギスムント公への教育書簡、ドイツ語訳の題名「読書と教養について」はこの時代の君主教育綱領を起草したもので、軍事に対して文学的教養の価値を強調している。歴史家としても重要な仕事（*Germania* 1457, *Historia Austrialis* 1453-57）をなしている。

ピッコローミニの影響は帝国官房をはるかに超えるものであった。ウィーン大学では継続的な成果を上げたわけではないが、古代文学に関する講義を行い、新たな生活理念の基盤を考察した。教育書簡を宛てられたチロルのジークムント（ジーギスムント）公は、インスブルックの宮廷に人文主義文学者をあつめ、シュヴァーベンの作家・翻訳家ハインリヒ・シュタインヘーヴェルを援助した。ピッコローミニはハプスブルク領アールガウ〔現スイス中部北端地域〕出身の初期人文主義の翻訳家ニクラス・フォン・ヴィーレとは個人的な知り合いであり、みずからの教育綱領のために招聘している。また宰相カスパル・シュリックなどの指導的な帝国官僚たちもイタリア人文主義者の影響下にあり、そのことは彼らの文体から容易に知ることができる。

ウィーン人文主義

ウィーン大学でも人文主義が、特に自然科学の分野で確立しはじめていた。その基盤をしいたのはヨハネス・フォン・グムンデン（一三八〇ごろ—一四四二）で、一四一六年以降数学と天文学の講義をもち、その業績は写本によってヨーロッパ中に広まっていた。彼の後継者はやはり上部オーストリア出身の早世したゲオルク・フォン・ポイアーバッハ（一四二三—六一）で、一四五三年以来ウィーン大学で教え、哲学の講義ももっていた。フリードリヒ三世の宮廷天文学者としてエネーア・シルヴィオ・ピッコローミニと交友関係をもち、大神学者ニコラウス・フォン・クザーヌスと文通していた。クザーヌスの哲学は人文主義者たちの世界像に非常に重要な影響を及ぼしていた。個人の自由の強調、それ自体が世界を成すと同時に全世界を投映する小宇宙としての人間観、そして人間精神の世界解釈の産物としての数学といったその見解は、コンラート・ツェルティスの思想を決定的に特徴づけることになった。

ウィーン天文学派はレギオモンターヌスの名で知られるようになったケーニヒスベルク〔現ロシア領カリーニングラード〕出身のヨハネス・ミュラー（一四三六―七六）によってその頂点に達した。レギオモンターヌスは一四五〇年以降ゲオルク・フォン・ポイアーバッハに学び、師と同様にラテン語文学を講じた。イタリア旅行後の一四六七年にマティアス・コルヴィーヌスによってブラティスラヴァ大学に招聘された後、一四七一年にはニュルンベルクに定住し、主に古代の数学テクストの印刷を生業とした。一四七六年の二回目のイタリア旅行の途上、ローマで急逝した。数学・自然科学を人文主義哲学に関係づける傾向は、その後もウィーン大学の人文主義の特質であり続けた。

市民の知識人と人文主義の精神による宮廷文化のオーストリア地域に特徴的な結びつきは、次の世代の皇帝マクシミリアン一世の時代にも継続することになった。人文主義的宮廷文学はまったくもって新皇帝によるものであった。為政者の記憶、その名声と偉大さは古代の手本にのっとって同時代と後世に想起されることになった。お抱えの人文主義者たちはその誉れを歌うことで、糊口をしのいだのだった。

もちろん政治的要請が人文主義文学の一義的特徴ではない。一四二〇年ごろにシュヴァーベンのヴァインスベルク近郊ジュルツバッハで生まれた職業吟遊詩人ミヒェル・ベーハイムは、聖歌・道徳歌・政治歌といった多岐にわたる作を遺したが、「君が私を僕《しもべ》として雇うのならば、／君のパンを食べ、君の歌を歌おう」と、率直に表明している。ベーハイムはオーストリア公アルブレヒト六世をはじめ、その兄弟や敵である皇帝フリードリヒ三世に仕えた。彼の政治的テクストはしばしば時事的内容を含んでいる。韻文歌謡叙事詩『ウィーンの人々の本』は一四六二年にウィーンの住民がアルブレヒト六世と共にウィーン城の皇帝を攻囲したできごとを物語るものである。ベーハイムはこの対戦において皇帝の側に立っていたため、ウィーン市民に対して批判的に発言している。一四七二年に故郷に戻った彼は、数年後に殺害された。

マクシミリアン一世は一四九三年に父親であるフリードリヒ三世から王位を継承した。ローマでの伝統的な皇帝戴冠式は行われず、マクシミリアンは一五〇八年に「選挙によるローマ皇帝」を宣言した。彼は「最後の騎士」だっただけではなく、最初の近代的政治家でもあり、芸術や文学が後世の名声にいかに重要であるかを熟知していた。「生前記憶に残らないものが、死後記憶に残ることはなく、弔いの鐘とともに忘れさられるのだ」と彼の『白王伝』にはある。一五一四年にマクシミリアンの秘書マルクス・トライツザウアーヴァインによって編纂されたこの木版画をともなう自伝小説は、騎士物語をモデルにしたものである。マクシミリアンの生涯はドイツ語散文によって虚構化されている——争いは馬上試合によって決せられる。対韻詩行による騎士小説『トイアーダンク』も同様のもので、マクシミリアンの後の（最初の）妻ブルゴーニュ公女マリアへの求婚の旅を、冒険シリーズにしたてあげたものである。トライツザウアーヴァインやメルヒオール・プフィンツィングら皇帝の側近たちによって制作されたこの英雄本は、一五一七年に豪華版として——羊皮紙四十部と紙三百部で——アウクスブルクで印刷された。この二刷は未完の「栄誉作品」の部分を成すものであり、これには一連のラテン語による自伝やマクシミリアンの業績を描いた絵などが含まれている。ローマの凱旋門を模した『名誉の門』は、大部分がアルブレヒト・デューラーによってしあげられ、一九二の木版画で王朝と皇帝の讃美を歌ったものである。長さ五十七メートルの未完の『凱旋行列』は一四七の木版画でマクシミリアンの威信を演出しようというものであった。

マクシミリアンの人文主義諸学の庇護も、彼の「記憶」への配慮から理解されなければならない。ヨーロッパの学者たちが計画的にウィーンに招聘された。一四五〇年ごろヴェネツィアで生まれたヒエロニムス・バルブス（本名ジローラモ・バルビ）は、一四九一年にパリ大学からウィーン大学に移った。バルブスは新ラテン語抒情詩の巨匠で、ツェルティスと交友関係にあったが、プラハ大学など他の活動場所でも多くの同僚たちといさかいを起こした。後にはハンガリー宮廷で活動した。晩年は教会で注目すべきキャリアを積み上げ、一五二二年にはグルクの司教となった。一五二六年に引退してヴェネツィアに移り、一五三五年に死去した。

コンラート・ツェルティスは一四九七年に修辞学と詩学の教授としてウィーン大学に招聘された。この招聘は影響力の大きかった宮廷官吏ヨハネス・フックスマークとヨハン・クラッヘンベルガーによるものであった。ツェルティスはドイツ語圏全体でもっとも重要な人文主義者であり、一四五九年にシュヴァインフルト近郊ヴィプフェルトの葡萄農家の息子として生まれた。本名のビッケルをラテン語名に変え、ケルンとハイデルベルクに学び、まずエアフルト、ロストック、ライプツィヒの各大学で活動した。一四八七年にはニュルンベルクで皇帝フリードリヒ三世によって桂冠詩人《ポエタ・ラウレアトゥス》に列せられた。その後数年間にわたってフィレンツェ、ローマ、クラクフ、プロイセンへの研修旅行を行っている。一四九一年にツェルティスはインゴルシュタット大学教授になった。そこで伝統的学部を横断する包括的人文主義教育を提起した名高いインゴルシュタット就任講演 *Oratio in gymnasio in Ingelstadio publice recitata*［「インゴルシュタット・ギムナジウム公開講演」］を行った。その後の時代はレーゲンスブルク、ニュルンベルク、ハイデルベルクで活動した。ウィーンではみずからの理念を実現する機会を得た。コンラート・

ツェルティスの名声はそのラテン語作品と組織的活動によるものである。頌歌やエポドスのほか、もっとも有名なのは大教訓詩『四つの恋物語』（*Quatuor Libri Amorum*）で、伝統的なラテン語恋愛悲歌の形式で神聖ローマ帝国の全体像を描こうとしたものである。ツェルティスは万有の調和は数学的比で表現されると考え、みずからの本を四の数で構成した。四部にまとめられた恋愛小説はそれぞれ四つの方位、ドイツの四つの大河、四つの気質、四つの要素、四季、四世代を基にして物語られる。九〇年代になると、ツェルティスはさらにすすんで、彼の考えによれば人文主義の母国であるイタリアに代わるべき国の包括的叙述『ゲルマニア素描』（*Germania illustrata*）の計画を追い求めるようになった。

イタリアからの帰還の後、ツェルティスはイタリアのアカデミーを模範に、ウィーンの「ドナウ文学《ソダリタス・リテラリア・》者協会《ダヌビアーナ》」——近代的教育を標榜する人文主義学者協会——などの協会を設立した。しかしこれらの協会は実際に存在する組織された協会というよりも、しばしば詩的綱領というべきものであった。ツェルティスのアカデミー活動の頂点を成したのは、一五〇一年にマクシミリアン一世によって創設されたウィーン大学の「詩人・数学者協会《コレギウム・ポエタルム・エト・マテマティコルム》」で、これには二人の詩学教授と二人の数学教授が所属した。ツェルティスはコレギウムの指導者として詩人に桂冠を授ける権利を得た。コレギウムの綱領は帝国紋章の鷲とともに、「学識あるウィーンが同様の熱意もて敬する／七つの技芸を彼は九人のムーサと統合せり」という二行詩をともなっている。コンラート・ツェルティスは一五〇八年に四十九歳の誕生日の三日後にウィーンで死去した。古代文化とキリスト教、民族的過去と同時代の文化を統合しようという彼の包括的綱領は、数年後にはのり越えられてしまった。宗教改革が宗派化をまねき、綱領は宗教戦争のために活用され、根本的には学校運営に限定されるようになってしまったのだ。

コンラート・ツェルティスの講座後継者はシュヴァインフルトでヨハネス・シュピースハイマーとし

て生まれたヨハネス・クスピニアン（一四七三―一五二九）であった。クスピニアンは一四九二年にウィーンにやって来て、一四九三年に桂冠詩人に叙され、医学を修め、外交官として皇帝に仕えて難しい課題を任された。ローマ皇帝からハプスブルク家に至る継続性を創り上げた文書『ローマ帝国の皇帝たち』と、『ゲルマニア素描』を範としたオーストリアの包括的歴史記述である『アウストリア』（一五二八）によって、歴史家としての長くつづく名声を獲得した。二冊とも彼の死後になって、ようやく出版された。

ヴァディアーヌスとして有名になったヨアヒム・フォン・ヴァット（一四八四―一五五一）はクスピニアンの弟子で、ウィーン人文主義の偉大な時代を締めくくっている。スイスのザンクトガレン出身で、一五〇一年以来ウィーン大学で学び、一五一四年にリンツで皇帝から桂冠詩人に叙され、一五一六年に詩学の講座をひき継いだ。もっとも重要な作品と見なされているのは『詩歌の本質』（*De poetica e carminis ratione*／一五一八）で、古代文学にとり組む意味を説き、理論部分（ジャンル論・韻律）に加えて、ヨーロッパ文学の詩的概観を記しているが、それは中世ドイツ語テクストに関する驚くほど良質な知識を示している。一五一九年にヨアヒム・フォン・ヴァットはザンクトガレンに戻り、スイスでもっとも重要な宗教改革者の一人となった。

宗教改革時代になっても、ウィーン大学では人文主義的研究が営まれ、新ラテン語文学が生産されていた。しかし影響圏は明らかに教授活動に狭まり、古文書への関心が支配的になっていった。ウィーン出身の医学者ヴォルフガング・ラーツィウス（一五一四―六五）はフェルディナント一世の侍医で、一五四六年に貴族の称号を得、数度にわたって大学で学部長・学長を務め、修史と地図学によって有名である。オーストリア史要説の計画は実現しなかったが、市史『ヴィエナ・アウストリア』（一五四六）

は長い間定評ある作品であった。他に言及すべきは『ニーベルンゲンの歌』や彼が発見した『シュタイアーマルク韻文年代記』など中世の作品に依拠した民族大移動に関する作品『民族移動／十二巻』（*De aliquot gentium migrationibus [...] libri XII*／一五五七）とハプスブルク家の歴史『オーストリアの系譜解説／二巻』（Commentariorum in Genealogiam Austriacam libri duo／一五六四）である。

ボヘミアのヨアヒム〔現チェコ領ヤーヒモフ〕渓谷出身のエリアス・コルヴィーヌス（一五二三―一六〇二）は、一五五八年に桂冠詩人《ポエタ・ラウレアトゥス》に叙され、詩学の講座をひき継いで、一五六八年には詩集――とりわけ教訓詩と悲歌――『詩集／二巻』（*Poematum libri duo*）を発表した。コルヴィーヌスはウェルギリウス、ホラティウス、オウィディウスを読み、大学の重要ポストを歴任して、帝国の外交官として活動し、一五八二年には貴族に列せられた。ニュルンベルクからウィーンに招聘された数学者・天文学者のパウルス・ファブリツィウス（一五二九―八九）は皇帝の侍医も務め、新ラテン語による聖書叙事詩を遺した。オランダのデルフト出身の司書フーゴ・ブロティウス（一五四〇―一六〇八）によって、人文主義者たちの象牙の塔は締めくくられることになる。ブロティウスは長期のイタリア旅行を経て、一五七五年にウィーンの宮廷文書館長、一五七六年には弁論術の教授になった。プロテスタントとして常に攻撃と闘わなくてはならなかった。彼の功績は写本目録にある。ブロティウスと交友関係にあったのは、皇帝顧問官のヨハネス・サンブクス（一五三一―八四）で、多くのヨーロッパの学者と文通をしていた。サンブクスはヤーノシュ・ジャンボキーとして上部ハンガリーに生まれ、ウィーン、ライプツィヒ、ヴィッテンベルク、インゴルシュタット、パリ、パドヴァで学び、一五六四年以来ウィーンで歴史家・侍医として活動した。カトリックを通したが、ルター派の立場に共鳴した。大きな影響力をもったのは、古代の古典の編纂もさることながら、一五六四年にアントウェルペンのプランタン出版が編纂した

『標章図像集《エンブレマータ》』で、これは多くの版を重ねた。さらに彼はラテン語詩も執筆した。サンブクスは一方では後期人文主義運動のヨーロッパ的規模を、他方においてはウィーンの人文主義者たちがもはや一定の役割を演じえなくなったことを示している。

人文主義は国際的現象であり、当然ウィーンの人文主義者たちは当初から他地域の多くの学者たちと結びついていた。ツェルティスが唱導した教会運動は、それに寄与するものであった。一時的にマーチャーシュ一世がオーストリアの一部を統治していたなか、クロアチア出身で一四四五年以降オラデア司教、一四六五年以降はエステルゴム司教だった人文主義者ヤーノシュ・ヴィテーズ（一四〇八―七二）と交友関係にあったエネーア・シルヴィオ・ピッコローミニを通じて、ハンガリーとの緊密な関係が生じた。アウグスティヌス・オロムツェンシス（一四六七―一五一三）は「ドナウ文学者協会《ソダリタス・リテラリア・ダヌビアーナ》」のメンバーで、イタリアで学んだ後、長い間故郷モラヴィアのオルミュッツ〔現チェコ領オロモウツ〕で活動し、一五〇六年以降はブダペストでハンガリー王に仕えた。一四九三年の『詩擁護に関する対話』で創造的天分を根拠に詩人の仕事を正当化している。ボヘミアとモラヴィアでは人文主義者たちはオルミュッツの「荘園協会《ソダリタス・マイオルホヴィアーナ》」に集結した。ボヘミア最大の人文主義者ボフスラフ・ハシシュテインスキー・ズ・ロプコヴィッツ（一四六二―一五一〇）はイタリアで学んだ後、プラハで高官として勤め、一四九〇年から二年にわたるオリエント旅行に出て、ギリシャ、小アジア、アラビア、エルサレム、北アフリカを巡った。

反宗教改革的言説

注目に値するといえば、ザルツブルク大司教マテウス・ラング（一四六八―一五四〇）の人文主義に彩られた宮廷もそうである。アウグスブルクの零落した市民家庭出身のラングは、マクシミリアン一世の秘書官および重要な側近という目覚ましいキャリアを駆けぬけた。一五〇五年にはグルクの司教、一五一四年には枢機卿、一五一九年にはザルツブルクの司教となった。ラングは帝国政治において重要な役割を演じたほか、人文主義者や著名な作曲家・オルガニストのパウル・ホーフハイマー（一四五九—一五三七）などの芸術家たちを宮廷にあつめた。ザルツブルク——そして司教のルネサンス宮廷——は、かの歴史的なできごとにみまわれることになったのだった。一五二六年の農民戦争においてラングはどうにか統治権を維持したが、教会内部の改革にもかかわらずプロテスタントの勝利を押しとどめることはできなかった。

正統派キリスト教をめぐる激しい宗派間対立が、十六世紀文学の多くの領域を占め、宗教改革的・反宗教改革的言説をもたらすことになった。一五三四年にバンベルク近郊に生まれたヨハネス・ナースは、もっとも影響力の大きいカトリック説教師・論争家の一人だった。ナースははじめ仕立屋、その後フランチェスコ会士となって独学で聖職者になり、一五七三年に反宗教改革運動を展開していたチロル大司教フェルディナント二世の宮廷説教師となった。一五八〇年から死去する一五九〇年まで、ブリクセン〔現イタリア領ブレッサノーネ〕の補佐司教だった。六巻本の連作集『百人隊』（一五六五—七〇）などのナースの反ルター主義文書は、ルターのさまざまな著作に対する大衆好みの下卑た要素をちりばめた風刺的・論争的攻撃であり、ラブレーの翻訳者ヨハン・フィッシャルトなどプロテスタント側からの多くの反撃を惹起した。一五四〇年にチロルのシュヴァーツに生まれたゲオルク・シェーラーも、反宗教改革的論争家として名を上げた。シェーラーは貧しい家庭に生まれ、奨学金によってウィーンのイエズス会ギムナジウムにかよい、一五五九年に同会に入会して叙階を受けた後、聖シュテファン聖堂の説教師として活動した。「以前妊婦だったローマ教皇がいたというのは本当か？」（中世伝説の女教皇ヨハンナを指す）（一五八四）など、大衆好みにしたてあげられた説教で、皇帝への権力集中を擁護し、カトリック教会をプロテスタントの側からの攻撃に対して弁護した。形式上のもっとも重要な手本だったのは、カトリック神学者・風刺家のトーマス・ムルナーだった。論争的だったシェーラーは、ウィーンのイエズス会学院の学長（一五九〇―九四）としての評判がわるかったためリンツに異動となり、そこで一六〇五年に死去した。

ドイツ語詩

現実の論争において、ドイツ語は支配的言語であった。それに対して高尚文学の領野ではラテン語が依然重要な役割を演じていた。プロテスタント・ドイツと異なって、上部ドイツ地域では在地の語法に基づいた標準語はゆっくりと形成されていった。しかしそれが文学的に先進的なプロテスタント地域で承認されることはなかった。そこではプロテスタント的規範に従った書法を用いた作家しか承認されなかった。オーストリアでそれに該当するのは、まず第一に地方貴族たちであった。

十六世紀におけるオーストリア地域ドイツ語詩のもっとも重要な作家はクリストフ・フォン・シャレンベルクだが、一つの写本集の中にしか遺されていないその作品は、一九一〇年になってようやく印刷された。シャレンベルクはプロテスタントの地方貴族で、一五六一年に上部オーストリアのピーバーシュタイン城に生まれ、エンスとリンツの（プロテスタント）領邦学校――恩師にはゲオルク・カラミヌスもいた――にかよい、レーゲンスブルクやとりわけテューービンゲンのニコデームス・フリッシュリーンのもとでのみならず、イタリアの諸大学に学んだ後、一五八四年にリンツで大司教マティアスに仕え、頻繁にウィーンに滞在するようになった。一五五八年に低地オーストリアの夫人所有のザイゼネッグ城に移った。一五九四年には低地オーストリア領邦府（これは上部オーストリア・シュタイアーマルク・ケルンテン・クラインも所管だった）首脳になり、ウィーンに移った。トルコ戦争に参加し、戦場で罹った病気がもとで一五九七年に死去した。

シャレンベルクは文学活動を行う貴族の友好サークルの一員だったが、そのテクストはほとんど遺っていない。ここでは地方貴族のプロテスタント文学文化が際だっていて、反宗教改革によって容赦なく破壊されるまでの十七世紀に、重要な作品を生み出すことになった。シャレンベルクの新ラテン語によるしばしば宗教的な内容の機会詩は、ウェルギリウス、ホラティウス、カトゥルスだけではなく、同時代の作家にも範をとったものだった。それに対して世俗的な「ドイツ語詩文」は、あるものはイタリアの範に、またあるものは在地の伝統に依拠したものだった。詩のいくつかは翻訳である。シャレンベルクはイタリアの詩形式も模倣している。彼の歌謡は韻律的には一六二四年にマルティン・オーピッツによって提案された強勢・非強勢音節の交互的反復という要請を先取りするものであった。

この時代の写本集・印刷物には同時代の歌謡芸術が遺されている。注目すべきは、『ラープ歌謡本』写本であり、これは一六三〇年ごろにラープ〔現ハンガリー領ジェール〕で作成され、二十世紀になってようやく印刷された。これはイタリア・ルネサンスの抒情詩とペトラルカ様式の豊富な知識を示すものである。こうした作品集では種々の宮廷楽士の歌謡もとりあげられていて、人気をあつめるようになっていった。歌謡本印刷の中心地はミュンヘンとニュルンベルクであった。それに対してめったに印刷されることがなかったのは、いわゆる職匠歌人の文学作品で、これは写本でしか伝えられていない。職匠歌は南ドイツ地域で広く普及した小市民による意識的に中世ミンネゼンガーをひき継いだ文学的伝統で、シュヴァーツやヴェルス、シュタイアーといった町で盛んだった。もっとも著名なドイツの職匠歌人ニュルンベルクのハンス・ザックスは、経歴初期の一五一三年にヴェルスに滞在している。たいがい手工業に従事していた職匠歌人たちは、ほとんどがプロテスタントだった。反宗教改革がやがてこの文学形式に終止符を打つことになった。

ドイツ語演劇

この時代の演劇作品は大衆的な宗教劇から宮廷を代弁する人文主義演劇、謝肉祭劇から学校劇まで広範な領域を包含するものだった。

宗教劇はひき続き各地に存在した。しかし保存状況がわるく、遺されたテクストの上演が確認できるのはまれである。一一三八詩行を包含する『ウィーン復活祭劇』は、おそらくはシュレージエン〔現ポーランド領シロンスク〕で成立し、一四七二年にウィーンで写本集に採用されたと思われるが、特にその大規模な商売人の場に関して『インスブルック復活祭劇』や『エアラウ復活祭劇』と対を成すものである。ウィーンにおける信徒会による聖体祭劇の上演は一四九九年から一五二〇年代末まで記録されている。聖金曜日劇の報告は十六世紀初頭から十八世紀初頭まで確認できる。

しかし宗教劇に関してもっとも重要な地方はチロルであり続け、都市演劇文化は特に南チロルに関する多くの資料に記録されている。ボーツェン〔現イタリア領ボルツァーノ〕の靴職人ベネディクト・デプスが十五世末に作成したデプス写本集には、聖木曜日劇・埋葬劇・エマオ劇・復活祭劇などを含む十四の宗教劇が遺されている。さらに相互に関係のある受難劇がいくつか知られている。注目すべきは一四八六年に記録された四一二八詩行から成る『シュテルツィング受難劇』と、一五五一年の四六一五詩行から成る『ブリクセン受難劇』である。上演は数日間にわたることが多かった——一五一四年の『ボーツェン受難劇』は七日間を要し、町にとっては大きな経済的要因だった。チロル演劇の中心人物はシュテルツィング〔現イタリア領ヴィピテーノ〕のヴィギール・ラーバーで、体系的に演劇テクストを収集して編纂し、演出を主導して多くの役を演じた。ラーバーはヨハネの福音書の（未完の）ドラマ化も執筆した。一五五二年の彼の死をもって、シュテルツィングの上演の伝統は途絶えてしまう。それに対して一五四三年に記録された二六二詩行を包含する『ボーツェン聖体祭劇』は、一四七二年以降演じられたことが証明でき、十八世紀中葉まで維持されていた。そのほか一五二三年の『ブリクセン・エマオ劇』、『ダヴィデとゴリアテの劇』、『金持ちの男と貧しいラザロの劇』も維持されていた。

北チロルでもっとも重要な上演地は一四三〇年から一五一一年まで受難劇の上演を跡づけることができるハルと、一五〇〇年ごろにクリスマス劇が上演されたシュヴァーツであった。インスブルックとキッツビューエルにも宗教劇上演の形跡がある。

ドイツ語宗教劇は人文主義の影響は受けていない。一方でナイトハルト劇と謝肉祭劇は事情が異なる。オーストリア・バイエルン地域、それにおそらくはチロルのナイトハルト劇が四つ遺されている。六十六行を含む『聖パウロ・ナイトハルト劇』と二三六行の長さの『小ナイトハルト劇』、ヴィギール・ラーバーによって伝えられた『シュテルツィング・ナイトハルト劇』（一〇六四行）、二六二四行を含み一〇三人の役者を要する『大ナイトハルト劇』である。

ナイトハルト劇は厖大な費用をかけて都市部で上演された。これは宮廷でも受容されていた——一四九〇年代初頭に皇帝マクシミリアン一世は『大ナイトハルト劇』をチロルで見ている。これらの演劇では騎士と農民の争いをめぐるナイトハルトの伝統は、滑稽譚の主人公ナイトハルト・フックスの伝承と結びついている——一四九〇年代なかばごろアウクスブルクで滑稽本『ナイトハルト・フックス』が印刷されていた。こうしたすみれ滑稽譚を中心とする作品特有の農民蔑視は、都市民が同時代の宮廷作法を身につけたことを物語っている。上演は一月と三月の間の謝肉祭の時期に行われた。

いわゆる謝肉祭劇の素材選択にはドイツ語演劇への人文主義の影響がみとめられる。シュテルツィングのヴィギール・ラーバーが一五一〇年から三五年にかけて作成した演劇集は、こうした二十五演劇を伝えている。これはニュルンベルクのものを手本に脚色されたものが多い——上部〔北〕イタリア、チロル、バイエルン、フランケンの大都市には活発な文化交流があったのだ。シュテルツィング演劇には俗っぽい医者劇が見られるが、これは復活祭宗教劇で好まれた聖油売りの場面を拡大したものである。広く支持をあつめたものには裁判劇もあり、これは誘惑された少女が、若い農夫のルンポルトを結婚の約束の件で訴える——そこでは相応に激しい議論がなされる——、あるいは夫の「なにが小さい」といって、妻が離婚を求めるものである。こうしたテーマは人文主義の滑稽譚・翻訳文学から取られたものが多い。そして『ナイトハルト劇』と同様に、ここでも都市の作法を脅かす衝動的・身体的要因が、好んで農民の世界におき換えられ、笑われるのである。

人文主義演劇

人文主義演劇は教育施設や宮廷と結びついていた。それはローマ演劇、とりわけテレンティウスの喜劇とセネカの悲劇の再発見とともに始まった。演劇作品は弁論術と公的ふるまいの技法を媒介したが、新たな教育綱領の一部であると見なされていた。エネーア・シルヴィオ・ピッコローミニは一四四四年に二人の嫉妬深い聖職者の二人の情婦との関係を描くテレンティウスを範とする喜劇『クリジス』を執筆していた。コンラート・ツェルティスはセネカを訳し、一四九二／九三年には十世紀のガンダースハイムのロスヴィータによるテレンティウスの模倣作を発見し、一五〇二年にウィーン大学でテレンティウスとプラウトゥスの作品を演出している。彼自身の作品は皇帝マクシミリアン一世を讃美するという宮廷を代弁する機能をもっていた。一五〇一年にリンツの「ドナウ文学者協会《ソダリタス・リテラリア・ダヌビアーナ》」のメンバーによって皇帝の宮廷で上演された讃美劇『ディアナ劇《ルードゥス・ディアナーエ》』は、皇帝がメンバーの一人に桂冠を授けて終わる。虚構的演劇世界と観衆の世界は融解する。

　同じように宮廷を代弁するラテン語戯曲を、ニュルンベルク出身の人文主義者で、後にウィーンのショッテン修道院長となったベネディクトゥス・ケリドニウス（一四六〇ごろ―一五二〇）が執筆し、その *Voluptatis cum virtte disceptatio*〔『快楽と徳の闘争』〕は修道会士たちによって宮廷人の前で——そのなかには後のザルツブルク大司教マテウス・ラングもいた——上演された。岐路に立つヘラクレスの有名な寓話の舞台化であるこの人文主義謝肉祭劇は、ハプスブルク家皇太子カール、後のカール五世がウェヌスとエピクロスの組とパラス・アテナとヘラクレスの組の間の審判を務める。カールは当然徳の側に立ち、エピクロスは舞台上で袋叩きにされる。この上演のきっかけは一五一五年のウィーン会議であり、ここで一五二六年のボヘミアとハンガリーへのハプスブルク家の要求を決定づけることになった二重結婚について交渉された。それはフェルディナント一世が一五二七年に宮廷をウィーンに移した後、くりかえし上演されることになった。

　これに対して大学での劇場の伝統はツェルティスの後継者の一人であるヨアヒム・フォン・ヴァットによって続けられ、一五一四年には雄鶏・雌鶏・去勢鶏のいさかいをめぐるパロディ劇『鶏のけんか《ガルス・プグナンス》』が上演された。ヴァットは一五一〇年にホメロスを模した喜劇的叙事詩 *Batrachomyomachia*〔『蛙と鼠の戦争』〕を書き、動物界の争いに託して大学を風刺した。

学校劇

宗教改革以来人文主義学校劇はとりわけプロテスタント地域で行われていた。そのもっとも重要な代表者は一五四九年にシュレージエンの銀山でゲオルク・ローリヒとして生まれたゲオルギウス・カラミヌスであった。貧しい石鹸工家庭出身で、奨学金の補助によってグラッツ〔現ポーランド領クウォツコ〕とブレスラウ〔現ポーランド領ヴロツワフ〕の牧師学校にかよい、シュトラースブルク〔現フランス領ストラスブール〕で学んで、早くからラテン語文学、特に演劇で頭角を現した。一五七七年以降ウィーンの宮廷文書館長フーゴ・ブロティウスと文通を行っていた。一五七八年にプロテスタントの貴族階級に運営されていたリンツ領邦学校に招聘された。カラミヌスは学校をとりまく環境の偏狭さに堪えきれず、ヨハネス・クラート・フォン・クラフトハイム、ヨハネス・サンブクス、ライヒャルト・シュトライン・フォン・シュヴァルツェナウといったウィーンの人文主義者たちに交流を求めた。一五九五年に皇帝ルードルフ二世によって桂冠詩人および貴族に叙された。その七年後に発疹チフスによって死去した。

カラミヌスの（新ラテン語）作品はいくつかの短い叙事詩や豊富な抒情詩――悲歌・頌歌・エピグラム――とならんで、とりわけ演劇を包含するものである。グラッツとブレスラウではすでに学校演劇で有名だった。シュトラースブルクで一五七八年にエウリピデスの『フェニキアの女たち』のみずからのラテン語訳の演出をし、この古代演劇によって有名になった。一五七七年のその印刷版はイギリス女王エリザベス一世に捧げられたが、反響については知られていない。数年後にはロンドンでシェークスピアの第一作が上演された――（世界）文学の未来は新ラテン語による学校劇ではなく、民族言語による演劇にあった。

カラミヌスはリンツ時代にはシュトラースブルク大学の依頼で一五九一年に上演された聖書悲劇『救済』も書いている。リンツ学校劇としては二つの田園劇『フィロメルス』(一五七九)、『ダフニス』(一五八〇)を書いている。もっとも重要な戯曲は一五九四年に印刷され、同年シュトラースブルクで上演された悲劇で、これにより桂冠詩人となった。この五幕戯曲はルードルフ・フォン・ハプスブルクとボヘミアのオタカルの対立をオーストリア建国神話とともにあつかったもので、厖大な歴史的注釈部をともなうものである。後のフランツ・グリルパルツァーの愛国劇『オトカル王の幸福と最期』と同様に、カラミヌスにおいてもオーストリア讃歌が見いだされ、合唱によって „O situ tellus, & amoena fundis / Austria: magni decus orbis olim“「恵まれた地と実り豊かな野、／オーストリアよ、汝いずれ世界に名を馳せん」と称される。

上部オーストリアはプロテスタント学校劇の中心であった――ここではフィリップ・メランヒトンの学校改革運動が特に顕著に受け入れられた。一五三五年にランツフートで生まれたトーマス・ブルナーは、ヴィッテンベルクで学んだ後、一五五八年から早世する一五七一年まで、シュタイアーで教師として勤めた。毎年執筆された学校劇のうち、一五六六年に上演された『族長聖ヤコブと十二人の息子たちの美しい聖書物語』だけが伝えられているが、これは二つの別舞台を要する巧みに構築されたキリスト教育劇である。闘争的で反教皇的・伝道的なのはブルナーの後継者ゲオルク・マウリツィウス(一五三九―一六一〇)で、彼は一五七二年からシュタイアーでラテン語学校の学長を務めた。マウリツィウスはニュルンベルク出身で、ヴィッテンベルクに学び、一六〇〇年に反宗教改革の結果シュタイアーから追放されたらしい。学校劇ではとりわけ旧約聖書を素材にしている。しかしハンス・ザックスをふまえたグリゼルディス〔『デカメロン』の挿話に登場する献身的な女性〕劇『ヴァルター・フォン・ザルッツ伯とグリゾルデのコメディア』（一五八二）や『学校のコメディア』も執筆した。

伝統的信仰に専心したヴォルフガング・シュメルツルも、プロテスタント学校劇にとり組んだ。その手本とされたのはイプス河畔ヴァイトホーフェン出身で、ザクセンで活動していたパウル・レープフーン（一五〇〇ごろ—一五四六）などである。一五〇〇年ごろ職人の息子としてオーバープファルツ〔バイエルン北東部地域〕に生まれたシュメルツルは、ウィーン大学で学び、いくつかのドイツの町で仕事をした後、一五三八年にふたたびウィーンにやって来て、ショッテン修道会学校教師の職を得た。一五四三年にウィーン市民となった。シュメルツルはゲトヴァイクおよびクロースターノイブルクの各修道院と緊密な関係を保持し、一五四〇年から五一年にかけて毎年ドイツ語聖書劇を古来の信仰の立場から上演していた。さらに一五四四年にはニュルンベルクで歌謡集『奇妙で技巧的なドイツの良歌』が出された。有名になったのは、一五四七年にウィーンのジングリーナーによって印刷され、一五四八年に増補版が出された『広く知られた誉れ高き王都ウィーン讃辞』である。シュメルツルはカトリック司祭としての経歴をシュタインフェルト〔ウィーン盆地南部地域〕のザンクトローレンツで終え、一五六四年に死去した。

シュメルツルの遺された七つの学校劇は、カトリックの教義およびハプスブルク帝国の理念を擁護するものだった。『ユーディットのコメディア』では当時のトルコ戦争について言及されている。『放蕩息子のコメディア』は一五四〇年に王フェルディナント一世臨席のもと上演され、プロテスタントの先例をカトリック劇に改編し、ルターの義認論と批判的に対峙している。学校劇の形態はやがてイエズス会のラテン語学校劇にとって代わられ、それは十七世紀に公的制度にまで発展したため、シュメルツルの戯曲が後世まで影響を保つことはなかった。

イエズス会劇

一五五一年にウィーンに招聘されたイエズス会士たちは、当初カトリックのバイエルンで公の庇護のもとになしたような重要な役割を演じることはなかった——フェルディナント一世もマクシミリアン二世も、それにプラハに居城を定めたルードルフ二世も、目だった反宗教改革活動は行っていない。イエズス会に教育された奥部オーストリア大公フェルディナントが一六一九年に皇帝となり、本格的な再カトリック化を行うようになって、ようやくイエズス会の地位が強化され、イエズス会劇はハプスブルク皇帝の公式劇となった。

イエズス会のウィーンにおける初めての公式な劇場上演は、一五五四年もしくは一五五五年に宮殿内のかつてのカルメル会修道院で行われた——オランダのリヴィヌス・ブレクトゥスの劇『エウリプス——新クリスティアーナの悲劇』である。以後ウィーンのイエズス会士は劇を演じるようになった——教団指導部の懸念をよそに。当初は舞台技術上の可能性は限られたものだったが、一六二三年に教団がウィーン大学の一角に移転して以降、宮廷の古い「修道士館《プロフェスハウス》」内および学術協会《コレギウム・アカデミクム》内に劇場《テアトルム》を獲得し、さらに一六五〇年には修道士館の向かいの建物を買収して、皇帝の強力な財政的援助のもと劇場が建設され、一六七四年以降は「皇帝劇《ルーディ・カエザライ》」が上演されることになった。一六三七年にフェルディナント三世が帝位に就くと同時に大演劇の時代が始まり、レオポルト一世の即位（一六五七）後にその頂点をむかえた。忘れてならないのは、イエズス会の野外劇が聖体祭などの契機となり、閉鎖的な学校劇と異なって、さまざまな社会階層から成るおびただしい数の観衆を得たことである。

イエズス会劇は単純な対話から音楽や装置をともなう大規模な上演まで、多様な劇場形態を包含した。

劇場全体は「演劇上演監督《プレフェクトゥス・レルム・コミカルム》」が統括した。当初は人文主義、後には聖書の題材が好まれた。中心にあったのは観衆と俳優の教化・改宗だった。宗教劇的伝統から人文主義の手本まで、ありとあらゆる劇場的可能性は「信仰の宣伝《プロパガティオ・フィーディ》」のために使われた。作用美学が決定的なものであった。上演されるものは常に例示的であって、カトリック教説を提示するもので、改心を促すものであった。舞台上では模範的主人公と見せしめのための罪人《つみびと》が演じられた。ラテン語を使えない観衆も、印刷された冊子《ペリオーケ》――ドイツ語のあらすじ――によって作品の経過をたどることができた。戯曲自体が印刷されることはまれだった。

イエズス会の活発な劇場活動はハル、リンツ、グラーツ、クレムス、オパヴァ、オルミュッツ、ブリュン〔現チェコ領ブルノ〕、イーグラウ〔現チェコ領イフラヴァ〕、プラハでも行われた――インスブルックではイエズス会士が一五六二年に招聘された。チロルは南ドイツの大部分、スイス、エルザス〔現フランス領アルザス〕とならんで、イエズス会管区上部ゲルマニア《ゲルマニア・スペリオル》の一部だった。その中では劇場に関しても緊密な交流が行われていた。後には主にアウクスブルクで活動していたイエズス会最大の理論家ヤコブス・ポンターヌスが、一五八一年に自作 *Ludus de instauratione studiorum*〔『学術刷新の劇』〕をインスブルックで演出し、ギムナジウムでは一六二八年から三〇年にかけてヤーコプ・バルデが教え、後にドイツ語圏最大の新ラテン語詩人として認知された。彼はここでは一六二九年に自作の喜劇『冗談とまじめの劇』を演出した。町のくらしへのイエズス会の影響は著しいものがあった。インスブルックでは市の人口の五ないし一〇%がギムナジウムにかよっていたため、劇場の上演に積極的に参加した。十七世紀にはインスブルックにおいても宮廷周辺では演目が変更され、ハプスブルク讃美が際だつことになったが、それでも宗教的要素が支配的だった。

散文作品

最後にこの時代のラテン語およびドイツ語による散文を見てみることにしよう。いくつかの自伝的テクストが注目に値する。すでに皇帝マクシミリアン一世はくだんの『白王伝』で虚構化した自伝を著していた。シュタイアーマルクの貴族ジークムント・フォン・ヘルベルシュタインもいくつかの自伝的文書を遺している。特に際だっているのは、十九世紀になって初めて印刷された『我が人生行路』である。一四八六年に生まれたヘルベルシュタインは、ウィーン大学で学んだ後、皇帝マクシミリアンに仕えた。一五一六―一八年および一五二五、二六年には外交官としてロシアに旅行した。一五四九年にウィーンで初めて印刷された旅行記『モスクワ事情』*Rerum Moscoviticarum Commentari* は、実体験およびロシアの年代記に基づいた物語であり、西ヨーロッパに大きな関心をもたらした。この本は一六〇〇年までに十刷をかぞえ、一五五七年にはドイツ語、その後ヨーロッパ各国語に訳された。ヘルベルシュタインは一五六六年にウィーンで死去した。

重要な歴史的できごとの実体験といえば、そのほかに二つの自伝的テクストがある。チロル公アルブレヒト六世の門番ハンス・ヒールスツマンは、一四六三年公が兄である皇帝フリードリヒ三世の依頼で毒殺されたのではないかという嫌疑が生じた際、あるチロル貴族の依頼を受けて、公の急逝に関する報告を執筆した。ヒールスツマン自身が事件にまきこまれていたので、この誹謗に対して文書での反論を試み、主人に忠実な家来としての自己を描こうとしたのだった。

政治的背景は有名な『ヘレーネ・コッタ―ナリンの回想録』にもある。執筆者は一四〇〇年ごろに生まれたウィーンの市民夫人で、一四三六年以来ハプスブルク皇帝アルブレヒト二世の后であるハンガリー王女エリーザベトに仕えていた。エリーザベトは皇帝が急逝した一四三九年、まだ生まれていない息子ラディスラウス・ポストゥムスの皇位継承を確実にするために、この侍女にハンガリー王冠をヴィシェグラード城から盗みだすよう命じた。この壮挙は成功し、やがて生まれた子どもは一四四〇年五月十五日に戴冠した。一四四二年にヘレーネ・コッターナリンは書記にみずからの体験を若い王への報告として書き取らせ、みずからの功績を相応に強調した。この写本は十九世紀になって発見され、印刷された。

同様に写本だけが遺されたものとしては、一九二三年になって聖フローリアン修道会図書館で発見された翻訳がある。ヨハン・バプティスタ・レクシウスは一五六五年ごろ帝室官僚の息子としてウィーンに生まれ、ウィーン、インゴルシュタット、シエナ、パドヴァ、ボローニャで学生時代をすごしたことが確認されていて、一五九八年に上部オーストリアのフライシュタットで死去した状況は不明だが、一五八四年にイタリアの人文主義者ロレンツォ・ヴァッラの一四四〇年代のラテン語版『イリアス』を基にしたドイツ語散文訳 *Ilias Homeri teutsch* を執筆している。レクシウスの翻訳は明らかに印刷を前提にし、関心のある読者に「卓越した誉れ高い詩人で歴史家ホメロスの」叙事詩を紹介しようというものであった。これは生き生きとした、時にがさつな言語で、原典への過不足ないアプローチを提供したものである。たとえば二十一巻のヘラとアルテミスの争いは「こう言うや左手でディアナの両腕をつかんで、右手で矢筒の矢を奪い、それを頭に投げつけると、矢は砕け散った」と再現されている。

近代初期に印刷された物語文学で人気があったものといえば、十九世紀初頭に誤って「民衆本」と名づけられたものが挙げられる——読み書きのできる読者の娯楽に供すためのドイツ語テクストで、その際すでに知られた素材を基にすることが多かった。好まれたジャンルは滑稽譚で、それぞれの逸話は有名な『ティル・オイレンシュピーゲル』などの主人公に結びつけられた。書籍印刷が確立していなかったオーストリア諸邦が、こうしたジャンルに関与することはなかった。アウクスブルクで一四七三年に『カーレンベルクの坊主の物語』が印刷されたが、これは二一八〇詩行の韻文物語で、その著者はウィーン市民フィリップ・フランクフルターであると目されている。フランクフルターは一四八六年から一五〇七年までウィーンにくらし、一五一一年に死去したことが確認されているが、それ以外はほとんど知られていない。この本には名前は挙げられていないが、一三三〇年ごろにナイトハルト・フックスとともにオットー陽気公の宮廷のいたずら者との記録が遺されているカーレンベルクの実在の司祭グンダカー・フォン・テルンベルクをめぐるよく知られた滑稽譚が収録されている。シュトリッカーの『坊主アミース』に想を得たと思われるこの時にがさつで猥褻な滑稽譚は、カーレンベルク村に司祭職を得た学生が、村やパッサウの司教座、ウィーンの宮廷で騒ぎを起こす様をとりあげたものである。この本は全ヨーロッパで人気を博し、オランダ語や英語に訳されたほか、マルティン・ルターも読んでいた。

第二節　バロックの時代（一六一八—一七四〇）

三十年戦争

十六世紀にプロテスタントを支持する傾向にあった領邦等族〔地方権力を有する階級〕たちは、まだハプスブルク家に対抗する力を保持していたのに対して、十七世紀における力関係は中央権力側有利へと変わっていった。一六一八年にボヘミア等族の蜂起と、いわゆる第二次プラハ窓外放出事件〔皇帝が派遣した行政官たちが、プラハ城の窓から突き落とされた事件〕を契機として、三十年戦争の火蓋は切って落とされた。一六二〇年の白山の戦い〔プラハ近郊における在地プロテスタント貴族と皇帝軍の戦闘〕で皇帝派のカトリック同盟軍がプロテスタント連合の領邦等族軍に勝利した。ボヘミアはハプスブルク世襲領となり、反宗教改革が容赦なく断行され、おそらくは十五万のプロテスタントが移住を強いられることになった。

後のオーストリア共和国領土内での反宗教改革——それに等族たちに対する戦い——は時差的に行われた。チロルと前部オーストリアでは大公フェルディナント二世がすでに十六世紀後半に苛烈に断行していた。シュタイアーマルクで反宗教改革は一六〇〇年ごろに始まった。一六二〇年以降カトリック中央権力は全ハプスブルク領邦でこれを断行した（これに対してハンガリーでは等族は一六八三年まで優勢だった——オスマン帝国の後ろ楯によって）。約十万ものプロテスタントの民衆が一六〇〇年から六〇年にかけてオーストリアおよびシュレージエンから追放され、移民の波となって、とりわけ南ドイツに定住した——ハプスブルク帝国が長きにわたってこうむった損失である。

三十年戦争終結とともに、帝国全土での粛清というハプスブルクの試みはついえた。しかしヴェストファーレンの講和は領邦君主たちの権威を強化したため、ハプスブルクもみずからの領土で何の妨げもなく反宗教改革を断行することができるようになった。

バロック期の社会・政治状況

バロック期の宗教的不寛容は十八世紀まで続いた。一七三一年に二万のプロテスタントが大司教によってザルツブルクから放逐され、一七三四年から七六年には四千人の上部オーストリアのプロテスタントがトランシルヴァニア〔ルーマニア北西部地方〕に流刑となり、その際多くの子どもたちがとりあげられた。ユダヤ人に対する不寛容も継続していた。一四二〇、二一年のウィーン・ゲゼーラ〔弾圧〕の後、ウィーンではようやく十六世紀末になってユダヤ人居住区が成立した。一六二五年には後のウィーン第二居住区ウンター・ヴェルトにユダヤ人街が設立された。このゲットーには一六六九年時点で約三千人が住んでいた。一六七〇年には閉鎖され、全住民が追放された。その三年後宮廷は予想以上の税収減のため、ウィーンへのユダヤ人の再受け入れを決定した。しかし種々のユダヤ人の慣習は大幅に制限・抑圧されたままであった。一七二六―二七年にはボヘミアでカール六世によって家族成員法が強化されて、ユダヤ住民の数を制限することが試みられ、家族で結婚できるのは一男子のみとされた。さらにマリア・テレジアのもとでもプラハのユダヤ人は一時的に放逐された。

バロック期は組織的な魔女狩りの時代でもあった――この凶行は十五世紀に西ヨーロッパで始まったが、ハプスブルク諸邦では十七世紀になって頂点をむかえた。人文主義の時代でも魔女崇拝に対する探索は比較的広範に行われていた。法律状況は当初領邦ごとにさまざまだった。一六五六年に皇帝フェルディナント三世がエンス川以南のオーストリアに発令した領邦裁判制度「フェルディナンデア」が、その後他の領邦にも適用されて、一四八七年に公表されたドミニコ会神学者ハインリヒ・クラーマー・インスティトーリスの悪名高い文書『魔女への鉄槌』に代わる魔女裁判の法的根拠となった。クラーマー自身は一四八五―八六年にインスブルックで魔女裁判を主導したが、進歩的なブリクセン司教に追放されてしまった。「フェルディナンデア」の魔女像はライプツィヒの（プロテスタント）法律家で、魔女裁判の反対者と激しく闘ったベネディクト・カルプツォ（一五九五―一六六六）の影響が著しかった。魔女狩りはオーストリア諸邦（とザルツブルク）では、フランケンや南西ドイツほど大規模ではなかったが、少なくとも一五〇〇人がその犠牲になった。

対外的には十七世紀はひき続きオスマン帝国との対立に刻印され、多くのハンガリー貴族たちがトルコの側に立っていた。実際にはトルコ帝国とハプスブルクの政治的対立だったものが、当時から、そして後にはいよいよキリスト教とイスラム教の戦いにしたてあげられていった。転機は一六三八年のトルコ軍によるウィーン包囲の失敗だった。オイゲン公率いる皇帝部隊の勝利の後、ハプスブルク帝国の地理的重心は明らかに東に移ることになった。スロヴァキア、クロアチア、トランシルヴァニアおよびバルカンの一部を含むハンガリーは、ハプスブルクの管理下に入った。それまでウィーンは多民族諸邦複合体のはるか東に位置する中心地だったが、依然として多民族諸邦複合体ではあるが、はるか西に位置する中心地となってしまった。

スペイン継承戦争（一七〇一―一四）はあらためてオーストリア・ハプスブルクに政治的利益をもたらした。スペイン系の断絶を受けて、後継者をすえようという本来の戦争目的を達成することはできなかったが、スペインの旧領からイタリアの大部分とスペイン領ネーデルラント（すなわち現在のベルギー、ルクセンブルクおよび北フランスの一部）を獲得した。これによって真の大国が成立したのだった。ウィーンはルードルフ二世によるプラハへの一時的遷都後の十七世紀初頭以降、皇帝の居城となった。しかしウィーンは中央集権国家の中心地パリなどとは違った――分裂した神聖ローマ帝国あるいは多民族的ハプスブルク世襲領の中心地ではなかったのである。

皇帝レオポルト一世（一六五八―一七〇五）統治時代は宮廷の絶対主義とバロック文化の頂点をなした。息子のカール六世（一七一一―四〇）もハプスブルク家領を維持することができた。しかしオーストリアが西ヨーロッパの先進諸国にたちうちできなかったことは明らかだった。それにもかかわらず一七〇〇年以降豪奢な建築の工事が行われた。ウィーンはカール教会、宮廷図書館、ベルヴェデーレとシェーンブルンの両宮殿によってバロックの相貌を呈するようになった。他の領邦においても封建貴族文化の建築遺産が現出した。クロースターノイブルク、ヘルツォーゲンブルク、ゲトヴァイク、メルク、ザンクトフローリアン、クレムスミュンスターなどの古い修道院がバロック化された。そして祈禱柱やネポムク〔ボヘミアの守護聖人〕像、巡礼や聖体行列などバロック的なカトリック民衆信仰が花開いた。

教育施設は宗教改革以来明確な宗派化が進んでいた。大学入学の準備はプロテスタント領邦学校とイエズス会のギムナジウムが行ったが、前者は反宗教改革の進展にともなって閉鎖された。イエズス会はウィーンとグラーツの大学、それに一六六九年に設立されたインスブルック大学も占有した。ザルツブルクでは一六一九年から五三年にかけて統治していた大司教パリス・ロドロン伯が、領土を三十年戦争の影響外におくことに成功し、一六二〇年にギムナジウムを大学に昇格させ、一六二五年にベネディクト会に委託した。

オーストリア諸邦にはワイマールの「結実協会」など、プロテスタント地域で国民愛国主義のもとにドイツ語の涵養を図ったバロック言語協会がほとんど存在しなかった。そこでウィーンの宮廷は弁論術・詩文養成の場としてイタリア・アカデミーの設立を試みた。短命だった „Accademia de' Crescenti“〔青少年アカデミー〕は皇帝フェルディナント三世の保護の下にあって、一六五七年に皇帝やアカデミー会員のイタリア機会詩『種々の詩』を出版した。一六六七年から一七七六年まで存続したのは、皇后エレオノーラ・ディ・ゴンザーガが創設した „Accademia degli Illustrati“〔絵画アカデミー〕である。レオポルト一世も一六七四年にアカデミーを創設し、これは一七〇六年まで存続することになった。

バロック文学

ドイツ語文学の展開においてカトリック＝上部ドイツ語圏——およびハプスブルク帝国——は十七世

紀に不利な状況に陥ってしまった。もちろんこの時代の人間がそれを自覚していたわけではない。二つの宗派——および二つの文学上の地域——は対等に並び立っていた。プロテスタント諸邦においては言語・文学改革およびラテン語からの最終的な離脱が断行されていた。マルティン・オーピッツが一六二四年に『ドイツ詩書』で規定したことは、当初プロテスタント・ドイツにおいてのみ適用されたが、十八世紀になると他のすべての地域で規範的になった。ドイツ語地域の文学が展開していく方向性はあらかじめ定まっていた、すなわち単一言語的で市民的なものであった。カトリック諸邦では当初学識者向きの汎ヨーロッパ的ラテン語文学と、民衆文学の枠を超えて、潜在的に教養のあるなしを問わず、すべての人に向けられた国民言語文学が——もちろん作家たちは学識者に属していたのだが——等しく活況を呈していた。後者は特にオーストリア諸邦で一連の文学作品を生み出したが、それは啓蒙の世紀に進歩主義者たちによって退行的であるとして論難され、十九世紀になるとロマン派によって民衆的で土地に根ざしたものであるとして見当違いに称賛された。いずれにせよオーストリアの風刺家ヨーゼフ・フランツ・ラチュキーが一七九五年に言った「プロイセンとザクセンの批判的蛙〔大口〕」の基準では、十七世紀の上部ドイツ語文学は存在しえなかったわけで、一時的に帝国内のプロテスタント地域とカトリック地域の間で文学上の断絶が深まった。後の文学史記述はルターからオーピッツ、ゴッチェートを経てレッシング、ゲーテ、シラーという直線的道程を描くことになる。この図式に合わないもの——それと上部ドイツ語圏の文学作品の多く——は、文学史から抹消されてしまった。

十七世紀における宗派的分裂は地域的差異よりも大きかったため、後のオーストリアにおける文学の歴史は他のカトリック地域の状況への眼ざし抜きには語りえない。それにハプスブルク領内にくらしていたプロテスタントの作家たちも、文学的にはオーストリア外のプロテスタント地域に倣って、そこで執筆された書物を読み、そこで作品も発表していた。バロック時代の文学の一般的特徴はキリスト教的要因が際だっていることである。教養人を対象としたラテン語文学にせよ、広範な読者を対象としたドイツ語文学にせよ、正しい信仰の伝道といったものがすべてのジャンルを規定していた。

新ラテン語抒情詩

人文主義が開花して以来の古代の形式に範をとった新ラテン語抒情詩は、狭い意味でのオーストリアでは傑出した人物に乏しく、例外であるジーモン・レッテンパッハーの詩も印刷されることはなかった。カトリックの新ラテン語使用者たちは地域的枠にとらわれないことが多く、そのテクストは全ヨーロッパの読者に向けられたものだった。上部ドイツ語文化圏に属する著名なイエズス会士ヤーコプ・バルデは、一六二八年から三〇年までインスブルックで活動したが、そのことが彼をオーストリアの詩人にすることはなかった。教会歌の領域でも創作と受容は地域横断的だった。カトリック地域ではボヘミアが先駆的役割を演じていた。一五六七年にはオルミュッツ出身で、当時バウツェンの司教領管理者だったヨハン・ライゼントリット（一五二七—八六）が、有名な宗教改革歌を改作した歌集『聖歌と詩篇』を発表し、全ドイツ語圏に流布して版を重ねた。その後一五八一年にはプラハで活動していたクリストフ・シュヴェーアー（ヘチルス）の『キリスト教の祈りと歌』が出された。一六二五年にはシュレージエンのイェレナグラで一五八五年に生まれたグレゴール・ダーフィット・コルナーがニュルンベルクのエンターから古今四百の歌の集大成である『大カトリック歌集』を発刊し、版を重ねた。コルナーはプラハとグラーツのイエズス会で学び、一六一九年から二四年までレッツで司祭を、一六三一年から死去する四十八年までゲトヴァイクのベネディクト会修道院長を務めた。一六三八、三九年にはウィーン大学長でもあった。一六四九年にウィーンで自選歌集を『カトリック・ドイツの聖なる小夜啼鳥』という題で刊行したが、これはフリードリヒ・フォン・シュペーの一六四九年の『小夜啼鳥に対抗して』という題を想わせる。

プロテスタントの教会歌もすでに十六世紀以来ボヘミアとモラヴィアが重要だった。ヨアヒム渓谷の楽長《カントル》だったニコラウス・ヘルマン（一五〇〇ごろ—一六一一）の歌は形式的には中世的な典礼歌と民謡の伝統の影響を受けていて、今日までプロテスタント教会歌に命脈を保っている。反宗教改革とともにこうした伝統はハプスブルク領では破壊されてしまった。保たれているのは追放されたプロテスタントのいくつかの「亡命者の歌」と隠れプロテスタントの貴重な伝承だけである。

ドイツ語詩

ドイツ語詩の創作はプロテスタント言語教会の改革に依拠し、ハプスブルク諸邦では貴族、とりわけ皇帝に忠実なプロテスタントの地方貴族のものであった。先駆者はすでに挙げたクリストフ・フォン・シャレンベルクであった。そのほかのボヘミア・モラヴィア地域の先駆者はテオバルト・ホック（一五七三—一六二二／二四）で、一六〇一年にブリュンで詩集『美しい花園』を筆名で発表した。ホックは波乱万丈の経歴をもっている。ザールラント出身で、フランスからイタリアに及ぶ大旅行を経て、一六〇〇年以降ボヘミアの大貴族ペトル・ヴォック・ズ・ロジュンベルカに仕えた。ホックはハプスブルク家に対する反対運動の指導的人物であった。一六〇二年に貴族に列せられ、そのために一六一七年に死刑を宣告され拷問を受けたが、一六一九年に釈放された。『美しい花園』は創作詩をドイツ語で執筆しようという人文主義的・愛国主義的動機から生み出されたものである。その際ホックは古くからある自国の伝統をイタリアの恋愛詩と結びつけ、時に風刺的でルター風の道徳観を喚起させ、複雑な詩節形式を用いた。しかしこの本の影響力は小さいものにとどまった。

結実協会に——おそらくはその社会的地位のために——受け入れられたカトリックの貴族詩人のなかで挙げるべきは、ヨハン・ルードルフ・シュミット・ツー・シュヴァルツェンホルンであるが、彼の数少ない機会詩はオーピッツの規範を無視したものである。この人物は詩人としてよりも帝室外交官としてはるかに興味深い。一五九〇年にスイスのライン河畔シュタインに生まれ、オーストリアの軍人の従者としてトルコ戦争に従軍し、囚われの身となって、数年間奴隷としてすごした後買い受けられ、一六二九年から四五年までトルコ帝国コンスタンティノープルでハプスブルク帝室大使として勤めた。その後も外交上の任務で幾度もコンスタンティノープルに行き来し、一六六七年に死去した。

そのほかの文学活動をした外交官としてはハンス・ルートヴィヒ・フォン・キュフシュタイン(一五八二―一六五六)がいて、一六二七年にセンセーショナルにカトリックに改宗し、一六二八、二九年に外交上の任務でコンスタンティノープルで活動し、一六三〇年から死去するまで上部オーストリアの地方長官を務めた。キュフシュタインの文学的名声は日記や報告のほかロマンス語翻訳による。一六一九年にはホルヘ・デ・モンテマヨルのポルトガル語による田園小説『ディアナ』を、一六三〇年にはディエゴ・デ・サン・ペドロのカスティリャ語小説『愛の牢獄』*Cárcel de amor* を訳している。プロテスタント貴族文学界の中心人物はヨハン・ヴィルヘルム・フォン・シュトゥーベンベルクであった。この一六一九年にボヘミアで生まれた貴族は、一六二〇年に故国を離れ、身分相応の教育および修業旅行を経た後、一六四二年から五七年までメルク修道院に程近い低地オーストリアのシャラブルクで、プロテスタントとしての不都合を味わいながらも洗練された貴族生活をおくった。シュトゥーベンベルクは自作はわずかしかないが、相当な量の翻訳作品を遺している——とりわけマドレーヌ・ド・スキュデリの『クレリー』（一六六四）やジョヴァンニ・フランチェスコ・ビオンディの『エロメーナ』（一六六七）などフランスとイタリアの小説、さらにフランシス・ベーコンの講演や公文書をドイツ語に訳している。注目すべきことにシュトゥーベンベルクの本がニュルンベルクで出版されたことからも判るように、オーストリアの作家と帝国内のプロテスタント文学を媒介する中心人物であった。ニュルンベルクのジークムント・フォン・ビルケンやゲオルク・フィリップ・ハルスデルファーと文通をしながら、結実協会の「悲運の」メンバー、若いカタリーナ・レギーナ・フォン・グライフェンベルクの助言者として、半世紀前のクリストフ・フォン・シャレンベルクのように文学サークルの中心として晩年をウィーンですごし、一六六三年に死去した。

カタリーナ・レギーナ・フォン・グライフェンベルクはバロック時代のもっとも重要なドイツ語詩人で、一六三三年に低地オーストリアのザイゼネッグ城に生まれ、反宗教改革の圧迫のもとで育った——礼拝は外国でしかできなかった。一六六四年に精神的圧力のもと三十歳近く年上のおじで後見人のハンス・ルードルフ・フォン・グライフェンベルクと結婚したが、彼はこの近親婚のために一時的に投獄された。彼の死後の一六七七年には遺産をめぐる長い裁判に寡婦としてかかわることになった。

ハンス・ルードルフはすでに一六六二年にカタリーナが知らないうちに、四一四ページから成る『ニュルンベルクのミヒャエル・エンター企画・印刷による信心深い慰めのための宗教的なソネット、歌、詩』を発表した。ジークムント・フォン・ビルケンが印刷の準備に参画し、この本のために「緒言」を執筆した。これらの詩には神秘的な宗教性と多彩な比喩が際だっている。それは音調によって神に近づこうとする。詩人は作品を神の讃美のために用いているのだ。「キリスト教的もくろみ」というのが最初のソネットである。「ああ全能者よ／私がすべてをお捧げした／あなたによって私はあり／始め／考え、詩作する！／／あなたのいと高き誉れのために私の行いと目的はある。／／ああ、天使に目的を／あなたの讃美をかなえさせてください。」「永遠の方だけなのです／良いことを私の魂と筆に吹きこむのは。／／私と皆の／誉れも／彼のものなのです。」しかし一方ではみずからの詩的活動の固有性も強調されている。ソネットの一つは「何ものにも束縛されない高貴な詩芸術の流儀で」といい、詩作は唯一遺された自由空間であると解される。「これだけが私には自由だ／そのほかはほとんど／／不幸の計り知れない力の／奴隷だ。」この自由空間は神に求められる。「自由を下さい／私は永遠の讃美をいたしましょう。」

一六六〇年代から執拗に続けられた皇帝レオポルト一世をプロテスタントに改宗させようという空想的な計画は、グライフェンベルクを幾度もウィーンに赴かせることになったが、もちろん実現することはなかった。ジークムント・フォン・ビルケンとは文通を保ち、何度もニュルンベルクに長期滞在して、一六八〇年には最終的に移住することになった。三部から成る代表作『イエス・キリストの聖なる苦悩と努力』（一六七二）、『イエス・キリストの聖なる生長——誕生と若き日々』（一六七八）、『イエス・キリストの聖なる生涯』（一六九三）に関する「敬虔な考察」は、信仰書の伝統の上にあるが、女性的肉体経験を情動的言語によってよび覚ます官能的な愛の神秘に満ちている。カタリーナ・レギーナ・フォン・グライフェンベルクは一六九四年に死去した。

シュトゥーベンベルク・サークルのなかでグライフェンベルクに次いで重要な作家はヴォルフ・ヘルムハルト・フォン・ホーベルクである。ホーベルクは一六一二年に低地オーストリアのレンゲンフェルト城で生まれ、一六三二年から四一年まで帝室軍隊の大尉を務めた後、ささやかな領地であるロールバッハとクリンゲンブルンに隠遁した。一六六四年に経済的理由および反宗教改革のためにレーゲンスブルクに移住し、一六八八年に死去した。ホーベルクは結実協会の「明晰な」会員として、その文学的名声を『不機嫌なプロセルピナ』（一六六一）と『ハプスブルクのオットベルト』（一六六三／六四）の二つの韻文叙事詩および（一六八二）や農業教本『篤農訓《ゲオルギカ・クリオーザ》』によっている。彼の詩的創作のなかでは一六七五年にレーゲンスブルクで印刷された信仰書『預言者ダヴィデ王の遊歩薬草園――詩篇ドイツ語全訳』が挙げられる。ルター訳聖書を土台にホーベルクは一五〇の詩篇をアレクサンドラン〔弱強十二音節六詩脚〕で意訳し、それに新たに作曲した旋律とそれぞれ二枚の寓意的な銅版画を付した。

　オーストリアのプロテスタント作家にとって、今日までつづく文学協会であるペーグニッツ花の結社が、一六四四年にハルスデルファーによってニュルンベルクで設立されたことは大きな意味をもった。影響力の大きかったジークムント・ビルケン（一六二六―八一）は、一六六二年以来この結社を率いたが、みずからは亡命作家であった――彼の父親はプロテスタントの牧師で、一六二九年に故郷のボヘミアを後にしなければならなかったのだ。ビルケンはカタリーナ・レギーナ・フォン・グライフェンベルクだけではなく、ゴットリープ・フォン・ヴィンディッシュグレーツ（一六三〇―九五）など貴族のディレッタントも育成した。ヴィンディッシュグレーツはケルンテン出身のプロテスタントの父親が亡命したため、レーゲンスブルクに生まれたが、ウィーンで成長し、フランス・イタリア滞在後ここに居を定めた。一六五六年に結実協会に入会した。目覚ましい政治的・外交的キャリアを経て、一六八二年にカトリックに改宗した。とりわけ一六五〇年代に書かれた詩が、一九八六年に子孫の倉庫で手稿で遺されているのが見つかり、一九九四年に初めて編纂された。

　カトリックにおいてもプロテスタント言語協会から作品への刺激を受けた二人の宗教詩人を挙げることができる。ラウレンツィウス・シュニュフィスとプロコピウス・フォン・テンプリーンである。

一六三三年にフォアアルルベルクのシュニフィスに生まれた農民の息子であるヨハン・マルティンはフェルトキルヒのイエズス会ギムナジウムにかよった後、旅まわりの俳優として諸国を巡り、一六五八年にインスブルックの宮廷劇場に定職を得た。重い病気の後、一六六〇年に宮廷生活を辞して、一六六三年からホーエネムスで教区司祭として活動し、一六六五年にラウレンツィウスとしてカプチン修道会に入会して、反宗教改革の大衆伝道に専念した。一六六八年から死去する一七〇二年までは、主にコンスタンツに住んでいた。説教師および人気詩人としての活動によって、一六九二年に皇帝によって桂冠詩人《ポエタ・ラウレアトゥス》の称号が授けられた。

もっとも成功したラウレンツィウスの作品は、一六六五年に出された自伝小説『フィロテウスあるいはミラントの（……）奇妙な道程』で、マルティン（Martin）のアナグラムであるミラント（Mirant）という廷臣の改宗と聖職への転身を物語ったものである。この牧人小説は個人的体験が教化・教訓に結び合わされたうえで、歌へと解消していくものである。一七〇二年までに七版をかぞえた。最後の三版は改訂版であり、一六九〇年以降は『世俗で深く迷いし牧者ミラントの安らかな孤独への奇妙な道程』という題でコンスタンツで出され、教化的要素が拡大された。

一六八二年にラウレンツィウスは『ミラントの小笛――あるいはキリストがダフニスの名のもとに罪深き眠りに就きしクロリンダの魂をより良き生へと目覚めしむ聖なる牧養（……）』を出版した。これはとりわけ雅歌につらなる宗教的牧歌である。それぞれ二十詩節から成る十歌三巻で、クロリンダは罪の眠りから恋人との一体化への憧憬へと導かれる。この歌集は一七三九年までに六版をかぞえた。さらに『ミラントの若枝の笛』（一六九二）や『ミラントの口琴』（一六九五）といった教化歌集がつづいた。しかし後世もっとも成功したのは、死後刊行された祈禱書『色とりどりの天のチューリップ』（一七〇五）で、一八二〇年までに二十版以上を記録した。

ラウレンツィウス・フォン・シュニュフィスの詩は学識のある読者に向けられたものだった。それはカタリーナ・フォン・グライフェンベルクやニュルンベルクのペーグニッツの牧歌詩人たちを想わせる言語技巧を示している。しかし詩学的にはフリードリヒ・フォン・シュペーの『小夜啼鳥に対抗して』に依拠している。数多くの詩節形式、印象的な詩韻技巧、表現力豊かな語彙選択が特徴である。著作のなかには独自に案出したマリアの歌があり、現在でもカトリックで使用されている。「美しき日のごとく華やかで／誰よりも力強い（／）天の女《ひと》／私はとわに／みずからをお捧げし／すすんで命も／その他のものも／子どものごとくお委ねます」。

説教文学

ラウレンツィウス・フォン・シュニュフィスはオーストリア諸邦というよりも、ドイツ語圏のカトリック全域と結びついていた。オーストリアでの存在感がより大きかったのはプロコピウス・フォン・テンプリーンで、一六〇八年にブランデンブルクのプロテスタントの家庭に生まれ、一六二五年にプラハでカトリックに改宗し、一六二七年にウィーンでカプチン修道会に入会した後、数年間巡回説教師として活動し、一六四二年にパッサウに招聘された。一六六三年にザルツブルクに移住し、一六八〇年にリンツで死去した。プロコピウスは一六四二年から六一年の間にパッサウで印刷されたマリア詩をはじめとする四巻の聖歌と、多くの説教書を遺した。その歌は信仰の伝道のために用いられ、説教にとり入れられた。したがって形式上の実験は断念されているが、オーピッツとハルスデルファーの韻律上の刷新に刺激を受けたものである。

説教文学は原理的に口語と文章語の境界に立つものである。説教は一定の場所で、一定の人によって、一定の機会に、一定の聴衆に向かってなされるものである。そのかぎりにおいてそれはその遂行とともに消失してしまう。しかし説教が印刷されるや、その一回性から解放され、流通の過程に組みこまれる――つまり文学となる。たしかに説教のなかには手本や修辞的芸当としてただちに印刷に供されるものもある。著述家として全ヨーロッパで反響をよんだオーストリアでもっとも有名な説教師は、一六四四年にバーデンのメスキルヒ近郊クレーエンハインシュテッテンで、村の宿屋の息子ヨハン・ウルリヒ・メゲルレとして生まれたアブラハム・ア・ザンクタ・クラーラである。

アブラハムはインゴルシュタットのイエズス会ギムナジウム卒業後、ザルツブルクのベネディクト会大学で学んだ。一六六二年にウィーンでアウグスティノ跣足修道会に入会した。プラハとフェラーラで学んだ後、一六六六年に司祭になった。一六七二年にウィーンに招聘され、七七年に宮廷説教師の称号を得た。一六八〇年から八三年まではウィーン近郊のマリア＝ブルン・アウグスティノ修道院長で、八三年から八八年まではグラーツで活動した。一六九五年に高位の聖職を得てウィーンに戻り、一七〇九年に死去した。

アブラハムの力強い口調のしばしば風刺的な説教は、同時代人から大きな支持を得た。彼の名声は印刷された五十六の作品によるものであり、一六七〇年から一七八五年の間にそれらの三二三の版が確認されている。この宗教文学の流行は十七世紀におけるヨーロッパ全体の現象だった。カトリック・ドイツではアブラハムのほかに、とりわけスペイン語の翻訳に従事していたミュンヘンの宮廷官僚エギドゥス・アルベルティーヌス（一五六〇―一六二〇）とバイエルンのイエズス会士イェレミーアス・ドレクセル（一五八一―一六三八）、それにマインツとトリーアで活動していたカプチン会修道士マルティン・

フォン・コーヘン（一六三四―一七一二）が挙げられる。アブラハムの最初の説教出版はハプスブルク家の政策のためのものである。しかしその後一六七九年のウィーンにおけるペストの流行と一六八三年のトルコ軍による町の包囲を契機とした説教は、宮廷というよりも市民に向けられたものであった。一六八〇年にはウィーン大学製本所ヴィヴィアンから『聞けウィーン――荒れ狂う死神に関する詳細な描写』が出された。同年ペストの犠牲者の記憶の風化への警告文『鎮まれウィーン――帝都ウィーンへの深甚なる警告』と『オーストリアの感謝《デーオ・グラーツィアス》――きわめて厳かな感謝祭に関する詳しい描写』がつづいた。印刷によってアブラハムは全ドイツ語圏で有名になった。『聞けウィーン』はウィーンだけではなく、ザルツブルク、ウルム、ニュルンベルク、ミュンヘン、フランクフルトでも数度にわたって再版された。アブラハムのその他の作品は厳密にいえば説教集ではなく、道徳的教訓による娯楽作品集であり、一般信者も自分で読むことができたほか、説教者にとっても素材集として利用することができた。『立て、立てキリスト教徒よ！――トルコの蛭どもに対するキリスト軍への深甚なる激励』は一六八三年に出された。一六八四年には『韻をふめ！　でなけりゃ追い出すぞ』が出た。四巻からなる大部の主著『卑劣漢ユダ――誠実な人々のために』は多数の伝説と挿話が付された聖書のユダのしばしば風刺的な人生描写で、一六八六年から九五年にかけてザルツブルクで出された。

　ニュルンベルクの出版社クリスティアン・ヴァイゲルによってアブラハムの作家としての名は確立され、『世界のほー！とえー！――ほー、あるいはすべての美徳の奨励――えー、あるいはすべての恥ずべき悪徳の諫止』（一七〇七）など、執筆者の一人にすぎなかったいくつかの書物が、彼の名前で出た。そして死後にもいくつかの作品が刊行されたが、反ユダヤ主義的姿勢と俗っぽい娯楽的性質が彼の実作に見られないとは言えないものの、この二つの側面はむしろ模倣者と編集者に帰せられるべきものである。

アブラハムのバロック的言語技法、そのしばしば口語に依拠した語呂合わせや音声的効果、押韻、意外な組み合わせや大衆的例示への嗜好、それにお笑い的要素の導入は、常に信仰の伝道のために用いられたものである。十八世紀の啓蒙主義者にとって彼のテクストは、幸運にも克服された非理性的な時代の、内容的にも形式的にも慎むべき実例であった。十九世紀になってようやく作家アブラハム・ア・ザンクタ・クラーラは再発見されることになった。

ドイツ語散文

アブラハムの彫琢された様式が次世代に拒否されたのに対して、他のドイツ語散文の著者たちは十八世紀にも読者をもっていた。実用書の分野では一冊の商業の手引き書を挙げることができよう。一六八四年にフランクフルト出身のオーストリアの外交官フィリップ・ヴィルヘルム・フォン・ヘルニク（一六四〇―一七一四）はドレスデンで『常にすべてに冠たるオーストリア』を出したが、この諺のようになった題は、一八四一年のホフマン・フォン・ファラースレーベンによるドイツの歌への刺激になった可能性もある。文学的により重要なのはヴォルフ・ヘルムハルト・フォン・ホーベルクの『篤農訓《ゲオルギカ・クリオーザ》』――貴族の農村生活に関する詳細な報告と明解な教授について』で、一六八二年にニュルンベルクで初版が、一六八七年には増補版が出された。ホーベルクの経済教本は葡萄栽培・畑作、畜産と林業についてだけではなく、結婚生活と子育てについてもあつかっている。ホーベルクはウェルギリウス『農耕詩《ゲオルギカ》』をひき合いに出しながら、家父の仕事を地主貴族に体現される神の秩序に結びつけ、前近代的・父権的・農村的生活様式に固執する。『篤農訓』は何度も刊行され、啓蒙の時代にも家父文学として受容された。ホーベルクはみずからの作品を本来ウェルギリウスの伝統に立った教訓詩として構想し、一六八七年には一万九六一六アレクサンドラン対韻詩行から成る新版を出版した。

韻文叙事詩においてもホーベルクは古代文学の伝統に身を投じた。三十六の歌と四万詩行にもなんなんとする『ハプスブルクのオットベルト』は、一六六三／六四年にライプツィヒで出版された。すでに一六六一年にレーゲンスブルクでクラウディアヌスの『プロセルピナの誘拐』に基づく一万四千詩行に及ぶ神話的叙事詩『沈鬱なプロセルピナ』を刊行していた。『ハプスブルクのオットベルト』はオーストリア建国神話、いわばハプスブルク家の『アエネイス』である。オットベルトはハプスブルク家の虚構上の先祖で、中世初期のビザンティウムで難破や十字軍などあまたの冒険を経て、みずからの家系の興隆を夢想する。最後には夢の結婚式がなされる。もちろんプロテスタントの地方貴族であるホーベルクは、このハプスブルク讃美を古い身分社会の反絶対主義礼讃と結びつけている。

ホーベルクの『ハプスブルクのオットベルト』は十七世紀におけるもっとも重要なドイツ語英雄叙事詩である。このジャンルにおける試みは、その後のハプスブルク諸邦にも欠けてはいない。一六五八年にシュレージエンで生まれたヨハン・コンスタンティン・ファイギウスの生涯はほとんど知られていないが、一六八三年のトルコによるウィーン包囲の際に従軍した後、一六八五年にウィーンで一万二千詩行に及ぶ英雄叙事詩『鷲の力あるいはヨーロッパの英雄の核心――ウィーンがトルコに包囲されしおり（……）、キリスト教の英雄・騎士・兵士（……）が示した高邁な勇敢さに関する真実にして詳細な叙述（……）』を刊行した。この叙事詩の影響は限られたものであった。同時代人により大きな反響をもたらしたのは、散文作品だったのだ。

散文作品

一六一〇年にインゴルシュタットで印刷された医師ヒッポリトゥス・グアリノニウスの主著『人間種族の荒廃のおぞましさ』は、衛生学を道徳学に結びつけた一四〇〇ページに及ぶ総説で、教訓文学と物語文学の境界に立つものである。筋金入りの反宗教改革の闘士グアリノニウスは、一五七一年にトリエントでミラノ出身の典医の息子として生まれた。ウィーンとプラハで育ち、イエズス会ギムナジウムにかよい、パドヴァで医学を修めた後、一五九八年から死去する一六五四年までチロルのハルで医者を務めた。医師としては伝統主義者であり、近代的・科学的方向性はプロテスタント主義同様に拒否した。カトリックの教説と古代以来のアリストテレス＝ガレノス流の伝統が彼の規範だった。文化史料として一級品である彼の著作は、娯楽を想定した広範な読者に向けられたもので、人生からの物語を織り込み、例示と警句によって読者をとらえようというものである。健康だけではなく、道徳的改革も彼の目標であった。現下の傾向に対して、古いドイツ的実直さの喪失を嘆く。彼の宗教的正統主義の否定的作用はその反ユダヤ主義によるものである。グアリノニウスのアンダーレ・フォン・リンに関する歴史歌によって、三歳児に対するユダヤの儀礼的殺人伝説がチロルの民間伝承に根づいてしまい、二十世紀末まで大きな影響力を保持することに貢献した。

上部オーストリアの法律家マティアス・アーベレ・フォン・ウント・ツー・リーリエンベルクの娯楽物語集は、アーベレがハルスデルファーの仲介で一六五二年以来所属していた結実協会の文学的規準を無視し、ヨハン・ヴィルヘルム・フォン・シュトゥーベンベルクが啞然としながら確認したように、言語的にも上部ドイツ語の規範に固執したものだった。アーベレはおそらくカトリックに改宗したプロテスタント家庭の息子として一六一八年にシュタイアーで生まれ、グラーツとウィーンに学び、一六四八年にシュタイアーのインナーベルク鉄工組合の秘書となり、ここで一六七七年に死去した。一六五三年に弟でウィーン宮廷秘書だったクリストフが、家族に貴族の称号をもたらした。

一六五一年にアーベレはリンツでハルスデルファーの物語集『愉快でためになる物語の大舞台』に倣った風変わりで娯楽的な判例集 *METAMORPHOSIS TELAE JUDICIARIAE*〔『裁判沙汰の変容』〕を発表した。この本の増補新版は一六五四年以降ニュルンベルクのミヒャエル・エンターからも何度か出された。一六六九年から七五年までは娯楽的短篇・劇的情景・詩の多彩な混合物で、自伝的背景が濃厚な『無秩序万歳――不思議で奇妙な一度も公に印刷されたことのない誠の裁判・裁判外記録』五巻がエンターからつづいた。ここでは皮肉を効かせて世界の無秩序が描写されている。イデオロギー的にアーベレは明確に皇帝的秩序の側に立っていて、そのためにくりかえしパンフレットを書いている。皇帝レオポルト一世も『無秩序万歳』の読者の一人であると、彼は誇らしげに書きとめている。

ドイツ語小説

グリンメルスハウゼンに次いで「低俗」ドイツ語小説でもっとも重要な作家であるヨハン・ベーアは、オーストリア亡命作家と見なしうる。一六五五年にザンクトゲオルゲン・イム・アッターガウに宿屋の息子として生まれ、音楽的才能のための援助を受けて、ランバッハとライヒャースベルクの修道院学校およびパッサウのラテン語学校にかよった後、両親と共に一六七〇年に宗教的理由――彼らは隠れプロテスタントだった――からレーゲンスブルクに亡命した。一六七六年にベーアは神学の勉強をライプツィヒで始めたが、同年ザクセン＝ヴァイセンフェルス宮廷に仕えるようになり、一七〇〇年に事故死を遂げるまで音楽家・文書館長として高く評価された。

ベーアはさまざまな筆名で数年足らずのうちに二十以上の小説を発表したが、それが自分のものであることを公に認めたことはなかった――彼のものであることが認定されたのは二十世紀になってからのことである。典型的なのはさまざまな伝統的ジャンルの混交にある。騎士・宮廷物語の要素が悪漢小説や „roman comique“〔滑稽物語〕の要因と併存しているが、同時代の物語集や宗教的実用文学の痕跡もある。娯楽的語り、喜劇性、悪徳描写の根底には常に道徳風刺的意図としばしば終末論的次元がある。ベーアの主著と見なされているのは、二つの互いに関係する大部の小説『ゼンドリーとゼンドリース――ドイツの冬の夜』（一六八二）と『楽しき夏の日々』（一六八三）で、今日ではここで用いられている筆名「ヴォルフガング・フォン・ヴィレンハーク」。上部オーストリアの貴族」にちなんで、「ヴィレンハーク小説」と呼ばれている。これは死後の一七〇四年に出された小説『恋するオーストリア人』と同様に、上部オーストリアの地方貴族的環境が舞台である。ベーアの無秩序に陥った世界への悲観的眼ざしは、しばしば際だった農民／女性蔑視と手を携えている。興味深いのは一九六〇年代になって発見され、出まわるようになった自伝である。

ベーアの『ドイツの冬の夜』の題名は一六〇九年のアントーニオ・デ・エスラヴァのスペイン語小説集 *Noches de invierno*（『冬の夜』）を想わせるが、これは一六四九年にウィーンでマテウス・ドルマー・フォン・パーベンバッハによって翻訳され、ニュルンベルクで数版にわたって印刷されたものである。訳者はおそらく帝室で役人を務めていた地方貴族であろう。ドイツ語文学の発展に関して、翻訳の重要性はいくら指摘してもしすぎることはない。帝室周辺における文学的視野は広かった。特にスペインとイタリアは射程の内にあった。

イエズス会劇

バロック時代の演劇は人文主義で発展した形態を展開させていった。イエズス会劇は初めてその最盛期をむかえた。ウィーンではニコラウス・フォン・アヴァンチーニのハプスブルク朝讃美のための祝祭劇「皇帝劇《ルーディ・カエザライ》」がイエズス会学校劇を宮廷イタリア・オペラに匹敵しうるものにした。皇帝による援助によって、イエズス会演劇は一六四〇年から八〇年にかけてウィーンの劇場生活の中心を形成したばかりか、イエズス会演劇の重点がミュンヘンの宮廷からウィーンに移動した。

一六一一年にトリエント近郊ブレッツに生まれた貴族のアヴァンチーニは、グラーツそして一六三六年から四〇年まではウィーンで学び、そこで一六六四年まで大学教授・イエズス会学院の学長として活動した。その後彼は教団での注目すべきキャリアをたどった。一六七六年にオーストリア管区長、一六八二年にはローマで総長「ドイツ補佐《アシステンス・ゲルマニアエ》」となったのだ。同地で一六八六年に死去した。

アヴァンチーニの印刷された二十七の演劇——おそらく全作品の半数にすぎない——は、伝統的学校劇から宮廷代弁的活劇まで多彩を極める。もっとも有名なのは一六五九年に上演され、同年には単行本として印刷された *Pietas victrix sive Flavius Constantinus MAGNUS, DE MAXENTIO TYRANNO VICTOR*〔『敬虔の勝利あるいは暴君マクセンティウスの征服者フラウィウス・コンスタンティヌス大帝』〕である。宮廷劇の技術的可能性が駆使されたこの作品では、異教の敵対者に対するコンスタンティヌス帝の神意によって得られた勝利が、不信心に対する敬虔の勝利と解されている。コンスタンティヌスは神聖ローマ帝国第五十代皇帝レオポルト一世の前身として登場する。ハプスブルク帝国が Translatio Imperii〔帝権遷移〕という有名な理念の意味でキリスト教的ローマの世界史的後継であるということは、『テオドシウス大帝』などアヴァンチーニの他の作品でも強調されていて、一六七三年にグラーツで上演された

『キュロス』のダニエルの預言は、ハプスブルクのモットー „Austria erit in orbe ultima“〔オーストリアは永遠なり〕を含むものである。十七世紀に広まった „pietas austriaca“〔オーストリアの敬虔〕という概念はルードルフ一世以来のハプスブルク家の人々に神に付与された特別な宗教性を皇帝の威厳に付加する。アヴァンチーニの演劇はカトリックのバロック学校劇に典型的な寓意的合唱を幕間に挿入する。これは記念碑的演劇であり、人物的造形・舞踏・歌唱・音楽といったあらゆる舞台芸術を華麗な演出で総合し、舞台装置の可能性を駆使している。それに対して対話のほうは箴言的なもの、修辞的言いまわしや決まり文句に限定され、人物の個性は捨象されている。

しかしアヴァンチーニは舞台作家としてのみ傑出していたわけではない。五巻本の『演劇詩学《ポエシス・ドラマティカ》』(一六五五—七五)とならんで、『抒情詩学《ポエシス・リリカ》』(一六五九/ウィーン)や『祈禱《オラツィオーネス》』(一六五六—六〇/ウィーン)も出版し、これらは一七一六年まで版を重ねた。出版上最大の成果は一六六五年にウィーンで出された瞑想書 *Vita et doctrina Jesu Christi*〔『キリストの生と教え』〕で、ドイツ語をはじめとするヨーロッパ各国語に翻訳され、二十世紀まで六十回も版を重ねた。他のイエズス会の劇作家と同様にアヴァンチーニは第一に教師であり、司牧者であった。

アヴァンチーニの後継者ヨハン・バプティスト・アドルフも当然演劇作品を信仰の伝道のために用いた。この一六五七年にシュレージエンのリーグニッツ〔現ポーランド領レグニツァ〕に生まれたイエズス会士は、一六九六年以来ウィーンにいたことが確認され、一七〇八年に死去している。彼の五巻の手稿 *Dramata Augustissimi Caesari Leopoldo I. Exhibita*〔『皇帝レオポルト一世演劇集』〕に遺された三十以上の演劇は、幕間劇に音楽・舞踏をともなっている。謝肉祭に上演される学校喜劇には、ウィーン方言の歌謡も用いている。アドルフは悲喜劇への嗜好を示しているが、悲劇的結末は避けている。個人の運命と各幕の心理的結びつきへの強い関心によって、アドルフはフランスで普及していた同時代の世俗演劇理論の概念を受け入れている。そのほかスペインからも多くの素材をとり入れている。

ベネディクト会劇

ベネディクト会の演劇は十七世紀においてイエズス会演劇と競合関係にあった。中心地はザルツブルクで、同大学は南ドイツ全体に光彩を放った。再現された上演記録によれば、一六一七／一八年から上演の伝統が終結する一七七八年まで、全部で五九二の戯曲が上演されたが、そのうち一部の冊子《ペリオーケ》とごく限られた印刷しか遺されていない。一六三一年以降は専用の劇場を擁し、一六六一年には装置設備をともなう近代的劇場に改装された。ベネディクト会のその他の重要な上演地はアトモント、クレムスミュンスター、ランバッハの修道院だった。

ザルツブルクの多くの劇作家のなかでは、特にオットー・グッツィンガーとオットー・アイヒャーが挙げられる。バイエルンのゼーオン出身のグーツィンガーは倫理学の教授であり、一六四一年以来二十五以上の戯曲、とりわけ学年末の「修了喜劇」によって演劇活動を行い、領主臨席の機会などに花を添えた。三十年戦争終結の際の一六四八年に寓意劇 *Tellus suo Erinophilo reconciliata*〔『エリノフィロと和解したテルス』〕を書き、一六六五年に *Pax conciliante augustissimo imperatore Leopoldo Austriaco telluri restituta*〔『融和的で尊厳なるオーストリア皇帝レオポルトによって地上にふたたびもたらされた平和』〕と改作して、皇帝臨席のもと再演した。一六二八年バイエルン生まれのオットー・アイヒャーはアブラハム・ア・ザンクタ・クラーラの師の一人であり、一六七〇年から八七年にかけて十二の活劇的・スペクタクル的修了喜劇を上演した。その異端／女性差別は大司教マックス・ガンドルフ・フォン・キューンブルクによるプロテスタント追放と残酷な魔女迫害を背景とするもので、その際およそ二百人の命が失われたのだった。

もっとも重要なベネディクト会劇作家は、十七世紀のもっとも重要な新ラテン語作家の一人である高い学識を誇ったジーモン・レッテンパッハーであった。一六三四年にザルツブルク近郊のアイゲンに農家の末子として生まれ、ザルツブルクのギムナジウムにかよった後、ローマとパドヴァで法学を学んだが、一六六〇年にクレムスミュンスターのベネディクト会修道院に入信し、一六六四年に司祭に叙階された。一六六一年から六四年までザルツブルクで神学を学び、一六六六年から六七年まではローマでヘブライ語とオリエント諸語を学んだ。一六六七年から七一年まではクレムスミュンスターの修道会ギムナジウム校長・図書館長を、一六七一年から七五年まではザルツブルク大学の倫理学・歴史学教授を務めた。一六七五年には修道会図書館長および聖書諸語教授としてクレムスミュンスターに戻った。一六八三年に九作の演劇をザルツブルクで印刷に付した。その後彼の手による数冊の本が出されたが、そのなかには二冊の新ラテン語説教集がある。一六八八年に彼の人生につらい転機が訪れた。修道院の陰謀によってトラウン河畔のフィッシュルハム教区に追放され、死去する一七〇六年になってようやく戻ることが許された。晩年にも詩を清書していた――印刷も考えていたのかもしれない。

レッテンパッハーはクレムスミュンスターに豊かな演劇的伝統を見いだした。一六四七年以来専用の劇場があり、一六七六年以降は近代的大舞台を備えていた。さらに専任の楽長も擁していた。十七、八世紀のおよそ二百の演劇手稿が修道院図書館に遺されていた。レッテンパッハーのラテン語戯曲は修了喜劇、歴史悲劇および寓意的オペラ祝祭劇を含んでいる。もっとも有名な作品『カリロエとテオフォブス』は一六七七年に修道院の創立九百周年を記念して上演され、寓意的・神話的装いのもとにクレムスミュンスターの歴史を提示している。一六八〇年には皇帝臨席のもと、オデュッセウス劇『思慮深い女性の勝利』が上演された。もっとも重要な作品と見なされているのは、マケドニア王家の没落に関する二部作『デメトリウス』（一六七二）と『ペルセウス』（一六七四）で、「擬古典主義」様式・形式の理想がもっとも純粋なかたちで効力を発揮している。レッテンパッハーは悲劇の素材をたいていはギリシャ史から取っている。その主人公は宮廷世界で行動し、情熱の虜となって、神々の裁きの前に倒れる。

レッテンパッハーはこの時代の批判的観察者であり、プロテスタント・ドイツの文学動向に通暁していて、マルティン・オーピッツを評価し、一六八二年にミゾン・エリトレウス・フォン・ゲンスブルンの筆名で印刷された『女性の献身――あるいはバイエルン公ヴェルフが妻たちの愛によって大いなる危険をきりぬけしこと』などのドイツ語作品をみずから執筆していた。この祖国に素材を取った史劇は、厳格なイエズス会詩学の規範を民衆語の次元に応用し、またオーピッツの伝統をとり入れている――すなわちシュレージエンの細密な史劇に併置されるべきカトリック「創作劇」であるという点で、オーストリア・バロック文学の珍品である。およそ二百の「ドイツ語詩」も手稿として遺されている。

レッテンパッハーの生前印刷されることのなかった六千以上のテクストから成るラテン語抒情詩作品は、学生時代に始まるものである。一六八二年以来詩的日記が記されている。彼はエピグラム・頌歌・悲歌・書簡《エピストゥラ》といった新ラテン語詩の形式すべてに精通していた。細部にいたるまでホラティウスの流儀で時代の政治的事象を論評し、また世界や人生に関する一般的考察を試みている。歴史家としてもレッテンパッハーは注目に値する。一六七七年にはザルツブルクでオーストリアの歴史と帝国史を背景とするみずからの修道院の歴史 *Annales Monasterii Cremifanensis in Austria Superiore*〔『上部オーストリア・クレムスミュンスター修道院年代記』〕を発表した。この本は一七九三年にはドイツ語に訳されている。

イタリア・オペラと旅まわりの一座

イタリア由来の芸術形式である宮廷オペラは、修道会劇に次いで重要な演劇形態であった。一六一四年にザルツブルクでドイツ語圏最初のイタリア・オペラとしてモンテヴェルディの『オルフェオ』が上演された。オペラの上演は莫大な財政的出費をともなうため、インスブルックやザルツブルク、なかでもウィーンの宮廷と結びついていた。帝都では注目すべきイタリア・ドイツ文学状況が展開していた。ドイツ語宮廷詩人・翻訳者の文学的手本はワイマールの結実協会がすべてではなかった。眼ざしは南にも向いていた。

ウィーンのイタリア・オペラはみずから熱心に作曲もしたレオポルト一世のもと、一六七〇—八〇年代にその頂点に達した。台本作家・作曲家・バレエ監督・舞台美術家のチームが連携して運営を維持した。もっとも著名な台本作家はフランチェスコ・ズバラ（一六一一—六八）で、アントーニオ・チェスティ（一六二三—六九）が作曲した祝祭オペラ *Il Pomo d'Oro*〔『黄金の林檎』〕は、皇帝の（最初の）結婚を契機に執筆され、上演されたものだった——その上演は二日にわたった。神話的素材——パリスの審判——はハプスブルク讃美に結びつけられる。寓意的な登場人物のなかには「オーストリアの栄光《グローリア・オーストリアーカ》」なる者もいる。『黄金の林檎』は模範的様式となった。ズバラとチェスティの死後も寓意的神話オペラが優勢であった。一五〇以上のオペラ台本を書いた台本作家ニコロ・ミナート（一六二七—九八）と作曲家アントーニオ・ドラーギ（一六三五年ごろ—一七〇〇）が世紀転換期まで時代を席巻した。彼らのもっとも重要な作品は、一六七八年に皇位継承者ヨーゼフ一世の誕生を機に上演されたオペラ *La Monarchia latina trionfante*〔『勝ち誇ったローマ帝国』〕であり、これは同年のうちにドイツ語に訳された。ウィーンのイタリア・バロックオペラの最後を飾ったのは、ヴェネツィア出身のアポストロ・ゼーノ（一六六九―一七五〇）で、一七一八年から二九年までウィーンで活動したが、彼の後継者であるローマ出身のピエトロ・メタスタージオ（一六九八―一七八二）の台本は、すでにフランスの作劇法に依拠するようになっていた。

ウィーンのオペラ活動の周辺ではドイツ語文献も見られるようになった。多くのイタリア語台本は一六七〇年代以降はニュルンベルク出身でペーグニッツ花の結社のメンバーであるクリストフ・アーダム・ネーゲライン（一六五六―一七〇一）などドイツ人宮廷詩人によって定期的にドイツ語に翻訳された。時にはドイツ語の台本が執筆されることもあったが、それはグランド・オペラのものではなくて、牧歌的・神話的素材による歌芝居《ジングシュピール》用のテクストだった。レオポルト一世は一六八〇年に上演された手稿しか遺っていない歌芝居『兄と妹の思い違いの恋』に曲を付けたが、その台本作家はシュレーゲルという苗字しか知られていない。いずれにせよ台本の印刷によって排他的な宮廷の領域はふみ越えられた。一七二〇年代以降は書店でも求められるようになった。啓蒙の市民による文学活動というものが浮かび上がってくる。

最後に旅まわりの一座について触れておこう。十六世紀の中盤以降イタリアのコメディア・デラルテや、後にはイギリスやドイツの喜劇役者たちがハプスブルク諸邦、特に宮廷の周辺で確認される。一六四二年に皇帝フェルディナント三世は喜劇禁止令を出したが、数年後には撤廃された。レオポルト一世の下で劇団は皇帝の上演許可に左右されることになり、拒絶されることも多かった。ドイツの劇団が町々に多く現れるようになり、そのなかには諸国を巡るインスブルックの喜劇役者たちもいた（インスブルックはハプスブルク宮廷のなかで唯一劇団を擁していた）。一六九〇年代以降に飛躍の時が来た。ドイツとイタリアのいくつかの喜劇団がウィーンに客演するようになり、そのなかにはヨハン・バプティスト・ヒルファーディングの一座もあり、そのアンサンブルにはヨーゼフ・アントン・シュトラニツキも所属していた。このシュトラニツキをもって、後に古きウィーン民衆喜劇と呼ばれることになる劇場形式が始まったのだった。

第三章
オーストリアにおける啓蒙と三月前

一七四〇年のマリア・テレジア政権の成立とともに一つの時代が始まったが、それは政治的には絶対主義、文学的にはプロテスタント・ドイツ志向という特徴を帯びていた。これは一八四八年ごろまで続く。文学はその時代の国民言語系統によってみずからの帰属性を確認するものであるだけに、一八七〇—七一年の「ドイツ第二帝国」の樹立によって国民国家が成立したとき、オーストリアにおけるドイツ語文学は厄介な状況に陥ることになった。

第一節　啓蒙絶対主義の時代（一七四〇—九二）

マリア・テレジアとオーストリアの啓蒙

一七四〇年はオーストリアの歴史にとっても文学史にとっても画期的な年である。皇帝カール六世の死後、娘のマリア・テレジアはその遺産を継承しようとするが、その前にいくつかの戦争において隣接する国々の領土請求権に対峙しなければならなかった。彼女は大筋においては主張を貫徹することができた。ハプスブルク諸邦の統一は保持され、シュレージエンだけが一七四二年にプロイセンの手にわたることになった。先だつ一七一三年のハプスブルク家法「国事詔書」〔ハプスブルク家の断絶を恐れたカール六世によって創設された女子相続を含む家領継承に関する家法〕は、将来の継承順位を規定しているだけではなくて、ハプスブルク領が不可分であることも確認していた。カール六世は国事詔書が外国とハプスブルク諸邦において承認されることに多くの精力をかたむけていたが、ハプスブルク諸邦の実際の統合にはためらいをみせていた。集権化・改革政策は事実上マリア・テレジアをもって始まるのである。

マリア・テレジアの改革はみずからの意志というよりも、実は苦境に端を発したものであった。他の多くのヨーロッパ諸国と異なって、それまで近代化の波は不均質なハプスブルク諸邦を素通りしていた。とりわけシュレージエン侵攻以来もっとも重要な政敵となったプロイセンは先進国であり、模範とすべき国であることが明らかになった。オーストリアの後進性は挽回されなければならなかった。もはやヨーロッパ啓蒙主義を無視し続けることはできなかった。

啓蒙の受容はオーストリアでは国家改革という観点のもとになされた。それは宮廷、政府そして官僚による上からの啓蒙であった。この国家主導の改革はすでに一七四〇年代末に開始され、一七六三年の七年戦争終結後に集中的に行われたが、これらすべてはまず第一に実際的で合目的的な性格を帯びたものであった。秩序ある統一国家を打ち立て、勤勉な国民と有能な公僕を養成することが想定されていた。この改革が市民社会とともに市民文学をも生み出し、それが次第にプロテスタント・ドイツの文学的展開との結びつきをもつようになっていったことは、まったく意図せぬ副産物であった。

その中心にあったのは、もちろん行政・財政・司法の中央集権化であった。しかし文学のその後の展開にとって決定的だったのは他の領域、すなわち教育改革であった。教育機関を国家的統制のもとにおくことは、それまでこれを掌握していた機関、すなわちカトリック教会への対抗であった。マリア・テレジア自身は敬虔なカトリックであったが、この対決に躊躇することはなかった。学校・大学機関を独占していたイエズス会の解散が、一七七三年以降世界的になされ、オーストリアでは国がその所管を最終的にひき継いだ。すでに一七五一年には「研究・書籍検閲宮廷委員会」が設立された。一七七四年にはカトリック司祭でアウグスティノ会修道士のヨハン・イグナーツ・フォン・フェルビガーが「一般学校規則」を立案した。フェルビガーはプロイセンのシュレージエンで改革者として名を上げていた。ウィーンの政府は彼をプロイセンから借りうけたのだった。彼はオーストリア国外のドイツ語圏から改革断行のために招聘された多くの専門家の一人だった。

こうして国は就学義務を六歳から十二歳までと定めた。二年制の世俗学校が小都市に、三年制の基幹学校が大都市に設立された。各領邦首都には教師養成のための「普通学校」が設置された。こうして読み書きのための重要な一歩がなされたわけだが、この目標が達成されることになるのは数世代後のことであった（というのも一七五〇年ごろのハプスブルク領内で読み書きができたのは人口の一〇％ほどで、一八〇〇年ごろも依然として二五％ほどにとどまるが、地域による大きな差異が確認されている）。

より上級の学校制度も改革された。たとえばウィーナー・ノイシュタットの軍事アカデミーの開設、若い貴族のためのウィーンのエリート学校テレジアーヌムの開設（一七四六）、ギムナジウム改革（一七五二年と一七七三年）、それにイエズス会に対する大学改革であり、こうした流れのなかでウィーンには新たな大学棟が建設された。こうした改革すべてには実用的特徴が共通していた。実際に使用できる知識が促進された。教育改革には以前は教会によって運営されていた検閲制度の改革も含まれていて、これもやはり国によって管理されることになった。まだ言論の自由化などには程遠かった――娯楽文学は依然として無用なものとして禁止されていた――が、大衆の発表・言論の自由の第一歩がなされた。

ライプツィヒの言語・文学改革者ヨハン・クリストフ・ゴッチェートが、オーストリアの啓蒙で果たした役割は過小評価されるべきでない。ドイツ語および純文学を啓蒙の理性的前提によって規範化しようとしたゴッチェートの試みは、多くの賛同を得た。市民的自負と宮廷的美学への依拠という奇妙な組み合わせ――彼がフランス古典悲劇を高く評価していたことを想い起こされたい――は、彼に宮廷主導による改革の中心人物であることを運命づけ、このことはドイツ南部の初期の改革運動に容易に結びついた。すでに一七三一年にウルム出身のプロテスタント神学者ゲオルク・リッツェルは、メガリススという筆名による著作「ドイツ語・文学の改善に関する非ドイツ的カトリックあるいはローマ＝カトリック、なかんずくイエズス会の聖職者におけるあまりにも大きないい加減さについての歴史的報告」で、ドイツ語はフランス語のせいで貴族からぞんざいにあつかわれ、イエズス会は授業からプロテスタント文書を排除する目的でドイツ語を無視していると非難の声を上げた。リッツェルはラテン語からの脱却と、新しい文法と統一的正書法によるドイツ語の育成をうったえた。そんな時である、彼がゴッチェートに出会ったのは。ゴッチェートは一七四八年に『ドイツ語芸術の基礎』で国民言語としてのドイツ語――ザクセンの中東部ドイツ語を基にした高地ドイツ語――を提唱していた。地域的差異は平準化されなければならないと。こうした運動は上部ドイツ語によるカトリックの標準的な文章語を標的にしたものので、これは南ドイツの印刷物や帝国官庁語まで広域的に普及していた。このことは宗教改革以来ドイツ語圏においては二つの有力な文章語の伝統、すなわち北ドイツ＝プロテスタントおよび南ドイツ＝カトリックという「二大言語地域」が並立していたことによる。すでに十七世紀末には北部から南部への言語的影響が著しくなってきたことが確認できる。しかし南部の伝統の組織的解体は、啓蒙の結果によるものである。中東部＝北部ドイツ語が次第に優勢になっていくことは避けられなかった。

ゴッチェートはオーストリアの学者たちと手紙で交流したが、そのなかにはヨーゼフ・フォン・ペトラッシュ男爵（一七一四―七二）も含まれていて、彼が一七四七年にオルミュッツで設立した学者協会「匿名協会《ソシエタス・インコグニトールム》」の雑誌には、オーストリア文学に関するゴッチェートの論文が発表された。ゴッチェートの他の手紙の相手としてはメルクのプラーツィドゥス・アーモン、クレムス大聖堂のルードルフ・グラーザーといった学者修道士、それにウィーンの学者官僚フランツ・クリストフ・フォン・シャイプ（一七〇四―七七）が挙げられるが、彼の叙事詩『テレジアーデ』（一七四六）は同時代のオーストリア継承戦争をテーマとし、荘重な伝統的ジャンルを寓意的に構成して、マリア・テレジアの宣伝文書にしたてあげてしまった。ゴッチェートは彼の規範に完全に適合したこの叙事詩に感銘を受けている。ゴッチェートが規格化した活動が、批判も受けたことは驚くに値しない。特にザクセン＝マイセン・ドイツ語で全ドイツ語圏を拘束し、語彙・文法における上部ドイツ語の伝統を抑圧しようとした試みは、どこでも喜ばれたわけではない。ウィーン大学ドイツ語弁論術教授ジークムント・ヴァレンティン・ポポヴィッチュは彼の宿敵であった。

それにもかかわらずハプスブルク帝国における共通語《リンガ・フランカ》は、その後もラテン語であり続けた――たとえばハンガリーでは一八四四年まで官庁用語であった。それにオーストリアの文人たちは何世代にもわたってラテン語に精通していた。イエズス会の学者であるヨハン・バプティスト・プレームレヒナー（一七三一―八九）の名声はそのラテン語歌によるものであり、またヨハン・ミヒャエル・デーニス（一七二九―一八〇〇）やヨハン・バプティスト・フォン・アルクシンガー（一七五五―九七）といった大物作家は、ドイツ語による抒情詩で地域を超えた注目を得ていたが、その彼らでさえ一七九〇年代まではおりにふれてラテン語詩を書いていた。それどころか遺稿によるデーニスの自伝の断片は、ラテン語で執筆されていた。

ゴッチェートの公的な影響は限定的なものであった。科学アカデミー創設の際に彼をウィーンに招聘しようという試みも消極的なもので、それも宗派上の問題から実現せず、また一七四九年にウィーンを訪れた際も、皇帝から「黄金のタバコ入れ」が授与されることはなかった。しかしその影響は実際には著しいものがあった。整備したドイツ語をオーストリアに義務づけようという試みはマリア・テレジア時代にも続けられ、最終的に達成されることになった。文法書が書かれ、講座が開設され、講演がもたれ、文章読本が編まれ、その模倣が奨励された。ヨーゼフ・フォン・ゾネンフェルスは一七六一年にウィーンでヨーゼフ・アントン・フォン・リーガーと共にミヒャエル・デーニス、クリスティアン・ゴットローブ・クレムやフランツ・クリストフ・フォン・シャイプといった人々と「ドイツ語協会」を立ち上げ、ライプツィヒのゴッチェートの同名の協会を模して、やはりドイツ語の改善に尽力した。すでに北ドイツでは一般的なジャンルであった『週刊道徳誌』がウィーンでも創刊された。一七五九年にザクセンからウィーンにやって来たクレム（一七三六―一八〇二）は一七六二年に『世界』、そして一七六四年には雑誌『オーストリア愛国者』を、ゾネンフェルスは一七六五、六六年に『偏見のない男』を公刊した。これらの定期刊行物は啓蒙の理念が開陳されているだけではなく、近代ドイツ語が用いられていることで注目される。

こうして世紀中葉にはすでにこの首都／帝都が神聖ローマ帝国の文化の中心になり、フランスやイギリスのように文学が興隆する状況が生まれるのではないかという期待が高まった。大都市の文学の活況とその市場は大量の文学作品を生み出すことになる。なんといってもウィーンはドイツ語圏における大都市であった。ここには一七五〇年ごろには十七万五千人、一八〇〇年ごろには二十二万人が住んでいた。若いヨーゼフ二世の一七六五年の戴冠はこうした幻想を強めるものであった。事実レッシングやヴィーラントなどは、当時ドイツ語文学の基礎が打ち立てられたこのウィーンに移住することを真剣に考えたほどである。学校の授業で伝統的なラテン語の教授のほかにドイツ語テクストに大きな注目が向けられていたことは、こうした状況をよく示している。たとえば帝国きってのエリート校であるウィーン・テレジアーヌムでは、一七五九年以来やがて抒情詩人として有名になるイエズス会士ミヒャエル・デーニスが教えていた。彼は一七六二年に『若者のための新ドイツ語作家短詩集』というドイツ語文学の学校選書を公刊し、北部・中部ドイツの啓蒙文学（ハーゲドルンやゲラート）を紹介している。彼が一七七二、七四年に編集した生徒による作品集『帝立テレジアーヌムの若者の成果』三巻は、その成功を如実に示したものである。これは生徒たちの作品を注目すべき水準で収めたものである。これらのテクストはこの時代の美的水準に達している。古いバロック文学のなごりなどみじんも感じられない。同時代の諧謔めいたロココ文学がまったく影を潜めているのは学校の風潮によるものかもしれないが、それはドイツ語圏の他の地域の嗜好の変化を反映して、クロプシュトックを模範とした厳粛な高踏様式文学に移行していることにもよる。それに『若者の成果』でゴッチェートがすでに古いと見なされていることと相まって、生徒たちの作品の先進性のあかしでもあろう。

ヨーゼフ主義

もちろん文学活動が事実上始まったのはマリア・テレジアの死後、ヨーゼフ二世がハプスブルク諸邦においても単独の統治者になってからのことであった。まずマリア・テレジアの改革綱領が慎重かつ一貫して継続された。これは啓蒙主義者を自任し、直接的あるいは間接的に以後の文化的展開にかかわることになる者たちの名前と結びついている。ここでまず第一に挙げられるべきは、オランダ出身の医学者ゲラルト・ヴァン・スヴィーテン（一七〇〇—七二）であり、彼は一七四五年にウィーンにやって来て、マリア・テレジアの侍医として大学における医学教育の改革にとり組んだ。文学政策として影響力があったのは、その検閲制度改革である。彼は一七五九年から七一年まで宮廷書籍検閲委員会を主導していた。その息子のゴットフリート・ヴァン・スヴィーテン（一七三三—一八〇三）も一七八二年から九一年までこの委員会を主導し、ヨーゼフ主義時代の文化生活において重要な役割を演じた。なかでも彼はヨーゼフ・ハイドンの二つのオラトリオ『天地創造』（一七九八）と『四季』（一八〇一）の台本を書いている。しかしこの時代の啓蒙の代表者といえばヨーゼフ・フォン・ゾネンフェルス（一七三三—一八一七）であろう。

ゾネンフェルスはオーストリア史における不朽の地位を拷問制度に対する法廷闘争に負っているが、その最終的廃止は一七七六年になされたのだった——彼みずから女帝を説得したのだという。しかし文化政策的影響も注目すべきものである。彼の道徳的週刊誌『偏見のない男』（一七六五—六七）は啓蒙思想を流布させ、露骨な社会批判的言辞も辞さなかった——そのウィーン貴族批判はレッシングの激賞を受けた。ゾネンフェルスはウィーン大学官房学教授であり、彼の授業は必修であったため、将来の官僚たちに強い影響を及ぼした。彼自身検閲官であり、生涯を通じて検閲を民衆啓蒙のために不可欠な手段であると見なしていた。啓蒙されていない大衆は、誤った観念から守られなければならない。彼は『警察の原則――行動・財政研究』で、「(図書の) 検閲の任務は誤った主張、不愉快な主張、危険な主張の流布を防ぐことにある。(……) したがってそれは図書だけではなく、演劇・学説・新聞、民衆に向けられたすべての言説、絵画や版画にまで及ぶのだ」と明確に規定している。ゾネンフェルスの一七六五年に初めて規定されたこの文章は、一八一九年の第八版においても提示されている。一七六五年の一七六二年の講演「マリア・テレジア讃」は一八四八年まで使われた学校読本『例解ドイツ語文章教育』に採用され、啓蒙絶対主義イデオロギーの宣伝に使われた。「みずからに認めた自由」や「共和国の独立」よりも、啓蒙君主の「善良・公正・賢明な笏」のもとでの生活の方が必ずや勝る。一八四八年革命当時のオーストリアの知識人の多くは、まだこうした見解に賛同していたのである。

ヨーゼフ・フォン・ゾネンフェルスにはオーストリアの啓蒙のヤヌスの相貌が体現されていて、それは善意に満ちてはいるが権威的であり、公共の福祉を上から促進しようというものであった。ゾネンフェルスは文学批評家としても判事の役を演じようと、ウィーンの舞台の改革を試みたが、その反抗に遭った。この「ハンスヴルスト闘争」についてはまた言及されることになろう。

オーストリアの啓蒙および文学史にとって、一七八〇年という年は画期をなすものであった。マリア・テレジアが死に、すでに一七六五年以来神聖ローマ皇帝の位にあった息子のヨーゼフ二世がオーストリアを相続した。母親と異なって、ヨーゼフは啓蒙主義者を自認し、かねてより遠大な計画を懐いていた。いまや改革は断行され、敵――カトリック教会、その影響をおもんぱかる層、古い習慣に染まった地方の民衆たち――に構うことなく、可能なかぎり短い時間で近代化を推進した。一七八一年ヨーゼフはプロテスタント、カルヴァン派、正教信者への寛容令を布告した。同年および翌年にはユダヤ人への数種類の寛容令がつづき、彼らがこれによって完全に解放されたわけではないが、市民社会への統合への決定的契機となった。啓蒙エリートのプロジェクトであるヨーゼフ主義は、一七八〇年から九〇年までを特徴づけるものであった。この皇帝の改革――寛容令のほか、多くの修道院の解散と重要な法制改革――は知識人たちの絶大な支持を獲得し、同時代の文学でもくりかえしとりあげられることになった。

歴史家はヨーゼフ二世が本質的にはマリア・テレジアの綱領をひき継いだうえで、啓蒙専制主義をより厳格に断行したのだということを強調してきた。また彼の政治的失策も指摘されてきた。彼は企てのための同盟者を探すかわりに、ほとんど周囲のみなを怒らせ、晩年には瓦礫の山を前に、改革のいくつかは断念せざるをえなかった。当初知識人によび覚ました彼の綱領に対する熱狂も、次第に幻滅に変わっていった。八〇年代も中ごろにさしかかると、ヨーゼフ主義の危機がいわれるようになった。ヨーゼフの後継者である弟のレオポルト二世は、たった二年の統治期間にもかかわらず、その巧みな整理統合によっていくつかの政策は救い出すことができた。しかしその後フランス革命が始まり、ハプスブルク帝国は目に見えて復古的・抑圧的な国家に変貌していった。

国家を合理的に集権化するというヨーゼフの試みが失敗したことの例としては一七八四年の言語令が挙げられ、これはドイツ語を統一的公用語として帝国全土に布告したものであった。そこにはゲルマン化の意図などまったくなかった――ドイツ語はそのころにはすでにラテン語とならんで共通語《リンガ・フランカ》となっていて、学問的な意思疎通の媒体であった。しかしこの計画はとりわけハンガリーで激しい抵抗を受け、断念せざるをえなかった――ここでは一八四四年までラテン語が公用語であった。皮肉なことに、ヨーゼフのまったくナショナリズム的な意図をもたない集権的言語政策が、十九世紀の攻撃的な言語愛国主義に至る遠心力をよび起こすことになったのだった。ヨーゼフ主義時代の文学活動にとって決定的なことは、検閲の緩和であった。ヨーゼフ二世は一七八一年二月に『将来の公式書籍検閲規定原則』を公刊し、その有名な第三項は「批評は（……）それが的確であれば、領主であれ民衆であれ」、「それによって真理を愛する者に喜びを与えるかぎりにおいて」決して禁じられてはならないと謳っている。

同時代人に「言論の自由の拡大」と評されたこの政策は、首都／帝都ウィーンの文学的公共性の始まりをつげるものであった。その後の文学上の動向――年鑑や文庫本での抒情詩の増加や短命に終わった小説ブーム――はこれに負っている。しかし他の公共的文学機関もヨーゼフ主義時代の飛躍に寄与している。

出版状況

すでにマリア・テレジアによる検閲・教育改革は、印刷・出版業界の好況と企業設立・拡大を促すものであった。もっとも有名かつ注目に値するのは、出版者ヨハン・トーマス・フォン・トラットナーで、彼は一七六〇年代からオーストリア国外で出版された書物を再版することによって財を成した。こうした海賊版行為はむろん著述家たちの激しい批判にさらされることになったが、ウィーンの政府から許容されたばかりでなく、オーストリアの金銭が外国に流出するのを防ぐという経済政策上の理由から促進されすらした。ヨーゼフ主義時代のもっとも重要な出版者はヨーゼフ・フォン・クルツベックであり、彼はフィリップ・ハーフナーやミヒャエル・デーニスの戦争詩を採用した後、一七七〇年代以降はウィーンの演劇制作に関係したほか、デーニスの学校作品集『帝立テレジアーヌムの若者の成果』を発行し、一七七七年には『ウィーン詩神年鑑《ヴィーナリッシャー・ムーゼンアルマナッハ》』によって抒情詩の興隆をもたらし、さらには冊子本の隆盛にもかかわったのだった。アイベルの「教皇とは何か?」は彼の元から出されたものである。クルツベック は政府との密接な関係によって、一七七六年には貴族の称号を得ることになった。一七八六年にはヨーゼフ二世の要請で、帝国のユダヤ人のためにヘブライ活字を製作したことは、彼のヨーゼフの改革事業への参画の証左でもある。

トラットナーやクルツベックとならんでウィーンで活字出版社を設立したのは、たとえば作家のアーロイス・ブルーマウアーと共同経営を行ったルードルフ・グレッファー、一七八〇年代中盤以降、とりわけ反政府文書の発行により皇帝与党からの激しい攻撃を受けたゲオルク・フィリップ・ヴーヒェラーが挙げられる。彼らは皆ヨーゼフ主義時代の文学活動の前提となったのだった。プレスブルク〔現スロヴァキア領ブラティスラヴァ〕、プラハ、ブリュン〔現チェコ領ブルノ〕、グラーツをはじめとする帝国の他の都市にも活発な出版活動が開始された。

書籍の価格が高いなかで、読書閲覧室や貸本業の存在がなかったら、印刷物の普及は劣悪な状況にあったことであろう。これらの施設は出版社と結びついていることが多かった。たとえばトラットナーは一七七七年にある読書閲覧室を買いとったが、ここには経済的に豊かな顧客たちが出入りしていた。もっと広範な影響をもっていたのは、貸し出し図書館である。もちろん一七八九年以降の絶対主義国家にとって、こうした施設はみな疑わしいものであった。これらは一七九八—九九年に廃止され、一八一一年になってようやく多くの制限を課したうえで少数の都市でふたたび認められることになった。

フリーメーソンと文学サロン

こうした出版・図書館状況は文学に新たな社会史的方向性を与えることになり——市場の動向に左右

される作家たちは、匿名の読者たちを相手にしなければならなかったのだ――、印刷出版の発明以来確立された十八世紀の社交的伝統の延命の役割は、他の施設が担うことになった。そこでは作家たちはたいていみずからも文学生産者である交友サークルのために書いた。つまり閉鎖的な文学共和国内部で活動していたのだ。ヨーゼフ主義時代に特有なものとしては、二つの形態が挙げられる。すなわちフリーメーソンと文学サロンである。

フリーメーソンは啓蒙のもっとも重要な担い手の一つである。十八世紀において影響力を誇った人物のなかで、この結社に属していない人物はいないといっていいほどである。ハプスブルク帝国においてフリーメーソンが開花したのはヨーゼフ主義時代になってからのことであるが、もちろんそれ以前にすでに存在していた。それどころか教皇が会員を破門でもって制裁していたにもかかわらず、マリア・テレジアの夫である皇帝フランツ一世はその会員であった。一七八〇年にはフリーメーソンは帝国で公認された。ウィーンにおけるもっとも重要なロッジ「真の和合」を率いたのは鉱物学者のイグナーツ・フォン・ボルンであった。ここには多くの学者や高級官僚とならんで、アルクシンガー、ブルーマウアー、レーオン、ラチュキー、レッツァー、ゾネンフェルスといった文学者たちも属していた。このロッジは世界中の多数のフリーメーソン・ロッジとの連絡を保持していたため（たとえばその資料館にはベンジャミン・フランクリンの手紙もあった）、そのネットワークを作家たちは自著の流通のために利用することができた。さらにこのロッジ自体が文学生産者でもあり、アーロイス・ブルーマウアー編集の『フリーメーソン・ジャーナル』を発行していた。

皇帝にとってコスモポリタンを自認するフリーメーソンは、そこにみずからの改革計画の熱心な信奉者が集まっていたにもかかわらず、疑わしいものであった。一七八五年末にフリーメーソン寛容令が出されたが、結社の活動は制限され、国の監督下におかれることになった。この寛容令の皮肉な文言に多くの会員は憤り、一七八六年の機関誌では秘密結社に関する激しい議論がなされた。この寛容令の結果たいていの会員は去ってゆき、もはや重要な役割を演じることもなくなり、フランツ二世のもとではついに禁止されてしまった。

文学活動にかかわるそのほかの非公式・私的機関としては文学サロンがあった。ウィーンではまず第一に宮廷顧問官フランツ・ザーレス・フォン・グライナーのサロンが挙げられ、ここではヨーゼフ主義作家のほかヨーゼフ・ハイドンなどの音楽家が集っていた。グライナー家の娘で後の小説家カロリーネ・ピヒラーは、ここで文壇というものを知ることになった。一八四四年になって刊行された『私の人生回顧』は、八〇年代の文化状況を生き生きと活写している。もちろんカロリーネ・ピヒラーは一八〇〇年以降伝統的なカトリックに回帰し、ヨーゼフ主義時代を厳しく批判したことは特筆に値する。もちろん彼女の理性的な創作活動とウィーン・ロマン派の奇妙なカトリシズムに対する疑義は、彼女がいかに一七八〇年代の価値を内化していたかを物語っている。そもそも文学史的に言って、カロリーネ・ピヒラーはオーストリアにおいて啓蒙文学が一八四八年まで優勢であったことの証人なのである。

教会批判

しかし文学の興隆をもたらしたのは、まず第一に「言論の自由の拡大」であった。これと同時にウィーンでは活発な出版活動が行われるようになり、「冊子本の氾濫」はドイツ語圏全体の注目をあつめることになった。安価な冊子本はとりわけ日々のできごとを速報し、ヨーゼフ改革に批判的に対するようになっていったが、もちろん考えられるすべてのテーマもとりあげ、大都市民の間で大きな売り上げを誇った。ここではヨーゼフ・ヴァレンティン・アイベルが一七八二年に公表し、激しい議論をまき起こした文章「教皇とは何か?」のように深刻な問題もとりあげられた。この年にウィーンを訪れた教皇ピウス六世は、皇帝による教会政策改革のいくつかを撤回するよう求めた。当初からヨーゼフの教会政策には賛否両論があり、説教壇からの反響や時には政府主導の冊子本上での発言をみた。アイベルはウィーン大学教会法教授で、改革路線の支持者であり、この文章で教皇の権威を縮小して、ローマ司教とすべきであると主張した。彼はその際学問的議論は用いず、広範な読者を得ることで民衆の啓蒙に努めた。

そもそも教会批判は冊子本の中心的テーマの一つだったが、その批判はキリスト教一般に向けられたものではなかった。啓蒙的な司祭はヨーゼフ主義構想において共同体の魂の牧者として歓迎されるものであった。教会改革において既存の大教区は分割して小教区がつくられ、住民に身近になるように聖職者たちを配置した。多くの冊子本や宣伝小説で理想の司祭が描かれ、反啓蒙的な司祭が攻撃された。修道会は格好の攻撃目標となった——瞑想を事とする修道会は有効な教会活動とはいえないとして、多くの修道院を廃止した皇帝の政策と冊子本は、ここでも手を携えていた。もっとも痛烈な反教権的風刺はフリーメーソン会員イグナーツ・フォン・ボルンの「修道会学《モナコロギー》」であった。この著名な鉱物学者は自身かつてはイエズス会士であり、一七八三年当初ラテン語だったこの文章を、後に「リンネの収集の精神で描く修道会の博物誌」というドイツ語で発表し、さまざまなカトリック修道会を学問風に博物学的種に分類した。

もちろんすべての冊子本が硬質の政治姿勢をとったわけではない。商業ベースにのった出版が興隆したが、これは多くの身分的思考にとらわれたウィーンの作家たちには忌ま忌ましいものであった。そしてヨハン・ラウテンシュトラウフの「ウィーンの小間使い」や悪名高い「糞」といった文章に対する批評家たちの疑義には首肯できるものがある。自身この時期もっとも際だった作家の一人であったアーロイス・ブルーマウアーは、すでに一七八二年に論文「オーストリアの啓蒙と文学に関する考察」で中間決算を出し、多くの冊子本を批判した。しかし彼自身も当初ウィーンの『現況新聞《レアールツァイトゥング》』に発表した論考を冊子本として刊行している。つまり啓蒙主義者ブルーマウアーは新たなメディアを拒否したのではは毛頭なく、それを「真の」啓蒙主義者として留保したのであり、それは彼の師ゾネンフェルスが城外劇場を廃止するのではなく、啓蒙に役だてようとしたのと同様だったのである。

アルマント・ベルクホーファーは「変人」として過小評価されることもあるが、「オーストリアのルソー」とも称されるこの時代のもっとも注目すべき評論家の一人であり、一七四五年に上部オーストリアのグラインに生まれ、一七七五年からシュタイアーで校長を務めていたが、一七八〇年に批判を受けて、あるパトロンを頼ってラウジッツそしてスイスに移った後、ウィーン近郊バーデンのヘレーネン渓谷に隠棲した。イグナーツ・フォン・ボルンの援助を受けたものの、その後一七八三年にスイスでヴィーラントの家庭教師になろうと試みたが実現せず、結局プラハの検閲官の職に就いた。ベルクホーファーは上司との再三のトラブルによって警察の監視下におかれることになり、一八一四年にはグラーツに移って、外国で非合法的に出版し、一八二五年に死去した。彼は感傷主義のスタイルによる文明批判的文章で、一七七四年以降は冊子本の形式を用いて都市＝宮廷生活批判をくりかえした。流行通俗哲学のジャンルのなかで人権を擁護し、国家ならびに教会によるいかなる権力の乱用も攻撃した。彼のテクストの多くは世俗的説教ともいうべきものである。

冊子本の氾濫のなか、ウィーンではプラハの企画に範をとった風変わりな雑誌『ウィーンの説教者のための週刊真実』、略して『説教批評』が創刊された。説教批評のメンバーたちは日曜日ごとにカトリックのミサに参加し、劇場批評よろしく説教の速記と論評を行い、その際説教の内容だけではなく、言語形態まで俎上にのせた。説教は近代的なヨーゼフ改革を支持しているか否かという基準のほか、言語的観点では新しい規範を受け入れているか、あるいはアブラハム・ア・ザンクタ・クララ風の古いバロック的説教様式によっているかどうかで評価された。特に方言は最悪だった。啓蒙化された新たな意識は、内容の新しさだけではなく、言語にも新風を欲していたのだった。

ウィーン大司教クリストフ・アントン・ミガッツィの抗議と保守的な司祭たちによる冊子本の説教批評家への激しい攻撃にもかかわらず、この雑誌はその活動をウィーン周辺部にまで広げていった。一七八四年の廃刊を受けて、後継の出版物が創刊されたが、かつての勢いは失せ、ヨーゼフ主義の危機がここにも見てとれた。

説教批評の編者で、ボヘミア北部出身のレオポルト・アーロイス・ホフマン（一七六〇―一八〇六）は興味深い人物である。彼は文学活動をプラハで開始し、祖国に関する頌歌を時代風刺的スタイルで発表した後、ヨーゼフ主義活動家としてウィーンの舞台に登場した。当時の啓蒙的な宮廷の周辺で非合理的としておとしめられていた疾風怒濤《シュトゥルム・ウント・ドラング》を批判した喜劇『ウェルテル熱』（一七八五）も、彼が典型的なヨーゼフ主義世代の代表者であることを示している。一七八五年に彼はペスト大学ドイツ語教授に任命された。それ以降ヨーゼフ主義の失敗と一七八九年のフランス革命の勃発に責任があるとして、「誤った啓蒙」から明確な距離をとるようになっていった。仮想敵として彼が選びだしたのはフリーメーソンであり、ヨーゼフによる一七八五年のフリーメーソン寛容令以来となる論争をしかけた。一七九一年には『ウィーン誌《ヴィーナー・ツァイトシュリフト》』を創刊し、これは当初みずからの政策への論壇の支持を期待した皇帝レオポルト二世から支援された。しかしホフマンの雑誌は全ドイツ語圏を主導する保守・反革命機関誌に急速に変貌していった。彼はある強烈な謀略説を代表していた。それによれば、パリの一七八九年七月十四日以降のできごとは国際フリーメーソン、特にそのベルリン・ロッジによって企てられたものなのだという。ホフマンはことにドイツの啓蒙主義者アドルフ・フォン・クニッゲを攻撃した。彼の攻撃はフリードリヒ・ニコライらプロイセンの啓蒙主義者、『月刊ベルリン誌《ベルリーニッシェ・モーナツシュリフト》』の編集者ヨハン・エーリヒ・ビースター、フリードリヒ・ゲーディケによって退けられた。ウィーンでもホフマンに反対する声が上がり、彼は皇帝の配下と見なされるようになった。小説家のフランツ・クサーヴァー・フーバーは彼を批判する冊子本を執筆し、詩人のヨハン・バプティスト・フォン・アルクシンガーはレッシングの『反ゲッツェ』という題名を想起させる『反ホフマン』を書いた。さらにアルクシンガーは一七九三年初めに反ホフマンの『月刊オーストリア誌《エスタライヒッシェ・モーナツシュリフト》』を創刊し、それにはゴットリープ・レーオンやヨーゼフ・フランツ・ラチュキー、それに若き日のヨーゼフ・シュライフォーゲルが参加した。しかしウィーンの雰囲気はこの時点ではすでに明瞭に反ヨーゼフ主義的であったため、アルクシンガーは一七九四年にこの雑誌を廃刊し、シュライフォーゲルも他のメンバーに比べて社会的地位がまだ確立されていなかったこともあって、ワイマールに移ることになった。それに対してホフマンが一七九三年に廃刊した『ウィーン誌』の後継機関誌として、同年フェーリクス・フランツ・ホーフシュテッターとローレンツ・レオポルト・ハシュカによって創刊された『芸術・文学誌《マガツィーン・フュア・クンスト・ウント・リテラトゥーア》』は、一七九七年まで存続した。

長篇小説

冊子本と雑誌は「言論の自由の拡大」の結果として、もっとも直接的に政治情勢に左右されていたため、時局の影響を受けることが多かった。ヨーゼフ主義時代の小説創作は冊子本の方針と緊密な関係にあり、やはり時局の影響を受けていたが、それは地域の枠を超えたものでもあった。

一七八〇年代に発表されたオーストリアの啓蒙小説は、ヨーロッパ小説史のなかでも特異なジャンルを形成した。十八世紀におけるドイツ語圏の小説は、大きく分けて二つの傾向を示している。一つにはそれは同時代の市民の感情と内面世界の叙述を供した。サミュエル・リチャードソンの『パミラ』が一七四〇年にその方向性を示し、書簡体小説にそれにふさわしい形式を見いだしていた。一人称の語り手は直接的発言で読者にその苦悩と喜びを伝えることができた。一体化した読みというものがその目的だった。一七七四年の『若いウェルテルの悩み』でヨハン・ヴォルフガング・ゲーテはそのモデルを完成させた。主人公の社会史的位置も重要でないこともないが、ここでは精神生活にその中心がある。小説のもう一つの種類としては人間学的関心からくる個人小説があり、これはヘンリー・フィールディングが一七四九年に『トム・ジョーンズ』で確立したものであった。ここではフィールディングの同時代のイギリスであろうが、クリストフ・マルティン・ヴィーラントの『アガトン物語』の古代ギリシャが舞台であろうが、主人公の人生行路の例示や男子の修業時代といったものが問題にされた。いずれにせよ人間学的範例は時代に拘束されるものではなかった。

それに対してヨーゼフ主義時代のオーストリアで発表された小説は、ことごとく同時代に関係したもので、暗闇の力に対する闘争といった啓蒙の継承としての風刺的・論争的な物語であった。形式的にはフランスの哲学小説をモデルとしていて、これは所与の論題を物語的に例証したものであり、たとえば美学的真理を芸術作品において認識しようといったものではなかった。ヴォルテールの『カンディード』が多くのテクストにとっての模範であり、虚構と論争によって同時代の政治的議論に参入しようとしたものであった。

ヨハン・ペツルの小説『ファウスティンあるいは哲学的世紀』はヨーゼフ啓蒙主義のもっとも有名な小説である。一七五六年にバイエルンで生まれたこの作家は、一七七五年にベネディクト会士となったが、一年後にはこの修道会を去り、まず大司教ヒエロニムス・フォン・コロレドが啓蒙的に改革しているザルツブルクに行った。一七八〇年にペツルはチューリヒに定住した。バイエルンで発禁となった彼の最初の小説『修練院《ノヴィツィアート》からの手紙』（一七八〇—八二）では、修道院機構が明確に批判されている。一七八三年には『ファウスティン』で大きな成功をおさめている。これは多くの版を重ね、翻訳と模倣を生んだ。この本がペツルがウィーンに出るきっかけとなった。一七八三年に首都に移った彼は、フリーメーソンのヨーゼフ主義サークルに加わり、国家宰相カウニッツの文書官、一七九一年以降は諜報局職員となった。こうしてこの時代のオーストリアのほとんどの作家と同様に、国家公務員の地位に就いた。『ファウスティン』でペツルは数年前にヨハン・カール・ヴェーツェルが『ベルフェゴール』で試みたように、カンディード素材を流用した。このエピソードの集合体である小説は、語り手が注釈によって精確さを期した種々の歴史的できごとと世界の主要な地域を主人公に体験させている。ファウスティンはバイエルンのヴァンストハウゼン修道院に育ち、一七四八年に「真に哲学的な世紀」が始まったとする楽天的な啓蒙主義者ボニファーツ神父によって教育された。しかし過酷な現実はボニファーツの嘘を罰する。ファウスティンが啓蒙を実践に移すために、廃止された教会の祭日に進んで参加すると、怒った農民たちに殴られ、父親は撲殺されてしまう。修道院長はボニファーツを拘束し、逃亡したファウスティンはいたるところで迷信や偏狭、狂信に遭う。彼はミュンヘンからヴェネツィア、ナポリ、ミラノ、スペインを経てフランス、そして新世界へと旅を続ける。ファウスティンは兵士としてアメリカに売られ、カリブ海で奴隷貿易を体験する。幸福な偶然によって金持ちになった彼は、ニューヨークでボニファーツ神父に再会するが、彼は相変わらず啓蒙の最終的勝利を信じていて、その望みをプロイセンのフリードリヒ二世とオーストリアのヨーゼフ二世にかけている。ファウスティンとボニファーツは啓蒙の母国イギリスを訪れるが、よりによってそこでボニファーツは反カトリシズムの暴徒たちによって殺されてしまう。ファウスティンはベルリンでは良い経験をするが、啓蒙の真の勝利を体験するのはウィーンにおいてである。そこに彼は定住する。小説はすでに実行に移されたヨーゼフ主義改革の一覧と、一七八〇年以降が「真の哲学的世紀だ」という叫びとともに終わる。

ペツルの小説は一七八〇年代初頭の政治的自負の証左である。しかしそれはこのヨーゼフ主義の小説が公的利害に寄与するための例示的物語であって、フリードリヒ・フォン・ブランケンブルクの小説詩学的意味での内的物語の展開としての、ないしは周囲の散文性との軋轢を描いた近代的個人の市民叙事詩としての小説ではないことの証左でもある。こうした小説は政治的言説に寄与するためのものなのだ。

ヨーゼフ主義の危機とヨーゼフ主義者たちの幻滅はペツルのその後のテクストに表れている。『ウルリヒ・フォン・ウンケンバッハとその春駒』(一八〇〇—〇二)は過去三十年間の精神的潮流への揶揄的総括であり、もちろんここではヨーゼフ主義的理念の立場から批判の矛先はシュトゥルム・ウント・ドラングの天才主義とドイツ・ロマン派に向けられている。また一八一〇年に出版された小説『ガブリエルあるいは母なる自然』は、相変わらず『カンディード』のスタイルに依拠しながら、あらためてある青年を世界遍歴に送り出している。しかしもはや旅の終わりにヨーゼフ二世の黄金時代が輝くことはなく、むしろガブリエルは世界が調和のとれたものなどではなく、自然は母として人間の安寧を見守るものではないということを認識する。弁神論は否定され、アーダルベルト・シュティフターのペシミズムが予示される。

ヨーゼフ主義時代の小説創作は広範なもので、多くのジャンルを含んでいた。しかし常に修辞と形式上の文学的慣例への依拠が見てとれる。また往々にして道徳週刊誌や冊子本の活動との親近性が際だつ――たとえばケルンテンの修道院長アンゼルム・フォン・エードリングの小説『人が望み、そして得がたい聖職者』(一七九三)は、理想的な神父である若いイージドール・ゼーリヒの生涯を物語っている。また六版をかぞえたヨハン・フリーデルの『エレオノーレ――小説ではなく、手紙による実話』(一七八〇、八一)や同じ著者による『ハインリヒ・フォン・ヴァルハイムあるいは女性の恋と熱中』(一七八五)といった軽妙に書かれた娯楽小説は、ヨーゼフ主義の宣伝になっている。善良な者は理性的で啓蒙されていて、邪悪な者はたいてい策を弄する修道士である。フリーデルは多作な冊子本作家でもあり、長くエマヌエル・シカネーダーの劇団にも属していた。彼の劇的才能は小説においても見逃すことはできない。『ハインリヒ・フォン・ヴァルハイム』も形式的に興味深いものである。たとえばフリーデルはある箇所で印刷上の指示によって、同時的な内的独白による実験を行っている。このような形式的実験は小説に異質なものではない。これは幻想的語りが問題なのでも、感情移入美学なのでもなく、啓蒙が目的なのだ。それは修辞的に提示されなければならない。

ヨーゼフ主義小説の冊子本文学と劇場の親近性はフランツ・クラッターの事例にも表れている。この一七五八年にシュヴァーベンに生まれた神学者は、一七七九年にウィーンにやって来てまもなく、二つの対立にまきこまれた。一七八六年にはその直前にハプスブルク家によって併合された属領をめぐる数か月の旅の成果として、『ガリツィアにおけるユダヤ人の状況に関する手紙』を書き、ポーランド貴族とカトリック教会、レンベルク大学〔現リヴィウ大学/ウクライナ〕への激しい攻撃を行った。この二巻本はスキャンダルをひき起こした。ウィーンでもクラッターはヨーゼフによるフリーメーソン寛容令に反応して、『ウィーンにおける最近のフリーメーソン革命に関する手紙』でロッジ「真の和合」のマスターとして寛容令を実施し影響力を誇ったイグナーツ・フォン・ボルンを攻撃し、スキャンダルにまきこまれることになった。これは公的な対立に発展し、ボルンはクラッターのその後の文章である「ウィーンにおけるフリーメーソン・アウト・ダ・フェ（異端宣告）」を発禁にしようと画策したが、ゴットフリート・ヴァン・スヴィーテンの反対に遭い、断念を余儀なくされた。一七八四年に出版され、一八一一年に再版されたクラッターの書簡体小説『若い宮廷画家』は、啓蒙的視点にから熱狂的感情崇拝を批判している。一七九〇年ごろからクラッターはレンベルクにくらし、非常な成功をおさめ、長く上演されることになった一連の歴史劇を執筆した。

比肩しうるのは、おそらく一七五七年にプラハに生まれた騎士フランツ・カール・グオルフィンガー・フォン・シュタインスベルクであり、彼は文学的経歴を一七八二年にプラハで『聖職者の鞭』という表題の演劇作品によって始め、後にウィーンでレオポルト・アーロイス・ホフマンが模倣した聖職者批判に命を吹きこんだのであった。シュタインスベルクは一七八四から八六年にかけて、『四十二歳の猿』という小説を発表したが、これは明確にルイ＝セバスチャン・メルシエの『二四四〇年』に基づいたものである。この表題は読者には明らかにヨーゼフ二世への当てこすりだとわかった。シュタインスベルクは啓蒙的ユートピアの伝統にのっとり、猿の王子ブリーダをドイツへの修業の旅に出し、プロイセン（「空腹の国」）とオーストリア（「でぶで大食いの国」）の対立を風刺的に示した。この小説は反貴族的・反教権的であり、オーストリアの状況をプロイセンより好意的に描くことはせず、主人公が最後に帰還する猿の国は、大混乱のヨーゼフ主義国家の寓意として現れる。

皇帝に同様に痛烈な批判をあびせたのは一七八六年の小説『青い驢馬』で、その作者フランツ・クサーヴァー・フーバーは一七五五年にボヘミアに生まれ、ウィーンでシュタインスベルクと共に評論家として活動していた。ヨーゼフ二世は宮廷学術審議会の照会に対してこの小説を許可した。アプレイウスの『金の驢馬』に依拠したフーバーのこの洞察に満ちた寓話は、王の宮廷の大臣にまで上りつめた貴族の驢馬の物語を、その末裔が物語るものである。大臣の改革の試みを過小評価し、一貫性に欠ける支配者には皇帝が当てこすられている。形式的にはこの小説はスターンやヴィーラントが発展させた手法を用いている。フーバーはさまざまな語りの地平を駆使し、読者への直接的語りかけやメタ虚構的章題など、幻想を抑止する効果を行使する。フーバーの一七八七年に発表された『シュレンドリアン氏、あるいは新たな法律を求める裁判官』は、ヨーゼフ主義時代の法制改革の一貫性のなさの風刺であり、これに逸話の並立という原理で対抗している。いずれにせよフーバーは啓蒙的改革の断固たる擁護者であることにまちがいはない。さらに一七九二年には冊子本でレオポルト・アーロイス・ホフマンを攻撃し、彼に反対する雑誌『政治的篩《ダス・ポリティッシェ・ジーブ》』を発刊した。フランツ二世によって始められた政治的復古体制によって、彼はウィーンを追われることになった。一八〇九年のナポレオン軍によるウィーン占領の短期間だけ、雑誌『朝の使者《モルゲンボーテ》』で以前のような評論活動を再開することができた。

　形式的にもっとも興味深いヨーゼフ主義時代の小説は——これを小説と呼べればの話であるが——、パウル・ヴァイトマン（一七四八—一八〇二）によるものである。この文学的に多才なウィーンの官僚は、一七八六年に「五つのカプリッチョから成る詩的幻想」『征服者』で、啓蒙教育を受けながら、即位すると暴君的征服者となって、狂気のうちに死んでいくエドゥアルト王の幸福と最期を描いた。ヴァイトマンはエドゥアルトの行路を多彩を極めるコラージュの手法で描写している——「寓意的場面」から「手紙」、「エピグラム」、「叙事詩」、「機械喜劇」、「小説」、「新聞」にいたるまで、全部で一一六の様式・

ジャンルのパロディを見ることができる。物語は主に当時流行していたジャンルである対話小説にのっとって、短い対話部分から成る「場面」で進行していく。この本は絶対主義制度との根本的な対決であり、それが啓蒙的なかたちをとっていても欠陥のあることを暴きたてる。もちろん政治批判は選択肢の欠如によって相対化される。後に残るのは分をわきまえることと謙虚さの讃美であり、後のグリルパルツァーの戯曲『夢は人生』と同様の、野心の批判である。

高踏様式詩

冊子本作家と小説家たちが新たに成立した匿名による文学市場の領域で活動し、伝統的な学識者の王国に属するのは例外的な場合のみであったのに対して、抒情詩や叙事詩の領域では相変わらず伝統的な構造が支配していた。学識ある詩人は限られた識者の仲間のために執筆していた。しかし注目すべきことは、文学界におけるこの領域でも啓蒙への参加が決定的要因であったということである。

啓蒙の時代におけるオーストリア抒情詩の歴史はまず第一にミヒャエル・デーニスの名前と結びついている。この一七二九年に当時バイエルンのシェルディングに生まれたイエズス会士は、ウィーンのテレジアーヌムの教師として、北ドイツの新しい文学文化の重要な媒介者であった。イエズス会解散後は教師をしばらく続けた後、司書として国家公務員となった。すでに一七六〇年には七年戦争を契機として、ウィーンのクルツベック出版から愛国詩『一七五六年以降のヨーロッパにおける主要戦闘状況の詩的情景』を公刊した。デーニスはこれによってレッシングが一七五八年に編集したヨハン・ヴィルヘルム・ルートヴィヒ・グライムの『一歩兵の一七五六―五七年従軍時のプロイセン戦争歌集』にこたえたのだった。意識して民族的にしたてあげられたグライムの歌集は非常に成功し、プロイセンの世論に影響をあたえた。特にフリードリヒ大王崇拝の宣伝として使われた。それに対してデーニスはハプスブルク家の視点から論じたのだった。彼の詩はオーストリア国外でも支持を得ると同時に、近代的書法がオーストリアに打ち立てられた最初の証左でもあった。

他のウィーンの作家もやはり『戦争詩集』を著したのは興味深い。フィリップ・ハーフナーのテクストは当初ちらしとして出された後、彼の出版者クルツベックがハーフナーの早世を機に著作集として編纂した。ハーフナーがまったく前ゴッチェート時代の伝統的なスタイルで書いていたのに対して、デーニスはすでに新しい文学傾向を受け入れていた。

デーニスに特徴的だったのはドイツ語による高踏様式詩であった。このことは一七六八—六九年にトラットナーから出された彼の『オシアン』ドイツ語訳においてすでに明らかである。オシアンの作品は一七六五年にジェームズ・マクファーソンによって編纂されたと称するスコットランド太古の詩集で、ヨーロッパ中に熱狂をよび起こした。修辞学に習熟していたイエズス会士のデーニスはこの高踏な様式を自在に操り、彼の訳はクロプシュトックらによって広範な支持を得た。そして一七七二年には詩集『吟唱詩人《バード》ジーネトの歌』を公刊した（ジーネトはデーニスのアナグラムである）。こうして彼はゲルマンの太古を歌うバード文学の全ドイツ語圏でもっとも重要な代表者となり、ハプスブルク諸邦においても多くの後継者を生んだ。厳かな様式の無韻頌歌は「バード派」の印として、同時代の批評家たちから侮蔑された。すでに挙げた『説教批評』の編者レオポルト・アーロイス・ホフマンは、その文学上のキャリアをこうした詩で始め、後のフランス革命批判を先取りするかたちで、みずからの深刻なテクストを「いいかげんなフランス風冗談」に対抗させている。

オーストリアでもっとも生産的だったバードは、元イエズス会士のローレンツ・レオポルト・ハシュカ（一七四九―一八二七）で、一七八〇年代には宮廷顧問官フランツ・ザーレス・フォン・グライナーの秘書として、その文学サロンで中心的役割を果たした。ハシュカはヨーゼフ主義時代を政治的に急進的な頌歌でかざり、それをオーストリア内外の多くの定期刊行物に発表した。一七八九年以降は啓蒙を批判し、反フランス的評論によって愛国主義を謳う日和見主義者としてヨーゼフ主義者たちを怒らせた。一七九三年から九七年までは元イエズス会士のフェーリクス・フランツ・ホーフシュテッターと共同で、反革命的な『芸術・文学誌《マガツィーン・フュア・クンスト・ウント・リテラトゥーア》』を主導した。学識豊かだったホーフシュテッターは一七八〇年代に無韻の高踏様式詩を書いた。バード派に属することと後の反啓蒙的評論活動の間には親和性があったようだ。

一方ハシュカでもっとも影響力のあったテクストは、高踏様式頌歌ではなく、一七九七年に執筆を委嘱された「国歌」『神よ、皇帝フランツを守りたまえ』で、これは字句の修正を経て帝政終結まで国歌であった。しかし同時代人には時代史を高踏な様式でかざる頌歌詩人として親しまれ、怪しまれていた。シラーとゲーテの悪名高い『クセーニエン』は終わりから二番目の詩節で、このウィーン詩人をこき下ろしている。

ロココ抒情詩

バード文学はヨーゼフ主義時代以前の一七七〇年代末にはまだウィーンに定着していた。ヨハン・バプティスト・フォン・アルクシンガーやヨーゼフ・フォン・レッツァーなど、後に他の流派に移っていくことになる若い作家たちも、当初はこのスタイルで書いていた。しかし一七七七年ごろに新しい詩人グループが登場した。クリストフ・マルティン・ヴィーラントの影響を受けたロココ文学志向の諧謔的・風刺的書法を用いた若い作家たちである。

この動きの推進役は、まずはヨーゼフ・フランツ・ラチュキーであった。この一七五七年に中流市民的境遇に生まれた学生は、役人になってゾネンフェルスの庇護を受け、学友のゴットリープ・レーオンと共に一七七七年に『ウィーン詩神年鑑』(*Wienerischer Musenalmanach*)を創刊した。その原動力は愛国的なものであった。オーストリアの詩人たちはもはや外国の機関誌で詩を発表するのではなく、ウィーンの詩神年鑑で成果を示すことになった。この時代詩神年鑑は好まれたメディアであった。数年前にはゲッティンゲン森林同盟が『ゲッティンゲン詩神年鑑』で当たりをとり、後に若いヨハン・ヴォルフガング・フォン・ゲーテらいわゆるシュトゥルム・ウント・ドラングの抒情詩テクストに発表の場を与えることになった。同様のことがウィーンではオーストリア愛国主義的な意味で試みられたのだった。

この企ては当初あまり成功しなかった。ラチュキーとレーオンは一年目をほとんど自分たちだけでやりくりしていかなければならなかった。デーニス周辺の著名作家たちは協力を断り、ラチュキーは一七七九年にはこの企てを当面断念することにした。しかし一七八一年にアーロイス・ブルーマウアーが編集委員に加わることになり、同年から『ウィーン詩神年鑑』(*Wiener Musenalmanach*)と改称されたこの詩誌は、一七九六年に廃刊されるまで、ヨーゼフ主義時代の文人たちのもっとも重要な機関誌となった。ラチュキー、ブルーマウアー、それにその背後で働いていたレーオンは、ウィーンのすべての重要な詩人たちを獲得しただけではない。オーストリアの地方やメルク修道院、ケルンテンやシュタイアーマルク——それにほとんどすべてのフリーメーソン——の作家たちからも寄稿者を得たのだ。たまに高踏様式詩が発表されることもあったが、中間様式の諧謔詩、感傷詩それに風刺詩が支配的であった。修辞的伝統の「情動《モヴェーレ》」や読者の感情の動きではなく、「愉悦《デレクターレ》」——新たな状況を反映した都会的諧謔文化——

が謳われた。

『ウィーン詩神年鑑』の寄稿者としては、とりわけ五人の詩人の名前が挙げられる。一七五七年に生まれ、一八三二年に死去するまで文学活動を行ったゴットリープ・レーオンは、感傷主義を代表していた。彼はアーロイス・ブルーマウアーのきつい風刺からは距離をとっていた。「品の良さ」が彼の目標であった。レーオンは友人たちの陰に隠れがちだったが、彼こそがヨーゼフ主義の遺産を遠くメッテルニヒ時代にまでつないだのだった。一八二八年には詩をビーダーマイアー年鑑の『アウローラ』に発表し、その編者ヨハン・ガブリエル・ザイデルの回想のなかで、「ブルーマウアー時代の最後の生きのこり」とあだ名された。レーオンの文化仲介者としての役割を過小評価してはならない。彼はヴィーラントの『ドイツ・メルクール』の通信員であり、ワイマールの活動的な文人カール・アウグスト・ベッティガーと文通し、宮殿《ブルク》劇場長のシュライフォーゲルに話を通したことで、フランツ・グリルパルツァーが劇作家になったことにもかかわっている。一八二一年に発表された『ラビの伝説』はデーニスとヘルダーに捧げられたが、これは啓蒙的観点によるユダヤの伝統とのとり組みの注目すべき例である。ヨーゼフ期にレーオンは心地よい、技巧的な詩を書いたが、それが彼にさらなる名声をもたらすことはなかった。一七八八年に発表された詩文集は、ベルリンの『ドイツ一般叢書《アルゲマイネ・ドイチェ・ビブリオテーク》』〔フリードリヒ・ニコライ編集の書評雑誌〕で否定的な書評を書かれたので、以後詩集からは手を引くことになった。

法律家のヨハン・バプティスト・フォン・アルクシンガー（一七五五―九七）は父親の遺産によって経済的に自立することができたので、ハシュカによって純文学に引き入れられることになった。アルクシンガーは文学的名声を叙事詩の分野で求めたが、生産的な抒情詩人でもあり、ヨーゼフ主義的改革運動に参加した。彼はほかの友人たちと同様にフリーメーソンの会員で、一七八九年以降は評論家としてヨーゼフ主義的遺産の維持に努めた。ヴィーラントが彼の偉大な模範だった。シュトゥルム・ウント・ドラングやゲーテといった新しい個人主義的テクスト、あるいは独立的文学運動にかかわることはなかった。ゲーテとシラーの『クセーニエン』に関してはある手紙でこう述べている。「少なくともゲーテはもっと分別があると思っていた。紛れもない児戯だ」。またゲーテの『ローマ悲歌』はスキャンダルだとして、「我々とローマの習慣がかくも違うとは。プロペルティウス〔古代ローマの悲歌詩人《エレジー》〕は恋人のもとで幸福な夜をすごしたと明言した。しかしフォン・ゲーテ氏が『ホーレン』でイタリアの妾とのことを全ドイツに向けてとは……。誰がそれを許すだろう?」この感傷詩人はみずからを古来の規則が伝わる学者共和国の一員であると考えていた。抒情詩もこの規則に従い、個人的告白に乱用してはならないのだと。

よくアルクシンガーと対照をなすと見なされるのが、アーロイス・ブルーマウアー(一七五五―九八)である。二人の生きた時代もほぼ同じである。ブルーマウアーは上部オーストリアのシュタイアー出身で、イエズス会修練士を経て、ヨーゼフ主義時代のもっとも傑出した作家の一人となった。彼はフリーメーソン・ロッジ「真の和合」に属し、『フリーメーソン・ジャーナル』を編集するとともに、ウィーンの啓蒙的な『実情新聞《レアールツァイトゥング》』の編集者であり、一七八二年にはゴットフリート・ヴァン・スヴィーテンによって検閲官に任命された。一七八六年以降は出版者・書籍販売業者として活動し、晩年はとりわけ古書販売業に従事した。

ブルーマウアーは『アエネイス戯画』の作者として有名になった。しかし詩人としても多く読まれた。しばしば露骨で、時には趣味の良さの限度を超えた風刺詩とならんで、頌歌やフリーメーソン詩が見いだせる。また『真理を探究する者の信仰告白』といった哲学詩とならんで、友人への詩的書簡もある。

オーストリア国外でブルーマウアーはもっとも有名なヨーゼフ主義作家だった。フリードリヒ・ニコライがその大部の旅行記でウィーンを痛烈に批判したとき、ブルーマウアーは手袋を投げ、ニコライと激しい論争を起こした。

『ウィーン詩神年鑑』の創刊者ヨーゼフ・フランツ・ラチュキーはウィーンの官僚として一八一〇年に死去するまで、注目すべきキャリアを積んだ。ブルーマウアーと同様にとりわけその喜劇的叙事詩『メルヒオール・シュトリーゲル』の作者として有名になった。やはりブルーマウアーと同様にフリーメーソンの会員で、ゾネンフェルスに目をかけられた。これもブルーマウアーと同様に堅牢な古典的素養を体得していた。ラチュキーの詩人としての手本はホラティウスで、その都会的で、時に風刺的なスタイルに心酔していた。しかしアレクサンダー・ポープやジョナサン・スウィフトといったオーガスタン時代〔ピューリタン革命後から十八世紀前半に至るイギリスの文化的勃興期〕のイギリス詩人の改作や脚色も行った。ドイツ語圏のもっとも重要な時期に現れたラチュキーの詩は、そのテーマ的多様性によってヨーゼフ主義文学文化の典型的イメージをあたえるものである。啓蒙的楽天主義が定評ある敵への皮肉を帯びた攻撃と結びついている。シュトゥルム・ウント・ドラングやイェーナの初期ロマン派などの文学的潮流が揶揄されている。

年鑑の協力者で最後に挙げられるマルティン・ヨーゼフ・プラントシュテッターは、とりわけその悲劇的運命によって言及するに値する。彼はウィーン市職員で、フリーメーソン会員であり、創刊以来『ウィーン詩神年鑑』に参加し、一七八〇年は単独で編集にあたった。彼の詩はブルーマウアーのテクストに匹敵するものである。プラントシュテッターはウィーンでいわゆるジャコバン謀議が頓挫した一七九四年に逮捕された。ブルーマウアーとラチュキーも事件を受けて尋問された。しかし二人は証拠不十分であった。それに対してプラントシュテッターは国家反逆罪で禁固三十年の有罪判決を受け、ムンカーチュ〔現ウクライナ領ムカチェヴェ〕城塞での残酷なあつかいによって一七九八年に死去した。

叙事詩

『ウィーン詩神年鑑』の作家たちは学者詩人《ポエーテ・ドクティ》であり、修辞学と古典文学の基礎知識をその文学的基盤としていた。叙事詩を高く評価していたことはその証左であり、その文学活動においては伝統的ジャンルが支配的であった。叙事詩は最高ランクのジャンルであり、絶対的価値《ノン・プルス・ウルトラ》であった。他のドイツ語圏でも小説こそ時代に合った市民的叙事詩であるという認識が散見されるものの、まだ叙事詩の時代が過ぎ去ったわけではなかった。なんといってもクロプシュトックが『救世主』でこのジャンルを宗教的基盤の上に刷新していた。フリードリヒ・シラーは一七八八、八九年にプロイセン王フリードリヒ二世に関するスタンザ〔八行脚韻詩節〕による英雄詩を計画し、ゲーテは一七九七年に『ヘルマンとドロテーア』で叙事詩と牧歌的市民性の結合を試みていた。

公的に重要なできごとを詠う荘重な伝統的叙事詩は、一七四六年にシャイプの『テレジアーデ』によって啓蒙的結実を見ていた。三十年後の一七七四年、旺盛な活動を誇るパウル・ヴァイトマンは「十歌から成る英雄詩」を『カールの勝利』という題名で発表し、それに一二〇ページ以上の『叙事詩論考』を添えた。ヴァイトマンのヘクサメトロス叙事詩は皇帝カール五世とシュマルカルデン君主同盟の戦いをあつかったもので、「宗教」、「異端」、「誇り」、「不和」といった寓意的人物を多く登場させている。不和の依頼でアモールは皇帝を神命から遠ざけ、エリオドラに誘惑させる。愛の物語は狂信的なプロテスタントである母親が、皇帝を殺そうとして誤ってエリオドラを刺殺することで悲劇的に終わる。カールは宗教によって冥界に導かれ、先祖や刺殺されたエリオドラだけではなく、マリア・テレジアにいたるハプスブルク家の未来を予言される。最後の四歌は戦争を微細に描きだす。将軍たちは妻たちに別れを告げ、決闘が行われるなか、寓意的人物たちは戦争に介入する。最終的にカールは勝利する。寓意的人物として人間性が現れる。その忠告に基づいて、カールは敗者に慈悲を施し、宗教的寛容を示す。

ヴァイトマンは冥界の場面に関して『イリアス』、そしてとりわけ彼が高く評価していた『アエネイス』から詳細にわたる借用をしている。叙事詩に添えられた論考には、ジャンル詩学を見ることができる。ヴァイトマンはゴッチェートにも見られるように、いまだ歴史哲学的思考をともなわない立場を代表している。最初の文は「叙事詩は常に文学全体の代表作品であると見なされる」であり、叙事詩は「本当らしく、教示的で驚嘆すべき物語」と規定される。ヴァイトマンにとって叙事詩が驚嘆すべきものを含んでいることは不可欠なことであった。啓蒙主義者ヴァイトマンはどうやって驚嘆すべきものと古代の神々という装置を近代的キリスト教社会において信憑性のあるものとして組みたてるかという問題に関して、宗教や異端といった現象を象徴化し、寓意として登場させることで解決しようとした。

ヨハン・バプティスト・フォン・アルクシンガーも叙事詩を現代に再生させる可能性を、クリストフ・マルティン・ヴィーラントおよびイタリア・ルネサンスのスタンザ叙事詩の伝統に従うかたちで試みた。ヴィーラントは『イドリースとツェニーデ』（一七六八）、『新アマディース』（一七七一）、『オベロン』（一七八〇）その他の作品で、同時代的問題をアリオストやトルクアート・タッソのなかば深刻で皮肉な物語に基づいた中世騎士の世界を借りてあつかっていた。そのウィーンの後継者であるアルクシンガーは、『マインツのドーリン』（一七八七）、『ブリオンベリス』（一七九一）といった二つの「騎士詩」をスタンザ形式で書いた。この二つのテクストは九〇年代末にライプツィヒのゲッシェン出版から再版され、全ドイツ語圏で反響をよんだ。アルクシンガーが評価を得ようと努めていたヴィーラントとの違いは明白である。ヴィーラントが皮肉な物語の助けを借りて人間の問題一般を叙述し、奇想天外な童話的ストーリーによりながら、最終的に市民叙事詩を書いたのに対して、アルクシンガーは公的に重要なできごとをあつかう高踏な叙事詩の伝統に基づいている。アルクシンガーの叙事詩はいかなる皮肉からも遠いところにある。それはカール大帝をめぐる伝説群からとられた物語によって理想化された世界を描き、貴族的で博愛主義的な徳論を表明している。モーツァルトとシカネーダーの『魔笛』への親近性は明らかである。奇想天外さはフリーメーソン的象徴性と近代自然科学的認識によって合理化される。

喜劇的叙事詩

アルクシンガーは倦むことなくみずからの叙事詩を彫琢し、とりわけ中世ドイツ語的規範に基づいた言語的正確さにとり組んでいたにもかかわらず、彼が望んだような評価を得ることはできなかった。オーストリア啓蒙文学のエレガントな裁定者クリストフ・マルティン・ヴィーラントはウィーンのある貴族詩人の深刻ぶった試みの方を好んだ。アーロイス・ブルーマウアーの『ウェルギリウスのアエネイス戯画』である。深刻な叙事詩は、その深刻さのためにもはや時代にかなっていなかった。

このブルーマウアーの戯画化は同時代人にとってオーストリア啓蒙文学のもっとも成功した作品であった。重ねられた新版・再版・続篇・翻訳は彼の人気を高めていった。ブルーマウアーは一七八二年に「友人ヨーゼフ・エードレン・フォン・レッツァー氏」に捧げられた小品『信心深い英雄アエネアスの冒険あるいはウェルギリウスのアエネイス第二部。アーロイス・ブルーマウアー戯画化』を発表し、その際早世したグライムの弟子ヨハン・ベンヤミン・ミヒャエリスの未完テクスト作品をひき継ぐことを表明した。この成功は続篇のきっかけとなった。一七八二年にウィーンの出版社クルツベックが『ウェルギリウスのアエネイス、第一巻、ブルーマウアー戯画化』を出版した。その後一七八四、八五、八八年にはブルーマウアー後年の協力者ルードルフ・グレッファーによってぜんぶで九巻の戯画化が三冊本で出された。この詩人は一七八八年以降はこの戯画化の継続への関心を失ったようである。結局古代の原作による最後の三巻は改作されていない。

特徴的なのはアーロイス・ブルーマウアーが文学的ジョークを政治活動——ヨーゼフ主義的な——に用いたことである。ウェルギリウスの「敬神《ピア》のアエネアス」はブルーマウアーにおいて「信心深い」アエネアス、教会に忠実なえせ信者となり、天命によって創設するのはローマではなく、ヴァティカンである。このパロディの喜劇性は原典を忠実にたどっていることから生じる。古典的教養をもったブルーマウアーは、細部にいたるまでウェルギリウスの原典に従っていて、だじゃれや語呂合せにいたることば遊びまで駆使している。喜劇性は不適切の原理からも生じている。すでに第一詩節から明らかなように、ヘクサメトロスとウェルギリウスの厳かな物語に、韻をふんだ詩節による下卑た物語が対置される。「昔アエネアスという／一人の偉大な英雄がいた。／トロヤが炎上した際、／街から山のような金を持ち出し、／大荷物で旅を続けた。／しかしユピテルの悪妻の／多くの思いつきに悩まされた」。

ブルーマウアーは喜劇的効果を諧謔からも引き出したが、時には猥褻表現を行使することも辞さなかった。しかし戯画化によるカーニヴァル的衝撃は、作家が啓蒙的改革綱領による立場を代弁しているすべての部分で完全に取り除かれる。アエネアスは冥界で世界史上悪名高い人物たちが相応の罰を受けるのに出会い、一方楽天地として描かれるエリジウムではソロンからウィリアム・ペン、レッシングにいたる啓蒙の指導的人物たちが幸福を享受している。ローマの将来の運命に関するウェルギリウスの予言は、ブルーマウアーにおいてローマ＝カトリック教皇庁の悪行の数々の幻想におき換えられ、最後にはその主にまで達する。予言語りのクライマックスはヨーゼフ二世によるローマ教皇の権力乱用に対する勝利なのだ。教皇位はおとしめられるが、対抗機関たる神聖ローマ皇帝は肯定的に描かれ、喜劇的要素はまったくない。ブルーマウアーの『アエネイス戯画』は驚くべき国家肯定作品である。カトリック教会の権威は突き崩され、勃興する市民社会のさまざまな開化的スタンダードも楽しげに打ち壊される――皇帝の啓蒙化された改革綱領が揺らぐことはないのだ。

ブルーマウアーの戯画化は直接の手本をもたず、文学的戯画化の技法を先行作品に用いただけのものだったが、ヨーゼフ・フランツ・ラチュキーの喜劇的叙事詩『メルヒオール・シュトリーゲル』は明らかにこのジャンルの伝統につらなるものである。ラチュキーはイギリスにおけるピューリタン支配をその終結後に嘲笑したサミュエル・バトラーの滑稽詩『ヒューディブラス』（一六六三―七八）に明確に倣っている。一方複《パラ》テクスト的戯れ――えせ学者的な些事拘泥的論評の挿入――に関して、ラチュキーはアレクサンダー・ポープの喜劇的叙事詩『愚人列伝』（一七二八―四三）に倣っている。

ラチュキーの『シュトリーグリアーデ』はフランス革命を題材としたもので、一七九三年から九五年までウィーンで出版され、一七九九年にはライプツィヒのゲッシェンから再版された。これは宿屋の息子メルヒオール・シュトリーゲルが大学で政治的に過激化し、休暇中故郷の村のシェプゼンハイムで宿屋の若者たちと村長である父親に反抗し、共和制をうったえるという物語である。六つの歌は村の牢屋への突入から種々の改革規範、革命集会の分裂、さらにはメルヒオールが反革命に対してサンキュロット主義の概念を字義どおりにとってズボンを脱ぐというグロテスクで喜劇的なハッピーエンドまで、シェプゼンハイムでの馬鹿げたできごとを物語る。シェプゼンハイムでのできごとは細部にいたるまでパリでのできごとを模倣したものであり、フランス革命は馬鹿の催しとして糾弾される。

この叙事詩、とりわけその逸脱した論評は、バロックの説教文学から吟唱文学《バード》やシュトゥルム・ウント・ドラング、クロプシュトックの正書法改革からヨハン・ハインリヒ・フォスのホメロス翻訳にいたるまで、ヨーゼフ主義的啓蒙主義者を苛だたせるものすべてに対する風刺的総攻撃の機会をラチュキーに提供した。その際くだんのえせ学者的論者はフランスの革命の狂信的信奉者で、あらゆる迷信に惑わされる馬鹿者あることが明らかになる――革命の信奉者を非理性的とする試みである。だから論者が反動的策動家であるレオポルト・アーロイス・ホフマンに敬意を表しているのは当然である。革命的スローガンと極端な革命恐怖症はラチュキーにとって同様に疑わしいものであった。

もちろん『シュトリーグリアーデ』はまず第一に言語的に喜劇の傑作である。ジャンルの約束に忠実に詩神への呼びかけから一連の英雄、戦闘描写まで叙事詩の因習がすべてパロディ的に提示される。しかしとりわけ他のドイツ語文学に例を見ないような名技的な韻の喜劇性をこのテクストは用いている。ラチュキーはドイツ語、フランス語、英語、イタリア語、ラテン語、ギリシャ語、ヘブライ語の単語でごちゃ混ぜに韻をふみ、„Tristram Shandi"（トリストラム・シャンディ）は „modus persuadendi"（説得の方法）と、„Rahabarber"（ルバーブ）は „so starb er"（こうして彼は死去した）、„Capo di bona Speranza"（喜望峰）は „Kook nur Eis statt Land sah"（クックが大地の代わりに氷を見た）大陸といったぐあいに結びつけられる。詩の結末で詩人はパルナッソス山での桂冠を想像しながら、みずからの巨篇を自信に満ちて堂々と結ぶ。「難癖の悪魔にとり憑かれた／誇り高い書評家氏は、一点の曇りもなく／いったい何をおっしゃるおつもりか？／私はこう思いながら栄光を享受する。／プロイセンとザクセンのうるさい蛙は

／鳴かせておけ！」
ラチュキーの反革命的な『シュトリーグリアーデ』にはもう一つ特別な側面がある。この作家は友人のアーロイス・ブルーマウアーと共に一七九五年四月のウィーン・ジャコバン謀議の際に尋問され、転覆を企てたとして起訴されている。『メルヒオール・シュトリーゲル』には彼の革命批判が表れているというラチュキーの弁明に対して、彼がこの喜劇的叙事詩を執筆したのは、真の信条をカモフラージュするためだったとして非難された。ラチュキーとブルーマウアーにとって措置は寛大なもので、警告で逃れることができた。しかし周知のとおり、ジャコバン裁判の結果は多くの被告人にとって過酷なものであった。

喜劇的叙事詩は政治動向を文学的需要に合わせるのに特に向いていた。いくつかの筆名で知られるパウル・ヴァイトマンもこのジャンルを用い、一七八一年にはニコラ・ボワローの『譜面台』に依拠した風刺である『司祭戦争』を書いた。ヨーゼフ・フリードリヒ・ケプラーも一七八一年にアレクサンダー・ポープの『愚人列伝』の影響のもとに『馬鹿のウィーン蜂起』を書いた。さらに三月前にはアナスタージウス・グリューンやモーリッツ・ハルトマンといったヨーゼフ主義を標榜する作家たちがこのジャンルを用いた。オーストリアの啓蒙文学はかつての文学史がみとめたよりも息の長い影響をのこしたのであった。

ウィーン喜劇

それに対してウィーンの劇場的伝統の影響に関しては議論の余地がない。二十世紀初頭以来ウィーンの劇場事情と同時代の他のドイツ語圏の状況は著しく異なるものであるということが強調されてきた。

ウィーンの娯楽劇場はゴッチェート以来ドイツ語圏の劇場に強要されてきた道徳・教化・退屈といったものへの抵抗を、絶えず行っていたのだという。もちろんウィーン固有の展開という見解の根底には一つのイデオロギーがある。オーストリア文学史家たちはオーストリアの本質なるものが特定される純粋な文学的伝統というものを求めていたのであり、それを「古きウィーン民衆喜劇」に見いだしたと信じたのだ。しかし実際には北部・中部ドイツ地域でもゴッチェートの劇場改革以後すぐに伝統的な反幻想主義的即興劇が消えてしまうということはなかった。ハンスヴルスト（ソーセージのハンス）はウィーンに追放されたわけではなくて、以前のように息を吹き返したのだ。しかし当時のウィーンは劇場文化の興隆と持続のための外的条件を備えたドイツ語圏唯一の大都会であった。この持続性なるものは歴史的に否定されたにもかかわらず、十九世紀末まで純粋にオーストリア的なるものが保持されてきたという考えと融和した。非連続性・断絶・再出発なるものは消しさられた。しかし文学的制度としてウィーン喜劇にはシュトラニツキからウィーン・オペレッタにまで通じる歴史が確認できるということが言い続けられた。

ヨーゼフ・アントン・シュトラニツキはこの制度の創始者と見なされている。この一六七六年シュタイアーマルク生まれの俳優は一座と南ドイツを巡業した後、一七〇六年にウィーンにやって来て、一七一〇年以降は城壁内に新たに設立されたケルントナー門劇場を率い、そこで一七二六年に死去するまでハンスヴルスト役として成功をおさめた。その際彼はとりわけイギリスの旅まわり一座の塩漬け鰊《ピッケルヘーリング》やコメディア・デラルテ、さらに十七世紀ドイツ・バロック劇といった古くからのヨーロッパの伝統を受け継いだ。

十四の主要国事劇《ハウプト＝ウント・シュターツアクツィオーン》も遺されているが、シュトラニツキが単独の執筆者だったのか、そもそも執筆者であったのかどうかは定かではない。これはバロック的な高踏様式演劇の荘重な宮廷的ストーリーが低俗なストーリーと結びついた演劇作品で、ハンスヴルストがみずからの身体を使って大食い、下ネタ、色事を展開する。ハンスヴルストは田舎出身のがさつな従僕で、宮廷の召使いたちとのもめごとを茶化し、台本に特定されないシュトラニツキの即興による場面が割りあてられた。一七二四年に上演された戯曲『多くの女たちの報いを受けた恋人で高潔な自己克服者あるいは悪い女たちに報いる巨匠ハンスヴルスト』は、宮廷の召使いたちの激しい愛憎に関するものである。「ロンゴバルドの王」コスロエスは突然まったく理由もなく婚約者ステランドラを捨て、息子の恋人イスメーネを求め、彼女にあらゆる手段を使って圧力をかける。予想される悲劇的結末は、王の激しくそして理由のない後悔の念によって防がれる。ついでに「王の陽気な従僕」ハンスヴルストがこの話にまきこまれ、宮廷生活に彼相応のがさつな論評を加える。宮廷社会が冒頭で愛を楽しんでいるとき、ハンスヴルストは「愛とは何ぞや」という王の問いに対して毅然とこたえる。「我々農民はそれを言い表すことはできませんが、一人の人間を干し草置き場で見つければ、四分の三年後にはその生きた例を得るということをお話しすることができます」。さらにハンスヴルストにはいくつかの即興場面があてがわれ、そこでは彼が孕ませた結婚を迫る「女ども」を一気に撃退しなければならない。こうした場面の身体的喜劇性は啓蒙文学史家たちのハンスヴルスト演劇への敵対を説明するものである。シュトラニツキの戯曲が実際宮廷の観衆に熱狂的に受け入れられたことは、飼い慣らされていた宮廷社会が、いかに鬱屈感のはけ口を求めていたかを示唆するものであり、次世代の市民の観衆もそれにひけをとるものではなかった。

ウィーン喜劇は宮廷の劇場活動の付随物として改作や揶揄を常としていたが、十八世紀を通じて活況を呈するに至った。喜劇的役を演じる俳優たちは、たいていみずから戯曲を書いたが、そのほとんどは遺されていない（遺されているのは、多くの場合即興の草案と文章で指示しておかなければならない劇中歌である）。もちろん喜劇も一般的な文学動向の影響を受けないままではいられなかった。啓蒙的・感傷主義的傾向が次第に顕著になり、ストーリーの次元では宮廷と中流市民の領域の分離がますます曖昧になり、市民化が胎動してきている。このことは主要な俳優たちが宮廷劇場にも進出していたため、双方の演劇界を同時に知っていたことによっても促されることになった。

ハンスヴルストとしてのシュトラニツキの後継者はゴットフリート・プレーハウザー（一六九九―一七六九）であった。ザクセン生まれのフリードリヒ・ヴィルヘルム・ヴァイスケルン（一七一一―六八）は高い教養をもち、ゴッチェートと文通していたが、彼が演じたがみがみ親父のオドアルドなど他の喜劇役も創出された。しかしより重要なのはフェーリクス・フォン・クルツであり、彼の戯曲はウィーン即興劇の頂点と見なされる。クルツは一七一七年に旅まわり俳優の息子としてウィーンに生まれ、一七三七年以降はプレーハウザーのもと、ケルントナー門劇場で演じ、一七四〇年代初頭以降はフランクフルト、ドレスデン、プラハ、ワルシャワ、ヴェネツィアといった外国でもっぱら活動していた。彼はベルナルドンという喜劇役を創出した。彼のいわゆる「ベルナルドニアーデ」はいかなる統一的ストーリーも放棄し、レヴューのような効果的場面を並べ、童話的ストーリーを舞台装置効果と結びつけたものだが、マリア・テレジアが一七五二年に「規範布告《ノルマ＝エディクト》」で即興を禁じたために、一七六〇年代以降は啓蒙の規範演劇の擁護者によって攻撃されるようになっていった。クルツはイエズス会劇から仮装茶番劇、装置喜劇〔装置によって効果を上げた十七―十八世紀の庶民向け喜劇〕から理性的フランス喜劇、パロディから喜劇的ジングシュピール（歌芝居）まで、ヨーロッパの豊かな演劇的伝統にたち戻った。おそらく彼は十八世紀でもっとも熟達したドイツ語劇作家で、死去する一七八四年まで現役であり、一七五一年にはアラン＝ルネ・ルサージュの有名なピカレスク小説に基づくヨーゼフ・ハイドンの最初の（現存しない）オペラ『せむしの悪魔』ための台本を書いた。

もっとも成功した戯曲『ベルナルドン。忠実な王女プンフィア、そしてハンスヴルスト。タタールの暴君クリカンと題された新たな悲劇。パロディのお笑い版』は一七五六年にケルントナー門劇場で初演され、はやりの主要国事劇のアレクサンドランによるパロディであった。この劇は十九世紀まで上演され続けた。この素材はハーフナーとペリネットも用いた。クルツははやりの劇場活動の戯画化によって、ウィーン喜劇の終焉までつづくことになる文学的型を創設したのだった。これにつづくものとしてはフェルディナント・クリングシュタイナーの『オテロ――ウィーンのムーア人』（一八〇六）、カール・マイスルによるグリルパルツァーの処女作〔*Die Ahnfrau*〕のパロディ『アーンデル夫人』（*Die Frau Ahndel*）（一八一七）とクライストのパロディ『ホラブルンのカティ』（一八三一）、そしてヨハン・ネストロイによるヴァーグナーの戯画化『タンホイザー』（一八五七）が挙げられよう。

とりわけクルツをめぐる公開論争であるいわゆるウィーン・ハンスヴルスト論争で、ヨーゼフ・フォン・ゾネンフェルスは三十年前のライプツィヒにおけるヨハン・クリストフ・ゴッチェートに代表される綱領の路線に基づいて、劇場を国家に忠実な市民階級のための道徳的教育施設に再編する改革を求めた。それに対して戯曲の道徳化には賛成するものの、喜劇的役柄の伝統の堅持を支持する声もあった。この議論はウィーン以外でも注目され、当初ゾネンフェルスの側に立っていたクリスティアン・ゴットロープ・クレムが、一七六七年にその当人を『パルナッソスに移された緑の帽子』で公然と嘲笑するに及んで、その頂点をむかえた。一七六〇年代でもっとも才能に恵まれた劇作家だったフィリップ・ハーフナーもこの論争に加わった。

早世したハーフナー（一七三五―六四）の生涯についてはほとんど知られていない――いずれにせよ彼は俳優ではなく、大学を卒業後七年戦争を題材にした『戦争史』によって文学上のキャリアを始めた――が、すでに一七六〇年には匿名の文章「真理の友」で規範演劇の擁護者たちに論争を挑んでいる。それに対して彼自身の劇場作品は市民喜劇への明確な一里塚であった。彼は常套的な喜劇的役柄の伝統をウィーンの地方色濃厚な型どおりのストーリーに結びつけた。これは一七六二年の初期の喜劇『三人の婿に悩まされるオドアルド、あるいはハンスヴルストとクリスピーン、プラハのおかしな姉妹』にすでに表れている。ハンスヴルストと共にクリスピーンとカスパールという二人の喜劇的役柄が添えられている。ハンスヴルストは賢いばかりではなく、愚かさと隣り合わせのずる賢さによって幸福な結末をもたらし、本来の恋人どうしを取りもつことになる。性的・下ネタ的滑稽性は排除され、ストーリーは濃厚なウィーン的気分のもとに演じられる。死後上演されたハーフナー最後の劇『臆病者』は、表題からしてすでに啓蒙由来の道徳臭濃厚な改心喜劇へのつながりを示している。ハンスヴルストはこの戯曲でもどたばた芝居的な場面をもち、殴り合いもするが、言語上の下品さは影を潜め、猥褻さにいたっては完全に払拭され、必ずしも理性的に行動しない主人の理性的な下僕として、部分的にはすでに後のネストロイの登場人物を想い起こさせるものであり、それにはせりふの修辞的洗練が貢献しているところも大きい。ハーフナーの戯曲の名声はその死後も保たれた。留保つきではあったが、ゾネンフェルスでさえも彼を評価し、一八一二年にヨーゼフ・ゾンライトナーは彼の全著作集を編集し、ヨアヒム・ペリネットは一八〇〇年以降彼の劇を歌芝居に改作したが、これは一八二〇年代まで劇場のレパートリーを保った。

劇場状況

いずれにせよフィリップ・ハーフナーの作品はウィーン喜劇の歴史のなかで画期を成している。即興劇の時代は過ぎ去った。一七七六年にはヨーゼフ二世がウィーンの劇場構成を再編した。まずはいわゆる「見せ物の自由」が布告されたことによって、多くの劇場の創設が可能になった。一七八一年にレオポルトシュタット劇場が、ウィーン河畔劇場《テアーター・アン・デア・ウィーン》に一八〇一年にひき継がれることになるヴィーデン・フライハウスが一七八七年に、そして一七八八年にはヨーゼフシュタット劇場が創設された。他方で皇帝は宮廷劇場に新たな運営基盤を与え、「宮殿《ブルク》付随の劇場は以後ドイツ国民劇場と称するべし」という添え書きを付したが、この文はもっぱらここでは作品はドイツ語で上演されるべきことという意味であった。同時代のドイツ国民劇場運動とこの文は無関係のものであった。

十九世紀に特徴的な劇場活動の分業――ウィーン喜劇は城壁の外、高級と見なされる戯曲は中心部のブルク劇場――が定着し始めていた。実際には双方の劇場の伝統はハーフナー以来近づいていた。しかしブルク劇場でライムントやネストロイといった十九世紀の城外劇作家たちが上演されるようになったのは、ようやく二十世紀になってからのことであった。

やがてレオポルトシュタットのカール・マリネッリに率いられた劇場が、もっとも重要な城外劇場にのしあがり、ヨハン・ラ・ロシュがカスパールとして登場した。この喜劇役はこの劇場のトレードマークになり（この劇場は俗に「カスパール劇場」と呼ばれた）、可能なすべての戯曲に組みこまれたが、これは常套的な役柄というものに宣戦布告していた劇場改革者の意図にはまったく反するものであった。もちろん城外劇場の最盛期は一七九〇年以降をまって始まることになる。

ウィーンの劇場は十八世紀においては必ずしもドイツ語の劇作に限定されていたわけではない。それどころか宮廷の周辺ではイタリア・オペラが優勢だった。宮廷作家はイタリア人たちであった。もっとも有名なのは、ピエトロ・メタスタージオ（一六九八—一七八二）で、この世紀ヨーロッパ最大の台本作家であり、その最盛期はもちろん前マリア・テレジア期であった。オペラの領域でも改革の努力がはらわれた。それは作曲家クリストフ・ヴィリバルト・グルックとその台本作家ラニエーリ・デ・カルツァビージと結びついている。

一七四〇年以降ウィーンで始まったドイツ語規範演劇の努力は、多くの劇作家に該当する。まず第一にコルネリウス・フォン・アイレンホフが挙げられるが、彼は一七三三年生まれの軍人で、元帥にまで昇格した。アイレンホフは古典的教養を積み、一七六〇年代から上演されるようになったたいていアレクサンドランで書かれた演劇では、ゴッチェートの規範に厳格に従い、ニコラ・ボワローの詩学を一八〇三年にドイツ語訳するなど、その古典主義に傾倒していた——フランス古典派の強い影響の証左である。そのためアイレンホフはシェークスピアには批判的であった。もちろんシュトゥルム・ウント・ドラング演劇は断固拒否した。彼は独自の文学活動を愛国主義運動と解していた。一七六八年に出版されたアレクサンドランによる悲劇『ヘルマンとトゥスネルデ』の後書きでは、「恐れあるいは共感」の喚起を教育促進《インペトゥス》と結びつけることの困難さについて考察している。いずれにせよこの戯曲を来たるべきドイツ演劇への寄与と見ていた。彼のもっとも成功した演劇は一七六九年に出版された喜劇『郵便列車あるいは高貴なる受難』だが、プロイセン王フリードリヒ二世は一七八〇年の著作『ドイツ文学《ド・ラ・リテラチュール・アルマンド》』でこれを数少ないドイツの有益な劇場作品の一つと見なし、モリエールの作品に比肩させている。これは全ドイツ語圏で上演され、英語とフランス語に翻訳された。アイレンホフの喜劇は三統一の法則を厳格に守り、パリの宮廷ばかり気にする啓蒙されていない気どった貴族とその高慢な妻への嘲笑をともなう、まったく啓蒙の路線によるものであった。したがって後に明確なヨーゼフ主義者で検閲官・学者のヨーゼフ・フォン・レッツァーが、彼の作品の全集を出版したのは偶然ではない。アイレンホフはビーダーマイアー〔十九世紀前半ドイツ語圏における保守的・穏健的文学思潮。ある架空の人物の名に由来する〕におけるウィーン文学の継続性を体現しながら、一八一九年に死去した。彼はその喜劇によってバウアーンフエルトから二十世紀初頭まで盛況だったウィーン娯楽喜劇の創設者と見なすことができる。

もう一人のウィーンを超えた影響力をもった劇作家はトビアス・フォン・ゲープラー男爵で、彼は一七二六年テューリンゲン生まれの高級役人であり、劇場を「礼儀とことばの学校」と見なし、いくつかの喜劇・悲劇で演劇の浄化に努めた。彼の感傷的家庭劇『大臣』は、完全に啓蒙的理念に刻印されている。彼はフリードリヒ・ニコライの文通相手としてウィーンとベルリンの啓蒙をつなぐ重要な仲介者であった。『エジプトの王タモス』（一七七三）にはモーツァルトが舞台音楽を書いた。この劇は『魔笛』の台本に何らかの刺激をあたえた点でも注目に値する。

ほとんどのオーストリアの啓蒙作家は一度は劇作家としても活動した――アルクシンガー、ブルーマウアー、L・A・ホフマン、ラチュキーしかりである。際だっているのは一七四八年生まれのパウル・ヴァイトマンで、他のほとんどの作家と同様に役人であった。ヴァイトマンは『麗しのウィーン娘』、『母』などウィーンを舞台とした批判的時事戯曲、『乞食学生』、『鉱員』などの大衆的な歌芝居、それに『ピサロまたはアメリカ人』、『ウィーンのゾーリマン』といった「創作悲劇」など六十以上の劇を書いた。一七七五年には『ヨハン・ファウスト』でドイツ語による最初のファウスト劇を執筆し、さらに一七八一年に上演された『シュテファン・フェーディンガー』では、ゲーテの『ゲッツ・フォン・ベルリヒンゲン』以来知られるようになった農民戦争の時代を舞台に乗せた。

もちろんこの時代はブリュンやプレスブルク、ペスト、トランシルヴァニアのシビウといったウィーン以外の帝国全域の町でドイツ語による劇場活動が盛んに行われ、相応の観衆が存在していたことも忘れてはいけない。旅まわりの劇団が巡回して中央の戯曲を地方にもたらし、文化扶植の担い手となった。巡回劇団の活動により、規範的文学作品と即興の伝統から発達した喜劇との差異は融解していった。いずれにせよウィーンの検閲を通った戯曲だけが地方での上演を許されたために、ウィーンの劇場は手本としてはきわめて重要であった。

モーツァルトの周辺

ウィーンではドイツ語による演劇のほかにイタリア演劇が重要な役割を演じていたことは、すでに述べた。特にウィーンのオペラはピエトロ・メタスタージオ、クリストフ・ヴィリバルト・グルックと共にこのジャンルを改革したラニエーリ・デ・カルツァビージ、主にアントーニオ・サリエリの台本を書いたジョヴァンニ・バティスタ・カスティ、そしてロレンツォ・ダ・ポンテと結びついている。彼らの多くは宮廷作家として正式に採用されていた。ヴォルフガング・アマデウス・モーツァルトのもっとも重要な台本作家であったダ・ポンテは、子細な検討に値する。彼は一七四九年にエマヌエーレ・コネリアーノという名前でヴェネツィア領チェーネダのユダヤ人家庭に生まれた。家族の改宗の後、ダ・ポンテという同地の司教の名前を得た。彼はヴェネツィアで司祭になったが、そこを追放された。一七八一年以降はウィーンに住んで皇帝の援助を受け、アントーニオ・サリエリ、さらにはモーツァルトの『フィガロの結婚』（一七八六）、『ドン・ジョヴァンニ』（一七八七）、『コシ・ファン・トゥッテ』（一七九〇）といった多くの台本を執筆した。

その後のダ・ポンテの運命も興味深い。一七九〇年にヨーゼフ二世が崩御すると、彼は解雇され、トリエステで結婚して、一八〇五年には家族と共にアメリカに移住し、さまざまな職業を転々とした後、ニューヨークのコロンビア大学イタリア語名誉教授になり、「イタリア・オペラ・ハウス」を創設した。一八三八年に死去した。彼の一八二三—二七年のイタリア語による回想録は、とりわけ皇帝レオポルト二世の否定的な描写のためにハプスブルク帝国内では発禁になったが、ヨーゼフ主義時代のウィーンの劇場生活を叙述した魅力的な資料である。

ダ・ポンテとモーツァルトの『フィガロの結婚』*Le nozze di Figaro* はピエール・ボーマルシェの成功作『セビリアの理髪師』*Barbier de Séville*（一七七五）の続篇喜劇 *Le mariage de Figaro*（一七八四）による。アルマヴィーヴァ伯爵の従僕フィガロをめぐる陰謀喜劇は、ヨハン・ラウテンシュトラウフによってドイツ語に訳され、エマヌエル・シカネーダーの手によってウィーンで上演された。しかし言論の自由が拡大されていたのにもかかわらず、このあまりにも刺激的な作品の上演は禁止された。ダ・ポンテはこれを登場人物たちの成長過程を描くまったく啓蒙的な台本に改作し、ハッピーエンドで締めくくった。このオペラは一七八六年五月にウィーンで初演された。モーツァルトのためのダ・ポンテの二番目の台本である「ドラマ・ジョコーソ」『罰せられた放蕩者あるいはドン・ジョヴァンニ』は、モリエール等で有名な伝統的素材をとりあげたものである。この一七八七年に初演された作品も、ヨーゼフ啓蒙の思想が支配的である。最後には崩壊した秩序が回復し、性懲りもない放蕩者は破滅する。そして一七九〇年にモーツァルトとダ・ポンテの最後の共作である懐疑的教訓劇『コシ・ファン・トゥッテ（女はみんなこうしたもの）』が上演された。

モーツァルトのオペラ創作はイタリア・オペラにとどまるものではなかった。すでに一七八二年にはゴットリープ・シュテファニーのジングシュピール（歌芝居）『後宮からの誘拐』のための音楽を書いている。シュテファニー（一七四一―一八〇〇）は当初プロイセンそしてオーストリアの兵士だったが、一七六九年以降ケルントナー門劇場の俳優となり、一七七六年以降は宮殿《ブルク》劇場に所属して、多くの兵士劇と市民喜劇を執筆した。『誘拐』は前の年に出されたライプツィヒの劇作家クリストフ・フリードリヒ・ブレッツナーのジングシュピール『ベルモンテとコンスタンツェ』を改作したものである。プロットはおおむね保持されている。若い貴族ベルモンテはセリム・バッサの後宮に奴隷として捕らわれている恋人コンスタンツェを救出しようとする。当然のことながらブレッツナーは機械じかけの神《デウス・エクス・マキナ》（ギリシア悲劇以来の神による介入手法）によるハッピーエンドで締めくくっている。誘拐が失敗し、貴族のペアに死が迫ったせつな、セリム・バッサがベルモンテの父親であることが判明するというものである。それに対してシュテファニーとモーツァルトは啓蒙的な人道主義のメッセージを強調している。セリム・バッサはベルモンテがみずからの仇敵の息子だと悟るが、報復するどころか恋人どうしに自由を恵むのである。

モーツァルト最後のオペラ『魔笛』は、言うまでもなくウィーン演劇の伝統の集大成である。啓蒙的人道主義のメッセージ、エキゾチックな設定、童話的筋だてと喜劇的登場人物が渾然一体となった作品は、今日なお十分に解明されていない。

台本の作者エマヌエル・シカネーダー（一七五一―一八一二）はこの時代のウィーン演劇界の大立者である。バイエルンのシュトラウビングの生まれで、長い間旅まわりの俳優であったが、一七八四年から八六年にかけてウィーンのケルントナー門劇場とブルク劇場に出演するようになり、一七八九年からはヴィーデン・フライハウスを率いるようになった。シカネーダーは『チロルのヴァストル』など地方色豊かな喜劇をはじめとするさまざまなジャンルの演劇を数多く遺している。もっとも得意としたのは童話的なジングシュピールの分野であった。

『魔笛』の素材としてシカネーダーはクリストフ・マルティン・ヴィーラントの作品集『ジニスタン』の「ルルあるいは魔笛」に取材した。ちょうどそのころウィーンの劇作家ヨアヒム・ペリネットも「ルル」に基づくジングシュピール『ファゴット吹きカスパール』を執筆していたため、シカネーダーは競合を避けて、すでにできあがっていた第一幕に続く台本のプランを大幅に変更し、本来善良だったはずの夜の女王を悪役にしたてあげた。しかし我々が実際に目にするのは、ヨーゼフ啓蒙主義的精神を模範的に写し出す完成された意味深いドラマである。若い王子タミーノは、夜の女王の要請によってその娘パミーナを魔法使いザラストロから解放しようとするが、実は欺かれていたことに気づく。ザラストロはフリーメーソンを想わせる同胞団を率いる賢明な神官であり、愛し合う二人はそこに入信することになる。ウィーン喜劇の伝統にのっとって、王子には陽気な相棒が付けられる――このシカネーダー自身が演じた人物、鳥屋のパパゲーノは作品の最後でささやかながらやはり幸福を得ることになる。暗黒の力――夜の女王とザラストロの従者モノスタートス――は打ち負かされることになる。

疑いなく台本のユートピア的・啓蒙的社会秩序は父権主義的・権威主義的なものである。これを見ても『魔笛』がヨーゼフ主義の申し子であることが判る。パミーナとタミーノは誤謬から光明に導かれて、ザラストロが体現する秩序の正当性を認識し、受け入れる。それに対して迷妄は破滅しなければならない――すでにダ・ポンテの台本におけるドン・ジョヴァンニがそうであったように。

一七九一年九月三〇日に行われた『魔笛』の初演は大成功であった。このオペラは一七九八年の初めまでに三百回の上演がなされ、ハプスブルク帝国とドイツの多くの都市で再演された。シカネーダーは一七九八年に続篇を執筆している。モーツァルトの音楽によって、『魔笛』は世界文学の一部を成すヨーゼフ主義時代唯一の文学テクストとなった。

修道院における文学活動

たしかにオーストリアの啓蒙文学はウィーンによって規定されていたというものの、首都以外では文学活動が行われていなかったという考えは避けなければならない。ハプスブルク諸邦における従来からの主要な修道院は、依然として重要な役割を演じていた。当然これらも改革の波にさらされていた。たとえばウィーン西方の（当時としても）日帰り旅行の距離にあるメルクの修道院では、独特の文化活動が盛んに行われ、それは活発な著作の生産――劇場作品を含む――に表れていて、一七四〇年以降は啓蒙的特徴を帯びていた。学識ある修道士プラーツィドゥス・アーモンはゴッチェートと文通し、修道院には読書会があって、ヴィーラントの『ドイツ・メルクール』、『月刊ベルリン誌《ベルリーニッシェ・モーナツシュリフト》』などのドイツ啓蒙におけるもっとも重要な雑誌、それに〔ディドロ／ダランベールらによる〕『百科全書』（*Encyclopédie*）が購入されていた。ウィーンのフリーメーソン・ロッジとの交流もあり、メルク修道院長ウルリヒ・ペトラーク（一七六三―一八一四）は戯詩を『ウィーン詩神年鑑《ヴィーナー・ムーゼンアルマナッハ》』に発表している。フランツ二世のもとで政治情勢が先鋭化した後も、メルクは依然として改革者の牙城と見なされていた。上部オーストリアのクレムスミュンスター修道院における状況も同様で、付属劇場を擁し、著名な近代的な学校を運営し、学識ある修道士ルードルフ・グラーザー（一七二八―八七）はやはりゴッチェートの文通相手であった。

教会政策的にヨーゼフ主義の反対者として挙げられるのは、上部オーストリアのランバッハ修道院長のマウルス・リンデマイアーである。彼は方言詩を執筆したが、これは広く普及し、数十年後には民謡と見なされるようになった。当初は無教養な（プロテスタント）農民への嘲笑が中心だったそれらの歌は、後には農民の厳しい日常の詳細な現実描写になっていった。リンデマイアーは演劇も数本書いたが、そこでは地方の方言と標準ドイツ語を組み合わせて使っている。後年の文学史は彼を方言文学に分類しているが、彼がオーストリアの十八世紀最大の修道会劇作家であることを証しているその注目すべき標準ドイツ語作品は、いまだにあまり知られていない。彼は内外の劇作品に通暁していた。その作品にはゴッチェートやゾネンフェルスが求めた道徳教育的理念が欠如している。一七七二年に修道院で上演された喜劇『医者劇に不可欠なハンスヴルスト』は、ウィーンのクレムやハーフナーと同様に即興劇を擁護したものである。

しかし修道院だけが文学の拠点だったわけではない。ウィーンの光彩は他の都市にも達していた。ウィーンから約六十五キロほどの距離にある、当時ハンガリーの首都だったプレスブルクの学識ある市長で啓蒙主義者のカール・ゴットリープ・ヴィンディッシュ（一七二五―九三）は、数多くの雑誌を創刊し、その特派員たちのネットワークによって、ハンガリー王国の文化生活におけるもっとも重要な人物の一人となった。もちろんプロテスタントが優勢であるハンガリーのドイツ語系住民たち（ツィプス〔現スロヴァキア北東部、一部ポーランド南部地域〕やトランシルヴァニアを含む）が、ウィーンよりもプロテスタント・ドイツに関心を示したため、首都／帝都からの文化移入にはあまり積極的でなかったということは強調されなければならない。そのことは一七八五年にヨハン・ミヒェル・テクシュが編集した『プレスブルク詩神年鑑』に表れていて、これは『ウィーン詩神年鑑』ではなく、『ハンブルク詩神年鑑』を手本としている。

同様にハプスブルクの領土に属していないザルツブルク大司教領も、ヒエロニムス・フォン・コロレドの大司教就任以来啓蒙のもとにあった。雑誌がいくつか創刊されたなかで、とりわけ一七八八年から九九年までザルツブルクで、一八〇〇年から一一年までミュンヘンで発行され、フランツ二世のもとウィーンで新聞法が強化された後は、全ドイツ語圏におけるカトリック啓蒙の機関誌となった『上部ドイツ一般文学新聞』について言及されなければならない。創設者であるバイエルンの司祭でかつてのイエズス会士ローレンツ・ヒューブナーは、大司教がザルツブルクに招聘したのだった。ヒューブナーは一七八七、八八年には『ザルツブルク詩神年鑑』も発行し、ウィーンから独立した上部ドイツ語抒情詩の文壇を——短い間ではあったが——打ち立てたのだった。ヒューブナーと交遊していた学校改革者で児童作家のフランツ・ミヒャエル・フィーアターラー（一七五八—一八二七）は、一八〇六年にウィーンに来て、ここで一八一八年以降は帝立孤児院を運営した。彼の『人類と民族の歴史』七巻（一七八七—一八一九）は、カトリック啓蒙的思考がメッテルニヒ時代にまで及んでいることの証左である。

地方都市での啓蒙

その他のオーストリアの都市も挙げることができる。インスブルックではかつてのイエズス会士カール・ヨーゼフ・ミヒャエーラーが啓蒙を代表するもっとも重要な人物であると見なされる。彼はみずからがカトリックの司祭であるにもかかわらずフリーメーソンの会員であることを、冊子本で弁明している。一七八二年にインスブルック大学学長となったが、同年同大学が解散するとウィーン大学に移り、司書・歴史家として活動した。啓蒙主義者たちはクラーゲンフルトではフリーメーソンの工場主フランツ・パウル・ヘルベルト（一七五九—一八一一）の周辺に集まっていた。ヘルベルトは一七八九年にアーロイス・ブルーマウアーの推薦でワイマールのヴィーラントを訪問し、その婿であるウィーン出身の哲学者カール・レオンハルト・ラインホルトを通じてカントの哲学を知った。その結果ヘルベルトはカント自身のほかシラーとも文通し、イェーナ大学ではノヴァーリスなど多くのカント主義者と知り合うことになった。クラーゲンフルトの「ヘルベルト・サークル」は警察の監視下におかれ、ジャコバン主義の嫌疑で家宅捜索を受けている。

同様にグラーツおよびシュタイアーマルク全域でも啓蒙改革は積極的に受け入れられ、その結果注目すべき教育・出版・演劇活動が展開された。この時代のシュタイアーマルクでもっとも際だった文人は騎士ヨハン・フォン・カルヒベルク（一七六五―一八二七）であり、一七八九―九〇年に『祖国の詩神の果実《シャー・ムーゼン》』という題名の年鑑を発行し、『ウィーン詩神年鑑』（これには彼自身も寄稿している）を模範として啓蒙詩壇を創出した。しかしカルヒベルクの文学的意義はとりわけその劇場作品にある。この政治的に多彩な活動を行っていた貴族は、一七八〇年代から史劇を数篇執筆し、その際頻繁に郷土史的素材を用いたが、一方で『テンプル騎士団』（一七八八）あるいは『アッコンのドイツ騎士団』（一七九六）といった十字軍作品においては、まったくレッシング的な意味において宗教的寛容を説いた。当時カルヒベルクは広く知られ、彼と文通していたシラーは一七九三年に彼の戯曲『皇帝ハインリヒ四世の生涯から』の一部を『新タリーア』に掲載した。

第二節　ナポレオン戦争の時代（一七九二―一八一五）

〔対フランス〕同盟戦争の始まりからウィーン会議までの約二十年間は、文学の時代としては論壇が活況を呈した前の時代とは対照的に、文学は国家による改革構想と手を携えていた。しかしそれは一八一五年以降の復古の時代に帰せられる性格のものではない。その時代において文学の領域は体制肯定的あるいは反体制的に政治の領域と対峙したが、だいたいにおいては見せかけだけ服従し、政治体制を軽蔑して無視する冷ややかなものであった。ナポレオン戦争の時代は啓蒙文学の後退によって特徴づけられ、それは一方では政治的展開のなかで圧力にさらされ、他方においては新しい文学的動向——ロマン派——に対して防戦しなければならなかった。そしてオーストリアのロマン派が輸入品によるエピソードであって、啓蒙の構想がさまざまの点で復古時代に継承されていくといっても、一七四〇年から一八四八年までの文学動向が継続的なものであったということはできない。ロマン派の政治拒否と美学革命はその痕跡をのこしているのである。

一七九二年から一八一五年までのオーストリアの文学は不安定な歴史状況を反映したものであった。ワイマール古典派およびロマン派の時代というこのドイツ文学史上数少ない興隆期に、オーストリアではそれに比較しうるものすら書かれなかった。世界史的変遷にほとんど関与しないザクセン＝ワイマールのような小国での生活の方が、政治的不安定に揺れる帝国での生活よりも、文学にとっては有益だったのかもしれない。

主要な歴史的事件を手短に話そう。一七九二年に第一次対フランス同盟戦争が始まり、ハプスブルク帝国は一七九七年のカンポ・フォルミオの和議でオランダと上部イタリアを失ったが、ヴェネツィアを獲得した。第二次同盟戦争は一七九九年から一八〇一年まで続いた。ナポレオンのフランス皇帝即位宣言に対して、フランツ二世は一八〇四年八月十一日、オーストリア世襲皇帝を宣言した。オーストリア帝国領の境界は明確なものではなかったが、これによりハプスブルク諸邦を集権化するという十八世紀に始まった傾向が形式の上でも整えられることになった。一八〇五年に第三次同盟戦争が起こり、アウステルリッツの戦いを経てプレスブルク講和条約により終結した。この時ハプスブルクはヴェネツィア、イストリア、ダルマツィア〔クロアチアのアドリア海沿岸地域〕、チロル、前部オーストリアなどを失った。一八〇六年のライン連盟の発足にともなうナポレオンによる最後通牒を受けて、フランツ二世は一八〇六年八月六日、神聖ローマ帝国の解消を宣言し、この時以降オーストリア皇帝フランツ一世とのみ称するようになった。

一八〇七年のプロイセンの対フランス敗戦後、ウィーンはドイツの反ナポレオン勢力の中心となり、いわゆる解放戦争をイデオロギー的に準備した。一八〇九年のオーストリアの対フランス戦争とそれを受けたアンドレーアス・ホーファーによるチロル蜂起は新たな災難を生んだ。ウィーンは数か月間フランス軍によって占領されたのだ――奇妙なことに占領軍による検閲緩和の結果、出版界の好況が生じた。シェーンブルンの和議は帝国にまたもや領土の大きな喪失をもたらした。ザルツブルク、上部オーストリアの一部とケルンテン、チロルとフォアアルルベルク、それに上部イタリア、ボヘミア、ガリツィア〔ウクライナ南西部地域〕が失われた。この間外交責任者だったクレメンス・メッテルニヒ侯爵は、フランスへの歩み寄りを模索して同盟を結び、その結果公女マリー・ルイーズはナポレオンに嫁した。対ナポレオン勢力は行きづまって、オーストリアはナポレオンのロシア遠征に参加することになったが、一八一三年には反ナポレオン同盟に加盟し、一八一四―一五年には戦勝国となった。

内政面でもオーストリアは危機的状況にあった。一八〇五年以来市民に著しい富をもたらしていた戦争景気も、一八一一年には国家破綻に終わった。反フランス運動はドイツ愛国主義と他の愛国主義との協働を生み出したが、それはまもなく多民族ハプスブルク国家に危機をもたらすことになった。メッテルニヒの政策は解放戦争の経験から、一八一五年以降は国家的理由により反ナショナリズム・反自由主義の方針をとるようになっていた。

ウィーン会議以降ハプスブルク帝国は表面上は安定状態をむかえた。実際にはメッテルニヒの意図に反して、一部で封建主義的保守勢力が台頭し、近代的改革精神は下火となり、ナショナリズム的遠心傾向が強まった。このことは文学にも反映することになった。

反ロマン主義

その一方でウィーン体制下のウィーンには大都市コスモポリタニズムが興隆した。豊かな文化・音楽生活が現出し、ベートーヴェンは創作の最盛期をむかえていた。ファニー・フォン・アルンシュタインのサロンが文化的中心として活況を呈した。彼女は一七五八年にユダヤ人銀行家ダーフィット・イツィヒの娘としてベルリンで生まれ、一七七六年にウィーンに移住し、ここで一八一八年に死去した。彼女は自分の邸宅にこの街の著名な文学者たちをあつめたが、そのなかにはウィーンに移住してきたロマン主義者たちもいた。

しかし当初はヨーゼフ主義作家たちが依然として有力であった。ヨーゼフ主義機関誌『ウィーン詩神年鑑』の突然の廃刊後、一七九八年から一八〇一年までロマン派的姿勢をとる『新ウィーン詩神年鑑』(*Neuer Wiener Musenalmanach*)が、まだおずおずとではあったが発行されていたのに対して、啓蒙主義者たちは『オーストリア小型暦《エスタライヒッシャー・タッシェンカレンダー》』(一八〇一—〇六)と文庫『アポロニオン』を創刊し、ひき続き彼らの流儀の抒情詩を発表することで対抗していた。ヨーゼフ・フランツ・ラチュキーは「最新の詩神年鑑の編集者に」向けて辛辣な詩を歌っている。「とりわけ変な韻でいっぱいの/君らのロマンスは御免こうむる、/このシュレーゲルの悪名高い工場の/ばかばかしい駄弁と、/(……)/荒唐無稽な作り話、箴言風のでたらめで、／見え透いた理屈を使って／ギリシャの単純さについてインクをばらまくなんて！」

新たに台頭してきたロマン派は、政治的には保守主義であり、また文学的には硬直したカトリックの立場をとったため、ラチュキーとその一派にとっては敵と見なされた。ヨーゼフ主義者たちは論壇においても動員をかけた。ヨーゼフ・シュライフォーゲルは一七九三年にアルクシンガーの『月刊オーストリア誌』で保守的批評家に対して啓蒙を擁護し、一八〇七年には『日曜誌《ゾンタークスブラット》』を創刊して、ロマン派的と見なされるすべての刊行物に対して、一八〇九年まで執拗な批判を加えた。『日曜誌』は道徳的な週刊誌で、啓蒙的伝統に完全にのっとって、古い価値観をナポレオン時代にも行使したが、それはヨーゼフ・リヒターの人気を博した雑誌『アイペルダウ住民の手紙《アイペルダウアーブリーフェ》』も同様であった。リヒターはヨーゼフ主義時代に多作の小説家・冊子本作家として登場し、一七八五年に作為的な方言で執筆された雑誌『あるアイペルダウ住民のウィーンの街に関する従兄氏への手紙』を創刊し、多少誌名を変更しながら一八一三年まで断続的に発行した。田舎からウィーンに移住した若い農婦によるアウトサイダーの視点から、アイペルダウ住民の手紙は風刺的な目を首都のできごとに向ける。リヒターの雑誌は一八〇〇年以降次第に政府に従順になっていったが、これはヨーゼフ主義の遺産に実際にはなんら矛盾することがなかった。いずれにせよアウグスト・ヴィルヘルム・シュレーゲルのウィーン講義に関しては『日曜誌』同様に嘲笑した。

ロマン派とその周辺

古い啓蒙主義者たちがロマン派と見なして抵抗したものは、実際にはきわめて雑多な文学的・思想的潮流であった。それにはまずキリスト教ルネサンスが挙げられる。ここにはヨーゼフ主義が実践した宗教の啓蒙的徳論への還元を経た唯心論・神秘主義への回帰としての独特のカトリック文学が存在した。その中心人物は後に聖人となるレデンプトール会士クレメンス・マリア・ホーフバウアー（一七五一―一八二〇）で、彼は一八〇八年以降ウィーンで活動し、警察の監視を受けながら信者をあつめ、そこにはフリードリヒおよびドロテーア・シュレーゲル、アダム・ミュラー、ツァハリーアス・ヴェルナーのほか、地元のヨハン・ペーター・ジルベルト、ヨハン・エマヌエル・ファイト、それにアントンおよびヨハン・パシ兄弟が含まれていた。このグループの文学的成果は限定的なものであったが、一八一九―二三年に『オリーヴの枝』を発行し、そこにカトリック文学を発表した。このグループでもっとも重要なのは司祭ヨハン・アントン・ギュンター（一七八三―一八六三）で、その反思弁的キリスト教哲学は多くの信奉者を生み出したにもかかわらず、あるいはまさにそのために彼の著作は一八五七年にヴァティカンから禁書とされた。ギュンターはジャン・パウルに学んだユーモアあふれる文体で、みずからの見解を公にした。この大衆的な文章の伝統に一八四〇年以降の論争的なカトリック作家ゼバスティアン・ブルナーがつづくことになる。

カトリックの刷新はもっぱら啓蒙的立場と手を携えることで進行していった。司祭ベルナルト・ボルツァーノ（一七八一―一八四八）は哲学者・数学者・神学者で、プラハ大学で教鞭を執り、多くの同時代人たちに大きな影響をあたえたが、あまりにも進歩的見解をとったために、一八二〇年に皇帝の命によって解任された。さらに伝統的ながら啓蒙をとり入れたカトリシズムを代表するのは、カロリーネ・ピヒラーやヨハン・フィリップ・ノイマン（一七七四―一八四九）などである。シューベルトが曲を付けたノイマンの『ドイツ・ミサ』は、その導入歌『どこに向かうべきか』とともに、現在に至るまでオーストリアのカトリックにおいて健在である。

さらに啓蒙主義者をロマン派に包含していったのには、著名なロマン派作家たちがウィーンへの移住し、ホーフバウアー・サークルに加わっていたことが関係している。フリードリヒ・シュレーゲルが一八〇八年、ツァハリーアス・ヴェルナーが一八一四年にやって来た。アイヒェンドルフとブレンターノは一時的にこの町に住んだ。ロマン派作家たちは論壇や言論界に関与した。アウグスト・ヴィルヘルム・シュレーゲルは一八〇八年に連続講義『劇的芸術・文学について』を行い、これは社会現象となった。カトリックに改宗したフリードリヒ・シュレーゲルは一八一〇年に『近代史について』、一八一二年には『新旧文学の歴史』を講義した。フリードリヒ・シュレーゲルは一八一二、一三年に『ドイツ博物館』誌を、一八二〇―二三年には『コンコルディア』を発行した。彼はこの時点ですでにオーストリアの官僚であった。『コンコルディア』のカトリック復古主義路線はメッテルニヒの拒絶に遭い、兄アウグスト・ヴィルヘルムとの不和をもたらした。他方クレメンス・ブレンターノはカトリックのもじゃ《シュトロー》もじゃ頭《ベルコプフ》協会の会員で、一八一四年には雑誌『平和誌《フリーデンスブレッター》』を発刊した。

ロマン派にはワイマール美学への近さを感じさせる文学動向も含まれている。長い間ワイマールに住んでいたレーオ・フォン・ゼッケンドルフは一八〇九年にルートヴィヒ・シュトルと共にウィーンで『プロメトイス』誌を発行し、そこにはゲーテなどが発表した。ヨーゼフ・シュライフォーゲルは倦むことなく『プロメトイス』とそのウィーン随一の主導的寄稿者ハインリヒ・フォン・コリーンを論難した。ハインリヒ・フォン・コリーンはシュレーゲル兄弟と交誼を結んでいたものの、彼の演劇は明らかにシラーに範をとったものであり、ロマン派美学やことにカトリックに関係するものではなかった。オーストリア愛国主義運動も帝国樹立後、ことに反ナポレオン扇動が経過するなかで勢いを増していったが、これもロマン派的なものではない。ここで挙げられるのはチロルのヨーゼフ・フォン・ホルマイアー（一七八一―一八四八）であり、彼は一八〇一年以来ウィーンで官僚として勤務し、主要な人物の伝記集『オーストリア・プルタルコス』によってオーストリアのアイデンティティの考案にとり組み、また反ナポレオンの評論家として活動した。彼はメッテルニヒのフランスとの講和後もハプスブルク大公ヨハンをアルプス連盟の盟主とすべく民衆蜂起を計画し、メッテルニヒによって一八一三、一四年に一年以上拘禁された。しかしウィーンの作家たちに対するホルマイアーの影響を過小評価すべきではない。カロリーネ・ピヒラーやマテウス・フォン・コリーン（一七七九―一八二四）はオーストリア史を題材にした演劇を書いている。マテウス・フォン・コリーンの一八〇八年から一七年にかけて執筆されたバーベンベルク・シリーズは六部作戯曲で、後のグリルパルツァーの試みを先取りしたものである。

しばしばウィーン・ロマン派と称される潮流の不均質性は、マテウス・フォン・コリーンの評論活動にはっきりと表れている。コリーンは高名な劇作家ハインリヒ・フォン・コリーンの弟で、クラクフとウィーンの美学教授であり、ナポレオンの息子であるライヒシュタット公の教師で、フリードリヒ・シュレーゲルの影響を受けた重要な論文の著者、さらに一八一八年から二一年までは『文学年鑑《ヤールブーフ・デア・リテラトゥーア》』の編集者であったが、これはメッテルニヒの主導で創刊された政府の助成による書評機関で、オーストリアを前面に出し、ドイツ・ナショナリズム的自由主義に対抗したものであった。コリーンは主要な学者を同僚に獲得したが、ブロックハウスの『百科事典《コンヴェルザツィオーン・レクシコン》』を肯定的に論評したため、辞任しなければならなかった。彼はたいていのロマン主義者からは距離をとっていたが、ロマン派の敵対者から攻撃された。

この時代の思想的多様性は児童文学がヨーゼフ主義時代のカトリック改革派および近代的プロテスタ

ント教育学双方に依拠していることを見ても明らかである。作家としては特にヨハン・ゲネルジヒ（一七六一―一八二三）とヤーコプ・グラーツ（一七七六―一八三一）が挙げられ、両者とも北ハンガリー・プロテスタント地域――ツィプス――出身でウィーン在住だったが、イェーナに学び、ドイツ啓蒙の影響を受けた教育学者・神学者であった。ゲネルジヒは一八一九年にはヴィーラントを回顧した『アガトン――高貴な若者たちのための』を発表し、グラーツは一七九七年から一八〇四年までシュネプフェン渓谷にあるクリスティアン・ゴットヒルフ・ザルツマンの教育施設で教え、『ヴォルデマルから息子への遺言』（一八〇八）や『ロザーリエから娘アマンダへの遺言』（一八〇八）といった著作で汎愛主義やドイツ観念論の教育理念に共鳴した。またレオポルト・チマーニ（一七七四―一八四四）も旺盛な児童作家で、一七九八年以来コルノイブルクで校長を務め、フランスのカトリック教育学を基に少女向けの本を公刊した。

韻文

ナポレオン戦争の時代は文学作品に関していえば実り豊かなものではなかった。抒情詩ではひき続きヨーゼフ主義一派が主導的地位を占め、啓蒙的な諧謔・感傷様式の詩作をしていた。グライムやヘルティが依然として模範であった。ハインリヒ・フォン・コリーンなどはクロプシュトックを模範とする高踏様式詩を創作していた。七年戦争の時代に高踏様式詩人デーニスが愛国感情を喚起する詩を一般向けに執筆していたように、コリーンは一八〇九年に『オーストリア兵士の歌』を発表したが、そこには「今こそ太鼓を打ち鳴らす時だ、／愛しい娘よ、行かせてくれ。／旗が大気にはためき、／男子のもとに集わねばならぬ」とか、「ハプスブルクの玉座よとこしえに、／オーストリアは不滅なのだ」といった詩句が躍っている。一八一五年以降旺盛に創作した作家イグナーツ・フランツ・カステリは、反フランス的な『兵士の歌』を書いたが、なかでも「オーストリア軍のための戦争の歌」は広く普及した。ナポレオンが一八〇九年にウィーンを占領したとき、カステリはハンガリーに避難することを選択した。――その後感傷主義抒情詩の修辞的伝統と遺産は一八一五年以降になって、厭世主義作家たちの詩へとひき継がれていくことになるだろう。

叙事詩の分野においては少なくとも二つの興味深い事例を挙げることができる。ヴィーラントに学んだアルクシンガーの流儀あるいはブルーマウアーやラチュキー風の風刺的・諧謔的叙事詩がひき継がれることはなかった。それに対してキリスト教信仰体系を疑うことなく受け入れることで奇跡を導き出すというクロプシュトックの方法に、その個人的・主観的視点を強調せずにたち戻ったことが、ヨハン・ラディスラウス・ピュルカーが成功した理由であり、彼の叙事詩は復古時代の硬直したカトリシズムを先取りするものだった。

一七七二年にハンガリーに生まれたピュルカーは、一七九六年以来リーリエンフェルト修道院の司祭となり、一八一二年には院長となって、皇帝フランツ一世の庇護を受けることで教会における目覚ましいキャリアを積んでいった。一八一八年にツィプス司教、一八二一年にはヴェネツィア総大司教、そして一八二七年にはエルラウ大司教となり、この身分のまま一八四七年に死去した。すでにリーリエンフェルト時代には皇帝カール五世をめぐる叙事詩『トゥニージアス』にとり組んでいた。この一八一一年に脱稿した作品は、一八一九年に「アスペルンの勝利者」すなわちカール大公への献辞とともに出版された。第二の叙事詩『ルードルフ・フォン・ハプスブルク』は検閲の問題で完成一年後の一八二四年――記載上は一八二五年――になって出版された。ピュルカーはそれがグリルパルツァーのせいであると思いこみ、これがこの二人の作家の友情が終わった理由の一つとなった。実際にはグリルパルツァーもまさにそのころ同じ題材による舞台作品――『オトカルの幸福と最期』――が検閲にかかっていて、彼の演劇も検閲によって一年間さし止められていたのだった。

ピュルカーの『トゥニージアス』および『ルドルフィーアス』の中心には――同時代のヴァイトマンの『カールの勝利』と同様に――ハプスブルク朝への敬意がある。『トゥニージアス』は十字軍におけるカール五世とチュニスの支配者ハイラディンの戦いをめぐるものである。冥界の良い霊ヘルマンやレーグルスなどは皇帝の側で戦う。敵の側ではマホメットやアッティラらが戦う。戦闘的プロットに感傷的挿話が混入されている。明らかにトルクアート・タッソの『解放されたエルサレム』を手本としている。実際ピュルカーはこの叙事詩を初めスタンザ形式で第一歌を脱稿した後に、ヘクサメトロスでの改作にとり組んでいる。『ルドルフィーアス』でピュルカーは驚くべき人気を博した。彼はドイツのホメロスと呼ばれ、一八四三年のヴィルヘルム・ヘーベンシュトライトの『学問的文学・美学百科事典』は現代において叙事詩はもはや不可能であるというヘーゲルの主張に対する反証としてピュルカーをひき合いに出し、「ルドルフィーアスにおいて叙事詩が現在到達しうる最高のものが達成された」とした。

そのほかにこれほどの成功はおさめられなかったものの、この伝統的な叙事的ジャンルの再活性化を試みたのはテレーゼ・フォン・アルトナーであった。一八一二年に完成された作品「祖国の英雄詩」『アスペルンの戦い』は、学のある男性の専売特許だったこの世界に女性として参入したという一点で、すでに注目に値するものである。

この一七七二年に生まれたプロテスタント軍人の娘は、一七八一年以来エーデンブルクにくらし、生涯独身をとおし、一八〇〇年に四歳年上のカトリック官僚の娘マリアンネ・フォン・ティエルと共に詩集『ニーナとテオーネが集めたハンガリーの野花』を刊行した。アルトナーはそれ以降も「テオーネ」の名で発表を続けた。一八〇六年の『新しい詩』はシュトゥットガルトのコッタから出された。『アスペルンの戦い』は三年前の歴史的できごと、すなわちカール大公指揮下オーストリア軍と皇帝ナポレオン指揮下フランス軍の、一八〇九年五月二十一—二十二日のフランスの敗北に終わった戦いをテーマにしたものである。アルトナーがこの叙事詩を発表しようとした時点で、ハプスブルク帝国はフランスと同盟を結んでいたため、検閲官ヨーゼフ・フォン・ホルマイアーの認定票にもかかわらず、メッテルニヒ自身が印刷を禁じた。後に手稿は散逸してしまった。雑誌に発表された断片が遺されているのみである。この厳かなスタンザ叙事詩は、愛国的題材を詳細な戦闘シーンとともに感傷的文体および東洋的異国情緒と組み合わせている。ピュルカー同様アルトナーもハプスブルク神話をよりどころとしている。しかしこの叙事詩にはナショナリズム的意識をなす語りの基盤を、もはや見いだすことができない。古い演劇あるいは新しい小説といったジャンルの方が成果が上がった。テレーゼ・フォン・アルトナーの友人カロリーネ・ピヒラーはこの二つのジャンルで創作を試みたのだった。

小説——カロリーネ・ピヒラーなど

検閲緩和の終結とともにヨーゼフ主義小説にも終わりの時がやって来た。それはもはや時代の重要な公的問題を風刺的かつしばしば論争的にあつかうジャンルとしては期待できなかった。社会や慣習との軋轢における個人の自己回帰を描く市民的叙事詩としては、ハプスブルク帝国では時期尚早だった。既存秩序への盲目的順応は十九世紀が経過するなかで、ようやく疑問視されるようになっていく。ひき続き刊行されたのは騎士・盗賊・幽霊物語であって、それらは検閲が設定した枠の内にあるかぎりにおいて出版され、貸し出し図書館を介して普及し、啓蒙の徳の規範を継承していた。ヨーゼフ・アーロイス・グライヒは劇作家としてもきわめて多作だったが、ここでも言及されなければならない。彼は一七九〇年代から百もの怪奇小説を書いた。

注目すべきは歴史小説である。このジャンルでは時代の問題があつかわれ、新たな国民的アイデンティティが形成され、市民的日常体験が反映された。この分野でもっとも重要な作家は同時代人と後年の文学史からその性およびジャンル――小説――の軽視によって、不当に等閑視されてきた。カロリーネ・ピヒラー（一七六九―一八四三）である。

彼女はヨーゼフ主義時代にウィーンでもっとも重要なサロンを主催していた宮廷顧問官フランツ・ザーレス・フォン・グライナーとカロリーネ・グライナーの娘である。すでに一七八二年には『ウィーン詩神年鑑』に最初の詩を発表している。一七九六年に政府参事官アンドレーアス・ピヒラーと結婚し、九七年には一人娘のエリーザベトをもうけ、九八年に父親の死去を受けて、家族・母親と共にウィーン郊外のアルザーグルントにひき移っている。その後ここで重要な文学サロンを主催し、ハインリヒ・フォン・コリーン、マテウス・フォン・コリーン、フランツ・グリルパルツァーといったウィーンの作家たちやシュレーゲル兄弟、ツァハリーアス・ヴェルナーやクレメンス・ブレンターノといったロマン主義者、それにヨーゼフ・フォン・ホルマイアーなどの政治的に影響力のある人物たちを招いた。ピヒラーはテレーゼ・フーバーやテレーゼ・アルトナーといった作家とも文通を行っていた。

彼女の文学上のキャリアは書きためていた短篇散文から成る一八〇〇年の『寓話集』に始まる。それに旺盛な文学創作がつづく。すでに一八一三―一七年にはウィーンのアントン・シュトラウス出版から『全作品』二十巻が出され、その後一八二四年から四四年には義兄弟アントン・ピヒラーの出版社が

『全作品』六十巻を刊行した。彼女の本はこの時代の貸し出し図書館の中核を成していた。

ピヒラーの小説における最初の成功は一八〇八年に出版された『アガトクレス』で、これは明確にエドワード・ギボンの『ローマ帝国衰亡史』のキリスト教に対する否定的叙述に向けられていた。丹念に調査されたこのピヒラーの書簡体小説は、地域主義に抗する人道主義的力としてのキリスト教に賭けることによって、ドイツ国家の体制など時代の政治問題への暗示的論評になっている。

彼女はヨーゼフ・フォン・ホルマイアーの影響のもとに一八一三年以降いくつかの戯曲を書いたが、それらはマテウス・フォン・コリーンや後のグリルパルツァーの作品と同様にオーストリア史を題材としたものだった。この作家は政治に関心を示したため、検閲問題につきまとわれることになった。一八二四年から三四年まではこのテーマを五つの大部の歴史小説で再度とりあげた。これら『ウィーン包囲』（一八二四）、『プラハのスウェーデン人』（一八二七）、『再征服』（一八二九）、『フリードリヒ好戦公』（一八三一）、『エリーザベト・フォン・グッテンシュタイン』（一八三五）は綿密な資料研究に基づき、ハプスブルク愛国主義の定着に重大な貢献をなしたが、それは非ナショナリズム的構想との矛盾を反映したものでもある。そのほか『レオノーレ』（一八〇三）、『女の品位』（一八一八）、『恋敵』（一八二一）といった長篇は時代の変化を女の視点からテーマにしているが、これらはゾフィー・フォン・ラ・ロシュなどの古い啓蒙文学に形式上の範をとったものだった。

カロリーネ・ピヒラーは多くの雑誌（たとえばライプツィヒの『ミネルヴァ』、ベルトゥフ〔出版者名〕の『豪奢・流行ジャーナル《ジュルナール・デス・ルクス・ウント・デア・モーデン》』、ウィーンの『アグラーヤ』）に発表したほか、ホルマイアーの『地理学・歴《アルヒーフ・フュア・》史・国策・戦術のための資料集《ゲオグラフィー、ヒストリー、シュターツ＝ウント・クリークスクンスト》』の協力者であり、小説・書評を書き、一八一〇年の『女性の教育について』などのエッセーでは時代の問題について発言した。死後印刷された『我が人生の回想録』は、厳しい検閲を経て出されたものだが、ウィーン・ビーダーマイアー文学の文化に関する重要な資料とされているほか、とりわけ文学領域の変化を批判的に論評し、啓蒙的教養人の伝統的世界を支持しているという点でも注目すべき自伝である。カロリーネ・ピヒラーは親の世代と違って、伝統的なカトリックを自認し、カトリック教会に対するいかなる批判も避けた。しかし実際には彼女はみずからがみとめる以上にヨーゼフ主義イデオロギーの明らかな影響を受けていた。彼女のサロンに出入りしていた改宗ロマン主義者の強烈なカトリシズムには、明確な疑いをもって接していた。

啓蒙への美学的・思想的依拠がこの時代のオーストリア文学の特徴である。このことはもう一人の神秘的な小説家、ヴィルヘルム・フリードリヒ・マイアーンにも該当する。この一七五九年フランケン生まれのオーストリアの軍人は、すでに一七八七年には匿名で書簡体小説『アブドゥル・エルゼルムのペルシャ語の新たな手紙』を発表し、その中で啓蒙絶対主義政策に厳しい批判を加えている。同じ年、ユートピア秘密結社小説『ディア＝ナ＝ソーレあるいは放浪者』の第一版が出されたが、フランス革命に対する失望をきっかけに一七九一年から抜本的な改稿を始めた。一八〇〇年には第三版が出されたが、これはエルンスト・フォン・フォイヒタースレーベンによって一八四〇―四一年にも出版された。ここでマイアーンは権威的・軍国主義的ユートピアを創り上げたが、これはその根本においてヨーゼフ主義イデオロギーからそれほど遠いところにあるわけではない。

劇　場

ウィーンの劇場状況に関していえば、相変わらず宮廷劇場と大衆的なウィーン喜劇に二分されていた。宮廷劇場（宮殿《ブルク》劇場と完全な音楽劇場となったケルントナー門劇場）に関しては宮廷が運営し、賃貸されていた。城外劇場は民営化されていた。

高踏演劇の分野で活躍していたのは、なんといってもハインリヒ・フォン・コリーンだった。一七七一年にウィーンに生まれ、一八一一年に死去した官僚であった彼は、市民を描いた最初のメロドラマ二作はあまり成功しなかったが、その後擬古典的な高踏悲劇に転じた。大きな成功をおさめたのは一八〇一年の『レーグルス』で、これは細部にいたるまでメタスタージオの一七四〇年のオペラ・テクスト『アッティーリオ・レーゴロ』に依拠している演劇である。『レーグルス』はコリーンの後の悲劇の構想を先取りしている。これは彼が模範としたシラーと同様に「自然的必然の自由」の闘いをめぐるもので、コリーンの主人公の自由の本質は国家の犠牲になることにある。敵のポエニ人に捕らえられたローマの総司令官レーグルスは、みずからの自由を保障する捕虜の交換に同意することを、祖国に不利となるという理由で毅然と拒否する。レーグルスは交換を強いようとするみずからの息子で護民官のプブリウスに抗することで死に至る。この愛国的修辞と家族の感動的情景の組み合わせは、ゲーテやシラーといった同時代人から非演劇的であるとして批判された。ゴットフリート・ヴァン・スヴィーテンに捧げられたこの作品につづく七つの作品で、コリーンはオーストリアのコルネイユ、あるいはシラーの後継者との名声を獲得した。いずれにせよこれらはこの時代のオーストリア愛国主義のコンテクストで見ることができるが、コリーンはオーストリア史から素材を得てはいない（もちろんそれに基づく構想や草案は存在する）。ベートーヴェンが序曲を書いた『コリオラン』（一八〇二）では、当初裏切った題名の主人公が、最後には祖国の側について死ぬことを選び、ゲーテの『イフィゲーニエ』の影響を受けた悲劇『ポリュクセナ』（一八〇三）で、主人公はみずからの意志で犠牲死をひき受ける。

テオドール・ケルナーもウィーン演劇のコンテクストで見ることができる。彼は一七九一年にシラーの友人であるクリスティアン・ゴットフリート・ケルナーの息子として生まれ、一八一一年にウィーンにやって来て、喜劇と悲劇をやつぎばやに執筆し、一八一三年にはブルク劇場の座付き作家となった。同年の解放戦争における彼の死はドイツの神話になった。一八一二年に執筆した悲劇『ツリニー』は、主人公たちの集団死で終わるが、これは時代の好戦的愛国主義の表現である。

最後にブルク劇場の座付き作家として上級軍人だったアウグスト・エルンスト・フォン・シュタイゲンテシュ（一七七四—一八二六）が挙げられるが、啓蒙の精神による対話喜劇を執筆し、それらは彼の手本であるアイレンホフと後のエドゥアルト・フォン・バウアーンフェルトの媒介者と見なすことができる。しかし後の復古時代の演劇への結びつきをもっとも明確に示しているのは、ハインリヒ・フォン・コリーンの弟のマテウス・フォン・コリーンであり、彼のバーベンベルク演劇群が上演されることはなかったが、それはロマン派の歴史観をオーストリア愛国主義と統合しようという試みであった。コリーンの論文「国民芸術の本質」（一八一二）や「歴史演劇」（一八一二）はこの時代の文学をめぐる論考の頂点を成すものである。

もちろんこの時代のウィーンの劇場生活はブルク劇場だけではなく、むしろレオポルトシュタット劇場、ウィーン河畔劇場《テアーター・アン・デア・ウィーン》、ヨーゼフシュタット劇場といった城外劇場が舞台であった。ここではその後百年以上も席巻することになる新たなジャンルが形成されていった。すなわち郷土色豊かな時事劇・機会劇や騎士劇・妖精劇、それに民衆喜劇、人形歌芝居《ジングシュピールカスパリアーデ》などである。特徴的なのは、これらがすべて啓蒙的メッセージを告げるものだったことである。ウィーンの茶番劇もヨーゼフ主義的実用性に染まっていたのだった。

『魔笛』の台本作家としてすでに紹介したエマヌエル・シカネーダーのほかに、二人の作家を挙げることができる。

シュヴァーベンのファイインゲンに生まれ、文学教育を受けたカール・フリードリヒ・ヘンスラー（一七五九―一八二四）は、一七八四年にウィーンにやって来て、一七八五年以降マリネッリの座付き作家として働き、一八〇三年から一三年まではみずからレオポルトシュタット劇場を率いた。その後はウィーン河畔劇場を、ウィーン近郊バーデン劇場、プレスブルクの劇場、さらに一八二二年にはヨーゼフシュタット劇場をひき継いだ。ヘンスラーはきわめて多作であり、すべてのジャンルにとり組み、素材はシェークスピアやレッシングといった世界的な劇文学に求めた。彼のもっとも著名な戯曲『ドナウの女――ロマン的＝喜劇的歌付き民話』（一七九八）はヴルピウスで有名なテューリンゲンの伝説をオーストリアの物語に改作したものである。この戯曲は全ドイツ語圏で上演された。ヘンスラーは同様の成功を『ウィーン山の悪魔の水車小屋』（一八〇二）でおさめ、これは一八六〇年までレオポルトシュタット劇場で上演された。ヘンスラーは典型的なポストヨーゼフ主義文学の代表者で、国家とハプスブルク家に忠実であり（彼は当然フランス革命を拒否した）、感傷的・徳義的・楽天的だった（彼の戯曲は常識的ハッピーエンドで終わる）。

一八〇三年以降レオポルトシュタット劇場のヘンスラーのもとで演じたウィーンの俳優ヨアヒム・ペリネット（一七六三―一八一六）は、ヨーゼフ主義時代に風刺冊子本から活動を始めた。一七九一年にマリネッリのために『ファゴット吹きカスパールあるいは魔法のチター』を書いたが、これは『魔笛』と同様にヴィーラントを下じきにしたものである。この戯曲は大きな成功をおさめた。ペリネットは「人形歌芝居」の代表者と見なされている。彼の歌芝居にはフィリップ・ハーフナーの伝統が息づいている。一八〇〇年以降に書かれた『ナクソス島のアリアドネ』（一八〇三）や一八二一年に上演された

『新たなアルツェステ――クニッテル詩行による戯画オペラ』（一八〇六）といった戯文にも、初期の風刺の精神が生きている。

一七九〇年代以降の城外劇場の活動はウィーン会議以後のビーダーマイアーによる豊かな劇場生活を建設する土台となった。これについては文学的・制度的継続性を明確に述べることができる。

第三節　メッテルニヒ時代――オーストリアにおける三月前（一八一五―一八四八）

メッテルニヒ時代

厳密に言えば、高い教養をもったパリ勤務のオーストリア外交官クレメンス・ヴェンツェル・ロータル・メッテルニヒ侯爵（一七七三―一八五九）が、一八〇九年に外務大臣として招聘された時点で、メッテルニヒ時代は始まっていた。ウィーン会議後の一八四八年まで彼はヨーロッパでもっとも影響力のある中心的政治家であり、「ヨーロッパの御者」、いかなる社会変革にも敵対する反革命的な政治連合であるオーストリア・プロイセン・ロシアによる「神聖同盟」の権化であった。メッテルニヒ体制は安定政策の同義語となり、それはハプスブルク帝国内の文学に著しい影響を招来することになった。すなわち厳格な検閲、厳しく管理された文学市場、いわゆる西欧的自由主義思想の排斥、あらゆるナショナリズム的動向の弾圧、伝統的カトリックの復古である。帝国に対する外国のイメージはこれに呼応していた。ルートヴィヒ・ベルネはすでに一八一八年に、未熟で停滞している「ヨーロッパの中国」という影響力の大きかったオーストリア像を提起した。しかしながら――あるいはだからこそ――このオーストリアのビーダーマイアー期あるいは古典期として美化された時代は、後にオーストリアの本質を特に体現したものと見なされ、その特質の形成に寄与することになったのだった。

ビーダーマイアーはその穏やかな表面とは裏腹に、本質的には底知れぬものである。ヨーロッパ全体に及ぶ近代化のプロセス、宗教的・形而上学的地盤のもとに立った秩序の解消、ナショナリズムによる分権勢力、社会変革——これらはみなベールで覆われていたものの、取り除かれたわけではなかった。文学は体制安定のための娯楽という機能に徹しないかぎりにおいて、まさにこの歴史的変化を反映するものであった……ある時は不安と恐れに打ち震えて、またある時は新たな秩序と体制を打ち立てようという徒労のなかで。未来への希望はまれであった。後のドイツの三月前文学に見られるような未来に対する国民的使命といったものを見いだすことはきわめて困難であった。

フランス革命とウィーン会議の間の時代と違って、重大な歴史的事件は発生していない。ハプスブルク帝国——厳密には一八〇六年以前に神聖ローマ帝国に属していた地域——は一八一五年以来メッテルニヒの復古政治を特徴づけたドイツ連邦の一員であった。一八一九年の反自由主義的・反ナショナリズム的なカールスバート決議は、とりわけドイツ語圏全体の大学と印刷物を統制しようとした。ところがオーストリアの批判的知識人たちはザクセンのような寛容なドイツ諸国で出版することが可能であった。メッテルニヒは内政的にはこの多民族帝国の存在自体に疑義をとなえるものとしてすべてのナショナリズムの動向に対した。それゆえ彼は神聖同盟内部においてトルコ帝国におけるギリシャ解放戦争、スペインに対するラテンアメリカ革命といった外国のナショナリズム的独立運動に異をとなえたが、それもたいがいは徒労に終わった。

ハプスブルク帝国内のナショナリズム運動はたいがいヘルダーの文化ナショナリズムの構想を出発点とし、政治要求よりも前近代的な古い等族的理念に基づいていることが多く、これはすべての民族集団およびドイツ語住民層に該当していたため、しばしばハプスブルク的愛国主義と将来のドイツ国民国家への参加に対する希望との間で分裂することになった。ポーランドのロシア占領地域における一八三〇―三一年の蜂起にはオーストリアとハンガリーの自由主義者たちが共鳴し、上部イタリアとハンガリーのナショナリズム運動、ボヘミアのチェコ・ナショナリズムとともにメッテルニヒ体制に疑問を投げかけるかたちとなった。文化ナショナリズム綱領の多くはドイツ語によるものだったため、ハプスブルク帝国のドイツ語文学はこうした展開に大きな影響を受けたのだった。

三月革命

ハプスブルク帝国における重大な歴史的できごとは一八四八年の革命であった。ドイツでは革命の失敗はドイツ民族国家運動の遅延をまねくことになったが、それを押しとどめることはできなかった。新しい勢力が結局は勝利するであろうことは明らかだった。それに対してハプスブルク帝国にとって革命の勝利は多民族国家政体の終わりを意味していた。その一方でここでも遠心的な民族勢力をもはや制御できないことは明白だった。民族志向を強める諸集団を糾合して近代的多民族国家を樹立するのは不可能命題であった。

一八四八年の革命のもっとも重要な段階は簡潔に叙述することができよう。一八四〇年代以降自由主義者たちと経済市民層の不満がつのったが、その際官僚と作家は決定的役割を演じた。この時点でメッテルニヒは内政的にはすでに影響力を失っていたが、依然として自由主義の標的であった。一八四二年に劇作家のエドゥアルト・フォン・バウアーンフェルトは「あるオーストリア作家の敬虔な願い《ピア・デシデリア》」という匿名のパンフレットで、ヨーゼフ二世治下の妥当な検閲制度に回帰すべきことをうったえた。一八四五年には彼とヨーゼフ・フォン・ハンマー゠プルクシュタルの主導によって「オーストリアにおける検閲現況に関する趣意書」が起草され、そこではあらためて検閲の改善が求められた。グリルパルツァーを含むウィーンの九十九人の自由主義者の署名が入ったこの趣意書は、かなり穏健なものであったにもかかわらず、ちょっとした旋風をひき起こした。一八四八年三月十三日にウィーンで革命が勃発したとき、またしてもバウアーンフェルトなどの作家たちがこのできごとの中心にいた。メッテルニヒ失脚の熱狂はまもなく止むことになった。十月にはアルフレート・ヴィンディッシュ゠グレーツ侯爵指揮下の反革命がウィーンを制圧したのだ——二千人以上の人間が命をおとし、フランクフルト国民議会議員のローベルト・ブルームは激昂する勝利者たちによって処刑された。

ウィーンの革命はヨーロッパ全体の文脈の中にあった。フランクフルトではパウル教会の議会が将来のドイツ民族国家について協議していたが、これはハプスブルク帝国にとってはラヨシュ・コシュートのハンガリー・ナショナリズム、ボヘミア・スロヴァキア・クロアチアにおける民族運動と同様に致命的なものであった。たいがいのウィーンの作家たちは自由主義的であると同時にドイツ民族主義的であり、さほど愛着があったわけでもないハプスブルク国家が崩壊の危機に瀕し、ドイツ語住民の主導権が脅かされると見てとるや、じきに革命に背を向けるようになった。革命におけるプロレタリアートの要求にも得るところはなかった。この三月期に自由主義作家ルートヴィヒ・アウグスト・フランクルはウィーンの革命学生たちを好戦的な詩「大学」に詠ったが、この検閲廃止後最初のビラは五十万部刷られた。「大胆な足どりで歩み寄るは何ぞ?／武器は輝き旗が翻り、／軽やかなる太鼓の響きと近づきぬ／大学は」。しかし六月にはもうフランツ・グリルパルツァーは上部イタリアの民族革命主義者への勝利に際して、陸軍元帥ラデツキーに寄せた詩を発表している。「我らが司令官よ、ご武運を！／誉れのきらめきのみならず、／汝の陣にオーストリア在り、／我々個々はその一部なり」。

モラヴィアのクレムジーアに待避していたウィーン帝国議会は、一八四九年三月四日帝国全体に向けて新憲法を発布したが、政府が憲法を強要して議会を解散したため、効力をもつには至らなかった。そして一八四八年十二月以来君臨していた若い新皇帝フランツ・ヨーゼフは、一八五一年の大晦日にこの憲法を一方的に廃棄し、新絶対主義的統治を始めた。新たな時代はすでに始まっていたのだ。

雑　誌

三月前のオーストリアの作家たちが追憶の念を懐いていたヨーゼフ主義時代の十年と異なって、三月前の文学の制度的条件はよいものではなかった。新聞・雑誌類は検閲によって打撃を受けていた。政治的議論が公になされることはなかった。もちろん識字率の高まりとともに、その需要にこたえる娯楽雑誌や文庫本は多数存在していた。ウィーンの主要な刊行物を挙げると、アドルフ・ボイアーレの『劇場新聞』（一八二〇―四七）、ヨハン・シックの『ウィーン・モード新聞』（一八一六―四八）、モーリッツ・ゴットリープ・ザフィーアの『フモリスト』（一八三七―六二）、そしてこの時代のもっとも野心的な雑誌はヴィクトール・アウグスト・フランクルの『日曜誌《ゾンタークスブレッター》』（一八四二―四八）であり、これはタイトルからしてすでにシュライフォーゲルのかつての企てを想起させるものである。ここには主に散文作品が発表された。抒情詩に関しては年鑑や文庫本が重要で、たとえば一八一五年から三二年にかけて刊行され、一時的にヨーゼフ・シュライフォーゲルが編集にあたった『アグライア』があり、フランツ・グレッファーによって創刊され、一八二八年から五八年まではヨハン・ガブリエル・ザイドルが主導した『アウローラ』では、ニコラウス・レーナウがその文学上のキャリアを開始したのだった。これらの年鑑には編集者・寄稿者ともにヨーゼフ主義時代後期以来の人的継続性を見てとることができる。

　多くの評論家の中でブダペスト近郊に生まれたモーリッツ・ゴットリープ・ザフィーア（一七九五―一八五八）は、もっとも議論のある人物である。彼は正統派ユダヤ教家庭の出身で、プラハのタルムード学校を卒業した後、一八二二年以来ボイアーレの『劇場新聞』に寄稿し、風刺的で能弁な論争家として名を成すことになった――彼の経歴には文学的スキャンダルが常につきまとっている。一八二五年からはベルリンに居を構えて、文学協会「シュプレー川のトンネル」を創設し、一八二九年以降はミュンヘンに移った。一八三四年にはウィーンに戻って『フモリスト』を創刊し、バウアーンフェルトやネストロイと激しい論争をまき起こした。

　雑誌の舞台はもちろんウィーンに限定されるものではなかった。これに関してハンガリーは一八二七年以来自由主義的な検閲が広く実施されていたため、特に重要な役割を演じた。多くのウィーンの作家たちにとって一七六四年から一九二九年まで発刊されたドイツ語による『プレスブルク新聞』は、ハンガリーの首都ペストの『パンノニア』（一八一九―二二）、『イリス』（一八二五―二八）、『シュピーゲル』（一八二八―五〇）と同様に重要な発表機関であった。ペストのヘッケンアスト出版から刊行されたヨハン・マイラート伯爵編集の文庫『イリス』（一八四〇―四八）は、オーストリア文学におけるもっとも重要な論壇になった。ここでアーダルベルト・シュティフターは多くの小説を発表し、グリルパルツァーは『哀れな楽士』を『イリス』から世に送り出し、その他の寄稿者にはバウアーンフェルト、フォイヒタースレーベン、カロリーネ・ピヒラーなどがいた。

　最後にハプスブルク帝国外で発行されたイグナーツ・クランダの雑誌『境界の使者』にも言及しておかなければならない。この一八一一年にプラハのユダヤ人家庭に生まれた本屋の息子は、一八三四年にウィーンに出てきて、幾度かのヨーロッパ旅行を行ったすえ、一八四一年にブリュッセルで文化紹介週刊誌『境界の使者』を創刊した。それは一八四二年には「文学と政治のための雑誌」としてライプツィヒに移り、オーストリアの政治亡命者たちにとってもっとも重要な雑誌となった。クランダは政治的には大ドイツ主義的自由主義を標榜していたが、一八四八年にウィーンに戻ってくると、『境界の使者』はグスタフ・フライタークやユリアン・シュミットにひき継がれて、文学における写実主義の綱領的機関誌となり、明確に小ドイツ主義的政治路線をとることになった。クランダはフランクフルト国民議会議員となり、一八六〇年以降はオーストリア帝国議会議員になった。彼は一八四八年にウィーンで自由主義的な『東ドイツ通信《オストドイッチェ・ポスト》』を発刊し、一時的な休刊の後一八五三年に再刊され、その後反ユダヤ主義カトリック評論家ゼバスティアン・ブルナーとの激しい論争をひき起こすことになった。彼が没したのは一八八四年のことである。

出版状況

オーストリアの三月前の出版状況は、もはやヨーゼフ主義時代ほど希望のもてるものではなくなっていた。検閲の強化は業界の意欲を著しくそいだ（一七九一年には従来の学術検閲院は解体され、検閲は高等法院に移管された。これはメッテルニヒ体制の下で警察の管轄に入ったことを意味する）。オーストリアの出版社の経済基盤は弱いものであった。技術改良や新たな輪転機を導入することは、政府によって禁じられさえした。ウィーンでは少数の出版社が市場を独占し、作家たちは収入の見こみがたたなかったので、フリーの作家ではなく、役人として生計を立てることが多かった。従来のサロン文化は健在だった。オーストリアの出版業はドイツとの競争に対抗できなかった。ハンブルクのカンペ、ライプツィヒのブロックハウスとレクラム、テュービンゲンのコッタといったドイツの大出版社は他の地域にも進出していて、ドイツ語圏全体の書籍市場におけるオーストリアの占有率はきわめて低いものであった。

それにもかかわらずハプスブルク帝国内においても潜在的な読者・書店・貸本業の数は増えていた。この貸本業はドイツ語圏全体で中心的役割を演じていて、その影響力は市場を決定するほどであった。「小説」ジャンルの流行はこれなしには考えられない。限られたものだったとはいえ、外国文学の知識もその結果といえる。いくつかの出版社は自社で貸本業を営み、その需要に合わせて出版することもあり、外国文学の書籍をそのまま印刷することもあった。

メッテルニヒの警察国家はいかなる団体にも不審の目を向けていた。フリーメーソンはもちろん禁じられたままだったし、他の市民集団も弾圧された。一八一八年に創設され、一八二六年の警察の捜査によって閉会させられた「ルートラムの洞窟」という政治的に無害な男性協会の妙な成り行きはその代表例である。ダインハルトシュタイン、グリルパルツァー、ハリルシュ、ヤイテレス兄弟、ザフィーア、ザイドル、ツェードリッツといったメンバーの一部は警察の事情聴取と家宅捜索を受けた。

ルートラムの洞窟の中心人物はイグナーツ・フランツ・カステッリ（一七八一—一八六二）で、多くの点でウィーン・ビーダーマイアーの文筆家の典型的人物であった。反抗的であると同時に気さく、非政治的であるが反体制的、文学的にはきわめて生産的で（彼はフランスのウジェーヌ・スクリーブをはじめとする約二百の戯曲を翻訳ないしは翻案し、一八一一年から一四年まではケルントナー門劇場の宮廷劇作家に任命されていた）、種々の年鑑や文庫の編集者であり、常に検閲の問題と闘っていたが、皇帝には忠実だった（彼は皇室に対する頌詩をくりかえし書いている）。彼は一八四五年にバウアーンフェルトとハンマー＝プルクシュタルによって編まれた作家たちによる検閲の緩和を求める有名な嘆願書にも署名している（注目すべきことに、彼はポルノ作家でもあった。シラーをはじめとする古典作家からの引用から成るパロディ『シュランデとルンペラ』は多くの版を重ねた）。

抒情詩――シューベルトの周辺

オーストリアの三月前の文学生活の条件は必ずしも理想的なものではなかったにもかかわらず、注目に値すべきものがあった。

抒情詩の領域では一八二〇年代に、何人かの若い作家が十八世紀の感傷主義にたち戻ったいくぶん憂鬱な詩で登場してきた。ヨーゼフ主義者の楽観主義、諧謔文化、風刺的性質といったものは消え失せている。ただ一人一八二〇年代まで活動していた長命のヨーゼフ主義詩人が、感傷主義者のゴットリープ・レーオンだったことは不思議な偶然である。こうした若い詩人たちにはしばしば「世界苦」という形容が用いられた。そのなかでもっとも重要なのはニコラウス・レーナウで、その他の多くは作曲家フランツ・シューベルトの交友関係に属し、その作曲によって彼らの詩の多くが忘却からまぬがれることになった。

ルートヴィヒ・ハリルシュ（一八〇二―三二）はこうした詩人の一人である。役人を務めながら憂鬱な性格を深め、『劇場新聞』に文学批評を書き、「ルートラムの洞窟」の一員だった。一八二九年に出された詩集『バラードと抒情詩』は、世界苦的身ぶりのもと、憂鬱と嘲笑の狭間を揺れ動いている。詩への憧憬と生への侮蔑がくりかえしテーマにされている。彼の詩「最後のデラウェア」はジェームズ・フェニモア・クーパーによってはやったアメリカの原住民の滅亡というテーマをとりあげているが、これには後にレーナウも魅了されることになった。「大族の最後の分枝」が、大規模にまき起こした山火事に死を求める。「でも森は息づき、／ひそかに――そっと――はっきりと動き出す！――／いまや――いまや――ああ！　千の手が伸びる、／炎の花嫁が手を伸ばす！／ああ！　火だ、火だ、火だけだ！／そして突風が楽しげに吹きこみ、／そして巨大で恐ろしい／赤光が上がる！／／上は火だ！　下も火だ！／火だ！　火の海だ――／下では獅子まで吠えているが、／ふだんの力強さはなく、あえいでいるのだ。／獅子が吠え、鷲が鳴き、／雷がとどろき、山塊が鳴る！／地があえぎ、小川がうなり、／そして木々は燃え上がってうめく！」

やはり早世したもう一人の詩人はシュタイアー出身のヨハン・マイアーホーファー（一七八七―一八三六）である。彼は聖フローリアン修道院に所属した後、ウィーンで法学と神学を修め、官僚・検閲官となった。マイアーホーファーはフランツ・シューベルトと親密な交友関係にあり、住まいも共にした。生涯にわたって憂鬱症・心気症を病み、自殺によって命を絶った。シューベルトは彼の大部分が感傷的な四十以上の詩に曲をつけた。マイアーホーファーのテクストはやはりオーストリアの現実的絶望のなかで世界苦を懐いた者たちの文学的成果であり、十八世紀の憂鬱者たちの伝統をくんでいるが、新たな感覚のための言語を生み出すまでには至っていない。

すでに同時代人からもオーストリアのビーダーマイアーの原型的詩人と見なされていたのは、若いころやはりシューベルトのサークルに属していたウィーン出身のヨハン・ガブリエル・ザイドル（一八〇四―七五）であり、大学卒業後の一八二九年から四〇年までツィリ〔現スロヴェニア領ツェリエ〕のギムナジウムで教えた後、一八四〇年ウィーンに帰還した。ザイドルは無数の文学的小品――牧歌、詩、短篇小説など――を執筆した。一八五四年にはハシュカの古いオーストリア皇帝讃歌に新絶対主義をカトリック的に正当化した新しいテクストを書き加えた。重要なのはビーダーマイアー時代以降興隆したオーストリア方言文学への寄与である。青年期にレーナウやルートヴィヒ・アウグスト・フランクル、アナスタージウス・グリューンと親交を結び、自由主義者だったザイドルは次第に現状肯定的な御用作家に変貌していき、一八四〇年以降は抒情詩の領域の厳格な検閲官として活動するまでになったが、それが交友関係を壊すことはなかった。一八四八年には「夜から光へ」という詩で、みずからの検閲官としての活動を自己批判的に懺悔した。それでも国家に忠実で保守的なことに変わりはなかった。

政治的に同様の傾向を示したのは、ヨーゼフ・クリスティアン・フォン・ツェードリッツ（一七九〇—一八六二）である。オーストリア・シュレージエン〔現チェコ領スレスコ〕の出身で、短い軍隊でのキャリアの後、一八二八年にシラー的パトスとバイロン的世界苦、さらにはハイネ的語調を組み合わせた連作詩集『死者への花輪』でセンセーションをまき起こした。特にナポレオン神話を編み上げたバラード「夜の観閲式」（一八二九）は広く流布した。ツェードリッツはブルク劇場のために演劇もいくつか書き、一八三七年には公職に就いて、メッテルニヒ支持者として知られるようになり、そうした傾向の評論活動も行ったために、一八四八年には多くの批判を甘受することになった。

三月前の年鑑や文庫を彩り、地域を越えた意義を獲得した多くの詩人たちのなかでは、ベティー・パオリ（一八一四—九四）の名も挙げられるが、彼女は世紀末まで文学的に活動し、後にはマリー・フォン・エーブナー＝エッシェンバッハと親交を結んだ。本名はバルバラ・エリーザベト・グリュックといい、貴族夫人たちの教育者・話し相手として広く旅し、短篇小説、劇評、エッセーを書いた。当初レーナウに学んだ詩は、グリルパルツァーとシュティフターによって高く評価された。

アナスタージウス・グリューン

厳しい検閲状況下にもかかわらず、一八三〇年以降反体制文学が抒情詩の分野でも増えていった。オーストリアのこのジャンルにおけるもっとも重要な作家は、アナスタージウス・グリューンの筆名で有名になったアントン・アレクサンダー・フォン・アウアースペルク伯爵（一八〇六―七六）だった。スロヴェニアのプロテスタント大貴族の出身で、常に相応の階級意識を懐いていた。ウィーンで後に有名になったスロヴェニア詩人フランツェ・プレシェーレンの弟子として研鑽を積んだ。法学を修めた後、ハンマー＝プルクシュタル、ホルマイアー、カステリ、バウアーンフェルト、グリルパルツァーと親交を結んだ。一八三〇年のロマンス叙事詩『最後の騎士』で有名になった。同じ年文学的な手本としてきたルートヴィヒ・ウーラントをシュヴァーベンに訪ね、その後パリに旅を続け、七月革命の成果を体験し、明確に急進化して帰還した。

一八三一年にはもっとも成功した作品である詩集『あるウィーン詩人の散歩』をハンブルクのホフマン・ウント・カンペから匿名で出し、その明らかな政治的メッセージは「自由の勝利」という詩に表れている。「自由は偉大な合いことばで、その響きを世界がことほぐ。／これからは聞こえないふりをすることは、不埒者ということになるのだ！／それはかつては優しく、乞うように語りかけた。いまや聞こえないふりをすれば、／大砲のとどろきもて聞かせるのだ。／／（……）さあ、冬は打ち負かされた、その足かせ、／寒気、夜とともにこの国から逃げ去る！／それに代わって若い勝者が喜び勇んで入場だ／歌、緑の花冠、花びら、そして太陽の輝きもて！／／そして山や谷、園を緑に飾る。／自由を与えよう、そして平等を！　皆等しく祝福されてあれ！――／勝利に輝く冠で讃えよう、汝オーストリアよ、／おまえの自由は麗しの春の日となろう！」

ベルネやハイネにも称賛された成功作『散歩』は、オーストリアの三月前の政治文学の始まりと見なされている。アウアースペルクは自作であることを否定したが、これは公然の秘密であり、メッテルニヒは彼に移住するか沈黙するかの選択を迫った。この詩集は政治的にはヨーゼフ主義の伝統に立つもので、文学的にはシラーの詩につながるものである。満足できる状態ではない政治状況を前に、この世界苦的気分をたたえた詩人は、自然の秩序をよび覚ました。しかし暴力革命は拒否し、王朝原理を疑問に付すことはなかった。この詩的自我は自覚的個人であり、市民的君主批判と行動を共にすることはなく、宿敵メッテルニヒには皮肉と洗練された政治的機知で抗した。たとえば「サロンの光景」という詩ではそれは辛辣になされ――そして最終詩節は人口に膾炙したことばになった。「国家政治家よ、枢密顧問官よ！　機嫌がいいのだろう、／時節がら皆に慈悲深いのだろう。／見よ、戸の外にはみすぼらしい支持者が待っていて、／おまえの慈悲に焦がれているではないか。//恐れることはない。おとなしく、分別もある、／粗末な服にナイフを隠し持っていることもない。／誠実で、気さくで、しつけがよく、そして繊細なオーストリアの民だ、／見よ、おとなしく愁訴しているではないか。自由であるための自由はあるでしょうか？と」。技巧的な修辞とことば遊びの妙、それに風刺的勢いといったものがこの作品の成功を説明する。アウアースペルクは友人のニコラウス・レーナウとならんで、同時代人にとって主導的ウィーン詩人であった。

生涯経済的問題に悩まされていたアウアースペルクは、一八三〇年代なかばからとりわけスロヴェニアの領地の管理に専念するようになったため、政治信条と封建的境遇との矛盾ゆえの批判を受けるようになった。シュタイアーマルクの保守的な地方長官の娘マリア・フォン・アテムスとの結婚後、ヘルヴェークやホフマン・フォン・ファラースレーベン、プルッツらによるメディア上の攻撃が強まったのを受け、喜劇的叙事詩『燕尾服のニーベルンゲン』（一八四三）で友人ハイネの『アッタ・トロル』のように傾向文学を嘲笑するかたちでこたえた。

穏健な自由主義的原理は詩集『瓦礫』（一八三五）でも保たれた。ウィーンではひき続きバウアーンフェルトやカステリといった反体制作家たちと交流し、一八四五年にはバウアーンフェルトとハンマー＝プルクシュタルが主導した「オーストリアにおける検閲現況に関する趣意書」に署名した。一八四八の革命では重要な役割を演じた。フランクフルト準備議会に選ばれ、そこで断固たるドイツ民族主義的立場を代表し、クライン〔現スロヴェニア〕のドイツ連邦編入を支持した。その結果スロヴェニアのドイツ化を擁護し、スロヴェニア語の権利に反対したが、スロヴェニア国民文学を高く評価し、それをドイツ語に訳した（『クライン民謡』一八五〇年）。一八四八年以降は文学的には目だった動きをしていない。ニコラウス・レーナウの死後、その遺稿と最初の全集を編集した。

オーストリアの三月前でもっとも重要な政治詩人としては、二人のボヘミア出身の作家モーリッツ・ハルトマン（一八二一―七二）とアルフレート・マイスナー（一八二二―九五）が挙げられる。ハルトマンはプラハとウィーンで学んだ後、一八四五年にオーストリアで発禁となった詩集『杯と剣』をライプツィヒで刊行し、フス＝ボヘミア自由運動の伝統をひもといたが、ボヘミアは当然ドイツ帝国の一部であると解していた。彼の詩では憂鬱な風景が悲壮な政治参加と結びついている。ハルトマンは自由主義詩人を自認し、ヨーゼフ二世を讃えている――グリルパルツァーやアナスタージウス・グリューン、ツェードリッツ同様に。一八四八年にフランクフルト国民議会の左派の議員となって、ローベルト・ブルームとウィーンに旅立ったが、スイス亡命に難を逃れることになり、帰還が許されたのは一八六八年だった。一八五〇年以降は主に散文作品、長篇小説、紀行文を執筆した。ハルトマンの学友アルフレート・マイスナーの経歴も同様の過程をたどり、その『詩』(ライプツィヒ/一八四五)でやはり政治詩人として有名になった。マイスナーも一八四八年には左派議員として国民議会に出席し、一八五〇年以降は散文作品に移った。両者ともに革命の経験を風刺的韻文叙事詩に著した。両者ともに一八四八年以降は大ドイツ主義を奉じたが、一八六九年以降ブレゲンツに住んでいたマイスナーはプロイセン=ドイツ民族主義を鮮明にした。

さらにハルトマン同様ユダヤ人家庭出身のハンガリー人カール・イージドール・ベック(一八一七—七九)が挙げられるが、彼はライプツィヒで学んだ後、文学上の経歴を一八三八年の『武装歌集』で始めた。社会批判的な『貧しい男の歌』(一八四六)は大きな成功をおさめた——フリードリヒ・エンゲルスは後にベックの「小市民的」立場を厳しく批判した。ベックは一八四八年にウィーンに移住したが、ハルトマンの革命への糾合には距離をとった。

チロル出身の二人の詩人は政治的弾圧を受けた。ヒリュゾストムス・ゼンの父親のフランツ・ミヒャエル・ゼンはアンドレーアス・ホーファーのチロル蜂起で指導的役割を演じていたが、彼は一八〇七年以降はウィーンで育ち、シューベルトのサークルに属していた。一八二〇年に政治的理由で拘束され、一年拘留された後チロルに追放され、そこで苦しい生活をおくることになった。彼の指導を受けたヘルマン・フォン・ギルム(一八一二—六四)は、初めチロルの役人を務めていたが、一八四六年ウィーン、そして一八五四年にはリンツに移住した。ギルムは感傷的な恋愛抒情詩の作者として有名になったが、当初手書きで出回った反教権的な「イエズス会士の歌」(一八四三)がセンセーションをまき起こした。

ニコラウス・レーナウ

オーストリアの三月前でもっとも重要な詩人——そして多くの作家の手本——はニコラウス・レーナウ（一八〇二—五〇）であった。もっとも彼に国家的帰属の問題があることは明白である。レーナウはみずからを終生ハンガリー人ドイツ語作家と考えていた——それもハンガリー人としての自覚のもとにウィーン警察の検閲政策に再三異議をとなえていたというまったく実際的な理由によって。

レーナウは本名ニコラウス・ニーンプシュといった。祖父はウィーンに程近いシュトッカラウに住む功績ある官僚で、一八二〇年に「フォン・シュトレーレナウ」という貴族の称号が授けられたが、彼の筆名はそれから取られたものである。ハンガリーのバナト〔現ルーマニア領〕のチャタード〔現レーナウハイム〕に生まれ、青春時代をペスト、プレスブルク、シュトッカラウなどですごし、目的意識をあまりもたないままウィーン、ウンガリッシュ＝アルテンブルク〔現ハンガリー領マジャロヴァール〕、ハイデルベルクに学んだ。ウィーンでグリルパルツァー、ザイドル、アナスタージウス・グリューンらの文学サークルに出入りした。一八三二年に祖父母の遺産を投資するために——そして手つかずのアメリカの自然との出会いによって、新たな詩的霊感を得るために——一時的にアメリカに渡った。一年後、完全に失望して帰還した。ボルティモアに上陸した直後に発せられた評価によると、アメリカ人は「うんざりする商売人だ。精神生活は死んだも同然だ、全滅だ」ということがまちがいないと信じこんでいる。経済的好況にあずかるためにアメリカに行った彼が、アメリカ人の商人根性に文句をつけているという皮肉には思いいたらなかったようである。二十年後オーストリアの作家フェルディナント・キュルンベルガーはこの体験を小説『アメリカ嫌い』に著した。

レーナウのアメリカ滞在中の一八三二年、テュービンゲンのコッタから詩集が出版され、これが彼を有名にした。その後の数年間はウィーンとシュトゥットガルトを行き来して、ユスティヌス・ケルナー、グスタフ・シュヴァープ周辺のシュヴァーベン後期ロマン派と交流し、バイロン流の憂鬱な英雄としての自己を表現するようになっていった。一八四四年に精神病に倒れた。それから死去するまでウィーンに程近い療養所ですごすことになった。

レーナウは世界苦に病む者であると同時に怜悧な実業家でもあり、不安定な憂鬱家であると同時に懐疑的合理主義者でもあった。彼の詩は一方で形式的には感傷主義の遺物を継承していたが、他方においては後の表現主義やトラークルの言語における隠喩法的展開を先取りしている点で、世界苦のコンテクストの中でとらえることができる。同時代人からはハイネに匹敵する詩人と見なされていた。たとえば有名な「葦の歌」には「そして私はもっとも好きなものを避けなければならない。／涙よ、あふれ出るがいい！／悲しげに柳がざわめき、／そして風に葦原が揺れる」とある。新世界やハンガリーのプスタを題材にした自然詩とならんで、政治詩も著し、反体制作家と見なされたが、メッテルニヒ体制の全面的拒否という以外に具体的な政治的綱領を持ちあわせていなかった。

レーナウの作品は叙事詩も含めて、すべて底知れない悲観主義と世界への憂鬱な眼ざしの一方で、憂鬱を逃れ、悲観主義に対しては反抗の身ぶりで個人的幸福、否、将来のより良い世界への希望を対置しようとする試みによって特徴づけられる。もっとも有名な詩の一つである「三人のジプシー」は、「砂の荒野」での三人のジプシーとの出会いを物語っている。一人はパイプを吹かし、二人目は眠っていて、三人目はフィーデル〔ヴァイオリンの俗称〕を弾いていた。彼らはうまい生き方の手本である。「三人の服は／穴や継ぎはぎだらけだった。／しかし好き勝手に／この世の運命を嘲っていた。／／そして三様に示してくれた、／人生がたそがれるのなら、／吹かすか、寝てすごすか、弾いてすごすかすればいいと。

／そして三様に毒づいたのだった」。

叙事詩

ニコラウス・レーナウは抒情詩だけではなく、叙事詩も書いた。すでに十八世紀末には廃れてしまっていた叙事詩が、三月前の時代にまさに政治的活動にかかわっていた作家の間で以前のように、しかもそれが深刻なかたちのものだけではなく、喜劇的なものとしても息を吹き返したことは注目に値する。ヨーゼフ主義時代のブルーマウアーやラチュキーがそうだったように、喜劇的叙事詩は政治的・思想的敵対者への風刺的一撃として用いられた。これにはハイネが一八四二―四三年に『アッタ・トロル』でやはり風刺的攻撃をなした先例が一定の役割を果たした。

アナスタージウス・グリューンは一八四三年に『燕尾服のニーベルンゲン』で彼を政治的に信用できないと非難した敵対者たちと対決し、同時代傾向文学の英雄気どりのドイツ至上主義的身ぶりを嘲った。一八五〇年にはフィリップ・フランクフルターの近世滑稽小説に基づいた喜劇的叙事詩『カーレンベルクの坊主』を発表し、一八四八年の革命の経過への失望を表明した。モーリッツ・ハルトマンも一八四九年に『坊主マウリツィウスの韻文年代記』で一八四八年のできごと、ことにパウル教会の経緯に風刺的に対峙し、ハプスブルク帝国の将来に悲観的な診断を下した。アルフレート・マイスナーは一八五〇年に題からしてハイネを暗示している『アッタ・トロルの息子――冬の夜の夢』を執筆した。自由主義的な学生組合員でフランクフルト議会の議員のお人好しのミヒェル・トロルをとおして、革命の失敗が痛烈に、そして痛切に嘲笑される。

保守的・反動的評論家にとっても喜劇的叙事詩は論争の手段であった。文学活動を行っていたカトリックの司祭で、『ウィーン教会新聞』の編集者であったゼバスティアン・ブルナー（一八一四―九三）は、死去するまでヨーゼフ主義の痕跡および自由主義と闘い、一八四五年にハイネに向けた『霧の若者の歌』を発表したが、これは反ユダヤ主義的であると同時に、主に機知に富んだ反ドイツ民族主義的な風刺である。

喜劇的叙事詩だけではなく、深刻な内容のものも同時代の問題に利用された。アナスタージウス・グリューンは皇帝マクシミリアン一世の生涯をつづった一八三〇年のロマンス叙事詩『最後の騎士』で有名になったが、これはメッテルニヒ体制に対するロマン派の側からの対抗であった。グリューンやレーナウと交友関係にあったルートヴィヒ・アウグスト・フランクル（一八一〇―九四）は、ウィーン三月前を主導した自由主義評論家の一人で、一八四二年以降は『日曜誌《ゾンタークスブレッター》』の編集者としてウィーンの文化生活およびイスラエル文化共同体において一八四八年以降もきわめて活動的であり、英雄叙事詩『クリストフォロ・コロンボ』（一八三七）と『オーストリアのドン・ファン』（一八四六）によって大きな成功をおさめた。アルフレート・マイスナーは一八四六年に叙事詩『ジシュカ』でフス教徒の素材をとりあげたが、これはボヘミア愛国主義の文脈および同時代の革命的伝統の構築としてもきわめて時宜にかなったものであった。オーストリアの検閲によって禁じられたこの叙事詩は、一方においてチェコ国家の問題、また一方においてはオーストリア（とボヘミア）を包含する統一ドイツを支持していた――この矛盾にマイスナーが気づいたのは一八四八年以降のことである。カール・イージドール・ベックはすでに一八四一年に社会批判的な「韻文による小説」『ヤンコー――ハンガリーの馬飼』を発表していた。妻を誘惑された馬飼が貴族を撲殺して盗賊の首領となり、最後に処刑される。しかし時代の問題とその矛盾を叙事詩に結実させたのは、なかんずくニコラウス・レーナウであった。

一八三六年にレーナウは『ファウスト』を発表したが、彼はこの素材は「ゲーテの専有物ではない」として、これをゲーテの演劇への対抗作と考えていた。このクニッテル詩行〔四詩脚二連詩行〕叙事詩は一貫した物語展開を断念し、逆に二十三の場面を並列させているが、主人公は分裂した虚無主義者として登場し、最後まで反逆者として行動し、自殺する。一八三七年には二十五のロマンスから成る禁欲主義者讃美である『サヴォナローラ』がつづいたが、これは多くの同時代人にとっては異質に映り、後にはレーナウのゾフィー・フォン・レーヴェンタールとの不幸な恋の伝記的反映として読まれることもあった。苦難の過程としての人類史という悲観的な眼ざしによって規定されているこの作品の後、一八四二年には十三世紀初頭南フランスのカタリ派に対する十字軍に関する三十二の完結した挿話から成る『アルビジョワ派』がつづいた。ここには筋の一貫性も主人公も中心的な軋轢状況もない。語り手の声も一貫性がない。はっきりと評価・省察している部分とならんで、さまざまな人物のパースペクティヴで語られる長大な部分が見いだされる。テクストを貫いているのは深い悲観主義であり、それはとりわけ禿鷹のモティーフに顕著である。この腐食動物はこの残虐なできごとの唯一の受益者である。この叙事詩はアルビジョワ十字軍を文学への攻撃ともとらえている。最後に南フランスの古いトルバドゥール文化が破壊されてしまうのだから。この悲観的歴史観としての読み方に対置されるのは、再三浮上する自由のための戦いという信念と、困難な時代においても自由のための戦いの記憶を保ち、それへと駆りたてるのが文学の任務だという信念である。しばしば引用される作品の結末は、この両価性によって規定されている。「緋衣や暗色の修道服で／天の光が隠されることはないし、／日の出が覆われることもない。アルビジョワ派にはフス派がつづき／そして彼らの苦しみを血で報いる。／フスとジシュカにルターやフッテンがつづき、／三十年戦争とセヴェンヌの戦士、／バスティーユの闘士等々」。この最後の「等々」が自由のための戦いの最終的な勝利を謳っているのか、あるいはいつ果てるともない不毛な殺戮を嘆いているのかは定かではない。多くの挿話は無意味な苦難と、回復されることのない失われた幸福について物語り、最後に現れる歴史哲学的楽観主義を疑問に付しているのだから。『アルビジョワ派』に並行して、レーナウは未完の連作詩集『ヨハネス・ジシュカ——フス戦争の光景』にとり組み、アルフレート・マイスナーと同様に一貫した革命的抵抗を宣言している。死後断片として発表された最後の叙事詩である「劇詩」『ドン・ファン』は一八四二年から四四年にかけて創作され、ここで主人公は現代的な審美家で、満たされることのない内省的な誘惑者として描かれ、最後には人生に倦んで死んでゆく。

方言文学

オーストリアの三月前文学の奇妙な点は方言文学が盛況だったことである。旺盛な活動を展開していたイグナーツ・フランツ・カステリがその火つけ役だった。一八二七年には『低地オーストリア方言による詩』を発表している。一八四七年に刊行された『エンス下流域オーストリア方言辞典』には「オーストリア人のための母国語の啓蒙と外国人へのその理解のための参考書」という副題が付され、強い国家愛国主義的傾向を示している。ヨハン・ガブリエル・ザイドルは一八二八年から三七年まで低地オーストリア方言による詩を『短詩——オーストリアのスタンザ、歌と物語』(*Flinserl: oest'reichischi G'stanz'ln, G'sang'ln und G'schicht'ln*) という題で発表し、一八四四年には『低地オーストリア方言による詩』がそれに続いている。とりわけクレムスとホルンで活動していた聖職者ヨーゼフ・ミッソンは、一八五〇年に未完のヘクサメトロス叙事詩『ナーッ——低地ドイツの若い農夫外国に行く』(*Da Naz, a niederösterreichischer Bauernbui geht in'd Fremd*）を低地オーストリア方言で出版した。この時代のもっとも有名な方言作家は上部オーストリアの農家出身のフランツ・シュテルツハーマー（一八〇二―七四）で、一所にとどまらない放浪生活をおくりながら、いくつかの大学で勉学を中途でやめ、一八二八から四二年まで断続的にウィーンに住んだ。ここでジャーナリストとして働くうちに、バウアーンフェルト、フランクル、シュティフターと交流をもち、因習的な高踏派様式の抒情詩をさまざまな年鑑に持ちこんだ。一八三七年の『上部オーストリア民衆方言による歌』で文学的成功をおさめ、ここでマウルス・リンデマイアーに依拠しつつも、その民族性の欠如を批判した。シュテルツハーマーの詩は田舎の自然と農村の環境を主題にしている。オーストリアとバイエルンでの講演旅行によって有名になったが、一八六〇年にヘルマン・フォン・ギルムが彼のために名誉恩給を用意するまで、金銭問題に悩まされつづけた。一八五一年に方言ヘクサメトロス叙事詩『先祖』を書き、農民の結婚式を詳細に描写することで、超個人的な秩序の提示に成功している。

シュテルツハーマーの文学は――方言文学が一般にそうだったように――二十世紀において反モダニズム的綱領として用いられた。こうした受容は作家が『先祖』の序文で、ここでは「熱狂的詩人のくだらない小説にあるような堕落した都会の慣習、都会的無為に」見られる「感傷」に対して、「私の愛するオーストリア・ドイツの民衆の変わることのないたくましさを広範に提示し」ようと思うと語ったことで助長されたところもある。シュテルツハーマーの激しい反ユダヤ主義的中傷もこうした傾向を示している。

評論その他

そのほかのオーストリア三月前の散文作品はあまり目だった動きを見せていない。(文学的) 美学的考察の分野においては、多くの書物が依然として啓蒙の立場をとっていた——したがってドイツ語圏一般に見られる「ビーダーマイアー的」文学理論の路線にあった。それはウィーンで抒情詩人としても活躍しながら早世したフィリップ・マイアー(一七九八—一八二四)の一八二四年に発行された『ドイツ的創作様式の理論と文学』やヴィルヘルム・ヘーベンシュトライトの一八四三年の『文学研究美学百科』に該当するが、実はこの二人の著者はロマン主義理論家を自認し、ヘーベンシュトライトにいたってはヘーゲルを引用している。一八三五年から三七年にかけて出版されたイグナーツ・ヤイテレスの『美学事典』は、当時の文学に啓蒙の指針を示した代表的試みとされている。ウィーンの体制批判的自由主義ジャーナリストであるヤイテレスにとって、ヨハン・ゲオルク・ズルツァーの一七七四年の『純文学一般理論』はまだ必須のものだったのである。

エルンスト・フォン・フォイヒタースレーベンは文学批評家としてよりも人間学者として大きな影響を及ぼした。彼は文化紹介者でもあり、ゲーテ、シラー、ジャン・パウルがウィーンの読者に身近になるように努めた。一八〇六年にウィーンで役人の息子として生まれ、医者として開業し、シューベルトやグリルパルツァー、ウィーン在住のオッティーリエ・フォン・ゲーテと親交があった。一八三八年に『心の節制』で有名になり、これは一九〇七年までに五十版をかぞえた。心気症という時代病の治癒法を提案したこの本は、フォイヒタースレーベンを心身医学の先駆者にした。彼は体と心の一体化を強調し、人間精神の自己回復力を説いた。自由主義者だったフォイヒタースレーベンは、一八四八年革命の際には教育省次官になったが、その過激化に失望して、十月にはウィーンを去り、一八四九年に死去した。

ウィーンのもう一人の重要な知識人は東洋学の創始者の一人、ヨーゼフ・フォン・ハンマー＝プルクシュタル（一七七四―一八五六九）である。グラーツの役人の息子として生まれ、一八三五年には貴族に列せられた。一七九七年に始めた古代ペルシャ詩人ハーフィズの詩の翻訳が一八一四年に出版されたが、これはゲーテの『西東詩集』に決定的な影響を及ぼした。一八三九年まで公職にありながら、『オスマン帝国史』（一八二七―三四）十巻や『アラビア文学史』（一八五〇―五六）七巻といった東洋関係の著作を数多く書いた。一八四五にはエドゥアルト・フォン・バウアーンフェルトと共に「オーストリアにおける検閲現況に関する趣意書」で検閲改革をうったえた。国際的な名声を獲得していたハンマー＝プルクシュタルは、一八四八年には長くその設立が待望されていたオーストリア科学アカデミーの初代会長となった。

ハンマー・プルクシュタルに明らかな東ヨーロッパ・近東志向は、ハプスブルク帝国の政治的位置に関係していて、それは紀行文学にも顕著である。たとえばグラーツの役人の息子アントン・プロケシュ・フォン・オステン伯爵（一七九五―一八七六）はまずウィーンの文人サークルに出入りした後、一八二三年以降は兵士そして有能な外交官として地中海東部で活動した。一八三〇年には貴族に列せられ、一八三四年から四九年までギリシャ宮廷でオーストリア公使を、一八五五年から六七年まではコンスタンティノープルのオーストリア領事を務めた。『エジプトと小アジアの思い出』（一八二九―三一）、『聖地への旅』（一八三一）といった彼の旅行記は、主観的視点とふんだんな文化史的素材を巧みに結びつけている。ギリシャで執筆された『トルコ帝国によるギリシャの没落』六巻――この本は政治的理由で一八六七年になって出版された――によって歴史家としての評価も得た。チロルの中流市民出身のヤーコプ・フィリップ・ファルメライアー（一七九〇―一八六一）は一八二六年から一八三四年まで歴史家としてランツフートで活動し、近代ギリシャ人は理想化された古代の民族とはなんら関係なく、その後移住してきたスラヴ人の後裔であるという主張によって大きな反発をまねいた。ギリシャ独立運動の盛んなバイエルン――ヴィッテルスバッハ家は一八三二年以来依然ギリシャ王であった――でこうした見解をとったことで、ファルメライアーは学者としてのキャリアを失うことになった。一八四八年のフランクフルト国民議会議員であったが、一八五〇年まではスイスでの亡命を強いられた。しかしバイエルン科学アカデミーの会員であり続け、一八四七―四八年には広く読まれた『東方からの断想』で東方旅行の成果を示した。

フリードリヒ・フォン・シュヴァルツェンベルク（一八〇〇―七〇）はライプツィヒでの諸国民戦争における総司令官カール・フォン・シュヴァルツェンベルクの息子であり、冒険に富んだ軍隊生活をおくったが、その過程でフランスの側からアルジェリア征服に参加し、スペインではカルリスタ〔王位継承をめぐる内戦における保守派〕として戦い、四〇年代末にも種々の反革命的軍事行動に加わった。一八四四年に紀行文、小説、考察をまとめた四巻本を『退役兵の放浪から』という名で自費で出版し、一八四八年にはその第五巻『退役兵の記録から』がつづいた。シュヴァルツェンベルクの本は出版市場に媚びず、その激しい戦闘シーンにはいかなる感傷主義もまぬがれようとする保守的な著者の姿勢が反映されていて、反時代性を自覚した貴族文化の表現となっている。

学問的あるいは政治的理由から旅行した男性たちの一方で、三月前には旅行をし、それについて書き著す女性たちが現れはじめた。一八三〇年に『クロアチアとイタリアの地方に関するカロリーネ・ピヒラーへの手紙』を発表したテレーゼ・フォン・アルトナーのように、この時代の文学界に根を張っていた作家が存在する一方で、ウィーンのイーダ・プファイファー（一七九七―一八五八）のように、市民階級の主婦そして母親として子どもの教育にあたった後の一八四二年に、初めて旅に出たような者もいた。彼女の『一ウィーン女性の聖地への旅』（一八四四）は四版をかぞえ、その商業的成功は彼女に新たな企画をもたらし、『一八四五年北方スカンディナヴィアへの旅――一女性の世界巡り』（一八五〇）、『私の二度目の世界旅行』（一八五六）、死後出版された『マダガスカルへの旅』（一八六一）といったかたちで作品化された。

最後にこの時代の回想文学について記しておこう。自伝を執筆したのはメッテルニヒ、ホルマイアー、ゲンツ等オーストリア政治に巨歩をのこした人物たちだけではなく、作家たちも自己の生涯を歴史的できごとともに振り返るというゲーテの『詩と真実』以来定着した要請から逃れることはできなかった。カロリーネ・ピヒラーの死後の一八四四年に出版された『我が生涯の回顧録』は、ウィーンの文化生活に関する広範なパノラマとなっていて、文学界の変遷をいわば啓蒙的知識人共和国というべき伝統的姿勢で批判的に論評している。他方一八五三年に学術院への報告として成立したフランツ・グリルパルツァーの『自伝』は、一八三六年までの生涯を物語り、自己批判的内省および美的問題との対峙をあつかっている。

散文作品

オーストリア三月前の物語文学はヨーゼフ主義時代と同様にジャーナリズムへの接近を否定せず、意識的に重要な公的問題にとり組み、文学の自立性、文学的領域の独立性といったことにはあまり関心をもたなかった。こうした傾向が典型的に表れているのは、オーストリア文学の範疇に限定的にしか含むことができない作家——チャールズ・シールズフィールド——の作品である。

　彼は一七九三年ツナイム近郊プロピッツに農家の息子カール・ポストルとして生まれ、高位の修道会司祭としてプラハで活動した後、一八二三年に何らかの事情で過去を消しさって、非合法的にアメリカに渡り、ジャーナリスト・作家チャールズ・シールズフィールドとして新たな人生を歩み始めた。一八三一年にスイスに定住した後は、やつぎばやに一連の小説を発表し、ヨーロッパの読者に新世界——アメリカとメキシコ——の政治・社会状況を紹介した。共和制へのあからさまな共鳴と合衆国の政治モデルをヨーロッパに移入することに対する大きな懐疑が、『西洋の故郷の生活像』（一八三四—三七）、『船室本あるいは国民性』（一八四一）、『南と北』（一八四二—四三）といった題をもった本を特徴づけている。シールズフィールドは一八四八年以降忘れさられ、出版することもなくなった。死後の一八六四年になってようやくその前半生が知られるようになった。

　シールズフィールドは小説家としての経歴以前の一八二八年に、ロンドンでメッテルニヒ体制の論争的そして風刺的総括である『ありのままのオーストリア、あるいは目撃者による大陸宮廷のスケッチ』という小冊を匿名で出している。この本はヨーゼフ主義時代の冊子本の伝統に完全に組み入れることができる。新絶対主義に激しい批判を加え、メッテルニヒに利用される善良な皇帝フランツという型どおりのイメージを破壊し、ハプスブルク帝国の目前に迫った崩壊を予言する。

　シールズフィールドのチューリヒそしてシュトゥットガルトで出版された小説は、同時代の読者に著者のオーストリア人としての身元を示唆することはなく、それはヨーゼフ主義的共和主義に暗示されているのみである。彼が理想とするアメリカは、白人の有徳者による政権であり、その権威的姿勢が公共の福祉を促進するという。この国家をもたらした歴史的ダイナミズムは、共和主義的農村風景に結実し、都会的工業体制に発展していくことなどない。ヨーゼフ主義的にいえば、啓蒙はみずからのダイナミズムを展開していくなかで、ある限界をふみ越えることはしない。それは所与の秩序体系を超越するとき停止される。シールズフィールドのイデオロギーは進歩主義的共和主義と保守的貴族主義の独特な混交である。

ケルンテンの作家アドルフ・フォン・チャブシュニク（一八〇九―一八七七）もその政治的立場を理解するのが難しい。ケルンテンの貴族家庭の出身で、ウィーンで学び、一八三五年以降クラーゲンフルト、グラーツ、トリエステで官僚勤めをし、一八五九年にウィーンに転勤し帝国議会議員、一八七〇―七一年には法務大臣を務めた。彼は旧体制の代表者である一方で、進歩主義的立場をくりかえし表明し、特にその文学作品においては時代の社会的変化に際だった敏感さを示している。初期の抒情詩は彼自身は高く評価していたものの、あまり説得力のあるものではなかったが、つづく小説は彼に名声をもたらし、一八四五年のフランクルの『日曜誌《ゾンタークスブレッター》』の書評には、彼とシュティフターは「オーストリア最高の小説家」であると書かれている。チャブシュニクの名声は二つの小説によっている。まず一八四六年に発表された政治的傾向小説『現代のオイレンシュピーゲル』は、形式的には若いドイツの散文に近く、同時代の近代小説（バルザック、ディケンズ、サンド）に依拠し、時にきわめて保守的な視点で同時代芸術様式、女性解放、政治的論議の反語的・風刺的総括を行い、また一八五四に発表された長篇『実業家たち』でチャブシュニクはいかなる社会的ロマン主義も排除しながら、社会問題をとりあげている――同じ時期に評判をとったグスタフ・フライタークの長篇『借りと貸し』はこの注目すべき本の広範な受容を妨げることになった。

一八一五年にケルンテンで生まれたフランツ・E・ピピッツもジャーナリズムとフィクションの境界

にあるテクストを書いたが、彼の生涯はチャールズ・シールズフィールドを想わせるものである。一八三八年にザンクトパウル・ベネディクト会修道院からチューリヒに逃亡し、一八三九年に批判精神に富んだ『オーストリア断想』で文学活動を開始した。一七八四年のウィーン・ジャコバン謀議をあつかった一八四三年の『ウィーンのジャコバン派——十八世紀末オーストリア回想』は秘密結社小説とドキュメンタリー的要素から成るモンタージュである。この本はフランツ・クサーヴァー・フーバーらヨーゼフ主義の文人たちに倣ったもので、彼の一七九九年の『皇帝ヨーゼフ二世・レオポルト二世・フランツ二世の特質と統治史に関する論考』から集中的に引用されている。ピピッツはヨーゼフ主義の小説家たちと同様に、平易な書き方によって啓蒙を試みた。チューリヒで自由主義歴史家の名声を獲得し、一八五〇年にオーストリアに戻って、一八七三年に年金生活にはいるまでジャーナリスト・役人として活躍した。一八九九年に死去した。

反自由主義陣営でもやはり大衆小説がイデオロギー手段として用いられていたことは、カトリック司祭・評論家であるゼバスティアン・ブルナー（一八一四—九三）の作品が証明している。三つの芸術家小説『天才の災難と幸福』（一八四三）、『異郷と故郷——ある詩人の生涯、思想、歌から』（一八四五）、『アッツェルブルンのディオゲネス』（一八四六）は世紀末までにそれぞれ三版をかぞえたが、ここでブルナーは市民的芸術概念に反対し、形式的にはヨーゼフ主義小説の伝統、ことにスターンの模倣に依拠している。ここではオーストリア啓蒙の文学的伝統がさまざまに駆使されている。

フェルディナント・キュルンベルガー（一八二一—七九）もフィクションとジャーナリスティックな作品の両方で有名になった。ウィーンの平凡な境遇の出身で、学生時代に革命に参加し、亡命せざるを得なかった。ドレスデンに九か月間逗留した。一八五六年に一時的に、そして六五年には最終的にウィーンに戻り、この首都でもっとも有名な文筆家《フュトニスト》の一人になった。多くの中短篇とならんで、一八五五年には長篇『アメリカに倦んだ男』を書いたが、この題名はドイツ三月前のエルンスト・フォン・ヴィルコムの長篇『ヨーロッパに倦んだ男』（一八三八）をもじったものである。ヴィルコムがヨーロッパに倦む主人公にアメリカへの移住を解決策として提案しているのに対して、キュルンベルガーの小説は断固反米的である。簡単に見やぶられるもじりでニコラウス・レーナウの話を物語る。キュルンベルガーにおいてはハンガリーの詩人モールフェルトがアメリカに旅し、そこに物質主義と皮相な精神の国を見いだす。ドイツ民族主義者であるキュルンベルガー（と、この小説の語りの審級）にとってのアメリカの大きな欠陥とは、そこがドイツではないということである。テクスト・モンタージュとグロテスクな誇張を駆使したこのキュルンベルガーの長篇は、執筆の時点での本来の詩的想定は宮殿劇場《ブルク》のための偉大な悲劇であったが、それがかなわなかったため、読者獲得による収益を目的に構想されたのではないかという皮肉をまぬがれることはできない。

これらの若いドイツの傾向文学的綱領のもとで理解しうる政治的影響を想定した虚構文学は、オーストリア国内においては厳しい検閲状況下にあったが、現実政治を（一見）避けた物語文学も見いだされる。こうした状況下においては無数の年鑑や文庫の需要を満たし、市民読者層の要望にこたえるべき多くの小説が欠如していた。しかし一方においては自由主義的心情のもとに文学・政治状況を考察しつつも、新たな自律美学的余地を文学に付与しようという作家の存在も欠如していた。ここではアーダルベルト・シュティフターとともにフランツ・グリルパルツァーについて言及しなければならない。

グリルパルツァーは二つの短篇を書いている。一八二七年にヨーゼフ・シュライフォーゲルの雑誌『アグラーヤ』に怪奇小説風の枠物語である復讐・不倫小説『ゼンドミールの修道院』を発表した。これはポーランドのかつての伯爵が不実な妻を殺したことを語るもので、修道士としてその贖罪をなしているというものである。注目すべきは一八四八年に雑誌『イリス』に発表された『哀れな楽士』で、ここでグリルパルツァーはロマン派以来愛好されてきた芸術家小説の特異なバージョンを提示している。ここでも枠物語が採用されている。語り手はウィーンで哀れな年老いたヴァイオリン奏者ヤーコプを知り、その人生行路を聞くことになる。ヤーコプは裕福な官僚の家に育ったが、仕事上で失敗し、恋人は他の男と結婚する。いまや生涯を絶対音楽の理想に捧げようとするが、正確な演奏をすることができず、それにも失敗する。もちろんそのことに彼は気づいていない。物語の終わりで彼は洪水の際に良心から救助を試みて命をおとしてしまう。この技巧的に構成された小説は、フランツ・カフカをはじめとする多くの讃美者を得ることになった。

アーダルベルト・シュティフター

アーダルベルト・シュティフターはオーストリアの三月前においてもっとも有名な作家である。一八〇五年にボヘミアのホルニー・プラナーに亜麻織り職人の息子として生まれ、一八一七年に事故で父親を亡くした。一八一八年から二六年まで上部オーストリアのクレムスミュンスター・ベネディクト会修道院学校でヨーゼフ啓蒙主義の堅牢な教育を受けた。一八二六年から四八年までウィーンに住み、法学を学んだが、おちつかない芸術家としての生活をおくり、グリルパルツァーやレーナウ、アナスタージウス・グリューンなどの文学者たちと交流をもったが、不幸な結婚をし、家庭教師として生計を営んだ。当初はみずからの芸術家としての天命を絵画に見いだし、成功もおさめた。もちろん後世の名声は文学作品によるものである。彼の小説は種々の雑誌や年鑑に発表された。しかしすでに一八四八年ごろには読者は彼から離れた。シュティフターはリンツに移り、視学官に任命された。そこで二つの大長篇小説『晩夏』と『ヴィーティコ』にとり組んだ。重い病気を患い、一八六八年に自殺を試みた結果死去した。最後の長篇小説『曾祖父の鞄』は未完のままであった。

シュティフターは初期の小説を一八四四年以降改稿し、ペストの出版社ヘッケンアストから『習作集』という名の六巻本で出版した。一八五三年にはやはりおおかたすでに出版されていた小説から成る作品集『石さまざま』を刊行し、その序文でフリードリヒ・ヘッベルの批判に対して、みずからの概念を「穏やかな法則」と名づけた。自然と人間生活のひそかな変化は破局的変革よりも偉大であり、道徳律の静かな作用を写しとることが芸術の任務であるとした。

シュティフターの小説の多くには人間に従順な自然という古い啓蒙的な考え方——古い弁神論の想定——と人間の運命に冷淡な自然法則という近代自然科学に基づく見解の対立を見いだすことができる。『習作集』の中の短篇「高木林」はこれを論点にしている。この三十年戦争を舞台とした物語ではヴィッティングハウゼン男爵の二人の娘がスウェーデン軍の攻撃から避難して、ボヘミアの人里離れた高木林に隠れ住んでいる。最後にはたして誤解に基づく流血の惨事がまき起こる。しかし自然の牧歌的イメージも見せかけのもので、自然は人間をまったく庇護することはなく、そこに慈悲深い神の印を読みとることなどできない。語り手はそのことを主人公たちのパースペクティヴで自然を擬人化しながら感傷的な夕景を描くことで示している——「美しい満月の夜」は「目覚めるものがないほど静かに」光を「投げかける」——そして「その間丸い地球は住人たちに気づかれることも聞こえることもなく、猛然と東に進む——月と星は西に放り出され、新たな星が東に現れる——こうして続いていくのだ」。シュティフターは村の物語の作家で、「かぶと虫と金ぽうげ」の詩人であるとフリードリヒ・ヘッベルは攻撃したが、それ以上である。新たな科学認識や社会変化にもかかわらず、彼はつのる絶望感とともに啓蒙的楽天主義にこだわる姿勢をとった。ゲーテを偉大な模範として、変わることのない自然を歴史的変化に翻弄される人間の物語に対峙させた。有名な二つの短篇は彼の芸術の広範さを示すものである。「アプディアス」は北アフリカのあるユダヤ人の運命を描いたもので、盲目の娘が自然の猛威——落雷——によって治癒するが、数年後ふたたび落雷によって命をおとすというものである。この短篇はできごとの意味づけからのがれている。それに対して「ブリギッタ」では自然——と人間の情熱——の順化のプロセスを経て、穏やかな共生が実現されることになる。

一八四八年の革命は当初この進歩的な自由主義者を動揺させた。情動的な行動と主観的な発言を彼は憂慮したのだった。彼の初期の文章は決して単純な牧歌ではなかったが、やはり現実に対する震撼と秩序への固執が際だっている。彼の大長篇小説には反動的傾向が顕著である。

一八五七年に出版された「物語」とだけ銘打たれた大部の『晩夏』は、ゲーテの『ヴィルヘルム・マイスター』につらなるものであり、調和的教養小説の試みである。語り手ハインリヒ・ドレンドルフは余分なものを一つ一つ取り除かれ、知のさまざまな領域に体系的に導かれ、次第に現実認識を体得していき、最終的に恋人ナターリエと結婚して、幸福な家庭生活を予感させて物語を閉じる。テクストによれば、物事には「自然ななりゆきというものがある」。リーザハ男爵とナターリエの母親マティルデ・タローナの古い世代の物語は対照的選択肢——情動的行動の帰結として断念に終わる痛ましい人生行路——を示す。起伏に乏しく、言語的にも文学的情動を廃したこの長篇が、同時代人に受け入れられることはなかった。同様のことは一八六五年から六七年にかけて発表されたボヘミア中世に取材した歴史小説『ヴィーティコ』についてもいえ、ここでシュティフターは古い叙事詩の再興をもくろんでいる。個人の運命の代わりに「民衆生活」に基づく道徳律を提示し、最終的には偉大な秩序が打ち立てられなければならない。

『晩夏』が刊行された一八五七年にはギュスターヴ・フロベールが『ボヴァリー夫人』を発表し、チャールズ・ディケンズの長大な個人小説『デイヴィッド・コパーフィールド』と『大いなる遺産』はそれぞれ一八五〇年と六一年に出版され、さらにドイツ写実主義の綱領的テクストであるグスタフ・フライタークの『借りと貸し』が一八五五年に発表されたことを考えれば、シュティフターの著しい反時代性というものが浮き彫りになるであろう。小説は「近代的市民叙事詩」として「散文的現実」との「主観的目的」のための闘争を叙述し、主体が経験を積んで、散文的状況と折り合いをつけることで和解を達成するものであるというヘーゲルの見解に、真っ向から反対する立場をとっているように思われる。ハインリヒ・ドレンドルフは経験を積むこともない、それどころかほとんど一個の主体ですらない――彼の名は物語の終わりにようやく明かされるのである。

演劇

オーストリアの三月前における演劇状況は先行する時代と変わることがなかった。依然としてウィーンでは一方で宮廷劇場、他方で私営の城外劇場が併存していた。ブルク劇場には一七九七年以来劇場長というポストが設けられ、これにはまず短期間の間ヨハン・バプティスト・フォン・アルクシンガーが、そしてドイツの人気劇作家アウグスト・フォン・コツェブーが就いていた。一七九九年にはいくつかの演劇も書いていたヨーゼフ・ゾンライトナーが継いだ。一八一五年にはヨーゼフ・シュライフォーゲルがこのポストをひき継ぎ、世界文学の名作でレパートリーの体系化を図った。彼は一八三二年に不本意な引退を強いられ、数週間後に死去した。その後の演目編成の責任を負ったのは、とりわけヨハン・ルートヴィヒ・ダインハルトシュタイン（一七九四—一八五九）で、彼は副監督として一八三二年から四一年まで尽力した。ダインハルトシュタインは検閲官でもあり、一八二九年から四九年までは『文学年鑑』の編者でもあった。彼は観衆受けする社交喜劇を好み、みずからいくつか書きもした。彼の『ハンス・ザックス』（一八二七）、ゲーテをあつかった『君主と詩人』（一八四七）といった芸術家喜劇も成功をおさめた。ダインハルトシュタインの引退後、一八五〇年までこの劇場を率いたのは劇作家のフランツ・イグナーツ・フォン・ホルバイン（一七七九—一八五五）であった。

三月前のブルク劇場で成功した作家は、二人の官僚エドゥアルト・フォン・バウアーンフェルト（一八〇二—九〇）とフリードリヒ・ハルム（一八〇六—七一）だった。

ウィーンの市民階級出身のバウアーンフェルト（その祖父は一七六三年に貴族に列せられていた）はショッテン・ギムナジウムにかよい、法律を修得した。シューベルトの周辺やグリルパルツァー、レーナウと接触があった。シュライフォーゲルによってブルク劇場に紹介され、一八三一年以降フランスに範をとった対話喜劇、特に『市民的とロマン的』（三五）などで成功をおさめた。次第に政治的テーマをとりあげるようになり、チャールズ・ディケンズの四つの小説の翻訳は一八四五年のパリとロンドンへの旅のきっかけになったものと思われる。アナスタージウス・グリューンやルートヴィヒ・アウグスト・フランクルと共に反政府勢力に参加したために、上司と問題を起こすようになった。しかしメッテルニヒの政敵フランツ・アントン・コロヴラート伯爵の庇護を得て、一八四六年には喜劇『成年』が上演されたが、このメッテルニヒに対する痛烈な風刺は、自由主義的反政府勢力への嘲笑を含むものでもある。

バウアーンフェルトは革命前から検閲改革に公的に参画していたが、一八四八年三月に重い病気にかかったため、フランクフルトの準備議会に出席することができなかった。革命の経験は一八四八年の寓意劇『動物の共和国』にはすでにとり入れられているが、ここではフランス大革命の経過が懐疑的視点で描かれている。できごとは復古体制の勝利に終わるのだ。革命後バウアーンフェルトは失望したかつての自由主義者を自認して演劇の執筆を続けたが、もはや成功をおさめることはできなかった。しかし彼は後のシュニッツラーやホフマンスタールの対話劇の先駆者と見なされている。その対話技法はその後も称讃されたのだった。

フリードリヒ・ハルムというペンネームで演劇を出したエリギウス・フランツ・ヨーゼフ・フォン・ベリングハウゼンも、メルクの修道会ギムナジウムとショッテン・ギムナジウムで教育を受け、法律を修得した後、官職に就いた。最初の詩劇『グリゼルディス』は一八三五年にセンセーショナルな成功をおさめたが、それはアーサー王伝説からのロマンティックな素材を、近代的・解放的メッセージに結びつけていることにもよると思われる。最後に表題の女性主人公は賭けのために彼女に愛の試練を受けさせた不相応の夫パーシヴァルのもとを去る。ハルムはその後一八四二年のコルシカの自由の悲劇『サンピエール』など大量の詩劇を執筆した。一八五四年には『ラヴェンナの剣士』でドイツ国民主義者の間で人気のあったトゥスネルダ〔ゲルマン伝説上の女性〕素材をとりあげた。すでに同時代人たちは、ハルムの作品はよく構成されているものの、心理的説得力に欠けると批判していた。しかしながら彼の名声は続いた。一八六七／六八年には二つの宮廷劇場を率い、八八年に開場した新しいブルク劇場のファサードには、ヘッベルやグリルパルツァーと並んで彼の胸像がある。ハルムはいくつかの中篇小説も著したが、それらは後の文学史家たちからは彼の亜流演劇よりもはるかに高く評価された。

グリルパルツァー

ブルク劇場の中心的な作家はフランツ・グリルパルツァー（一七九一―一八七二）であり、彼はかなり早くからオーストリアの古典作家にまつり上げられ、教科書作家になったが、このことは彼の受容に否定的影響をもたらすことにもなった。彼の戯曲の現代性がしばしば見すごされてきたのは、伝統的な詩劇の形式へ固執したことに起因するのかもしれない。

グリルパルツァーの父親はウィーンの弁護士であり、母方の叔父はブルク劇場長のヨーゼフ・ゾンライトナーだった。彼はいわゆるヨーゼフ主義のもとで教育され、法律を学び、一八一三年には国家公務員となって、一八五六年に退任するまで宮廷官房資料館長を務めた。

グリルパルツァーの文学的野心は早くから兆していたが、一八〇七年につくられた習作『ブランカ・フォン・カスティリエン』はゾンライトナーに受け入れられなかった。シュライフォーゲルが彼に目をかけ、一八一七年のウィーン劇場での『先祖の女』の上演を大成功に導いた。このトロカイオス〔強弱詩格〕劇は運命劇と盗賊劇という二つの通俗的ジャンルを組み合わせたものであった。若いベルタ・フォン・ボロティンに恋をした盗賊の首領ヤロミールは、彼女の失踪した兄であることが判明する。最後にベルタ、ヤロミール、父親は死に、家族にかけられていた先祖の女の亡霊の呪いは解かれる。不安の場、エディプス・モティーフ、タブー違反といった設定によって、この戯曲はその表面的通俗性をのり越えている。

グリルパルツァーはセンセーション劇の作家というイメージを払拭するために、次作でゲーテの『イフィゲーニエ』を範とした芸術家悲劇『ザッフォー』を書いたが、一八一九年のブルク劇場でのその上演は大成功であった。詩人ザッフォーはトーマス・マンがのちに『トーニオ・クレーガー』で表すことになるように、「平凡であることの至福」に憧れ、あらゆる点で彼女に劣っている若いファオンに恋をするが、彼は女としてではなく、讃嘆すべき芸術家としての彼女に興味を懐く。ファオンが分相応に奴隷のメリッタに惹かれるようになると、ザッフォーは自殺以外逃れる術はないと考える。この演劇は陰性のグリルパルツァーを常に悩ませてきた芸術家的存在と市民的日常というロマン派以来の致命的対立をテーマとしているが、それ以上に個人的希望と社会的要請の間に揺れる女性の心理学的研究の試みでもある。

一八二一年に上演された三部作『金羊毛皮』は、素材的にはギリシャの古典のままであり、観衆に対する効果も圧倒的なものとはいえない。しかしこの『客人』、『アルゴー号』、『メデーア』の三作から成る作品は、この神話に魅力的な新解釈をもたらしている。ギリシャの征服者ヤーソンは原住民メデーアの助力によって略奪に成功するが、この未開人を文明化されたヨーロッパにいざなったあげくに捨てさる。メデーアの破滅的復讐は二人の間に生まれた子どもたちを殺すことであり、ギリシャ文明の空虚な人間主義を破壊することである。

グリルパルツァーは一八二〇年に文庫『アグラーヤ』に「カンポ・ヴァッチーノ」という詩を発表しているが、これは母親の自殺のショックから逃れるために企てた長期イタリア旅行の成果である。シラーの「ギリシャの神々」を想わせるこの啓蒙的流儀で書かれた詩は、古代世界衰亡の原因をキリスト教に求めたために検閲騒動をまき起こし、その後グリルパルツァーのオーストリアの警察での評判をおとすことになった。

このことは次の演劇作品『オトカル王の幸福と最期』ですでに明らかで、これは一年間検閲にさし止められたが、ブルク劇場での一八二五年の上演は大成功であった。ボヘミア王オトカル〔チェコ語名オタカル〕・プシェミスルは十三世紀中央ヨーロッパに大帝国を築いたが、一二七八年のマルヒフェルトの戦いで、新しくドイツ王に選ばれたルードルフ・フォン・ハプスブルクに屈する。グリルパルツァーの巧みに構築された歴史劇は、ハプスブルク家覇権確立によるオーストリア建国神話を成している。作者は素材をとりわけハルマイアーの『オーストリアのプルタルコス』に求めた。この戯曲は後にオーストリア国民演劇として称揚されることになるが――第二次世界大戦後の一九五五年、ブルク劇場は『オトカル』で再開された――、神による秩序を無視した強権的なオトカルの生涯は、多くの点でナポレオン・ボナパルトを想わせ、それに対置されている理想化された相手役のルードルフ・フォン・ハプスブルクは、秩序を重んじる国家第一の下僕であるが、その怜悧な理性的ヨーゼフ主義は両価的性質を帯びたものである。

一八二〇―三〇年代にはグリルパルツァーのウィーン文壇での地位は不動のものになった。たいがいの文化人とは交友関係を得て、ルートラムの洞窟に出入りし、一八二六年にはワイマールのゲーテを訪問し、一八三六年にパリとロンドンで数か月をすごしている。ハンガリー史に取材した史劇『主君の忠臣』は、一八二八年に好評のもとに上演された。ある君主のみずからの個人的利害を超えて義務を果たす実直な従僕の悲劇は、ウィーン帝室にとっては両義的であったため、この戯曲の流布の阻止が図られた。グリルパルツァーは一八三一年のヘーロー＝レアンドロス素材〔ギリシャ神話のダーダネルス海峡を挟んだ悲恋物語〕による『海と恋の波』のブルク劇場での上演に失敗し、常に自己に懐疑的だった作家は意気消沈した。この戯曲でも秩序体系を意味する社会の要請と、個人的願望の間で揺れる若い巫女ヘーローの葛藤が問題になっている。グリルパルツァーにおいては自我の高揚が言語化されることはまれであり、それは無言の身ぶりによって媒介されるが、それによって無意識の表現が生み出されることになる。この作品が観衆に受け入れられるようになったのは、ブルク劇場の新しい監督ハインリヒ・ラウベがふたたび舞台にかけた一八五一年になってからのことであった。

一八三四年グリルパルツァーは『夢は人生』で本来城外劇場とそこで高く評価されていたフェルディナント・ライムントの領分であるジャンルに挑戦した。すなわち「劇的童話」である。このカルデロンの『人生は夢』という題を想わせる戯曲は、彼に最後の成功をもたらした。田舎ぐらしに飽き足りない厭世家ルスタンは、夢の中で明かしたことのない願いが成就するのを体験する。政治的・性的成功は一連の犯罪によってのみ達成可能なものであった。終幕で初めて舞台上のできごとが（悪）夢であったことが判明し、ルスタンはまったくビーダーマイアー流に現実のささやかな幸福で満足する。「この世の幸福は一つだけ、／内面の静かな平和一つ、／そして罪から自由な心。／それから偉大なことは危険だ、／それに名声は空虚なお遊びだ。／それがもたらすのはつまらない影で、／失うものが多すぎる。」

一八三八年のグリルパルツァー唯一の喜劇『嘘つきに災いあれ』のブルク劇場での上演は破滅的な失敗であり、そのために傷心の劇作家は以後戯曲を舞台にかけることはなく、書かれた作品はもっぱら机の中にしまいこまれることになった。この演劇は絶対的な道徳格率への懐疑から成り立っている。物語は民族移動時代にかかわるものである。フランク族の若い料理番レオーンは、領主である司教の甥を非文明的なゲルマン人の捕虜の身から救出しようと試みるが、道徳にうるさい司教の厳しい戒律を守らなければならないために嘘がつけない。レオーンはこれ見よがしに本当のことを言い続けるが、それは誰も信じないような言い方によるものである。すなわち彼は嘘をつかないという掟を字義どおりに守るが、それは根本的な意味においてではない。型どおりのハッピーエンドは弁神論を浮かび上がらせるものだが、道徳絶対視への懐疑を先鋭化するものでもある。この戯曲はその理想主義批判のために失敗したのではなく、それはグリルパルツァーがゲルマン人を原始的な野蛮人として描き、当時のドイツ・ナショナリズムをいたく傷つけたことによるものである。

グリルパルツァーが少なくとも演劇の分野で文壇から退いたことは、政治的展開への失望を先取りするものであった。この時代遅れの老いたヨーゼフ主義者にとって、メッテルニヒ体制はおろか、一八四八年革命の混乱は堪えがたいものであったため、その武力による鎮圧は歓迎すべきものであった。ナショナリズムにすり替わってばかりいる民主化運動よりも、ハプスブルク帝国の維持の方が彼にとっては常に重要であった。公表を想定せずに書かれた政治情勢に関するエピグラムやアフォリズムは、以前同様に辛辣で冷笑的なものである。グリルパルツァーは数多くの表彰を受けたにもかかわらず、一八四八年以降もみずからの国の政府と折り合うことはなかった。たとえば一八六一年には終身貴族院議員に任命されたが、ここでは自由主義思想に固執した——たとえば一八六八年の教皇とのコンコルダート廃棄への賛成票に見られるように。

最後の三つの演劇は彼の死後にブルク劇場で上演されたが、やはり生涯にわたった問題にかかわるものである。

『トレドのユダヤ女』はグリルパルツァーが若いときからとり組んできたもので——スペイン風トロカイオスで書かれた冒頭場面は、『先祖の女』時代のロペ・デ・ベガ崇拝を想起させる——スペイン王アルフォンソのユダヤ人女性ラーエルへの国家を危うくする情熱を描いたものである。秩序維持派が蜂起してラーエルは殺害され、恋愛沙汰を起こして力を失った王は政治的危機を回避するために、その明らかないかがわしさにも気づかずに、政治的復古体制に屈服する。グリルパルツァーは悲劇『リブッサ』ではプラハ建設神話をとりあげた。この演劇は巫女的な半神的人物リブッサに体現される母権的偶像から、リブッサの夫であるプリミスラウスに代表される近代的・父権的・合目的的体制への移行を描いたものである。リブッサは彼女にとっては致命的である歴史的進展を受け入れ、惜別の辞で父権以後のユートピア構想を提示するが、これは第三の遺作演劇によって疑問に付されることになる。

その『ハプスブルクの兄弟抗争』は一八二〇年代からとり組んできたもので、ここでグリルパルツァーはふたたびオーストリア史にたち戻り、プラハに居を構える決断力に乏しいルードルフ二世とその野心的な弟マティアスの抗争を描いた。マティアスは戦争に勝って皇帝になるが、そのために三十年戦争をひき起こしてしまう。グリルパルツァーのこの歴史劇は同時代の自国の主な政治闘争を暗示するものである。十六世紀末の宗派抗争の反集権勢力にあたるのは、彼の時代ではナショナリズムである。弟と違って皇帝ルードルフは、国家統合の象徴となりうるのは自分だけであることを知っている。「朕はこの束を括る綱であり、/みずからは不毛だが、束ねるために必要なのだ」。またみずからのいかなる行動も危うい均衡の妨げになり、破局をもたらすことも知っている。そして彼の政治信条におけるもっとも悲観的部分は、外敵に対する団結だけが国家の統合を保証するのを知っていることである。反宗教改革派の皇帝の口を通じて述べられることばは、まちがいなくグリルパルツァーの同時代の歴史的危機状況を示唆するものである。彼の反民主的気分には激しいものがある一方で、他の自由主義知識人たちの――たとえばハインリヒ・ハイネの――勃興する大衆社会時代に対する悲観主義と符合するものでもある。ルードルフは断固として帝位継承権に固執する。一たびこの防壁に突破口が開かれると、まず貴族たちが権利を主張し、やがて市民が「すべての価値を金本位で計り」、「役に立たぬものと利子がつくもの」すべてを拒否するようになり、そしてついには「奈落の底から」労働者の集団がはい上がる、「この残り滓が日の目を見」、そして「叫ぶのだ。俺にも取り分をよこせ、いや全部だ！／俺たちが多数派なんだ、強者なんだ」。この迫りくるアナーキーに、ルードルフは悲観的なホッブズ主義者として唯一の原理を突きつける。「しかし神は秩序をもたらし、／その時から光が射し、獣は人間となった」。それに呼応して、ルードルフの予言はリブッサの夢想と異なって否定的なものである。「みずからの胎内から野蛮人がはい出、／手綱もなしにすべての偉大なものを／（……）高みから引きずり下ろす、／自分たちの下劣さのところまで、／すべてが平等に下品になるまで」。

この発言には市民階級特有のルサンチマンが見てとれるが、その後のオーストリア史はリブッサの楽観主義ではなく、ルードルフ二世の悲観主義を証明している。グリルパルツァー自身は一八四九年のよく引用される四行詩のなかで、啓蒙のコスモポリタニズムから同時代の国民国家思想への展開を強調して論評している。「新たな教養の道は進む／人文主義から／ナショナリズムを経て／野蛮へと」。

ウィーンの城外劇場《フォアシュタットテアーター》

もちろん現実を直視するグリルパルツァーの見方は、同時代人に共有されることはなかった。彼は一八三八年以降はもはや劇場に登場することはなかった。それに呼応して、三月前のウィーンの城外劇場はますます存在感を増していき、一八一五年以前の活動を滞りなく受け継いで、この時代に実に大きな影響力を獲得した。もちろん強調されるべきは作家たちが受けていた圧力であり、一方では観衆の好みに添って、興行的に収益の上がる戯曲を書かなければならず、また他方では厳しい劇場検閲に従わなければならなかったのである。もっとも重要な劇場監督としては、一八二七―四五年にウィーン河畔劇場《テアーター・アン・デア・ウィーン》を率いたカール・カールが挙げられ、彼は一八三八年にはレオポルトシュタット劇場も買収して改築し、カール劇場として再開した――作家や俳優たちはその搾取的なやり方にあえいでいた。

この領域ではなんといっても「偉大な三人」が君臨していた。ヨーゼフ・アーロイス・グライヒ（一七七二―一八四二）はウィーンの官僚で、魔法劇や改心劇をはじめとする二五〇の戯曲を制作した。多才なカール・マイスル（一七七五―一八五三）はやはり官僚で、さまざまなジャンルにわたる約一九〇の戯曲を遺した。ライムントとネストロイはとりわけ改心劇とオペラ・パロディに適性を現した。最後にアドルフ・ボイアーレ（一七八六―五九）は影響力の大きかった『ウィーン劇場新聞』の編者であり、地方劇をはじめとする八十の演劇を著し、またウィーンの小市民シュターバールという喜劇的人物を生み出した。彼らは二人の重要なウィーンの喜劇作家フェルディナント・ライムントとヨハン・ネストロイの地ならしをしたのだった。

フェルディナント・ライムント

一七九〇年にウィーンの中流市民家庭で生まれたライムントは、パン職人見習いを経て、一八〇八年に旅まわりの一座に加わった。一八一四年にウィーンに戻り、ヨーゼフ・アーロイス・グライヒのある戯曲で当たりを勝ち取り、その娘ルイーゼとの短く不幸な結婚生活に入った。一八二三年にはレオポルトシュタット劇場のために最初の演劇であるパロディ風魔法劇『魔法の島の晴雨計師』を書いたが、これはヴィーラントの童話集『ジニスタン』から素材を取ったものである。第二作『精霊の王のダイアモンド』でライムントはすでに正統演劇への接近を試み、道徳的なメッセージ性を強めている。『妖精界の娘または百万長者になった百姓』は彼の最初の「オリジナル」劇であり、物語をみずから考案し、彼の人気作の一つとなった。これは深刻な物語を――誠実な人間のペアがヴィーラントの『オベロン』のように妖精界の争いを収めるというものである――、図らずも金持ちになった百姓フォルトゥナートゥス・ヴルツェルが、放埒な生活をおくったあげく、金でも歳は買えないことを悟るという話と組み合わせたものである。初演では著名な女優テレーゼ・クローネスによって演じられた若さの寓意である人物は、以下の歌で別れを告げる。「すてきなお兄さん、すてきなお兄さん／お別れしなければなりません」。そのほかに嫉妬や憎しみといった寓意も登場する。しかしもっとも重要なのは、啓蒙とビーダーマイアー時代の中心的徳である満足である。フォルトゥナートゥス・ヴルツェルは貧乏になって、一時は灰掃除師として働かなければならず、アリア「灰」の中で現世的なものの無意味さを述べるが、彼を最後に救うのはこの満足である。

つづく三作品『しばられた夢想』（一八二六、もしくは二八）、『モイザズーアの魔法の呪い』（一八二七）、『災いをもたらす魔法の王冠、あるいは国なき王、勇気なき英雄、若さなき美貌』（一八九二）という喜劇でライムントはますます新啓蒙主義的な美徳綱領にたち戻ったが、観衆の支持を得ることはできなかった。しかしミュンヘン、ハンブルク、ベルリンへの大規模な引っ越し公演では好評だった。ウィーンでの成功は一八二八年の「ロマン的オリジナル魔法喜劇」『アルプスの王と人間嫌い』という改心劇によるもので、これは人間嫌いで家族には横暴な金持ちの癇癪持ちが、アルプスの王という高次の力による介入で癒やされるというものである。啓蒙的な配慮によってみずからの分身と対峙させられ、彼は自己認識に至る――ライムントは人間の教育の可能性に固執している。

ライムントの最後の「オリジナル魔法童話」『浪費家』は、ネストロイの『ルンパチヴァガブンドゥス』への回答であり、一八三四年、しばらく劇場を離れていた彼に久々の大成功をもたらした。ここではふたたび妖精物語と写実的物語が結びつけられている。金持ちで気前のいい浪費家ユリウス・フォン・フロットヴェルは、財産を失ったのち、以前の従僕である指物師ヴァレンティンのもとでささやかな幸福を知る。肯定的に設定された登場人物であるヴァレンティンは、有名な「鉋の歌」を歌う。「世間じゃみんな喧嘩ばかり／たいがいそれは幸せをめぐるもの、／一方が他方を馬鹿と言い、／結局誰にもわかりゃしない。／それじゃあ貧乏人の方が／よっぽど豊かということになる。／運命は鉋をかけて／どっちも同じにするのさ」。世の移ろいやすさに関する洞察が、新啓蒙主義的な楽観主義と手を携えている。非現実的な意図的介入によってフロットヴェルの財産の一部が救われ、この戯曲は「足るを知らねばならない」ということば――三月前のウィーンの劇場作品の長所を綱領的に要約したことば――で終わる。

フェルディナント・ライムントはみずからの人生においては足ることの達人ではなかった。大きな成功をおさめたにもかかわらず――彼の収入は多く、一八二八年から一八三〇年まではレオポルトシュタット劇場の監督を務め、グリルパルツァーやバウアーンフェルトとも交友関係を得ている――鬱病を患い、一八三六年に自殺を試みた結果死去した。その戯曲の表面的無害さの陰には世の中の残酷さがしばしば潜んでいる。また信仰への執着は時に現実との乖離を感じさせるものである――シュティフターのように。

ヨハン・ネストロイ

ライムントの啓蒙的楽観主義と人間の教育の可能性という観念を、その好敵手ヨハン・ネストロイは共有していなかった。ライムントが秩序維持的姿勢を後世に伝えたのに対して、ネストロイの風刺的で醒めた眼ざしは、ヨーゼフ主義の批判的姿勢をひき継いだものだった。

一八〇一年生まれのネストロイは、ライムントと異なってウィーン上流市民の出であった。彼の父親は弁護士であり、ショッテン・ギムナジウムにかよい、一年間法学を学んだ後の一八二二年に、オペラ歌手としてケルントナー門劇場でザラストロ役でデビューした。その後の数年間はアムステルダムやブリュン、グラーツ、プレスブルク、レンベルクなどで次第に喜劇役を演じるようになっていった。一八三一年にはカール・カールのウィーン河畔劇場との契約を得た。その結果相方のヴェンツェル・ショルツと共に人気俳優となった。背が高くて痩せたネストロイと太ったショルツは、喜劇ペアとして多くの作品に登場した。

ネストロイはすでに一八二〇年代後半には自作の執筆を始めている。一八三三年には魔法喜劇『悪霊ルンパチヴァガブンドゥスあるいはだめな三人組』で最初の成功をおさめた。一八六二年に死去するまで七十以上の演劇を執筆したが、そのうちのほとんどには原作――パリやロンドンの戯曲が多い――があった。彼の最大の功績は原作の翻案とならんで――その際ヴェンツェル・ショルツの役をつくらなければならないことが多かった――とりわけその言語的改作にある。偉大な修辞家であったネストロイの言語的機知は、二十世紀初頭のカール・クラウスをも讃嘆させるものであった。

ネストロイは俳優としても作家としても成功した観衆の人気者であり、オーストリアの地方巡演だけではなく、プラハやペスト、トリエステ、ベルリン、ハンブルク、フランクフルト、マインツ、ライプツィヒでも評判をとった。彼のウィーンの検閲との恒常的闘いは伝説的である。その嘲笑の矛先はすべての政治・思想傾向に向けられた。

ネストロイは『ルンパチヴァガブンドゥス』によってライムント的な古い魔法童話に別れを告げた。これも妖精界での争いを、人間の登場人物に徳のある行為をさせることで解決しようというものである。

もちろん非現実的世界は容赦なくパロディ化され、クニーリーム（革紐）、ライム（膠）、ツヴィルン（撚り糸）という三人の徒弟たちをくじに当てさせることで改心させようとするが、彼らの教育は絶対に不可能であるということが証明される。むりやりのハッピーエンドでは三人の主人公のうち、少なくとも二人は「よた者《ルンペン》」にとどまることになる。

ネストロイはみずからにふさわしい形式を、歌付きの地域的な茶番劇に見いだした――彼の有名な戯曲はこのジャンルに分類される。彼はここで一七九〇年代以降一般的になった伝統に依拠している。フェルディナント・クリングシュタイナーの『上部オーストリアの撚り糸売り』（一八〇一）やアドルフ・ボイアーレの『ウィーンの市民』（一八一三）などがその代表例である。ネストロイの戯曲は世の中の下劣さを風刺的で醒めた眼ざしで際だたせる。どの作品においても主人公の現状打破の試みと、疑わしい喜劇的結末が描かれる。一八四〇年の『お守り』は偏見がテーマである。赤毛のために差別されているティートゥス・フォイアーフックスは口達者で、お守りである黒髪の鬘を用いることで出世する。ティートゥスは成功者として彼をもち上げる愚かで虚栄心の強い女性たちから、容赦なく金をまき上げる。彼のふるまいは道徳的にきわめて卑劣である。彼だけが社会のからくりを見通し、それを利用する。もちろん彼の正体は曝かれるが、それでもハッピーエンドはやってくる。思いがけず現れる金持ちの親戚が、ティートゥスを経済的にたち直らせ、彼を本当に愛していた唯一の女性――彼女自身赤毛の鵞鳥飼いであるザーロメ・ポッカール――と結婚する。ネストロイの生涯を反映した彼の戯曲に常に透けて見える結婚制度への疑念も、この戯曲で社会が偏見をまったく改めていない事実とともに、この結末を疑わしいものにしている。ティートゥスが得ることができるのは、偶然に得た資金だけである。

『下町の娘または正直の頭に神宿る』（一八四一）でネストロイ自身が演じたインチキ弁護士シュノー

ファールは、山師の犯罪的な策謀に気づき、二組の結婚――一つはみずからのもの――を取りもち、また『冗談は楽し』(一八四二)では田舎住まいの従業員ヴァインバールの人生で一度だけでも「凄い奴」になりたいというむだな試みが描かれ、『分裂した男』(一八四四)では、厭世家が風刺されるが、いずれにせよネストロイの戯曲は啓蒙的視点から見た現実に対する疑いの眼ざしと、結局教育などみな徒労に終わるという醒めた洞察を示している。一八四九年の社会批判的茶番劇『地獄の不安』でネストロイが演じた主人公ヴェンデリーンは歌う。「俺を教化して迷信を/取り除くことなんかできねえよ」。啓蒙の大プロジェクトは失敗したのであろう。残ったのはそれに対する笑いである。

ネストロイは茶番劇で有名だが、それ以外にはたとえば一八四九年に(ヘッベルの『ユーディット』に対する)『ユーディットとホロフェルネス』や一八五七年に(リヒャルト・ヴァーグナーの『タンホイザーとヴァルトブルクの歌合戦』に対する)『タンホイザー』などのパロディも執筆しているほか、ある戯曲では同時代の政治を風刺的にあつかっている。一八四八年七月に検閲が撤廃されたとき、カール劇場はネストロイの『クレーヴィンケルの自由』を上演したが、これは進行中の革命の総括――どこかヨーゼフ・フランツ・ラチュキーの『メルヒオール・シュトリーゲル』を想わせる――であった。ネストロイ最後の戯曲である一八六二年の「一幕謝肉祭茶番劇」『族長アーベントヴィントまたは身の毛もよだつ祝宴』は、ジャック・オッフェンバックのオペレッタを改作したものである。このグロテスクで喜劇的な物語は同時代の政治に照準を合わせているほか、ヨーロッパ植民地主義に対する論評とも解される。

ヨハン・ネストロイの俳優としての存在感は実に大きいものがあったため、同時代人たちには彼抜きでその作品を上演することなど想像もつかないことであった。彼がウィーンの城外劇場に圧倒的影響力をもって君臨した結果、その後彼以外の豊かな劇場文化は忘れさられてしまうほどであった。しかし少なくとも二人の作家については言及するに値する。一人はシュヴァーベンのビーベラッハ生まれのフリードリヒ・カイザー（一八一四―七四）であり、彼は一八四〇年にカール・カールに雇われることになった。カイザーの喜劇的要素を抑制した「人生の肖像」は、ネストロイの反対者たちにとって真の理想的民衆作品と映った。彼は政治的にも懐疑家のネストロイよりも信用があり、一八四八年には革命家として市街戦に参加した。そしてもう一人はプロイセンのケーニヒスベルク〔現ロシア領カリーニングラード〕生まれのカール・ハフナー（一八〇四―七六）であり、彼は長年地方で俳優活動を行い、悲劇作家として有名になった後、カール・カールに喜劇作家としてウィーン河畔劇場で雇われることになった。一八四一年に大きな成功をおさめたロマン的・喜劇的民衆童話『大理石の心臓』は、ライムントの流儀をひき継いだものである。劇的「風俗画」『テレーゼ・クローネス』（一八六一）と長篇小説『ショルツとネストロイ』（一八六四―六六）は三月前の劇場状況の神話化に寄与することになった。彼の持続的な文学的名声は、一八七四年にリヒャルト・ジュネと共にヨハン・シュトラウスのオペレッタ『こうもり』の台本を書いたという事実にもよっている。

最後にオーストリアの三月前文学が中心地であるウィーンの突出した重要性にもかかわらず、もっぱらこの首都に集中していたわけではなかったということを、もう一度強調しておかなくてはならない。もちろん検閲による規制のために、質量ともに豊かな亡命文学が、とりわけボヘミアの作家たちが移住したザクセンに見ることができる。すでに言及したイグナーツ・クランダ、モーリッツ・ハルトマン、アルフレート・マイスナーとならんで、プラハ生まれのカール・ヘルロスゾーン（一八〇二―四九）は重要であり、彼は一八二五年以降はライプツィヒに住み、ここで一八三〇年に多くのオーストリアの検閲難民にとって重要な機関誌である雑誌『彗星』を発行したのだった。ヘルロスゾーンはボヘミアの歴史に関するいくつかの小説を書いたが、『メフィストーフェレス』という表題の「一八三三年の政治風刺文庫」や、「ユーモア小説」『私の遍歴書』といった「若いドイツ」流儀の本を発表し、あらゆる同時代のテーマを非常にアナーキーな構造によって次々に想起させた。またハプスブルク領内においてもヨーゼフ主義時代と同様にウィーン以外の文学界が存在した。たとえばシュタイアーマルクにはフランツ一世の兄弟で、一八四八年のフランクフルト国民議会がヨーゼフ主義改革者として帝国摂政に選出したヨハン・ハプスブルク大公が活動していて、芸術家と学者を周辺にあつめていた。このグループの中のもっとも重要な作家はカール・ゴットフリート・フォン・ライトナー（一八〇〇—九〇）で、彼は生涯にわたって「ビーダーマイアー的」観念に固執し、祖国をとりあげた小説やバラードで有名になった。ケルンテンではすでに言及したアドルフ・フォン・チャブシュニク、チロルではヨハン・ヒリュゾストムス・ゼンとヘルマン・グリム、上部オーストリアとザルツブルクではフランツ・シュテルツハーマーが活動中だった。もちろん彼らは皆、少なくとも一時的にはウィーンにくらしていた——首都／帝都の放つ光彩から作家たちは逃れることができなかったのである。

第四章

カカーニエン（一八四八―一九一八）

ローベルト・ムージルは小説『特性のない男』で帝政〔kaiserlich〕オーストリア＝王政〔königlich〕ハンガリー二重君主国を回顧して「カカーニエン」〔Kakanien〕と呼んだが、それは十九世紀後半に独自の文化を展開した後、一九一八年に崩壊したのだった。ここではカカーニエンの時代を三月前の時代とオーストリア第一共和国との継続性をふまえたうえで、文学史的時代として理解することにしよう。

第一節　新絶対主義と自由主義の時代（一八四八―一八八五）

皇帝フランツ・ヨーゼフ

一八四八年の革命はハプスブルク帝国にとって明白な歴史的分岐点を意味した。それは六十八年にわたる皇帝フランツ・ヨーゼフの統治時代の始まりだった。それに対して一八四八年が文学史にとっても分岐点を成すかどうかは、一義的に答えることはできない。もっとも重要な作家たち――グリルパルツァー、ネストロイ、シュティフター――は、以前からの流儀で書き続けていた。いずれにせよ終わりをつげたのは、三月前の政治参加文学だった。こうした状況はなにもオーストリア特有のものではなく、全ドイツ語圏に該当するもので、ここでは「傾向文学」は非難のことばとなった。しかしドイツでは新しい文学動向――綱領的写実主義――も、とりわけかつてのオーストリア亡命作家たちの雑誌『国境の使者』への寄稿を通じて理論的に根拠づけられていたのに対して、これに比較しうるオーストリア作家たちの詩学的発言は見いだすことができない。一八七〇―七一年以降の創業者時代のドイツでは市民を代弁する美学的には後ろ向きな文学が優勢で、今日正典視されている写実主義作家たちは後方に押しやられていた。同様に一八六七年以降の自由主義時代のオーストリア文化には上流市民的・亜流的要素を見いだすことができる――環状道路《リングシュトラーセ》〔ウィーンの城壁撤去プロジェクトにともない現出した大時代的・模倣的折衷建築様式〕時代と呼ばれるのも不当なことではない。

この時代ハプスブルク君主国が滅亡に瀕していたことは、現在から回顧してみれば明らかだだが、多くの歴史上の選択肢も残されていた。一八四八年に皇位に就いた皇帝フランツ・ヨーゼフは、一八五一年の大晦日勅書で政府に押しつけられた憲法を廃止し、その後は絶対主義的に統治するようになったが、それは内外政における破局的結果をともなうことになった。たしかにマリア・テレジア時代を想わせる上からの革命によって改革を断行したことで、一八四八年の革命市民層の経済的要求の多くは満たされることになった。上流市民層による自由主義にとってもっとも目に見えるかたちは、ウィーンのリングシュトラーセ建設であり、これは首都の相貌を一変させることになった。しかし政治的には皇帝と頻繁に交替した政府は、自由主義者が支持したハプスブルク帝国の中央集権体制と、封建的・保守的勢力が支持したかつての地方議会を強化した分権主義、それにドイツ連邦におけるオーストリアの優位を主張する試みの間で揺れていた。ドイツ問題はオーストリア軍が一八六六年にケーニヒグレーツの戦いでプロイセンに敗北を喫した時点で決した。ドイツ連邦は解消され、オーストリアはドイツの歴史から離れることになった——ルクセンブルクやリヒテンシュタインといった小国と同様に。

オーストリア゠ハンガリー二重君主国

当初はまったく人気がなかった皇帝は、次第に帝国の象徴的人物となり、一八五四年にいとこであるシシーことバイエルンのエリーザベトとの夢のような結婚式をプロパガンダ・イベントとして演出した。一八五九年にはロンバルディアとトスカーナを失い、一八六六年にはヴェネツィアを帝国から分離することになった。一八四八年には多民族君主国のまとまりは軍事力によって維持されていたが、すでにそのほころびが見え始めていた。それまで地方貴族と知識人の問題だったナショナリズムは、中流市民の運動になった。一八六六年以降君主国のドイツ人たちは一八七〇／七一年に成立することになるドイツ帝国を志向するようになっていった。ハンガリーは一八四八年に廃止された主権の履行を求め、フランツ・ヨーゼフは一八六七年にハンガリーとの「和協《アウスグライヒ》」でそれを認めた。ここにオーストリア゠ハンガリー二重君主国（k.u.k.）が成立したが、この国は後にローベルト・ムージルが『特性のない男』で表現したように、「言語政策の失敗によって崩壊した」。チェコ、スロヴァキア、クロアチアといった君主国内のスラヴ民族の意向は考慮されないままだった。支配民族はドイツとハンガリーの二つになった。国がスラヴ南東部に拡大されていたにもかかわらずである。一八七六年のベルリン会議以降オーストリア゠ハンガリーはかつてのトルコ領ボスニア゠ヘルツェゴヴィナを統治していたのだ。

非公式にツィスライタニエン（Cisleithanien／小さなライタ川のこちら側）と呼ばれた二重君主国のオーストリア地域では、一八六七年の十二月憲法は依然として皇帝に強大な権力を認めてはいたものの、自由主義市民層が政治的にも主導権を握っていた。ユダヤ人たちはついに同等の権利を獲得した。カトリック教会に大きな影響力を認めた一八五五年に締結されたコンコルダートは、自由主義者の怒りをかい、激しい政治的抗争のもとで失効した。社会的・民族的問題は自由主義者たちに打撃をあたえることになった。労働運動は弾圧された。かつての一八四八年の市民革命家たちは「衆愚政治」をもっとも恐れ、普通選挙には明確に反対した。さらに国会議員たちは皆自分たちをそれぞれの民族グループの代表と考えていた。自由主義者たちもまずはドイツ人やチェコ人なのであって、自由主義者というのはその次のことであった。一八七三年のウィーン万国博覧会はハプスブルク君主国の近代的性質を強調しようとするものだったが、よりによってその年に起こった株価暴落は自由主義の危機の明白な象徴であって、その政権は一八七九年の選挙における敗北によって終わったのだった。

十九世紀の後半はヨーロッパのいたるところで加速化する近代化の過程が確認される。そのことはハプスブルク君主国にも該当したが、ここには依然として大きな地域差が存在した。首都ウィーンは成長を続けた。一八二〇年に約二十五万人だった人口は、一八五〇年には五十万人以上、七〇年には百万人を超え、君主国末期には二百万人を超えていたとされる。工業化と貨幣経済を受け入れた他の都市も、西ヨーロッパに後れはとったものの大きくなっていった。文化生活を独占していたのは、貴族と市民の上流層だった。不安定な中流市民、労働者それに相変わらず多数を占めていた地方住民たちは、画家ハンス・マカルト（一八四〇—八四）の作品に象徴される豪奢な文化に参加することはまれであった。一八七九年の皇帝夫妻の銀婚式を期にマカルトによって企画されたウィーンのパレードは、何百もの時代衣装を身にまとった歴史上の人物たちがねり歩く巨大なスペクタクルだったが、これは国家の統一を示威するためのカカーニエン市民による自己演出であった。

文学にはドイツ語作家たちの強いドイツ志向が表れ、オーストリアの多民族的性質を利点ではなく、欠陥としてとらえていた。フェルディナント・キュルンベルガーは一八七二年に「オーストリアの女性的・スラヴ的性質の浸透」なることを語っている。これは国民的文献学という当時のドイツ文学研究の路線の上に立つものだった。「とりたててオーストリア的などというもの、チェコ的・スロヴェニア的な文化というものなどはない。我々の文化はドイツ的なのであって、それが低次元にあるということだ。（……）我々はとり残されてしまっている。（……）同じ道を、ドイツがいまや高みに至った同じ道を、我々は後追いしなければならない」と、同年有名なオーストリアのドイツ文学者ヴィルヘルム・シェーラーは文芸欄《フユトン》で表明し、さらに付け加えている。「しかし我々に混じって住んでいるスラヴ族は、我々と同様にそれに関心をもっている。ドイツ精神のしもべは、その出生地がチャスラフであろうとウィーンであろうと、リュブリャナであろうとグラーツであろうと我々は歓迎し、ドイツ人と見なす」。ドイツ帝国樹立とともにドイツへの眼ざしは変化した。一八四八年世代は自分たちをドイツ系オーストリア人ととらえていたが、一八七〇年世代は自分たちをオーストリア系ドイツ人と認識するようになった。

精神史的観点からいうと、リングシュトラーセ時代はペシミスティックな雰囲気を基調としている。ショーペンハウアーがドイツよりもオーストリアの知識人たちに強い影響を及ぼしたことは、キュルンベルガーやザッハー＝マゾッホ、それにとりわけザールで例証されてきた。ビスマルクの国家が意気揚々と未来に邁進していったのに対して、カカーニエンの基調は懐疑的で、ナショナリズムの急進化に彩られている。オーストリアの国家意識はあったとしても、軍や官僚制といった国家機構においてすら希薄になっていった。仮に未来を望むのであれば、ハンガリーの支配下にあったスロヴァキア・クロアチア・ルーマニアを犠牲にしたうえでのハンガリー・ルネサンス、ボヘミアに住むドイツ人を犠牲にしたうえでのチェコ・ルネサンス、チェコ・スロヴェニアを犠牲にしたうえでの君主国のドイツ語地域のドイツ帝国への合邦、他民族を犠牲にしたうえでの個々の民族の支配という後のユーゴスラヴィア国家といったぐあいに、個々の少数民族を犠牲にしたうえでの民族的ルネサンスに求めなければならなかった。

国民文学

ハプスブルク君主国の種々の国民文学は——それぞれの言語ごとにではあったが——フランツ・ヨーゼフ主義時代に開花を見た。その際それぞれの「民族再生」は、たいていは十八世紀末にドイツ語で書く知識人によって導入された。ハンガリーに生まれたヨゼフ・ドブロフスキー（一七五三—一八二九）は一七九二年に『ボヘミア語・文学の歴史』と一八〇九年に『詳説ボヘミア語体系』を執筆していた。もっとも重要なチェコ詩人はロマン派のカレル・ヒネク・マーハ（一八一〇—一八三六）とされ、その世界苦的韻文詩 *Máj*（『五月』）は死後になってようやく広範な支持を得ることになった。それにつづいたのがボジェナ・ニェムツォヴァー（一八二〇—六二）で、自伝的色あいをもった小説 *Babička*（『おばあさん』／一八五五）はチェコ文学の鍵となる作品と見なされている。スロヴァキアではイェーナでの学生時代を期にドイツ人学生のナショナリズムに感化されたパヴェル・ヨゼフ・シャファーリク（一七九五—一八六一）とヤーン・コーラル（一七九三—一八五二）が、チェコ語に倣ってスロヴァキア語文学を唱導した後、政治的に活動的だった文献学者リュドヴィート・シュトゥール（一八一五—五六）は中部スロヴァキア口語を標準語として採用し、実りある文学創作を基礎づけたのだった。スロヴェニア語・文学に関してはウィーン宮廷図書館に勤務していたイェルネイ・(バルトロメウス・)コピタル(一七八〇―一八四四)が重要であり、一八〇六年から〇九年まで『クライン・ケルンテン・シュタイアーマルクのスラヴ語』を執筆した。その詩的成果は後にスロヴェニア国民詩人と称されることになるフランツェ・プレシェーレン(一八〇〇―四九)の叙事詩 *krst pri Savici*(『サヴィツァ川での洗礼』)に結実した。ハンガリーのマジャール化政策の強い影響下にあったクロアチアでは、一八三〇年ごろにイリュリア運動が起こり、全南スラヴの文化的統合が推し進められた。この国民的刷新におけるもっとも重要な作家はペタル・プレラドヴィッチ(一八一八―七八)で、他の民族再生の詩人たちの多くと同様にまずドイツ語で創作し、その後国民言語を発見し(、ある程度は習得しなおさなければならなかっ)た。またほかの国民と同様に、クロアチアの新しい国民的アイデンティティは一つの叙事詩によって確固たるものとなった――クロアチア文学の場合は一八四六年にイヴァン・マジュラニチによって執筆されたトルコ帝国からの解放戦争でのエピソードに関する愛国的テクスト *Smrt Smail-age Čengić*(『スマイル＝アガ・チェンギチの死』)であった。一方セルビアは十八世紀にはまだトルコに支配されていたため、民族再生はウィーンでなされ、文献学者・言語改革者のヴーク・カラジッチ(一七八七―一八六四)が近代セルビア文章語を創出した。またポーランド文化にとってもウィーンは意味があった。政治的統一国家としてのポーランドは一七九五年の第三回ポーランド分割以来存在しなかった。ガリツィアとクラクフはハプスブルク帝国の一部だった。ウィーンにくらしていたヨゼフ・マクシミリアン・オソリンスキ伯爵(一七四八―一八二六)の図書館は、ポーランドの文化生活の中心だった。オソリンスキの死後その蔵書はレンベルク大学〔現リヴィウ大学/ウクライナ〕に遺贈され、そのオソリネウムは重要な研究施設となった――一九四五年以降このコレクションはヴロツワフに移された。

ハンガリーの国民的ルネサンスは早くから攻撃的度合いを増していった言語的マジャール化の断行と結びついていた――民族意識にかかわらないイシュトヴァーン王冠への忠誠に象徴される数世紀来の「ハンガリー」意識に代わって、ハンガリー語の使用がやがてハンガリー愛国主義の規範と見なされるようになっていった。もっとも重要なハンガリー語改革者は啓蒙主義者フェレンツ・カジンツィ（一七五九―一八三一）で、ジャコバン主義謀議に荷担して投獄された後、ゲーテ、レッシング、シェークスピアなどの翻訳者としてハンガリー語文学の興隆に多大な貢献をなした。その後を継いだのはハンガリー・ロマン派のカーロイ・キシュファルディ（一七八八―一八三〇）とミハーイ・ヴェレシュマルティ（一八〇〇―五五）、なかでもスロヴァキア家庭出身のシャーンドル・ペテーフィ（本姓ペトロヴィチ／一八二三―四九）だった。ペテーフィはその世界苦的・反体制的抒情詩とハンガリー解放戦争中の死によって国民的英雄となった。

これらの言語改革はすでにメッテルニヒ時代には文学的成果として結実し、一八四八年以降も継続していた。歴史小説のジャンルでは国民史的素材が独占した。美学的にはこれらのウォルター・スコット、ヴィクトル・ユゴー、そして後にはアレクサンドル・デュマ（父）に依拠した小説が時代の頂点にあったわけではない。それはフェーリックス・ダーンやゲオルク・エーバースのドイツ歴史主義の作品も同様であった。時代に合った物語様式は写実主義小説であり、これらは次第に現実の社会的・国民的問題と対峙するようになっていった。その先駆けとなったのは、一八四六年に政治的に参加したハンガリー人で社会的時代小説 *A falu jegyzöje*（『村の公証人』）のヨージェフ・エトヴェシュ（一八一三―七一）と *Egy Magyar Nábob*（『ハンガリーの太守』）のモール・ヨーカイ（一八二五―一九〇四）だった。しかし君主国内の他の国民文学にも時代批判的な写実主義物語は見られる――ここではオーストリア・ガリツィア在住でウクライナ語・ドイツ語・ロシア語・ポーランド語で出版したイワン・フランコ（一八〇五―一九一六）のみを挙げておこう。これらのテクストは多言語的織物を形成しているが、君主国のドイツ語文学もその強いドイツ志向にもかかわらず、このコンテクストで位置づけられる。

思想的・社会的背景

三月前の時代のハプスブルク君主国において、すでにドイツ観念論とドイツ初期ロマン派の思弁的体系に対する懐疑が確認される。マテウス・フォン・コリーンを暗示したある文章には、オーストリアの知識人は実際に存在する世界に「神の国」、すなわち唯一把握できる現実を見たと言及されている。オーストリアにおける代表的な反観念論哲学者としては、常にベルナルト・ボルツァーノが挙げられる。美学的観点からいえば、一八三〇年以降ドイツに見られるヘーゲル学派の優勢と、その刻印を帯びた綱領的写実主義といったものはオーストリアで確認することはできない。近代への道を切り開いたのはむしろドイツの哲学者・教育学者ヨハン・フリードリヒ・ヘルバルト（一七七六―一八四一）に端を発するヘルバルト主義美学であり、これはオーストリアの大学に地歩を固めていたのだった。心理学に基礎をおくヘルバルト主義形式美学は、存在よりも仮象に重きをおき、美学的判断を心理現象として把握し、その例として芸術作品をひき合いに出した。これに影響を受けたのが、とりわけ音楽理論家のエドゥアルト・ハンスリック（一八二五―一九〇四）と美術史家のアーロイス・リーグル（一八五八―一九〇五）であった。

オーストリアのドイツ連邦からの離脱とドイツ帝国樹立にもかかわらず、オーストリアでもドイツ帝国でもドイツ文学という共通の観念は維持された。政治状況は文化的共通性という原則に対しては二次的なものであったと思われる。ツィスライタニエンにおけるドイツ志向は、一八六六年以降むしろ高まっていった。以前はドイツ（語）文学におけるオーストリア文学の固有性を強調しようという試みが優勢だったのに対して、いまや君主国内のドイツ語で書かれた文学とドイツ帝国の文学との——君主国で興隆する他の国民の文学とは一線を画した——共通のアイデンティティが指摘されるようになっていた。

依然として啓蒙に成立した市民および貴族によるサロン活動は重要だった。文学カフェーが出会い、交流の場としてのサロンにとって代わることになったのは、世紀末になってからのことだった。ユダヤ人上流市民の文学活動の後援者も増えていった。重要だったのはウィーンのヨゼフィーネ・フォン・ヴェルトハイムシュタイン（一八二〇—九四）と妹フランツィスカ（一八四四—一九〇六）のサロンで、ここではかつての三月前の作家バウアーンフェルトやフェルディナント・フォン・ザールのほか、若いフーゴ・フォン・ホフマンスタールが交流していた。こうしたサロンの世界は学問・芸術・文化に関心をもつ市民が、文学市場とは別に集ったという点で、カロリーネ・ピヒラーのサロンの伝統を受け継ぐ最後の試みであった。しかし時代の動向は文化産業の方に向かっていた。

ほかのドイツ語圏と同様に文学活動には貸し出し図書館が依然として重要な役割を演じていた——これなしに書籍市場の急激な伸張は説明できない。特に小説の流行は図書館の需要を高めた。ウィーンでは貴族や上流市民たちが「E・ラスト文学研究所」に出入りしていたが、これは小規模貸し出し図書館や国民図書館の求めに応じて本を売りに出し、それを中流市民や時には労働者たちが借りていたのである。これらの図書館の蔵書はドイツの市場に独占されていた。ハプスブルク君主国の出版社は低調なままだった。雑誌市場も同様の様相を呈していた。ブロックハウスの『家庭の炉端の団欒』（一八五二—六四）やライプツィヒの有名な『あずまや』、『月刊ヴェスターマン』（一八五六―）といった大組織はオーストリアでも大成功をおさめ、国内の出版組織でたちうちできるものはなかった。オーストリアのドイツ語読者はドイツの方を向き、多くの著作権が失効した一八六七年のいわゆる「古典の年」以降廉価版が手に入るようになったドイツの古典を読んでいたのである。

　文学活動の商業化は文学時代の指標である――カール・クラウスは一八九九年に「文学のマンチェスター」と論じている。多くの作家はみずからの芸術の自律性という自画像に固執して、市場の競争に左右されていることを認めたがらなかったが、不安定さは増していった。日々の記事の報酬――ジャーナリズム――が優勢であった。ウィーンでは一八四八年に創刊された『プレッセ』や『新自由報道《ノイエ・フライエ・プレッセ》』（一八六四年創刊）、あるいはモーリッツ・シェプスが一八六七年に発刊し、一八六七年から九二年まで八十もの連載小説を発表した『新ウィーン日報《ノイエス・ヴィーナー・タークブラット》』などが有力な新聞だった。文芸欄《フユトン》が新しい重要な文学ジャンルになった。そして新たに創刊された雑誌は、文学上・政治上の議論の場ではなくて娯楽の機関と解された。リングシュトラーセ時代、文学は重要な役割を演じてはいなかった――経済的好況の持続、都市化の進行、著しい文化融合といった客観的好条件にもかかわらず。三月前の活発な政治的論壇と比較して、また一九〇〇年ごろの世界文学的にも重要な創作と比較して、この五十年間の収穫は貧弱なものであった。

抒情詩

　抒情詩の分野では自由主義の時代は注目すべきものはあまり執筆されていないが、一八五四年の皇帝の結婚式を契機としたヘリオドール・トルスカの高価な『オーストリア春のアルバム』、一八六三年のエーミール・クーの『オーストリア詩人の本』、それに一八八二年のカール・エーミール・フランツォースの『オーストリア詩人の本』といった種々のアンソロジーがそれまでの業績を総覧した。抒情詩も（いまだに）代弁的機能を帯びていた。有名な詩人たちは決まりきった形式を型どおりに組み合わせて、行事を機とした依頼詩を作った。生産された量に比して質は乏しく、亜流的ディレッタンティズムが大勢を占めていた。

そのなかで際だっていたのは、アーダ・クリステン（一八三九―一九〇二）の作品だった。このクリスティアーネ・フリデーリクとして富裕な境遇に生まれた作家は、父親の一八四八年革命への参加による投獄と家庭の経済破綻によって、早くから店員そして旅まわりの役者としてくらしていかなければならなかった。一八六九年の『堕落した女の歌』をハンブルクのホフマン・ウント・カンペで印刷するようにフェルディナント・フォン・ザールが手配し、それが大成功をおさめた――みずからの性の率直な表現と社会的苦境の赤裸々な叙述によって、この本と続篇『灰の中から』（一八七〇）、『深みの中から』（一八七八）はスキャンダルをまき起こした。とりわけ男性批評家たちは「私は激しいキスに、／熱い逸楽の戦慄に憧れる」、あるいは「下品な者、粗野な者のもとでくらしながら／私は傲然と高みに舞い上がる。／けれども翼は石で重りがつけられ、／また下の卑しさへと沈んでいく。／吐き気をもよおす者たち、小さい者たちに倦んで、放縦へと逃げこむ――／そして純粋に熱狂しながら、／糞で窒息する！」といった詩行を揶揄した。ザールなどの仲間以外にテオドール・シュトルムもアーダ・クリステンの詩を評価し、ハインリヒ・ハイネへの親近性に同時代人たちも気づいていた。一八七三年には工場主のアーデルマール・フォン・ブレーデンとの関係を正式なものにし、その後サロンを開いてアンツェングルーバーやザールと交流した。小説『未婚の母――ある郊外の話』（一八九二）などの物語テクストトにおいてもテーマは一貫していた。自然主義の批評家にとってはこうしたテクストはすでに時代遅れのものになっていた。

フェルディナント・フォン・ザールのもっとも重要な文学上の業績は散文作品にあるが、一八八二年には詩集を出していて、一八九三年になって発表された十五の「ウィーン悲歌」とともに多くの支持を得た。これらの悲歌調の二行詩で書かれた詩は、ゲーテの『ローマ悲歌』などの古典的模範に依拠し、リングシュトラーセの近代的ウィーンを三月前の「古きウィーン」と対比して（「おまえは前より美しく／おまえは前より大きい――だがおまえはもう私のウィーンではない」）、変わらざるウィーン性の覚醒（「ほんとうに、ウィーンの人々よ、おまえたちは滅んではいないのだ！」）と近代化の出来への悲観的眼ざしの間に揺らめくなかで、郊外の悲惨さが暴き出される――「新しい建物のひび割れ、崩れた蛇腹」。「ぞっとしながら感じる。豪華な宮殿などではない――ここではただ／ああウィーンよ、おまえの運命が紡がれているのだ――世界の運命が紡がれているのだ！」

韻文叙事詩

豪華な宮殿の詩人、文学におけるマカルト様式（マカルト（二四六ページ）に代表される大仰で豪奢な流行様式）の代表者と見なされていたのは叙事詩人ローベルト・ハーマーリングだった――叙事詩という古いジャンルは依然として盛んだったのだ。ハーマーリングの悲観主義と進歩への懐疑はリングシュトラーセ時代のイデオロギーに疑問を呈したものであった。しかしその審美主義は時代批判を回避し、時代を神秘化するものでもあった。この工業化の結果失業した機織りの息子は、一八三〇年に低地オーストリアのキルヒベルク・アム・ヴァルデでループレヒト・ハーマーリングとして生まれ、一八四四年以来ウィーンに住み、ショッテン・ギムナジウムにかよった後、一八四六年以降は大学で学んだ——そして名を変えた。「学生部隊」(Akademische Legion) の一員として革命に参加した後、一八五五年以降はギムナジウム教師としてトリエステで働いたが、健康上の理由から一八六六年に退職し、その後は病気による痛みに苦しみながら母親とグラーツでくらし、若いローゼガーらを援助したり、アナスタージウス・グリューンやフェルディナント・フォン・ザールと文通するなどした。一八九九年に死去した。

韻文叙事詩『流離のヴェーヌス』でハーマーリングは一八五八年に初めての反響を得た。このジャンルでもっとも大きな成功をおさめ、特に皇帝ネロの時代をとりあげたブランクヴァース〔弱強五脚無韻〕叙事詩『ローマのアハスヴェルス』(一八六六) は再版を重ね、すでに同時代人から審美主義のマニフェストと見なされた。再洗礼派ヤン・ファン・ライデンをあつかったヘクサメトロス叙事詩『シオンの王』(一八六九) も成功だった。風刺的な『ホムンクルス——十歌から成る近代叙事詩』(一八八八) は時代精神の総括であり、この時代の進歩への底知れぬ不安を表した注目すべき記録である。三巻本の『アスパシア』(一八七六) は創業者時代に好まれた文化史的風俗小説であり、古代ギリシャを描いたものである。ハーマーリングのドイツ民族主義的傾向は当初から明らかである。『アハスヴェルス』では民族大移動のゲルマン諸部族に未来の支配的地位が付与される。ドイツ帝国樹立を歓迎してビスマルクを讃美し、その死後は反ユダヤ主義からは距離をとったものの、シェーネラー周辺のドイツ民族主義者に取りこまれた。

ジークフリート・リーピナーも初期の文学上の名声を叙事詩のジャンルで築いた。一八五六年にガリツィアに生まれたこのユダヤ人のニーチェ崇拝者は、一八七一年にウィーンに出てきて、一八七六年にスタンザ叙事詩『解放されたプロメテウス』でキリストによる巨人の救済を詠った。ニーチェはこの作品に肯定的に反応した。その結果リーピナーは後の社会民主党政治家エンゲルベルト・ペルナーストルファー、ヴィクトール・アードラーと共に、若い作曲家のグスタフ・マーラーにも影響をあたえたリヒャルト・ヴァーグナーに熱狂するドイツ民族主義サークルに所属した。一八八一年から死去する一九一一年まで、リーピナーはウィーンで図書館員として働いた。その後の叙事・劇作品で支持を得ることはできなかったが、それらは後のリヒャルト・フォン・クラーリクのキリスト教神話文学を予示するものであった。

叙事詩の中で世界観的問題をあつかうことは、マリー・オイゲーニエ・デレ・グラーツィエの信条でもあった。一八六四年にバナトの市民家庭に生まれた娘は、一八七四年以来ウィーンに住み、すでに若いころには劇作家・詩人として成功し、一八八五年には文学サークルを開いたが、そこにはルードルフ・シュタイナーやレオポルト・フォン・ザッハー＝マゾッホ、エミーリエ・マターヤなどが属していた。最大の成功は一八九四年のヘッケル〔進化論生物学者・思想家〕の一元論に基づいた千ページに及ぶブランクヴァースによる歴史哲学的文学である「近代叙事詩」『ロベスピエール』でなし遂げられたが、これは暴力に基づく革命と歴史悲観主義の間に第三の道を探ろうというものである。デレ・グラーツィエはその後の文学におけるキャリアのなかで、自然主義演劇（『爆発性ガス』一八九八）からキリスト教小説（『愛の本』一九一六、『ホモ』一九一九）に至るさまざまな段階を経験した。一九三一年にウィーンで死去した。

フユトン

自由主義時代の散文文学ではフユトンが優勢だったが、これは大新聞の「欄外」に陣取った機知に富む非体系的に揺らめく主観的署名テクストのことである。「ウィーンのフユトンの王」と目されていたのは、バイエルン出身のルートヴィヒ・シュパイデル（一八三〇—一九〇六）で、一八五三年に『アウクスブルク一般新聞《アルゲマイネ・ツァイトゥング》』の通信員としてウィーンにやって来て、一八六四年以降は『新自由報道《ノイエ・フライエ・プレッセ》』で働いた。後世に残る影響をあたえたのは、フェルディナント・キュルンベルガーであり、後にカール・クラウスがよりどころとすることになる。かつての一八四八年世代であるキュルンベルガーは、フユトンを時代批判的・美学的考察に用い、その際小説『アメリカ嫌い』に見てとれる資本主義批判路線を継続した。再三にわたって自由主義的進歩思想の実体を暴きたてた。もっとも著名なウィーンのフユトニストはユダヤ家庭出身のダニエル・シュピッツァー（一八三五—九三）で、当初はジャーナリズム活動のかたわら役人であり続け、一八七三年以降『新自由報道』に執筆した。一八六九年以降は本としても出された有名な『ウィーン散策』は時代を軽妙に風刺した。

　ウィーン方言と地方色に彩られた風刺的テクスト「ウィーン素描《ヴィーナー・スキッツェ》」は、ウィーン・フユトン独特のジャンルである。その代表者はフリードリヒ・シュレーグル（一八二一—九二）という貧しい境遇出身の役人で、一八五七年以降『新ウィーン日報《ノイエス・ヴィーナー・タークブラット》』などさまざまな新聞に書き、一八七三年には素描集『ウィーン気質』を出版した。シュレーグルの「文化像」は故郷の町への際だって批判的な眼ざしに特徴づけられている。挫折した一八四八年世代として、その責任を上流市民の自由主義者や臆病な中流市民、それに思慮を欠く大衆に同等に帰した。シュレーグルの心性批判は穏やかなウィーン人という神話にも及んだが、ウィーン素描は批判的とはいいながらも、それを強化するものでもあった。そのことはやはり『日報』に書き、ウィーン俗物の典型的人物「ニーガール氏」を生み出したエドゥアルト・ペッツル（一八五一—一九一四）にもいえる。自由主義俗物批判がいかに容易に俗物性に転じうるかは、ペッツルが一九〇〇年以降ウィーン大学祝典堂のグスタフ・クリムトの天井画に反対する論争を主導した事実に表れている。ウィーン素描はヴィンツェンツ・キアヴァッチ（一八四七―一九一六）の手法でもあり、彼はヨーゼフ・リヒター以来の『アイペルダウ住民の手紙』の伝統をひき継いで、時代のできごとを大衆的に論評する「ナッシュ市場のゾファール夫人」と、自惚れの強い「アーダバイ氏」という二人の有名な典型的人物を生み出した。

フユトン小説

写実主義文学のもっとも重要なジャンルである小説は、オーストリアでは目だった役割を演じなかった。他のヨーロッパの大都市と同様に、ウィーンでは文芸欄《フユトン》の連載小説が登場した。一八六七年に創刊された『新ウィーン日報』などは、九〇年代初頭に八十ものスキャンダル小説を掲載したが、その多くはウジェーヌ・シューの『パリの秘密』（*Les Mystères de Paris*）という古い手本に依拠し、その自由主義的・反教権的路線をしばしば陰謀説に結びつけ、不気味な近代化の動向を説明しようとした。また歴史小説にも人気があった。ドイツでこのジャンルは三月前からいまだ存在せぬ国家の意識を醸成するのに役だったが、それはオーストリアではハプスブルク君主国の歴史に結びつけられた。エドゥアルト・ブライアー（一八一一―一八六）、フランツ・イージドール・プロシュコ（一八一六―一九一一）、テオドール・シャイベ（一八二〇―一八八一）、モーリッツ・ベルマン（一八二三―一九五）、それに三月前にはすでに有力だったアルフレート・マイスナー（一八二二―一九五）といった作家たちはハプスブルクに忠実な小説を書き、とりわけマリア・テレジアとヨーゼフ二世は国母ないしは国父にまつり上げられたが、近代批判はカトリック聖職者や官僚に対する否定的叙述となって表れた。しかし写実主義物語文学最大の功績は長篇小説ではなくて、中短篇小説によってなされた。長篇に表れたものは美学的に革新的ではなく、従来の路線に依拠していた。このことは一八五五年に『プレッセ』に連載されたヒエロニムス・ロルムの三巻本の小説『一八四八年の寄宿生』などにあてはまるが、これは一八六三年に『ガブリエル・ゾルマル』という題で出版された。これは革命を小説形式で考察しようという数少ない試みである。ロルムはハインリヒ・ランデスマンとして一八二一年にモラヴィアに生まれ、一九〇二年にブリュン〔現チェコ領ブルノ〕で死去したが、すでに三月前に頭角を現し、一八四七年に『ウィーンの文学的翼と筆』という本で同時代の飼い慣らされた文学状況を痛烈に批判したため、ベルリンに逃れることになった。帰還後はウィーンでもっとも重要なフユトニストの一人になった。『ガブリエル・ゾルマル』では教養小説の型を時代小説にまとわせて、ユダヤ人の主人公を革命前の上部イタリアに送りこみ、宮廷における豊富な恋と陰謀のストーリーで味付けしている。最後に革命が勃発すると、ガブリエルはそれを拒否し、私的な田園生活に引きこもって、道徳的自己形成に人間の解放を見るのである。

読者から「赤いマルリット」と呼ばれたミンナ・カウツキー（一八三七―一九一二）も、社会主義的理念とエルンスト・ヘッケルを媒介としたダーウィニズムをテーマとした小説で従来の型から抜け出ることはなかった。エンゲルスとリープクネヒトと交友関係にあり、重要な社会民主主義理論家のカール・カウツキーの母親は劇場的境遇の出身で、一八六一年までオルミュッツ〔現チェコ領オロモウツ〕とプラハで俳優として活動した後、一八六四年にウィーンに定住した。『シュテファン・フォン・グリレンホーフ』（一八七六）、『古き者たちと新しき者たち』（一八八五）、『ヴィクトリア』（一八九〇）といった傾向小説では、進展する資本主義とそのプロレタリアの犠牲者たちの肖像を描いて、高潔な労働者と不道徳なブルジョワを提示し、自由主義的なフユトン小説とまったく同様に反教権的立場をとった。

オーストリアの写実主義文学はドイツの写実主義の美化の掟に追従していないこと、ドイツでは自然主義になってとり入れられるようになった社会的な悲惨さが大規模に主題化されているということがしばしば言われる。ドイツの代表的な写実主義者であるグスタフ・フライタークが一八五五年に小説『借りと貸し』で歌いあげた市民の讃美も、ハプスブルク君主国でその対応するものを見いだすことはできない。ロマン主義や三月前の傾向文学に断固反対する身ぶりも、オーストリア諸邦の写実主義にとってはやはり異質であり、ドイツ・ロマン派やドイツ観念論がここではまったく不調だったことも、このこととと関係があるのかもしれない。

ガリツィア小説

オーストリアの作家たちは小規模な物語において最大の成果を上げた。その際君主国の周縁部が着目されることになった。ゲットー小説はヴュルテンベルクのユダヤ人短篇作家ベルトルト・アウアーバッハの『シュヴァルツヴァルトの村の物語』（一八四三—五四）の影響を受けて、東ヨーロッパの前近代的なユダヤ文化を前景化した。このジャンルの初期の代表者は一八二二年にボヘミアのムニホヴォ・フラジシチェで裕福なユダヤ人家庭に生まれたレオポルト・コンペルト（一八二二—八六）で、一八四〇年代にウィーンにやって来て作家・ジャーナリストとして働き、一八五七年以降はユダヤ人宗教共同体で重要な役割を演じた。コンペルトの成功した小説集『ゲットーから』（一八四八）、『ボヘミアのユダヤ人』（一八五一）、『新ゲットー物語』（一八五五）はヨーゼフ主義的自由主義のパースペクティヴ、同化の主張、伝統を墨守する未開なゲットー生活への批判的眼ざしを示している。中篇『ランダルの子どもたち』は、家庭内での伝統的な父権的正統主義と近代的価値観の軋轢のほか、反ユダヤ主義という厄介な問題を主題化している。語り手の眼ざしはすでに失われ、近代にとり残されてしまった世界に向けられている。コンペルトは長篇も書いた。『鋤で』（一八五五）はゲットーを離れ、農民生活を始めた家族の物語である。（一八四九年に強行された憲法は、ユダヤ人に「土地所有権」を付与していた。しかしこの譲歩は一八五三年には撤回されている。）村への同化は部分的にしか成功せず、この本の予示する楽観的メッセージにもかかわらず、反ユダヤ主義的偏見がなくなることはなかった。

ゲットーに批判的で、ドイツ文化に救いを求めた東ヨーロッパのユダヤ人作家の悲劇を体現しているのはカール・エーミール・フランツォース（一八四八―一九〇四）である。この東ガリツィアの医者の息子はハプスブルク帝国東部唯一のドイツ語の高校であるチェルノヴィッツ〔現ウクライナ領チェルニウツィー〕のギムナジウムにかよった後、一八六七年以降ウィーンで法学を学び、ドイツ民族主義の学生運動に参加した。カール・ルエーガー同様「学術読書協会」のメンバーで、公然とオーストリア国家愛国主義に反対し、プロイセン主導のドイツ統一を支持した。一八七一年にグラーツ大学で学業を終え、フリーのジャーナリスト・作家となった。『新自由報道《ノイエ・フライエ・プレッセ》』とブダペストの『ハンガリー・ロイド』にフユトン、中短篇を寄稿し、一八七六年に『半アジア――ガリツィア・ブコヴィナ・南ロシア・ルーマニアの文化像』という題で本として出版した。大きな成功をおさめたのは、一八七七年に十六か国語（ヘブライ語・イディッシュ語を含む）で書かれた短篇集『バルノーのユダヤ人』で、これによってゲットー作家としての名声を確立した。

東ヨーロッパのユダヤ人に対するフランツォースの姿勢は矛盾したものであった。順応したドイツ民族主義ユダヤ人家庭に育った彼は、自由主義者として東ヨーロッパのユダヤ人の正統主義に多くの点で背を向け、ゲットーに西ヨーロッパ――つまりはドイツ――文化への同化を望んだ。したがって彼のゲットー小説では一方でドイツ人読者層に文化史的解説と宗教的慣習の解説、宗教史の詳細によって東ヨーロッパのユダヤ人社会が紹介されているが、他方において東ヨーロッパの後進性が提示される。登場人物はしばしば型どおりで、戯画的である。鋭い批判は一方において無教養の聖職者や無知なキリスト教徒、他方において迷信の代弁者としてのユダヤ教のラビ、ハシディズム、ユダヤ正統主義に向けられる。

フランツォース自身は「同化の断固たる闘士」と称したが、「洗礼、信徒同士の無関心、ユダヤからの離反ではなく」、ドイツ文化への同化を理解するとした。後にシオニズムを「ユダヤの高揚」を喚起するとして部分的に認めたが、一貫して「過渡的誤謬」と見なしていた。

ゲットー小説の成功によってフランツォースの文学的名声は固まった。つづく作品は一八八〇年八月以降『新自由報道』に連載された小説『正義のための闘い』や短篇『パルマのモシュコ』(一八七九)、『ユーディット・トラッハテンベルク』(一八九〇)など多数に上る。そのほかフランツォースは編集者としても活動していた。一八八二年に出された『オーストリアのドイツ人作家読本』は同時代のドナウ君主国のドイツ語文学をドイツ語圏文学のコンテクストに位置づけて紹介した。特に功績があったのは一八七九年に手がけたゲオルク・ビューヒナーの最初の校訂版全集で、これは後に文献学者の側からの多くの批判を甘受することになったが、初めてビューヒナーの作品に脚光をあびせたものである。フランツォースが一八八七年にベルリンに移住したのは、ドイツ民族主義的信条の結果だった。それだけに晩年勢いを増す反ユダヤ主義に直面しなければならなかったのは苦痛であった。ユダヤを主題とした作品の出版社を見つけるのは難しくなった。最後の小説は異例なことに一八九四年にサンクトペテルブルクでロシア語で出された。しかしフランツォースはベルリンで倦むことない活動を展開した。文芸雑誌

『ドイツ文学』を発行し、ロシアの虐殺から逃れてきたユダヤ人たちを財政的に支援する「ロシア・ユダヤ人ドイツ中央委員会」に参加し、多くの文学史に関する文章を執筆した。

ガリツィアについて物語ったもう一人の作家は、故郷の写実的描写――それはまったくまっとうなやり方だ――ではなく、グラーツの性病理学者リヒャルト・フォン・クラフト＝エービングが一八九〇年に『性の精神病理』の第六版で、喜んで屈辱に身をゆだねる素因を「マゾヒズム」という用語で特徴づけたことによって文学史・文化史に名を刻むことになった。クラフト＝エービングはやはり何年かグラーツに住んでいた作家レオポルト・フォン・ザッハー＝マゾッホのテクスト、とりわけその一八七〇年に最初に発表された小説『毛皮を着たヴィーナス』をひき合いに出した。

ザッハー＝マゾッホは一八三六年にガリツィアのレンベルクにヨーゼフ主義志向の高官の息子として生まれ、一八五四年以降は家族と共にグラーツに住み、大学で将来を嘱望されるキャリアを歩み始めた。一八五六年にオーストリア史で博士号を取得し、歴史小説と史劇を何篇か執筆した。一八六六年に発表した小説『コロミヤのドン・ファン』で世界的に有名になった。同時代人は彼をツルゲーネフに匹敵すると見なし、ガリツィアの記録者と見ていた。

ザッハー＝マゾッホはやがて学問的野心を断念したため、文筆で生きていかなければならなくなり、多作を強いられることになった。『カインの遺産』という題で大部の短篇集を計画したが、そのなかには『毛皮を着たヴィーナス』も含まれている。この中でガリツィアの若い貴族ゼヴェリーン・クジエンスキーが若い未亡人ヴァンダ・フォン・ドゥナイェフとの強迫的関係について物語るが、それによると彼は彼女に無条件で服従せねばならず、従者としてフィレンツェに連れていかれ、みずからの意志で鞭打たれ、虐待される。彼女は恋人のすばらしく美しいギリシャ人にも彼を鞭打たせて捨てさると、隷属から解放され、最後に耳をかたむけていた友人に「物語の道徳」を教訓とする。「自然が創り、現在男が接しているように、女というものは男の敵であって、奴隷か暴君のどちらかで、伴侶などにはなりえないのだ」。そして「鞭で打たせる者は、打たれるに値するのだ」という。この小説は同時代の性に関する論議のほか、ダーウィニズム論争の要因としても影響をあたえ、オットー・ヴァイニンガーを予示したことによってザッハー＝マゾッホの名声を確実なものとしたが、彼は他の物語テクストでも同じテーマをとりあげ、私生活においてもこの幻想をさまざまな女性で実践したのだった。

ザッハー＝マゾッホは死去する一八九五年までザルツブルク、ウィーン、ブダペスト、ライプツィヒ、上部ヘッセンのリントハイムなどさまざまな土地で創作・評論活動をし、厖大な物語作品を遺したが、それらは異常な女性の叙述をはるかに超えたものだった。一八七八年には歴史的考証に基づいたルテニアの農民の情熱的な長篇小説『新しいヨブ』を発表し、好意的な批評を得たが、一般にはうけなかった――あまりにもザッハー＝マゾッホの名は「マゾヒズム」と結びついていたのだ。コンペルトやフランツォースの流儀で東ヨーロッパのユダヤ人世界を描いた他の小説も、あまり注目されることはなかった。ユダヤ人世界への明らかな共感は、むしろ彼の評判をおとすものだった。

写実主義長篇小説

生前オーストリアの写実主義最大の作家と目されていたのは、貴族マリー・フォン・エーブナー＝エッシェンバッハだった。一八三〇年にモラヴィア辺境にマリー・フォン・ドゥプスキーとして生まれ、幅広い教育を受けた後、一八四八年にいとこで後に傑出した自然科学者となるモーリッツと結婚した。一八五六年に夫婦はウィーンに腰を下ろすことになった。エーブナー＝エッシェンバッハはシラーのスタイルによる高踏様式演劇を世に問おうとしたが成功しなかった。チェコの小間使いの視点から物語った一八七六年の中篇『ボジェナ』で最初の成功をおさめることになった。これは後年の作品の本質的特徴であるカトリック的・教会批判的世界観、個人的責任への固執、抑圧された者への同情というエートス、そして支配階級への厳しい批判をすでに備えている。その後の小説でパウル・ハイゼやフェルディナント・ザールといった作家たちに認められることになった。エーブナー゠エッシェンバッハがオーストリア啓蒙主義の伝統に立っていることは、対立の調和的解決への欲求、現実に幻想をもたない懐疑的で皮肉に満ちた眼ざしに表れている。

一八八三年に発表された『村と城の物語』は、もっとも著名な短篇をいくつか含んでいて、その中の『クランバンブリ』は表面的には一匹の忠犬をめぐる物語で、以前の飼い主である密猟者と、今の飼い主である営林官に対する忠誠心で葛藤に引き裂かれるというものである。このほとんどもっぱら営林官の視点から語られる物語には、暴力的で残酷な社会に対する痛烈な批判が内包されている。さらに著しいのは、一八六六年に発表された短篇『彼は手にキスさせる』である。この一見たわいのないサロン小説は、封建時代における貴族のふるまいを総括するものである。老いた伯爵がうわのそらで聞いている夫人に、ずっと以前祖母が高慢と短慮、軽率な権力の乱用によって、二人の従僕を死なせたにもかかわらず、何の呵責も感じなかったという話を物語る――二世代後の物語上の現在も状況が変わっていないことが、聞き手の態度に表れる。

エーブナー゠エッシェンバッハのもっとも有名な作品は、自身中篇と称した長篇『村の子ども』(一八八七)で、他のテクストと同様に最初ベルリンの『ドイツ展望《ドイチェ・ルントシャウ》』に発表された。これは十三歳になるパヴェル・ホルプの物語で、彼はモラヴィアの村の処刑された強盗殺人犯の息子として考えうる最悪の環境で育ったが、差別を努力と意志の力で克服し、村の一員として認められるまでになる。幸運な偶然に助けられた幸福な結末よりも重要なのは、社会に対する厳しい眼ざしである。村の共同体は迷信深く未開、暴力的で、常にいじめの対象を探している――これは二十世紀の反郷土小説の特徴である。教会制度は偽善的で浮き世離れしていて、人間の痛みではなく、それ自体のことにしか関心がない。当地の男爵夫人も封建的権力の代弁者としてやはり自己中心的で、同情心を欠いている。唯一いくらか肯定的に描かれた人物で、少年の面倒を見ている村の教師ハープレヒト《私は正しい》も、その名のとおり独りよがりの教育者である。この小説はパヴェルの成長を初めは外部の視点から物語り、その後パヴェルの視点が支配的になっていく。幸福な結末にはいくばくかの楽観主義が表れている。パヴェルはみずからの力で困窮から抜け出し、この小説はいかなる決定論にも異をとなえ、結末は開かれている。

エーブナー＝エッシェンバッハは自然主義からは明確に距離をとり、死去する一九一六年まで教養市民層の支持を得続けた作家だった。一九〇〇年のウィーン大学名誉博士号授与はその名声の表れである。生前すでに同情心あふれる高踏作家と見なされていたことが、その後の名声に寄与することはなく、むしろテクストの美学的質の高さを覆い隠すものになってしまった。

自由主義時代のもっとも興味深い作家はフェルディナント・フォン・ザール（一八三三―一九〇六）である。ウィーンのあまり裕福ではない貴族官僚家庭出身で、ショッテン・ギムナジウムにかよった後、一八〇六年まで軍人を務めた。その後フリーの作家を志したが、劇作家として成功することはなく、死去するまで文学創作による収入で生活することはできず、女性後援者たち――エリーザベト・ザルム＝ライファーシャイト侯爵夫人、マリー・ツー・ホーエンローエ侯爵夫人、とりわけ裕福なヨゼフィーネ・フォン・ヴェルトハイムシュタイン――の援助でくらしていた。ザールは自己の詩人像に固執し、文学市場を拒否したが、一八〇〇年以降作家仲間の尊敬や評価が増していったにもかかわらず、次第に経済的評価の低さに悩むようになった。その悲観主義はしばしばショーペンハウアーの影響に帰せられる。重い病気を患い、一九〇六年みずから命を絶った。

一八九七年にザールは一八六六年以来発表してきた小説のうち十四篇を『オーストリア短篇集』という題でまとめたが、それは後になってこれらの作品に「オーストリア現代史」、「一八五〇年から現在に至るオーストリアの生活の文化・風俗像」をみとめたからである。実際これらの小説はカカーニエンの現実の広大なパノラマを提示している。それはいわば存在しない大オーストリアを社会小説として再現したものである。ザールは労働者階級と中流市民、ユダヤ人と貴族の肖像を等しく描いた。その象徴を帯びた心理学研究は、同時代史と個々の事例を結び合わせてウィーン・モダン（Wiener Moderne）の傾向を先取りし、これに対して攻撃的・拒否的姿勢をとる。小説『ブルダ大尉』（一八八七）は市民階級出身のナルシスト軍人が、実は自分は貴族で王女に愛されているという狂気のもとに現実を次第に誤認していき、出会うものすべてを自己とその固定観念に結びつけ、妄想によってひき起こした決闘で死ぬというものである。『コステニッツ城』は結婚悲劇を物語るものである。一八四九年革命の失敗によって罷免された自由主義者で地位の高い政治家であるギュンタースハイム男爵は、非常に若い妻クロティルデと田舎の城に引きこもり、人生の晩夏をすごす。しかしシュティフターの場合と違って、外界が侵入してくる。政治的に反動的な生気あふれる男性像である高位貴族の騎兵隊長ポイガ＝ロイホフ伯爵に、若い妻は魅了され不倫にはしろうとするが、ある体験でショックを受けて死んでしまう。彼女は騎兵隊長に誘惑される前、彼が暴れ馬を力と愛情によって調教する様を観察する。「とうとう騎手は上にまたがり、長く白っぽいたてがみに飾られた動物の輝く首を優しくなでさするが、それでもそれは上に乗せるのが堪えられない様子である。それは棒立ちになり（……）、彼は壁に押しつけられそうになったところで、後方脇腹にしたたか鞭を入れると（……）、それは不意に（……）全身を震わせながらおとなしくなるのだった。ふたたび伯爵は媚びるように首にかがみこむと（……）、さっき荒々しくかみ砕いて楽しんだ菓子を懐から取り出した」。この場面の性的象徴は気の毒なマティルデも無意識に意識している。死ぬ前に目を覚ました彼女は、錯乱のなか「恐ろしく大声で」叫ぶ。「馬《ル・シュヴァール》が、馬《ル・シュヴァール》が！」歴史に深く根ざし、憂鬱で悲観主義に彩られたザールのこの物語には、グリルパルツァーあるいはシュティフターとウィーン・モダンの世代間の結節点になっているという彼自身の評価がふさわしい。

一方少なくともその後半生において国際的にもっとも有名だったこの時代のオーストリア作家の方は、ウィーン・モダンとはなんら共通点をもっていなかった。ペーター・ローゼガー（一八四三―一九一八）はウィーンに対抗する郷土・地方文学でもっとも重要な作家で、一九〇〇年以降はさらに重要な役割を演じ、一九一三年にはノーベル文学賞の候補にもなった（ものの結局受賞することはできなかった）。シュタイアーマルクのアルプルで山間部の農家の息子に生まれ、不十分な学校教育しか受けずに仕立屋の修業に出た後、文学的才能を見いだされた。ローゼガーは援助者を得てようやく高校にかよい、詩と農村物語によって成功をおさめた。民衆啓蒙家を自認し、そのことは一八七六年に彼が創刊し、一九三五年まで存続した雑誌『家の庭《ハイムガルテン》』も証している。ローゼガーは一八七七年以来数度にわたって増補新版が出された子どもの物語集『森の故郷』で最大の成功をおさめたが、これには後ろ向きの傾向がないとはいえない。一九〇〇年から〇二年にかけて、ハンブルク児童図書委員会がこの物語集からの抜粋を『私が森の農家の子どもだったころ』という題で発表すると、大きな反響をよんだ――読者はとりわけローゼガーの伝記的要素に関心をもったのである。ローゼガーは文学上はシュティフターやベルトルト・アウアーバッハに範を求め、思想的には自由主義的・カトリック批判的そしてドイツ民族主義的になっていった。小説『森の校長の手記』（一八七五）は田舎の若者が都会の文明に失望してナポレオン戦争に加わった後、後れた地方の住民を教育する教師の日記という体裁をとっている。小説『最後の人ヤーコプ』（一八八九）でローゼガーは滅びゆく世界の記録者を自認し、「我がアルプスの農民の滅びの像を描く」。アルテンモース〔架空の村の名前〕最後の農民であるヤーコプ・シュタインロイターの生涯とその家族の物語は、教会暦と四季の循環のなかでくりかえされてきた山の農民の自給自足の父権的生活形態の終わりをつげるものである。この小説は主人公をいわば経済的近代化に抗する最後の人間としてとらえるが、彼は結局もちこたえることができず、「殺人者・自殺者として（……）抹殺される」。小説の冒頭で逃げ出した息子が北アメリカで「新アルテンモース」を設立し、初めの人ヤーコプとして（もちろんドイツ人の）ある娘を伴侶として新たな生活を始めたというのが、老ヤーコプが死ぬ前に受けとった最後の報告である。古い生活形態は少なくとも新世界でしか不可能なのである。

ウィーン城外劇場《ヴィーナー・フォアシュタットテアーター》

自由主義時代の物語文学は歴史的変化に種々のしかたで、おおむね復古的・憂鬱に反応した。ウィーン城外劇場もボイアーレ、ネストロイ、カイザー、ハーフナーといった作家たちは健在で、一八四八年の革命が明らかな転換点とは見なされなかったものの、一方では上流市民の興隆による新たな観衆層、他方でウィーンへの人口集中といった史的変遷からまぬがれることはできなかった。新しい劇場法は一八五〇年に施行されていた。一八六〇年にネストロイが監督を辞したカール劇場は、監督がくりかえし交代するなかで、ウィーン河畔劇場《テアーター・アン・デア・ウィーン》やヨーゼフシュタット劇場とともに存続していた。フランツ・ヨーゼフ埠頭劇場（一八六〇）、プラーター民衆劇場（一八六二）、ハーモニー劇場（一八六六）といった新設された多くの劇場はウィーン喜劇の舞台だったのに対して、ハインリヒ・ラウベに率いられた一八七二年新設のウィーン市立劇場や、一八七四年に設立された喜歌劇場は宮廷劇場と競い合っていた。一八九〇年代はさらなる設立ラッシュだった。一八五〇年に厳格化された検閲規定の結果、ウィーン喜劇の存続形態としては二つの対照的な方向性が際だっていった。一つは社会批判的傾向で、これは作品の幻想的要素を解体し、写実主義・自然主義演劇に近づいたものである。もう一方は一八五〇年代に始まったオペレッタの隆盛である。その間にあったのが、大都市住民の娯楽需要にこたえ、とらえどころのない市民の雰囲気のなかで、人間同士の軋轢を風刺的にまた無害で体制肯定的な茶番劇の形であつかった一群の作品だった。

ネストロイの後期作品にもこうした展開がみとめられる。『酋長アーベントヴィント』でオッフェンバックのオペレッタをウィーンの劇場に導入した一方で、『カンプル』（一八五二）などの作品では写実的傾向をとり入れた。ネストロイの死後、アーロイス・ベルラ、O・F・ベルクからカール・コスタ、アントン・ランガーを経て、ヴィンツェンツ・キアヴァッチとカール・モレにいたる一群の劇場作家たちがこの分野をリードした。

フリードリヒ・カイザーが「生活像」で打ち立てた写実主義民衆劇は、程度の差こそあれ教訓的な路線を維持し、大衆的感傷劇の傾向を強めていった。言及するに値するのはアントン・ランガー（一八二四―七九）で、一二〇の演劇作品と厖大な数の連載小説（『悪霊ブラントヴァイン』一八六三など）を書き、一八五〇年からは風刺的な週刊新聞『グンポルツキルヒェンのハンス＝イェルゲルからフェーゼラウの義兄マクセルへの滑稽な手紙』を編集したが、これはヨーゼフ・リヒターのヨーゼフ主義的な『アイペルダウ住民の手紙』に倣ったものである。ランガーと自由主義的姿勢を共有した劇作家O・F・ベルク（一八三三—八六）は、やはり一二〇もの戯曲を執筆し、自由主義的風刺紙『コケコッコー』(*Kikeriki*)の創刊者としてみずからの世界観をジャーナリスティックに広め、戯曲では結婚解消の不許可といった時事問題をとりあげたほか、退職官僚のカール・コスタ（一八三二—一九〇七）も一八八二年から八五年までヨーゼフシュタット劇場を率い、『ハンス＝イェルゲル』に寄稿し、多くの演劇を上演した。特に言及するに値するのは、社会参加活動を行ったグラーツの官僚・帝国議会議員・劇作家のカール・モレ（一八三二—九七）で、一八八五年に初演された感傷的民衆劇『用なし』は、老後の備えの問題を舞台に上げたものである。二十世紀になっても頻繁に上演されたこの演劇に、ローゼガーは前口上を書いた。

社会的・写実的・啓蒙的民衆劇の頂点はルートヴィヒ・アンツェングルーバー（一八三九—八九）の劇作品が築いた。アンツェングルーバーはウィーンの中流市民的境遇の出身で、十六歳でギムナジウムを辞めねばならず、十年間旅まわり俳優として活動し、一八七〇年に劇作家としてウィーン河畔劇場で論争的・教会批判的な「歌付き民衆劇」『キルヒフェルトの司祭』で成功をおさめた。ここでは政教闘争の問題がとりあげられ、啓蒙の代表としての田舎牧師ヘルと地区猟師ルクスが、フィンスターベルク伯爵に体現される反動勢力に対置される。ここでは場所の特定ができない創作方言が、問題となっている社会層を特徴づけるべきものとして用いられる。教会批判は社会批判と手を携える。古い秩序の擁護者たちは既存の秩序を神のようなものとして疑問視することがない。

この演劇は全ドイツ語圏で演じられ、チェコ語にも訳された。アンツェングルーバーは喜劇『良心の呵責』（一八七四）などの後期作品では教会の凝り固まった信仰心を嘲った。ヨーゼフ主義の伝統はまちがいない。アンツェングルーバーはみずからの演劇を喜劇、民衆劇、農民劇、ウィーン地方劇に分類し、観衆の娯楽要求を満たすため、こうした作品の多くは挿入歌を備えていなければならなかったが、ここに城外劇場と体制側の宮廷劇場のジャンルの接近が生じたのである。いずれにせよアンツェングルーバーは啓蒙主義者を自認し、市民悲劇などの形式もとりあげた。一八九〇年ごろのベルリンの自然主義者たちはこれらの作品に自分たちの綱領の先駆者を発見した。成功をおさめた『偽証農夫』(一八七一)は感傷劇的要素を含んではいる——題名役の主人公は偽証によって土地を得るが、息子を撃ち殺したと思いこみ、良心の呵責で死んでしまう——ものの、ハッピーエンドに終わる。これに対して民衆劇『第四の掟』は悲劇的である。分別のない両親が子どもたちの生活を破壊してしまう。この作品は一八七七年十二月の初演で失敗し、一八九〇年のベルリン上演を経てようやく大きな成功をおさめるに至ったのだった。

オペレッタ

晩年のアンツェングルーバーは舞台での成功に恵まれず、印税だけで生活していくことができなくなり、ジャーナリスティックな仕事や散文作品に転向していかざるをえなくなった。この不成功は自由主義全般の危機にとって象徴的である。しかしこれには劇場検閲の再強化とオペレッタとの競合というはっきりとした理由もあった。アンツェングルーバーはこの時代を代表する注目すべき小説『シュテルンシュタイン農場』(一八八三―八五)を書いたが、これは貧しいヘレーネ・ツィンスホーファーが目的意識をもって豊かな農場の相続人に成り上がるという農村環境における社会小説である。

アンツェングルーバーは五十歳で重病のために急逝したが、同時代人にも民衆劇を感傷的娯楽物から脱却させた「刷新者」と見なされていた。当時の劇場状況の不毛さに対するフュトニストの嘆きには、まだ民族的土着性が豊かだったいわゆる黄金時代へのノスタルジー的回顧が結びついていた。フランスからの輸入品と見なされていたオペレッタの成功は、多くの批評家にいわゆる外来文化優勢の懸念を強めた。オペレッタの父はフランスの作曲家ジャック・オッフェンバックと見なされているが、ウィーンでもそれが受け入れられる素地はあった。音楽的要素はウィーン喜劇につきものであり、ライムントやネストロイの作品の人気はコンラディーン・クロイツァーやアドルフ・ミュラー（父）といった作曲家による舞台音楽によるところが大きい。オッフェンバックの作品は一八六〇年ごろからウィーンで評判をとるようになり、その後すぐにウィーン・オペレッタの作曲は音楽史上の「黄金時代」にはいり、フランツ・フォン・スッペ、ヨハン・シュトラウス息子、カール・ミレカーといった作曲家を擁して世紀転換期まで続くことになる。その際オペレッタの台本作家を無視することはできない。リヒャルト・ジェネ（一八二三―九五）は劇作家カール・ハフナーと共同でヨハン・シュトラウスの『こうもり』（一八七四）の台本を、F・ツェル（カミロ・ヴァルツェルの筆名）と共同でスッペの『ボッカッチョ』（一八七九）、ミレカーの『乞食学生』（一八八二）やヨハン・シュトラウスの『ヴェネツィアの一夜』（一八八三）の台本を書くなど、舞台人たちは昔ながらの劇場活動を継承して、気の利いたシナリオと話術巧みな対話を生み出し、市民社会を礼讃するとともに皮肉った。

ウィーンの劇場活動

ウィーン中心部の劇場活動では宮殿劇場《ブルク》が依然としてその中心に君臨していた。これは自由主義時代に芸術的興隆を見た。それまで禁止されていたシラーに関する演劇『カール学校生』が一八四八年四月に熱狂する観衆を前に上演された後の一八四九年十二月、かつての若いドイツの作家ハインリヒ・ラウベが芸術監督に指名された。ラウベはこのポストを一八六七年まで担い、この劇場をドイツ語圏最高峰の劇場にしたてあげた。シェークスピア、ドイツ古典派、グリルパルツァーと多くの同時代フランス喜劇が上演された。フランツ・ディンゲルシュテット（一八七〇―八一）の監督のもとで、ブルク劇場はまさにマカルト時代の精神にのっとったその豪華な演出と群衆シーンによって名声を博した。一八八一年から八七年までは劇作家アドルフ・フォン・ヴィルブラントがこの劇場を率いた。一八八八年環状道路《リングシュトラーセ》沿いに十四年の工期を経て新ブルク劇場が開館すると、ミヒャエル広場の旧館はとり壊された。

経済的に優位に立った自由主義市民層にとって、ブルク劇場は文字どおり小さくなってしまった――桟敷席《ロジェ》は従前どおり貴族層の手にあった――ため、新たな劇場を探すことになった。一八七二年以後ローナッハー荘の所在地となるザイラーシュテッテに「ウィーン市立劇場」が株式会社として設立された。ブルク劇場で衝突を起こしたハインリヒ・ラウベが招聘された。彼はここをブルク劇場に対抗する機構にしたてあげ、野心的な演目を並べた――シェークスピアとシラーのほかイプセンの『社会の柱』などの同時代演劇もとりあげられた。一八七三年の株価暴落によってこの機構は事実上破綻した。経済的問題がつのり、所有者との絶えざる対立のなか、ラウベは一八八〇年まで断続的に監督を務めたが、一八八四年に建物が焼失してしまった――こうして上流市民による劇場運営の夢は終わった。当地の同時代演劇界はラウベを支援することができなかった――将来を俯瞰するような作品に欠けていたのだった。

宮廷劇場に市民的対応物を対置しようというその他の試みとしては、一八七四年のリングシュトラーセの喜歌劇場の開設が挙げられる。これは「リング劇場」と呼ばれ、一度も興隆を見ることなく、頻繁に交替する監督のもと、オペラやオペレッタのほか民衆劇・喜劇・古典劇が上演されたが、一八八一年十二月七日に大規模な劇場火災が発生し、四百人以上の人が犠牲となった。

当地の作家によるこの時代の劇作ジャンルは古くさい伝統的詩劇に占められていた。とりわけ女優シャルロッテ・ヴォルター（一八三四―九七）にちなんだヴォルター劇が席巻していた。ハンス・マカルトによって豪華に装飾されたヒステリックな女性をめぐる作品で、大げさな身ぶりで情熱的な狂乱を舞台にもたらした。ザロモン・ヘルマン・モーゼンタール、ヨーゼフ・ヴァイレン、フランツ・ニッセル、アドルフ・フォン・ヴィルブラントの四人の作家がその代表者である。

モーゼンタールは一八二一年にカッセルのユダヤ人家庭に生まれ、つましい境遇で育ち、カールスルーエで大学生活をおくった後ウィーンにやって来て、目的意識をもって文学上のキャリアを積んだ。一八四八年に民衆劇『デボラ』によって一躍注目をあびた。このブルク劇場に拒否された演劇はハンブルクで初演され、例を見ない成功をおさめた。ウィーン河畔劇場をはじめとする全ドイツ語圏で評判をとり、十三か国語に翻訳された。ニューヨークではこの戯曲は一八六二年以来たて続けに四百回上演された。ロンドンでは一八六三―六四年に五百回以上上演され、モーゼンタールの一八六五年のロンドン旅行は彼の人生のハイライトだった（ジェームズ・ジョイスの『ユリシーズ』にまでこの戯曲への暗示がある）。ブルク劇場での上演は宮廷の反対を押しきった監督のラウベによって、一八六四年にいたってようやく敢行された。このヨーゼフ主義時代に設定され、舞台効果を巧みにとり入れたきわめて感傷的な民衆劇は、ユダヤ人女性デボラの運命を描いたもので、彼女はまずキリスト教徒の恋人ヨーゼフに捨てられて彼を呪うが、後にヨーゼフと村全体がヨーゼフ主義的寛容精神のもとに改心して、反ユダヤ的偏見を捨てることでその呪いを解くというものである。

モーゼンタールは非政治的・保守的だったため、一八五〇年にユダヤ教徒であったにもかかわらず教育省の官僚になった。その後も劇作家としての活動は続け、一八五〇年には史劇『チェチーリア・フォン・アルバーノ』によってブルク劇場に進出した。その後『ピエトラ』(一八六五)、『イザベラ・オルシーニ』(一八六九)など数多くのヴォルター劇がつづいた。一八五四年にブルク劇場で上演された民衆劇『ゾンヴェントホーフ』は、ゴットフリート・ケラーを「メロドラマのごた混ぜ」と揶揄したもので、初期作品の国際的成功を継承した。その他さまざまなオペラ作品の台本を執筆した。今日でも有名なのは、一八四九年にオットー・ニコライの『ウィンザーの陽気な女房たち』のために書かれた台本である。

晩年のモーゼンタールは常に激しい批判にさらされた。劇作品だけではなくて、その自尊心やグリルパルツァーを盾にとる点、さらに政治的姿勢も非難されたが、その底流には反ユダヤ主義があった。傷心のもと舞台から身をひき、ゲットー小説を数篇書き成功したが、これらはカッセルのユダヤ人家庭の生活を美化して描いたものである。一八七二年に貴族に列せられたが、一八七七年に心臓病のため急逝した。

モーゼンタールと比肩するのが、一八三〇年にボヘミアのテティーンの貧しいユダヤ人家庭に生まれたヨーゼフ・フォン・ヴァイレンで、旅まわり俳優・軍人として冒険的な生活をおくった後、一八五九年にロマン化された悲劇『トリスタン』がブレスラウ〔現ポーランド領ヴロツワフ〕につづいてブルク劇場で上演され、成功をおさめた。それに『ドラホミーラ』(一八六七)、『ロザムンデ』(一八六九)といったヴォルター劇がつづいた。このハインリヒ・ラウベに援助された劇作家は、外国でも注目すべき成功をおさめ、グリルパルツァーやモーゼンタールと交流し、一八七四年には貴族に列せられて、死去する一八八九年までもっとも名望あるウィーンの文人の一人だった。それに対してフランツ・ニッセル（一八三一―九三）は常に経済的問題に悩まされていた。このウィーンの役者一家の息子は一八四八年の革命に参加した後も、一貫して自由主義者をとおした。『ハインリヒ獅子王』（一八五八）、『マケドニアのペルセウス』（一八六二）、『アグネス・フォン・メラーン』（一八七八）といったニッセルの演劇はシラーを手本に創られ、最初は成功をおさめたが、やがて舞台から消えていった。最後に一八三七年にロストックで生まれた教養市民層出身のアドルフ・フォン・ヴィルブラントは、一八七一年にウィーンにやって来て、一時期率いたブルク劇場で二十三の作品が五四六回上演されるなど大きな成功をおさめた後、一八八七年に生誕地に戻った。もっとも名高い一八七四年のヴォルター劇『アリアとメッサリーナ』は、道徳的な妻アリアと男殺しのファム・ファタール、メッサリーナの対立が中心にすえられ、貞節の勝利に終わるが、その魅力はシャルロッテ・ヴォルターが演じたザッハー＝マゾッホの女性像に即応するメッサリーナにある――尊大な皇妃であると同時に恋人の奴隷、不安を喚起すると同時に誘惑的な。

自由主義時代のブルク劇場には一八四五年にウィーンにやって来た有名な劇作家フリードリヒ・ヘッベルも結びついているが、死去する一八六三年までアウトサイダーにとどまった――ハインリヒ・ラウベが拒否的姿勢をとったのも一因である。一八四一年に初演されたヘッベルの処女作『ユーディット』は、ブルク劇場では一八四九年の新演出だけが成功だった――ネストロイが同年パロディにしたほどである。しかしヘッベルのその他の作品はウィーンでは控えめな反響しか得られなかったが、それにはいくつかの理由が考えられる。これらがウィーンの劇場伝統に包摂されるのは、明らかに困難だった。

地方文学

オーストリアの地方文学は――たとえ拒否的な反応であったとしても――ウィーンに結びついていた。西部ではこうしたウィーンとの結びつきははるかに弱かった。フォアアルルベルクのフランツ・ミヒャエル・フェルダーにそれはまったく見いだすことができず、むしろフェルダーはドイツを志向していた。一八三九年に零細農家に生まれ、一八六九年に三十歳の誕生日を前に死去した。フェルダーは独学で豊かな教養を身につけたことで、村で激しい反発を受けた。進歩的社会政策理念も――これはラサールの影響を受けたものだった――多くの敵をつくった。一八六六年には民主主義政党を協同組合的に創設した。フェルダーは民衆啓蒙家を自認し、文学的にはイェレミーアス・ゴットヘルフを範として、ライプツィヒの有力なドイツ文学者ルードルフ・フォン・ヒルデブラントの支持を得、作家としてのキャリアのうえで支援を受けた。小説『変わり者』（一八六七）は典型的教養物語と村の時代批判的展望を示した写実主義的物語の注目すべき記録である。フェルダーの未完の自伝『我が生涯から』は一九〇四年になって発表されたが、題からすでにゲーテの自伝を意識したものであり、偏狭な周囲に押しつぶされそうになるアウトサイダーの生涯をつづったものである。

クフシュタイン近郊に生まれたチロルの作家アドルフ・ピヒラー（一八一九―一九〇〇）も、小説のなかで農村生活の素顔を描いている。ピヒラーは貧しい境遇の出身で、インスブルックとウィーンで学んだ後、一八四九年以降はインスブルックでギムナジウムの教師として勤めた。この著名な自然科学者・ドイツ民族主義者は、一八六七年にインスブルックで鉱物学教授に任命された。文学的には大叙事詩（『フラ・セラフィコ』一八七九）と史劇を世に問うた。しかしその名声は『チロル物語集』（一八六七）など民衆啓蒙的な小説に負っていて、これによってフェルダーやローゼガーに接近している。一九〇〇年前後の「若いチロル」の世代にとって偶像的人物となった。

ローゼガーは地方的アイデンティティを強調する文学の代表者たちが範とした作家だった。それは必ずしも反近代的感情と結びついていたわけではなく、むしろビーダーマイアー的特徴を帯びたものであった。しかしドイツ民族主義的イデオロギーとは確実に結びついていた。ここで挙げられるべきは、シュタイアーマルクの美術評論家ハンス・グラースベルガー(一八三六—九八)で、ウィーンで『プレッセ』と『ウィーン新聞』にフユトンを書き、芸術家小説やイタリア・ルネサンスの抒情詩の翻案のほか、シュタイアーマルク方言で詩も執筆し、ローゼガーもその紹介に努めた。一九〇〇年以降の地方文学に特有の反都市的・懐古的・反心理学的特徴は、ここにはまだみとめられない。

第二節　世紀転換期と君主国の終焉(一八八五—一九一八)

政治情勢

短かった自由主義時代は、選挙での自由党の敗北後にエドゥアルト・ターフェ伯爵の保守政権が権力を継承した一八七九年には、事実上終結していた。種々の民族主義グループの政治的急進化・過激化にもかかわらず、当初情勢は安定していた。ターフェは一八九三年まで権力の座にあって、小さな進展と妥協を積み重ねる「お茶濁し《ドゥルヒフレッテン》」政策で国家の求心力の保持に努めた。そのスラヴ宥和政策はドイツ民族主義者たちを怒らせ、選挙権の拡大と進歩的社会法の制定は自由主義市民層の反発をまねいた。ターフェ退陣後内政上の対立が激化し、頻繁に交替する政権はたいてい国会の過半数を占めることができず、緊急命令が乱発された。君主国最大の内政的危機は一八九七年にカジミール・フェーリックス・バデーニ伯爵が発令した言語令によって生じたが、これはボヘミアとモラヴィアの役所をはじめ、ドイツ語地域においても二言語制を命ずるものだった。その結果騒乱のごとき抗議がドイツ帝国の大学においても生じ、バデーニは罷免され、命令はその後徐々に撤回されていった。

オーストリアの国家理念がかつて存在していたとするならば、それはいまや崩壊した。一八八九年父親と不仲だった皇太子ルードルフ大公が、ウィーン近郊マイアーリングの狩猟館で命を絶った。一八九八年夫と不仲だった皇后シシーはジュネーヴで凶刃の犠牲となった。新たな皇位継承者フランツ・フェルディナント大公と皇帝フランツ・ヨーゼフの間の憎しみは公然のものだった。君主国を二重制から三重制に改めようというフランツ・フェルディナントの意図は、皇帝の激しい拒否に遭った。

一八八〇年代末には種々の選挙権改革の恩恵を受けた大衆政党の時代がやって来た。怒れる反ユダヤ主義政治家ゲオルク・フォン・シェーネラーの精神的子どもたちであるドイツ民族主義政党「全ドイツ」は、ドイツ語圏ハプスブルク諸邦のドイツ帝国への合邦を要求した。中流市民層と地方住民の政党として設立されたキリスト教社会党は、一八九七年から一九一〇年までウィーン市長の職にあった反ユダヤ主義扇動家カール・ルエーガーにその成功を負っていた。一八八九年にヴィクトール・アードラーが設立した社会民主労働党は、国会の過半数をとることによって社会主義の実現を試みたが、結局労働者にとってもドイツ人かチェコ人かということが第一の問題であって、労働者であることは二の次であったため、民族問題によって失敗してしまった。また本来反資本主義的自由主義批判の副産物であった反ユダヤ主義が上流社会に浸透するようになり、その輪を広げていった。若きアドルフ・ヒトラーは一九〇七年から一三年まで断続的にウィーンに住み、ここで政治的に社会化していった。

内政的不安定と民族間対立のほか、対外的問題もあった。とりわけバルカンは危険地帯になっていった。ロシア＝トルコ戦争を終結させたベルリン会議の委託を受けて、一八七八年君主国はボスニア＝ヘルツェゴヴィナ州を占領した。一九〇八年にこの地域を併合した結果、すべての南スラヴ国家の統一というユーゴスラヴィア政策を目ざすセルビアとの間に厳しい緊張が生じた。皇位継承者であったフランツ・フェルディナント大公と公妃が一九一九年六月二十八日にボスニアの首都サラエヴォを訪問した際、セルビアの襲撃隊に射殺された。ウィーンの政府はセルビアの罪と断じ、六月十九日セルビアに最後通牒を突きつけた。こうして第一次世界大戦が始まったが、一九一八年にそれが終わったとき、それは君主国の終わりを意味していた。

世紀末《ファン＝ドゥ＝シエクル》と思想家たち

ハプスブルク国家の最後の二十年間はヨーロッパ全土において古来の価値観の崩壊と新たな共生確立の模索の時代であった。世紀末の気分と変革への希望が広まっていた。一七八九年に誕生した十九世紀が一九一八年まで長びくことになるにしても、多くの人の脳裏にはすでに「現代《モダン》」が胎動していた。それしてまさにオーストリア＝ハンガリー国家の最後の時代は驚くべき文化的興隆とともに進行し、それは懐古的に火山上の舞踏、陽気な最後の審判と称されてきた。こうした興隆に関する単一的原因説明は不可能であろうが、それはウィーンを嚆矢とする君主国の大都市を特徴づける文化的多様性に関係するものであったと思われる。その際一八六七年に解放されたユダヤ人市民層が重要な役割を演じた。

こうした諸変化を芸術家や知識人たちの一部は熱狂的に歓迎したが、古来の価値を安定させ、失われた価値を復活させようと絶望的な防御を試みた者もいた。世界を説明し尽くそうという現代科学の凱旋は、逆に深い不安感につながった。ウィーンの物理学者エルンスト・マッハは自我の救いがたさを宣言し、それは文法的虚構にすぎず、実際には内界と外界、主体と客体の区別はできないとした。ルネサンス以来ヨーロッパ史の動因であった市民の自覚的主体は崩壊し始めていた。ダーウィンが天地創造における人間の特別な位置づけを疑問に付したのを受けて、ジークムント・フロイト（一八五六―一九三九）は人間の自我はみずからの住かの主などではなく、その無意識を制御できないとして同時代人のナルシスト的病巣を診断した。モラヴィアのユダヤ人商家に生まれたフロイトは、一八五九年以降ウィーンに住み、一八七三年以来医学を学んだ。一八八五年のパリ滞在を経て、ウィーンで精神分析の構想を練り始めた。一八九五年にヨーゼフ・ブロイアーと共に発表した『ヒステリー研究』は、新学派の始まりをつげる書と見なされ、それはフロイトの『夢解釈』（一九〇〇）で開花を見ることになる。「性理論のための三篇」、「機知と無意識の関係」（一九〇五）などその後の著作で展開したフロイトの思想は広い支持を得、数世代にわたって文学者・芸術家に影響をあたえることになった。

オットー・ヴァイニンガー（一八八〇―一九〇三）の博士論文も驚くべき影響を及ぼしたが、その改訂版は一九〇三年に『性と性格』という題で発表され、一九二二年までに二十四版に及んだ。ユダヤ人市民家庭出身のヴァイニンガーは人間の根本的両性具有性から出発し、女性的性格を激しく拒否した。「女は性以外の何ものでもなく、男は性的である以上の何ものかである」。したがって女性的性格には才能、記憶、論理、倫理、自我意識、独創性を展開することは不可能であり、厳密にいえば女性はまったく性的存在であるから性格をもたないとされる。ヴァイニンガーは女性的存在をユダヤ的存在と同一視し、男性的性質による女性的（そしてユダヤ的）側面の克服に救済を見た。ヴァイニンガーは一九〇二年にプロテスタントに改宗し、一九〇三年みずからの命を絶ったが、その女性とユダヤ人を敵視した本によって、啓蒙期以来安定していた男女の役割が揺らいで、女性が割り振られた領域を脱したことに、市民的男性が向き合わなければならない不安定な状況と対峙した。その復古的性形而上学は物事の秩序を新たに基礎づける試みだった。ヴァイニンガーに依拠した作家たちのなかには、カール・クラウスをはじめ多くの表現主義者たちのほか、ローベルト・ムージルやハイミート・ドーデラーもいる。

　ヴァイニンガーの成功は広がりを見せる反ユダヤ主義や、いわゆる「ユダヤ人問題」をめぐる激しい議論と関係している。新たな人種的反ユダヤ主義はシェーネラーを通じて有名になった「ユダヤだろうがクリスチャンだろうがどうでもいい／人種にこそ不浄《シュヴァイネライ》がある」というスローガンに基づいたものである。こうした流れのなかでシオニズムというユダヤ人国家運動のもっとも重要な創始者の一人であるテオドール・ヘルツルの活動を見ていかなければならない。一八六〇年にハンガリーのペストの富裕なユダヤ人家庭に生まれたヘルツルは、ウィーンで法学を学び、劇場作品を数篇発表して成功した後、一八九五年から一九〇四年まで『新自由報道《ノイエ・フライヘ・プレッセ》』のフユトニストとして活動した。まずドイツ民族主義的なウィーンの学生組合「アルビア」のメンバーから、一八八三年にユダヤ人であることを理由に除名された。一八九四年に『新自由報道』のパリ特派員だったとき、ドレフュス裁判後の反ユダヤ主義扇動の目撃者となり、シオニズムに転向して晩年をささげた。こうして「ユダヤ人問題」は社会問題でも宗教的問題でもなく、民族の問題であるとして同化を拒否するに至った。ヘルツルは一八九七年に„World Zionist Organization“設立を主導し、その会長となって『ユダヤ人国家』（一八九六）、ユートピア小説『新たな故地』（一九〇二）といった本でみずからの思想を広めた。カール・クラウスは論争文『シオンの王冠』（一八九八）でヘルツルとシオニズムを激烈に批判している。

　女性蔑視と人種主義を結びつけたこの時代の多くの思想家のなかでは、ハイリゲンクロイツのシトー会修道士イェルク・ランツ・フォン・リーベンスフェルス（一八七四―一九五四）のアリオソフィーに触れておかなければならないが、彼は偽って貴族を称して「新テンプル騎士団」を創設し、その奇矯な人種主義思想を一九〇五年から一八年に出された雑誌『オースタラ』で広めたが、その読者には若き日のアドルフ・ヒトラーもいた。ランツは人種の純血化による人類の救済を宣伝した。神々に端を発するアーリア人は、聖書のエヴァが類人猿と性的接触をもち、劣等人種を生み出したことで堕落したのだという。ランツはウィーンの作家グィード・フォン・リスト（一八四八―一九一九）に近い位置にいたが、彼もやはりカトリック市民家庭出身で、小説、叙事詩、演劇でゲルマン＝アーリア人讃歌を詠い、秘教的ヴォータン崇拝を宣伝した。

女性運動

世紀転換期のころには国際的な女性運動がオーストリアでも目につくようになってきた。著しい女性差別に対して――結社法は政治結社への女性の参加を禁じ、選挙権の獲得は実に一九一八年になってからのことであり、ギムナジウムの女子クラスは一八九二年の開設、女性が大学入学資格《マトゥーラ》を得たのは一九〇一年のことである――オーストリアにおける女性運動の創始者と目されているマリアンネ・ハイニッシュ（一八三九―一九三六）などの活動家たちが立ちあがった。彼女は一八六九年に「オーストリア教師・教育者」協会、一九〇二年には「オーストリア女性協会連盟」を設立した。女性労働者の社会的利益に関してはアーデルハイト・ポップ（一八六九―一九三八）が社会民主党の側から、ヒルデガルト・ブルヤン（一八八三―一九三三）がキリスト教社会党の側から主張していた。女性のテーマは数多くの女性作家の文学作品の基調を成し、マリア・テルクとしてメードリングに生まれたマリア・ヤニチェク（一八五九―一九二七）は一八九二年にライプツィヒ、その後ベルリン、ミュンヘンに移住し、小説（『新たなエヴァ』一九〇二、『擬態』一九〇三、『愛の夜』一九〇八）において解放のテーマをとりあげ、零落貴族家庭出身のエーディット・ザルブルク伯女（一八六八―一九四二）は、次第にドイツ民族主義にながれていき、そのしばしば反教権主義的・反ユダヤ主義的娯楽小説で女性のテーマもとりあげた。特に際だっていたのは後で詳しくあつかうエミーリエ・マターヤ（一八五五―一九三八）とローザ・オーバーマイアーとしてウィーンに生まれたローザ・マイレーダー（一八五八―一九三八）で、後者は一八九三年に設立された「一般オーストリア女性協会」に参加して、多くの文章で女性運動の利益のために力をつくし、一八九五年には作曲家フーゴ・ヴォルフのオペラ『代官《コレギドール》』の台本を書いたほか、小説『偶像』（一八九九）などの文章で「女性問題」をテーマ化した。一九二二年に出された『性と文化』は題名からしてすでにオットー・ヴァイニンガーに反対したものである。悲劇的なアウトサイダーの役割を演じたのは、一八五八年にウィーンで生まれたヘレーネ・フォン・ドルスコヴィッツで、一八七八年にチューリヒで博士号を取得して帰国後、文学的著作と演劇を発表したが成功しなかった。マリー・フォン・エーブナー＝エッシェンバッハのほかニーチェとも交流があったが、やがて激しい非難をあびせて距離をとった。一八九〇年ごろにおそらくレズビアン関係のため神経科病院に強制収容された。その後いくつかの精神病院を経て、死去する一九一八年まで低地オーストリアのマウアー＝エーリング療養所に居住した。一九〇五年には男性を蔑視した『悲観的枢要文――エルナの自由な精神のための必携書』を発表し、これは後に『論理的・倫理的不能そして世の呪いとしての男性』という題で再版されたが、「男性と結婚を憎め！」といった文を含んでいる。男は「それ自体許容できるものではない。その性的現象を通じて家畜に劣り、妻にまったくふさわしくない」といった見解は、逆説的にオットー・ヴァイニンガーの女性蔑視ときわめて近いところにある。

世紀転換期に成立した国際的平和運動は、ベルタ・フォン・ズットナーというあるオーストリア女性の名前と結びついている。彼女はベルタ・フォン・キンスキーとして一八四三年にプラハの上流貴族家庭に生まれたが、家族の財産喪失後、教育者としてウィーンで生計を立てることになり、一八七六年に家族の反対を押しきって雇用者の息子アルトゥル・グンダカー・フォン・ズットナーと結婚した。夫婦は数年間厳しい経済状態のなかグルジアでくらし、生計を種々の著作でたてた。オーストリア帰還後の一八八五年、ベルタ・フォン・ズットナーは設立された国際平和運動に身を投じた。一八八九年に発表された伝統的手法による小説『武器を捨てよ』は国際的成功をおさめた。この本は一九一八年まで約四十版を記録し、多くの外国語に翻訳された。さらにズットナーは伝統的形態をとる一群の小説を執筆し、一八九一年に「オーストリア平和友好協会」、一八九二年にウィーンの平和主義者アルフレート・ヘルマン・フリートと共同で「ドイツ平和協会」を設立して、多くの国際平和会議に参加し、一九〇五年にノーベル平和賞を受賞した。一九一四年、第一次世界大戦勃発の数週間前に死去した。

分離派《ゼツエッシオン》と新たな芸術運動・カフェー

生活を急激に一変させた近代化への不快感が、一九〇〇年前後の時に退行的であった動向の原因だった。大都市の大衆生活と新しい交通・通信技術による時空の克服は、それまでの生活形態を疑問に付すことになった。刺激の氾濫にさらされた神経質な現代人が新たなパラダイムになったが、それは普通の人間が日常において現代を知的にあるいは感情的に克服する前に、芸術において先取りされた。しかし実は芸術もまた深刻な危機に陥っていた。写真や映画といった新しいメディアが絵画・劇場・文学に挑戦を挑んでいた。自律的創造者である自我は、芸術生産の基盤としてはもはやたちゆかなくなり、大衆も以前の受動的な受容者の域にとどまらなくなっていた。市民の習慣とエキセントリックな芸術のロマン派以来存在していた断絶は拡大していた。注目すべきは芸術的アヴァンギャルドによる既存流派からの離脱運動である。一八九七年にグスタフ・クリムト率いるウィーン分離派《ゼツェッシオン》が、伝統主義的芸術家会館から分離した。そして新築された青春様式《ユーゲントシュティール》の建物に移ったが、そのドアにある綱領的ことばは目をひく。「時代にはその芸術を。芸術にはその自由を」。建築家オットー・ヴァーグナーとアドルフ・ロースはリングシュトラーセ様式の歴史主義から距離をとった。作曲家アルノルト・シェーンベルクは弟子のアルバン・ベルク、アントン・フォン・ヴェーベルンと共に伝統的調性音楽を拒絶した。

文学においても写実主義が形成したような一般にみとめられるパラダイムなどは、もはやなくなっていた。あらゆる主義からの脱却が加速化した。ヨーロッパ自然主義がその先がけとなった。この流派は写実主義的模倣の掟を守ってはいたが、自然主義者たちは「現代的《モダン》」であることを自負し、従来の文学から論争的に距離をとっていた。オーストリアの文学活動において自然主義は、ドイツ帝国においてになったような重要な役割を果たさなかった。オーストリアでそれはほとんど受け入れられず、種々の流派に解消し、後に「ウィーン・モダン（Wiener Moderne）」という概念でくくられるようになった。そして第一次世界大戦勃発直後の君主国に、プラハに端を発する表現主義——古い秩序への激烈な惜別の歌——が登場した。しかしさまざまな書法が連続的に生起したと考えるべきではない。相いれないものが同時的に発生したのだ。思想的・美学的——そして相互に排他的な——拡散性は政治的・民族的不一致の鏡像だった。

自由主義時代に打ち立てられた文学活動の制度的前提は存続していた。上流市民のサロン活動は意味を失っていたが、依然として存在はしていた。みずからジャーナリズム活動をしていたベルタ・ツッカーカンドル（一八六四―一九四五）は雑誌出版者モーリッツ・シェプスの娘で、一八八八年から一九三八年までウィーンでサロンを開いていたが、そこにはウィーン・モダンの主要な人物のほかシュテファン・ツヴァイク、フランツ・ヴェルフェル、マックス・ラインハルト、グスタフ・マーラー、グスタフ・クリムトが出入りしていた。ツッカーカンドルはフランスに家族的な関係があり、一九三八年にナチスから逃れ、亡命中に死去した。しかしサロンの制度よりも重要だったのはカフェーハウスである。特にウィーンでは一八九七年にとり壊されたミヒャエル広場のカフェー・グリーンシュタイドルと、ヘレン通りのカフェー・ツェントラールが文学の中心だった。カフェーハウスは経済的に恵まれない作家など、訪れる者に一種の公共の居室――ここでは新聞や雑誌が読め、執筆ができ、冬には暖房も用意されていた――と文学的構想を練り、接触と契約が結ばれる社交の場を提供した。カフェーは多くの作家の自己演出にも役だった。ペーター・アルテンベルクはカフェー・ツェントラールを郵便物の住所に指定していた。そして多くの作家は回顧的にカフェーハウスを滅びゆく世界カカーニエンの一部であったという神話に美化した。

劇場・出版状況

世紀転換期にはウィーンにふたたび劇場設立の波がやってきた。ルートヴィヒ・アンツェングルーバーらの発案で一八八九年に「ドイツ民衆劇場」が開設された。ここでは古典作家のほかアンツェングルーバーや同時代の自然主義文学、それにシュニッツラーの作品がかけられた。一八九三年に開設されたライムント劇場は、一八九六年までアダム・ミュラー゠グッテンブルンに率いられていたが、当初はドイツ民族主義路線をとり、とりわけ民衆劇を上演した。一九〇八年以降は経済的理由もあって、人気のあるオペレッタに開放されることになった。ミュラー＝グッテンブルンは一八九八年から一九〇三年まででフランツ・ヨーゼフの統治五十周年を記念して開設された皇帝記念劇場を率いたが、これは「ドイツ芸術涵養の場」であり、「外国人作家の作品は（……）例外的にのみ」上演された。こうした方針は財政破綻によって終わりをつげ、後に「民衆オペラ《フォルクスオーパー》」と改称された劇場は、第一義的に音楽劇場として機能した。その後一八九〇年に設立されたベルリン自由民衆舞台（Freie Volksbühne）を模範に、近代演劇が検閲の介入なしに上演される「ウィーン自由舞台」を設立しようという試みがくりかえし起こった。この試みが成功を見たのは、社会民主党政治家の働きかけによる一九〇六年以降のことで、最初はウィーンの民間劇場の上演を借りうけ、その後一九一二年に独自の劇場をノイバウ通りに開設した。ここでは第一に同時代の国際的演劇が上演された。この機構は一九一八年に終わりをつげた。自由主義時代に始まった図書館や図書室の設立による読者層の拡大は、さらに続いていた。社会民主党系・キリスト教系の国民教育協会は自由主義市民層による営利目的の施設——ウィーンでもっとも有名だったのは、「文学施設《リテラトゥーア＝インスティトゥート》ラスト」の閲覧室である——に対して、民衆図書館や労働者図書館を設置した。こうした運営者の思想的もくろみは、通俗文学や娯楽文学への関心の方が、期待される宗教的・階級闘争的文献への関心よりもはるかに強いという事実によって失敗した。しかしこうした新たな図書館は文学への広範な関心と均質的な文学的嗜好の形成に著しく関与した。

　新聞や雑誌はひき続き文学上重要な機関だった。官製の『ウィーン新聞』、『新自由報道《ノイエ・フライエ・プレッセ》』、『新ウィーン日報《ノイエス・ヴィーナー・タークブラット》』といったウィーンの大日刊新聞のほか、一八九五年以来毎日発行された社会民主党の『労働者新聞』や、一八九四年に発刊され、一九〇二年から三八年まではフリードリヒ・フンダーが率いたキリスト教社会党の『帝国ポスト』などが文学・劇場批評を載せた。文芸欄《フユトン》には実に多くの重要な文学テクストが初めて発表された。シュニッツラーの小説『グストル少尉』は、フユトン編集者テオドール・ヘルツルの誘いで一九〇〇年に『新自由報道』のクリスマス版に掲載された。またさまざまな文学グループが雑誌を創刊することで立場を鮮明にしようとした。一八九〇年にブリュンで創刊された「文学と批評のための月刊誌」『現代文学《モデルネ・ディヒトゥング》』は、一八九一年末にウィーンに移って『現代展望《モデルネ・ルントシャウ》』を名のるようになり、若いウィーンの作家たちの機関誌となった。一八九四年にはヘルマン・バールが週刊新聞『時代《ディー・ツァイト》』を創刊したが、これは一九〇四年まで存続し、若いウィーンのもっとも重要な発表の場となった。また表現主義によって大戦期に種々の雑誌が創刊され、短命のものも多かったが、一部は第一共和国の時代まで続いたものもあった。とりわけ言及すべきは一九一〇年にインスブルックでルートヴィヒ・フォン・フィッカーによって創刊された『ブレンナー』で、初期の時代にはゲオルク・トラークルのもっとも重要な発表媒体となり、一九五四年まで存続した。とりわけ軍人たちに向けられていたのは、一九〇五年に創刊され一九四一年まで存続したユーモア週刊新聞『マスケット銃』で、一九三〇年代にキャリアを積んでナチスに近い立場をとることになる若い作家たちに文学活動を始める機会をオーストリア愛国主義的・反教権的立場から提供した。戦争中『マスケット銃』は好戦的・国粋的だった。しかし一九二二、二三年には表現主義詩人ローベルト・ミュラーが編集して、オットー・バージルやフランツ・ブライ、アルベルト・パリス・ギュータースロー、ローベルト・ムージルを獲得した。

　多民族国家であるハプスブルク君主国においてドイツ語文学が、後のオーストリア共和国どころか君主国域外にまで制度的に根を下ろしていたことを忘れてはならない。ボヘミアやモラヴィア、ガリツィアやブコヴィナ〔カルパティア山脈東北部ウクライナ・ポーランド国境一地域〕、ハンガリー、クロアチア、トランシルヴァニアにドイツ語劇場とドイツ語報道機関があった——たとえば一八六七年に創刊された

『プラハ日報』、一七六四年以来存続していた『プレスブルク新聞』、一八五四年に創刊された『ペスト・ロイド』は超地域的なものだった。

典型的なカカーニエンの代表者は一八七二年にモラヴィアに生まれた風刺家アレクサンダー・フリードリヒ・ローゼンフェルトで、筆名ローダ・ローダで有名になった。農場管理人だったユダヤ人の父親が勤務していたスラヴォニア〔クロアチア東部地域〕で育ち、モラヴィアのクロムニェジーシュのギムナジウムにかよった後、ウィーンで法律を学んで職業軍人となった。一八九四年にカトリックに改宗し、一九〇一年には軍隊を辞したが、一九〇七年に風刺的文章と異例の転身によって軍人の身分を剝奪された。ローダ・ローダは一九〇四年以降ベルリン、その後ミュンヘンに住み、カバレー〔ドイツ語圏における風刺的・大衆的な文学演芸・寸劇〕の領域で大きな成功をおさめ、劇作家・映画製作者として活動したが、一九三三年にナチスを風刺したことでドイツを去らざるをえなくなった。一九三八年にはオーストリアからスイスに逃れ、一九四〇年にニューヨークに亡命することがかない、一九四五年に死去した。一九〇九年のオーストリアでの初演後、「軍人への侮辱」であるとして禁止された「三幕のお笑い」『司令官の丘』は、オーストリアとプロイセンの軍国主義を嘲笑したもので、何度も映画化された。自伝的色彩の濃い本『ローダ・ローダ小説』(一九二四)は、一九一八年直後に起こった滅んだ君主国讃美の一つである。

君主国における後進的出版・雑誌市場は、自由主義時代と同様にオーストリアの作家がドイツ帝国にひき移るきっかけをあたえた。世界初の著作権に関する試みである一八八七年の文学・芸術作品保護に関するベルン協定にオーストリアが加盟しなかったため、オーストリアでは出版されたテクストがどこでも複製できたことが、オーストリアの作家たちがドイツの出版社を好んだ理由の一つだったかもしれない。この時代のドイツ語文学の中心だったベルリンのS・フィッシャー出版は、ウィーン・モダンのたいていの作品を出版した——ヘルマン・バールはその仲介者だった。フィッシャーから出された雑誌『近代的生活のための自由舞台』（*Freie Bühne für Modernes Leben*）は後に『新展望《ノイエ・ルントシャウ》』と改名され、若いウィーンの多くのテクストが掲載された。ローゼガーをはじめエーミール・エルトル、ルードルフ・グラインツ、ルードルフ・ハンス・バルチュ、それにフランツ・カール・ギンツカイなど、ドイツ民族主義を信奉するオーストリアの作家たちは、たいていはライプツィヒのシュタークマンから出版したため、カール・クラウスによって「シュタークマン《シュタークメナー》たち」と嘲笑された。一方若い表現主義の世代——アルベルト・エーレンシュタイン、オスカル・ココシュカ、ゲオルク・トラークル、フランツ・ヴェルフェル——はライプツィヒのクルト・ヴォルフ出版に根拠地を見いだした。

オーストリアにはまだ真の言論の自由がなかったということは強調されてよい——「公共の保安と良俗の保全のための」出版物の差し押さえは依然として可能であり、大戦勃発後はすべての新聞が厳しく管理された。一九一四年には多くの作家たちが執筆上の兵役を課せられた。オーストリア軍の宣伝部として一九一四年に設立された戦争報道部の周辺にはブライやホフマンスタール、キッシュ、コクマタ、ミヒェル、ムージル、ローダ・ローダ、ヴェルフェルが活動していた。やはりジャーナリズム的機能を果たした戦争資料館ではバルチュ、チョコール、エーレンシュタイン、ギンツカイ、ポルガル、リルケ、ザルテンそれにツヴァイクといった兵役義務のあった文人たちが活動した。一九一四年にオーストリアの作家の多くは戦争に熱狂し、愛国的言辞や国粋的憎しみの歌に倦むことがなかった。しかし後の第二次世界大戦と比較して注目に値するのは、カール・クラウスやアルフレート・ポルガル、フランツ・ヴェルフェルといった反戦論者の発言も許されていたことである。

批評家たち——カール・クラウス、ヘルマン・バール

一八七一年にウィーンで生まれたフランツ・ブライは、オーストリアだけではなくミュンヘンやベルリンの雑誌で華麗に活躍した人物であり、（主にフランス語の）翻訳家、文化におけるしかけ人、プロデューサーとしてこの時代の文化活動におけるキーパーソンだった。ブライはフランツ・カフカやローベルト・ムージル、ヘルマン・ブロッホといったまだ無名の若い作家たちを支援した。一九二〇年に出された『文学動物寓話集——ドイツ文学界における厳密なる動物描写』は、同時代作家の肖像を風刺的に著したものである。ブライは一九一一年以降の表現主義の周辺をはじめ、さまざまな文芸雑誌に編集者・寄稿者として参加した。一九一八年十二月には短命だった表現主義雑誌『救済』をウィーンで創刊した。ブライは一九四〇年に南フランスを経てアメリカに逃れ、貧困のなか一九四二年に死去した。

この時代のもっとも重要な雑誌は、ただ一人の人間によって担われた企画であるカール・クラウスの『炬火』だった。クラウスは同時代の文化活動、否、時代そのものを激しく批判し、他のどの作家よりもこの時代を特徴づけた。

この一八七四年にボヘミアのイチーンに生まれた裕福なユダヤ人工場主の息子は、ウィーンで育ち、ギムナジウム卒業後は大学にかよったが、規定の卒業資格を得ることはなかった。文学と劇場に関心を示し、自然主義的モダンを支持したが、当初から若いウィーンの作家たち、とりわけヘルマン・バールを攻撃し、その綱領文『自然主義の克服』（一八九一）に一八九三年の『ヘルマン・バールの克服』という論争文で応じた。一八九七年に若いウィーンの集会所カフェー・グリーンシュタイドルのとり壊しを、風刺文『とり壊された文学』で論評した。資産に恵まれたクラウスは、一八九〇年代初頭から金銭

に左右されずにジャーナリズム活動を行った。一八九九年四月に個人雑誌『炬火』を創刊し、死去する一九三六年まで編集、一九一二年以降は一人で執筆した。第一号の緒言にはその綱領が謳われている。「空虚に「何をもたらすか」ではなく、誠実に「何を亡きものにするか」を（炬火は）キーワードに選んだ。ここで企てられるのは、ほかではすべて民族的に染めあげようという常套句の泥沼を干上がらせることである」。クラウスは自由主義とは言語批判をもって闘った。市民的報道の常套句を論評抜きの引用を原著者に向けることで暴こうとした。一九一八年までの時代の中心テーマは美学的問題のほか、犯罪政策と性道徳だった。クラウスの厭人的・道徳的厳格主義はしばしばベルリンの批評家マクシミリアン・ハルデンやアルフレート・ケル、あるいはヘルマン・バールなどへの多くのフェアではない個人攻撃に帰結した。攻撃の際、時に反ユダヤ主義の語彙を用いることをも厭わなかったことにふれないわけにはいかない。シオニズムも拒否したクラウスは、同化主義の支持者だった（一八九九年にはユダヤ教団から離脱した）。

報道・ジャーナリズム・フユトンスタイルに対する批判は、ハインリヒ・ハイネを十九世紀の言語的堕落をもたらした一人として非難する激しい攻撃（『ハイネと後継者たち』一九一〇）に表されている。「ハインリヒ・ハイネがドイツ語のコルセットをあまりにも緩めすぎてしまったから、今では店員たちはみな胸にさわれるようになってしまった」。他方でネストロイへの心酔を表明し、風刺的言語芸術家、常套句の暴露者としている（『ネストロイと後世』一九一二）。クラウスは同時代の作家のなかではゲオルク・トラークルやフランツ・ヴェルフェルといった若い表現主義者たちを評価していたが、やがて決裂した。オットー・ヴァイニンガーに共鳴し、アドルフ・ロースが一九〇八年に本のタイトルで生み出した『装飾と犯罪』の同一視に賛意を表した。またペーター・アルテンベルクを生涯ひいきにしていた。

カール・クラウスは生涯の過程のなかで、特に一九一八年以降はとりわけ第一共和国の失われた世代が指針とする道徳的審級となった。その広範な影響は『炬火』とともに多くの公開講演に負うもので、一九一〇年以降はシェークスピアやゲーテのほか、ネストロイやジャック・オッフェンバックも紹介した。

クラウスは他の作家たちと違って、世界大戦を最初から拒絶し、一九一五年以降記念碑的「五幕悲劇」『人類最後の日々』を執筆したが、これは一九一九年になってようやく出すことができた。自身では二百場以上を含むこの戯曲を上演不能と考えていた。戦時中を走馬灯のように駆け巡らせ、オーストリア政治、世界中に広まった好戦的気分、報道の虚偽に厳しい批判を加えた。主な攻撃対象は戦争の野蛮をひそかに常套句で隠蔽する自己満足した市民だった。虚構および現実の人物が登場し、テクストの大部分は実際になされた発言のモンタージュから成り、写実的に始まったこの戯曲は次第に寓意的・非現実的になってゆく——戦争の終わりには黙示録、世界の終わりが現出する。

この時代を代表する第二の文学者は、カール・クラウスによって「リンツの旦那」と敵視され、マクシミリアン・ハルデンに「あさっての男」と揶揄されたヘルマン・バールであり、文学批評家としての経歴において「批評家は変節漢、節操のない人間でなくてはならない」というモットーに忠実に、同時代のほとんどすべての美的立場を駆けぬけた。一八六三年に自由主義市民家庭に生まれたバールは、一八八一年から八七年までウィーン、グラーツ、チェルノヴィッツ、ベルリンで学んだ。当初はドイツ民族主義者シェーネラーの支持者だった——オーストリアのドイツへの合邦をうったえたため、一八八三年にウィーン大学を退学処分になった——が、その後社会主義を標榜した。さらにベルリンの自然主義の影響を受けてゾラ信奉者となったが、パリ滞在中の一八八八／八九年にデカダンスの文学を識り、一八九一年以降はそれをウィーンで実践しようとした。バールはウィーンの文学界に意識的にベルリンに対抗する地位を築き上げようとして『自然主義の克服』を宣言し、印象主義的「神経過敏芸術」を支持し、急速に「若いウィーン」の文壇の中心人物となった。ドイツ語圏におけるフランス・モダンのもっとも重要な紹介者の一人だったが、象徴主義詩人として受容したイプセンや、イギリス唯美主義作家のアルジャーノン・チャールズ・スウィンバーン、オスカー・ワイルドなどにも肩入れした。影響力ある演劇評論家フユトニストとして、グスタフ・クリムトを中心とするウィーン分離派と密接な関係にあった。一九〇六年から〇八年までは一時的にマックス・ラインハルトのもとでベルリンのドイツ劇場の演出家として活動し、一九一二年にザルツブルクに移り住んだが、一九二二年から死去する一九三四年までミュンヘンでくらした。バールは一九一四年ごろにローマ・カトリックの信仰にたち返って、この時期以来保守的郷土芸術を支持し、一九一八年以降は断固たるオーストリア・イデオロギーを主張するようになった。オーストリア文学独特の伝統を主張して、固有のバロック時代を発見し、民族的文献調査にのりだして、ヨーゼフ・ナードラーらドイツ文学者と交流をもった。ヘルマン・バールは文学活動において素早い身のこなしをとったが、その理論的文章で多くの根本的な文芸社会学的問題提起をなしたことを評価し、この変わり身の早さを近代の特徴ととらえるべきだろう。

バールは豊富な作品を遺した。文学批評的テクストのほかに多くの喜劇があり、その中でバールはみずからの理論的立場を実行に移すのではなく、バウアーンフェルト風のウィーン娯楽喜劇の伝統を継承した。もっとも有名なのは一九〇九年に初演された結婚喜劇『演奏会』で、不倫を決意した芸術家が、少なくともさしあたりは市民的秩序の道にたち返るというものである。バールは一九〇〇年のフランツ・シュテルツハーマーに関する戯曲『フランツル——ある善良な男の五つの情景』では、後の地方芸術の発見を先取りしていた。さらに膨大な数の小説と詳細な日記を執筆したが、その編集は一九九〇年代になってからようやくなされたものである。

若いウィーン——ウィーン・モダン

一八九〇年代にヘルマン・バールを中心とした一群の作家たちは、文学史では「若いウィーン」もしくは「ウィーン・モダン（Wiener Moderne）」と呼ばれている。これらの呼称は双方とも実際よりも緊密なグループ関係と統一的な綱領を示唆し、また「ウィーン・モダン」は多くの点で社会的な近代化過程に対する退行的・反近代的反応であるという意味で問題なしといえない。若いウィーンのもっとも重要な作家たち——ペーター・アルテンベルク、フェーリックス・ザルテン、フェーリックス・デルマン、レオポルト・フォン・アンドリアーン＝ヴェルブルク、リヒャルト・ベーア＝ホフマン、フーゴ・フォン・ホフマンスタール、アルトゥル・シュニッツラー——は、きわめて多様な作品を生み出した。しかしそれでも綱領的共有点はあった。印象主義的神経過敏芸術というヘルマン・バールの美学が、これらすべての作家たちに少なくとも一時的には共有されていた。

ウィーン・モダンの創設神話はヘンリック・イプセンが一八九一年四月にウィーンにやって来た際の記念祝賀会というものである。彼の演劇のいくつかが宮殿劇場《ブルク》と民衆劇場《フォルクステアーター》で上演され、その祝宴に若いウィーンの作家数名が参加し、この訪問は当時の人々にもウィーン・モダン芸術の起爆剤となったと見なされた。ヘルマン・バールの主導のもとに、作家たちはやがて自然主義の精密さで鍛えられた観察の対象を精神生活、正確には無意識の神経生活に移行させた。ウィーン・モダンはヨーロッパ・デカダンス文学の色彩が濃厚である。鍵になったテクストはオスカー・ワイルドの *The Picture of Dorian Gray*（『ドリアン・グレイの絵』一八九〇／九一）、ジョリス＝カルル・ユイスマンスの *A rebours*（『さかしま』一八八四）のほか、イェンス・ペーター・ヤコブセンの小説『ニルス・リューネ』（一八八〇／ドイツ語訳一八八九）などのスカンディナヴィア・モダンの作品である。そしてきわめて重要な役割を果たしたのは、デンマークの批評家ゲーオア・ブランデスだった。

若いウィーンに特徴的だったのは、遅く生まれてきた亜流者という意識だった。「父たちは（……）我々遅く生まれてきた者に二つのもの、綺麗な家具と過敏な神経だけを遺し」たかに思われると、若いホフマンスタールは一八九三年のエッセー『ガブリエーレ・ダヌンツィオ』で書き、諦めがちに「我々は我々の生を注視する」と続けている。若いウィーンからは確たる中心が失われ、生の微細な分析と生から芸術への逃避の間で揺れている。そこから帰結する終末に達したという黙示録的意識は、当初から唯美主義的気風への（自己）批判と結びついていた——多くの作家たちの人生行路においてユダヤ教、カトリックあるいは保守的なオーストリア観への回帰が目につく。

ウィーン・モダンをいくつかの言いまわしで特徴づけるならば、こういうことになろう。市民的自由主義に向けられた言語・認識への全面的懐疑と結びついた悲観主義的進歩批判、「救いがたさ」が痛切に認識された個人の讃美、そして断片化された現代をふたたび統合する神話への深い憧憬。すなわちウィーン・モダンは反モダニズム的信条に特徴づけられながら、それによって美的にはきわめてモダンにしたてあげられているのだ。

後にウィーン・モダンのもっとも著名な人物の一人になったペーター・アルテンベルクは、このグループに完全に所属していたわけではない。一八五九年にウィーンの裕福なユダヤ人家庭にリヒャルト・

エングレンダーとして生まれ、市民的経歴を歩むはずだったが、大学での勉学および書店員としての修養のどちらもやめてしまい、医者から「神経過敏」のため就業不能とされた。こうしてボヘミアン的生活を始めてカフェー文士を演じ、カール・クラウスとアルトゥル・シュニッツラーの支援を受けながら、アルテンベルクの筆名を使って一八九六年にS・フィッシャーから最初の本である印象主義的散文スケッチ『私の物の見方』を発表して有名になり、一九二二年までに十八版を記録した。彼はみずからのテクストを「リービヒのフライパンの上の牛肉〔十九世紀最大の有機化学者ドイツのユストゥス・フォン・リービヒ(一八〇三―七三)が主張した調理法のこと〕のように、余計なものを取り除いて二、三ページに閉じ込めた(……)人生のエキス」と見なしていた。『日々が私にもたらすもの』(一九〇一)などその後の作品でも、自立的で信頼できるかに見える精神状況を描き、はかない瞬間を捉えるという手法をとおした。アルテンベルクは生涯神経症を患い、何度も病院で時をすごした。金がないために「たかり」の状態を強いられ、友人たちの経済的援助によって生活していた。多くの者にとって魅力的に映ったのは、自然に近い生活への接近のしかただった。一八九六年にこの時代の多くの「人間動物園」の一つで、ウィーンのプラーター公園にアフリカの「アシャンティ」村が設えられたとき、アルテンベルクはこの村に居を定め、みずからの経験を散文スケッチ「アシャンティ」にまとめ、「新ルソー主義的」に高貴な未開人の讃美を歌ったのだった。彼の人生の問題点としては少女性愛の性向が挙げられ、それはとりわけ写真撮影への欲求となって表れた。生前高い評価を受け、実にさまざまな立場の作家たちの理想像だった――カール・クラウスなどは彼を頻繁に『炬火』で紹介したほか、若い印象主義者たちは彼を神格化した――アルテンベルクは一九〇九年に死去し、ウィーン中央墓地に名誉墓地を得た。カール・クラウスが追悼文を書き、さらに一九三二年にアルテンベルクのテクストの選集を出した。

それに対してカール・クラウスと激しく敵対したのはフェーリックス・ザルテンで、その宿敵と公の席で殴り合いまで交わした。ザルテンは一八六九年にジークムント・ザルツマンとしてブダペスト出身のユダヤ人家庭に生まれ、ウィーンで厳しい経済状況のなか成長し、ギムナジウムは退学になった。まず保険会社に勤めたが、やがてフユトニストとして成功し、ヘルマン・バールと同様に倦むことなくウィーン・モダンに肩入れした。シオニズムに関してもジャーナリストの立場から支援した。ザルテンは後に第一共和国の文学界で影響力ある立場を保持した。一九二七年から三三年まではオーストリアPENクラブの会長だった。一九三九年にスイスに亡命せざるをえなくなり、そこで一九四五年十月に死去した。

ザルテンは歴史小説・現代小説を書いた。世界的に有名になったのは、一九二二年に委嘱作として執筆された動物小説『バンビ――森の物語』で、一九四二年にウォールト・ディズニーによって映画化された。同時代人がザルテン原作ではないかと疑っていた悪名高いもう一つの小説に関しては、決してみずからの著作であることを認めなかった。『ヨゼフィーネ・ムッツェンバッハーあるいはみずから語るあるウィーンの娼婦の物語』は一九〇六年に自費出版で出された官能小説で、その言語的猥褻さは多くの批評家を感嘆させたが、これは幼児虐待肯定テクスト、オットー・ヴァイニンガーの女性像の表現と読むことができるものでもある。一人称の語り手は性と男への欲望に矮小化されている。

フェーリックス・デルマン(一八七〇―一九二八)はその抒情性によって、ウィーン世紀末の原型的作家と見なされている。本来はフェーリックス・ビーダーマンというユダヤ人市民層の出身で、『ノイロティィカ』(一八九〇)、『センセーション』(一八九二)という二冊の詩集によって、センセーショナルな成功をおさめた。デルマンはボードレールを翻訳していたが、様式的に手本に依拠したため、早くからヘルマン・バールなどの文壇からは亜流者と批判されていた。詩「私が好きなもの」はウィーン・デカダンス文学の総目録の観を呈している。「私はせっかちな、ほっそりした／血のように赤い口のナルシストが好きだ。／私は苦悶するのが好きだ、／心を突き刺され、傷つけられるのが。／私は蒼ざめて、やつれた、／疲れた顔をした女が好きだ、／燃え盛った表情をして、／底知れぬ官能が語るのが。／／私はきらめく蛇が好きだ、／とても柔らかく、しなやかで、冷ややかなのが。／私は嘆きの、不安の／歌が好きだ、死の感情が。／／（……）私は誰も選びとらないもの／誰も愛せないものが好きだ、／私自身の、内奥の性質が、／そして奇妙で病的なものすべてが。」そしてすでに『ノイロティカ』の詩「私は若いけれど」には生に倦んだ若者の姿がある。「私は受難の杯をさんざん干した、／まだ若いのに。／この世の夢は私から失せてしまった、／まだ若いのに。／／私は人の厳しい運命をさんざんに見た、／まだ若いのに。／そして私は疲れた、死ぬほど疲れた、まだ若いのに。」後にデルマンはデカダンス的姿勢を捨て、いくつかの戯曲を執筆して成功し、一九〇七年にはオスカル・シュトラウスの人気のオペレッタ『ワルツの夢』の台本をかき、一九一二年にオーストリア最初の映画会社の一つヴィンドボナ＝フィルムの共同設立者となり、一九二五年にはウィーンのインフレ時代の批判的肖像である小説『ジャズ』を書いた。

レオポルト・フォン・アンドリアーン＝ヴェルブルクはわずかな文学作品しか遺していない。一八九五年に出された小説『認識の園』*Der Garten der Erkenntnis* は、カール・クラウスが『無知の幼稚園』*Der Kindergarten der Unkenntnis* と揶揄したが、非常な成功をおさめた。一八七五年にウィーンの有力な貴族家庭の息子として生まれ、一時文学研究者オスカル・ヴァルツェルに私的に教授を受け、ショッテン・ギムナジウムで大学入学資格《マトゥーラ》を得て法学を修めた後、外交官となった。一九〇一年以降リオデジャネイロ、サンクトペテルブルク、ブカレストなどで勤務し、一九一一年以降ワルシャワの総領事を務め、戦争勃発後はオーストリア外務省で指導的地位に就いた。君主国崩壊後はリヒテンシュタインで一私人としてくらし、数篇の保守＝カトリック的・君主主義的文章を執筆した。ナチスによってブラジルへの亡命に追われた。一九四五年にヨーロッパに帰還し、一九五一年にスイスのフリブールで死去した。

若いアンドリアーンはヘルマン・バールのグループに属し、ホフマンスタールの仲介でゲオルゲ＝サークルに入った。ゲオルゲの『芸術草紙《ブレッター・フュア・ディ・クンスト》』で最初の詩を発表した。「ナルシズムとしての自我」をモットーに書かれ、一八九五年にS・フィッシャーから出された『認識の園』は若い君主の物語であり、語り手から親しみをこめて「エルヴィーン」と呼ばれるこのナルシストは、自我にとらわれてむだに生の秘密を探るが、最後に「認識することなく」死んでしまう。素朴な抒情的散文で書かれたこの童話めいた小説は、象徴主義的手法を用いているが、ウィーンをはじめとする明らかにそれと判る場所が舞台である。主人公は幾多の性的・男色的傾向の出会いに心を動かされることなく、他の人間とまったくつながりをもたないことが明らかになる。この小説は耽美的実存の自己批判と読むこともできる。

一八六六年生まれのリヒャルト・ベーア＝ホフマンは若いウィーンのダンディをきめこんでいた。富裕なユダヤ人家庭の出身だが、幼くして孤児となり、親戚のもとで成長した。法学を修めた後、経済的な保証を得て、フリーの作家として創作に追われることなく、わずかな作品に磨きをかけた。一九三九年にスイスを経てニューヨークに移住し、そこで一九四五年に死去した。

ベーア＝ホフマンは早くからユダヤ人としてのアイデンティティを公言していた。それは一八九七年に発表され、一九一一年にカール・オルフによって作曲された最初の成功作『ミリアムのための子守歌』（一八九七）にも表れている。出だしはこんな感じである。「眠れ私の子——夜風が吹く。／それがどこから来て、どこに行くのか知っている？／ここの道は暗くて、人気《ひとけ》がない／おまえと私たちみんなにとって、私の子！／盲人のように――私たちは行く、一人で行く、／ここでは誰にも道づれがいない――／眠れ私の子――私の子、眠れ！」しかし最終詩節では父たちとのつながりがよび覚まされる。「寝ているの、ミリアム？――ミリアム、私の子、／私たちはただの岸辺であって、私たちの中には流れている／先祖たちの血が――来たるべき者たちへと、／父たちの血が、休みなく、誇り高く。／私たちにはすべてがいる。一人だと思う？／おまえは彼らの命――彼らの命はおまえ――／ミリアム、私の命、私の子――眠れ。」

ベーア＝ホフマンの一九〇〇年に発表された大部の小説『ゲオルクの死』は多くの支持を得た。これは若いウィーン人パウルが、バートイシュルで幼なじみのゲオルクの訪問を受ける物語である。最初は読者にわかりにくいパウルの詳細な夢は、結婚して妻に先立たれることを暗示している。夢の中の夢でバッカスの狂宴が異教の寺院で催される。パウルが朝目覚めると、ゲオルクは死んでいる。パウルは遺骸とともにウィーンに戻り、その後しばらくしてシェーンブルンの庭園で散歩をする。様式化された言語で執筆された物語に乏しいテクストは、象徴と想念の濃密な網の目によって関連づけられ、体験話法が多用されたパウルの内面生活に集積する。当初独我的ナルシストとして示されるパウルは、結末近くで自己批判的認識に至る。「彼はすべての者に自己を求め、そして自己をすべての者の中に見いだした。彼の運命だけが実現し、そのほかのことは遠く離れたところで、舞台上のことのように起こった」。少なくとも観念上の逃げ道はみずからの人生を大きな秩序の連関に埋め込むことである――先祖たちとユダヤの伝統の世界に。「彼の中に流れている生きた血には、太陽のような正当性があった（……）先祖たちはさまよいながら、軍道の埃を髪と髭に帯び、ぼろぼろにされ、あらゆる恥辱をあびせられてさすらっていた（……）茨に油を施され、苦難に選ばれし救済者たちの民（……）そしてその血を彼も帯びていたのだった。

ベーア＝ホフマンは劇場作品も書いた。マックス・ラインハルトの演出で一九〇四年に初演された『シャロレ伯爵』は、十七世紀初頭のイギリス演劇を心理化した改作で、センセーショナルな成功をおさめ、この作家にシラー国民賞をもたらした。韻文三部作として計画された『ダヴィデ王の物語』は未完に終わった。

ウィーン・モダンの周辺にはバイリンガルのタッデーウス・リットナーも含めることができる。改宗ユダヤ人官僚で、ウィーンのバデーニ内閣でガリツィア担当相にまでなったエドゥアルト・リットナーの息子として、一八七三年にレンベルクで生まれた。リットナーはウィーンでテレジアーヌムにかよい、法学を修めて役人になるが、一九一八年に局長の時、年金生活に入った。一九一九年に再建されたポーランドの公職に就くことを望んだ。この計画は失敗し、一九二一年に突然病魔に倒れた。

リットナーは一八九〇年代以来小説と演劇をポーランド語およびドイツ語で執筆した。フユトンもウィーンとポーランドの雑誌から出された。その文学作品には自然主義とデカダンス文学の影響が見られる。模範とされたのはイプセン、アルテンベルク、シュニッツラー、ホフマンスタールだった。リットナーの演劇はブルク劇場で上演され、その監督に何度か応募したもののかなわなかったが、レンベルクやクラクフ、ワルシャワでも上演された。もっとも成功したのは、一九一六年に初めて上演された推理喜劇『夜の狼』で、これはガリツィアの小都市の法律家たちの二重道徳を批判したものである。注目すべきは一部自伝を下じきにした小説『待合室』（一九一八）、『橋』（一九二〇）、『街の霊たち』（一九二一）、『もう一つの世界』（一九二一）で、これらはハプスブルク君主国終焉に関して、文化史的に示唆的なイメージを提示するものである。

リヒャルト・フォン・シャウカルもやはり狭い意味での若いウィーンのサークルに属していたわけではない。しかしその初期作品は印象主義の傾向を帯び、ホフマンスタールの影響が色濃く表れている。一九二〇年代には政治的カトリック主義を信奉して、市民的民主主義の秩序を拒否し、反ユダヤ主義を標榜したが、保守的なオーストリア意識からナチスを忌避した。文学者として超国家的立場を保持した。すでに一八九〇年代にはヴェルレーヌなどのフランスの抒情詩を訳し、その後メリメやフロベールをドイツ語にして、さらに一九二〇年代にはマラルメやフランス・ルネサンスの抒情詩にとり組んだ。

市民階級出身のシャウカルは当初から貴族的でダンディな身のこなしに磨きをかけ、それは作品にも表れている。『我が庭──孤独な詩文』（一八九七）や『魂の書──新たな詩』（一九〇八）などの詩集に収められた形式を意識した抒情詩は、カール・クラウスに評価された。一九一五年に出版した戦争を讃美した『鉄のソネット』は、一九一八年末に若い表現主義評論家フリッツ・カルプフェンの『文学犯罪者アルバム』に所収されることになった。一九〇七年に出され、一九一七年までに七版を重ねた小説『ダンディにしてディレッタント、アンドレーアス・フォン・バルテッサー氏の生涯と意見』は成功したが、これはある貴族的スノッブの死後編集された考察という体裁をとったものである──シャウカルは主人公にいくばくかの自己批判だけではなく、ホフマンスタールへの揶揄をもこめている。

フーゴ・フォン・ホフマンスタール

同時代人にとってもいかにフーゴ・フォン・ホフマンスタールが若いウィーンの文学、否、時代そのものを体現する存在であったかは、ヘルマン・ブロッホがアメリカ亡命時代に書いた世紀転換期の批判的総括を『ホフマンスタールとその時代』と名づけた事実に表れている。一八七四年にカトリック改宗ユダヤ人家庭の一人息子としてウィーンに生まれたホフマンスタールは、アカデミー・ギムナジウムにかよった後、専攻したロマンス語文学を博士論文で修了し、当初は同専攻で教授資格を得るつもりだった。すでにギムナジウム時代にはカフェー・グリーンシュタイドルのヘルマン・バールのサークルに属し、一八九一年には詩劇『昨日』が出されていた。同年ウィーンでシュテファン・ゲオルゲと知り、『芸術草紙』にその詩のほとんどが掲載された。二人の関係は緊張に満ちたもので、一九〇六年には決定的な決裂に至った。ホフマンスタールはこの時代から劇場作家としてマックス・ラインハルトやリヒャルト・シュトラウスと集中的に共同作業を行った。戦時中はオーストリア軍予備役将校として戦争省に勤務し、この時代以降カトリック色の強い「オーストリア的理念」を標榜し、ドイツ民族国家抗争に対抗して多民族・超民族国家を主張した。後のザルツブルク祝祭（音楽祭）の構想はこの理念に負ったものである。ホフマンスタールは一九〇一年に結婚して、ウィーン近郊ロダウンに住み、一九二九年の息子フランツの自殺の二日後に死去した。

ホフマンスタールの初期作品は唯美主義に彩られている。これは特に「ロリス」の筆名で出された形式的に精巧な詩にあてはまる。それは個と美のナルシズム的崇拝でくみ尽くされるものではなく、世界における自我の位置づけへの問いを提起するものである。一八九五—九六年の著名な詩は「多くの者は死ななければならない、／船の重い櫂の滑りゆく下で、／ほかの者は空の舵に生き、／鳥の渡りと星々の土地を知る」で始まり、「すっかり忘れられた人々の疲労を／私は瞼から拭えない、／魂の驚きが静まらない／はるかな星々の無言の墜落の。／／私と多くの運命が織りなして、／生はそれらすべてを演じる、／そして私のはこの生以上のものなのだ／細い炎、か細い竪琴は」で終わる。そして一八九四年にヨゼフィーネ・フォン・ヴェルトハイムシュタインの死を期に成立したテルツァ・リマ〔三行韻詩節〕「移ろいについて」にはこうある。「これは誰も完全には思いつかない、／そして嘆くにはあまりに恐ろしいことなのだ。／すべてが流れ、過ぎ去っていき、／／そして私の自我が何にも阻まれずに、／小さな子どもから抜け出てくることは、／犬のように不気味におし黙って、よそよそしく。／／それから私は百年前にもいたということ／そして白衣に身を包んだ私の先祖が、／私の髪のように近しく、／／私の髪のように私と一体であることは。」

一九〇二年にホフマンスタールは文学上のモダンの鍵となるテクストであるエッセー『手紙』を著した。「これはバース伯の若い息子フィリップ・チャンドス卿が後のヴェルラム男爵・セントオールバンズ子爵フランシス・ベーコンに宛てて書いた手紙で、この友人に文学活動全般を断念したことを弁明したものである」と始まる、初期の文学的成功の後、言語的・感性的危機にとらわれた架空のイギリス貴族の、ふつう『チャンドス卿の手紙』と呼ばれる告白である。「私の症状は簡単に言うとこういうものです。あることを関連づけて考え話す能力が、まったくなくなってしまったのです。／最初は高度なテーマや一般的なテーマを話し、その際ふつう人が何の疑問もなく流暢に用いることばを口にすることが、次第にできなくなりました。私は「精神」、「魂」、「身体」といったことばを発することに、説明しがたい不快を感じました。（……）何らかの判断をもたらすために、舌が自然に用いなければならない抽象的なことばは、私の口の中で腐った茸のように崩れ去りました」。残されたのは個々の「喜ばしげで生き生きとした瞬間」だけで、その中で任意の「対象」の無言の知覚が公現するかのように「現在を、壮麗きわまる充溢した現在を」授けるのだった。

『チャンドス卿の手紙』はしばしば若いホフマンスタールの危機の自伝的証言と解される。しかしこれは世紀転換期の全ヨーロッパ文学に特徴的な言語危機を主題化したものである。その際決定的なのは、ホフマンスタール自身がこの言語危機によって――チャンドス卿のようには――沈黙に至らず、言語を媒体としてそれを表現し、考察したことである。

ホフマンスタールはなんといっても劇作家であった。しかしいくつかの小説でも際だっている。一八九五年に出された『第六七二夜の童話』は、『千一夜』の伝統に立った短篇で、裕福な商人の人生を踏み外した若い息子の死について語ったものである。一八九九年の『騎兵物語』はラデツキーの一八四八年のイタリア遠征の時代を舞台にしている。このライトモティーフと象徴に満ちた印象主義的テクストは、曹長アントン・レルヒが上官の命に従わなかったことを理由に射殺される経緯を描いたものである。この短篇の政治的・社会批判的・心理学的・性的次元についてには、きわめてさまざまな読解が可能である。一九〇〇年に出された短篇歴史小説『フォン・バッソンピエール元帥の体験』の素材は、ゲーテの『ドイツ亡命者の対話』から採られたもので、ここでホフマンスタールはエロスとタナトス、愛と死、アイデンティティの問題をとりあげている。ホフマンスタールは一九〇七年以降は教養小説を手本にした小説断片『アンドレーアス』にとり組んでいた。これは作者の死後の一九三二年に出された。物語られるのは、十八世紀末を舞台にした主人公のウィーン人アンドレーアス・フェルシェンゲルダーのケルンテンから上部イタリアへの旅行である。模範とされるゲーテの『ヴィルヘルム・マイスター』に見いだされる可能性を秘めた人物という構想は、作者にはもはや不可能である――それは複雑な執筆過程、近代的な語りの叙法、未完の断片が証明している。

ホフマンスタールの数多くの劇作品は、彼が唯美主義の代表者であることを示す抒情的劇場作品から出発した。一八九二年にゲオルゲの『芸術草紙』に掲載された短い詩劇『ティツィアーノの死』は、芸術と生活の対立という世紀転換期特有のテーマをとりあげている。一八九三年の『痴人と死』は裕福な唯美主義者の死に関する劇で、ホフマンスタールを有名にしたものである。この二つの演劇は唯美主義的立場を形式の面で継承しているにもかかわらず、すでに美を崇拝することのナルシズムに批判を加えている。一八九〇年代のなかばからホフマンスタールはギリシャ神話に開眼し、いくつかの大部の演劇を執筆したが、それは近代心理学あるいは精神分析を媒介として、またニーチェのディオニュソス的なものという概念の影響下で構想された。一九〇三年に『エレクトラ』がベルリンで初演されたが、このタンタロス神話の現代版はソフォクレスを下じきにしているものの、心理的過程に関心を絞ったものである。中心にいるのは女性たちである。エレクトラはヒステリーの症状を帯び、もっぱら愛する父親アガメムノンを殺害した母親への復讐に人生を捧げ、妹のクリュソテミスは平凡な女性の生活に憧れるが、二人の母親クリュテムネストラがオレストに殺害されることで、エレクトラは人生の目的を達成し、こと切れる。一九〇九年の作曲家リヒャルト・シュトラウスのための『エレクトラ』の台本用の改作は、その後名作オペラを次々に生み出すことになる両者の長い共同作業の開始をつげるものであった。生前すでに発表されていた両者の文通は、ホフマンスタール自身モーツァルトとダ・ポンテの関係になぞらえた二人のきわめて異質な芸術家による作業をかいま見ることのできるものである。『エレクトラ』のほか一九一一年には『ばらの騎士』、一九一二年の『ナクソス島のアリアドネ』、一九一九年の『影のない女』、一九二八年の『エジプトのヘレナ』、そして一九三三年の『アラベラ』が送り出された。『ばらの騎士』はホフマンスタールのハプスブルク＝オーストリア史への関心の高まりを示すもので、ここで表されたウィーン・ロココは、人物たちの言語表現に至るまで皮肉をこめた虚構的構築物となっている。このマリア・テレジアの時代を舞台とした喜劇は、年齢や移ろいやすさ、瞬間のはかなさや決定的経験の名状しがたさといったホフマンスタールのさまざまなテーマを盛り込んでいるが、その深刻さを喜劇的ストーリーの背後に隠し、若い伯爵オクタヴィアンがばらの騎士として、がさつないとこオックス・フォン・レルヒェナウのために、富裕な市民ゾフィー・ファーニナルへの求婚の使者を務めるというものである。自然な流れでオクタヴィアンはゾフィーに恋してしまう。変装ととり違えが幸福な結末を導き、オクタヴィアンの何歳か年上の愛人である元帥夫人は彼と別れて、年齢相応に賢明な諦念に至る。

ホフマンスタールの――オーストリアに限らない――過去への関心は、一九一一年にマックス・ラインハルトによって初演された十六世紀初頭のイギリス神秘劇の改作である「裕福な男の死をめぐる劇」『イェーダーマン』に結実している。この作品は一九二〇年以降ザルツブルク祝祭の恒例の演目となった。ホフマンスタールは原典の寓意的構造を維持しながら、貨幣経済に特徴づけられる価値観喪失の時代を刷新することを試みた。一九二一年に成立した『ザルツブルク大世界劇場』もザルツブルク祝祭のために書かれたもので、ここでホフマンスタールは伝統――この場合はカルデロンの演劇――にたち返って、同時代にキリスト教的秩序に基づく安定した世界を対置させている。そのほかカルデロンに依拠しているのは、ホフマンスタールが世紀転換期以来とり組んできた悲劇『塔』である。これは一九二七年になってようやく完成された。グリルパルツァーも『夢は人生』で改作していた原作 *La vida es sueño*〔『人生は夢』〕をホフマンスタールは政治劇に変貌させ、その悲観主義はグリルパルツァーの『ハプスブルクの兄弟争い』を想わせるものがある。

二つの喜劇はやはりハプスブルク君主国崩壊後に出されたもので、ホフマンスタールが歴史の展開を前にして途方に暮れている様子の証言となっている。『気難しい男』は長年にわたる準備を経て一九二〇年に完成されたもので、ウィーンの娯楽喜劇の伝統の内にある。この戯曲は戦後が舞台だが、主人公カーリ・ビュール伯爵の戦争体験を主題化したものである。しかし彼が行動している世界は、依然としてカカーニエン——共和国ではなくて、貴族院のことが語られる社交サロン——である。ホフマンスタールが当初『意図のない男』というムージル的な表題を考えていたこの喜劇で、言語に懐疑的な主人公はいくつかの誤解が解消した後、最後に愛するヘレーネ・アルテンヴュールと結婚する。カーリ・ビュールは戦争のことなどみずからの経験をヘレーネにだけことばにすることができる。彼の考えによれば、「救いようのない混乱をまねかずに口を開くことは（……）不可能」で、「人の話すことはすべて不適切だ。何かを話すというありきたりのことが不適切なの」だから、他のすべての人に沈黙する。一九二三年に初演された『買収の効かない男』もカカーニエンを回顧したものである。この一九一二年が舞台の喜劇の中心にいるのは、買収が効かない道徳家の従僕テオドールで、主人ヤロミール男爵の不倫を策謀によって阻止する。「買収の効かない男」——この形容はロベスピエールを示唆している——は、何の疑念ももたずに宗教をもちだす権威的な人物で、壊れそうな古い流儀を維持し、最後にこのことばを発する。「閣下、浮き世のものは非常にもろいものです。どんなに力強い手でも、末代までの防御壁を造ってやることなどできません。しかし私がここですべてを掌握し、管理しているかぎり、完全な秩序が維持されることを期待するものであります！」けれども一九一二年以降、この秩序が長く続くことはなかった。

アルトゥル・シュニッツラー

アルトゥル・シュニッツラーはホフマンスタールとならんで、しばしばウィーン・モダンの権化と見なされ、おそらく後者よりも滅びゆく市民文化という点に関しては、より代表的であるといえよう——

アメリカの文化史家ピーター・ゲイは二〇〇二年に刊行した「中産階級の成立／一八一五—一九一四」に関する考察を『シュニッツラーの世紀』と名づけた。シュニッツラーは一八六二年にウィーンで名望あるユダヤ人医師の息子として生まれ、アカデミー・ギムナジウムにかよった後、医学を学んで一八八五年以降医者として働いたが、次第に文学にのめりこんでいった。八〇年代末には詩と短文を発表して、一八九二年には連作一幕劇『アナトール』を出し、一八九五年にブルク劇場で上演された『恋愛三昧』が大成功をおさめ、同年フィッシャーから短篇小説『死』が出版された。その後この時代でもっとも有名な劇作家の一人となったが、頻繁に反ユダヤ主義の標的となった。一九〇三年には二十歳年下のオルガ・グスマンと結婚した。この結婚は一九二一年に解消された。九〇年代以来悪化した耳疾とバールやホフマンスタールなど若いウィーンの友人たちとの齟齬といったものが、彼の生涯に影をおとすようになった。作家仲間の多くと異なって、シュニッツラーは戦争を拒否した。すでに一八九六／九七年に書かれていた『輪舞』の、一九二〇／二一年になされたベルリンとウィーンの上演は、凄まじい劇場スキャンダルを惹起した。一九一八年以降は滅びゆく世界の作家と見なされるようになり、いくつかの小説や演劇が映画化された。娘リリーの一九二八年の自殺は彼を深く揺さぶった。一九三一年に死去した。その作品はナチスによる焚書に遭った。ドイツ語圏では一九六〇年以降になって、ようやく本格的な再評価が始まった。

シュニッツラーは一八八九／九〇年に「アナトール」の筆名で詩を発表していたが、一八八九年以降にいくつかのアナトールという名の憂鬱な遊民をめぐる一幕物を書き、それらをまとめて一八九三年に連作として出した。ホフマンスタールはそれに序詞をつけているが、それはウィーン・モダンの雰囲気を醸し出している。「だから我々は劇を演じる／我々独自の戯曲を／早熟で、繊細で、もの悲しい、／

我々の魂の喜劇を」。個々のエピソードは愁いを含んださまざまなダンディの構図を描いたもので、たいていは刹那的で表面的な恋愛関係である。『恋愛三昧』でシュニッツラーはこの構図を後期市民悲劇にまで深めた。ウィーンのうわべだけの学生フリッツ・ロープハイマーは、社会的地位の劣った郊外の「かわいい子」クリスティーネ・ヴァイリングと恋愛を始める。彼が別の愛人の夫との決闘で殺されると、クリスティーネは愛するフリッツにとって自分が単なる「暇つぶし」であったことを悟り、おそらくは自殺するために部屋から出て行く。シュニッツラーの男性的性意識に対する(自己)批判的眼ざしは、一八九六/九七年に書き一九〇〇年に自費出版されたスキャンダル戯曲『輪舞――十の対話』で頂点に達した。十のエピソードでは十の性的関係が描かれる――あるいは描かれない。舞台で演じられるのは、関係前の誘惑のレトリックと関係後の倦怠感、愛の終焉である。決定的な場面はテクストでは何本かの連字符によって、舞台では幕によって暗示される。人物のうちの一人が次のエピソードで新たな相手を見いだす。最後に第一景の娼婦が第九景の伯爵と出会うことで、円環が閉じられる。ペアの組み合わせにはウィーンの社会階層全体が俯瞰される。中間の第五景では市民の夫婦「若い妻とその夫」がおち合う。シュニッツラーの風刺的で冷めた眼ざしと表面的な恋のレトリックは、一九二〇、二一年の初期の上演で報道と観衆による反対キャンペーンをまき起こした。

世紀転換期以前のシュニッツラーは若いウィーンの嗜好に添って、いくつかの史劇も書いていた。しかしその本領は周囲の世界を精細に診断した社会劇にあった。一九〇四年にベルリンで初演された『孤独な道』は、瞬間にだけ生きる無責任で利己的なアナトール世代の総括であり、彼らはその子どもたちの死に責任を負わなければならない。舞台上のできごとは幕間に起こったことに関する省察に限定され、人物間の実際のコミュニケーションは生じない。一九一一年に九つのドイツ語劇場で同時に初演されたもっとも成功した戯曲「五幕の悲喜劇」『広い国』で、シュニッツラーはウィーンの経済的に特権的な上流市民を舞台に乗せた。工場主フリードリヒ・ホーフライターは妻のゲニアが彼に忠実であるあまり、彼女に求愛を拒否された共通の友人を自殺に追いこんだといって非難をあびせる。しかし彼はある友人の婚約者エルナを誘惑し、また決闘でゲニアとほんの一時期関係があった若い士官候補生オットーを、ほんとうは不倫などどうでもいいのにもかかわらず殺してしまう。彼は社会的慣行に従って殺すことで、みずからが老いゆく男であることを示す。

明確な政治的メッセージを含んでいるのは、一九一二年に出された喜劇『ベルンハルディ教授』で、その過激なテーマのためにオーストリアの当局によって発禁となった。中心にいるのはユダヤ人勤務医で、死期が近づいていることに気づいていないある女性に、カトリック司祭が接近するのを同情心から妨げる。その後ベルンハルディに対して起こった反ユダヤ主義報道は法廷闘争にもちこまれるが、そこで同僚たちや大臣にまでなった級友のフリントその他の政治家は卑劣な態度をとる——ベルンハルディは「何の利益もないのに、いわば楽しみのためだけに卑劣にふるまう」者たちの「無私の卑劣さ」について言及する。カトリック司祭のレーダーはやはり世界観的にベルンハルディと越えがたい溝で隔てられているが、少なくとも一時的に、この溝を受け入れることができる。アンチヒーローであるベルンハルディは、戯曲の最後でみずからの意志に反して殉教者となる——しかし彼の自己評価では彼は確固たる主義に基づいて行動しているのではなく、「まったく特殊な場合には」みずから正しいと信ずることを試みているだけなのだという。

演劇だけではなく、散文作品においてもシュニッツラーは心理状態の慧眼な分析家であることが判る。ジークムント・フロイトはこの同僚の医者との個人的な接触を長い間避けていたが、一九二二年のシュニッツラー六十歳の誕生日の際に、彼に「分身《ドッペルゲンガー》のような気がしてもの怖じして」きた旨手紙で書いている。シュニッツラーの創作への精神分析の影響について言及すべきではないが、フロイトとシュニッツラーは実際同じ現象に関心をもっていた。

シュニッツラーの小説もしばしば症例の物語であり、主人公の内面生活への関心が第一にある。中篇『死』は若いフェーリックスの最後の数か月を物語ったもので、彼は結核のためにあとわずかしか生きることができない。愛人マリーは一緒に死のうとするが、最初彼はそれを謝絶する。しかし時間の経過とともに状況は変わる。マリーには生への意志が目覚め、フェーリックスは死に至る病の経過のうちに、マリーを道連れにしたいと願うようになる。劇的な結末で殺されると思ったマリーは彼のもとを去り、フェーリックスは独り死んでゆく。

死との対峙はシュニッツラーの多くの短篇小説、なかでも一九〇〇年に出された有名な『グストル少尉』でも重要な役割を演じていて、ここでシュニッツラーは新たな語りの技法、自律的・内的独白を用いている。決闘権のないパン職人市民に侮辱され、軍隊の作法に従って自決しなければならない若い少尉が、一晩中ウィーンをさまよったあげく、朝になって侮辱した当人が死んだことを友人に聞いて自殺の考えを捨てるといいものである。できごとはもっぱらグストルの脈絡のない意識の流れを媒介に語られ、彼が劣等感を懐いた攻撃的な小市民であり、女嫌いで反ユダヤ主義的・権威的な性格の持ち主であることが浮き彫りになる。これが発表されるとスキャンダルとなり、予備役軍人であったシュニッツラーは、オーストリア軍の名誉を傷つけたとして、一九〇一年に軍人資格を剝奪された。

一九二四年に発表された後期の短篇小説『エルゼ嬢』で、シュニッツラーはふたたび内的独白の技法を採用した。これは若い女性の内面生活をとりあげたもので、父親の経済的粉飾をごまかすために、保養中の家族の友人で金持ちの老美術商ドルスダイに莫大な額を無心する。ドルスダイはみかえりに裸を見せるよう要求する。エルゼはこの無理な要求に大胆なやり方で応じる。彼女はホテルのミュージック・サロンで公然と身をはだける。そして失神して部屋に運ばれ、睡眠薬を過剰に摂取する。できごとはもっぱらエルゼの意識の流れをとおして媒介される。彼女の無意識の願望と不安が白日のもとにさらされるが、『グストル少尉』とは異なって、ここではエルゼの正体ではなくて、社会の犠牲になった若い女性の心理が問題にされている。明らかにこの小説の社会批判は過ぎ去った世紀末だけではなくて──物語の設定は一八九六年である──、経済的に危機的な戦争直後を想定したものである。このシュニッツラーのテクストは大成功をおさめ、何度も劇化されたほか、一九二八年には作家の協力のもとに映画化された。

アルトゥル・シュニッツラーの多くの小説のなかでは、一九二六年に発表されたウィーンの夫婦の物語である『夢小説』も挙げられよう。医者フリードリンとその妻アルベルティーネは結婚して数年の、小さな娘の親であるが、抑圧された性的願望に直面する。フリードリンは非現実との境界上で夜の冒険に出、ある秘密結社に潜りこむと、そこでは仮面をつけたメンバーたちが狂宴をくりひろげている。しかし見つかってしまい脅迫を受けるが、ある女性の参加者に助けられ、放免される。家ではアルベルティーネが多くの男たちに身をまかせ、そのために夫が死んでしまうという長い性的な夢を物語る。フリードリンは最初は激昂するが、翌日には夜の体験の痕跡をむなしく捜し求め、とうとうすべてを妻にうち明けてしまう。結末は両価的である。「アルベルティーネ、僕らはどうしよう」というフリードリンの問いに彼女は答える。「あらゆる危険から無事抜け出たことを──現実でも夢でも──、運命に感謝しましょう」。最後の文では「隣の子どもたちの朗らかな笑い声で新たな日が」始まる。市民的な家族の幸せは回復したが、無意識の願望はおそらく解消されてはいない。

シュニッツラーの物語テクストには二つの長篇小説もある。一九〇三年に成立し、一九〇八年に発表された『自由への道』は、ウィーンの音楽家ゲオルク・フォン・ヴェルゲンティンの生涯における一年を描いたものだが、彼は妊娠した下層階級の愛人アンナ・ロースナーとの関係を公にしようとせず、その子どもが死産された後、ドイツの地方に楽長の地位を得ると、彼女のもとを去る。そのほかこの小説はとりわけウィーンのユダヤ人社会の批判的総覧となっている。これは同時代人からしばしばモデル小説として読まれた。ここではゲオルクのパースペクティヴが支配的であり、彼はユダヤ人の友人たちの思いにあまり理解を示さず、無責任な主人公として読者の感情移入を喚起しない。

一九二八年に出された長篇小説『テレーゼ――ある女性の生涯の記録』は、もともと貴族出身の零落したテレーゼ・ファビアーニの生涯を物語ったものだが、彼女はウィーンで数度の恋愛と仕事を経験した後、暴力的な息子フランツによって重傷を負う。テレーゼは実はフランツを出産の際に殺そうとしたのだったが、今回の件を自分の罪の当然の報いと感じる。このテレーゼのパースペクティヴを通した物語は、カカーニエンを舞台にしたものだが、その即物的叙述と主題は二〇年代を想起させるものである。

アルトゥル・シュニッツラーの遺稿は一九三八年にナチスから救出され、イギリスに運ばれた。一八七九年から一九三一年まで続けられた日記は、二十世紀末になってようやく編集された。シュニッツラーはみずからの精神状況や性生活、文学・政治・美学的考察に関する対話を几帳面に書きとめていた。この日記は彼の伝記のみならず、時代そのものに関する詳細な素材を提供しているほか、その著者が時代を代弁する人物であったことを示している――『シュニッツラーの世紀』という形容は決して誇張ではないのである。

後期写実主義物語文学

ウィーン・モダンの文学はシュニッツラーを例外として、現実的な社会的・政治的問題を直視するのを驚くほど避けていたことは留意しておくべきである。日常との対峙は、美的水準が低いものもあったものの、場合によっては自然主義の特徴を帯びた後期写実主義的テクストにおいてなされ、さまざまな思想的立場から社会的現実に向き合うことで、若いウィーンが軽やかにかわした課題を満たしたのだった。

ここで挙げるべきは、一八五九年にモラヴィアに生まれたユダヤ人家庭出身のヤーコプ・ユリウス・ダーフィットで、彼はウィーンでドイツ文学と歴史を学んだ。ダーフィットは生涯経済的・身体的問題をかかえていた。カール・エーミール・フランツォースの仲介で、一八九四年からジャーナリストとして働き、一九〇六年に死去した。ドイツ文学者のエーリヒ・シュミットは一九〇八年に彼の『全作品』を編集した。ダーフィットは抒情詩や演劇のほか、コンラート・フェルディナント・マイアー風の歴史小説や故郷モラヴィアの地方生活を主題とし、後に民族主義批評が肯定的に評価した物語テクストを数篇書いた。彼は自然主義と印象主義の書法を等しく用いた。一九〇二年にベルリンで出された社会小説『移行』は、学生ペーター・グレーガーのパースペクティヴでかつてのウィーンの財閥マイアー家が一八七三年の株価暴落の後、なんとか体面を保とうとするが結局没落する運命を描いたものである。不肖の息子アダムが金銭欲から金持ちの「アーンデル夫人」を殺害し、刃傷沙汰で命をおとすと、父親は自殺を図る。最年少の聡明な娘リンナールはペーター・グレーガーとの短い恋愛沙汰の後、大学に進み、他日「彼らがすべてを理解できるように、私が体験したことを話す」決意をする。ダーフィットは自然主義の意味での悲観主義的・決定論的パースペクティヴで大都市生活のありのままの姿を描き、そこでは苦しみや犯罪、売春も一定の役割を演じる。

エーミール・エルトルの四部作小説『労働の民――ドイツ系オーストリア百年の小説』は失われた時を求めたものであり、一九一二年に三部作としてさしあたり完結していたものに、一九一二年の『桑の木の家で』を加えて四部作としたものである。エルトル（一八六〇―一九三五）はウィーンの絹織物職人家庭の出身で、哲学を修めた後グラーツで司書として働き、ペーター・ローゼガーと知り合って、ライプツィヒのシュタークマン出版周辺の作家たちから成る「シュタークマン《シュタークメナー》たち」に属した。しかしここで物語られているのは地方の生活ではなくて、ウィーン市民である。『青いグーグックの人々』（一九〇六）、『私の考える自由』（一九〇九）、『街道監視所にて』（一九一一）という三つの小説は、いくつかの実業家家庭を例に、ナポレオン戦争から現代までの経済的変遷をたどっていく。文学的にエルトルは市民的写実主義を継承している。政治的にはドイツ民族主義的である。数多くの短篇とその後の長篇は後期写実主義的綱領に依拠している。エルトルは一九一八年以降はオーストリア共和国のドイツ的使命を強調する郷土芸術作家に分類されるようになった。『桑の木の家で』はハプスブルク君主国崩壊の経験を考察し、帝国への回帰に救済を求めている。

写実主義的枠組みに依拠しているといえば、オットー・シュテッスルの作品もそうである。一八七五年にユダヤ人医師の息子としてウィーンに生まれたシュテッスルは、法学を修めた後、ウィーンで役人としてくらし、一九三六年に死去した。シュテッスルは文学的経歴を自然主義演劇から始めたが、次第に市民的写実主義に傾いていき、理論的にはシュティフター、ゴットフリート・ケラー、コンラート・フェルディナント・マイアーを研究するようになった。一九〇六年から一一年まで『炬火』に数篇寄稿した。バルザックへの関心は登場人物が重なり合っている『朝焼け』（一九一二）、『エーラト家』（一九二〇）、『夏の旋律』（一九二三）という三つの小説が示している。当初『労働者新聞』に掲載された『エーラト家』は、しばしばトーマス・マンの『ブッデンブローク家の人々』と比較された。これはウィーンの絹織物職人家庭三代の没落を、ハプスブルク君主国の崩壊と対照させて描いたものである。

「グラーツ市民詩人」と称讃されたヴィルヘルム・フィッシャーは、世紀転換期になってようやく文学的成功をおさめた。一八四六年にユダヤ人商人の息子としてクロアチアのチャコヴェッツに生まれ、一八七〇年にグラーツで博士号を取得し、そこで役人になって、最終的にシュタイアーマルク州立図書館長となった。ハーマーリングに学んだ叙事詩『アトランティス』や、ハイゼとC・F・マイアーに依拠した初期の歴史小説の反響はなかった。しかしケラーの『チューリヒ短篇集』に対抗して一八九八年に発表した『グラーツ短篇集』で評判をとり、一九〇二年に出された発展小説『光の喜び』は、新プラトン主義的・キリスト教的・ダーウィン主義的発展理念を主張したもので、一九二五年までに二十四版を記録した。

若いウィーンの周辺では一八七六年にボヘミアで生まれたローベルト・ミヒェルがいる。アンドリアーンやホフマンスタールと長い間交友関係にあった。ミヒェルはプラハでギムナジウムにかよった後軍人となり、一八九五年以来ウィーンでくらし、一八九八年から一九〇〇年までボスニア＝ヘルツェゴヴィナ、一九〇〇年から一九〇八年まではインスブルックに滞在して、ルートヴィヒ・フォン・フィッカーと交友関係を結んだ。その小説はたいへんな評判をとったが、それらはカカーニエン＝バルカンでの体験をテーマとしているものが多い。第一次世界大戦中も彼のテクストはよく読まれた。一九二七年には小説『ボヘミアの森のイエス』でアーダルベルト・シュティフター賞を受賞した。ミヒェルははシュティフターの文学的後継者と見なされている。一九五七年にウィーンで死去した。

一八六二年にブリュンで生まれたフィリップ・ラングマンは、産業社会の現実をみずからの体験で知っていた。化学を学んで、一八九〇年には工場長となり、一八九一年から九八年までブリュンの労働災害保険職員として働いた。数篇の短篇の後、自然主義演劇『バルテル・トゥラーザー』（一八九七）で大成功をおさめ、これはヨーロッパ数か国語に翻訳されて、一九〇一年にウィーンでフリーの作家としてくらすことになった。出版社や一般からは自然主義者と目されていたため、初期の成功を継続させることができず、貧困のうちに一九三一年に人知れず死去した。『バルテル・トゥラーザー』は困窮した家庭のために同僚たちのストライキを裏切って、最後にその代償をはらうことになるある労働者を描いたものである。

社会批判演劇

社会的・政治的状況に対する時代批判的もしくは風刺的とり組みが、世紀転換期の劇場において頻繁に行われた。小説家・フユトニストとしても成功したウィーンの官僚カール・カールヴァイス（一八五〇―一九〇二）は、いくつかの演劇をヴィンツェンツ・キアヴァッチとヘルマン・バールと共作し、一八九四年には民衆劇『小男』でライムント賞を受賞したが、これはルエーガーの反ユダヤ主義に向けられたもので、主人公の改心によって幸福な結末をむかえる。ユリウス・フォン・ガンス＝ルダシーは一八五八年ウィーンで有名な新聞編集者の息子として生まれ、法学を修めた後、当初は自身ジャーナリストとして活動した。一九〇七年から死去する一九二二年までは、フリーの作家としてすごした。ガンス＝ルダシーは自然主義に刻印された社会批判民衆劇でセンセーションをまき起こした。『黄金の大地』

は一八九九年に検閲によって禁止され、一九〇〇年にウィーンの民衆劇場で上演された『最後のボタン』は、タブーとされていることを舞台に持ちこんだために、劇場は騒動になった。零落した若い女性が、経済的理由から家主に身をまかせるというものである。この作品は悲劇的に終わる。ガンス＝ルダシーは後にシュニッツラーの印象主義的物語技法に学んだ小説を書いた。

そのほかに十九世紀の写実主義概念・美学に固執したのは、生前「労働者詩人」と讃えられたアルフォンス・ペッツォルト（一八八二―一九二三）である。貧しい境遇の出身で、当初ウィーンで見習い工として生計を立てた。文学に関しては社会民主党ジャーナリストのヨーゼフ・ルイトポルト・シュテルンの支援を受けた。ペッツォルトはみずからの伝記的経験に基づいた詩と小説を書いたが、それらは人道主義的・宗教的姿勢を社会批判に結びつけたものであり、そのことで市民読者の共感を得た。一九一八年以降ペッツォルトはキッツビュールに住み、書店を経営して、多くの有名作家と交流をもった。

この時代の多くの作家たちは啓蒙的な意味で社会にかかわったが、美的実験を躊躇し、既存の写実的書法を固守した。そのことはウィーンの商人の娘エミーリエ・マターヤ（一八五五―一九三八）などについて言えるが、彼女はザッハー＝マゾッホ、フランツォース、パウル・ハイゼに支援され、一八八〇年代以降はフユトニストとして活動した。マターヤは女性解放のために尽力し、キリスト教の問題に関心をもって、リヒャルト・フォン・クラーリクやルードルフ・シュタイナーのほか、ベルリンの自然主義者たちとも交流をもった。エーミール・マリオットの筆名で『ハルテンベルク家』（一八八三）、『近代的人間』（一八九四）、『若い夫婦』（一八九七）、『まっとうな女性たち』（一九〇六）など市民的環境が舞台の写実主義的小説を執筆した。マターヤは物語技法的にはこの時代の最高の水準にあって、重要な時事問題にとり組んでいた。しかしその作品はやがて忘れられてしまった。

郷土芸術運動

伝統美学と伝統素材に回帰した雑多な作家から成るグループは、意識的にウィーン文壇から距離をとっていた。「ウィーンを離れて」がそのスローガンであった。地方生活を讃美し、近代化・都市化に反対した民族的郷土芸術運動派である。もちろんこれは他のヨーロッパ文学にも見られる国際的運動であった。ドイツにおいてはグスタフ・フレンセンとヘルマン・レンスがその代表者であった。家族や村落共同体への帰属が郷土芸術においては肯定的に受けとめられ、コスモポリタニズムは否定的意味合いを含んで地域主義が好まれた。産業化・資本主義・都市化・神経過敏芸術は目の敵にされた。女性解放運動も呪詛《アナテマ》の対象であったことは、おのずと理解されよう。オーストリアにおける郷土芸術運動の際だった指標はドイツ民族主義・反ユダヤ主義・反カトリック主義——それと近代的書法の拒否——であった。

郷土芸術運動の作家たちの多くは第一共和国の文化政策とも整合性があったため、そこでも成功をおさめることになった。オーストリアのアイデンティティを涵養しようという十九世紀初頭に始まった運動は、一九〇〇年以降はコスモポリタン的ウィーンに対抗する地方的・ドイツ的・保守的イデオロギーに収縮してしまった。オーストリア・イデオロギーを古来の神聖ローマ帝国の理念や超国家主義・多文化性に結びつけようという努力もあるにはあったが、成功をおさめることはできなかった。

世紀転換期の郷土芸術運動に関していえば、例によってヘルマン・バールが主導者の一人であった。彼の呼びかけは一八九九年のペーター・ローゼガーの短いテクスト『地方の発見』に帰結し、その表題はヘルマン・バールの同年の詳細なエッセーのために用いられた。ローゼガーはオーストリア地方芸術の旗手の役割を果たし、彼らはたいていライプツィヒのシュタークマンから出版した。カール・クラウスは一九一四年に『炬火』で「シュタークマンたち」とその田舎くさい姿勢を嘲笑した。「シュタークマンと交誼を結んでいる紳士方は皆、自然とも非常にうまくやっていくことだろう。彼らは畑で書き、机で耕すのだ」。

郷土芸術運動の作家のなかにはハプスブルク世襲領のドイツ語圏の田舎だけではなく、ハンガリー王国のドイツ語地域で活動していた者も多くいたが、それらのうち挙げられるべき者は少ない。

チロルでは世紀転換期ごろに「若いチロル」というグループが発生した。彼らは一八九九年にフーゴ・グラインツが編集し、ライプツィヒから出された『若いチロル――チロルの山々からの近代詩神年鑑《ムーゼンアルマナッハ》』と反ハプスブルク的・反カトリック的・反ユダヤ的な社会批判雑誌『シェーラー』を世に問うた。チロル郷土芸術の代表的人物はドイツ民族主義ジャーナリストのフーゴ・グラインツ（一八七三―一九四六）とその兄ルードルフ・グラインツ（一八六六―一九四二）で、大学教育を受けた市民的境遇の出身である。ルードルフ・グラインツは一九一三年から三五年までシュタークマン出版の年鑑を編集し、文学的経歴を民謡と民衆劇の収集家として始め、その後チロルの村や小都市の物語で成功をおさめた。一九〇〇年以降は流行していた娯楽小説を執筆した。グラインツ兄弟の同志は自由主義家庭出身のハインリヒ・フォン・シュレルン（一八六五―一九五五）で、軍医としてインスブルックにくらし、とりわけ『医者』（一九〇二）や『カトリック教徒』（一九〇四）などの傾向小説で有名になった。みずからのドイツ民族主義からオーストリア的立場への過程を物語っているのが、一九一〇年に発表された自伝的色彩の濃い「ある学生組合員の小説」『若いオーストリア』である。中世チロル史に関する大部の三部作小説『山脈の地』には一九四〇年代までとり組んだが、もはや以前のような成功をおさめることはできなかった。

若いチロルの作家でもっとも有名なのは二人の劇作家フランツ・クラーネヴィッターとカール・シェーンヘアである。両者は若いチロルに属していたが、自然主義演劇で成功をおさめ、その中で郷土の社会状況は批判的に舞台にもたらされた。

チロルのナッサライト村に生まれたフランツ・クラーネヴィッター（一八六〇―一九三八）は反教権的自由主義家庭の出身で、インスブルックでドイツ文学の学業を中断して文学に専念し、アドルフ・ピヒラーを模範としたチロル方言演劇によって大きな成功をおさめると同時に、激しい論議をまき起こした。悲劇『家土地をめぐって』（一八九五）は遺産押領をあつかったものである。『アンドレ・ホーファー』（一九〇二）でクラーネヴィッターはチロル民衆の英雄の虚像を暴き、彼を政治と教会の犠牲者とする。両作品はスキャンダルとなり、クラーネヴィッターはたわいもない喜劇や史劇といった無難なジャンルに引きこもった。連作一幕劇『七つの大罪』に一九〇二年から二五年までとり組んだが、ここではかつての自然主義的な悲観主義的世界観と劇的才能が遺憾なく発揮されている。

カール・シェーンヘア（一八六七―一九四三）はチロルのアクサムス村の教師の息子で、ウィーンで医学を修め、一九二四年までのほとんどをここで最初は医者、後にはフリーの作家としてすごした。文学的経歴を若いチロルの周辺で始め、ローゼガーの支援を受け、ウィーン民衆劇場やブルク劇場などで上演された自然主義演劇によって民衆劇の改革者と称された。チロルでは有名な演劇集団「エクスル舞台」の戯曲が広まっていた。喜劇『大地』（一九〇七）では活力あふれる独裁的老農夫グルッツが、ひ弱な若い世代に君臨する。一九一一年にグリルパルツァー賞を受賞した史劇『信仰と故郷』で、シェーンヘアはツィラー渓谷からのプロテスタントの追放を描き、その後カトリックからの猛抗議を受けた。後期作品は表現主義への接近を示している。『魔性の女』（一九一四）ではヴァイニンガー（とストリンドベリ）の女性像が浮き彫りにされ、衝動的な「女」が病弱で狡猾な密輸業者の「男」と活力ある「狩人」の間にいる。史的「民衆劇」『チロルのユダ』（一八九七）、『困窮の民』（一九一六）、『はためく旗』（一九三七）などの演劇で、シェーンヘアは一八〇九年の「チロル自由闘争」〔オーストリア帝国がナポレオンとの戦争に敗れた結果、チロルがバイエルン王国領となったことに対するアンドレーアス・ホーファーを中心とする抵抗運動〕をテーマ化している。シェーンヘア自身は国家社会主義者ではなかったが、一九三〇年代には「血と大地」の文学の代表者と見なされ、一九三八年のオーストリア合邦を歓迎した。

地方の文学が必ずしも地方芸術であるとはかぎらないことをチロルに関して証明したのは、ルートヴィヒ・フォン・フィッカーが一九一〇年にインスブルックで創刊した雑誌『ブレンナー』であり、その名前〔発火装置《ブレンナー》〕からしてすでにカール・クラウスの『炬火』に依拠している。『ブレンナー』にはドイツ語圏全体の作家が寄稿し、明確に表現主義路線をとって、ゲオルク・トラークルの詩の発表の場となった。第一共和国から一九五四年の廃刊まで、この雑誌は非正統的なカトリック改革運動の機関誌であった。

特に実り豊かだったのは、シュタイアーマルクの郷土芸術運動で、ここではその精神的指導者であるペーター・ローゼガーが活動していた。地方芸術に直接含まれはしないが、その周辺にいたのがカトリック司祭のオトカル・ケルンシュトック（一八四八―一九二八）で、この学識あるアウグスティノ修道会フォーラウ修道院参事会員の豊かな詩創作は、中世文学への熱狂によるものだった。ケルンシュトックはドイツ民族主義者であると同時に、教会とハプスブルク家に忠実だった。一九一四年以降の攻撃的戦争詩は、カール・クラウスによって痛烈に批判された。一九一九年にケルンシュトックが執筆した詩は、一九二九年から三八年までオーストリア第一共和国の国歌であり、古い皇帝讃歌のメロディーに合わせて歌われていた。「限りなく祝福されてあれ、／美しき故郷の大地よ！／おまえの土地を親しく飾る／樅の緑と黄金の穂。／真面目で誠実なドイツの仕事！／優しく柔和なドイツの愛、／祖国よ、なんて壮麗なのだ、／神と共にあれ、我がオーストリアよ！」というのが一番である。ケルンシュトックの原典では「故郷の大地」ではなくて「ドイツの故郷」であり、「我がオーストリア」ではなくて「ドイツのオーストリア」であった。一九二三年にケルンシュトックはナチスのシュタイアーマルク支部のために「鉤十字の歌」を書いたが、これは以下のように始まる。「白地に鉤十字、／燃える赤をば背景に、／喜ばしい知らせ／世界くまなく知らしめん。／この印の下に集いし者、／ことばのみならず／心技体ともドイツ人ならん」。ケルンシュトックはすぐにナチスから距離をとったが、この歌は広範に流布した。

同様に広範に流布したのは、ハンス・クレプファーの方言詩である。一八六七年にアイビスヴァルトで医者の息子に生まれ、自身医学を修めた後ケフラッハで医者を務めながら、強い郷土誌的関心を示し、鉱山労働者の社会的状況にもとり組んだ。一九二四年になって発表された『シュタイアーマルク方言による詩』をはじめとするその後のいくつかの詩集は、自然に根ざした田舎の生活をテーマとしていた。クレプファーは一九三〇年代に絶大な人気を博し、ナチス党員となって、オーストリアの合邦を支持した。一九四四年に死去した。

ひときわ成功したのは、グラーツの軍人家庭出身のルードルフ・ハンス・バルチュ（一八七三—一九五二）で、自身軍人としての経歴を積み、一九一七年までウィーンの戦争資料館に勤めた。一九〇五年に一八四八年の革命に関する小説『オーストリアが崩壊したとき……一八四八年』で文学上のキャリアを始めた。それに一九〇八年の郷土芸術を志向した小説『シュタイアーマルクの十二人』がつづいた。

バルチュは読みやすい語り口の小説を多数執筆し、オーストリアの一般的イメージの醸成に貢献し、特に一九一八年以降は広く読まれた。『死にゆくロココについて』（一九〇九）やフランツ・シューベルトに関する小説『茸《シュヴァンマール》』（一九一二）といったタイトルは、多くの版を重ねた。『シュヴァンマール』のオペレッタ・バージョンであるハインリヒ・ベルテの『三人娘の家』（*Dreimäderlhaus*／一九一六）は世界的成功をおさめた。政治的にバルチュは日和見主義者であった。『オーストリアが崩壊したとき』を一九一三年に改作したバージョンは『最後の学生』として出され、すべての反ユダヤ主義的要素が削除された。一九四〇年にはこの小説を新たに反ユダヤ主義的文章とナチス的後書きを加えて発表し、これを『嵐の中の兄弟』と名づけた。一九四四年の審判で後書きは削られ、この小説は君主主義的に書き改められた。一九四六年にはみずからをナチスに迫害されたオーストリア愛国主義者にしたてあげた。

ドイツ語話者が他の民族集団の主導権を恐れていた地域で、郷土芸術運動が特に大きな役割を演じていたことは、アダム・ミュラー＝グッテンブルン（一八五二―一九二三）で検証することができ、職人の未婚の娘の息子としてバナト〔現ハンガリー領〕に生まれた彼は、ウィーンとリンツで仕事を始めた後、一八八六年以降ウィーンの『ドイツ新聞』フユトン編集部で活動し、一時的にライムント劇場と皇帝記念劇場を率いて、ドイツ語民衆劇の上演を推進した。ミュラー＝グッテンブルンは多くの演劇と小説で故郷バナトを描いた。「ドナウのシュヴァーベン人」（『シュヴァーベン人の大移動』一九一三）をとなえ、ニコラウス・レーナウに関する三部作小説を書いて、故郷のマジャール化に抗した。一九一七年のヨーゼフ二世に関する歴史小説を『ドイツ人皇帝ヨーゼフ』と名づけているのは、その方向性を示すものである。この皇帝がハプスブルク帝国をゲルマン化するのに失敗したため、その課題はその後の世代に課せられることになる。

作品よりも個人的な関係——ローゼガー、ルードルフ・ハンス・バルチュ、ローベルト・ホールバウム、カール・ハインリヒ・ヴァッガールなどとの——によって郷土芸術の近くにいたのはフランツ・カール・ギンツカイである。一八七一年にボヘミア・ドイツ人官僚の息子としてプーラ〔現クロアチア領〕に生まれ、イストリアで成長し、当初は軍人だったが、その後ウィーンで役人を務めた。新ロマン主義的なバラード・短篇小説、『フォン・デア・フォーゲルヴァイデ』（一九一二）などの歴史小説を著した。多く読まれたのは、版を重ねた児童書『ハッチ・ブラッチの風船』と『フローリアンの壁掛け上の不思議な旅』（一九三一）である。ギンツカイは文学上のキャリアに関して上昇志向をもち、ナチスに共鳴したが、第一・第二共和国ともに典型的オーストリア人と見なされた。

モラヴィア出身なのは一八七七年にイーグラウ〔現チェコ領イフラヴァ〕に生まれた商家の息子カール・ハンス・シュトローブルで、プラハの学生時代から学生組合員として急進的ドイツ民族主義的信条を表明していた。一九〇〇年以降はブリュンの役人であり、国家公務員としての生業を得ていたが、一九一三年以来シュタークマン出版の雑誌『風見鶏』を編集した。『ビスマルク』三部作（一九一五—一九）を含む無数の幻想/風刺/歴史小説によって、一九〇〇年以降多くの成功をなし遂げた。第一次世界大戦では従軍記者となって、一九一八年にオーストリアに移り、ウィーン近郊のペルヒトルツドルフに定住した。一九三五年にナチスに入党し、一九三八年にウィーンの帝国著作院地区代表になった。シュトローブルは一九四六年に死去した。

プラハの文壇

オーストリア文学史の多くはボヘミアのドイツ語文学もあつかってきた。実際後にズデーテン・ドイツと称されることになるドイツ語圏ボヘミア地方および二言語地域のプラハでは、実り豊かな文学創作が行われていた。しかし三月前がそうだったように、これらの作家たちはハプスブルクの中心よりも本質的にドイツへの志向が強く、チェコスロヴァキアの樹立後にオーストリアに定住した者は少数にとどまった。プラハにはすでに一八八〇年代にはドイツ語文壇が確固として存在し、その中心はユダヤ人医師でドイツ民族主義者のフーゴ・ザールス（一八六六―一九二九）と貧しいユダヤ人家庭出身のフリードリヒ・アードラー（一八五七―一九三八）であった。両者はともに新ロマン主義的な抒情詩を執筆した。ウィーンと同様に一八九〇年代には「若いプラハ」なる集団が形成され、その周辺では一八七五年生まれのライナー・マリア・リルケが文学上のキャリアを始めた。その他のメンバーではグスタフ・マイリンク（一八六八―一九三二）が風刺的文章（『ドイツ俗物の不思議な角笛』一九一三）でドイツ民族主義市民層を嘲笑し、一九一五年には幻想小説『ゴーレム』でセンセーショナルな成功をおさめたほか、ボヘミアンのパウル・レッピン（一八七八―一九四五）の小説『ダニエル・イェズス』は猥褻だという理由で、一九〇五年にスキャンダルをまき起こした。独文学者アウグスト・ザウアーと結婚した詩人ヘッダ・ザウアー旧姓ルザッハのサロンも、若いプラハの周辺にあって、ドイツ語文学の中心となった。大戦勃発前の時期には後のいわゆる「プラハ・サークル」の若い作家たちがカフェー・アルコに集まった。小説家オスカル・バウム（一八八三―一九四一）、指導的人物だったマックス・ブロート（一八八四―一九六八）、フランツ・カフカ（一八八三―一九二四）、後に「疾駆する記者」として有名になったエゴン・エルヴィーン・キッシュ（一八八五―一九四八）、表現主義者のパウル・コルンフェルト（一八八九―一九四二）と第一共和国の間オーストリア文学における重要な役割を演じることになったフランツ・ヴェルフェル（一八九〇―一九四五）らが主要なメンバーだった。彼らは皆プラハのユダヤ人ドイツ語話者であり、民族闘争ではドイツ語少数派、民族集団としてはユダヤ人少数派と見なされ、二重の疎外を受けていた。

キリスト教文学

一八九二年のキリスト教的な学問および芸術促進のためのレオ協会の設立や、一八九三年のキリスト教社会党の創設に表れたカトリックの興隆と平行して、一九〇〇年ごろのオーストリアにはキリスト教文学のルネサンスが起こった。カトリック文学の中心人物は一八五二年にボヘミアに生まれたリヒャルト・フォン・クラーリクで、彼はウィーン、ベルリン、ボンで学んだ後、イタリア・ギリシャ旅行を経てウィーンに定住し、ここで古代の基礎の上に「キリスト教＝ゲルマン的文化理念」に基づいたヨーロッパの保守的刷新の構想の推進を試みた。クラーリクの信奉者たちは一九〇五年以降聖杯連盟に集ったが、雑誌『高地』で同時代のカトリック娯楽文学を古くさいとして、近代に開かれたカトリックを主張したバイエルンの評論家カール・ムートと一九〇七年以降「カトリック文学論争」を起こした。それに対してクラーリクの文学的信条は中世的・バロック的神秘劇の刷新、郷土芸術志向そしてゲルマン神話への関心をもくろむものであった。彼はきわめて高い名声のうちに、一九三四年死去した。オーストリア職能身分制国家〔Ständestaat／ドイツによるオーストリア合邦以前のドルフス政権下における職種別利益代表からなる超保守的・反動的国家体制。ファシズムを準備したともいわれる〕の公式の文化政策は、彼の観念に基づくものだった。

クラーリクの周辺では——少なくとも一時的には——マリー・オイゲーニエ・デレ・グラーツィエやエミーリエ・マターヤといった女性作家も活動していた。さらに挙げられるべきはウィーン生まれのヨーゼフ・アウグスト・ルクス（一八七一—一九四七）で、一九一八年にザルツブルクに移って、オーストリア史に関する歴史小説や神秘劇を執筆し、カトリックの基盤の上に立ったオーストリア的アイデンティティを主張した。しかしキリスト教作家のなかでもっとも成功したのは、家系に多民族的・多宗派的背景をもったウィーンの軍人貴族の娘エンリーカ・フォン・ハンデル＝マツェッティ（一八七一―一九五二）であった。たいてい十七世紀が舞台の『マインラート・ヘルムペルガーの記憶すべき年』（一九〇〇）や『イェッセとマリア』（一九〇六）など、カトリックとプロテスタントの和解をテーマとする初期の歴史小説は、当初カール・ムートの『高地』に発表され、リヒャルト・フォン・クラーリクには拒否されたが、ローゼガーやヴィルヘルム・ラーベ、トーマス・マンなどの作家には称讃された。ハンデル＝マツェッティはその後の多くの文学的にはおちる小説でも根本的モティーフ――有徳の女性が徳のない男性を改心させる――に忠実だった。それらは二十世紀後半まで広く読まれた。後期作品には男女分業の問題や地方生活への批判的視点といった近代的要素が欠けているわけではないが、心理学的人物造形の断念と擬古的言語によって郷土芸術運動への接近を示している。ハンデル＝マツェッティは一九一一年から死去する一九五五年までリンツにくらした。その作品はナチス時代には歓迎されなかった。カトリック文学が必ずしも反近代的とはかぎらないということは、低地オーストリアとシュタイアーマルクで在俗司祭として活動したボヘミア出身のカトリック司祭ハインリヒ・ズーゾ・ヴァルデック（一八七三―一九四三）の作品が示している。彼はキリスト教詩に象徴的・表現主義的技法を用いることによって、世界大戦時代の文学的アヴァンギャルドに結びつきをもっていた。

表現主義

全ドイツ語圏に広がった文学上の表現主義の青年運動はオーストリア、特にウィーンにも存在した。

ここでは表現主義は他の分野の芸術的反抗と交錯していた。造形美術ではエゴン・シーレ、リヒャルト・ゲルストル、オスカル・ココシュカ、音楽ではアルノルト・シェーンベルク、建築ではアドルフ・ロースが挙げられる。当初カール・クラウスの支援を受けた若い作家たちは、唯美主義および心理学による印象主義と闘い、フランク・ヴェーデキントに熱狂し、一九〇八年に設立され、エアハルト・ブッシュベックが重要な役割を演じた「音楽と文学のための学生連合会」などの協会に集結した。彼らの作品は『叫び』(*Der Ruf*: 一九一二/一三) など新たに創刊された雑誌やルートヴィヒ・フォン・フィッカーによるインスブルックの『ブレンナー』のほか、フランツ・プフェンファートの『行動』(*Die Aktion*) などドイツの雑誌にも掲載された。戦争末期には雑誌創刊の新たな波が起こったが、『始まり』(*Der Anbruch*: 一九一七―二二)、『平和』(*Der Friede*: 一九一八/一九)、『勃興』(*Aufschwung*: 一九一九)、『光線』(*Der Strahl*: 一九一九/二〇) といったそれらのタイトルはたいてい綱領を意味していた。他に重要なものとしてはカール・コックマタの『フェアー!』(*Ver!*: 一九一七―一九)、オスカル・マウルス・フォンタナの『びら』(*Flugblatt*: 一九一七/一八) やフランツ・ブライとアルベルト・パリス・ギュータースロー編集の『救済』(*Rettung*: 一九一八/一九) で、そのモットー「共産主義とカトリック教会万歳!」には時代の政治的・救済的欲求が表れている。たいがいのウィーンの表現主義者にとって出版上のふるさとはエドゥアルト・シュトラッヘ出版であった。

表現主義はみずからを美学上だけではなく、倫理上の刷新運動と解していた。それは社会的因習に抗し、二十年前の「ウィーン・モダン」よりもはるかに強い全面的危機意識を表現した。戦争の恐怖を多くの表現主義者たちは肌で感じていた。一九一八/一九年ごろの政治化のための合いことばであるいわゆる「行動主義」は、高揚した――そしてしばしば現実離れした――計画の失敗の結果、多くの者にとって以前の理想からの離反に終わった。

たいがい一八九〇年ごろの生まれだった表現主義者たちに典型的だったのは、その不均質性にもかかわらず、規範に抗した反因習的言語、伝統的語りに対する反逆、社会・政治参加と熱狂の傾向――それに明らかなヴァイニンガーの影響――である。このことは特にオスカル・ココシュカ（一八八六―一九八〇）において顕著であり、その一九〇九年に初演された『殺人者、女たちの希望』は表現主義演劇の草分けと見なされている。リズミカルな言語で執筆されたこの短い演劇は、色彩・照明の効果と舞踏的要素が相まって、性の闘いを舞台にもたらしたものである。男は女の欲望から暴力によってしか逃れることができず、女は性に規定された存在としてのみ男に救いを求めうる。この何度か改作された戯曲は、パウル・ヒンデミットによって作曲された。

ココシュカはペヒラルン出身でウィーンの工芸学校にかよい、画家として世界的名声を博したが、表現主義文学にも強烈な刺激をあたえた。すでに一九〇九年にウィーンのカバレー「こうもり」で上演された『スフィンクスとかかし』を第一作として、その後の『燃える茨の茂み』（一九一三）、『オルフェウスとエウリュディケ』（一九一七）、『ヨブ』（一九一九）といった演劇は、アルカイックを背景に性的対立を主題化している。ココシュカは一九三八年にイギリスに亡命し、一九四五年以降の時代はスイスですごした。その後の文学作品は主に自伝的散文から成っている。

ウィーンの表現主義者のなかでもっとも興味深い例は一八八七年生まれのローベルト・ミュラーだが、その青年時代に関してはわずかしか判っていない。一九〇九年から一一年まではニューヨークでくらしていたと思われるが、その後ウィーン表現主義のキーパーソンとなって、一九一二年には老カール・マイをウィーンに講演に呼び、ゲオルク・トラークルを『ブレンナー』に紹介し、一九一三年にはウィーン表現主義の最初の叢書『小門《ブフォルテ》』を主宰し、カール・クラウスとの論争を展開した。ミュラーは当初――理論上では――戦争に熱狂した。しかし戦争体験――彼はイゾンツォの前線に動員された――によって平和主義者となり、クルト・ヒラーが創始した「行動主義」運動に参加した。ミュラーの政治的エッセーには革命的・民主主義的主張と、反ユダヤ主義的人種観に表れているエリート的姿勢の間に揺れる行動主義者の姿が浮き彫りになっている。一九二二／二三年には風刺的週刊新聞『マスケット銃』を編集し、一九二五年にみずから命を絶った。

ミュラーの代表作は一九一五年に出されたアヴァンギャルド小説『熱帯――旅の神話／あるドイツ人技師の記録』で、この技師ブランドルベルガーによるブラジルのジャングルへの旅である一人称の物語は、ジョゼフ・コンラッドの『闇の奥』やチャールズ・シールズフィールドの『南と北』を想わせるものである。夢と現実の境界は探検隊の唯一の生還者の記憶の中でぼやけるなか、前文明的・本能的世界に出会う文明化されたヨーロッパ人たちが、この遭遇を知的会話によって考察していくが、こうしたプロット自体は同時代の冒険・推理小説からの借用である。

アルベルト・エーレンシュタイン（一八八六―一九五〇）はおそらくウィーンの表現主義者のなかでもっとも才能に恵まれた者であろう。ウィーンのユダヤ人中流市民家庭出身で、歴史で博士号を取得している。文学を始めたのは、生徒時代にさかのぼる。まずアルトゥル・シュニッツラーの支援を求めたがかなわなかった。カール・クラウスは一九一〇年に『炬火』に彼の「さすらい人の歌」を発表したが、その題はゲーテを喚起するとともに、自己破壊的な憂鬱と自己嫌悪にまで至る辛辣さといった彼の全抒情作品の徴表を兼ね備えたものであった。そこには「俺は犬の歯を知っている、／風直撃小路に俺は住んでいる」とあり、「「死んじまえ！」とナイフは俺にいう。／糞の中で俺は寝る」とつづく。『白い時』

(一九一四)、『人は叫ぶ』(一九一六)、『赤い時』(一九一七)といった詩集で発表されたエーレンシュタインの詩は、民謡調からヘルダーリンの長詩行、さらにカール・クラウスの風刺的言語にいたる既存の形式的伝統を総動員したものだった。その作品はドイツの主要な表現主義雑誌に発表され、一九一一年から一三年までエーレンシュタインはベルリンに住んだ。一九一一年から一三年までクルト・ピントゥスの名高い『人類のたそがれ』叢書でも重要な位置を占めた。ウィーンに戻ってからはカール・クラウスと決裂した。一九二〇年代にはヨーロッパのさまざまな都市、そして三二年以降はスイスに住んだ。一九四一年に迫りくる追放を逃れてニューヨークに避難し、そこで貧困のうちに死去した。

エーレンシュタインは一九二〇年代にアフリカとアジアを旅行し、旅行記と中国文学の翻案をいくつか発表した。物語作品の最盛期は青年時代にあった。一九一一年の友人オスカル・ココシュカ挿画による喜劇的怪奇小説『トゥブッチュ』はセンセーションをまき起こした。他の物語作品と同様その中心にあるのは、男性的な性的強迫観念である——ここでもヴァイニンガーがとり入れられている。ウィーンの憂鬱な一人称の語り手カール・トゥブッチュは、退屈しのぎに空虚な故郷の街をふらつき、その非体験といえる体験を辛辣に論評する。『珍客』(一九〇八)、『猫の自殺』(一九一二)といった作品にも、道徳的時代批判と風刺的シニシズムが組み合されている。

ウィーン表現主義のもっとも重要な理論家の一人はパウル・ハトヴァニで、その『表現主義に関する試み』は一九一七年に『行動』に発表された。彼はパウル・ヒルシュとして一八九二年にウィーンで生まれ、一九〇四年以降ブダペストの二言語的環境で成長し、一九一一年以来ウィーンで化学と数学を学んだ。ハトヴァニはカール・クラウスやヘルマン・ブロッホと交流し、ほぼすべての表現主義雑誌に発表した。一九一八年以降は化学者として働き、三九年にオーストラリアに移住し、一九六〇年代になっていくつかのエッセーによってドイツ語読者の記憶をよび覚ました。一九七五年にメルボルン近郊のキューで死去した。

『表現主義に関する試み』はヴァイニンガーを援用し、断定口調で主張する。「表現主義は革命」、しかも「根本的なものの革命である」。根本的なものは「それ自体のために、それ自体の中に、それ自体から存在し、まさにそれそのもの」で、それは「女性的なものの理念のうちに（……）満たされるのである。男は創造する――女は存在する」。（男性的）表現主義芸術家にとって、「この女性的素材は（……）男性的な高められたものの源泉となる」。そしてこうした芸術作品は「俗物」に対抗するが、それは「芸術家の意識と一致するものである」。

ウィーン表現主義のコンテクストではフーゴ・ゾネンシャインの初期作品も挙げられるが、その伝記は中央ヨーロッパ史の恐怖を反映したものである。一八八九年にユダヤ人農民の息子としてブリュン近郊に生まれ、ウィーンで勉学を始めた後、一九一一年から一四年までヨーロッパを放浪した。ゾネンシャインは抒情詩においてみずからをイエス・キリストと一体化した後、一九一九年に発表した詩集『遁世者ゾンカの伝説』以降、みずからを「修道士ゾンカ」と称した。一九一八年以降は政治活動を始めた。ウィーン赤衛軍のメンバーであり、チェコスロヴァキア共産党の共同創設者だったが、レフ・トロツキーと交友関係にあったため一九二七年に除名され、一九二〇年代末以降はウィーンに住んだが、一九三四年にチェコスロヴァキアに追放され、一九四〇年にナチスによって拘束された。アウシュヴィッツを生きのびプラハに帰還したが、一九四七年にゲシュタポへの協力を理由に拘束され、禁固二十年の刑を受けた。一九五三年にミロヴで獄死した。『狂った喇叭』（一九〇九）や『スロヴァキアの歌』（一九一九）などの詩集で発表されたゾンカの抒情詩は、民謡調を表現主義的言語に織り込み、個人主義的アナーキズムに彩られている。

カカーニエンの表現主義はウィーンに限られた潮流ではなかった。プラハの上流ユダヤ市民出身のフランツ・ヴェルフェル（一八九〇―一九四五）は、一九一一年に詩集『世界の友』で有名になった後従軍し、一九一七年にウィーンの戦時報道本部に転属となり、一九一八年の革命暴動に参加した。ウォールト・ホイットマンに学んだ人類愛に満ちた讃歌調の詩は、当初カール・クラウスの支持を得たが、二人の関係はその後決裂した。また表現主義にとどまらずこの時代のもっとも名声ある詩人も、ウィーンの住人ではなかった。すなわちゲオルク・トラークルである。

ゲオルク・トラークル

トラークルは一八八七年にザルツブルクの鉄取引商の息子に生まれ、一九〇八年から一〇年までウィーンで薬学を学んだ。一年間の兵役の後、一九一二年にインスブルックで軍事病院の薬剤師として働いた。トラークルは青年時代から薬物依存症で、そのことは市民的経歴を不可能なものにした。みずからを創作によって定義づけ、妹マルガレーテとの近親相姦と思われる個人的問題とトラウマを詩化した。彼の擁護者はカール・クラウス、アドルフ・ロース、なかんずくルートヴィヒ・フォン・フィッカーで、『ブレンナー』には一九一二年五月以来多くの詩が掲載された。戦争が勃発したことによって召集された。衛生兵として動員された一九一四年九月の悽惨な闘いの後、自殺を企てた。一九一四年十一月三日、コカインの過剰服用によって死去した。

トラークルの詩はきわめて多様な解釈を経てきた。その詩は伝記的・宗教的に論じられたほか、自己完結的芸術作品、大きな言説内部における非完結的要素としての解釈など。いずれにせよ「トラークル調」には表現主義につきものの熱狂が欠けている。響きと視覚的イメージ、間テクスト的参照性と個別的象徴のきわめて錯綜した統合が特徴である。トラークルは唯美主義の因習的様式から出発した。一九一〇年ごろからは「個別的イメージを一つの印象に鍛え上げる」みずからの「流儀」をあみだした。以前から難解との評判をとっていた詩の根底には、罪と不安の気分と深い悲しみがある。個々の発話がどういった語り手の審級に位置づけられるのか定かではない配列技法が頻繁に用いられている。後期の詩でトラークルは規則的韻律を断念して自由韻律を用い、それは語りの構造の認識を促す。最後の詩『グロ一デク』は近代戦争の恐怖を美的手段によって払いのけようというものである。「夕暮れ、秋の森が／死の武器で響く、黄金の平野／そして青い湖が、そこにかかる太陽は／暗く消えゆく。死にゆく戦士、／その割った口からの荒々しい嘆きを／夜は包み込む。／しかし静かに柳の谷に集まってくるのは／陰険な神が住まう赤い雲峰と、／流された血と月の冷気。／通りはみな黒い腐敗に陥ってゆく。／夜の黄金の枝と星々の下で／妹の影がおし黙った園を揺らめき行き／英雄の霊たち、血を流したこうべに挨拶する。／すると茂みでかすかに暗い秋の笛が響く。／ああ誇り高き悲しみ！　青銅の祭壇／精神の熱い炎を今日巨大な痛みが育む、／まだ見ぬ子孫を。」

幻想小説

この章は世紀転換期に人気のあった二つの文学ジャンル、すなわち幻想文学とオペレッタによって終えることになるが、これらは特定の流派に属するわけではないものの、その対照性において滅びゆくハプスブルク君主国のヤヌスの相貌を示しているのである。

一九〇〇年ごろに幻想文学が好調だったのは、オーストリア特有のことだったのではなく、ヨーロッパ全体——それにアメリカ——の現象であった。そのことはブラム・ストーカーあるいはアンブローズ・ビアスといった作家を挙げるだけで十分であろう。幻想的要素は本来の幻想性の外部にも見いだすことができることは、フランツ・カフカなどを考えてみればわかることである。ドイツではハンス・ハインツ・エーヴァースがこのジャンルの代表者であったことに異論はなかろう。しかしこのジャンルがカカーニエンで特に開花したことは目をひく。ウィーン出身のグスタフ・マイリンクは長い間プラハにくらし、ミュンヘンに移った後の一九一五年に、プラハの伝説に基づいた小説『ゴーレム』を発表した。ナチス治下でキャリアを積むことになるカール・ハンス・シュトローブルは、『邪悪な修道女』(一九一一)などの怪奇物語で男殺しの女性という(ヴァイニンガーの)概念をテーマ化した。またウィーンのユダヤ人家庭出身のオットー・ゾイカ(一八八二—一九五五)は、文学上の経歴を『炬火』で始め、『権力の息子たち』(一九一一)や『夢の鞭』(一九二二)など幻想的要素をとり入れた推理小説を発表した。ゾイカは一九三八年にフランスへの亡命を強いられることになった。一九四九年にウィーンに帰還した。

この時代でもっとも名高い幻想文学作品はアルフレート・クビーンに由来するものだが、彼は一八七七年にボヘミアのライトメリッツ(現チェコ領リトムニェジツェ)に軍人の息子として生まれ、少年時代をザルツブルクとクラーゲンフルトですごした。一九〇六年から死去する五九年までは、シェルディング近郊の小城ツヴィックレートに引きこもってくらした。クビーンはその名声を暗鬱な表現主義的挿画に負っている。一九〇九年にアジアの夢の国とその首都ペルレの崩壊を物語った小説『裏の面』を発表した。後退に向かう帝国とその創設者パテラの敵は、金持ちのアメリカ人ハーキュリーズ・ベルである。最後にはあらゆる秩序の破壊という黙示録的状況にたち至る。ほとんどの幻想文学がそうであるように、破壊的に突発する個人的・集団的欲動との対決が問題とされる。ここにカカーニエンの滅亡が先取りされていることを見ないのは容易ではない。

オペレッタ

幻想文学が戦慄と魅了の混交のうちに、表面の背後に隠されているものをよび覚ましたのに対して、オペレッタはまさにその表面に皮肉な——そして一九一八年以降はますます感傷的な——眼ざしを向け、隠されているものは暗示するにとどめたのだった。ここでは社会状況とその根底にある道徳観念が確認されると同時に茶化された。オペレッタでは火事場の安逸というこの時代の人々の世紀転換期への追憶が、もっとも明瞭に実現されていた。さらにここでは一九一八年以降もカカーニエンが生き続けていた。エメリッヒ・カールマンの『伯令嬢マリツァ』(一九二四)やラルフ・ベナツキーの『白馬亭にて』(一九三〇)などの作品は、ハプスブルク神話のもとに織り上げられたものである。

フランツ・レーハル、オスカル・シュトラウス、エメリッヒ・カールマンその他多くの作曲家のオペレッタの人気と成功には、音楽だけではなくてテクストの質の高さが貢献していた。伝統的な劇作法と近代的・都会的で皮肉な生活感情の言語的総合をなし遂げたのは、とりわけユダヤ人の台本作家たちであった。ブレスラウ出身でベルリンのユーモア作家フリッツ・オリーヴェンは、一九〇四年にリデアムスの筆名でウィーンの作曲家オスカル・シュトラウス(一八七〇—一九五四)のために「茶番オペレッタ」『陽気なニーベルンゲン』を書いたが、これはドイツ民族主義者の激しい反対に遭い、後にナチスによって禁止されてしまった。このニーベルンゲン神話のパロディでは、たとえば「恋する娘」クリームヒルトが竜殺しのジークフリートについてこう歌う。「前から、前からだと、/彼は勇ましくて/巨人のように強い、ああ!/だけど後ろから、後ろからだと、/彼は倒せる、/背中が彼は弱いのよ!」

若いウィーンの周辺で有名になったフェーリックス・デルマンも、一九〇七年にシュトラウスのために『ワルツの夢』の台本を執筆している。

その他の多くの台本作家のなかでは幾人かを挙げるにとどめておく。ヴィクトール・ヒルシュフェルトとして生まれたヴィクトール・レオーン（一八五八—一九四〇）は若いウィーンのグループに属し、ウィーンのドイツ民衆劇場の劇作家として働き多くの民衆劇を執筆した。リヒャルト・ホイベルガーの『オペラ舞踏会』（一八九八）、ヨハン・シュトラウスの『ウィーン気質』（一八九九）、フランツ・レーハルの『陽気な寡婦《メリー・ウィドウ》』（一九〇五）、それにレーオ・ファルの『陽気な農夫』（一九〇七）の台本を書いた。レーハルの『微笑みの国』の構想も彼によるものである。しばしばレオーンと共に仕事をしたレーオ・シュタイン（一八六一—一九二一）はレンベルクの生まれで、カールマンのために『チャルダッシュの女王』を書いた。一八八四年生まれのアルフレート・グリューンヴァルトも、一九〇九年以降台本を執筆している。その最大の成功は一九二四年の『マリツァ伯令嬢』で、一九三一年以降はとりわけベーダ・レーナーと共同作業をした。グリューンヴァルトは一九三八年にゲシュタポに拘束されたが、アメリカに逃れて一九五一年に死去した。イギリスへの亡命を強いられたパウル・クネープラー（一八七九—一九六七）は、レーハルの『パガニーニ』（一九二五）と『ジュディエッタ』（一九三四）の台本を書き、スイスに亡命したルートヴィヒ・ヘルツァーは、ベーダ・レーナーと共にレーハルの『フリデリーケ』（一九二八）と『微笑みの国』を執筆した。ベーダ・レーナーは一八八二年にフリッツ・レーヴィとして生まれ、ウィーンで風刺作家として成功した後、『微笑みの国』の台本を書いた。一九三八年にブーヘンヴァルト強制収容所に収容されて『ブーヘンヴァルトの歌』を書き、一九四二年にアウシュヴィッツで殺された。フリッツ・グリューンバウム（一八八〇—一九四一）はブリュンの出身で、ウィーンで法学を学んだ後、一九〇六年以降レーオ・ファルの『ドルの女王』（一九〇七）などのオペレッタ台本を書き、一九二〇年以降ウィーンのカバレー・ジンプルで大きな成功をおさめたが、一九四一年にダッハウで殺された。ウィーンのオペレッタの台本作家たちはカカーニエンの滅亡は生きのびたが、第三帝国でそれを果たすことはできなかった。

第五章　第一共和国と第三帝国（一九一八—四五）

第一節　第一共和国（一九一八—三八）

第一次世界大戦後

オーストリア第一共和国はハプスブルク君主国の崩壊の結果であった。そしてこの崩壊は第一次世界大戦の結果であった。一九一四年夏の戦争への熱狂は短期間の戦果の後、残酷な現実の前に急変した。一九一四年の終わりにはオーストリア＝ハンガリー軍の兵士の犠牲者は六十万人に上った。本国の経済問題は増すばかりで、皇帝フランツ・ヨーゼフの死後、後継者であるカール一世は戦争終結の可能性を探っていた。彼は内政的には異例な手段を試みた。皇帝は前線の軍を解く一方で、一九一八年十月十六日、ツィスライタニエンの民族諸国家を連邦に再編することを予告した。上からのこの革命は遅きに失するものであった。ハプスブルク君主国諸邦は独立を宣言するか、民族国家連合を結成した。十月二十一日ドイツ語圏の帝国議会議員は憲法制定国民議会を開催し、三十日には将来の全ドイツ共和国に加盟する予定のドイツ＝オーストリア共和国の暫定憲法を議決した。一九一九年九月のサン＝ジェルマン平和条約はこの選択肢を不可能にした。合邦が禁じられただけではなく、全ハプスブルク領のドイツ語系住民を一つの国家に統合しようとすることも阻止された。ボヘミアとモラヴィアのドイツ語系住民は新たにできたチェコスロヴァキア共和国に属することになった。ドイツ語系の南チロルはイタリアの一部となった。「誰も望まない国家」オーストリア独立共和国は、カカーニエンの残骸から成り立っていた。一九一八年十一月三日の停戦後、皇帝は一九一八年十一月十一日に両義的な宣言で「国事への関与」を断念した。

新共和国は当初驚くべき政治的安定を示したが、これは社会民主党とキリスト教社会党という二大政党の協働に負うところが大きかった。注目すべき社会法が可決されている。二大政党を共産主義への不安が協働させ、ソヴィエトを模範にレーテ〔労働者と兵士を中心とした革命運動。労兵評議会〕共和国を設立しようというウィーン「赤衛軍」の試みは失敗に終わった。

しかしほどなくして政治的共同作業のモデルは破綻し、危機がやってきた。一九二二年の超インフレはキリスト教社会党の連邦首相イグナーツ・ザイペルのもとで、国際借款による制御に成功はした。しかしつづいたのは市場の破綻と大量の失業者であった。その後の緩やかな経済回復も一九二九／三〇年の世界恐慌によって壊滅した。内政も不安定な状況にあった――一九一八年から三四年の間には二十三の政権が存在した。一九二九年の憲法改正の際に野党社会民主党と与党キリスト教社会党の二大政党は再度の合意に至ったものの、やがて互いに敵意をむき出しにして対峙することになった。社会民主党の支持層は労働者とウィーン市民であり、キリスト教社会党はその基盤を地方と小都市の住民にもっていた。

社会の軍国主義的風潮は暴力の可能性を高めることになった。右派においては市民と農民の自警団から成る混成部隊の護国団が立ち上げられ、公然と民主主義の撤廃と「オーストリア・ファシズム」を希求した。社会民主主義的な「共和国防衛同盟」は政党に主導されたもので、防御的行動をとったが、やはり一般的に暴力的傾向を増加させていった。ブルゲンラントのシャッテンドルフにおける集会で防衛同盟のメンバーが銃撃され、そのうち二名が死亡した刑事訴訟で、三人の男が無罪を言いわたされたことに二十万人のデモ隊が抗議した際の、一九二七年七月十五日のウィーン司法宮殿焼き討ちは不吉な前兆であった。デモは制御不能に陥って、司法宮殿が放火され、警察が群衆に発砲し、八十九名が死亡したのだった。

キリスト教社会党政権内部では右派の護国団と非合法の国家社会主義党の圧力を受け、民主主義撤廃の声が高まっていった。連邦首相エンゲルベルト・ドルフスは一九三三年三月四日、議院規則にのっとった議会の自主的閉鎖の機会を利用して、帝国時代の戦時経済授権法を根拠に権威的統治を始めた。社会民主党は一九三四年二月十二日になってようやく党首脳部の主導によらない防衛同盟の一部の蜂起で反応した。数日間にわたる内戦は数百人の死者を出し、民主的な第一共和国は決定的に終わった。勝者の側は権威的職能身分制国家、カトリック的基盤に立つ前近代的体制の樹立にのりだしたが、これは農業的秩序を国家全体に導入しようというもので、その形態はドイツの国家社会主義に似ていなくもなかった。そして「祖国戦線」が統一党として結成された。

「合邦」後の文学界

職能身分制国家に対する野党国家社会主義党のテロ的手段による闘いは、一九三四年七月二十五日、連邦首相ドルフスがクーデター未遂事件で殺害されたときピークに達した。その後の内戦は二五〇人以上の死者を出した。新連邦首相クルト・シュシュニクは一九三六年の「七月合意」で、アドルフ・ヒトラーがドイツ総統とオーストリア野党国家社会主義党党首を兼務する以前のことだったとはいえ、国家社会主義党すなわちドイツ帝国との合意を模索したのだった。職能身分制国家への圧力は次第に増していった。一九三八年三月十三日にシュシュニクがオーストリアの独立に関する国民投票を予告した際、オーストリア国家社会主義党が政権を掌握し、三月十二日にはドイツ国防軍がこの国を占領していたが、それは国民の大部分から熱狂的に歓迎されたのである。

第一共和国で特徴的だったのは、当初からの深刻な国家の分裂である。オーストリアのアイデンティティを構築しようという試みは、合邦思想に対立するものであった。キリスト教社会党は社会民主党と対立していた。社会民主党が優勢だった「赤いウィーン」と諸都市は、キリスト教社会党支持の地方——とりわけアルプス地方——と対立していた。近代／都市文化は復古的郷土芸術と対立していた。第一共和国、ことに職能身分制国家はアルプスの民俗的共和国、習俗のよすが、変革の時代の安定の砦を自認していた。両政治陣営の文学理解もはっきりと異なっていた。保守主義は同時代の郷土文学を支持して、ハプスブルク時代以来のカトリック的継続性を強調し、フランツ・グリルパルツァー、アーダルベルト・シュティフター、フェルディナント・ライムントといったさほどカトリック的ともいえない作家も見境なく取りこんだ。社会民主党は社会批判的・写実的同時代文学を推進し、ドイツ古典派を志向し、オーストリア独自のカトリック的伝統といった観念を拒否した。その後文学における一方の保守主義と他方のドイツ志向は「合邦」後に合流することになる。

一九三四年以降強まっていったドイツ国家社会主義に「オーストリアの理念」を対置しようという試みは、たとえばフーゴ・フォン・ホフマンスタールが述べたような古い思想をよび覚ますものであった。一九二七年のミュンヘン講演「民族の精神空間としての著作」で、彼は「保守革命」と帝国の理念なるものを支持する旨表明し、かつての神聖ローマ帝国の再興とあらゆる新たな社会的・政治的状況の受け入れの拒否を主張した。「オーストリアの理念」の擁護者たちは「オーストリアの使命」、「オーストリア的人間」なるものについて、あるいはより良きドイツ国家としてのオーストリア、ドイツ精神の東ヨーロッパへの仲介者としてのオーストリアについて多く話題にした。

長い間オーストリアの――そして特にウィーンの――文化はカカーニエンの遺産によって長らえてきた。学問上の名声は途切れることなく、種々のノーベル賞となって現れた。「ウィーン学団」は哲学において国際的に重要な役割を演じた。その周辺にはルートヴィヒ・ヴィトゲンシュタインがいて、彼の言語哲学思想は一九四五年以降のオーストリア文学に著しい影響をあたえた。さらにウィーンは同時代音楽の牙城であり、一九二〇年代には映画の中心都市だった。オーストリアのスポーツ部門はオリンピックで傑出した成果をおさめ、サッカーのナショナルチームは一九三〇年代「ドリームチーム」といわれ、敵を打ち負かした。第一共和国の文学もおおむねカカーニエン的なままであった。それは作家たちがテーマにおいてハプスブルク神話にとらわれていて、強迫的に過去をテーマにしたというイタリアのドイツ文学者クラウディオ・マグリスの一九六六年の名高い本の主張によるものではない。むしろそれはたいていの作家が依然として超国家的文化体制の一部であるという意識をもっていたことによる。多くの者は小共和国外の生まれであり、ウィーンは依然としてさまざまな、とりわけ東・南東ヨーロッパ出身の人間のるつぼであった。実際（一八七〇年から一九三三年を経て一九四九年にいたる）ドイツ文学史にも（一八六六年から一九一八年と三八年を経て一九四五年にいたる）オーストリア文学史にも分類できないテクスト群が現れた。ここではまず第一にマーネス・シュペルバー、アルトゥル・ケストラー、ゾーマ・モルゲンシュテルンといった東方ユダヤ人ドイツ語作家が挙げられる。もちろん他方においてはカカーニエンから第一共和国への継続性を強調し、オーストリア文学史にその名が刻まれたヨーゼフ・ロートやフランツ・ヴェルフェルといった作家たちもいた。

かつての帝都は次第に文化中心都市としての名声を失い、辺境化していった。それはすでに二〇年代に始まり、ベルリンがハンス・フレッシュ＝ブルニンゲン、ギーナ・カウス、アントン・クー、ローベルト・ムージル、アルフレート・ポルガル、ヨーゼフ・ロート、マーネス・シュペルバー、カール・チュピックといったウィーンの作家たちを惹きつけていた。エルヴィーン・グイード・コルベンハイアーのようなカカーニエン的色あいを帯びた他の作家たちもドイツに移った。一九三八年以降の政治情勢、特にナチスによって発生した大量亡命と残留組の大量殺戮は、ウィーンを――そしてオーストリアを――決定的に辺境にした。一九四五年以降第二共和国はハプスブルク君主国的基盤の継承に努めたが、超国家的精神やカカーニエンの知的土壌は致命的に崩壊していた。

一貫性ということではカール・クラウスが際だっている。この『炬火』の編者（そして単独執筆者）は、第一共和国において多くの読者にとって道徳的権威の第一人者であった。クラウスは常に政治的問題について発言した。彼は司法宮殿焼き討ち以後、ウィーン警視総監（そして数度連邦首相に選出された）ヨハン・ショーバーを激しく攻撃した。ヒトラーの政権掌握に際しては一九三三年十月になって、この年一度だけ発行された数ページの『炬火』にある詩を発表した。「世間は私が一貫してなしてきたことを問わない。／私は沈黙を守る。／そしてそれがなぜかも言わない。／（……）世界が目覚めたとき、ことばは眠りにおちた」。実際クラウスは「一貫して」きわめて多くのことをなしてきた。彼はナチスに関する総決算である「第三のヴァルプルギスの夜」を書いたが、それは「私はヒトラーに関して何も思い浮かばない」という文で始まる。全文は一九五二年になってようやく出版された。クラウスはその一部を一九三四年七月の『炬火』に発表している。死の間際の一九三六年に『炬火』最終号が出版された。最後のことばは「間抜け」だった。

カール・クラウスはだいぶ前からオーストリア社会民主党には失望していて、一九三四年には「国のペストから守る戦い」のため、やむなくドルフス政権の側に立った。こうした政治姿勢に関して彼は例外ではなかった。第一共和国の文学には政治化の過程がはっきりと確認できる。作家たちの多くが現実政治を避け、文学の世界に閉じこもろうとしたものの――一九三三年以降はもはや中立的立場が許される状況ではなかった。共和国設立当初は作家たちの政治的関与はまだおおむね芝居がかった行動規範をとっていた。たとえば一九一八年の「転覆」に際して、エゴン・エルヴィーン・キッシュ、フランツ・ヴェルフェル、フランツ・ブライ、アルベルト・パリス・ギュータースロー、フーゴ・ゾネンシャインといった作家たちは「赤衛軍」内部で活動していた。彼らの多くが転覆の直前まで戦時報道本部で活動していたという事実は、カール・クラウスにとって嘲笑的論評に値するものであった。しかしいずれにせよ一九三三年以降は立場をはっきりせざるをえなかった。

オーストリアPENクラブの歴史は特徴的である。国際協調の精神の下一九二一年にロンドンで設立されたこの国際的作家協会は、一九二三年にオーストリアにもPENセンターを開設し、アルトゥル・シュニッツラーに会長職を委嘱した。協会は当初初代国際会長ジョン・ゴールズワージーの精神にのっとって、決然と非政治的姿勢をとっていた。しかしユーゴスラヴィアのドゥブロヴニクでの一九三三年五月の大会は大混乱に陥った。会長のH・G・ウェルズをはじめとする会員が、ドイツの代表団に二週間前の焚書と作家たちのベルリンPENセンターからの除名に関する説明を求めた際、ドイツの代表団は抗議の退場を行った。オーストリアPENセンター事務局長グレーテ・フォン・ウルバニツキはこの退出に加わった。オーストリア代表団長フェーリクス・ザルテンは静観するかまえをとったのに対し、フーゴ・ゾネンシャインはナチスの文学政策に反対する決議を求めた。その後オーストリアPENセンターは六月末、ウィーンでナチス・ドイツの作家弾圧を非難する決議を行った。この決議への抗議からブルーノ・ブレーム、エーミール・エルトル、エンリーカ・フォン・ハンデル＝マツェッティ、ローベルト・ホールバウム、ミルコ・イェルジッチ、フランツ・ナーブル、カール・ハンス・シュトローブル、グレーテ・ウルバニツキといった民族主義・カトリック陣営のオーストリア作家たちはPENクラブを脱会した。クラブの分裂は作家たちに経済的結果をもたらした。脱会者たちはドイツで助成を受け、残留者たちの本は発禁にされた。このことはその後の数か月の間に、たとえばヘルマン・バール、フランツ・カール・ギンツカイ、パウラ・グロッガー、ヨーゼフ・アウグスト・ルクス、マックス・メル、カール・シェーンヘア、フリードリヒ・シュライフォーゲルといった作家たちがPENクラブを去っていったわけを説明するものである。その後一九三四年にオーストリアPENクラブは職能身分制国家の機関になった。会長職にはグイード・ツェルナットが就任し、パウル・フリッシャウアー、ローベルト・ノイマン、フーゴ・ゾネンシャインといった左派の会員たちは亡命した。他方脱会したドイツ民族主義作家たちは、一九三六年ナチスの傀儡組織である「オーストリア・ドイツ人作家連盟」を設立し、その会長職にはマックス・メルが就任した。「連盟」は「合邦」後の一九三八年春に『オーストリア詩人の信条告白書』を発表し、七十一名の作家たちが「アドルフ・ヒトラーのドイツ」支持を表明した。「連盟」は一九三九年ナチスの帝国著作院オーストリア支部に移行し、カール・ハンス・シュトローブルが率いることになった。

帝政以来たいがい思想的に鮮明な種々の作家団体が存在していた。第一共和国においては一九二〇年に設立された「オーストリア・ドイツ人作家保護連盟」が主導的立場にあり、これは組合的権益代表を自任するもので、一九三〇年代にはオスカル・マウルス・フォンターナが率いていた。フーゴ・グラインツ、ローベルト・ホールバウム、ミルコ・イェルジッチ、エルヴィーン・ライナルターといったナチ作家たちは、一九三三年に「国民作家の輪」を設立しようと試みたが失敗に終わった。一八九〇年代から存続していた「オーストリア・カトリック作家連合会」にはリヒャルト・フォン・クラーリクやヨーゼフ・アウグスト・ルクスなどが属していたが、一九三三年以降ルードルフ・ヘンツや後の政府次官グイード・ツェルナットのもとで影響力を増していった。職能身分制国家はまたその思想に即して職能身分制的な「著作院」の立ち上げを試み、すべてのオーストリア作家に加入を求めた。一九三六年十一月のオーストリアの作家会議はルードルフ・ヘンツの指導のもとこの問題について協議した。シュライフォーゲル、メルといった指導的役割を期待された作家たちは、実はすでに「オーストリア・ドイツ人作家連盟」に属していて、ドイツ帝国著作院との協力を（ひそかに）推進していた。結局オーストリア「著作院」が実現することはなかった。

教育・言論界

第一共和国の文学活動の前提には教育・学校改革も含まれていて、これにはまず第一にオットー・グレッケル（一八七四―一九三五）の名前が結びついている。社会民主党政治家であり、一九一九／二〇年には文部次官、一九二二年から三四年まではウィーン市教育長の任にあって、学校制度を近代化し、断固としてマリア・テレジアおよびヨーゼフ主義の伝統の立場をとった。カトリック教会の影響を抑え、中等教育の新たな形態を打ち立て、教師教育を刷新した。時代状況を反映して、学校改革は政治論争の的となったが、ともかく一九二七年には全国的な学校法の施行に至った。

オーストリアの大学もまた変わった。すでに十九世紀にはドイツ民族主義の中心であったが、第一共和国の間にナチスの温床と化し、学生の中に浸透していった。経済状況悪化の影響は特に文献学分野が受けた。ドイツ文学は大衆科目になった。一九三三年の就学者数は千名に上った。オーストリアでもっとも影響力のあったドイツ文学者はドイツ系ボヘミア人のヨーゼフ・ナードラー（一八八四―一九六三）で、一九三一年からはウィーン大学教授であり、もともとはドイツ民族主義カトリック陣営の出身で、一九三八年になってからオーストリア・ナチに入党した。ナードラーはバール、ホフマンスタールと交友関係にあり、ドイツ文学の部族史的モデルを提唱したが、それはプラハでの師アウグスト・ザウアーからひき継いだものであった。このモデルによれば、オーストリア文学にも独自の展開が付与されることになる――これは職能身分制国家のオーストリアの理念にかなうものであった。ナードラーは一九四五年にナチス党員であるという理由で大学の職を解かれ、二度と任用されることはなかった――これはもっと徹底していた、あるいは非合法的なナチだった他の大学教授たちには適用されなかった措置だった。

中世から現代に至るドイツ語オーストリア文学の継続性を強調したのは、一九二三年以来ウィーン大学オーストリア文学助教授であったエドゥアルト・カストレ（一八七五―一九五九）だった。一八九九年にヨハン・ヴィリバルト・ナーグルとヤーコプ・ツァイドラーが始めた四巻本の『ドイツ＝オーストリア文学史――オーストリア＝ハンガリー・ドイツ語文学史入門』を、一九一四年から三七年まで編集した。カストレはオーストリア人ドイツ文学者としては唯一一九三八年に解雇されたが、一九四五年には正教授として再任用された。

一九一七／一八年以降、特に共和国時代初期のオーストリアでは出版社の設立が相次いだ。たいがい短命に終わった多くの企業のなかではエーレンシュタイン、ゾネンシャイン、ヴェルフェルなどが設立にかかわった「共同出版」や、社会主義系の出版社「新たな大地」などが挙げられる。しかしたいていのオーストリアの作家たちは相変わらずドイツで出版していた。オーストリアで新たな出版社の設立が可能なのは、ドイツ語市場においてだけであった。一九二四年に設立されたパウル・ショルナイ出版は、フランツ・ヴェルフェル、マックス・ブロート、フェーリクス・ザルテン、ハインリヒ・マン、それにH・G・ウェルズ、パール・S・バック、シンクレア・ルイス、ジョン・ゴールズワージーといった国際的に成功した作家たちを抱えることに成功した。オーストリアの文学界全体と同様に、パウル・ショルナイ出版もドイツにおけるナチスの政権掌握の影響を受けた。オーストリアPENクラブ内での反ナチス・ドイツ作家たちはおおむねショルナイ出版から刊行していたため、ドイツでボイコットをこうむることになった。（ユダヤ人）出版者たちは経済的利益を上げ、国民作家たちを自社でおさえ、ハインリヒ・マンのような反体制作家たちを切り離したために、当然出版社は「ナチスの下部組織」であるといった厳しい批判もしくは非難をあびることになった。しかしナチスの側も「ユダヤ系」出版社を攻撃した。ショルナイはドイツで望ましくないとされた作家たちの作品を、一九二九年に設立していた自社のスイス支局から一九四〇年まで出版した。この出版社は一九三八年に「アーリア化」された。出版者パウル・ショルナイはイギリスに移住した。

すでに一九〇一年に保守的・反ユダヤ主義的運動に対抗して設立された「アンツェングルーバー・ズシツキ兄弟出版」は、社会民主党に近い立場にあった。ここからは『ちらし』（一九一七）、『ダイモン』（一九一八／一九）といった表現主義系の雑誌や、アルフォンス・ペツォルトの本が多く出された。この出版社は一九三八年には解散した。カトリック学者で一九三四年から三六年までウィーンの副市長であったエルンスト・カール・ヴィンターが主導する一九三〇年に設立されたグズーア出版も、明確な反ナチ路線をとっていた。この出版社は在ウィーン・ドイツ公使への抗議として、ヘルミュニア・ツーア・ミューーレンの小説『我々の娘ナチ』を刊行した。ヴィンターはオーストリアの出版業界をドイツの出版市場への経済的依存から解き放ち、オーストリア政府に適切な文学・出版政策をとるよう求めた。しかし政府は第三帝国との協調を望んだために、ヴィンターは一九三七年に出版社を放棄せざるをえなくなった。一九三八年に彼はスイスを経てアメリカに移住し、帰還したのは一九五五年になってからのことであった。

多くの出版社は右派陣営に属していた。一九一九年にグラーツで設立されたレオポルト・シュトッカー出版は、最初から郷土芸術を標榜していた。当初はとりわけ農業関係の文献を出版していたが、一九二四年以降はペーター・ローゼガーが創刊した『ハイムガルテン』を発行し、非合法のナチス党員も執筆した血と大地の文学に専念するようになっていった。一九二八年にはカール・パウムガルテンの反民主主義小説 *Repablick*〔原題のママ〕が出された。当初からナチスと親密な関係にあったのは、一九二六年にウィーンで設立されたアドルフ・ルスター出版である。マリア・グレンクの作品はここから出版され、一九三三年にはアンソロジー『詩人の本——オーストリアのドイツ的信仰、ドイツ的憧れ、ドイツ的感情』が出た。

図書館はすでに帝国時代に文学の普及のために重要な役割を演じていた。一九一九年以降ここでは「赤いウィーン」が旗振り役をひき継いだ。十九世紀にさかのぼる労働者文庫は、社会民主党が教育政策を重視したため、計画的に拡充された。もちろん利用者たちは戦争物の「低俗文学」や女性小説・冒険小説・推理小説を望んだので、やがて構成員たちは期待した効果が実情とかけ離れていることを認めざるをえなかった。一九二二年にはウィーンの学童図書館からカール・マイの小説が撤去され、キリスト教社会党の激しい批判をあびることになった。

労働者文庫とは別の図書館も存在した。一八九七年に自由主義精神から設立された非政治的な「中央図書館協会」と、一八八七年以来存在したやはり非政治的な「ウィーン国民教育協会」はキリスト教社会党によって一八九九年に設立された「国民図書館」、それにとりわけウィーン郊外で活動していたボロメーウス協会に読者を奪われた。一九三二年にカトリック系諸文庫は「オーストリア文庫連合会」に統合された。国の二つの政治陣営への分裂は、図書館をめぐる状況にも反映していたのである。

共和国の設立とともに検閲は廃止された。それによって従来タブー視されていた領域、特にセクシュアリティの芸術への進出がなされ、やがてとりわけ保守・教会側からの過大な自由に対する激しい抵抗が起こった。キリスト教社会党の『帝国通信《ライヒスポスト》』などでの誌上論争はしばしば反ユダヤ主義的論調を帯びた。一九二一年のアルトゥル・シュニッツラーの『輪舞』初演をめぐる騒動はその際だった例である。連邦保守政権はウィーン市社会民主党指導部に対して、議論のある舞台上演の禁止を実行するようくりかえし求めた。エーリヒ・マリア・レマルクの反戦小説『西部戦線異状なし』によるアメリカ映画が一九三〇年末に封切られた際、この混乱はエスカレートした。ワイマール共和国では乱入したナチがこのい抗議のなか、数度の上映の後、この映画を禁止した。
映画の禁止を断行した。オーストリア内相は暴力的デモを受けて、ウィーン市長カール・ザイツの激しい抗議のなか、数度の上映の後、この映画を禁止した。

職能身分制国家においてはもちろん厳格な検閲が行われ、公共図書館は粛正された。そこでの公式の文学政策は第三帝国での実践からそう遠くない状態にあり、一九三八年にナチスはそれを円滑に取りこむことができた。文学賞授与の実施状況も同様に円滑だった。一九三四年に創設されたオーストリア国家文学賞は、職能身分制国家の愛国事業の一つであり、これによってオーストリア意識なるものが涵養されるべきものとされた。注目すべきことにその受賞者はコスモポリタン的なカカーニエン調の作家ではなくて、たいていはドイツ民族主義的な郷土芸術家たちであった。一九三四年はカール・ハインリヒ・ヴァッガールとエルンスト・シャイベルライター、一九三五年はヨーゼフ・フリードリヒ・ペルコーニク、一九三六年はヨーゼフ・ヴェンターとマリア・グレンク、一九三七はヨハネス・フロイムビヒラーとエーリヒ・アウグスト・マイアーといったぐあいである。国家賞の審査員は職能身分制国家の中で誰が発言力をもっていたかを示している。フランツ・カール・ギンツカイ、ルードルフ・ヘンツ、マックス・メル、ヨーゼフ・ナードラー、ハンス・ニュヒターンといった名前が何度も出てくる。興味深いことにヘンツのような重要な例外は別として、一九三八年以降は注目すべき一貫性がある——かつてのオーストリア主義の擁護者たちのの多くは大ドイツ主義構想に違和感をもたなかったのである。一九四一年に学士院のグリルパルツァー賞を獲得したのは、マックス・メルであった。審査員のなかにはなんといってもナードラーが座っていた。一九四三年ウィーン市のグリルパルツァー賞はヨーゼフ・ヴィンター、一九四四年のウィーン市ライムント賞はエルンスト・シャイベルライターにわたり、一九四三年に授与されたウィーン市アーダルベルト・シュティフター賞の審査員にはフランツ・ギンツカイ、マックス・メル、フランツ・ナーブル、ヨーゼフ・ヴァインヘーバーが座っていた。

文学テクストを掲載するにせよ書評を載せるにせよ、文学の媒体として重要な役割を演じたのは、従来どおり雑誌であった。第一次大戦前から続いていたのは『炬火』、『ブレンナー』とローゼガーの『ハイムガルテン』であった。共和国初期においてはいくつかの表現主義に近い定期刊行物が創刊されたが、そのほとんどは短命に終わった。その後反近代的文学観をもった雑誌が多く見られるようになる。伝統と郷土芸術が支配的だった。先端的立場のもの、ましてや外国文学とのとり組みなどはまったく行われなかった。一九二三年以降はアドルフ・ルーザー出版から豪華に装丁された文化雑誌『忠実なエッカルト』が出され、一九三八年にはウィーン管区長オーディロ・グロボツニクの委託を受けたブルーノ・ブレームがその編集をひき継いだ。これと比較しうるのは一九二四年から三五年にかけてグラーツで出された『月刊アルプス地方』であった。一九三四年にウィーンで創刊された『アウガルテン』は、総じて一九三六年以降は「オーストリア・ドイツ人作家連盟」の（非合法）ナチ作家の機関誌であった。民族戦線に対抗していたのは若干の定期刊行物だけだった。一九三二年から三七年まで出されていた『ウィーン音楽誌』二十三号は「音楽の炬火」として企画され、エルンスト・クルシェネクの強い影響下にあった。これは同時代文化を集中的にとりあげたものだった。エルンスト・シェーンヴィーゼ（一九〇五—九一）は一九三五／三六年に『銀の舟《ジルバーボート》』を編集したが、そこにはブロッホ、ギュータースロー、ムージル、それにジョイス、シンクレア・ルイス、フォークナーの寄稿をも得た。この雑誌は一九四五年に再刊された。一九三八年にオットー・バジール（一九〇一—八三）に創刊されたものの、一号しか出されなかった『計画《プラーン》』も、一九四五年には装い新たに復活することになった。

老舗の『ウィーン新聞』、『新自由報道《ノイエ・フライエ・プレッセ》』、『新ウィーン日報《ノイエス・ヴィーナー・タークブラット》』、『新ウィーン・ジャーナル』、社会民主党系の『労働者新聞』、キリスト教社会党系の『帝国通信』といった帝国時代から存続していたウィーンの大手日刊紙は、ひき続き文学界で重要な役割を演じた。一九二二年創刊の『ターク』(一九三〇年以降は『ヴィーナー・ターク』)の文芸版は、やはり多くの作家に発表の機会を与えるものだった。ドイツの新聞も重要だった。『フランクフルト新聞』の文芸欄《フユトン》には、たとえばフランツ・ブライ、ゾーマ・モルゲンシュテルン、アルフレート・ポルガル、ヨーゼフ・ロート、シュテファン・ツヴァイクらが寄稿した。

ナチスの政権掌握以降は新聞界にも統制が始まった。『新自由報道』、『新ウィーン日報』、『新ウィーン・ジャーナル』は一つの新聞に統合された。『ヴィーナー・ターク』、『ウィーン新聞』、『帝国通信』は廃刊された。『帝国通信』は第一共和国の時代の文化政策を代表するもので、ナチスのそれとほとんど区別されないことが強調された。それはシュニッツラーの『輪舞』やフーゴ・ベッタウアー、映画『西部戦線異状なし』へのキャンペーンにも表れている。そしてナチスによる焚書後の一九三三年五月、『帝国通信』は「ドイツにおけるナショナリズム運動が、帝国転覆以来文学として認められてきた汚らしい無名の本や毒から民族を解放しようとしている」ことを歓迎した。いずれにせよ該当したオーストリア作家たちに「例外的地位」は認められなかった。該当したのはリヒャルト・ベーア＝ホフマン、アルベルト・エーレンシュタイン、ジークムント・フロイト、フランツ・ヴェルフェル、シュテファン・ツヴァイクらである。

多言語帝国の遺産は十九世紀末にガリツィアで発生し、世紀転換期以来ウィーンで興隆したイディッシュ文学の存続にも窺い見ることができる。中心となった文学者たちは、一九一四年以前はユダヤ・ナショナリストとして同化とシオニズムに反対し、固有の言語——すなわちイディッシュ語——をもった民族としてのユダヤ人の承認を求めた。したがってその文学はそれに呼応して民族的なものであった。たいてい政治的に左派のイディッシュ語雑誌は、一九一八年ごろに興隆をみたが、やがてイディッシュ文化はその意義を失っていった。主役の多くは移住し、残った少数は近代——審美主義、精神分析、表現主義——の呪縛に遭った医者メレヒ・フメルニツキ（一八八五—一九四六）、自然主義作家アーブラハム・モッシェ・フックス（一八九〇—一九七四）、詩人メンデル・ノイグレシェル（一九〇三—六五）らで、彼らの刊行物はとりわけ外国で受容された。ユダヤ舞台（一九〇八—三八）、自由ユダヤ民衆舞台（一九一九—二二）といったいくつかのウィーンのユダヤ劇場は、まず第一に国際的なユダヤ演劇を上演したが、たとえば一八九六年にガリツィアで生まれ、一九五九年に亡命先のイギリスで死去したアービシュ・マイゼルスなどの国内の戯曲も上演した。ユダヤ文化は一九三八年に跡形もなく破壊された。

帝国の遺産はウィーンが一九二〇年から二五年までハンガリー・アヴァンギャルド文学の中心を成していたという事実にも見ることができる。一九一六年にラヨシュ・カシャークによってブダペストで創刊された『マ（今日）』誌は、ハンガリー・レーテ共和国崩壊後禁止され、その後カシャークとその同志たち（アンドル・ネーメト、エンドレ・ガシュパル、アラダール・コムロシュ、イヴァーン・ヘヴェシ）はこの雑誌をウィーンで発行した——ここにはなんといっても一九二三年まで二つのハンガリー語日刊紙が存在していたのだった。このサークルは一九二六年に解消され、たいていのメンバーはブダペストに帰って行った。

フユトンに関しては帝国末期、すなわち自由主義的カカーニエン時代以来の継続性が見てとれる。重要な評論家たちは一九一八年以前にキャリアを始め、第一共和国において進展する辺境化をしばしば「リンツ化」と嘲りながら、都会的な論壇形成に固執した。しかし彼らの多くが一時的にベルリンに移り、一九三三年まではそこがウィーンでよりも自分たちの観念が実現されていると感じていたのは注目すべきことである。

帝国末期にすでに「小品の巨匠」と称されていたアルフレート・ポルガル（一八七三―一九五五）は、ウィーンのユダヤ人中流市民家庭出身で、その評論でのキャリアをレポーターとして始め、一九〇五年以降は名高い演劇批評家・フユトニストとして活動していた。彼は『炬火』やミュンヘンの『ジンプリツィシムス』にも寄稿した。さらに小説を執筆し、カバレティストとしても活動した。一九〇八年にエゴン・フリーデルとともに執筆したスケッチ「試験中のゲーテ」はカバレー「こうもり」で大当たりをとった。一九二六年にローヴォルトから出されたエッセー集『欄外』は、彼をドイツで有名にした。ポルガルはすでに戦時中に平和主義の立場をとっていたが、一九二七年にベルリンに移ってからは反戦時評家として活動した。一九三三年にはウィーンに戻らなければならなくなったが、一九三八年にフランスを経てアメリカに逃れた。亡命時代はハリウッドで脚本家としてすごした。一九四三年にニューヨークに移住した後、一九四九年にヨーロッパに戻ってチューリヒに定住し、一九五五年に死去した。

第一共和国時代でもっとも個性的なフユトニストはアントン・クーで、そのあまりにもたわいない逸話におおわれた生涯が、鋭敏な時評家としての彼を覆い隠してしまっている。彼は一八九〇年にプラハ出身のユダヤ人ジャーナリストの息子としてウィーンに生まれ、カフェーハウス文士・朗読家としての評判を得、長年カール・クラウスとの死闘をくりひろげたが、一九二五年の公開講演「ツァラトゥストラの猿」はその頂点であった。一九二八年にベルリンに移ったが、一九三三年にはオーストリアに戻ってこなければならなかった。一九三八年にはアメリカへの脱出に成功し、亡命新聞『建設』で働いた。アントン・クーは一九四一年に死去した。一九六〇年代にその作品は再発見された。ウィーン、プラハ、ベルリンの新聞のための簡潔で的確な短文がクーの特徴だった。演劇批評、論争、エッセーで平和主義的・反ナチス的・都会的路線を断固実行した。ベルリン移住の理由は格言のようになった。「ウィーンでベルリンの人の中でくらすよりも、ベルリンでウィーンの人の中でくらしたい」。

アントン・クーの知己のなかには論争的・活動的なカール・チュピックがいた。この一八七六年ボヘミア生まれのユダヤ人技師の息子は、工学を修めた後自由主義的な『プラハ日報《プラーガー・タークブラット》』で働き、一九一〇年には編集長となった。一九一七年にウィーンにやって来て、週刊誌『平和』のために書き、一九二三年にはイムレ・ベーケーシが編集し、カール・クラウスと激しく対立していた大衆紙『時間』の編集長をひき継いで、大衆的ではあるものの徹底した反ナチ路線をとった。一九二六年にはベルリンに移住し、種々の文化雑誌に寄稿したが、とりわけフランツ・ヨーゼフ帝、シシー妃、マリア・テレジアについての時代史に関する本の著者として有名になった。歴史への伝記的アプローチは時流に乗っていて、伝記小説の興隆となって現れていた。ドイツの将軍ルーデンドルフの伝記でのヒトラーに対する厳しい攻撃によって、一九三三年にはウィーンへの帰還を余儀なくされた。ここでもナチスに対する戦いを続け、ヨーゼフ・ロートと交友を保ち、第一共和国の自由主義的カカーニエン時代との継続性をうったえる文章を発表した。チュピックは幸運にも共和国のナチス・ドイツへの「合邦」前の一九三七年に死去した。

チュピックと文化史的関心を共有していたエゴン・フリーデルは、裕福なユダヤ人工場主の息子としてウィーンに生まれた。フリーデルはフランクフルトで育ち、一八九七年にはプロテスタントに改宗して、ハイデルベルクの後ウィーンに学び、ここで博士をとって、ウィーンのペーター・アルテンベルク周辺のカフェーハウス文士サークルに加わった。一九〇八年から一〇年まではカバレー「こうもり」を率い、つづいてウィーンとベルリンで俳優として、また一九一九年から二二年までは『時間』の演劇批評家として活動した。一九三八年三月十六日、懸念される突撃隊による拘束を免れるためにみずから命を絶った。フリーデルの名声はその皮肉なエッセーに基づくものである。皮肉で逸話風といえば、多くの言語に訳された『近代文化史』三巻もそうで、学術的歴史学に対抗するこの記念碑的作品は一九二七年から三二年にかけてミュンヘンで出された。フリーデルはここで偉大な人物に基づいた思想史を展開し、主観的で偏ってはいるものの、「暗黒のペストから世界大戦までの」刺激的で機知に富んだヨーロッパ史の叙述をなし遂げ、一九四五年以降も版を重ねることになった。

文学批評と文学コンサルタントの領域ではエルンスト・ポーラクが重要な役割を演じた。みずからはほとんど執筆しなかったが、一九二〇年代末にいくつかの重要な書評を書き、とりわけフランツ・カフカの重要性を指摘した。この一八八六年ボヘミアに生まれたユダヤ人商人の息子は、プラハで銀行員として働き、カフカやヴェルフェルの周辺の文学集団に属していた。一九一八年には妻ミレーナ・イェセンスカとウィーンにやって来た。一九二四年に離婚し、二五年に年金生活に入ったが、大学入学資格《マトゥーラ》を取りなおして哲学の勉強を始め、一九三二年にモーリッツ・シュリックのもとで博士号を取った。ポーラクはウィーンでフランツ・ブライ、ヘルマン・ブロッホ、ギーナ・カウス、アントン・クー、フランツ・ヴェルフェルと交友をもち、とりわけブロッホ、ヴェルフェルと共にアドバイザー・査読者としての仕事をした。一九三八年にはプラハを経てイギリスに逃れ、そこでも亡命作家の後援者・アドバイザーとして活動した。一九四七年にロンドンで死去した。

文学批評家としてはオスカル・マウルス・フォンターナが第一共和国から第二共和国への継続性を体現している。フォンターナは多くのジャンルで活動していた。喜劇『乳兄弟』（一九一二）で表現主義演劇の代表者となり、小説『覚醒』（一九一九）と『山あいの道――ゴットハルト峠の小説』（一九三六）

では戦後をとりあげた。フォンターナは一八八九年にウィーンに生まれた。一九〇九年以来演劇批評家として活動し、一九一八年には多くの表現主義雑誌に寄稿している。『ちらし』はみずから編集した。一九三八年までは『ヴィーナー・ターク』の演劇批評家だった。フォンターナは一九三三年にPENクラブの反ナチス決議に署名し、一九三八年以降は時には偽名によってジャーナリズム活動を続け、やむなくナチス用語に合わせることもあった。一九四〇年から四四年までは『ケルン新聞』批評家であった。一九四五年以降フォンターナは第二共和国屈指の影響力を誇る演劇批評家であった。

劇場・大衆メディア

第一共和国の劇場に関する特徴としては、民衆祝祭劇が挙げられる。その構想は世紀転換期にまでさかのぼり、俳優と観衆の分離を回避し、新たに文化的祝祭劇としての劇場を確立しようというものであった。これに関してはジークフリート・リーピナーのサークルの影響力が強く、カトリックの側ではリヒャルト・フォン・クラーリクが発案者となった。一九一八年以降は民族主義、教会、社会民主党それぞれが文化政策としてこの理念を共同体形成と対立陣営との差別化のために採用した。社会民主党の祝祭劇政策は政治を荘厳なものに美化するためのものであって、カトリック的伝統に対抗するものであった。その際シュプレヒコールが重要な役割を演じた。その頂点は一九三一年七月の労働者オリンピックと一九三二年のウィーン競技場で行われた「五月祭」であった。労働者オリンピックではマックス・ラインハルトの助手であるシュテファン・ホックが「四千年祭」を演出し、理論的にはリヒャルト・ヴァーグナーに依拠した。やはりホックによって演出された「五月祭」は六千人のスタッフを要し、労働者の苦難の道とその最終的勝利をテーマにしていた。カトリックの祝祭劇政策は素人芝居運動に端を発したもので、伝統的および新作の（とりわけクラーリク、ルクス、メルの）宗教劇を上演し、カトリック＝オーストリアの共同体意識の醸成をもくろむものであった。これもやはり次第に民衆劇場に発展していった。第一共和国の祝祭創設はこうした流れのなかで見ていかなくてはならない。すでに一九一七年に再カトリック化の目的のもとに計画され、一九二〇年に設立されたザルツブルク祝祭（音楽祭）は、マックス・ラインハルトとフーゴ・フォン・ホフマンスタールによって大都市文化に対抗して構想され、民衆劇場の要素を含んでいた。ホフマンスタールはナードラーのバイエルン＝オーストリア部族という理念に依拠して、バロック的なオーストリア・ナショナリズムを唱道した。アルプス都市ザルツブルクは社会民主党色の強いウィーンに対置された。もちろん祝祭は観光的思惑もあって、やがて中央ヨーロッパのイベントとして変貌していった。一九二三年から二五年まで存続したマリアーツェル祝祭もカトリックの素人芝居運動に端を発するものであり、民衆劇場の理念を拒否して、マックス・メルの『使徒劇』やフリードリヒ・シュライフォーゲルの『マリアーツェル聖母劇』といった戯曲を上演した。この祝祭劇もまたオーストリア＝カトリック的なものと解することができる。

一九二一年に設立されたオーストリア・キリスト教ドイツ体育協会はキリスト教社会党に近い立場にあり、たとえば一九三二年のウィーン・スタジアムにおいて六五〇〇人で上演された『ドイツのかじ屋の露に宿り着す』などの民衆祝祭劇では、十九世紀のドイツ・ナショナリズムの体育運動の概念装置にさかのぼって、ドイツ・ナショナリズム的プロパガンダとオーストリア国粋主義の混交を実現した。より明確な方針を打ち出したのはドイツ体育連盟で、一九一八年来ドイツへの合邦を支持し、護国団に近い立場をとっていた。一九三三年のナチス禁止命にともなって多くの体育協会が解散したので、ナチスの民会劇につながるようなドイツ・ナショナリズム祝祭劇文化の展開は起こらなかった。もちろん一九三一年にはザルツブルクでのドイツ体育連盟の青年集会において『全ドイツでなければならない』という劇の上演がなされ、指導的な地方政治家臨席のもとに合邦が要求された。

民主主義排除の後は祝祭劇構想の競い合いは見られなくなり、むしろ職能身分制国家自体が民衆演劇で演じられ、調和的にオーストリア愛国主義をよび覚ますことになった。祝祭劇の執筆者たち——ルードルフ・ヘンツ、マックス・メル、フリードリヒ・シュライフォーゲル——は従来的な形式に頼った。一九三三年九月のカトリック大会においては一六八三年のトルコによるウィーン包囲の二五〇周年についてくりかえしとりあげられ、キリスト教の防波堤としてのオーストリアの役割が強調され、ルードルフ・ヘンツの「カトリックの若者の神聖祝祭劇」『聖ミヒャエルよ、我らを導かん』が八千人の若い参加者によって上演された。この戯曲はウィーン枢機卿テオドール・イニッツァーによる祝福のもと、オーストリア連邦国歌の全体合唱によって終わった。ヘンツによって執筆されることが多かったその他の祝祭劇は、やはりオーストリアの理念に関するもので、ドルフス神話を創りあげるものだった——殺害された連邦首相はキリスト教殉教者として演出された。「合邦」は民衆祝祭劇に終止符を打った。しかしその伝統が一九四五年以降も教会側、社会民主党側双方でふたたびとりあげられ、一九五〇年代まで実りあるものであったことは興味深い。民衆文化の新たな形態としては放送と映画が挙げられる。一九二四年にオーストリア「ラジオ交信株式会社」RAVAGが放送を開始した。

ラジオドラマの領域ではRAVAG文芸部長のハンス・ニュヒターンが好んだ「放送劇」が興隆したが、これはことばを中心にすえた伝統的演劇の放送用の改作であった。新しい技術的可能性を用いたのは「騒音劇」の一部だけであった。ラジオドラマを執筆した作家としてはリヒャルト・ビリンガー、フランツ・テオドール・チョコール、アルベルト・エーレンシュタイン、パウル・フリシャウアー、ヨーゼフ・ゲオルク・オーバーコーフラー、ヘルマン・ハインツ・オルトナー、ローベルト・ミヒャエル、そしてハインリヒ・ズーゾ・ヴァルデックなど多数挙げられる。ナチスはこのジャンルを認めず、一九四一年には番組表から消えることになった。

オーストリアの映画産業はすでに世紀転換期ごろには始まっていた。一九一八年以降制作者ザシャ・コロヴラートのもと、ウィーンはヨーロッパ映画のメッカとなった。一九二三年の経済危機がオーストリア映画を危機的状況に追いこむまで、後にマイケル・カーティスとしてハリウッドでキャリアを築くことになるハンガリー人監督ミハーイ・ケルテースの『ソドムとゴモラ』(一九二二)などの記念碑的映画が興隆した。アレクサンダー・コルダ、フリッツ・ラング、G・W・パープスト、ビリー・ワイルダー、フレート・ツィネマンといった後に有名になる多くの監督たちは、ベルリンあるいはアメリカに移っていった。すでに一九二〇年代には映画におけるオーストリア・テーマは無視できない役割を演じるようになっていた。文学の古典(グリルパルツァー、シェーンヘア、シュニッツラーの演劇や小説)が脚色され、オーストリア(文化)史がとりあげられ、モーツァルト、ベートーヴェン、ヨハン・シュトラウスとラデツキーに関する映画が創られ、またフーゴ・ベッタウアーの人気のウィーン小説が脚色され、その『喜びのないとおり』は一九二五年にG・W・パープストの監督で映画化され、グレータ・ガルボ、アスタ・ニールセン、ヴェルナー・クラウスといった後の名優たちが出演した。一九三〇年代のオーストリア映画はオーストリアのイメージの形成に決定的に貢献した。新たに発明された音声映画は音楽を取りこみ、ウィーン映画なるものが誕生した。フランツ・シューベルトに関するヴィリー・フォルストの『ひそかに憂う私の歌』〔『未完成交響楽』〕(一九三三)と『仮面舞踏会』〔『たそがれの維納』〕(一九三四)によってパウラ・ヴェセリーはスターになった。もちろんオーストリアの音声映画はドイツ市場にも配給されていたが、ユダヤ人芸術家が一人でも参加している映画は認めないナチスによって一九三三年に停止された。経済的理由からたいていのオーストリアの映画会社は、ドイツの市場を保持するために自主的にアーリア〔ユダヤ人排斥〕条項を実行した。実際にはナチスは一九三八年三月に統制を公式に実施する前から、オーストリア映画をその管理下においていたのだった。

新たな大衆メディアである映画とラジオは、既成の劇場にとって（経済的にも）圧迫になった。伝統を誇るウィーンの宮殿劇場《ブルク》は、いくぶん地位の低下した教養市民層によってひき続き支えられていた。また共和国はここを文化遺産として保持し続けた。それでも二〇年代は頻繁に監督が交代する危機の時代で、一九三二年から三八年の監督ヘルマン・レベリングになって、ようやく世界の文学作品演目によってブルク劇場を共和国の文化の殿堂にすえることに成功した。彼はグリルパルツァーを国民作家と位置づけ、ミルコ・イェルジッチを介して再三攻撃してくるナチスとの妥協も試みた。イェルジッチは一九三八年三月にレベリングを監督から解任した。国の支援を受けていない他のウィーンの大劇場も厳しい時代を経験した。社会民主党市指導部に導入された「遊興税」は劇場・映画・ショー文化に大問題をひき起こした。ウィーンの人口、すなわち潜在的観衆は一九一四年以降は三十万人減って、一八〇万人にまで減少していた。一九二九年には伝統を誇るカール劇場が閉鎖された。「劇場危機」という言いまわしが口の端に上った。それにもかかわらず、たとえばヨーゼフシュタット劇場は演目と傑出したアンサンブルによって、ヨーロッパ的名声を獲得していた。ここは一九二三年から二六年までマックス・ラインハルト、その後は彼の委任によりエーミール・ガイアー、オットー・プレーミンガー、エルンスト・ロータルに率いられた。世界の文学作品によるその演目は一九三〇年代の職能身分制国家の文化政策と完全に一致した。しかし他のすべての劇場がそうだったように、次第に反ユダヤ主義的・ナチス的風潮に抗してゆかなければならなくなった。一九二一年から三二年までライムント劇場、さらに二四年から三二年まではドイツ国民劇場を監督として率いたルードルフ・ベーアはその同時代的レパートリーで有名である。ベーアは一九三八年にナチスの拷問を受け、みずからの命を絶った。

国立オペラはブルク劇場と同様一九一八年に国営となり、文化国家としての新しい共和国の殿堂としての特別な地位を与えられた。一九三〇年代には音楽劇場の看板としてザルツブルク音楽祭が加わった。リヒャルト・シュトラウス（一九一九―二四）やクレメンス・クラウス（一九二九―三四）といったウィーンの有名なオペラ監督や、ウィーンとザルツブルクにおけるアルトゥーロ・トスカニーニやヴィルヘルム・フルトヴェングラーといった著名な指揮者がオーストリアをヨーロッパの音楽の中心にするのに尽力した。しかし音楽文化も政治的時代趨勢に屈しなければならなかったことをエルンスト・クルシェネク（一九〇〇―九一）の運命は示していて、一九二七年に国立オペラで上演された彼の「ジャズ・オペラ」『ジョニーは弾き始める』はナチスの抵抗に遭ったのだった。国立オペラは従順さを示すために、先まわりして一九三四年に予定されていたクルシェネクの『カール五世』の初演を――委嘱作だったにもかかわらず――拒否した。軍人の息子であったクルシェネクはカール・クラウスの信奉者であり、職能身分制国家の支持者だったが、最初の結婚で〔ユダヤ人〕グスタフ・マーラーの娘であるアンナと結婚していたため、一九三八年にアメリカに亡命した。リヒャルト・シュトラウスの『無口な女』も台本がユダヤ人のシュテファン・ツヴァイクによるものだったため、一九三五年にドイツで禁止され、ウィーンの国立オペラも上演をさし控えた。さらにウィーンのオペラ監督クレメンス・クラウスが、一九三五年にベルリン国立オペラの監督をひき受けたとき、それはヒトラー・ドイツのための政治決断と受けとめられた。

ウィーンの劇場生活に関して、最後に数多くあったカバレーについて指摘しておかなくてはならない。すでに一九一二年に開かれていたカバレー「ジンプル」で一九二〇、三〇年代にカール・ファルカスとフリッツ・グリューバウムが大きな成果をおさめていた。一九二六年から三三年まで存続し、ユーラ・ゾイファーがそのキャリアを開始した社会民主党の「政治カバレー」、シュテラ・カトモンが一九三一年から三八年まで率いたカバレー「愛しのアウグスティン」、それに一九三三年から三八年まで存続した「ナッシュ市場の文学」は、新たな演劇美学が試みられた点でも重要である。後に新たな国民的作品と称されたものの多くは、こうした地下劇場を出発点としている。「ウィーン手回しオルガン」(Wiener Werkel) はナチス時代も存続した唯一のカバレーだった。これは一九三九年にナチスに閉鎖されたカバレー「ナッシュ市場の文学」の後継として設立され、監督のアドルフ・ミュラー＝ライツナーがナチス党員だったこともあって一九四四年まで存続した。「ウィーン手回しオルガン」はナチス内部に関する風刺的批評を行ったために、監督は一九四一年三月、ウィーンに滞在していたヨーゼフ・ゲッベルスによって強制収容所をもって警告された。伝説的になった「中国帝国」の「日本国」への合邦をめぐる戯曲『中国の奇跡——滅亡することなき中国人をめぐる芝居』では、威勢のいい占領軍人ピーフ＝ケ〔ドイツ人に対する蔑称〕が、中国のウィ＝インで大臣のペ＝ハ＝チェク〔反ナチス活動家〕や補佐ポ＝マ＝リ〔のろま〕といった官僚たちと衝突する。

一九二〇年代の時事的演劇においては、第一に帝政以来の継続性が見てとれる。アルトゥル・シュニッツラーは脇に追いやられたが、フーゴ・フォン・ホフマンスタールとカール・シェーンヘアはひき続き重要な役割を演じていた。ホフマンスタールは「保守革命」に基づく演劇活動とザルツブルク祝祭への関与によってカトリック演劇に接近していった。シェーンヘアはカトリック批判の姿勢をとった郷土芸術の立場を保持し、表現主義の影響も受けた。

表現主義演劇

表現主義演劇は大戦中もまだしばらくの間影響力を保持していた。注目すべきは一九二三年に没後上演されたカルトネッカーの『鉱山』である。この一八九五年にテメシュヴァールで生まれた軍人の息子はウィーンで育ち、すでに高校生《ギムナジウム》のときには表現主義的な抒情詩を発表し、一九一二年以降は結核のためくりかえしダヴォスなどの結核治療施設で長期にわたってすごしたすえ、一九一九年に死去した。『鉱山』では熱狂的なキリスト教的救済の希望が社会批判と結びついている。鉱山事故は閉じこめられた主人公に神秘的な覚醒体験と階級闘争からの離脱をもたらすのに対して、同僚たちはこの惨事を革命的転覆の景気と見なす。この戯曲の結末における一人の子どもの誕生は救世主の暗示となっている。

一八九〇年にプラハで生まれたフランツ・ヴェルフェルは、一九一七年以降ウィーンにくらし、その物語作品によって第一共和国におけるもっとも成功した作家の一人となったが、劇作家としても生産的であった。一九二一年にライプツィヒとシュトゥットガルトで初演された「魔術的三部作」『鏡人』はそれまでのみずからの文学的・個人的経歴と自己批判的に対峙した詩劇で、カール・クラウスへの痛烈な批判を含んでいるが、これは一九二二年四月のウィーンのブルク劇場での上演の際にはさすがに削られた。これは金持ちターマルの神秘的な旅を描いたもので、「鏡人」によって自由を手にし、救済されようというものである。一九二二年にウィーンのライムント劇場で初演された『やぎの歌』は、すでに一九二六年にはニューヨークで上演され、一九三一年にアメリカで映画化された。この戯曲は奇形の息子をあつかったもので、彼を両親が隠すものの、逃げ出して革命の指導者になるというものである。後期の演劇でヴェルフェルは形式的には伝統的手法にたち返り、歴史に向かった。『ユダヤ人の中でのパウロ』（一九二六）は歴史的人物である聖パウロに基づいて、ユダヤ教とキリスト教の関係をテーマ化したものである――ヴェルフェルがユダヤ人としての素性とカトリックに魅了されていく自分について省察するなかで関心をつのらせていった題材である。『ボヘミアの神の国』は一九三一年にブルク劇場で初演されたもので、フス戦争の題材にさかのぼり、フス教徒の一派ターボル派の宗教的共産主義をあつかったものである。また一九三七年にニューヨークで初演された聖書劇『約束の道』にはクルト・ヴァイルが音楽を書き、同時代のユダヤ人迫害を聖書におけるヘブライでのできごとに重ね合わせている。しかしヴェルフェルはハプスブルクの歴史も演劇化している。『マクシミリアン』は一九二五年に初演され、国際的に大きな成功をおさめた。この戯曲は皇帝フランツ・ヨーゼフの弟マクシミリアン大公が一八六四年にメキシコ皇帝に招聘されたものの、一八六七年に法律上の大統領ベニート・ファアレスの命で射殺されたことをとりあげたものである。マクシミリアンは政治の現実が見えない過去にとらわれた善良な理想家として登場する。彼の敵役であるファアレスは、この戯曲には登場しないものの、現代アメリカを体現し、進歩の力を象徴する人物である。

表現主義から出発して、写実的な史劇に移行する展開は、フランツ・テオドール・チョコールにも見られる。チョコールは一八八五年にウィーンで医師の息子として生まれ、その文学上のキャリアを表現主義的な抒情詩で始めた。彼は兵士として前線で、また一九一六年以降はウィーンの戦争資料館で働いていた。一九二二年から二八年まではライムント劇場とドイツ国民劇場の演出部員《ドラマトゥルク》だった。エデン・フォン・ホルヴァートやフェーリクス・ブラウンと交友関係にあり、ナチスの最大の反対者としてPENクラブで活動した。一九三八年に亡命生活にはいり、ポーランド、ルーマニア、ユーゴスラヴィア、イタリアに住んだ後、一九四六年にイギリスの軍服でウィーンに帰還した。一九四七年にオーストリアPENクラブの会長となり、ふたたび多くの演劇を執筆した。一九六九年に死去した。

チョコールの演劇創作は表現主義の影響のもとに、ストリンドベリに依拠した場面劇《シュタツィオーネンドラーマ》『赤い通り』（一九一六）や社会・大都市を批判した一九二八年の「劇的フレスコ《ドラマーティッシェ・フレスコ》」『都市のバラード』で始まり、その後歴史劇に転じた。一九二九年にミュンヘンで初演された『人権の協会』は、ゲオルク・ビューヒナーを舞台に登場させ、文学活動と革命運動の葛藤をテーマ化している。もっとも名高いのは、一九三七年にブルク劇場で初演され、三八年に科学アカデミーのグリルパルツァー賞を受賞した史劇『一九一八年十一月三日』である。これは第一次世界大戦が終わった日を描いたものである。負傷したオーストリアの軍人である主人公たちは、周囲から遮断されたケルンテンのカラヴァンケン山地にある軍療養所で、軍が解散し、帝国は崩壊した事実を突然通知される。ハプスブルク諸邦のよせ集めである軍人たちは、それぞれの新たな祖国に赴き、戦争は終わったのではなく、後継国どうしの戦争が今始まったのだということを知る。もっとも地位の高いフォン・ラドシン大佐は、新たな母国ではなく、かつての帝国しか祖国とは思えないため、新しい体制で居場所を見いだすことができない――彼はピストル自殺する。居場所を見いだせないのはユダヤ人軍医のドクター・グリーンも同じで、大佐の葬儀の際に国ごとに決められた土くれ――「ポーランドの土」、「ケルンテンの土」、「スロヴェニアの土」、「イタリアの土」――で最後の敬意をはらう際、一人だけ後継国がないために、超国家的な「オーストリアの土」を墓に投げ入れることになる。この戯曲は成立時期にふさわしく悲観的に終わる。結末で一人だけアルプスの施設に残った軍人で、精力的なドイツ民族主義者のケルンテン人ルードルツは、機関銃の陣地を築いて友人――昨日まで療養仲間だったジェローヴィッツの指揮の下に進軍するスロヴェニア軍から領土を防衛する。彼らは数分前に戦争の慣例にのっとって互いを捕まえようとするでもなく、穏やかに別れたもののの、「二人とも捕らわれの身なのである――お互いの国の」。この戯曲唯一の女性の登場人物である看護婦クリスティーナは諦めて、まさにハプスブルク神話的に説明する。「私の両親は二人とも彼（皇帝）のために死去したし、私は彼の子どもで、彼の帝国は私の家だったの」。彼女は「国や国境じゃなくて、人間によって創られる」新たな帝国を願いながら立ち去る。大佐ラドシンは多民族部隊にもはや存在しない「故郷」への忠誠を自殺前に再度誓わせようと、「思いつめたように、熱狂的に」説明していた。「我々は個々の国以上のものなのだ」。しかし未来は国家と戦争のものである。「（機関銃の）弾帯から響く音。幕」。

第一次世界大戦時代の代表的作家となったアントン・ヴィルトガンスは、自然主義と表現主義のもとで劇作を始めた。彼は一八八一年にウィーン近郊メードリングに役人の息子として生まれ、法学を学んだ後、一九一一年以降はフリーの作家として活動した。一九一四年になると、他の作家たちと同様に国粋主義的戦争詩にふけった。一九二一／二二年および一九三〇／三一年にはブルク劇場を率いた。大きな名声のなか一九三二年に死去した。ヴィルトガンスの一九二九年末に執筆された「オーストリアに関する講演」は、共和国の独立を断固擁護したもので、「オーストリアの理念」をめぐる政治論争に関するもっとも重要なテクストである。ヴィルトガンスは「オーストリア的人間」をそれまでのヨーロッパ史を体現した者であると宣言し、ドナウ帝国の遺産に未来の模範を見た。『貧困』（一九一五）や『ディーエス・イーレ〔怒りの日〕』（一九一九）といった社会批判劇は観衆の大きな支持を得たが、同時代の批評によってその感傷性が批判された。これらは自然主義と表現主義を総合し、社会批判を高次元で象徴化しようとしたものである。同様のことは一九二七年に出版されたヘクサメトロス叙事詩『キルビッシュまたは憲兵——恥辱と幸運』にもあてはまる。ヴィルトガンスはここでとっくに廃れてしまったジャンル——風刺的・諧謔的叙事詩——をとりあげ、それを戦争成金や田舎の悪習に対する鋭い批判に適用したが、これは時にはるか後のハンス・レーベルトの反郷土小説を想わせるものである。もちろんヴィルトガンスの人道主義はしばしば顔を見せる偏狭な悲観主義にとどまることはない——皆に侮辱される「悲しみの処女」コルドゥラの「汚れなき幼児」への救世主としての希望のうちに物語は終わる。田舎の状況に対する嫌悪感の力強い叙述は、もはや郷土芸術のイメージとはまったく異なり、曖昧なキリスト教救済物語の楽観主義よりもはるかに強い説得力をもっている。

オーストリア表現主義の演劇はしばしば宗教的ないしはキリスト教的性質を帯びていた。しかし一九一八年以前に始まっていたカトリック文学のルネサンスは、形式上は後ろ向きとまでは言わないにしても、おおむね伝統的なものであり、一九一八年以降も継続するなかで、みずからをキリスト教的と定義づける職能身分制国家においてその頂点をむかえた。

三〇、四〇年代でもっとも成功したオーストリアの劇作家は、ヘルマン・ハインツ・オルトナーであった。彼は一八九五年に上部オーストリアのバート・クロイツェンに生まれ、ウィーンで俳優となり、一九二〇年のケルンテン国民投票に関する戯曲『復活』で作家として最初の成功を一九二一年におさめた。一九二九年の『トビアス・ヴンダーリヒ』は十一か国語に訳された出世作であり、村の古い祭壇画のアメリカの投機家への売却が最後の瞬間に阻止されたことをめぐる劇的伝説である。購入希望者はユダヤ人であり、村の有力者たちは黒人でいっぱいのジャズ・クラブに出入りしている。『トビアス・ヴンダーリヒ』の後、彼は『シュテファン・ファーディンガー』（一九三三）、『ベートーヴェン』（一九三五）、『スペイン女王イザベラ』（一九三八）といった歴史劇に移った。

オルトナーの民族的カトリシズムは将来を暗示する混ぜ物であった。彼はカトリック作家を演じたが、それは非カトリック的「敬神」作家としてのナチス時代の成功を妨げるものではなかった。彼は一九三三年以降ナチス党員となったが、祖国戦線での名声を保った。一九五六年に死去した。一九五五年までブルク劇場の常連作家だった。

ルードルフ・ヘンツは第一および第二共和国の文学活動において重要な役割を演じたが、ナチスにかかわることは一度もなかった。ヘンツは一八九七年に低地オーストリアの森林地方に生まれ、第一次世界大戦に従軍し、ウィーンでドイツ文学を学び、早くから政治的カトリックとして『帝国通信《ライヒスポスト》』の周辺で活動した。後にオーストリアの放送局RAVAGの影響力ある地位に就き、連邦文化顧問として職能身分制国家の要職にあった。ナチス時代を国内亡命でしのいだ。一九四五年以降は一九八七年に死去するまで影響力を保った。ヘンツは一九三〇年代の祝祭劇運動に関与し、一九三一年に『番兵劇』をマックス・メルに向けて書いた。もちろんカトリック文学に一般的だった田舎の環境の罵倒を彼は共有していない。

第一共和国の代表的なキリスト教作家マックス・メルは、ナチスとの関係にあまり不安をもっていなかった。メルは一八八二年にスロヴェニアのマールブルク〔現マリボル〕で盲人福祉のパイオニアであるアレクサンダー・メルの息子として生まれた。ウィーンでドイツ文学を学んで、すでに学生時代には厳密な形式の小説を発表し、『一九一九年のウィーン降誕の情景』（一九二一）では民族主義的カトリック文学の旗手として混迷する時勢にキリスト教的慰めで向き合っていた。一九二五年にマックス・ラインハルトによってベルリンでも上演された出世作の詩劇『使徒劇』（一九二三）は、二人のボルシェヴィキをあつかったもので、彼らは山の農夫とその孫娘を殺そうとするが、彼女を使徒だと思っている素朴な少女の敬虔さによって転向するというものである。『守護天使劇』（一九二三）と『キリストの後継者劇』（一九二七）もカトリック的祝祭劇文化に従ったものである。一九三〇年代に何度も賞を授与されたメルは、ナチスに嫌悪感を示さず、一九三八年の『信条告白書』で「合邦」を歓迎したが、ナチス批判によってカトリック作家として幾度も攻撃を受けたため、一九四二年にナチスへの入党申請を取りさげた。それにもかかわらず文学的には成功を続けた。ブルク劇場は一九四四年にニーベルンゲン素材の神話的背景に力点をおいた舞台版『ニーベルングの苦難』を上演した。それに対して一九五一年に上演された第二部『クリームヒルトの復讐』は、キリスト教的要素を強調している。メルは一九四五年以降は一九七一年に死去するまで、大きな尊敬と名声をあつめたオーストリア文学の代表者であった。

リヒャルト・ビリンガー（一八九〇―一九六五）の演劇作品にはヘンツやメルがこのジャンルに付加したキリスト教的外観をともなわずに民族主義的伝統が表れている。この上部オーストリアのイン川流域に生まれた農家の息子は、インスブルック、キール、ウィーンで学ぶが、卒業しないまま一九二〇年代にホフマンスタールやメルの援助を受け、『ペルヒタ劇』によってザルツブルク祝祭で最初の成功をおさめた。前キリスト教的地方神話が彼の劇場作品においては重要な役割を演じている。魔性や獣性の出現、退化した都市に対する始原性・地方色といったものがくりかえし問題にされた。ビリンガーはホモセクシャルだったため、一九三五年にドイツで数か月間拘禁されたが、ナチスと「合邦」を歓迎し、血と大地の作家というレッテルと文学的成功にもかかわらず、一九三八年以降はナチスに顧みられなくなった。彼の『十二夜』（一九三一）、『馬』（一九三一）、『巨人』（一九三七）などの自然主義的・民族主義的であると同時に表現主義的な演劇は全ドイツ語圏で成功をおさめ、その一部にはアルフレート・クビーンが挿画した。

政治的に問題のある経歴という点ではフリードリヒ・シュライフォーゲルも同様で、彼はグリルパルツァーの庇護者であった著名なブルク劇場長ヨーゼフ・シュライフォーゲルの子孫である。彼は職能身分制国家および（非合法だった）ナチスの文化生活にしっかりと根を下ろしていた。この一八九九年にウィーン近郊マウアーに生まれた作家は、文学上の履歴を表現主義抒情詩で始め、一九二〇年代以降はカトリック文学において影響力ある地位にあり、連邦首相シュシュニクやウィーン大司教テオドール・イニッツァーと交友関係にあったほか、数々の受賞歴があった。同時に一九三四年以降は非合法だったナチスの党員となって、「オーストリア・ドイツ人作家連盟」で活動し、ドイツ帝国著作院のためにオーストリアの援助すべき作家と拒否すべき作家のリストを作成した。彼の文学上のキャリアは一九三八年の「合邦」によってもなんら損失をこうむることなく、それは一九四五年以降も滞りなく経過していった。一九五四年から五九年まではブルク劇場の首席演出家であり、共和国は一九七六年に死去するまでさまざまなかたちで彼を賞した。

シュライフォーゲルは相当な量の作品を遺したが、そのなかにはハプスブルク家史をあつかった『ヨハン・オルト』（一九二八）やロシアのドミトリー素材〔イヴァン雷帝の息子僭称事件〕を劇化した『クレムリンの神』（一九三七）といった歴史劇も含まれている。さらに厖大な量の小説も執筆している。一九二一年には『アンチクリスト』で一九一八年になされた左翼クーデターとレーテ共和国の宣言に関して創作している。『グリルパルツァー』（一九三五）や『運命交響曲』（一九四一）といったオーストリア史についての小説では「オーストリアの理念」に関与している。一九四八年のイエス小説『神の子』は初期キリスト教に関するものである。

そもそも歴史劇はヴェルフェルやチョコールの例に見られるように、第一共和国時代において一般的なジャンルであった。そのほかシュライフォーゲルとならんで、ハンス・ザスマンとハンス・ナーデラーの二人の作家が挙げられよう。ザスマン（一八八二—一九四四）はウィーンの出身で、一九一四年以降カール・クラウスに対する愛国的論争によって頭角を現した。第一共和国時代に一世を風靡した劇作家であり、ルイス・トレンカー映画のための『山は呼ぶ』（一九三七、三八）など三冊の本を書いた。ブルク劇場で上演されたオーストリア三部作（『メッテルニヒ』一九二九、『ハンス・ロートシルト』一九三〇、『一八四八』一九三二）は、多彩なイメージでオーストリア史の一つの型を提示したもので、そこでメッテルニヒは秩序創設者としてまずナポレオンに、そしてユダヤ的資本主義、そして自由主義に勝利する。エゴン・フリーデルと交誼を結んでいたザスマンは、一九三二年に出版されたオーストリア文化史『夢想家の帝国』でオーストリア神話にとり組んでいる。低地オーストリア生まれのカトリック作家ハンス・ナーデラー（一八九一—一九七一）は、チロル・エクスル劇場のためにさまざまな民衆劇を執筆している。もっとも成功をおさめたのは、なんといっても一九三四年にウィーン民衆劇場で上演され、職能身分制国家に好まれた『偉大なオーストリア人ルエーガー』であり、これは当時のウィーン市長を愛国的キリスト者として讃美したものである。

第一共和国時代に賞を獲得とした多くの演劇のうち、一九四五年以降の時代も生きのこったものはほとんど存在しない。その一方でウィーン城外劇場の伝統にかぞえられる二人の作家ユーラ・ゾイファーとエデン・ホルヴァートは、死後何年も経った後に再発見された。

ユーラ・ゾイファーは一九一二年にウクライナのハリコフで工場経営者の家庭に生まれ、一九二一年にボルシェヴィキを逃れてウィーンに移住した。早くから社会民主主義者として活動し、ドイツ文学を学んで『労働者新聞』に執筆し、政治カバレーABCなどの演芸の仕事を始め、後のアメリカ亡命中に有名になった俳優レーオ・アスキンと知り合った。社会民主党に深く失望して、一九三四年には非合法の共産党に加わり、二月蜂起に関する未完の小説『こうして政党は死去した』を書いた。ゾイファーは職能身分制国家当時の一九三七年末に拘束され、一九三八年二月にようやく釈放され、三月十二日にスイスへの逃亡を試みたが、逮捕されてダッハウに護送され、そこで一九三九年二月に死去した。

ゾイファーの風刺劇『世界の滅亡あるいは世界は決して長続きしない』（一九三六）は、ゾイファーが理論的にとり組んでいたネストロイの『ルンパチヴァガブンドゥス』につらなるものである。『レヒナー・エディは天国を見る』はある失業者をあつかったもので、タイムマシーンの助けを借りて過去の罪人たちを捜し、人間の発明を原罪と認識するものである。ゾイファーは『アストーリア』、『ヴィネータ』で職能身分制国家のオーストリア・イデオロギーに批判的に対峙した。彼はネストロイのウィーン喜劇とブレヒトの同時代演劇に依拠したが、カバレーの活動にも影響を受けた。これらの戯曲は市民的幻想劇ではなく、観衆の意識の変化を想定したものであり、批判的な歌がその一部となっている。

エデン・フォン・ホルヴァート

オーストリア第一共和国の文学活動とあまりかかわりをもたず、むしろカカーニエンを背景とした作家だったのはエデン・フォン・ホルヴァートである。このドイツ語を母国語とするハンガリー人は、自由主義的な外交官家庭の出身で、一九〇一年フィウメ〔現リエカ〕に生まれ、ベオグラード、ブダペスト、ミュンヘンそしてプレスブルク〔現スロヴァキア領ブラティスラヴァ〕で育ち、ウィーンで高校卒業後一九一九／二〇年にミュンヘンで演劇学とドイツ文学を学んだ。一九二〇年代に喜劇『すばらしき景色』（一九二六／二七）などの演劇あるいは小説『永遠の俗物』（一九三〇）といった物語作品を執筆し始めた。

バイエルンのムルナウをのぞいて、主にベルリンに住んだ。一九三一年の『イタリアの夜』で当たりをとった。このバイエルンでの経験に基づいた「七景の民衆劇」は、「イタリアの夜」を祝うもので、ファシストに妨害されることもなかった。主人が食堂を同じ時間にファシストにも提供した結果、話はファルスとなる。社会民主党の旦那衆はノンポリの俗物であることが判明し、若いマルティンは、祝いを妨害しようとして締め出されてしまう。最後にファシストに暴行された老紳士たちを、彼は仲間と助けてやる。

「三部から成る民衆劇」『ウィーンの森の物語』は、一九三一年ベルリンのドイツ劇場で上演され、同時代のウィーンのイメージを解体してしまった。舞台は「美しき碧きドナウのほとりの」ウィーンとヴァッハウである。背景でヨハン・シュトラウスのワルツ『ウィーンの森の物語』が響くなか、若いマリアンネの生涯は中流市民的男性社会によって打ち砕かれる。ウィーン八区のおもちゃ屋「魔王」の娘が役立たずのアルフレートに恋し、偽善家の肉屋オスカルとの婚約を破棄すると、彼は彼女の将来について脅す。「俺はおまえをこれからも愛す。おまえは俺から逃げることはできない」。アルフレートは金持ちのタバコ屋で年増のヴァレリーとの関係を絶ち、父親に勘当されたマリアンネと駆けおちする。二人の子どもを養うため、マリアンネはヌードダンサーとして働く。彼女は泥棒をはたらいた結果牢屋に入れられ、打ちひしがれて、父親のもとに帰る。子どもはアルフレートの祖母によって殺されてしまう。アルフレートはヴァレリーと和解し、オスカルはマリアンネと結婚する。「マリアン、俺は言っただろ、おまえは俺の愛から逃げられないって——」。

一九三二には短い一一七の場から成る「運転手カージミルとその花嫁」事務員カロリーネ「のバラード」『カージミルとカロリーネ』がつづき、ミュンヘン十月祭で上演された。別れた二人は、非常に嘘くさいハッピーエンドで新しい相手を見つける。「五景の小さな死の舞踏」『信仰・愛・希望』は一九三三年以降ドイツで上演できなくなった。この戯曲は売り子エリーザベトをめぐるもので、彼女は不幸が重なって司法の裁きを受ける羽目になり、有罪となって、結局みずから命を絶つというものである。

ホルヴァートは「新しい民衆劇」で小市民的人物たちの意識の暴露を試みた。民衆劇の伝統的方言は「教養隠語」におき換えられている。登場人物たちはことばによって——というよりもことばを失って——経験に対処し、状況を理解することが適切にできないことを示している。

『イタリアの夜』以後ホルヴァートはナチスに攻撃されるようになり、一九三三年にはオーストリアに移住したが、それでもなおヒトラー・ドイツと妥協することを試みた。亡命作家になることを拒み、何度もベルリンに滞在して、ドイツ映画の台本を匿名で書いた。決別は一九三六／三七年になってからのことであった。ナチスに向けられた二つの小説『神なき若者』(一九三七)と『我々の時代の子ども』(一九三八)はアムステルダムの亡命出版社アレルト・デ・ランゲから出された。国際的に成功した『神なき青春』は推理小説の形式をとっている。一人称の語り手は三十四歳の高校教師で、ナチスの影響下にある若者たちに向き合っているが、改宗体験の後——彼は神の声を聞く——追従を放棄し、みずからの罪を認識する。他のテクストも含めて、ホルヴァートの宗教的・形而上学的傾向は明白である。

ホルヴァートはオーストリアでも『セーヌの見知らぬ女』、『フィガロの離婚』、『ドン・ファンの復員』、『先日』等いくつかの戯曲を執筆したが、成功は得られなかった。一九三八年にアメリカへの亡命を計画した。六月一日奇妙な事故によってパリで死去した。シャンゼリゼ通りで倒れてきた木に当たったのだ。ホルヴァートは一九三一年にクライスト賞を受賞したが、死後は忘れさられてしまった。友人のチョコールが一九六一年に選集によって記憶をよび覚まそうとした試みなどもむだであった。一九六〇年代の終わりになってようやく目覚ましい再発見がなされた。

抒情詩

第一共和国はその豊富な——そしてたいていやがて忘れられた——抒情詩の創作で際だっている。多くの詩における共通点を探ってみると、顕著な伝統主義を見てとることができる。たいがいの抒情詩人たちは近代世界を拒否し、田舎風の素材を好んだ。彼らはたいていは美的モダニズムも拒否し、前近代の亜流的書法を続けた。シュールレアリスムなどもってのほかだった。近代的な抒情詩が創られることはなかった。

新世代の抒情詩人たちに共通した特徴は、その社会的素性にあった。彼らはホフマンスタールやアンドリアーンのような上流市民の息子ではなく、役人や勤労者の出であって、その社会的没落は国家的・政治的混乱と軌を一にするものだった。詩的帰結は形式と安定、伝統と反時代的なものへの志向であった。

この時代の多くのアンソロジーは、さまざまな関心からまとまりがつけられた。一定の書法による一定のイデオロギー的立場といった一義的な関係性を見いだすことは不可能である。アンソロジーには実に雑多なものが集められていた。一九二〇年にはエーミール・アルフォンス・ラインハルト（一八八九—一九四五）が『メッセージ——オーストリアの新しい詩』を編纂したが、ここにはハンス・フレッシュ＝ブルニンゲン、オスカル・マウルス・フォンターナやフランツ・ヴェルフェルといった表現主義詩人とならんで、マックス・メル、マルティーナ・ヴィートやシュテファン・ツヴァイクも採用されていた（ラインハルトは一九二八年以来フランスに住み、一九三八年以降はムージルやヴェルフェルと共に「精神的オーストリア同盟」の同人で、一九四四年にダッハウに収容され、一九四五年にその地で殺された)。同様に一九二〇年にはドイツ民族主義者・反ユダヤ主義者で、オットー・ヴァイニンガーの信奉者であるウィーンのユダヤ人作家アルトゥル・トレービチュ(一八八〇―一九二七)がアンソロジー『オーストリアのドイツ精神』を編纂したが、そこではアナスタージウス・グリューンやグリルパルツァー、ハルトマン、ハーマーリングのドイツ民族主義的に解される詩とならんで、ギンツカイやホールバウム、イェルジッチ、グレーテ・フォン・ウルバニツキといった同時代のテクストも採用された。一九三〇年には『オーストリアの若者の抒情詩集』が出された。編者はキリスト教保守主義者・ドイツ民族主義者のフリードリヒ・ザッハー(一八九九―一九八二)で、リヒャルト・シャウカルの緒言を得て、オットー・バージル、リヒャルト・ビリンガー、ヤーコプ・ハーリンガー、ルードルフ・ヘンツ、テオドール・クラーマー、アレクサンダー・レルネット＝ホレーニア、エーリカ・ミッテラー、ヴィルヘルム・サーボ、エルンスト・ヴァルディンガーとその友人ヨーゼフ・ヴァインヘーバーといった実にさまざまな作家たちを採用した。さらに『表現主義から新古典派へ――オーストリア・ドイツ語抒情詩』が一九三六年にヨーゼフ・プファンドラーによって編纂され、約七十名の作家がとりあげられたが、そのなかには民族主義的保守陣営と「オーストリア・ドイツ人作家連盟」のほとんどすべてのメンバーのほか、チョコールやレルネット＝ホレーニア、サーボ、ツェルナットもいた。質的に注目すべきは、エルンスト・シェーンヴィーゼが一九三五年に公刊した詩集『パトモス――十二人の抒情詩人』で、そこにはフェーリックス・バウム、テオドール・クラーマー、エーリカ・ミッテラー、ハインツ・ポリツァーとならんで、ヘルマン・ブロッホやローベルト・ムージルが採用されている。

表現主義の抒情詩は第一次世界大戦の時代に頂点に達したが、一九二〇年代にはその終焉をむかえた。

多くの若い作家たちにとって重要な手本となったのは、ライナー・マリア・リルケの厳格形式の高踏様式詩であった。ここではアレクサンダー・レルネット＝ホレーニア（一八九七―一九七六）が挙げられるが、彼は一九三〇年代にはエレガントな喜劇とスリリングな幻想小説で読者の大きな支持を得た。レルネットは当初リルケの後援を受け、一九二三年には詩集『カンツォネール』をライプツィヒのインゼル出版から公刊するのを援助された。その結果は「幼稚なリルケ（puerilke）」、「不毛なリルケ（sterilke）」というカール・クラウスの中傷だった。ウィーンの若い抒情詩人エーリカ・ミッテラー（一九〇六―二〇〇一）は、一九二四年以来リルケと詩による往復書簡を交わし、一九三〇年（『生への感謝』）以降は詩を発表するようになった。

カール・クラウスの厳格な言語観と常套句支配に対する闘争、またヨーゼフ・ヴァインヘーバーの擬古典主義形式の理想といったものが、一九三〇年代の多くの詩人を特徴づけるものとなった。ウィーンのユダヤ人中流市民家庭出身のエルンスト・ヴァルディンガー（一八九六―一九七〇）は、戦争でひどく負傷した後美術史とドイツ文学を学び、一九三四年には詩集『円蓋』それに一九三七年には『宝石細工師』を出した。第二詩集のよく引用される表題詩のソネットは、文学の助けを借りて政治権力を別な世界と対置させる試みである。芸術――もちろん骨董芸術――の代表である宝石細工師の働きは、「彼の周りで王国が衰退し、／奴隷にすぎない芸術家に、暴君が／血がちらつくのを視界から払い除けるよう／命令したのだろう」といったぐあいだ。彼の仕事は小さいけれども完結した芸術作品である宝石細工である。「美の明瞭な境界は、濁りを／／決してゆるさないダムであり、華奢ではあるが、洪水が／それを壊すことは決してない……」。このソネットは重苦しい今から抜け出ることを芸術家に要請して終わっている。一年後には始まるオーストリアでの国内亡命の精神構造が、ここにはすでに表明されている。「考え、そして実践するのだ／時代が暗いのならば、明瞭な作品で」。時勢の悪化にも汚されることなく、「明瞭な作品」の領域にとどまることには、ごく少数の詩人だけが成功することになる。存在しないことができる領域への隠遁――宝石が彫られ、閉ざされた詩形式としてのソネットがふさわしかったルネサンス時代への――というのは理解できるが、それは逃避でもある。ヴァルディンガーは一九三八年にアメリカに亡命し、その後もとどまった。彼は一九七〇年にニューヨークで死去した。

時代を超えた価値と不快な現代を芸術作品において対峙させようという試みを企てた詩人は、他にも存在した。フェーリックス・ブラウン（一八八五―一九七三）はウィーンのユダヤ人家庭に生まれ、ホフマンスタールやツヴァイク、リルケと交流し、一九二八年から三八年までパレルモやパドヴァの大学で教えた後、一九三九年にイギリスに移住した。一九五一年にオーストリアへの帰還を果たし、大いに尊敬を受けながら、一九七三年に死去した。ブラウンは古代・聖書・歴史といった素材を用いた擬古典主義詩劇（『アクタイオン』一九二一、『エステル』一九二六、『皇帝カール五世』一九三六）で有名になったが、たとえば詩集『内面生活』（一九二六）などの抒情詩も書いた。また一九〇五年にウィーンで生まれたエルンスト・シェーンヴィーゼは、法学を修めた後、ウィーンで市民大学の講師を務めていたが、一九三八年にハンガリーに移住した。シェーンヴィーゼの抒情作品の大部分は一九四五年以降ようやく出版されるようになり、また雑誌『銀の舟《ジルバーボート》』の編者としてモダニズムの古典の紹介にあたった。文学によって価値の喪失に対抗しようという彼の詩的構想は、ヘルマン・ブロッホに通じるものがある。

第一共和国のたいていの抒情詩人においては、時代を超えた価値の追求は総じて血と大地の神秘主義に至る前近代的地方生活の美化と決まっていて、カトリック的サブテクストをのぞけば、国家社会主義に容易に転化するものであった。チロルの農家の息子であるヨーゼフ・ゲオルク・オーバーコーフラー

（一八八九—一九六二）などは、みずからのカトリック的素性を疎外し、史的農民小説『ゼバスティアンとライトリープ』（一九二六）や『雄牛の角』（一九三八）、それに『保安林』（一九三九）の著者として有名になった。『故郷の勝利』（一九二七）や『大地は死なず』（一九三七）といった特徴的な表題の詩集で、変わらぬ地方生活の讃美をした。たとえば「他のむだ話には従わぬ。／我らは固有の掟によって生きるのだ。／／そしてならず者たちは皆家屋敷から、／大地によって追い出される。奴らは死に絶える」という文言で、「我らが掟」なる詩は始まる。

郷土芸術の集団を脱しているのは、わずかな作家たちだけである。ケルンテンのグイード・ツェルナット（一九〇三—四六）は一九二九年以来オーストリア護国団で主導的に活躍し、一九三六年には祖国戦線の書記長とシュシュニク政権の政務次官となったが、一九三八年にフランスに亡命し、一九四〇年にはリスボンを経てニューヨークにたどりつき、そこで一九四三年に死去した。彼のキリスト教的土壌と農民的環境に根ざした抒情詩は、個人を神秘的宇宙にすえて、都会で失われてしまった直接性を救済しようと試みる。一九三四年に出された本の特徴的な表題は『意味なき都会——ある単純な男の小説』である。一九〇一年に生まれ、森林地方の中流市民的境遇で成長したヴィルヘルム・サーボは、一九三三年に詩集『見知らぬ村』で文壇に登場した。サーボは森林地方で教師を務め、一九三八年に国家社会主義党に解雇されたが、一九四五年に再任用され、一九六六年から死去する一九八六年までウィーンにくらした。彼の詩は自然の美化ではなくて、むしろその形式的に単純な詩節は、外部から脅かされる農村生活や、部外者の観点からの過酷な自然といったものを描写している。「私をここに縛りつける仕事が呪わしい／もう七年もなる！／私は森が滅びるのをむなしく願った。／私はむなしく村の破滅を望んだ」とは一九五四年に発表された「村の魂」という詩である。

部外者の眼ざしはテオドール・クラーマーの抒情詩を特徴づけているものでもある。一八九七年に低地オーストリアのニーダーホラブルン在住のユダヤ人医師の息子として生まれたクラーマーは、第一次世界大戦で重傷を負い、一九二六年以来詩を発表し、一九二八年にはフランクフルトのリュッテン＆レーニングから発表された「乞食の目印」で注目すべき成功をおさめた。一九三一年にはウィーンのショルナイ出版による戦争詩集『我々はヴォリニアのぬかるみに横たわっていた……』がつづいた。クラーマーは社会民主党に近く、非常に生産的であったが、一九三三年以降は目に見えて出版の問題および財政的苦境に陥った。一九三六年にはウィーンのクスール出版から詩集『アコーディオンとともに』を出した。「合邦」後クラーマーは一九三九年にトーマス・マンとヴェルフェルの仲介でイギリスに移住し、健康上・金銭上の問題にもかかわらず他の多くの亡命者たちと接触をもって、倦むことなく書き続けた。一九四二年以降は「フリー・オーストリアンPEN」の幹部にあって、一九五七年にオーストリアに呼び戻され、連邦大統領栄誉年金を支給されたが、早くも一九五八年に死去し、一九七〇年代まで忘れられていた。

クラーマーの形式的に単純で伝統的な詩は、たいがい地方と小さな町の生活をあつかっていて、それは流浪人、日雇い、従僕の視点から細やかに、そして否定的に描かれる。故郷喪失が主要なテーマである。バラード風でしばしば大道芸調でもあるその歌は、落後者との一体化を要求するものである。「ボヘミアの下僕」は以下の詩句で始まる。「仲間たちと俺は刈り入れをした／農場から農場へと駆りたてられた。／鎌が足に刺さり／それから——治ったけれど——田舎にのこった。」ここで血は大地とかかわっていない。故郷は漂泊する。他の詩では表題の「流浪人」が「農民」に話しかける。「俺たちは古い種族なのに、犬に吠えられる／陰険に、腹をすかせて。／だけど歌はみんな流浪人由来、／昼も夜も大地の慈悲をいっぱい受けて。／／肥料をやって、耕して、掘り返すのは管理人、番人だろうが、／足しかない奴は、／休むことなく歩き続ける。」

ヨーゼフ・ヴァインヘーバー

第一共和国でもっともことばの力が強く、議論のある詩人はヨーゼフ・ヴァインヘーバーだった。議論があるのは、ナチスへの伝記的関係だけではなく、詩的構想自体である。

一八九二年にウィーンに生まれたヴァインヘーバーは、貧しい境遇のなかメードリングの孤児院で成長し、一九〇四にはギムナジウムを辞めざるをえなくなって、種々の職業を転々とした後、一九一一年に郵便局で職に就いた。彼は独学を続け、ギリシャ語とラテン語を学び、一九一二年以降リルケやウォールト・ホイットマンの影響を受けた詩を書くようになり、一九二〇年には最初の詩集『孤独な人間』を発表した。ヴァインヘーバーの世界観はオットー・ヴァイニンガーのマニ教的二元論に特徴づけられている。低次の性的・女性的領域に、高次の精神的・男性的領域が対置される。みずからを言語芸術家と規定するようになっていったヴァインヘーバーは、カール・クラウスの言語観に依拠し、ヘルダーリン流の祭祀的透視者を任じた。それは当初からアルコール依存症や公的な反響のなさによる精神不安といった個人的問題と関係していた。世間的承認への欲求はヴァインヘーバーがすでに一九三一年にナチスに入党した理由の一つだったのかもしれない。彼はブレーム、ホールバウム、イェルジッチといった国家主義的作家と交友関係をもった。

ヴァインヘーバーはドイツ民族主義的・反ユダヤ主義的だったにもかかわらず、みずからを非政治的であると考え、一九三四年にアドルフ・ルーザー出版から発表した抒情詩集『高貴と没落』によって、ドイツ語圏全体で有名になった。すでに一九三二年には郵便局の職を辞し、一九三四年以降二番目の妻と低地オーストリアのキルヒシュテッテンに住んだ。職能身分制国家ならびにナチス・ドイツはこの高名な詩人を厚遇し、彼もまたそれを喜んで受け入れた。方言詩や民謡調のものも含む詩集『ことばのウィーン』は、オーストリアで人気が出た。一九三八年には『オーストリア詩人の信条告白書』で「合邦」を歓迎した。その結果くりかえしナチスの委嘱を受けた抒情詩を執筆することになった。しかしひき続き文学の本来の使命を言語芸術に見ていたため、文学の自律性を擁護するドイツの雑誌『内的王国』の重要な協力者となった。大きな敬意を受けて――一九四二年にはウィーン大学名誉博士となった――、さらに詩集『神々と悪霊の間』(一九三八)と『室内楽』(一九三九)を発表した。一九四四年に始めながら、四七年になってようやく出すことができた詩集『ここにことばあり』は、自己批判の高まりを示すようになっている。歴史的展開の衝撃を受けて、ひどい鬱状態になったヴァインヘーバーは、終戦間近の一九四五年四月八日、モルヒネの過剰服用によってみずからの生に終止符を打った。

言語芸術家ヴァインヘーバーの文学的表現の可能性は、無数の語彙と無限の形式的レパートリーを包含するものであり、素朴で通俗的なことが多かった第一共和国の抒情詩のなかで、例外的事例を成すものであった。彼はショーペンハウアーやニーチェにその萌芽を、そしてヘルダーリンにその実現を見る詩人像を涵養していった。愚鈍な大衆と英雄的に向き合う孤独な詩人は、言語と対峙することでより高度な精神的成長を遂げる。ジャーナリズム的雑談の誤用から救われるべきカール・クラウスの意味での言語においてのみ、人間は無意味で表面的な衝動生活から救済される。

ヴァインヘーバーはソネット・頌歌・讃歌において英雄的な高踏様式詩を展開し、そこで(男性的)人間は(女性的)言語による救済を追い求める。人間性と不変性を強調しながらも、きわめて具体的で時間に制約された非人間性の顕現に、いかにみずからがまきこまれているかを、ヴァインヘーバーは最終的に知覚することになる。『ここにことばあり』には複数の詩から成る連作「五年で」がある。ここで祝福された詩人は、みずからの過去を要約する。「閉じない傷口、／癒えない傷痕。／消えゆく夢の影、／先を急ぐ一日——〃こうしたことが長く続くと、／ひょっとすると、誰かが後で、／おぞましいことがわかってしまうのだろう、／拷問と叫びを——〃そして私がどれほど良いことを望み／そして悪いことをしたか、／そして恐れ、後悔を表したことか／新たな狂気を——」。しかし罪の告白にはならない、すべて罪は「時代」にある。「けれども私は訴える、／この宿罪に関して／私は何の罪も犯さなかったのだから。〃時代が、時代が私を裏切ったのだ、／だから私は訴える。／苦しみが、苦しみが私に生じる、／だから私は訴える——」。そして彼岸からの想像上の回顧である「私が生きていたころ」で、詩人は史的偶然性に対して強情に、あるいは頑固にみずからの詩的使命、ことばの芸術の優越性に固執する。「支配へのより高次の力の命によって／私は力を主張する。／私は生き続ける。／あれは夜だった。ここは違う。ここにはことばがある。」

死後ヴァインヘーバーは激しい論争の対象であった。ヴァルディンガーら亡命作家たちは敢然と拒否する一方で、フェーリックス・ブラウン、チョコール、テオドール・クラーマー、レルネット＝ホレーニアらは擁護し、一九五〇年にハインリヒ・ツィリッヒ編集の『ヨーゼフ・ヴァインヘーバーへの告白——友人たちの思い出』によって、完全に右派陣営に組み入れられることになったが、その「友人たち」のなかにはブレーム、ギンツカイ、ホールバウム、イェルジッチといったオーストリア国家社会主義者たちのほか、ヨーゼフ・ナードラー、ハインツ・キンダーマンらのドイツ文学者たちもいた。この時代教授禁止の身であったナードラーは、ヴァインヘーバーの最初の伝記を書き、一九五三—五六年には作品集を編集した。

カトリック文学

しかし第一共和国で執筆された文学テクストの大部分は、詩や演劇ではなく散文作品であった。なかでも小説は十九世紀後半以来ヨーロッパのいたる所で中心的ジャンルにのし上がっていた。オーストリアの小説家も多彩だった。作家たちのなかには迷わず伝統的な物語の型に従う者もいた。その一方で近代になって叫ばれるようになった物語の危機に思いを巡らし、新たな形式を模索する作家たちもいた。小説家たちの政治的多彩さは民族主義的・国家主義的郷土芸術家からコスモポリタン的自由主義者、共産主義者まで幅広いものであった。また決まったイデオロギー的立場に文体を合わせて書くことは、凝り固まったモダニズム美学右派でもやはり無理があった。

一九一八年以前の時代から切れ目なく続いていたカトリック文学の領域においては、議論の余地なくパウラ・グロッガーがその第一人者であった。一八九二年にシュタイアーマルクの村エブラルンに金物屋の娘として生まれ、彼女を店の後継者にしようとしていた父親の意向に反して小学校教師になったが、病弱のために一九二九年には早期退職した。文学作品をいくつか発表した後、一九二六年に小説『グリミングの門』で大きな成功をおさめた。この本はいくつかの言語に翻訳され、一九四五年以降に再版された。一九三六年にはヨハン大公を素材とした宗教劇『結婚』を執筆したが、これは現在でも上演されている。

グロッガーはマックス・メルと知り合ったものの、ナチスとは距離をとっていたが、一九三三年に多くの民族主義作家たちと共にPENクラブを去り、一九三八年の「合邦」を『オーストリア詩人の信条告白書』で歓迎した。それにもかかわらず彼女は政治的には信用できないと目されていた。一九四五年以降はとりわけ自伝的テクストを執筆した。一九八四年一月一日に死去している。

『グリミングの門』は十九世紀初頭を舞台とするコンスタンティア・ゾルガーの物語で、彼女は求婚者である貧しい狩人（Jaga）が古い伝説にあるグリミング山の宝物を探し出す際に死んでしまった後、裕福なアンドレーアス・シュトラルツと結婚する。数年後狩人の息子であるとの噂のある長男のマテウスが、やはりグリミングで死ぬ。この技巧的な方言で執筆された小説は、エブラルン村の生活を総覧し、この地域のキリスト教的・前キリスト教的風習と超自然的領域をとり入れ、ローベル・ムージルをはじめ読者から支持を得た。これは「山の小説」とよびうるジャンルで、一九三〇年代に南チロルの建築家・映画監督で小説家のルイス・トレンカーをはじめとする多くの作家たちによって一般化された。ヘルマン・ブロッホも「山の小説」『呪縛』でこのジャンルに参入した。

多くの民族主義物語作家たちは世紀転換期の郷土芸術運動を継承したが、その際たいていは伝統的な反教権主義を排除し、カトリック的姿勢を鮮明にした。それにもかかわらずイデオロギー的にはナチスに接近する者が多かった。一八八八年にドナウ河畔のシュタインに生まれたマリア・グレンク（彼女は後にヒトラーと同じ一八八九年をみずからの生年として挙げている）は、造形美術家としても成功していた――たとえば『忠実なエッカルト』誌やヴァインヘーバーの『ことばによるウィーン』にイラストを描いた。一九三〇年の『緑の主なる神への逃走』で作家としての地位を確立した。この小説は不幸な若い女性が自然に救いを見いだす物語である。後期の小説『消防士』（一九三五）や『慈母』（一九三八）でグレンクは人種的健全、病人の撲滅といったことを問題にして、あからさまにナチス・イデオロギーを表明している。マリア・グレンクは一九四五年以後とりわけ造形美術家として活動し、ナチスの反対者を演じようと努めた。ウィーン近郊ロダウンにある没収されたホフマンスタールの小城に住し、死の直前の一九六三年に低地オーストリア州芸術賞を得た。

一八九〇年にケルンテンのフェルラッハで銃器製造工の息子として生まれたヨーゼフ・フリードリヒ・ペルコーニクは、民族主義的物語文学の議論のある代表者の一人である。ペルコーニクは一九一九、二〇年にケルンテンの領土がオーストリア共和国とユーゴスラヴィアのどちらに属するかという問題をめぐるケルンテン抵抗戦争にジャーナリストとして従軍した。彼は教師として働き、ケルンテンでもっとも有名な作家に上りつめた。そのうえ職能身分制国家において高い地位を帯び、ケルンテン州議会議員となって、一九三五年には国家表彰を受けた。このことはケルンテン郷土連盟議長として非合法のナチスを支援することの支障にはならなかった。ケルンテンの祖国戦線の「人民政策担当官」としてもナチスの利害を代弁したが、一九三九年にナチスに入党しようとした際は、過去にフリーメーソンに所属していたことを理由に拒否された。一九四一年に提出された「温情による受理」の申請も認められなかった。それにもかかわらずナチス時代に経済的に成功した作家であった。他方、小説『君やぼくのような人間』で国家表彰を受けたが、一九四二年には発禁・回収された。

ペルコーニクの初期物語作品はルードルフ・ハンス・バルチュの小説を手本としていた。やがて故郷のケルンテンは闘争的なドイツ民族主義を含意する中心的テーマとなり、それは一九一九年の著書『故郷の危機』に集められた諸論文やエッセー集『ケルンテン——ドイツ南部』(一九三五)、あるいは『ケルンテン——故郷、先祖の土地』に表れている。『山の恵み』(一九二八)、『蜂蜜泥棒あるいはザンクトヨーゼフ丘陵』(一九三五)といった小説では郷土芸術の綱領、堕落した都市と健全な田舎ぐらしの対比といったものが常に問題にされている。『シンダーハネスは山脈を越えていく』(一九三五)と『ニコラウス・チンダーレ――盗賊の首領』（一九三六）も人気をとった。異色作『君やぼくのような人間』（一九三五）ではケルンテンの収容所におけるロシア人戦争捕虜の運命が物語られる。一九四五年以降ペルコーニクはスロヴェニア人との和解にのりだし、スロヴェニア文学も翻訳した。一九五九年にクラーゲンフルトで死去した。

カール・ハインリヒ・ヴァッガールは貧しい境遇出身ながら職能身分制国家、ナチス、第二共和国で高名な作家としてもてはやされた。一八九七年にバート・ガスタインに大工の息子として生まれ、イタリアの戦争捕虜を経て、短い間教師として働いた後、一九二四年以降社会批判的テクストを発表したが、反響は得られなかった。一九三〇年にライプツィヒのインゼル出版から出された農民小説『パン』で当たりをとった。アウトサイダーのジーモン・レックが荒れ地に農地を切り開くという、クヌート・ハムスンの『大地の恵み』を手本とした物語は、血と大地の文学の要素をすべて備えている。自然の循環に守られた田舎の農耕生活は良い、農民は「大地と同様に永遠である」、文明は疑わしいものなのだ。ジーモンの恋敵である隣村のミュラーの息子が生まれつき障害者なのに対して、ジーモンの息子は頑強な若い農夫である。ヴァッガールの二番目の小説『重い血』（一九三一）はあらためて田舎ぐらしを讃美したものである。活力あふれる農夫ブラースは製材所経営者となるが、彼の経済的野心は組合の犯罪的扇動に刺激を受けた労働者たちと、洪水災害によって秩序を回復しようとする自然によって失敗し、ブラースは農耕生活に還っていく。『主の暦』（一九三七）でヴァッガールは牧歌的農耕生活の伝統的カトリック信仰を強調した叙述にとり組み、一九四五年以降の彼の作品を方向づけた。

ヴァッガールは一九三四年に国家表彰を受け、「オーストリア・ドイツ人作家連盟」会員となって、『信条告白書』で「合邦」を歓迎し、一九三九年にはナチス党員ならびにザルツブルク管区《ガウ》作家代表、それに一九四〇年にはヴァグラインの市長になった。一九四五年以降は非政治的な反モダニズム作家の衣装をまとって、田舎ぐらしを描いた牧歌的物語と詩によって大きな成功をおさめ――彼のテクストは数百万部が見こまれた――、とりわけ「ザルツブルク州待降節歌謡祭」においてみずからのテクストの朗読家として賞讃された。一九七三年にザルツブルク州のシュヴァルツァッハで死去した。

フランツ・ナーブルはイデオロギー的に振幅の大きかった人物である。一八八三年にボヘミアのロウチェニの領地管理人の息子として生まれたが、一八八六年以降はたいがいウィーン近郊バーデンもしくはウィーンでくらし、ここで大学にかよった後ジャーナリストとして働いた。一九三四年にグラーツに移住し、一九七四年に死去するまでシュタイアーマルクを代表する文学者であった。グラーツの市立公園フォーラムのペーター・ハントケ、アルフレート・コラーリチュといった若い作家たちは、生前から手本として仰いでいた。

ナーブルのもっとも重要な小説『エートホーフ――アルレート家周辺の肖像』はすでに一九一一年に出版されている。これは暴君的都会人ヨハネス・アルレートが田舎に地所を得、繊細な息子ハインツを死に追いやるという家庭の悲劇をあつかったものである。アルレートは因習にとらわれない反市民的性質の持ち主で、目的のためには手段を選ばないニーチェかぶれのエゴイストである。語り手は明らかに主人公を讃美しているが、その犠牲者にも共感をもっている。ナーブルの一九一七年に出版された小説『生ける者の墓――小市民生活の研究』は、一九三六年に『オルトリープ家の女性たち』という題で新版が出された。これも家庭小説で、父親の死後オルトリープ家は小市民的秩序を維持するために、それを打破しようとするすべての試み――性的なものも含む――を阻止しようとして、障害のある弟を母親と娘たちは地下室に閉じこめてしまう。

一切の牧歌的光景を拒否するナーブルの物語テクストは、一九三〇年代にナチスに受け入れられた。この作家は新たに獲得した「オストマルクの叙事詩人」という名声とそれにともなう経済的厚遇を享受したが、ナチスに入党することはなく、政権への公的関与も拒否した。

やはり郷土文学の領域に入れられるのは、一八八一年にヴァラー湖畔ヘンドルフに生まれたヨハネス・フロインビヒラーであり、彼はトーマス・ベルンハルトの祖父でもある。農業と商業を営む家庭の出身で、一九一四年から三五年までウィーンを含むいくつかの都市でフリーの作家として活動したが、成功は得られなかった。カール・ツックマイアーの口利きでショルナイから出版した「ザルツブルク農民小説」『フィロメーナ・エレンフープ』で、一九三七年にオーストリア国家賞を受賞したが、文学界では認められなかった。ゴットフリート・ケラーの『緑のハインリヒ』を手本とした教養小説『ヨドーク・フィンクの出立と帰郷』(一九四二)も反響がなかった。フロインビヒラーは一九四九年にザルツブルクで死去した。

『フィロメーナ・エレンフープ』は一八四八年前後を舞台とする表題の主人公の困難な生涯を物語ったもので、彼女が両親の農場喪失後、努力によって村落における名望家にまで上りつめるという物語である。フロインビヒラーは田舎ぐらしの神話化と都市文明の悪罵は断念している。彼の場合農民の存在は物語の経過のなかに埋没していく。一八四八年前後の危機の時代は一九一八年以後の危機の時代を想起させる。主人公の史的・社会的状況が問題にされ、彼女は土地と生まれに拘束されてはいるが、血と大地にのみこまれていくわけではない。

歴史小説

フロインビヒラーの史的農民小説は第一共和国の間にすべてのイデオロギー的立場の間で際だった人気を博したが、それは亡命作家ないしは国内亡命作家たちが事としたジャンル、すなわち歴史小説を連想させる。現代的問題を暗示的に叙述する可能性を提供し、検閲が同時代の物語において許可するのよりも、もっと明確なイデオロギー的立場を許容するため、一九三八年以降もナチス・イデオロギーに対するカモフラージュ的な書き方として用いられたのだった。さらに歴史小説は逃避——不愉快な現実から距離をおくことも許容するものだった。

歴史小説でもっとも著名な二人のナチス作家はローベルト・ホールバウムとミルコ・イェルジッチである。ホールバウム（一八八六—一九五五）はオーストリア＝シュレージエンのクルノフの工場主の息子で、みずからを生涯「境界ドイツ語」作家と見なしていた。グラーツとウィーンでドイツ文学を学び、学生組合に加わって政治化した後、ウィーン大学図書館で司書として働いた。彼の文学界入りは雑誌『マスケット銃』を通じてなされた。ここではイェルジッチとも知り合った。一九一八年以降はナチスの文化政策にのっとった活動をし、一九三〇年代のたとえばPENクラブをめぐる論争において中心的役割を演じた。オーストリア当局が彼に関する捜査を行ったことから一九三七年にドイツ移住し、デュースブルク、後にはワイマールで司書として働いた。一九五一年にオーストリアに帰還している。その数か月後には「故郷を追われたドイツ語オーストリア作家のための上部オーストリア州アーダルベルト・シュティフター文学賞」を受賞している。一九五五年にグラーツで死去した。

ホールバウムが多くの読者を獲得したのは——生前百万部以上の本が売れた——その芸術家小説・歴史小説において政治的メッセージを開陳したことによる。三部作小説『春の嵐』（『ドイツ受難曲』一九

二四、『エマオへの道』一九二五、『ワイマールの聖霊降臨際』一九二五）は三十年戦争末から十八世紀中葉までの家族の歴史をドイツ史として物語ったもので、効果的な細部に裏打ちされた冒険的ストーリーを文学史的知識（クロプシュトック、レッシング、ニコライが登場する）と結びつけ、強烈な反ユダヤ主義・反フランス主義的姿勢をとっている。三部作『民衆と男』（『民衆という王』一九三一、『混沌から来た男』一九三三、『石』一九三五）でホールバウムはフランス革命とナポレオン時代を舞台に反民主主義的イデオロギーを展開して、将来の指導者による強力なドイツを夢想し、その予言者としてフォン・シュタイン男爵を登場させている。

指導者小説はミルコ・イェルジッチも得意とするところであった。一八八六年に北ボヘミアのセミリーにクロアチア人の父親とズデーテン地方出身のドイツ人の母親の息子として生まれたこの作家はウィーンで育ち、哲学で博士取得後、第一次世界大戦中軍人を務めるかたわら、文学上のキャリアを『マスケット銃』の周辺で始めた。彼にとって決定的だったのは、反ユダヤ主義のユダヤ人作家アルトゥル・トレービチュとの出会いであった。イェルジッチは一九二〇年代末以降ナチスに参加した。一九三八年には宮殿劇場《ブルク》の監督に就任したが、数か月後にはドイツの宣伝相ゲッベルスによって解任された。一九四五年に起訴され、四八年まで未決勾留されたが、起訴は取りさげられた。イェルジッチは一九六九年にウィーンで死去した。

イェルジッチは一九二九年の『カエサル』で最大の成功をおさめ、この伝記小説は多くの言語に訳され、『クロムウェル』（一九三三）、『ハンニバル』（一九三四）、『獅子公』（一九三六、ハインリヒ獅子公をあつかう）、『騎士』（一九三七、フランツ・フォン・ジッキンゲンをあつかう）、『兵士』（一九三九、ゲルハルト・フォン・シャルンホルストをあつかう）、『帝国の夢』（一九四一、サヴォイ公オイゲンをあつかう）といった後年の作品の雛形となった。伝記小説に関してイェルジッチは時代の動向の中にいた。民族的軍事指導者、天命を受けた孤独な救済者が常にその中心にあり、それは個人的幸福を断念して民主主義と民衆に対峙する一方で民族精神を体現し、そうした意味での民衆というものを形成する――すなわちアドルフ・ヒトラーである。イェルジッチは多くの対話文を通じて天才的個人を浮き彫りにするが、それは潜在的な女性の誘惑に抗して使命に身を捧げる兵士である。指導者の敵――たとえばユダヤ人やカトリック教会――は史的状況のなかで直接的に描くのにはさし障りがあるため、容易に解読できる状態で過去（古代）におき換えられる。物語は指導者の殉教で終わることが多いが、それは彼らの理念が将来的に勝利するという確信のうえでのことである。

同時代史小説

ホールバウムやイェルジッチなどが救世主的希望を史的にカモフラージュしていたのに対して、時代史小説は同時代を直接叙述する――もちろんその場合細心の注意と見せかけの客観性が最大限に施されている。直近の過去が徹底した資料調査に基づいて加工されている同時代史小説は、ブルーノ・ブレームのお家芸だった。彼は一八九二年にズデーテン地方出身のオーストリア軍人の息子としてリュブリャナに生まれ、ボヘミアのいくつかの都市で育った後、第一次世界大戦中は軍人を務め、一九二二年にウィーン大学で美術史の博士を取得し、一九二八年以降フリーの作家としてくらしはじめた。かなり早くからナチスに共鳴し、一九三八年以降は雑誌『忠実なエッケハルト』を主催して、第三帝国の高名な作家になった。一九四五年以降拘束されたが、知己の亡命作家レーオ・ペルッツの助力によって釈放された。ブレームはその後一九六一年のシュタイアーマルク州ペーター・ローゼガー賞などいくつかの表彰を受けた。一九七四年にアルトアウスゼーで死去した。

ブレームは大規模な作品を遺した。カカーニエン最後の日々に関する三部作『アピスとエステ――フランツ・フェルディナント小説』（一九三一）、『それが最後だった――ヴェルサイユまで』（一九三二）、それに『皇帝も王もない――ハプスブルク君主国の滅亡』（一九三三）は決定的成功をおさめ、発行部数は数十万部に達した。ここでは歴史上の大人物――サラエヴォでオーストリア皇太子フランツ・フェルディナント大公を殺害し、一九一七年に処刑されたセルビアの秘密組織の指導者で、アピスと呼ばれたドラグーティン・ディミトリエヴィッチと最後のオーストリア皇帝カール――が中心にいる。三部作の視点は大ドイツ主義＝ハプスブルク批判であり、その歴史哲学はウィーンの歴史家ハインリヒ・フォン・ジルビクの想念に負っている。一八〇九年を舞台とする歴史小説『早すぎ、遅すぎる――解放戦争の偉大な前奏』は一九三六年に出版された大ドイツ主義的見方に貫かれている――ここではなんといってもナポレオン、皇帝フランツ一世、それにアンドレーアス・ホーファーが登場している。第二次世界大戦後にブレームはナチスを三部作小説『二十年帝国』にしたてあげている。三巻本の『鼓手』（一九六〇）、『ボヘミアの兵卒』（一九六〇）、『敗者すべてに災いあれ』（一九六一）では客観的姿勢をとっているが、ナチスへの寛容・正当化という非難を免れるものではない。

もちろん歴史小説はナチス作家の専有物ではなかった。ナチスに殺されたアルマ・ヨハンナ・ケーニヒ（一八八七―一九四二）もこのジャンルで大きな成功をおさめた。カトリックに改宗したプラハの裕福なユダヤ人家庭の出身で、一八八八年以降ウィーンで育ち、独学の後フェーリクス・ブラウン等の友人を介して文学界入りし、リルケに影響を受けた詩でデビューした。ケーニヒは一九二一年に十一歳年下のベルンハルト・フォン・エーレンフェルス男爵と結婚したが、彼は彼女を財政的に破綻させた。一九二五年以降は二人でアルジェリアにくらした。一九三〇年にウィーンに帰還し、離婚が成立したのは一九三六年のことであった。一九三八年以降嫌がらせと数度にわたる追いたてに遭い、一九四二年にミンスクの強制収容所に送られ、そこで消息を絶った。

ケーニヒは一九二二年にビザンティン皇后テオドラに関する歴史小説『聖なる宮殿』を発表したが、これは読者からの支持を表現主義的言語とエロティックな場面に負っている。『女を助けたという物語』はサガのスタイルで執筆されたヴァイキング小説で、一九二四年に出版された。小説『アルジェリアでの情熱』はみずからの経験に基づいたものである。しかし代表作は死後の一九四七年に友人ヤン・タウシンスキによって出版された歴史小説『若々しい神』で、図書館に入場できないという厳しい条件のなか、一九四一、四二年にウィーンで執筆された。これはローマ皇帝ネロの才能ある少年時代から、母親殺し、キリスト教迫害者に至る生涯を物語るもので、専制的人物の形成を明らかに同時代の状況に並行させて描いている。

一九二七年に出版されたフェーリクス・ブラウンの小説『アグネス・アルトキルヒャー』は、ドナウ帝国の滅亡を反映させた物語テクストのリストに加えられるものである。これは一九一三年から一九年までの七年を描き、市民的領域の広範な人物パノラマを通じて、その変化と継続性を提示している。この小説は戦前のカトリック的基盤による価値の救済を試みたものであるが、もちろんそれは復古的カトリシズムではなく未来志向のバリエーションで、そのことは若い主人公の運命とその寓意的名前に表れている。

幻想文学

幻想文学はすでに一九一八年以前から人気があったが、そのことはマイリンク、シュトローブル、クビーンの作品が証している。幻想小説は歴史的・同時代史的素材を加工したもので、レーオ・ペルッツ（一八八二―一九五七）のトレードマークであった。彼はプラハの裕福なユダヤ商家の出身で、一八九九年以降はウィーンにくらし、一九〇八年から二三年まで保険計理人として成功をおさめ、その後フリーの作家になった。文学的出発点はカフェー・ツェントラールの周辺にある。一九一五年に歴史小説『第三の銃弾』が出版された。ペルッツは第一次世界大戦中重傷を負って、一九一七年に戦争報道部に移され、一九一八年から二八年の間に発表したいくつかの小説は大きな成功をおさめて多くの言語に翻訳され、ブルーノ・ブレームやヨーゼフ・ヴァインヘーバーといった作家と交流をもった。一九三三年以降彼はドイツでボイコットされた。一九三八年にはパレスティナに亡命した。ペルッツはシオニズムの反対者で、イスラエルの建国を拒否した。一九五〇年から五七年にバートイシュルで死去するまで、イスラエルとオーストリアを往復した。文学的成功を継続することはできず、ホルヘ・ルイス・ボルヘスの媒介でアルゼンチンで読者を得たのみであった。死去したのは友人のアレクサンダー・レルネット＝ホレーニアの家だった。彼の作品は一九八〇年代に再発見され、新版が出された。ペルッツの技法的に高度に磨きあげられた小説は、しばしば推理小説の構造を用いるが、その根幹を成すのは世紀転換期の議論である。アイデンティティの問題、現実と想像、記憶と忘却に関する問題といったものが中心にある。『第三の銃弾』はエルナン・コルテスによるメキシコ征服をめぐる幻想小説だが、ここで問題になっているのは第一にアイデンティティを喪失した不安定な一人称の語り手である。『九と九の間』（一九一八）ではウィーンをさまよう主人公の体験が死者の幻想であることが明らかになる。『最後の審判の師』（一九二三）は不確かな語り手による幻想的な推理小説で、ここでは神秘的な自殺の連鎖が解明される。『リンゴよ、どこに転がる』（一九二八）は世界大戦の軍人とかつての戦争捕虜をあつかったもので、彼はロシアの捕虜収容所の指揮官に復讐しようと、全生涯を復讐の計画に捧げる。『聖ペトロの雪』（一九三三）は麻薬に起因する大衆の宗教的・政治的狂気にかかわるものだが、一人称の語り手が信用できるのか、彼自身が幻覚を起こしているのではないか、あるいはできごとの背後には巨大な政治的陰謀があるのではないかといったことは未解決のままである。ペルッツは亡命時代から「古都プラハ小説」『石橋の夜』にとり組んでいたが、ショルナイ出版にユダヤ人をテーマとしていることを理由に断られた後、一九五三年にフランクフルトで発表され、また歴史芸術家小説『レオナルドのユダ』は芸術作品の成立に思弁と直観がどれほどの度合いでかかわっているかを追究したもので、死後の一九五九年にアレクサンダー・レルネット＝ホレーニアの編集で出版された。

アレクサンダー・レルネット＝ホレーニアの物語テクストも幻想文学と推理小説の領域のものであるが、もっとも有名な小説『軍旗』はむしろハプスブルク神話に基づくもので、オーストリア軍がレルネット＝ホレーニアにとってもっとも重要なモティーフとなっている。彼は一八九七年にウィーンで軍人の息子として生まれたが、終生ハプスブルク大公の私生児であると確信していた。一九一六年以降旗手として従軍し、一九一九年にはクラーゲンフルトに定住して、ケルンテン抵抗戦争にも従軍した。当初詩人として活躍した後、一九二五年以降はいくつかの戯曲を執筆して成功をおさめた。一九二六年にクライスト賞を受賞。一九三一年以降に発表された小説は商業的にも成功した。レルネット＝ホレーニアは一九二六年以降はザンクトヴォルフガングに居住し、レーオ・ペルッツやエデン・ホルヴァート、シュテファン・ツヴァイクと親交があった。第二次世界大戦勃発とともにドイツ国防軍に召集されたが、まもなく負傷し、ベルリンの軍映画部に転属になった。一九四五年にオーストリアに帰還し、一九五二年にウィーンの宮殿《ホーフブルク》の一室に入居した。

一九四五年以降のオーストリアにおけるレルネット＝ホレーニアの文学活動の評価は賛否相なかばするものであった。「何年もの間埋もれていた綱領、偉大な傾向が、いまや文字どおり瓦礫からふたたび姿を現した。（……）実際我々は一人の気違いの夢がまさに途絶えたところから再出発する必要があり、実際我々は予見ではなく回顧する必要がある。（……）我々は貴重な最高の悟性のもとにおいては過去であり、我々は我々の過去なのだということこそよく考えなければならない――そしてそれは我々の未来になるだろう」。文学活動上は生産的であり続け、多くの表彰を受けたが、いざこざも多かった。一九六九年にはチョコールの後任としてオーストリアPENクラブの会長となった。一九七二年にハインリヒ・ベルのノーベル文学賞受賞に抗議して辞任し、これを受けてPENクラブへの選択肢としてグラーツ作家会議が設立された。レルネット＝ホレーニアは一九七六年に死去した。

『軍旗』はハプスブルク君主国滅亡に関する小説である。本筋は一九一八年が舞台である。一人称の語り手はかつての旗手ヘルベルト・メニスで、一九一八年末にベオグラードで体験した恋愛を軍の崩壊に並行させて物語る。メニスは連隊旗を守り、ウィーンに持ち帰る決意をし、多くの苦難の末にこれを達成する。ウィーンでは革命が勃発し、メニスはシェーンブルンで皇帝退位の証人となってしまい、かつてのすべてのカカーニエン軍旗が燃やされている炎の中に連隊旗を投げ捨てる。この小説はカカーニエン軍人の追憶的イメージを喚起し、本筋では戦後の屈辱的零落体験を提示している。レルネット＝ホレーニアは『軍旗』で幻想的要素を完全に放棄した。彼のたいていの――多くは映画化された――小説でそれは重要な役割を演じていた。例を挙げるとすれば、ウィーン推理小説『私はジャック・モーティマーだった』(一九三三)、第一次世界大戦が舞台の中篇小説『バッゲ男爵』(一九三六)、それにニーベルンゲンの墓探しをめぐる長篇小説『帽子をかぶった男』(一九三七)ということになろう。

レルネット＝ホレーニアが第三帝国時代に書いた二つの小説は、特に興味を引くものである。『白羊宮の火星』は作者の戦時中の日記に基づいたドイツのポーランド侵攻の写実的描写を幻想的ストーリーに結びつけたものである。この小説は国防軍の検閲を通り、一九四〇／四一年に連載小説としてある雑誌に掲載された。しかし書籍版は宣伝省によって発禁となったが、それは開戦の叙述がドイツの公式見解と著しく矛盾していたからである。『二つのシチリア』は一九四二年に発表された推理小説で、一九二五年のウィーンにおける連続殺人を物語ったものである。ここでもレルネット＝ホレーニアの物語テクストに典型的な特徴が見いだされる。流動的で玉虫色の身元、他律的で運命に弄ばれる登場人物、生と死の狭間にたゆたう幻影、古い秩序・価値体系の喪失、語り手の危うい信頼性。この小説はさらにカモフラージュされた政治テクスト、一人の狂人が共和国を破壊したが、それは「気違いの夢が途絶えたところから」再出発するであろうということへの寓意としても読める。

フリッツ・フォン・ヘルツマノフスキ＝オルランドは生前一冊の本しか発表していなかったにもかかわらず、一九四五年以降の受容史においてカカーニエンの逸話の風変わりな記録者となったのは、とりわけ一九五七—六七年にフリードリヒ・トールベルクに企画編集された著作集によっている。一八七七年ウィーンに上級官僚の息子として生まれ、テレジアーヌムを経て、大学卒業後一九一一年までは建築家として働いた。彼をミュンヘン文学界に紹介したアルフレート・クビーンとは生涯交友関係にあった。一九一七年以降はメラーノ、一時的にガルダ湖畔でくらした。一九五四年に死去した。ヘルツマノフスキ＝オルランドはグイード・フォン・リストやイェルク・ランツ・フォン・リーベンフェルスの神秘主義的疑似科学思想の影響を受け、一九三三年にはナチスに入党した。みずから挿絵を描いたこの物語作品は、「タロカイ」と呼ばれる戯画化されたカカーニエンとギリシャ神話、それに現実と虚構の混交から成る奇怪な詩的世界を構築している。一九二八年に発表された「オーストリア三部作」第一巻として構想されたシュールレアリスム的な「近代バロック時代のウィーン笑話」『茨の中のおったまげ』は、ビーダーマイアー時代を舞台としたウィーンの宮廷官ヤロミール・エードラー・フォン・アインフーフの物語で、彼は君主の即位二十五周年記念式典の際、二十五本の乳歯から成る絵画を献呈しようとするが、最後の乳歯の獲得に失敗し、集めた乳歯が詰まったピストルによってみずからの命を絶つ。ヘルツマノフスキ＝オルランドは三部作の第三巻である断片『天才たちの仮面劇』をみずからの代表作と見なしていたが、これは古代アクタイオン神話〔アルテミスの裸体を見たために鹿に変えられた〕を未来、すなわち一九六六年を舞台とするストーリーに結びつけたもので、一九五八年になってトールベルク版で出版された。

ウィーン小説

幻想小説の著者たちが過酷な同時代体験を詩的に異化したのに対して、自然主義と「新即物主義」を媒介にして、近代的都会生活を考察しようとした作家たちもいた。第一共和国の「ウィーン小説」はエーミール・エルトルやオットー・シュテッスルなどによる大戦前の同様の試みを継続しようとしたものである。その際生物学的議論によるイデオロギーが支配的で、都会的現代に対して、肯定的含意が付与された田舎ぐらしが称揚された。都会は制御が利かない女性的なものとされて男性の主人公に対置され、彼を破滅させる。これに歴史小説は基盤となる物語的型をあたえた。

言及されるべきは一九二四年に出版されたカール・パウムガルテンの粗雑な反ユダヤ主義・反社会民主主義小説『共和国』で、主人公のクラール博士は明らかに作者の代弁者であり、帝国への回帰を希望している。一九二二年に発表されたローベルト・ホールバウムの小説『未来』は、やはり現下の問題の解決策として将来のドイツ帝国を予言している。ローダーリヒ・ミュラー＝グッテンブルンは一九二一年にローダーリヒ・マインハルトという筆名で発表した『ウィーンの死の舞踏』で、戦後の悲惨さを人種闘争と解している。カール・ハンス・シュトローブルは一九二〇年に小説『沼の幽霊』で一九四〇年代の将来のウィーンがまったく民族色を失い、アメリカに設定された閉鎖区域として、かつてのデカダンスの正当な罰を受け、小説の結末では大爆発によって滅亡することを想像している。フェーリックス・デルマンの君主政的視点から物語られる小説『ジャズ』（一九二五）も戦後社会、とりわけ株投機の世界を堕落した世界として、ジャズ・ミュージックをその中心的メタファーになぞらえている。

社会民主党に近いフーゴ・ベッタウアーの小説を特徴づけているのも、生物学的思想と危うい女性観である。一八七二年にユダヤ人株投機家の息子として生まれ、一八九九年から一九一〇年までの数年間ニューヨークでジャーナリストとして活動し、アメリカ国籍を取得して、ドイツ語雑誌のためにいくつかの小説を執筆した。ウィーン復帰後はジャーナリストとして働き、「生活文化とエロティックのための週刊誌」『彼女と彼』（一九二四／二五）で自由な性道徳を説いて、激しい反ユダヤ主義運動をひき起こした。ベッタウアーは一九二五年に彼の著作に反対するナチス党員によって殺害された。保守的なマスコミが犯人を擁護し、裁判で精神疾患が認められ、病院に送られた後、十八か月後に退院した。

ベッタウアーは一九一八年以降にたとえば二十の「ウィーン風俗小説」を書いたが、これらは当初連載で出され、推理小説の枠組みにのっとっていた。有名になったのは『孤独な通り』（一九二四）で、これはウィーンのメルヒオール通りの住民の運命をとおして、広範な社会のパノラマを描いたもので、貞潔な女主人公が幸運な結婚をして終わる。この小説は一九二五年に豪華なキャストで映画化された。二つのモデル小説『ウィーン攻防』(一九二三)と『解放されたウィーン』(一九二四)にはウィーンの政界・文化界から多くの有名人が登場する。主人公たちは双方において男性の願望の投影であり、同様に設定された女性たちに性的幸運を見いだす。彼女たちは自立しているが、自立しすぎているわけでもない。女性は性的に男性の願望に順応しなければならず、男性の優位を脅かす者は――とりわけレズビアンの女性たちは――容赦なく排除される。

ベッタウアーの一九二二年に出版された「未来小説」『ユダヤ人のいない町』をめぐっては、彼の殺害後もなお激しい対立がまき起こった。この風刺的モデル小説は与党キリスト教社会党が経済的苦境を克服するために、すべてのユダヤ人をオーストリアから追放するという物語である。その結果経済・文化生活は完全に破壊される――それに女性たちから最愛の恋人たちも奪われる。議会の解散および総選挙の後ユダヤ人たちが呼び戻されることになり、民衆は歓呼し、オーストリアはたち直る。ベッタウアーはこの小説でオーストリアの反ユダヤ主義を的確に戯画化しているが、その一方でユダヤ人が金融業とマスコミを独占しているという議論を意志に反して強化することになってしまった。

社会小説と女性作家たち

同時代とより深刻に対峙したのは、ルードルフ・ブルングラーバーが一九三三年に世に問うた小説『カールと二十世紀』で、これは形式的にも新たな道を行くもので、「新即物主義」の作家としての地位を確立したものである。ブルングラーバーは一九〇一年にウィーンの労働者階級に生まれ、師範学校と美術工芸アカデミーにかよった後、グラフィック・デザイナーとして働いた。政治的には社会民主党に近かった。作家としては一九三八年以降も実用書で評価を受け、一九四五年以降は広く読まれたナチス分析『どうしてそれは起こったのか――第三帝国の心理学』（一九四六）のほか、ヴォルフガング・リーベンアイナーの名作『二〇〇〇年四月一日』などいくつかの映画脚本を執筆した。一九六〇年にウィーンで死去した。

『カールと二十世紀』はウィーンの労働者階級出身のカール・ラークナーの個人的な物語を当時の政治的・経済的展開に結びつけたものである。全知の語り手は数値、統計、新聞とラジオのニュースを小説に取りこみ、カールの苦境の根底にある原因を認識している。この語り手は政治的にはドイツ主義に立つ。第一次世界大戦の勃発はイギリスとフランスに起因するものとされ、ヴェルサイユ条約は激しく批判される。経済的推移の欠陥は第一に産業の合理化志向と「科学的管理法」に帰せられる。惨めなプロレタリア的始まりから一九三一年の自殺に至るカールの生涯は、オーストリア・マルクス主義による第一共和国の社会分析の正当性を立証し、歴史が押しつぶした若い男の震撼させる肖像を提示している。カールが参加したグロデクの戦い〔第一次大戦中の現ウクライナ領ホロドクをめぐるガリツィア攻防戦〕のほか、経済危機の際の社会における非人間的な官僚主義、失業者を助けようという善意の市民の試みなどが描かれている。

場合によっては不都合に一変してしまった現代とその問題にとり組んだ小説はほかにもある。第一共和国のオーストリア文学はハプスブルク神話にとらわれていて、せいぜい歴史小説に逃げ場を求めたにすぎないという偏見は当たっていない。興味深いことに、大戦間時代の挑戦――そして同世代の人々の要請――にこたえたのは、主に女性作家たちであった。

グレーテ・フォン・ウルバニツキはこの時代のもっとも矛盾をはらんだ作家の一人である。一八九一年にリンツで五人姉妹の一人としてトランシルヴァニア出身の裕福な家庭に生まれ、チューリヒでギムナジウムを卒業し、大学で自然科学を学んだ後、ウィーンに移住した家族のもとに戻った。一九一一年から一三年および一九二〇年以降の短い間結婚していたが、その後は二番目の夫の姉と一緒にくらした。ウルバニツキは一九一一年ごろに文学活動を始め、当初からドイツ民族主義的文学サークルに参加していた。ウルバニツキはオーストリアPENセンターの共同創設者・事務局長だったが、一九三三年のドゥブロヴニクでの大会の後、他の右派作家たちと共に退会し、ベルリンに移住した。いくつかの作品はただちにナチスによって発禁にされ、一九四一年には全作品が禁書にされた。しかしこの時すでに一九三六年以降パリ、一九四〇年以降はスイスと外国での生活をしていて、一九七四年に死去した。一九四五年以降はナチスの犠牲者ということになった。

ウルバニツキはヴァイニンガーとトレービチュの影響を受け、女性芸術家の役目に娼婦と母親というヴァイニンガーの二分法の選択肢を見、一九二〇年代のオーストリア文壇で支持され、ショルナイ出版から出された大量の娯楽本を書いた。小説『荒れた庭』（一九二七）はレズビアン文学の古典であり、不道徳作家としての評判を確固たるものとした。『ある女世間を知る』（一九三一）、『天国と地獄を抜けて』（一九三二）、『カーリンと男たち』（一九三三）ははっきりとナチス・イデオロギーを表したものだが、小説のストーリー——同時代の女性の運命をめぐるもの——が政治的メッセージと頻繁に矛盾している。

イデオロギー的距離の対極にあるのは、「赤い伯爵嬢」ことヘルミュニア・ツーア・ミューレンということになろう。一八八三年にヘルミーネ・イザベラ・フォリオ・ド・クレヌヴィルとしてウィーンの大貴族出身の外交官の家庭に生まれ、グムンデンで育ったが、多くの時間をリスボン、アルジェ、カイロといった外国で父親とすごした。小学校教師の養成を受けたが、家族の圧力で職には就かず、一九〇八年にバルト貴族で保守的なユンカー、ヴィクトール・ツーア・ミューレンと結婚するも、まもなく離婚した。一九一三年から一九年までの時期はダヴォスの結核サナトリウムですごし、そこで後の夫で六歳年下のユダヤ人ジャーナリスト、シュテファン・クラインと知り合った。彼と共にドイツに移り、集中的に評論・翻訳活動を開始した――とりわけアプトン・シンクレアを訳した。共産党に入党し、児童文学や数か国語に訳された『ペーターヒェンの友だちが語ること』（一九二一）とならんで、一連の政治小説を書いた。『保安警察カール・ミュラー』（一九二四）では反逆罪で訴えられることになった。一九三三年に自他ともに認める反ナチとしてオーストリアに帰還した。この時期には共産党を離党している。一九三八年にチェコスロヴァキアを経てイギリスに逃亡し、経済的にぎりぎりの生活をおくった。一九五一年に死去した。

ヘルミュニア・ツーア・ミューレンのもっとも有名な作品『我らがナチスの娘たち』は一九三五年にウィーンのグズール出版から出されたが、ドイツ公使フランツ・フォン・パーペンの抗議を受けたオーストリア政府の言いがかりによって発禁にされた。ボーデン湖畔の小都市を舞台にしたこの小説は、従業員、老伯爵嬢、功名心の強い医者の妻という三人の女性の独白によって、ナチスの政権奪取前後のドイツの状況を描いたものである。時に登場人物たちの描き方は型どおりだが、ツーア・ミューレンは三つの異なった視点からできごとを描くという物語技法的に高度な試みによって、注目すべき同時代小説を提供している。イギリス亡命時代にはある数世代にわたるオーストリア貴族家庭をめぐる歴史三部作を書いている。一九三八年に完成していた第一巻『永遠の影絵芝居』は、一九四三に *We Poor Shadows* という題で出版され、第三巻 *Came the Stranger*（一九四六）は一九四七年に『異邦人がやって来たとき』

という題でドイツ語で出版された。

　政治的に活動的だったといえば、一八九七年にモスクワでオーストリア商人とポーランド人の母親の娘として生まれたリリー・ケルバーもそうである。一九一五年に家族と共にスイスに追放され、そこでドイツ文学を学び、二〇年代中盤にウィーンにやって来ると、ソヴィエト連邦に熱狂し、左翼ジャーナリズムの環境の中で活動した。一九三〇年にプロレタリア革命作家会議に参加したのにひき続いて、ソヴィエト連邦を旅して数か月間工場で働き、一九三二年にその経験を虚構と事実をない交ぜにした『ある女が赤い日々を体験する』という本にまとめた。一九三四年にはウィーンでナチスの政権奪取後のユダヤ人女優の運命を物語った小説『あるユダヤ女が新たなドイツを体験する』を出版した。虚構上の主人公ルート・ゴムペルツには、唯一の逃げ道として自殺しか残っていない。一九三八年にケルバーはスイスを経てフランスに移住し、アグネス・ムートの筆名で社会民主主義紙『チューリッヒ国民の権利《ツューリッヒャー・フォルクスレヒト》』に小説『あるオーストリア女が合邦を体験する』を発表し、一九四一年アメリカに脱出した。ここでも書き続けたが、作家としての成功は得られず、看護婦として働いた。一九八二年に死去した。

　リリー・ケルバーとは反対の政治的立場をとったのは、アーリャ・ラフマーノヴァであった。一八九八年にロシアのエカテリンブルク近郊の上流家庭にガリナ・ジュラジンとして生まれ、大学を卒業した後、オーストリア人戦争捕虜として知り合った夫のアルヌルフ・フォン・ホイアーと共に、一九二五年にソヴィエト連邦を後にしなければならなくなった。ウィーンで一年半ほど小さな食料品店を営む間、ホイアーは大学を終えた。ロシア語で執筆した手記を基に、夫と共に日記風の長篇三部作『学生、愛、チェーカー、死』（一九三一）、『赤い嵐の結婚』（一九三二）、『オタクリングのミルク売り女』（一九三三）を書き上げたが、ロシアに残った家族をおもんばかって、ペンネームで発表した。ロシア語原稿は破棄された。ラフマーノヴァの小説は断固たるキリスト教的・反ボルシェヴィキ的姿勢に貫かれ、ウィーン郊外の小市民的日常の精細な生活記録となっている。特に『ミルク売りの女』は読者の圧倒的支持を得た。ラフマーノヴァの本は二十か国語以上に翻訳され、百万部を突破した。一九四一年以降はナチスがロシア語に翻訳し直したものを反ソヴィエトのプロパガンダ文書として使った。ラフマーノヴァは一九二五年に夫と共にザルツブルクに移住し、一九四五年にオーストリアからスイスに逃れた。一九九一年にまったく忘れられたまま、エッテンハウゼンで死去した。

メーラ・ハルトヴィヒの物語テクストの特徴は女性的存在に対する精神分析の訓練を受けた眼ざしである。一八九三年にウィーンでカトリックに改宗したユダヤ人社会学者テオドール・ハルトヴィヒの娘として生まれ、女優としてベルリンのシラー劇場で注目すべきキャリアを築いた後、一九二一年に弁護士のローベルト・シュピラと結婚し、グラーツ近郊に定住した。アルフレート・デーブリーンに称讃された中篇小説『犯罪』は、父親と娘の近親相姦をめぐる物語で、一九二八年にショルナイから中篇小説集『恍惚』で出版された。『女は無である』は一九二九年にショルナイから出版した長篇小説で、関係をもった四人の男たちそれぞれの女性像に順応することで、みずからのアイデンティティを形成できないビビアーナという若い女性の物語である。一九三三年の長篇『私は余計者か？』はショルナイは慎重を期して拒否した。ＯＬのアロイージア・シュミットをとおして、現代の自立する女という昨今のイメージに批判的な目を向けたこの本は、二〇〇一年になってようやく発表された。メーラ・ハルトヴィヒは一九三八年にイギリスに移住し、ヴァージニア・ウルフの援助を受けて、オーストリア亡命連合会に参加した。一九五〇年代なかばからは、とりわけ造形美術家として活躍した。一九六七年に死去した。

国際的な名声を獲得したのは、みずからの波乱に満ちた生涯でも魅了したギーナ・カウスである。レギーナ・ヴィーナーとして一八九三年にウィーンのユダヤ人商家に生まれ、一九一三年にユダヤ人宝石商の息子と結婚したが、一九一五年には戦争で失い、若い寡婦としてはるかに年上の裕福な銀行家ヨーゼフ・クランツの愛人になり、養女となった。文学者としての出発したのは戦争中のことであった。カフェー・ヘレンホーフで(後に恋人となる)フランツ・ブライやローベルト・ムージル、それにヘルマン・ブロッホやフランツ・ヴェルフェルなどと交流し、カール・クラウスとも交友関係を得て最初の仕事を発表した。一九一九年には共産主義作家で心理学者のオットー・カウスと結婚したが、二七年には離婚している。長くアルフレート・アードラーの個人心理学にとり組み、彼と交流をもったことは、後々まで彼女の文章に影響をのこすことになった。一九二四年に新聞『母親』を創刊し、妊娠や子育てに関する問題にとり組んだ。二〇年代中盤からは頻繁にベルリンに住むようになり、多くの新聞や雑誌にコラム・小論を発表した。国際的に成功した娯楽小説で認められたが、ナチスによって禁書目録に入れられた。伝記小説『カタリーナ』(一九三五)は多くの言語に訳された。カウスは一九三八年に後の夫エドゥアルト・フリシャウアーと共にパリを経てアメリカに移住し、ハリウッドで脚本家として成功をおさめた。

カウスは編集者の意向によって娯楽作家に専念させられたが、その小説は内容的にも形式的にも三〇年代の物語文学の注目すべきドキュメントとなっている。一九二八年にウルシュタインから出された『恋する者たち』では、異なった語りの視点による実験を試みている。そのほか『渡航』(一九三二)や一九三三年に亡命出版社アレルト・デ・ランゲから発表された『クレー姉妹』などの小説でも、近代における性の役割や女性問題ととり組んでいる。

ギーナ・カウスとよく一緒にとりあげられるのがヴィッキー・バウムであるが、彼女はウィーンの文学界を拠点としていたわけではない。彼女も戦後の経験を回顧的夢想で語るのではなく、物語テクスト――形式的にはまったく伝統的な――で現代世界における近代女性の生活を描いた作家である。そしてギーナ・カウスと同様に娯楽を目的とした近代的文学活動を展開した。ヴィッキー・バウム、本名ヘードヴィヒ・バウムは一八八八年にウィーンの役人の娘として生まれ、情緒的に不安定な青少年時代をすごした後、音楽院《コンゼルヴァトーリウム》でハープを学び、一九一三年にハーピストとしてドイツに赴いた。一九〇六年に結婚していた最初の夫で文学者のマックス・プレールスを通じて――結婚はやがて解消された――、ウィーンのカフェーハウス文学界に参入することになった。一九一六年に指揮者のリヒャルト・レルトと結婚し、一九二六年以降はベルリンのウルシュタイン出版の編集者として働く一方、ベストセラー作家へと育てられた。一九三二年にはハリウッドに移住し、一九六〇年に死去するまで、英語で娯楽小説を書いた。

最初の成功は一九二八年の『化学学生ヘレン・ヴィルフューア』でもたらされたが、これはある若い女性の不本意な妊娠、人工中絶、自殺未遂といったタブー視されていたテーマをとりあげた小説である。童話めいたハッピーエンドは、想定される大衆読者の嗜好に合わせたものである。ヴィッキー・バウムのもっとも有名な小説は『ホテルの人々』(一九二九)で、多くの言語に訳され、何度か映画化された。物語は型どおりのもの――ベルリンのあるホテルで交差する幾人かの人々の人生行路をめぐるもの――だが、この小説は「新即物主義」の重要なドキュメントである。孤立した人間たちが大都市のリズムで動き、経済危機が重要なストーリーである。一九三九年の『ホテル・シャンハイ』でヴィッキー・バウムは従来的な物語モデルにたち戻り、この多角的視点による都市小説で、戦争勃発によるユダヤ人移民を多く含む住民たちの動揺を背景とした上海の生活の多面的情景を描いた。

ユダヤ教信者からプロテスタントに改宗した劇作家カール・カールヴァイスの娘であるマルタ・カールヴァイス（一八八九―一九六五）は、当初文学上の成功をおさめたものの、政治的展開のなかで忘られていった。アドルフ・ロースやオスカル・ココシュカなどが教えるオイゲーニエ・シュヴァルツヴァルトの著名な女子実科ギムナジウムに通った後に、大学で心理学を始め、一九〇七年に企業家ヴァルター・シュトロスと結婚した。一九一二年以降は文筆に従事し、一九一五年には既婚作家ヤーコプ・ヴァッサーマンとスキャンダラスな恋愛関係を結び、長い離婚交渉の末、一九二六年に彼と結婚した。マルタ・カールヴァイスは夫の死の後の一九三四年にチューリヒに移住し、C・G・ユングのもとで心理学の勉強を終え、カナダに移住して、精神分析家としてオタワのマギル大学で教えた。カナダに移住した後は文学作品を発表していない。

もっとも重要な二つの長篇でマルタ・カールヴァイスは世紀転換期ウィーン社会にいかなるノスタルジーもはねつける厳しい眼ざしを投げかけている。一九二九年にライプツィヒで出された『オーストリアのドン・ファン』は、一八八九年のオーストリア帝位継承者ルードルフ大公のマイアーリングでの自殺をとりあげた、あるオーストリアの厚顔な貴族の物語で、滅びゆく帝国とその虚偽、道徳的堕落の権化として読むことができる。一九三一年にS・フィッシャーから出された風刺的でグロテスクな長篇『目まい――現実の物語』ではウィーン市民家庭三代の没落が物語られる。一九二〇年代のインフレは変貌する世界を見きわめられない政治の無定見・無能さと手を携えて、社会的貧困をもたらすことになった。

大戦間に成功した女性作家としては、アンネマリー・セリンコの名前も挙げることができるが、彼女のもっとも著名な小説が出版されたのは一九四五年以降のことであった。一九一四年にウィーンでユダヤ人の工場経営者の娘として生まれ、ジャーナリストとして働いた後、一九三八年に夫であるデンマーク人外交官エアリング・クリスティアンセンとコペンハーゲンに移住した。一九四三年にはドイツの占領を前にストックホルムに逃げた。その後パリやロンドンにくらした。一九八六年にコペンハーゲンで死去した。

当初一九三七年に『ヴィーナー・タークス』に連載された『私は醜い少女だった』や『明日はすべて良くなる』(一九三八)、それに『今日私の夫は結婚する』(一九四〇)といった小説でセリンコは、伝統的要請と個人的欲求の間で揺れ、外見上は支配的規範に合わせながらも独自の道を探る近代女性を描いた。世界的な名声を獲得したのは、一九五一年にナポレオン・ボナパルトのかつての婚約者で後のスウェーデン王妃であるデジレ・クラリーの架空の日記体の歴史小説『デジレ』(一九五一)による。この小説は多くの言語に訳され、一九五四年にはハリウッドでマーロン・ブランドが映画化した。

ヴェザ・カネッティが生前ほとんど何も発表しなかったのは、政治状況もあるが、夫であるエリアス・カネッティの作品制作の補助に専念していたことによる。ヴェネツィアーナ・タウブナー=カルデロンとしてウィーンのユダヤ人家庭に生まれ、一九二四年にカール・クラウス朗読会でエリアス・カネッティと知り合い、一九三四年に結婚した。一九三四年以来『労働者新聞』などウィーンの日刊紙にヴェザ・マークトなどさまざまな筆名で短篇を発表した。これらの短篇のいくつかからできあがったのが、一九九〇年になって発表された長篇『黄色い街』である。これはウィーンのある通りとそこに群がる奇怪な人物たちについて物語ったもので、語りの審級は彼らを冷静かつ辛辣にあつかっている——エリアス・カネッティの『眩暈』への近接性は疑いようがない。ヴェザ・カネッティは一九三八年十一月に夫と共にイギリスに亡命し、一九九九年になって印刷された小説『亀』を書いたが、これは一九三八年の経験とエリアス・カネッティおよび『眩暈』との関係にとり組んだものである。このエーファおよびアンドレーアス・カイン博士の夫婦をめぐる物語は、命名からしてすでにエリアス・カネッティのキーン博士を示唆するものである。ヴェザ・カネッティは一九六三年に死去するまで、それ以外のテクストを書いていない。その作品は一九九〇年以降になって出版されるようになった。エリアス・カネッティはヴェザの文学活動に関して自伝では言及していない。

大戦間時代の忘れさられた作家といえば、法律家ユダヤ人家庭出身のマルティーナ・ヴィートもそうである。一八八二年にウィーンでマルティーナ・シュナーブルとして生まれ、結婚してマルティーナ・ヴァイズルとなった。一九一二年以降『ブレンナー』に発表し、一九二〇年代にはジェルジ・ルカーチと交流をもった。一九三四年には『ウィーン新聞』に連載小説『宿無し精神の避難所』が発表されたが、これは一八九九年を舞台に文学史家ヨーン・ケリングラートが世間を避けて、精神病院に入るという物語である。一九三六年に発表された小説『ザンクトフローリアンの煙あるいは誤解の世界』は、一九三一年の夏のある週のシュタイアーマルクの村でのできごとを物語ったもので、第一共和国のかいつまんだ似姿になっている。同時代社会の比喩に富んだ肖像は火災で頂点に達する。マルティーナ・ヴィートは一九三八年にイギリスに亡命し、教師として働いた。一九四七年にウィーンに戻った。一九五二年になって、大長篇小説『富裕な若者の物語』が出されたが、これは一九二八年から四三年にかけて書かれた教養小説で、第一次世界大戦の時代のポーランドのある工場主の息子のボヘミアン的な始まりから共産主義への共感を経て、キリスト教的ヒューマニズムに至る道程を描いたものである。亡命小説『からすの巣』は一九五一年にウィーンで出版された。このイギリスの寄宿学校を舞台とする物語は、歴史的できごと、亡命、ナチス独裁への正しい姿勢とは何かといったことをテーマとしている。中心テーマは故郷喪失である。マルティーナ・ヴィートは生涯市民の堕落にキリスト教的ヒューマニズムで対峙して、技法的にはモダニズムの立場をとり、晩年は尊敬をあつめ、一九五二年にオーストリア国家文学大賞を受賞したが、一九五七年に死去してからは忘れさられてしまった。

シュテファン・ツヴァイク

一般に広く受け入れられながら現代に向き合った野心的な物語テクストは、何人かの男性作家によっても書かれた。

上流市民の過去に深く根ざしていたのはシュテファン・ツヴァイクで、死後出版された自伝『昨日の世界』は亡命時代に執筆され、滅びゆくカカーニエンを安定の時代としてよみがえらせる一方で、抑圧と停滞の世界としても描いている。ツヴァイクは一八八一年にユダヤ人上流市民家庭に生まれ、大学卒業後は特権的コスモポリタン生活をおくっていた。なかば世界中を旅し、多くの作家と親交をもち、フランス文化への熱い愛を育み、一九〇一年には印象主義的抒情詩集『銀の弦』で有名になった。市民的秩序における性愛をテーマとしたいくつかの中篇は、彼の名声を確かなものにした。第一次世界大戦中は生粋の国粋主義者から断固たる平和主義者・反国家主義者へと変貌を遂げた。第一共和国時代は国際協調とヨーロッパの融和に尽力したが、露骨な政治活動は断固拒否した。一九一九年からザルツブルクに住むようになったが、一九三四年にはイギリスに亡命した。一九四一年にブラジルに移り、四二年に後妻と共に命を絶った。

ツヴァイクが読者の大きな支持を得たのは、心理小説とならんで、史実と虚構を組み合わせた物語による。ベストセラーの『人類の運命の時』（一九二七／四三増補）は歴史的瞬間を個人の決断として構成し、それは権力者や軍人よりも影響力の大きい芸術家や発見者に係っているものとする。『ジョセフ・フーシェ――政治的人間の肖像』(一九二九)、『マリー・アントワネット――平凡な性格の肖像』(一九三二)、『エラスムス・フォン・ロッテルダムの勝利と悲劇』(一九三四)、『メアリー・ステュアート』(一九三五)、『マゼラン――人と業績』(一九三八)、『バルザック――その生涯の小説』(没後一九四六)など数多くの小説風の伝記は、伝記小説という当時の嗜好に合致し、心理的に掘り下げた性格描写を提示している。もっとも有名なテクストとしては、死の直前の一九四二年に出版され、ナチスの恐怖について考察した『チェスの話』が挙げられる。これはゲシュタポによって独房に収監されたオーストリア人法律家が、頭の中でチェスの対局をすることで、心理的圧力に抗するというものである。しかし亡命中にトラウマに襲われた。ツヴァイク自身の悲劇的運命はここに始まったように思われる。

若い世代のコスモポリタンであるフリードリヒ・トールベルク(一九〇八―七九)は、亡命時代および第二共和国において重要な役割を演じるようになった。本名をフリードリヒ・カントーアというウィーンのユダヤ人工場経営者の息子である。一九二一年に家族と共にプラハに移住し、チェコスロヴァキア国籍を取った。すでに高校時代から――卒業試験に合格したのは二度目の一九二八年のことである――文学活動を行っていた。その後の時代はプラハ、ウィーン、ライプツィヒを転々とし、さまざまな新聞に寄稿するかたわら、スポーツ選手としても活躍していた――一九二八年に彼のチームは水球のチェコ選手権で優勝している。

一九三〇年にマックス・ブロートの斡旋でショルナイから出版された小説『生徒ゲルバーは卒業した』によって、トールベルクは国際的成功をおさめた。この生徒の自殺をめぐる物語は、繊細で感受性の強い主人公のパースペクティヴで語られ、彼は数学教師および権威的・家父長的体制によって破壊される。『チーム』（一九三五）でトールベルクは一九二〇年代から流行したスポーツ小説のジャンルに参入した。一九三三年以降彼の本はドイツで発禁になった。一九三八年にスイス、三九年にフランス、そして四〇年にはアメリカに移住し、一九五一年になってウィーンに帰還した。

フランツ・ヴェルフェル

ドイツのフュルト生まれのヤーコプ・ヴァッサーマン（一八七三―一九三四）は二十世紀初頭のドイツ語圏でもっとも読まれた作家の一人であるが、一八九八年以来オーストリア――ウィーンとアルトアウスゼー――に住み、若いウィーンの作家たちと交流をもった。しかし『マウリツィウスの場合』（一九二八）をはじめとする彼の大規模な作品は、ヴィルヘルム時代のドイツとワイマール共和国のコンテクストでとらえられなければならない。ヴァッサーマンはみずからを「ドイツ人にしてユダヤ人」ととらえ、一九二六年以降はプロイセン芸術アカデミーの会員であった。これは文学者としてのキャリアを始めた後にオーストリアに移住してきたフランツ・ヴェルフェルと対照的である。ヴェルフェルが執心していた超国家的カトリック帝国構想は一九一八年に崩壊してしまったが、それは不完全なかたちながらオーストリア共和国と職能身分制国家に見いだされたため、彼にとって第一共和国への同化は重要な問題であった。ヴェルフェルは小説によって大戦間のドイツ語作家のうちもっとも成功した作家の一人となった。その成功には世界は物語りうるものであるということにこだわり、当初の表現主義時代以後は小説における実験を試みなかったことに起因すると思われる。彼の本は市場に受け、そのことが批評を挑発することになった。たとえばローベルト・ムージルは辛辣に日記に書きとめている。「ヴェルフェルのような者に解説者がいる世の中で、私が認められるはずがない！」

ヴェルフェルは一九一七年以降ウィーンに住み、アルマ・マーラー＝グローピウスと同棲し、一九二九年に結婚した。二〇年代には数々の文学賞を受賞し、ウィーンを代表する邸宅に多くの客を招き、職能身分制国家に共鳴した。一九三八年三月にはイタリアに滞在した。チューリヒ、ロンドン、パリ、フランス・リヴィエラが彼の亡命先だった。一九四〇年には危険を冒してスペイン・ポルトガルを経て、アメリカにたどり着いた。一九四五年八月に死去するまでカリフォルニアにくらした。

ヴェルフェルの厖大な小説の創作は一九二〇年の『殺した者ではなく、殺された者に罪がある』に始まるが、これは若い軍人カール・ドゥシェクと彼の上官でもある父親の対立をあつかった父と息子の葛藤をめぐる表現主義的手法による短い物語で、エディプス的にとらえることも、ハプスブルク君主国の現実に基づいているということもできる。『ヴェルディ――オペラの小説』（一九二四）はヴェネツィアを舞台とした芸術家小説であり、リヒャルト・ヴァーグナーとジュゼッペ・ヴェルディを対置させ、市民的個人の解消と芸術における倫理と美の関係の問題をテーマとしている。伝統を顧みないドイツ音楽の代表者としてのヴァーグナーは、民衆文化に根ざしたヴェルディに対置される。

記念碑的小説『バルバラあるいは敬虔』（一九二九）は軍人の息子フェルディナントの「四つの生の断片」を物語ったものである。少年時代の彼にもっとも関係が深かった人物は敬虔な乳母バルバラで、彼は世界大戦中東部戦線で軍人として戦うが、一九一八年のウィーンの革命騒ぎに参加し、結局船医となる。バルバラの献身的愛が彼の生の骨格となる。この自伝的要素をふんだんに織り込んだ本は、ヴェルフェル自身は倫理を問題にしたのにもかかわらず、特にウィーンの場面は詳細な時代のパノラマとなっていて、モデル小説として読まれた。ヴェルフェルは一九二九年に近東旅行を行ったが、その経験は一九三三年の青年トルコ派によるジェノサイドに対するアルメニア系の村々による抵抗運動を描いた歴史小説『モーゼ山《ムサ・ダッハ》の四十日』に結実した。ヴェルフェルが生み出した反乱の指導者ガブリエル・バグラディアンという架空の人物は、とっくに見切りをつけていたにもかかわらず迫害を受けている民衆のためにつくすことを誓い、キリストと同じようにその犠牲となる。この小説は当初からナチスによるユダヤ人迫害の寓話として読まれたため、当然ヒトラー・ドイツでは発禁となった。

ヴェルフェルはカトリックに強い共感を懐いていたが、ユダヤ教とキリスト教の関係、それにみずからのユダヤ人としてのアイデンティティの問題を次第にとりあげるようになっていった。一九三七年に出版された歴史小説『声を聞け』は、迫害された聖書の預言者の物語であり、一九五六年には『イェレミーアス』という題で新版が出された。一九三八年の終わりに書き始められた小説断片『ツェラあるいは克服者たち』と、フランス亡命時代に書かれた短篇『女性の水色の筆跡』は、オーストリアの反ユダヤ主義と対決したものである。晩年のヴェルフェルの思索は神学の問題をめぐって神による世界の秩序という問題にこだわり、そのことは一九三九年に発表された長篇『横領された空』や、ルルドでのマリアの出現をあつかった長篇『ベルナデットの歌』(一九四一)に表れている。ルルド小説はアメリカでベストセラーとなり、一九四三年には映画化された。死後発表されたヴェルフェル最後の長篇『まだ生まれぬ者たちの星――旅の小説』は、語り手F・Wが未来への時空の旅に出るというものである。そこでは問題がないように見える神を忘れた国が、滅亡に瀕している。

ヨーゼフ・ロート

ユダヤ教とキリスト教の間で揺れ動いたという点ではヨーゼフ・ロートも同様であり、その葬儀はカトリック式に営まれ、カディッシュが唱えられた。ロートはみずからの伝記を神秘化し、幾度も書き換えた。彼は一八九四年ガリツィアのブロディにハシディスト（十八世紀ポーランドに始まり、東ヨーロッパに広がったユダヤ教正統派神秘主義）のユダヤ人の息子として生まれた。ブロディのドイツ系ギムナジウムを経て、レンベルク〔現ウクライナ領リヴィウ〕とウィーンでドイツ文学を専攻し、世界大戦には広報部員として従軍し、一九一八年以降ウィーンでアルフレート・ポルガルの援助のもと、ジャーナリスト・文筆家《フユトニスト》として働いた。一九二〇年にベルリンに移住するとともに『ベルリン市場速報《ベリリーナー・ベルゼン＝クリーア》』、社会民主党の『前進《フォアヴェルツ》』、『プラハ日報《プラーガー・ターグブラット》』やウィーンの種々の新聞、それに『フランクフルト新聞』に寄稿し、特派員としてフランスやソヴィエト連邦に長く滞在した。一九三三年にフランスに亡命し、反ナチス運動およびオーストリア職能身分制国家・ハプスブルク君主国再興運動に政治的に参加した。一九三六年から三八年までドイツ人亡命作家イルムガルト・コインと同棲した。ロートは重度のアルコール依存症で、一九三九年五月にパリで死去した。

ロートがやつぎばやに出版した長篇群の中心的テーマは、時流にとり残された主人公たちの故郷喪失である。初期の作品はよく議論される語りの危機にかかわるものである。ロートは「破壊的小説形式」、断片＝反心理主義の信奉者である。一九二三年にウィーンの『労働者新聞』に初めて掲載された『蜘蛛の巣』はベルリンが舞台で、帰還兵テオドール・ローゼが殺人者となり、ファシズム組織での権力掌握を夢みる過程を新即物主義の様式で描いたものである。長篇『サヴォイ・ホテル』（一九二四）の中心にいるのも帰還兵ガブリエル・ダンであり、彼は他の人々とともにポーランドのかつての高級ホテルにくらし、性的・社会的トラブルにまきこまれていく――最後にホテルは炎に包まれる。一九二七年にはヨーゼフ・ロートによる「報告」と称された長篇『終わりなき逃走』が出版され、これは三十二歳のオーストリアの中尉フランツ・トゥンダの何の変更も「脚色もして」いない物語であるという。トゥンダはシベリアで戦争捕虜となり、ロシア革命の際にボルシェヴィキとしてキャリアを積んだ後、ウィーンに戻り、ドイツを経てパリに旅する。最後には「(トゥンダは) どうしていいかわからなくなった。彼は仕事も、恋人も、意欲も、希望も、野心も、利己心すらなかった。彼ほどの余計者は世界中にいなかった」。

ロートはそのほかにも数多くの散文作品を書いているが、特に亡命時代は多作であった。彼の名声は二つの長篇によるものであり、そこでは伝統的語りに回帰している。『ヨブ――平凡な男の小説』(一九三〇) ではすでに一九二七年にエッセー「さすらいのユダヤ人」でテーマにしていた東欧ユダヤ人の世界にとり組んだ。『ヨブ』は畏敬の念のあつい村の教師メンデル・ジンガーの故郷での悲運の連続とアメリカ移住後の背教行為、思いもかけない奇跡によって生き別れた息子と再会する様を伝説形式で語ったものである。一九三二年にロートは『ラデツキー行進曲』でハプスブルク君主国への壮大な惜別の辞を述べた。トロッタ家の数世代にわたる履歴が、一八五九年から一九一六年までの国家の運命と並行して流れていく。帝国が美化されることはなく、皮肉にしかし哀愁をこめて神話に基づく安定の場所として記される。スロヴェニアの農家出身の若い少尉ヨーゼフ・トロッタは、ソルフェリーノの戦い〔イタリア独立戦争におけるオーストリアのイタリア領土喪失を決定的にした戦闘〕で若い皇帝の命を救い、貴族に列せられる――彼の行為はひどく歪曲されたかたちで帝国の教科書に掲載される。「ソルフェリーノの英雄」の息子で管区長のフランツ・フォン・トロッタは皇帝に、正確には「皇帝がカプチン修道会霊堂に埋葬された」日に殉死する。しかし小説の中心人物である管区長の息子カール・ヨーゼフ・フォン・トロッタ少尉は、家族の歴史の重荷に耐えきれず、軍隊で空虚な生活をおくり、大戦当初に無意味な行為で死んでゆく。東部戦線での残虐な戦闘の露骨な描写が、滅びゆく社会への仮借ない眼ざしとともに小説の悲痛な基調を成しているが、それ以上にこれはカカーニエンへのレクイエムとなっている。一九三八年にロートはさらにこの小説の続篇を書いた。フランツ・フェルディナント・フォン・トロッタの第一共和国時代の生活が語られる『カプチン修道会霊堂』で、戦争から帰還した彼はどうやって生きていけばいいかわからない。ナチスが政権を奪取した一九三八年三月、トロッタはオーストリア皇帝たちが埋葬されているカプチン修道会霊堂を訪れる。「今、トロッタ家の一人であるぼくは、どこに行けばいいんだ?」

エリアス・カネッティとヘルマン・ブロッホ

カカーニエンへのいかなる束縛からも——それが批判的なものであっても——自由だったのがエリアス・カネッティであるが、このコスモポリタンは生涯の一時期ウィーンに迷いこみ、強烈な印象を受けている。この富裕な伝統的ユダヤ人商家の息子は一九〇五年ブルガリアのルセに生まれ、マンチェスター、ローザンヌ、ウィーン、チューリヒ、フランクフルトで育ち、一九二四年から三八年まではウィーンにくらし、一九二九年に大学で博士号を獲得している。決定的な影響を受けたのはカール・クラウスとの出会いと、一九二七年七月のウィーン司法宮殿焼き討ちであり、これはカネッティの群衆の現象に対する生涯にわたる関心の契機となった。この若い作家を援助したのはヘルマン・ブロッホだった。彼の交友関係にあった者としては、アルバン・ベルクやローベルト・ムージルが挙げられる。一九三四年に恋人のヴェザ・タウブナー＝カルデロンと結婚し、一九三五年には長篇『眩暈』が出版されたが、反響は小さかった。カネッティは一九三八年にロンドンに移住し、多くの亡命作家のほか、イギリスの作家や知識人たちとも交流をもった。一九四六年にはイギリス国籍を取得し、一九七〇年代にチューリヒに移住した。一九六〇年に主著『群衆と権力』が出版され、一九八一年から一九八五年まで三巻本の自伝『救われた舌』、『耳の中の炬火』、『目の戯れ』が出版された。一九八一年にノーベル賞を受賞して、一九九四年に死去した。

一九六〇年代以降になって大きな注目をあつめるようになった長篇『眩暈』は、在野の世界最大の中国学者ペーター・キーン博士の物語で、ウィーンにあると思われるみずからの住居を図書館に変え、「世界無き頭脳」（第一部のタイトル）としてもっぱら学問と本に生きている。キーンは愚かな守銭奴の家政婦テレーゼ・クルンプホルツと結婚し、外界が彼の孤高の存在に侵入してくることで奇妙・奇怪なプロットが展開しだし、彼は不具の小人フィッシャレや粗野な管理人ベネディクト・プファッフとかかわることになる――第二部は「頭脳無き世界」という。最後に――「頭脳の世界」――パリの著名な精神科医である弟のジョルジュ・キーンが秩序を回復するが、発狂したキーンは図書館を焼きはらい、炎の中で死んでゆく。

カネッティの小説は群衆理論の先がけ、市民文化の自己破壊の寓話、司法宮殿焼き討ちへの反応として読むことができ、世界を強迫観念的にしか知覚できないそれぞれの人物たちの盲目的な視野狭窄が一貫して物語られる。登場人物たちは「聴覚マスク」を着け、それぞれに独自のウィーン方言を想わせる特殊な隠語で思考し、語る。キーンの際だった女嫌いは、彼がヴァイニンガーの亡霊であることを浮き彫りにしている。

エリアス・カネッティと同様に彼の支援者であるヘルマン・ブロッホは物語に背を向け、科学的・分析的に同時代の診断を下すようになっていった。カネッティは『群衆と権力』を書いたが、ブロッホの『群衆狂気論』は遺稿から一九七九年になって出版された。ブロッホは文学者としての出発点以来、価値崩壊の文明批判の理論家を自任し、一時は「物語」では時代の焦眉の問題に対処できないと考えていた。もちろん彼は亡命中に虚構に回帰している。

ブロッホは一八八六年ユダヤ人繊維卸売商の息子としてウィーンに生まれ、工学を学んだ後、意に反して事業をひき継いだ。一九二五年には数学と哲学をウィーン大学で学び、一九二七年には会社を売却してフリーの作家となった。彼は一九二八年から三二年にかけて三部作『夢遊病者たち』を書いた。三〇年代には『ジェームズ・ジョイスと現代』(一九三六)などの重要な文学理論書や、反ナチ的な書物を執筆した。郷土文学の手法によるファシズム批判の試みである「山の小説」は一九三六年に中断された。一九三八年に拘束されることになったが、なんとかイギリスを経てアメリカに移住することに成功し、ニューヨークを経て一九四二年にはプリンストン、四九年以降はニューヘヴンにくらした。ブロッホはすでに一九三七年に書き始めていた『ウェルギリウスの死』を亡命中に完成し、「山の小説」をふたたびとりあげたが未完に終わり、数種ある版は死後『呪縛』、『誘惑者』という表題で出版された。一九五〇年には小説『罪なき人々』が発表された。さらに民主主義に関する政治論・理論書を執筆し、群衆狂気にとり組み、『ホフマンスタールとその時代』ではウィーン世紀転換期を「陽気な黙示録」と呼んで批判的に総括し、一九五一年に死去した。

三部作『夢遊病者たち』はブロッホが宗教改革とともに始まったと主張する市民世界の価値喪失を、ドイツ・ヴィルヘルム時代の三人の人物によって例示し、三つの小説はそれぞれの時代にふさわしい様式で物語られる。「一八八八年——パーゼノーあるいはロマン主義」はプロイセンのある若い軍人が平穏で空虚な世界に逃避する物語である。「一九〇三年——エッシュあるいはアナーキー」はある方向性を見失った社員が、さまざまなえせ宗教の間で揺れ動き、救済を求める様を描く。「一九一八年——フーゲナウあるいは即物主義」ではすべての古い価値を断ち切ったある利己的な実業家が、みずからの横暴を押しとおす。できごとはたいてい偏狭な主人公たちの視点によって媒介される。しかし語り手は当事者たちよりも事情に通じていることが多く、彼らの無意識をも知っている。「フーゲナウ」においては単線的な語りは崩壊している。いくつかのサブプロットとならんで、この小説は「価値の崩壊」なる論文部分をも含んでいるが、これは全能的一義性と時として不確かな観点の間で揺らめくものである。

一九四五年に出版された『ウェルギリウスの死』も一つの時代の終わりにかかわるものであり、新たな形而上学的秩序の始まりを希求するものである。このきわめて錯綜した小説は、詩人ウェルギリウスの最期の時を描いたものであり、友人である権力者アウグストゥスとの長い対話でみずからの詩人としての使命に疑念を懐いて、社会的存在としての欠陥を認識し、ついには自我を放棄して死んでゆく。叙述の限界に至ろうというブロッホのこの小説での試みは、描写的・神秘的イメージと内的モノローグに近い統語論的に異例な文体を現出させる結果となり、いわば読解への挑戦というかたちになっている。

『誘惑者』もしくは『呪縛』といういわゆる「山の小説」で、ブロッホはナショナリズム作家に独占されてきたジャンルにとり組み、ファシズムの非合理主義に人道的形而上学を対峙させようとした。老田舎医者によって語られるこの物語は、ある山村に彼が言うところの宗教的神経症を病むマリウス・ラティなる扇動者が、集団狂気と儀礼的殺人をもたらすというものである。これに対峙するのは老農婦のギッソン（グノーシスのアナグラム）のおふくろさんであるが、その人道的・女性的・全般的知識では彼に対抗することができない。ブロッホは一九三六年にこの小説の第一稿をすでに完成しているが、ただちに改作を始めたものの終えることができず、一九五一年にふたたびとりあげたが、この第三稿も完結には至らなかった。理性と神秘主義の統合の追求は達成されることはなかった。

ローベルト・ムージル

理性と神秘主義の統合に関しては、この時代のオーストリアでもっとも重要な小説家であるローベルト・ムージルも力を尽くした。ブロッホと同じく技師・哲学者であったムージルは、大小説『特性のない男』を完成することができなかった。

ムージルは一八八〇年にクラーゲンフルトで工学教授の息子として生まれ、ボヘミアのコムタウ〔現チェコ領ホムトフ〕、シュタイアー、そして一八九一年以降はブリュン〔現チェコ領ブルノ〕で育った。アイゼンシュタットの実科中学校とフラニツェ・ナ・モラヴェの実科高校にかよい、一八九八年から一九〇一年までブリュン工科大学で機械工学を学んだ。一九〇三年から一九〇八年まではベルリンで哲学と心理学の勉強を続けた。一九〇六年には最初の長篇小説『生徒テルレスの惑い』を発表し、この時期ベルリンの文壇にも登場した。一九一一年にウィーンに戻って、離婚歴のあるマルタ・マルコヴァルディと結婚し、工科大学で司書として働きながら、作家としてのキャリアを継続した。第一次世界大戦中は最初南部戦線で熱狂しながら、後にウィーンの戦時新聞の宿営ですごした。一九二二年に役所を辞め、フリーの作家として生きていくことになったが、それ相応の経済的困難は死去するまで続き、世間に認められることはなかった。演劇『夢想家たち』で一九二三年にクライスト賞、一九二四年にウィーン市芸術賞、一九二九年にはゲルハルト・ハウプトマン賞を獲得した。一九三〇年には長篇小説『特性のない男』の第一巻がローヴォルト出版から出された。ムージルは一九三一年にベルリンに移り、ここで友人たちが経済的援助のためにムージル協会を設立し、同小説の第二巻第一部が出版された。一九三三年には妻がユダヤ人であることを顧慮してウィーンに戻り、ここにもムージル協会が設立された。『特性のない男』の執筆は続けられたが、一九三六年には『生前遺稿』を出版し、健康問題により一九三八年にスイスに移住した。常に追放されるのではないかという不安を懐いたまま、一九四二年にジュネーヴで死去した。妻のマルタは一九四三年に未完の小説遺稿を自費出版したが、広範な受容がなされたのは、アドルフ・フリゼーが一九五二年に編集に問題のある全集を刊行した後のことであった。

ムージルの関心は当初から非合理的なものへの精確・精密なアプローチに向けられていた。『特性のない男』で主人公のウルリヒは「厳密さと魂の管理室を地上に（……）設立しなければならない」とうったえている。短い長篇小説『生徒テルレスの惑い』は表面的には世紀転換期に好まれた青春小説の一種であるが、明らかにムージルの寄宿学校体験に基づき、青少年の同性愛とサディスティックな遊戯を描いたものであり、同時代人たちにショックをあたえた。しかし中心にあるのは十六歳の主人公が未知の体験をきりぬけ、アイデンティティを形成しようとする試みである。

長篇小説『特性のない男』は、ムージルによれば「その中で語られるべき物語が語られない結果に終わる」物語であり、一九一三年の「なんとかもちこたえている」国家カカーニエンの首都＝帝都ウィーン（とおぼしき街）が舞台である。その中心には三十二歳の技師・数学者ウルリヒがいて、この「特性のない男」は一年間「人生の休暇」をとって、「現実の意味」を避け、「可能性の意味」を追う決心をする。ウルリヒは一九一八年に行われる予定の皇帝フランツ・ヨーゼフ在位七十周年記念計画を立案している愛国協会「平行運動」に偶然まきこまれる。いったい何が行われるべきかはまったく明らかでなく、中心的理念は見いだされない――長大な第一巻第二部は「似たようなことが起こる」というものである――が、一つだけ確かなことがある。同様に一九一八年に予定されているドイツ皇帝在位三十周年記念事業は凌駕するものでなくてはならないということが。

背後に主人公が潜んでいることを想わせるきわめて皮肉な語り手の思考は、空虚な平行運動を中心に多彩な人物・プロットを経巡り、絶えず物語の一貫性をそぎ、詳細な論説的パッセージを組みこむ。未完の第二巻で重点は何年も会っていない若い妹アガーテとウルリヒの関係に移る。二人はお互いの親近性を発見し、因習的道徳観に抵触しない「別の状況」に生きることを試みるが、その具体的な方策は小説では明らかにされていない。性的・近親相姦的誘惑と神秘的一体化あるいはユートピアと永続性の組み合わせは描きえぬものであろう。

『特性のない男』において因果律的秩序の喪失は伝統的物語小説の終焉にいきつく。結果は近代的論説小説である。もちろん『特性のない男』も伝統的・ミメーシス的に読むこともできる。カカーニエン最後の日々への風刺的回顧として、大戦間の状況の描写として、そして古い安定の喪失後の状況として思考と行動は乖離する――周知の破局的結果とともに。

第二節　第三帝国（一九三八―四五）

合邦下の文化状況

一九三八年三月の「合邦」によって――正確には一九三八年四月十日の国民投票における有権者九九・六％のドイツ帝国への合邦賛成によって――国家としてのオーストリアの独立は停止され、オストマルクとしてヒトラーによる大ドイツの一部となった。「オストマルク」という呼称もかつてのハプスブルク地域への帰属性と同一性を示唆したので、一九四二年には「アルプス＝ドナウ帝国大管区群」に改められた。こうしてオーストリアは七つの大管区に分割された。

合邦は多くの非ナチス支持者を含む国民の過半数に支持されていた。特筆すべきは社会民主党の共和国初代連邦首相（そして後には第二共和国初代連邦大統領）カール・レナーの肯定的姿勢と、カトリック司教たちが合邦賛成をよびかけたことである。

皮肉なことにオーストリア愛国主義やオーストリア人としてのアイデンティティは、このオーストリアが存在しなかった一九三八年から四五年の時代によび覚まされたのだった。多くの人々に支持されていた新たな秩序に対して、一九三八年以降に反対運動が行ったことを、第一共和国がなぜ全力で追求しなかったのかを詮索してみても益のないことである。それに国内における第三帝国からの離反は、戦局が傾き始めてからようやく生じるようになったということは確かである。オーストリアの規模の反抗、広範なレジスタンスといったものは、（ソヴィエト連邦に対するヒトラーの攻撃の後の）共産党やO5（＝OE＝Ö。Eはアルファベット五番目の文字。オーストリアÖsterreichを意味する）運動の保守的活動のほかには存在しなかった。政権に対する幻滅と多かれ少なかれ公的な形で反抗が高まっていったのは、一九四三年以降のことである。

「合邦」直後にはナチスの政敵とユダヤ人はすべての機関から放逐された。学校や大学、映画や劇場、協会や出版社は統制された。ウィーンは出版社の中心として致命的に破壊された。多くの場合大きな変化が生じたわけではない。オーストリアのドイツ文学研究などはすでにナチス的傾向を帯びていた。一九三七年から四五年に教授資格をとった二十八人のドイツ文学者と民俗学者のうち七九％が党員で、そのうちの五四％は非合法時代に入党していた。つまりドイツ文学研究を「粛清」する必要はなかったのだ。ここにはすでに非精神が根を下ろしていたのだ。教授資格をもった二十四人のドイツ文学者たちが、一九三八年から四五年までオーストリアの大学で教えていた。そのうちの二十二人は党員だった。

劇場は「合邦」直後にアーリア化され、ユダヤ人スタッフは皆解雇され、ユダヤ人会員は皆解約された。ウィーンは第三帝国においても演劇の街であり続け、比較的高額の補助もなされた。しかし殺されなかった劇作家・演出家・俳優たちは亡命し、その損失は深い傷痕をのこした。オーストリア映画は帝国映画院の管理下に入った。しかし一九三八年に設立されたもっとも重要な制作会社「ウィーン映画社」には、オーストリア映画の伝統が息づいていた。ヴィリー・フォルストの有名な「ウィーン映画三部作」『オペレッタ』（一九四〇）、『ウィーン気質』（一九四二）、『ウィーン娘』（一九四四／四九）は、過去の感傷的な美化を示している点で、まさにオーストリア神話を保持するものなのだ。カール・ハルトルのモーツァルト伝『神は誰を愛するか』（一九四二）や、ハンス・ティミッヒのライムント伝『いとしの弟』（一九四二）、あるいはゲーザ・フォン・ボルヴァーリの『シュランメル』（一九四四）は、オーストリアの独特な文化イメージを繊細に伝えるものである。しかしウィーン映画社にはナチスの宣伝映画ももちろん存在した。悪名高いのはグスタフ・ウツィツキの『帰還』（一九四一）で、ここではパルラ・ヴェッセリーとアッティラ・ヘルビガーが主役を演じている。

文学活動は「合邦」後、以前ヒトラーのドイツでそうだったように統制されるようになった。文学機関は帝国文化院に強制的に組み入れられた。約八百人の作家が国内にとどまり、帝国著作院に入会した。もちろんオストマルクの代表としてよい出版条件にあって、多くの推薦リストに掲載され、自作朗読会に招待されて、収入の増加を得ることがあったのは、五十ないし七十人の作家だけであった。いつも挙げられるのはブルーノ・ブレーム、フリードリヒ・フォン・ガーゲルン、ミルコ・イェルジッチ、ローベルト・ホールバウム、カール・ハンス・シュトローブル、カール・ハインリヒ・ヴァッガールそしてヨーゼフ・ヴァインヘーバーである。これらの作家たちは皆はっきりと分かるナチス文学を書いたわけではなく、ウィーンの大管区指導者バルドゥール・フォン・シーラッハはベルリンとの競合状況を鑑みて、イデオロギー的に中立的な本もけっこう許容した。しかし第三帝国の文学活動には、彼らは皆関与した。多くの作家の浅ましい態度を確認することができる。それは許されることかもしれないし、時代状況から見て理解できることなのかもしれない——しかしそれを看過することは許されない。

「合邦」は悪名高い『オーストリア詩人の信条告白書』だけではなく、雑誌『内面的帝国』の一九三八年五月に「ドイツ系オーストリアの帝国復帰特別号」として出された詩集でも、多くのオーストリア人作家たちから歓迎された。ここには「聖なる強い総統よ、／総統よ、我らは歓迎する！／幸福で自由な故郷よ、／故郷よ、我らは歓迎する！」という詩節で始まるヨーゼフ・ヴァインヘーバーの「帰還への讃歌」や、ハンス・クレプファーの方言による「シュタイアーマルクの山の農民の挨拶」のように、いわく言いがたい想いが載っている。

もちろん統制は児童文学にも適用された。学校教材から児童文学賞にいたるまで、ナチス・イデオロギーの普及が促進された。従来文学は民族主義的に有用であるかぎり保護された。特にザルツブルクで勤めていた一八九三年インスブルック生まれの教師カール・シュプリンゲンシュミットは際だっていて、一九三二年以来非合法ナチスの党員であり、一九三八年四月のザルツブルク宮殿広場における焚書を演出し、多作な作家として活動していた。シュプリンゲンシュミットには一九四五年に逮捕状が出され、地下に潜ることになった。一九五一年以降は文学界に復帰し、一九八一年に高い尊敬を受けながら死去した。

抵抗文学

第三帝国の支持者もしくは同調者として活動を続けた作家たちのほかに、二つのグループが詳しく検討されなければならない。国内にとどまって、国内亡命のもとにある種の抵抗文学を書いた数少ない者たちと、亡命し、きわめて多様な条件のもとで断固たる政治声明から逃避的娯楽文学まで、非常に多様な文章を執筆した者たちである。

国内亡命は理解しがたい概念である。ナチス政権に許容された出版物に、実際に抵抗の可能性がみとめられるかどうかは、読者の感受性にゆだねられることが多い。もちろん一九四五年以降は多くの作家がナチスに反対する立場をとって、新たな状況に適応しようとしたが、そのなかには当の活動の明確な共鳴者で、一九三八年以降に起きたことから利益を得ていた者たちもいたのだった。作家たちの伝記もたいていは実際に抵抗していたのか、あるいは目だたないように努めてくらしていたのかを明示していない。多くははっきりと国家社会主義的文章を発表していたわけではないが、勇敢にカモフラージュ文学的発言にふみこんだわけでもない。もちろん多くの作家たちはアルベルト・パリス・ギュータースローやジョルジュ・ザイコのように発禁処分を受け、あてもなく創作し続けていたのも事実である。

いずれにせよ第三帝国においては帝国著作院に所属している者のみが出版を許された。その著作院にはアーリア人かつナチス体制への政治的敵対者と見なされない者で、党組織による種々の肯定的評価を提示することができる者のみが受け入れられた。もちろんこうした受け入れは国家社会主義に対する作家たちの実際の姿勢についてなんら語るものではない。しかし受け入れられるためには、少なくとも賛同を装わなければならなかった。

「国内亡命」という言いまわしにはアレクサンダー・レルネット＝ホレーニアの小説『白羊宮の火星』

と『両シチリア王国』がふさわしい。レルネット＝ホレーニアは決して政権の支持者ではないが、作家としてのキャリアが第三帝国時代に絶たれることはなかった。一六八三年のウィーン包囲をあつかったルードルフ・ヘンツの歴史小説『皇帝の使者』（一九四一）や、ヴァルター・フォン・デア・フォーゲルヴァイデに関する小説『大いなる嵐』（一九四三）もカモフラージュされた抵抗文学としても読める。職能身分制国家の重要な文学担当構成員だったヘンツは一九三八年に失脚したが、まもなくふたたび出版が許されるようになった。

一九三〇年代に詩人としてのキャリアを始めたエーリカ・ミッテラーの場合、状況ははっきりしていた。このウィーンの市民階級出身の作家は保護司として働き、キリスト教保守主義の環境にあった。彼女の知人にはマックス・メルのほかシュテファン・ツヴァイク、フェーリックス・ブラウン、テオドール・クラーマーがいた。一九四〇年に出された大部の歴史小説『悪魔』は、国際的な成功をおさめ、ナチス系の批評による称讃を受けたが、多くの同時代人には抵抗として受けとられた。いずれにせよ十六世紀ドイツのある町における魔女裁判と集団狂気、いけにえ探し《スケープゴート》をめぐるこの物語は、第三帝国の寓話として読める。

パウラ・フォン・プレラドヴィッチも国家社会主義に対するキリスト教的反対者にかぞえられる。このクロアチアの大作家ペタル・プレラドヴィッチの孫は一八八七年プーラに生まれ、一九二〇年以来ジャーナリストである夫のエルンスト・モルデンとウィーンにくらして詩を執筆し、一九四〇年には祖父の伝記をとおしてかつての帝国を回想した芸術家歴史小説『パヴェとペロ』を発表した。終戦直前——とりわけ息子のフリッツ・モルデンの抵抗運動のために——ゲシュタポに拘束された。一九四七年には第二共和国国歌を作詞し、一九五一年にウィーンで死去した。

いずれにせよ国内亡命という現象が、オーストリア作家にとって重要な役割を演じていたことが確認される。一九三八年にはたいていの者が国家社会主義への賛否を鮮明にした。そして反対した者のほとんどが、亡命しなければならなくなった。

オーストリアの亡命文学を一くくりにすることはできない。それはキリスト教保守主義の君主制支持者から共産主義者、反ナチス活動家から人種的迫害を受けた政治に無関心な者まで、幅広い政治的多様性を含んでいる。それは通俗文学作家から純文学作家まで、幅広い詩的多様性を含んでいる。それは成功した大作家のほかに、無名のままだった作家を含んでいる。それは亡命中に作家になった若手のほかに、突然読者を失うことになった著名作家を含んでいる。それはドイツ語で書き続けた作家のほかに、亡命国のことばを受け入れた作家も含んでいる。そしてそれはできるだけ早くオーストリアに帰還した作家のほかに、亡命先で新たな故郷を見いだした作家も含んでいる。

当初から多くの亡命者たちは団結と組織化を試みた。そのために一九三三年以来存在していたドイツの亡命組織に加入した。しかしオーストリア独自のアイデンティティを追求した者もいた。ドイツPENに入会して「合邦」を後追いするようなことはしないということを申し合わせたうえで、一九三九年にロンドンでオーストリアPENクラブの亡命グループが設立された。事務局長ローベルト・ノイマンのもと、「フリー・オーストリアPEN」は亡命作家たちを支援し、一九四一年までの九十名ほどの会員にはオーストリアの主要な亡命作家のほとんどすべてが含まれていた。まず名誉会長となったのはジークムント・フロイト、そしてフランツ・ヴェルフェルであった。イギリスでもPENクラブはオーストリアの自立という目的のもと旺盛な文化政策活動を展開した。ニューヨークでは一九四二年に「民主オーストリア作業協会」が形成され、その機関誌『オーストリアの自由（*Freedom for Austria*）』は一九

四三年以降 *Austro-American Tribune: Anti-Nazi Monthly* となって、ヘルマン・ブロッホやエルンスト・ロータル、アルフレート・ポルガル、ベルトルト・フィアテルなどが参加した。

ヨーゼフ・ロートからシュテファン・ツヴァイク、ヘルマン・ブロッホからフランツ・ヴェルフェル、エリアス・カネッティからローベルト・ムージルまでのすでにとりあげた作家たちの多くは、亡命文学にかぞえられる。多くの者にとってスイス、チェコスロヴァキア、フランスあるいはイギリスが最初の逗留地であった。ある者は強いられて、またある者は自由意志でさらにアメリカへと渡っていく者が多かった。これからはあまり詳しく論じてこなかった亡命者の幾人かを見ていくことにしてみよう。

ハプスブルク君主国に出自をもつきわめて政治的な国際的作家といえば、マーネス・シュペルバーである。一九〇五年にガリツィアのザボロティフのハシディストの家庭に生まれ、一九一六年以降ウィーンでくらし、ここで個人心理学者アルフレート・アードラーの緊密な協力者となった。一九二七年にシュペルバーはベルリンに移住して共産党指導部で活動し、その委託により一九三四年パリに赴いた。一九三七年には共産党から距離をとり、この運動からの際だった転向者となった。シュペルバーはほどなくオーストリアに帰還し、一九四〇年にはフランス兵としてドイツと戦い、フランス敗北の後は南フランスに脱出し、一九四二年にスイスに逃亡した。一九四五年から死去する一九八四年まではパリでくらした。

全体主義体制との戦いが一九三〇年代以降のシュペルバーの主たる関心事であった。みずからの経験と対峙した三部作『大海の涙のごとく』は『燃え尽きた茨の茂み』(一九四九)、『深淵より深く』(一九五〇)、『失われた入江』(一九五五)の三小説から成り、一九六一年になってようやくドイツ語完全版が出された。この三部作は政治的モデル小説、「コミンテルンの伝説小説《サガ》」として読まれたが、中心人物に焦点を当てた伝統的に物語られた幻滅小説であると同時に、広範な歴史的パノラマを構想したものでもある。主人公は故郷と思想的地盤を失ったという点で、二重の亡命を経験する。二十世紀の悲劇を前にした倫理的に正しい態度という問題が、この語り手とまた三巻の自伝『すべて過ぎ去りしこと』（一九七四—七七）でシュペルバーを駆りたてたことであった。

もう一人のカカーニエンの過去をもった共産党からの転向者である亡命作家はアルトゥル・ケストラーである。彼は一九〇五年にブダペストでドイツ語を話すユダヤ人商家に生まれ、一九一四年以降ウィーンでくらし学生生活に入った。一九二六年以降は波乱万丈の生涯をおくった。長い間パレスティナに滞在し、共産党員となってスペイン内戦に参加し、一九三七年に共産党を離れて一九四〇年にイギリスに渡り、死去する一九八三年まで著名な知識人として重要な役割を演じ、政治上・（境界）科学上の問題にとり組んだ。オーストリアとは多くの時間をチロルの山村アルプバッハですごすことによって関係を保った。

ケストラーは文学上の経歴をドイツ語作家として始めたが、後には英語で書くようになった。多岐にわたる文学的・理論的作品を遺した。もっとも著名な本は一九四〇年に出された小説『真昼の暗黒《ダークネス・アト・ヌーン》』であり、一九四六年には『太陽の暗黒』という題のドイツ語で出された。ケストラーはこの小説を一九三八年から四〇年までフランスでドイツ語によって執筆していた。原本が失われ、英訳だけが遺っていたので、一九四六年に彼はみずからこの本をドイツ語に訳し直さなければならなかった。

『太陽の暗黒』は何か国語にも訳されたスターリン主義の総括であり、架空の革命家ルバショフの人生最後の日々をスターリン主義公開裁判を背景として描いたものである。この小説は一方において起訴されたソヴィエトの革命家たちが公開裁判で自己批判するという、多くの同時代人には理解できない現象に関する説明の試みであり、他方においては倫理的要請と政治的成功の関係の問題を追求したものである。このテーマをケストラーはすでに共産党との決裂前に執筆した最初の歴史小説『剣闘士』でもとりあげていた。一九三五年から三八年の間にドイツ語で書かれたこのローマのスパルタクスの乱に関する小説も、原本が失われていたため、一九三九年にまず英語で出されたのだった。読者に親しみやすいこの小説は、二十世紀前半のヨーロッパの状況に関する寓意であり、ここでもやはりローマの共和制末期と帝政初期の時代がモデルとされ、価値崩壊と新秩序への展望が対置されているという点で、その著しい美学的相違にもかかわらず、ヘルマン・ブロッホの『ウェルギリウスの死』に比較されるものである。

カカーニエンの背景はゾーマ・モルゲンシュテルンも示していて、彼の小説家としての出発は強いられた亡命生活とともに始まったため、没後ようやく広範な読者を得ることになったのだった。モルゲンシュテルンは一八九〇年にハシディスト家庭の息子として東ガリツィアに生まれ、タルノーポル（現ウクライナ領テルノーピリ）に育ち、一九一二年以降はウィーン大学に学び、世界大戦に従軍した。一九二〇年代にはヨーゼフ・ロートやアルバン・ベルクと交友関係を結び、『フランクフルト新聞』の文化特派員として働いた。最初の小説『放蕩息子の息子』は一九三五年当時はユダヤ系のドイツ語出版社からしか出すことができなかった。モルゲンシュテルンは一九三八年にフランスに亡命し、一九四〇／四一年にカサブランカを経てアメリカにかろうじて脱出した。一九七六年にニューヨークで死去した。

モルゲンシュテルンの代表作は東ヨーロッパのユダヤ世界に関する大三部作『深淵の火花』であり、これは『放蕩息子の息子』、『亡命中の牧場』（初稿 *My Father's Pastures*／一九四七）それに『放蕩息子の遺言』（*The Testament oft he Lost Son*／一九五〇）という小説から成る。ドイツ語完全版は一九九六年になってようやく出された。この三部作はポーランドに属するようになっていた先祖の世界ガリツィアの多民族の村ドブロポリェに、一九二〇年代の終わりに帰還し定住することになったアルフレート・モフレフスキーという名の若いウィーンのユダヤ人に仮託して、地方のユダヤ人生活を描いたものである。アルフレートはユダヤの伝統的な生活様式への通過儀礼を体験する。しかしここに末長く定住しようという彼の意図は、次第に強まるポーランドの反ユダヤ主義によって失敗し、パレスティナへの移住を予感させてこの小説は終わる。アメリカ亡命中にモルゲンシュテルンはショア〔ホロコースト〕にショックを受けて、『血柱――ゼーレト河畔の印と奇跡』という本を執筆したが、これは一九五五年に *The Third pillar* という題で英語で、また一九六四に初めてドイツ語で出された。この嘆きと訴えの本では聖書のことばと伝説めいた調子で大量殺人の神学的意味が問われることになる。

多くの亡命作家たちは一九三八年以前のオーストリアの文化生活において重要な役割を演じていた。ここではまず第一にエルンスト・ロータルが挙げられるが、彼は一八九〇年にユダヤ人弁護士の息子としてブリュンに生まれ、一八九七年以降ウィーンで育ち、一九一四年には法学博士を取得した。戦争に従軍し、一九二四年まで役人を務めた後、いくつかの小説を発表し、その後演劇評論家・演出家・ヨーゼフシュタット劇場監督として活動した。一九三八年にスイスとフランスを経てアメリカに脱出して、ニューヨークで短い期間「オーストリア劇場」を運営し、亡命運動に参加し、一九四〇年から四五年まではコロラド大学で教え、一九四六年にアメリカの文化将校としてウィーンに帰還した。一九四八年にはアメリカ市民権を放棄して、宮殿劇場《ブルク》とザルツブルク祝祭の演出家となった。一九七四年にウィーンで死去した。

ロータルの亡命小説 *Beneath Another Sun*（一九四二／ドイツ語版『異国の太陽の下で』一九六一）はヒ

トラー＝ムッソリーニ協定〔南チロルのドイツ系住民のイタリア同化合意〕の結果故郷を去ることになった南チロル人家庭の物語で、アメリカで興行的に大きな成功をおさめた。*The Prisoner*（一九四五／ドイツ語版『英雄広場』一九四五）は理性を失ったあるヒトラー青年が我に返る物語である。ロータルのもっとも重要な小説は *The Angel with the Trumpet*（一九四四／ドイツ語版『トロンボーンの天使』一九四七）である。ここでは家庭小説のモデルにたち戻って、ウィーンのピアノ制作家の上流市民家庭三代を通じて、マイアーリング事件〔一八八九年フランツ・ヨーゼフ帝唯一の息子オーストリア皇太子ルードルフがウィーンの森にあるマイアーリングの狩猟館で愛人マリー・フォン・ヴェッツェーラと心中した事件〕から一九三八年に至るオーストリアの歴史を物語ったものである。この本は一九四八年にオーストリアでパウラ・ヴェッセリー出演で映画化され、その際映画版では反ユダヤ主義のテーマは明らかに背景に退いた。ロータルがまさにこうした観点――そしてオーストリアの直近の過去の抑圧――にとり組んでいたことは、一九四九年にザルツブルクの出版社「銀の舟」から出された小説『帰還』が示していて、これはアメリカ亡命からの帰郷の物語をとりあげたもので、ウィーンに息づく国家社会主義に嫌悪感を懐いてアメリカに戻るものの、そこであらためて望郷におそわれるというものである。一九六〇年に出された自伝『生還の奇跡』でロータルは亡命体験と帰郷を詳細に描いた――亡命からの帰還者の一人アルフレート・ポルガルが、冷静に要約している経験を。「偶然亡き者にされなかった者は、偶然彼らを亡き者にするに至らなかった連中と和解しなければならないというわけだ」。

エルンスト・ロータルと同様に、ベルトルト・フィアテルも亡命時代の前から劇場運営上の重要なポストにあった。フィアテルの場合それはドイツ語劇場であった。このウィーンのユダヤ人商家の息子はウィーン大学に学び、一九一〇年以降カール・クラウスのサークルに属し、『炬火』にも発表していた。

一九一八年に演出家としてドレスデンに行き、一九二二年にはベルリンで映画産業にはいり、一九二七年から三二年まではハリウッドで働いた。一九三三年にイギリス、一九三九年にはアメリカに亡命したが、一九四八年にウィーンに帰還し、死去する一九五三年まで演出家としてブルク劇場で活動した。フィアテルの文学上のキャリアはウィーンでの表現主義抒情詩に始まり、亡命時代も主に詩を執筆していた。ともにニューヨークで出された詩集『恐れることなかれ』(一九四一)と『経歴』(一九四六)は、形式的にはおおむね伝統的であり、失われた過去を好んでテーマとしたが、政治的関心も強かった。

ローベルト・ノイマンはイギリスにおけるオーストリア人亡命社会における中心人物であり、「フリー・オーストリアPEN」を主導していた。一八九七年にウィーンで社会民主党支持者のユダヤ人銀行員の息子として生まれたノイマンは、一九三四年に職能身分制国家樹立によってイギリスに亡命したときには、すでに波乱に富んだ過去をもっていた。ノイマンはウィーンでハインリヒ・ハイネに関する論文で博士号を取得し、銀行員として働いた後の一九二二年に食料品輸入会社を設立し、その倒産後の一九二七年にはさしあたり船に乗ることになったが、文学パロディ集『他人の筆で』で思いがけない成功を得ることになった。一九二九年にはウィーンのインフレ期を時代批判的に描いた新即物主義小説『ノアの洪水』を書いた。亡命時代には『シュトルーエンゼー——博士・独裁者・愛人・哀れな罪人』(一九三五、改版『王妃の愛人』/英語版 *The Queen's Doctor* 一九三六)やあるハンガリーの泥棒が一八四八年の革命〔ヨーロッパ各地に起こったブルジョワ革命〕にまきこまれていく様を描いた小説『ある女性は叫んだ』(一九三八/改版『自由と将軍』/英語版 *A Woman screamed* 一九三八)といった歴史小説を執筆した。小説『バビロンの流れのほとりで』はまず一九三九年に英語訳(*By the Waters of Babylon*)で、そして一九四五年になってドイツ語版が出た。これは十二人のユダヤ人難民の運命を物語ったもので、彼らはパレスティナに移住しようとして命をおとす。ノイマンは一九四二年以降いくつかの重要な亡命小説を英語で書いたが、たとえば *The Inquest*〔『審理』〕（一九四四）は推理小説の体裁で移民女性の運命を追ったもので、*Children of Vienna*（一九四六／ドイツ語版『ウィーンの子どもたち』一九四八）は戦争直後のウィーンをグロテスクに叙述したものである。同様の文学技法は『ポハンスクの人形』（一九五二）にも見られる。ここでノイマンはソヴィエトのGULAGシステム〔強制労働収容所〕をグロテスクに、そして風刺的な書法で叙述し、その際露骨な暴力描写を鞭打ち、メロドラマ、風刺、実録といった場面に組み合わせている。

ノイマンは一九四五年以降も多作な作家であり続け、一九五〇年に国際PENの副会長となり、一九五八年にはロカルノに移住して、多くの戦後ドイツ文学の代表者たちと論戦を交わし、一九七五年に死去した。

ハンス・フレッシュ＝ブルニンゲン（一八九五―一九八一）はカトリックに改宗したユダヤ人貴族家庭の末裔で、アバッツィアとウィーンで成長し、戦争に従軍した後の一九一九年に法学博士を取得したが、一九二五年に家を出てカプリに移住した。一九二八年には友人のアルベルト・アインシュタインに誘われてベルリンに移ったが、一九三三年にオランダを経てロンドンに去った。種々の亡命組織に加わり、一九四〇年から五八年までBBCで働いた。一九五八年にオーストリアに帰還した。一九七二年にヒルデ・シュピールと結婚し、一九八一年にバートイシュルで死去した。

フレッシュ＝ブルニンゲンはすでに第一次世界大戦前に表現主義抒情詩および小説を発表していた。一九一九年のユートピア小説『バルタザル・ティフォ――カリーナ星の物語』も表現主義に基づいたものである。その後歴史小説に移った。『アマゾンの女』（一九三〇）はフランス革命時の農民の娘をあつかったもので、『ラグーザの公妃』（一九三五年ザルツブルク刊）はナポレオン時代が舞台であり、『アルキビアデス』は一九三五年に英語で、一九三六年にオランダでドイツ語によって出され、当時の歴史小説に一般的であった歴史上の大人物の英雄視に対抗したものである。一九三八年にフレッシュ＝ブルニンゲンは英語に転じた。*Masquerade*〔『仮面舞踏会』〕は一九三八年にニューヨークで出された後、一九三九年にロンドンで *The Blond Spider*〔『金色ぐも』〕として出版されたもので、推理小説の体裁で移住者の運命を物語る。*Untimely Ulysses*〔『時機を逸したユリシーズ』〕（一九四〇）もオーストリア移民の物語であり、波乱に富んだストーリーを第二次世界大戦勃発前のオーストリアとイギリスの状況への冷めた眼ざしと組み合わせたものである。フレッシュ＝ブルニンゲンのもっとも重要な亡命小説は英語で書かれた*Spirits of the Night*〔『夜の霊たち』〕で、一九四八年に『真珠と黒い涙』としてドイツ語訳のみで出された。この語りの技法的に野心的な本はある亡命者の生涯からの二十四時間をあつかったもので、空襲下の夜のロンドンをさまようなか、現実と彼の夢想・幻想が融解していく。ジョイスの『ユリシーズ』との親近性は明らかである――フレッシュ＝ブルニンゲンはジョイスとパリで知り合っている。

ヒルデ・シュピール（一九一一―九〇）はハンス・フレッシュ＝ブルニンゲンの三番目の妻で、亡命からの帰還後しばしばオーストリア文学の大立者《グランダーメ》と称された。ウィーンのユダヤ人上流市民家庭出身で、一九三六年にウィーン大学で哲学の博士号を取得し、作家ペーター・デ・メンデルスゾーンとの七年間の結婚生活の後ロンドンに移住し、一九四六年にイギリス軍と共に短期間ウィーンに滞在したことはあったものの、一九六三年になってようやく最終的に帰還した。オーストリアでは『フランクフルト一般新聞《アルゲマイネ》』の特派員を務め、文化活動において重要な役割を演じ、フリードリヒ・トールベルクとは終生敵対関係にあった。一九六五年から七二年までオーストリアPENクラブの事務局長を務めた。

ヒルデ・シュピールはすでに亡命前に物語テクストを発表していた。亡命期のものとしては小説 *Flute and Drums*（一九三九／ドイツ語版『笛や太鼓』一九四七）や、アメリカ・ニューヨークでの生活に破綻したヨーロッパ人女性の物語 *The Darkened Room*（一九六一／ドイツ語版『リーザの部屋』一九六五）がある。ヒルデ・シュピールは特にその自伝的文章やエッセー、ウィーン会議時代のサロンのユダヤ人女性の肖像である歴史研究『ファニー・フォン・アルンシュタインあるいは女性解放』（一九六二）で有名になった。

第一共和国の多くの女性作家の亡命は強いられたものであった。ヴィッキー・バウム、メーラ・ハルトヴィヒ、ギーナ・カウス、リリー・ケルバー、ヘルミュニア・ツーア・ミューレン、マルティーナ・ヴィートについてはすでに指摘してきた。一九〇六年（一九〇九年とも）にウィーンで生まれた女優で作家のヘルタ・パウリも被追放者に属する。彼女はユダヤ人上流市民の学者家庭出身である——兄のヴォルフガング・パウリは一九四五年にノーベル物理学賞を受賞することになる。ヘルタ・パウリはベルリンで女優としてマックス・ラインハルトのもとで働き、エデン・フォン・ホルヴァートと交友関係にあった。一九三三年にはウィーンに戻らなくてはならなくなった。ここでオーストリア作家のテクストをナチス支配地域外に媒介する代理業「オーストリア通信」を設立した。そしてみずからも書き始めたのだった。一九三六年にショルナイから出された『トーニ——ライムントのための女性の生涯』と『一人の女として——ベルタ・フォン・ズットナー』（一九三七）は、人気だった伝記小説の系譜につらなるものである。一九三八年にはスイスを経てパリに逃れ、ヨーゼフ・ロートのサークルに属した。たいへんな苦労の結果、一九四〇年に南フランスとポルトガルを経てアメリカへの脱出に成功した。そこで文学上のキャリアを積むことが可能になった。伝記小説や *Silent Night - The Story of a Song*（一九四三）、

The Story of the Christmas Tree（一九四四）といった児童書を英語で書いた。一九五九年には一九四五年以降のナチス・イデオロギーの存続を赤裸々につづったドイツ語小説『その後の若者たち』をショルナイから出した。強制収容所を生きのびた若いイレーネは解放後、たいがいの人にとってナチスの過去ではなくて、イレーネの収容所の過去の方がスキャンダルである世界に居場所を見いだすことができない。ヘルタ・パウリは一九五〇年代以降再三ウィーンを訪問し、一九七〇年に出された「体験書」『時の裂け目は私の心を貫く』に亡命体験を盛り込んだ。一九七三年にロングアイランドで死去した。

一九〇二年にウィーンのユダヤ人法律家家庭に生まれたアンナ・グマイナーも、亡命期に外国語による文学的経歴が始まった。一九二五年からベルリンにくらしたが、一九二六年に夫の生物学者ベルトルト・パウル・ヴィースナーとエディンバラに移住した。一九三〇年に離婚が成立し、ベルリンに戻った。ここではスコットランドでの経験に基づいた社会批判的坑夫劇『英雄なき軍隊』がすでに一九二九年に上演されている。ピスカートルやベルトルト・フィアテルと知り合い、一九三二年には民衆劇『自動ビュッフェ』を上演し、映画監督ゲオルク・ヴィルヘルム・パープストと協力している。ヒトラーの「政権奪取」の際はパリに滞在していて、そのまま亡命し、一九三五年に第二の夫である宗教哲学者ヤシャ・モルダッチとイギリスに移った。一九三八年にアンナ・ライナーという筆名でアムステルダムの亡命出版社クウェーリドから、一九二四年から三四年までのベルリンを舞台にした境遇の異なる五人の子ども友達の物語『マーニャ――五人の子どもをめぐる小説』という本を出版した。この小説はナチスの成立を描いたものである。この言い表しがたい政治展開に、子どもたちに体現されるより大きな形而上学的真実が対置されている。亡命小説『カフェ・デュ・ドーム』は若い亡命女性がパリで本来のアイデンティティを回復する物語で、一九四一年にロンドンで英語によって出された。一九四〇年から夫が死去する一九五〇年までバークシャーに引きこもってくらしていたが、その影響もあってか宗教的・神話的問題に精力的にとり組んだ。一九五〇年以降にこれに関する本を何冊か発表している。アンナ・グマイナーは一九九一年に死去した。娘のエヴァ・イボットソンはイギリスの有名な児童文学作家になった。

華々しく始まったジョー・レーデラーの文学上のキャリアは、ナチスによって止められてしまった。一九〇四年ウィーン生まれのヨゼフィーネ・レーデラーはユダヤ人家庭の出身で、商業学校卒業後、主にフーゴ・ベッタウアーやドイツの小説家バルダー・オルデンの秘書として働き、一九二六年にベルリンに移住した。最初の小説『娘ジョルジュ』は近代的な大都市の「近代的な女性」の肖像で、彼女を「ドイツのコレット〔一八七三―一九五四。開放的な女性像で有名なフランスの女性作家〕」として有名にした。出版社はこの作家を偽って二十《はたち》の天才少女として売りだした。『音楽の夜』(一八三〇)と『三日間の恋』(一九三二)も成功した大都会小説である。一九三三年にレーデラーは帝国著作院に加入した。一九三四年に上海に移住したが、一九三五年にウィーンに戻っている。その後数篇の小説を書いたが、経済的理由から一九三八年にナチスと協調しようと試みている。一九三九年にイギリスに移住し、そこで女中として働いたが、ヒルデ・シュピールら亡命作家との接触ももっていた。一九四四年から五四年までは秘書として生計を立てた。一九五一年にベルリンで出された小説『きのうへの郷愁』は、亡命生活をテーマ化したものである。一九五六年にミュンヘンに移住し、娯楽小説を何篇か執筆した。一九八七年に忘れさられたまま、孤独のうちに死去した。ジョー・レーデラーの小説テクストは疑いなくみずからの伝記的経験に裏打ちされたものである。恋愛物語が中心にあることが多い。しかし精細な社会的・史的裏づけが、彼女の小説を因習的な娯楽文学から際だたせている。

ナチスはマリア・ラザル(一八九五―一九四八)の文学上の履歴も終わらせることになった。もともとはカトリックに改宗したウィーンの上流ユダヤ人市民家庭の娘で、オイゲーニエ・シュヴァルツヴァルト〔オーストリアの高名な女子教育者・女性運動家〕の女子実科ギムナジウムに通い、最初に発表した表現主義家庭小説『毒殺』で、みずからの家族の歴史を苛烈な上流社会攻撃にしたてあげた。その後は社会民主主義新聞にフユトンを書いた。一九二三年にフランク・ヴェーデキントの息子で、アウグスト・ストリンドベリに認知されたフリードリヒ・ストリンドベリとの短期間の結婚によって、スウェーデン国籍を得た。主にスカンディナヴィア文学の翻訳を生活の糧にしていた。みずからの作品はたいがいは新即物主義小説だったため、しばしば出版社から拒否され、エスター・グレンというデンマーク人のペンネームでなんとか刊行にこぎつけた。一九三三年にマリア・ラザルは娘とデンマークに移住し、当初ベルト・ブレヒトやヘレーネ・ヴァイゲルとフュン島で暮らし、三五年にはコペンハーゲンで最も重要な長篇『マリア・ブルートの土着民たち』を完成させた。この本は作者の死後の一九五八年になって、一九四九年以来東ドイツにくらしていた妹の児童書作家アウグステ・ラザルによってようやく発表された。これはオーストリアの小都市における「ヒトラー主義」の幕開けと、首都ウィーンとユダヤ人に対する田舎のルサンチマンを物語ったものである。最後には「土着民の時代」と形容される暗澹たる未来が預言される。一九三九年にマリア・ラザルはスウェーデンに逃れ、一九四八年には自殺を図り、それがもとで死去した。

フォアアルルベルクの詩人パウラ・ルートヴィヒの境遇も亡命によって彩られている。一九〇〇年にフェルトキルヒ近郊アルテンシュタットの貧しい境遇に生まれ、リンツとブレスラウ〔現ポーランド領ヴロツワフ〕で成長し、すでに一九一七年には母親となって、一九一八年からミュンヘンで絵のモデル・女優として働きながら、ゲオルゲ・サークルに出入りするようになった。一九二〇年には最初の詩集

『至福の跡』が出された。一九二三年にはベルリンに移り、イヴァン・ゴルと知り合って、情熱的な恋愛関係に入ったが、それは一九三二年に発表された詩集『暗き神に――愛の詩暦』に結実している。一九三三年にチロルにへ行き、一九三八年にスイスとフランスを経てブラジルに移住し、絵画・装飾の仕事をしてくらした。パウラ・ルートヴィヒの詩は表現主義やヘルダーリン、リルケの影響を受け、常に故郷とその喪失をテーマとしている――それは亡命体験によってさらに強まった。一九五八年には亡命詩の一部を詩集『詩――一九二〇年から五八年の時代より』に採用している。一九五三年にオーストリアに帰還したが、一九五六年にはヴェッツラー、さらにダルムシュタットに移り、そこで一九七〇年に死去した。

たいがいの亡命作家にとって、外国で外国語による文学活動を続け、その際経済的にも成功することは難しかった。最後に数少ない成功した者を挙げて終えることとしよう。ローベルト・ピックは一八九八年にウィーンでユダヤ人上流市民家庭の息子として生まれ、士官候補生として第一次世界大戦に従軍し、一九三七年にヴァレンティン・リヒターの筆名で最初の小説『人生と瞬間』を発表した。一九三八年にイタリアを経てイギリスに逃れ、一九四〇年にアメリカに渡った。彼は当初から亡命を一時的状況ではなくて、一九一八年から違和感をもっていた国との決定的別離としてとらえた。ニューヨークでは一九四二年から *Saturday Review of Literature* の書評家として働き、ヘルマン・ブロッホとは交友関係にあった。一九四四年に――ナチスが手に入れようと望んでいる文書をもっていると勘違いされた――あるユダヤ人難民の運命をめぐるスリリングなストーリーをもった小説を発表した。主人公のウィーンの弁護士シュテファン・ジーモンは偶然あるスキャンダルにまきこまれ、恐怖の独裁において起こりうるありとあらゆる事態に引きずりこまれていく。その後ピックが英語で書いた本には歴史小説の *The*

Escape of Socrates（一九五四）、有名な歴史上の人物をとりあげた *Empress Maria Theresia – The Earlier Years (1717–1757)*（一九六六）、自伝を下じきとした回想録 *The Last Days of Imperial Vienna*（一九七五）が挙げられる。ローベルト・ピックは一九七八年にニューヨークで死去した。

論争的で議論のある作家ハンス・ハーベ、本名ハンス・ベーケーシはカール・クラウスに何度も攻撃されたユダヤ人ジャーナリスト、イムレ・ベーケーシの息子として一九一一年にブダペストで生まれ、ウィーンで成長し、一九三〇年以降にはジャーナリストの活動を始めていた。ナチスの激しい攻撃をあびるようになったのは、ヒトラーの父親が本来「シックルグルーバー」という名であったと報道したことに因る。一九三五年以降は『プラハ日報《プラーガー・タークブラット》』の記事を書き、その特派員としてジュネーヴに行き、一九三八年にフランスに移住してフランス軍に従軍した後、一九四〇年にからくもアメリカに脱出することができた。アメリカ国民として一九四二年に徴兵されてヨーロッパで従軍し、軍の要請でドイツのアメリカ占領地域で種々の新聞を創刊しながらカリフォルニアでくらしたが、ドイツ語圏の亡命作家たちと交流することはほとんどなかった。一九五三年に最終的にヨーロッパに帰還し、スイスに定住した。一九七七年に死去するまで多くの文学・政治論争を起こし、いくつかのベストセラーを生み出した。

ハーベの多岐にわたる物語作品は伝統的で、しばしば政治色の強い娯楽文学であった。一九三七年には十八か国語に訳された亡命小説『国境を越える三人――ドイツの亡命者たちの冒険』をジュネーヴで発表している。みずからの戦争・脱出体験は成功作『千人が倒れようとも』に著されたが、この一九四三年にロンドンで出された小説は、すでに一九四一年に *A Thousand Shall Fall* という題で英語で出されていたものである。二つの小説『我々はどこに属しているのか』（一九四八）と『闇への道』（一九五一）はドイツの戦後をあつかったものである。一九五四年には『私は立つ』で亡命者としての自伝を提示したが、これはトーマス・マンの称讃をあびた。

オーストリアの亡命作家といえば、一九二四年にフリッツ・マンデルバウムとしてウィーンに生まれたフレデリック・モートンもそうである。ウィーンの裕福なユダヤ人家庭の出身で、一九三八年にイギリスへの亡命を強いられて、一九四〇年にニューヨークに移り、名前を「モートン」に変えた。フレデリック・モートンはすでに一九四七年にオーストリアの「合邦」に関する小説 *The Hound*〔『猟犬』〕を発表している。*Darkness Below*〔『下の暗闇』〕ではアメリカに移住したために学業をもう一度やりなおさなければならなくなったウィーンの医者の運命を物語っている。モートンはジャーナリストとしても活動し、一九六二年に *The Rothschilds* で大きな成功をおさめ、亡命と戦後をとりあげたいくつかの小説を書いている。もっとも有名になったのは、かつてのオーストリアに関する一種の三部作である。*A Nervous Splendour: Vienna 1888-1889*（一九七九／ドイツ版『ウィーン運命の年一八八八―八九年』一九七九）と *Thunder at Twilight: Vienna 1913/1914*（一九八九／ドイツ語版『稲妻一九一三／一四年』一九九〇）はカカーニエン時代末期の文化史を描いたものである。それに対して小説 *The Forever Street*（一九八四／ドイツ語版『永遠の街路』一九八六）はモートン自身の生涯を基にした虚構である。自伝『世界をめぐって家に――ウィーンとニューヨークでの私の生活』は二〇〇六年に出された。フレデリック・モートンは一九八〇年代からオーストリアで広範な読者を獲得した。しかし彼の運命は一九三〇年代以来オーストリアの偉大な文化的伝統と精神生活を破壊した大流出《エクソドス》の特徴をよく示している。モートンはみずからについて語っている。「私はオーストリアの過去ととり組んだアメリカの作家で、常に移住者であり続けるだろう」。

第六章
第二共和国

第一節　戦　後（一九四五―六六）

戦後の政治情勢

ドイツ国防軍降伏十一日前の一九四五年四月二十七日、オーストリア社会民主党（SPÖ）、オーストリア国民党（ÖVP）、オーストリア共産党（KPÖ）によってオーストリア共和国の独立がふたたび宣言され、カール・レナーによる暫定政権が成立した。その根底にあった一九三八年当時の状況の回復という第二次世界大戦戦勝国――アメリカ、ソヴィエト連邦、イギリス、フランス――の決断は決して当然のことではなかった。ここに至るまでの間には、別のシナリオも想定されていた。一九四三年十月三十日のモスクワ宣言ではドイツへのオーストリア合邦は無効とされ、オーストリア共和国はナチスの攻撃の最初の犠牲者と認定されている。第二共和国に不可欠な創設神話であったこの犠牲論は、長い間多くのオーストリア人およびナチス治下オーストリアの諸機関の責任追及を妨げ、あるいは困難にするものであった。

過去七年間がもたらしたものは壊滅的であった。十七万人が戦死し、五十万人のオーストリア兵が戦争捕虜になっていた。ナチスはおよそユダヤ人六万五千人、抵抗者二万人という八万五千人以上のオーストリア市民を殺害した。国土は荒廃し、一五〇〇万人以上の難民が国内になだれこんだ。連合国の援助なしに物資供給危機を克服することはできなかった。

オーストリア連邦政府は一九五五年まで共和国領土が四つの占領地区に分割された事実だけではなく、困難な過去を克服しなければならないということに直面した。人々が賛同した第一共和国は、周知のとおり国内対立によって崩壊した。それゆえ二つの大きな政治陣営――共産党は急速に影響力を失った――が正式に協働の時代を始め、両党の代表者たちはナチスの犠牲者、強制収容所を生きぬいたオーストリア愛国者を自認することができた。一九四五年から六六年まで、オーストリアはキリスト教社会党の後継政党である保守ÖVP主導による「大」連立によって運営された。最初の二人の連邦首相はナチス時代にダッハウとマウトハウゼンの強制収容所に収容されていたレオポルト・フィーグル（一九四五―五三）と職能身分制国家の際に大臣を務めていたユリウス・ラープ（一九五三―六一）だった。結果は注目すべき政治的安定と、憂慮すべき硬直化であった。新たなビーダーマイアーが到来した――潜在的不安定要因はみな覆い隠されてしまった。

オーストリア国民は一九四五年以降政治から極端に距離をおいたが、ナチスに肯定的だった者が依然多数派であり、民主主義に無限の価値を見いだしてはいなかった。したがって再教育が占領国の圧力と大連立の合意によって――かつてのヨーゼフ主義の伝統に従って――上からなされた。連合国が要求した非ナチ化は停滞した。一九四九年にかつてのナチス党員が選挙権を回復すると、新たな政党として独立連合（VdU）が結成され、それは一九五六年にオーストリア自由党（FPÖ）に受け継がれていくことになる。

一九五五年に共和国は「国家条約」によって独立を達成した。連合国占領軍は撤退し、オーストリアは永世中立国を宣言し、西側陣営のNATOと東側陣営のワルシャワ条約機構の間の冷戦に左右されずに、「至福の島」〔ギリシャ神話における理想郷の一つ。しばしば戦後のオーストリアにおいて、時に皮肉をこめてみずからたとえられる〕として経済的繁栄を遂げた。社会集団間の利害調整制度である「労使協調《ゾツィアールパルトナーシャフト》」体制は、第二共和国に成功神話をもたらした。オーストリア国民意識が次第に強まっていったが、それにはオーストリアのトップスポーツ選手との一体感も貢献した。一九五四年のサッカーワールドカップにおいてオーストリア代表が三位になり、一九五六年にはキッツビュールのスキー選手トニー・ザイラーがコルティーナ・ダンペッツォのオリンピックで四つの金メダルを獲得した。一九六六年はある意味で転換期であり、大連立のモデルが破棄されて、ÖVPが単独政権を発足させ、一九七〇年にはブルーノ・クライスキーによる社会民主党単独政権がそれにとって代わった。

戦後のドイツ文学研究と教育・文化政策

文学の状況を見ても、一九六六年を転換期ととらえることができる。それまでの第二共和国の代表的作家ハイミート・フォン・ドーデラーが死去し、ケルンテンの若い作家ペーター・ハントケが最初のセンセーションをまき起こした。長く待たれていた世代交代がついに起こった。

直近の過去への第二共和国の危うい関係は、文学界にも表れていた。一九四五年以降帰還した亡命作家はごくわずかであり、それも望まれたものではなかった。アレクサンダー・レルネット゠ホレーニアのことばで言えば、残留者たちは「一人の気違いの夢が途絶えたところ」から始めようとていた。したがって本質的には第一共和国の文学活動が再建され、職能身分制国家のオーストリア゠イデオロギーが復活した。その間の多くの作家たちによるナチス政権への協力は、恥ずかしい家庭の秘密として口にされることはなかった。

大学一般およびオーストリアのドイツ文学研究に限ってみても、ナチス協力者への当初の風当たりとその後の宥和が見られる。かつてのナチス・ドイツ文学者に対する当初の苛烈な態度で印象的なのは、一九四〇年に入党し、四六年に「軽度犯罪」と認定されたインスブルックのヘルベルト・ザイドラー（一九〇五―八三）の場合である。彼は一九四四年に取得した教授資格を四五年に剝奪された。一九五一年に教授資格を再度取得後はまず教師として働き、さらに五八年には南アフリカのヨハネスブルクの教授職に就き、その後六三年にオーストリアに帰還した。ウィーン大学ではヨーゼフ・ナードラーが解雇され、文句のつけようのないオスカル・ベンダ（一八八六―一九五四）がオーストリア文学史と一般文学研究の正教授に任命された。ベンダは一九三八年にウィーンの視学官を政治的理由で解雇されていた。彼はいくつかの出版物でナードラーを批判的にとりあげていた。一九三八年に解雇されたエドゥアルト・カストレ（一八七五―一九五九）も四五年に再任されたが、四九年に不都合な状況下年齢的理由から引退を強いられた。背後には当時ナードラーを復権させ、再任しようという深刻な動きがあった。それに抗議する公開書簡が文部大臣に提出され、これにPENクラブも同調した。このPENクラブの抗議に対して、今度はルードルフ・ヘンツ、アレクサンダー・レルネット゠ホレーニア、フランツ・ナーブルなどそのメンバーの一部がナードラーのために抗議した。ナードラーが再任されることはなかった。

一九四五年にナチとして解雇されたハインツ・キンダーマンは、一九五四年にウィーンで演劇学のポストをあらためて手にした。また一九三九年に国家社会主義ドイツ語講師連盟の学部主任エドゥアルト・カストレの後継者になっていた近代ドイツ文学者ハンス・ルプリヒは、政治的に消極的な姿勢をとっていたため、一九七〇年の定年まで高い地位を維持した。

学校ではオーストリア国民意識の建設が推進された。これはドイツとの断固たる区別を通じてもなされた。一九五一年に生命を吹きこまれた『オーストリア国語辞典』*Österreichisches Wörterbuch* はドイツ語のオーストリア的変容を推進するものであった。文学の授業の中心はオーストリア古典作家(グリルパルツァー、シュティフター)——それと第一共和国の伝統文学——であった。ムージルやブロッホはとりあげられなかった。「偉大な遺産」が強調された。学校の外でも文学教育が営まれた。青少年は三文小説など「低俗なもの」から保護されねばならなかったが、一方においては因習にとらわれない現代文学との闘いも擁護された。カール・ルークマイアー(ÖVP)とリヒャルト・バンベルガー(SPÖ)の主導で一九四八年に設立された「青少年書籍クラブ」は、学校当局との緊密な連携のもと青少年の読書行動を望ましい方向に導こうとした——そしてその方向はしばしばきわめて因習的であった。

児童文学はひそかに公的な指針に従わないこともあった。挙げられるべきは、カール・ブルックナー(一九〇六—八二)の広島小説『サダコは生きる』(一九六一)である。ブルックナーは一九四九年以降『インディアン・パブロ』(一九四九)や『我が弟アーフアル』(一九五二)など、しばしば遠国を舞台にしたいくつかの社会批判的児童小説で頭角を現した。『十一羽の雀たち』(一九四九)や『世界チャンピオン』(一九五六)などのスポーツ小説では全ドイツ語圏から注目をあびた。このジャンルでもっとも優れていたのは、一九一三年にシュレージエン〔現ポーランド領シロンスク〕のゲルリッツでヒルデ・ミルヤム・ローゼンタールとして生まれたミーラ・ローベで、彼女は一九三六年にベルリンからパレスティナに移住し、一九四八年にヘブライ語で最初の本であるロビンソン・クルーソー小説『消えた子どもたちの島インス＝プ』を発表した。このヨーロッパの避難民の子どもたちの物語は、船の難破の後、ある孤島で共同生活を営むというウィリアム・ゴールディングの一九五四年の有名な小説『蠅の王』を先取りしたものである。現実の背景――ナチスが支配するヨーロッパからのユダヤの子どもの避難――はウリビアとテラニアという架空の国におき換えられている。ミーラ・ローベはスカラ新劇場に招聘されていた俳優で演出家の夫フリードリヒ・ローベと共に、一九五一年にウィーンに、その後五七年に東ベルリンに移住した。一九五八年に家族はウィーンに戻ってきた。ミーラ・ローベは死去する一九九五年まで百を超える本を執筆し、多くの言語に翻訳された。一九六五年の『林檎の木の上のおばあさん』では現実的・幻想的領域の交差によって、オーストリアの児童文学に新たな段階を打ち立て、後にクリスティーネ・ネストリンガーなどの作家がこれに倣った。

第二共和国の公式の文化政策は根本的にはきわめて保守的だったということができよう。オーストリアはみずからを文化国家と定義づけた――しかしこれは現代（あるいは直近の過去）の芸術と文化ではなくて、「偉大な遺産」を指しているのである。したがってアルバン・ベルクではなくてモーツァルトを、モダンに対して「大衆」芸術を、若い世代ではなくて第三帝国時代に苦境にあった作家を選びとるのである。三〇年代に願望だったことが、生き続けることになったのである。

公的に授与された文学賞は職能身分制国家への継続性への志向が特に明瞭である。一九五〇年に創設されたオーストリア国家文学大賞は、たとえば一九五三年にはルードルフ・ヘンツ、五四年にはマックス・メル、五六年にはフランツ・ナーブル、五七年にはフランツ・カール・ギンツカイが受賞している。

一九五二年のマルティーナ・ヴィート、五五年のフランツ・テオドール・チョコール、五九年のカール・ツックマイアーなどの亡命作家の受賞も散見はされる。各連邦州の種々の文学賞も第一共和国時代に頭角を現し、しばしばナチスの同調者だった作家に授与されることが多かった。

出版状況

オーストリアの出版界は後進的なままであった。戦争直後には出版社の設立と再建が相次いだ。一時はウィーンをドイツ語書籍業界の中心にしようという夢も語られ、それはドイツにおける荒廃を考えれば納得のいくものであった。一九四五年から四七年までの間には厖大な書籍の制作がみとめられ、亡命文学作品だけではなく、世界中の文学が市場にもたらされた。マクシム・ゴーリキーやルイ・アラゴン、テオドール・プリヴィエーの作品を発表した共産主義のグローブス出版など、多くの出版社が政治的・思想的理由から占領国の支援を受けた。カトリックのヘーロルト書籍出版からはガブリエル・マルセルやジュリアン・グリーン、イーヴリン・ウォーのほか、ハンス・ヴァイゲルの書籍シリーズ『現代の声』も出された。再建された出版社ではパウル・ショルナイ出版、オットー・ミュラー出版、ベルマン・フィッシャー出版が挙げられる。ショルナイはH・G・ウェルズやパール・S・バックなど戦前擁した作家たちや、グレアム・グリーンやC・P・スノーの本を発行した。国内の作家ではヨハネス・マリオ・ジンメルやフリッツ・ハーベクらと契約した。ザルツブルクのオットー・ミュラー出版からはカール・ハインリヒ・ヴァッガールの作品のほか、ジョヴァンニ・グアレスキの『ドン・カミロとペッポーネ』も出された。ゲルハルト・フリッチュはここから一九五六年に小説『石の上の苔』を出版し、一九五八年にはトーマス・ベルンハルトの第一詩集『死の時に』(*In hora mortis*)も出された。一九三六年から三八年にウィーンで活動していたベルマン＝フィッシャー出版は、一九四七年以降ヘミングウェイ、ホフマンスタール、トーマス・マン、カフカ、サン＝テグジュペリ、シュニッツラー、ヴェルフェル、シュテファン・ツヴァイクのほか、イルゼ・アイヒンガーの『大いなる希望』も出版した。当初のオーストリアの出版社の成功も一九四七年の通貨改革によって終わりをつげ、高インフレは去ったが、オーストリアの本を対外的に高価なものにしてしまった。ベルマン＝フィッシャーなどは一九五二年にウィーン編集部を閉じ、フランクフルトに一本化された。ほどなくしてオーストリアの作家たちはまたふたび（西）ドイツの出版業界に依存することになったのだった。

作家団体

文化・作家団体は新しいオーストリアの建設に重要な役割を果たした。一九四五年五月にはウィーンで「民主主義作家・ジャーナリスト連合会」が設立され、一九五四年以降「オーストリア作家連合会」と称した。設立メンバーには後に共和国の文化生活に影響力ある役割を果たすことになる批評家エトヴィーン・ロレットやオスカル・マウルス・フォンターナ、それに一九四五年から五七年にかけてRAVAG、オーストリア放送協会の編成ディレクターとして活動したルードルフ・ヘンツといった人々がいた。一九四五年には保守的・キリスト教的な「オーストリア文化連合」が、職能身分制国家の文部大臣を経て、一九三八年から四一年まで強制収容所に入れられ、その後抵抗運動を行ったÖVPの政治家ハンス・ペルンターの主導で成立した。これは一九四五年から四七年まで雑誌『塔』を発行した。伝統的なPENクラブも再建された。一九三九年にイギリスで設立された「フリー・オーストリアンPEN」の事務局長だったローベルト・ノイマンは、一九四六年にオーストリアPENセンターの再建を試みることで、オーストリアPENクラブがナチスの支持者と反対者に分裂した一九三三年との連続性を創出したのだった。初代会長には亡命から帰還したフランツ・テオドール・チョコールが選ばれた。しかし国際PENクラブ（とノイマン自身）はその後もしばらくオーストリアの非ナチ化に懐疑的で、一九四七年になってようやくオーストリア・センターを承認した。チョコールと亡命者だった事務局長のアレクサンダー・フォン・ザッハー＝マゾッホは、PENの反ナチス路線を強調し、亡命作家を支援し、殺された作家たちの追悼を試みたが、オーストリアPENの受け入れ政策は一貫性を欠いた。フランツ・ナーブルはすでに一九四八年に、マックス・メルは四九年に受け入れられた。シュライフォーゲルとドーデラーについては長年議論された後、一九五二年に入会を果たした。やがて冷戦にともなう論議が起こり、ハンス・ヴァイゲルはPENが共産主義団体ではないかと疑いをかけた。国家条約署名直後の一九五五年、国際PENの年次大会がウィーンで開催された。こうしてオーストリアは文学的に復権した――そしてPEN内部における亡命作家とナチス追従者の対立は収拾された。

若い作家たちにとってPENは重要な役割を果たしたわけではなかった。この失われた世代は戦時中に育ち、相応の物理的・心理的傷を負っていた。文学的に見れば、凄まじい挽回の欲求が生じた。ナチス時代に禁制だったもの、禁止されていたものが貪欲に受容された。出版の機会を供する人物の周りには、非公式のグループ形成が相次いだ。一九三八年以前にウィーンでジャーナリスト・カバレティストとして働いていたユダヤ人亡命者ハンス・ヴァイゲル（一九〇八―九一）は、戦後ただちにスイスから帰還し、若い作家たちの重要な支援者となった。カフェー・ライムントの周辺には時期は異なるが、イルゼ・アイヒンガー、インゲボルク・バッハマン、ミーロ・ドール、ジニー・エーブナー、ヘルベルト・アイゼンライヒ、ラインハルト・フェーダーマン、ゲルハルト・フリッチュ、マルレーン・ハウスホーファー、ヘルタ・クレフトナー、フリデリーケ・マイレカーらが属していた。ヴァイゲルは議論のある劇評家で、フリードリヒ・トールベルクとともに決然たる反共産主義者であり、一九五一年から五六年までは年刊『現代の声』で若い作家たちに出版の機会をつくった。

また別の非公式サークルがヘルマン・ハーケル（一九一一―八七）とルードルフ・フェールマイアー（一八九七―一九七〇）の周囲に形成された。ハーケルは一九三五年から三七年までアンツェングルーバー出版のシリーズ『新しい文学《ノイエ・ディヒトゥング》』を編集し、一九四〇年から四四年までイタリアの強制収容所に収容された後、一九四八年にパレスティナからウィーンに帰還した。彼の雑誌『リュンコイス』ではインゲボルク・バッハマンやマルレーン・ハウスホーファー、ヘルタ・クレフトナーが出版への道を手に入れた。PENにおいても若い作家たちの支援に努めた。詩人ルードルフ・フェルマイアーは戦争をドイツ兵として経験し、一九四五年以降オーストリア放送協会、ウィーン市文化部、ウィーン市立図書館における立場を活用して、一四四巻にもなる『オーストリアの新しい文学』（一九五五―七〇）などで若い才能を紹介した。一九四五年以降初期の文学でもっとも重要なのはオットー・バージル（一九〇一―八三）で、ナチスの時代に出版を禁止されていたカール・クラウスに倣った雑誌『計画《プラーン》』を一九四五年から四八年まで再刊した。『計画』はナチスとその追従者に反対する明確な政治的機関誌であり、美学的には特に同時代文学に関心を示していた。一九四八年までの十八巻でシュールレアリスムをはじめとする多くの外国の作品やオーストリア亡命作家の作品が出された。若い国内作家ではイルゼ・アイヒンガー、クリスティーネ・ブスタ、パウル・ツェラーン、ミーロ・ドール、ハンス・レーベルト、フリデリーケ・マイレカーが採用された。バージルは『計画』廃刊後の一九四八年から六六年まで日刊紙『新オーストリア』（*Neues Österreich*）の文化欄編集者として活動した。

アヴァンギャルドと見なされていた若いウィーンの作家たちにとっては、一九四七年にアルベルト・パリス・ギュータースローの主導で結成され、後に「幻想的写実主義者」と呼ばれることになる若い造形美術家による団体「アート＝クラブ」が重要であったが、ここには文学部門も設けられ、ウィーン・グループが登場することになった。さらに別の非公式団体にエステルハージ・ケラーを本拠とする「ヴィーナー・ケラー」があり、一九五〇／五一年ごろにH・C・アルトマン、ゲルハルト・フリッチュ、アンドレーアス・オコペンコ、ゲルハルト・リュームらが出入りしていた。シュールレアリスムがスローガンで、ここにすべてのモダンがくくりつけられることになった――若い芸術家自身からも、この運動を批判的に見ている伝統主義者からも。

こうしたネットワークには第二共和国の文学に典型的だった現象が顕著である。比較的狭い文学という領域に比較的小さなグループが跋扈し、主導権争い、同盟と差異、分裂のもとに、自己完結的で内向きに活動していた。内輪で完結していたのだ――友好と敵対のなかで。

ドイツからの計略的隔絶の短い期間を経ると、初期の文学的交流が再開し始めた。イルゼ・アイヒンガーやインゲボルク・バッハマン、コンラート・バイアー、ミーロ・ドール、ヘルベルト・アイゼンライヒなどのオーストリア作家たちが、西ドイツの四七年グループの会合に参加した。さらに一九六六年のプリンストンにおけるこのグループの会合でのペーター・ハントケの激しい攻撃は、この団体の終わりをつげるものであった。

一風変わった団体だったのは伝説に彩られた「ウィーン・グループ」（Wiener Gruppe）で、この名前は解散後に有名になった。フリードリヒ・アハライトナーやH・C・アルトマン、コンラート・バイアー、ゲルハルト・リューム、オスヴァルト・ヴィーナーらほとんど皆一九三〇年ごろに生まれた戦争経験のない若い作家たちがアヴァンギャルド集団を形成し、一九五七年に同時に登場した。そのいかなる因習も顧みないアナーキーな実験は、ハイミート・ドーデラーの支持にもかかわらず多方面からの拒否に遭った。

文芸雑誌の興隆

若い作家が――数少ない――読者にアピールする手段は、なんといっても文芸雑誌であった。既述の機関誌――『計画』、『塔』、『リュンコイス』――のほかにもいくつかの雑誌が挙げられる。

カトリックにはヘーロルト出版から出された月刊誌『ことばと真実』(*Wort und Wahrheit*)があり、とりわけ同時代造形美術の最大の支援者である司祭のオットー・マウアーが執筆していた。一九〇二年から三八年までキリスト教社会党の『帝国通信《ライヒスポスト》』を主宰していたフリードリヒ・フンダーは、一九三八年にダッハウの強制収容所に収容され、三九年に釈放されたものの執筆を禁止されたが、一九四五年にカトリック週刊新聞『畝』(*Furche*)を創刊し、対立する陣営との和解を綱領的に促進し、歴史家フリードリヒ・ヘーア(一九一六―八三)に地盤を与えることになった。ヘーアの本『敵どうしの会話』(一九四九)は教会批判と共産主義知識人との対話を許さない多くの敵を著者にもたらすことになった。一九四六年に創刊された共産主義週刊新聞『オーストリア日記』(*Österreichisches Tagebuch*)は一九四八年以降月刊で出され、一九五〇年以降は一九三八年から強制収容所に収容されていたウィーン市議ヴィクトール・マテイカ(一九〇一―九三)、メキシコ亡命から帰郷したブルーノ・フライ(一八九七―一九八八)、それにエルンスト・フィッシャーが主宰した。この雑誌は民主主義を自認し、オーストリアの独立を主張した。そして多くの亡命作家に地盤を与え、直近の過去と対峙した。ナードラー、ヴァッガール、ヴァインヘーバーの問題がここで論じられた。またソヴィエトのプロパガンダ機関として機能した。

エルンスト・フィッシャーは第二共和国初期においてもっとも興味深い人物である。一八九九年にボヘミアのコムタウ〔現チェコ領ホムトフ〕で軍人の息子に生まれ、グラーツで育った後、一九二七年以降は社会民主党の『労働者新聞』で働き、一九三四年に共産主義者としてモスクワに亡命した。一九四五年にオーストリアに帰還し、カール・レナーの暫定政権で文部政務次官に就任した。オーストリア共産党を除名される一九六九年まで、条件つきながら生粋の共産主義者だった。フィッシャーは一九七二年に死去した。文学上の経歴は一九二〇年代に表現主義抒情詩・演劇・フユトンで始めた。亡命時代はオーストリア独立のテーマに関心をもっていた。一九四五年にグローブス出版から発表した文章『オーストリアの国民性の成立』は、オーストリア的性質をハプスブルク的多民族国家の伝統から根拠づけようとしたものだった。

他の政治的陣営としてはアメリカから帰還したフリードリヒ・トールベルク（一九〇八―七九）が、一九五四年から六五年までアメリカの„Congress for Cultural Freedom“の資金を得て、反共産主義・自由主義左派雑誌『フォーラム――月刊オーストリアの文化的自由』（*Forum. Österreichische Monatsblätter für kulturelle Freiheit*）を主宰した。トールベルクは後にいくぶん大げさに「ブレヒト＝ボイコット」と呼ばれた文化政策の内にあって、一九六〇年代初期までベルト・ブレヒトの戯曲がオーストリアの舞台に上がるのを妨害した。文学者としてトールベルクはみずからのユダヤ・アイデンティティを強調した。翻訳を通じてイスラエルの風刺作家エフライム・キションが全ドイツ語圏で大きな人気を得るのに貢献した。一九七五年に出され、大きな成功をおさめた本『ヨレシュおばさんあるいは逸話による西洋の没落』はカカーニエンのユダヤ自由主義を回顧するものであった。トールベルクは明瞭にドイツとは異なるオーストリアの文学的伝統をふまえ、とりわけヨハン・ネストロイやカール・クラウスをよりどころとした。この点でハンス・ヴァイゲル——さらにはエルンスト・フィッシャー——と邂逅することになる。

野心的な文芸雑誌はエルンスト・シェーンヴィーゼの『銀の舟《ジルバーボート》』で、オットー・バージルの『計画』と同様に、一九三八年に中断された企画の再開と見なされた。シェーンヴィーゼ（一九〇五―九一）は一九四五年にハンガリーからオーストリアに帰還し、アメリカ占領地域のザルツブルクに住み、ここで一九四六年から五二年まで『銀の舟』を発行し、出版社「銀の舟」を営んだ。雑誌の方は現在の状況に関するいかなるジャーナリズム的論調やオーストリア現代文学一般にも荷担しなかった。シェーンヴィーゼは文学を通じて時代の価値空白と対決するという主張に固執し、ヘルマン・ブロッホやトーマス・マンら亡命文学を促進して、世界文学的な主張を提起した。プルーストとジョイス、リルケとムージル、ゲーテとシェークスピアが称揚された。特別な関心がアメリカ文学の紹介に向けられた。シェーンヴィーゼは亡命文学に関する大きな功績を上げ、一九五四年ウィーンに帰還し、一九七一年までオーストリア放送協会文学・放送劇・学芸部長として働き、一九七二年から七八年まではオーストリアＰＥＮクラブ会長を務めた。会長在任中にＰＥＮクラブが分裂したのは、一九六〇年代以来顕在化してきていた世代間の文学的対立の結果だった。

一九四五年直後に興起したのは、文科省に支援されたウィーンの「若者の劇場」の枠内で出版された雑誌『新たな道《ノイエ・ヴェーゲ》』で、これは主宰者の指示を受けない若者の文学のためのフォーラムであった。Ｈ・Ｃ・アルトマンやエルンスト・ヤンドル、フリデリーケ・マイレカーやアンドレーアス・オコペンコなどがここに発表した。非因習的な寄稿は因習的な支援者の反感を再三買い、存続していた一九五〇年代なかばにはその意味を失ってしまった。ルードルフ・ヘンツが主宰した雑誌『時代のことば』（*Wort in der Zeit*）は、一九五五年から六五年まで文科省の財政的支援を受けてシュティアスニー出版から出され、国家条約以降の時代のオーストリアを代表する文芸雑誌である。これは当初から若い作家たちにも開かれていた。一九五九年から六五年まではゲルハルト・フリッチュが編集長としてアヴァンギャルド文学の存在感を高め、そのため激しく敵視もされたが、美学的にまったく違った方向を行くルードルフ・ヘンツの支援を受けもした。フリッチュは一九六五年に解任され、雑誌は財政問題によって廃刊になった。ヘンツとフリッチュは一九六六年に後継企画として雑誌『文学と批評』（*Literatur und Kritik*）を創刊した。

一九四五年に新たに組織された報道も、文学にとって少なくない役割を果たした。ここに作家たちは文芸・演劇評論家としての地位を得、ここに文学作品が掲載され、ここで文学論争が交わされたのだった。挙げられるべきは一九四五年に「民主主義同盟の機関」として設立された日刊紙『新オーストリア』、一九四六年にエルンスト・モルデンによってまず週刊新聞として復刊され、一九四八年以降日刊紙として出された『報道《プレッセ》』、アメリカ占領軍によって一九四五年に創刊された『ウィーン急便』（*Wiener Kurier*）が一九五四年に独立した『新急便《ノイエ・クリーア》』、それに共産党の『国民の声《フォルクスシュティンメ》』、社会民主党の『労働者《アルバイター》新聞《ツァイトゥング》』、ÖVPに属する『国民報《フォルクスブラット》』という三つの党機関誌である。

新たな文学的オーストリア・アイデンティティを書き記そうという試みは、種々のアンソロジーやシリーズにも結実した。手本となったのは、オスカル・ベンダが一九三七年に「オーストリアの文化理念」という文章に書き記した考察であった。クルト・アーデルの一九六一年の「オーストリア文学の本質」がそれにつづいた。宣言されたのはハプスブルク君主国末期、そして第一共和国からの現代、そして現在に至る継続性だった。一九五六年以降グラーツのシュティアスニー出版から出され、一九六八年まで続いた一五〇巻以上からなるシリーズ『オーストリアのことば』は規範となるものだった。最初の十二巻はフェルディナント・ザールのテクスト、『クードルーン』、アントン・フォン・プロケシュ＝オステン、ネストロイ、レーナウ、シュティフター、テオドール・ドイブラー、チャールズ・シールズフィールド、ヤーコプ・ユリウス・ダーフィット、ライムント、ザッハー＝マゾッホ、『ボヘミアの農夫』などを掲載した。こんな調子で続いていった――こうしてオーストリアの正典が打ち立てられた。『偉大なる遺産』と称された第百巻には、「オーストリア文学論集」という副題が付されていた。

放送メディア

第一共和国時代に顕著になってきていた文学と他のメディアの競合は、一九四五年以降強まっていった。グローバル化の兆候は大衆文化の領域で著しかった。一九四五年に再建され、ソヴィエト占領軍に管理されていたRAVAGは、他の連合国によるドイツ語放送局と競合することとなったが、とりわけ検閲がないとされたアメリカの人気ラジオ局赤・白・赤は大量のアメリカ文化の移入を可能にした。一九五五年以降は二大政党に管理されていたオーストリア放送協会（ORF）がこの領域を独占した。一九五〇年代末になると、テレビが主要メディアとして確立され、ここでもORFが独占状態であった。一九六〇年代以降はORFと西ドイツのテレビ局の協働が増していった。ORFの独占は一九九〇年代になってようやく終わったが、新技術の発展によってオーストリア以外のテレビ局の受信がすでに可能になっていたため、それは事実の追認にすぎなかった。しかしテレビ時代初期にオーストリア国境地域ですでに外国の放送が受信できたことは、とりわけオーストリア西部に西ドイツの大衆文化の強い影響をもたらすことになった。

放送劇は一九五〇年代以降多くの聴衆を得た。一九四五年にハンス・ニュヒターンがウィーンの放送局に復帰し、伝統的な放送劇の創作を再開した。未来志向だったのは赤・白・赤で、„Script-Department“〔シナリオ部〕ではインゲボルク・バッハマンとイェルク・マウテが活動していた。多くの作家が放送劇を執筆した。イルゼ・アイヒンガー、インゲボルク・バッハマンのほか、ミーロ・ドール、ラインハルト・フェーダーマン、ゲルハルト・フリッチュ、フリッツ・ハーベック、ハーラルト・ツーザネクが際だっている。フランツ・ヒーゼル（一九二一—九六）、エドゥアルト・ケーニヒ（一九一九— ）、ヤン・リース（一九三二—八六）のように、創作を放送劇に特化していた作家さえいた。一九六〇年代には「新放送劇」が挑発的に伝統から離れて音響的次元に根本的に大きな意味を付与し、言語劇としてのこのジャンルを音楽に近づけた。新放送劇を書いたのはエルフリーデ・ゲルストル、ペーター・ハントケ、フリデリーケ・マイレカー、アンドレーアス・オコペンコだった。理論的に堅実な実践家はゲルハルト・リュームだった。このジャンルでもっとも有名な作品としては、エルンスト・ヤンドルとエルフリーデ・マイレカーの一九六八年の共同作品『五人・男・人間』が挙げられる。

映画

オーストリアの娯楽映画はナチス時代も一定の独立性を保持し、一九四五年以降も従前どおり存続することができた。ハプスブルクの物語は相変わらず人気だった。一九五五年から五七年にかけて撮影された『シシー』三部作は、皇帝フランツ・ヨーゼフの后エリーザベトに関する三つの映画で、国際的な成功をおさめ、女優ロミ・シュナイダーを有名にした。故郷映画のジャンルが花咲き、観光に効果的なアルプス共和国の映像が広まった。この種の映画でもっとも有名な『山々のこだま』（一九五四）は、五五年に『銀の森の森林官』というタイトルでドイツの映画館に配給された。成功した作品としては音楽喜劇『宮廷顧問官ガイガー』（一九四七）もあり、戦後の現実から完全に目をそらしたわけではないが、すべてのいざこざを隠蔽し、調和をもたらしたのだった。懐かしい古きウィーンの映像も、ハンス・モーザーとパウル・ヘルビガーの有名な『やあ、赤帽さん』（*Hallo Dienstmann*／一九五二）などの映画に刻み込まれた。

オーストリアの現実と直近の過去に向き合った映画はわずかで、その反響も限られたものだった。国際的な成功をおさめたのはマリア・シェルの戦争映画『最後の橋』（一九五四）とG・W・パープストによるヒトラーの最後の日々をめぐる映画『最後の行為』で、そのシナリオにはエーリヒ・マリア・レマルクとフリッツ・ハーベクが参加していた。主演はアルビン・スコーダとオスカル・ヴェルナーであった。異色だったのは一九五二年にオーストリア連邦政府の依頼で巨額を投じて制作されたサイエンス・フィクション映画『二〇〇〇年四月一日』で、これは占領軍の撤退を要求し、オーストリアを平和を愛する文化と音楽の国として紹介したものである。

二つの非常に異なった国際的映画制作は、外国の観衆に二つの非常に異なったイメージをあたえた。多くのオスカーを受賞したハリウッド映画『サウンド・オブ・ミュージック』が、一九六五年に映画館に配給された。オーストリアのトラップ家がナチスに追われ、アメリカに逃れるというリチャード・ロジャースとオスカー・ハマースタインのブロードウェイ＝ミュージカルに基づいた物語は、ドイツの犠牲になったアルプス共和国のイメージを固定化した。それに対してすでに一九四九年に上映されていたイギリス映画『第三の男』は、グレアム・グリーンがシナリオを書き、多くのオスカーにノミネートされたが、こちらは破壊、闇取引、不穏な状況、政治的陰謀など戦後ウィーンの陰鬱な姿を描いていた。

劇場状況

ブルク劇場と国立オペラというウィーンを代表する二つの劇場は、戦争末期の爆撃によって破壊された。ブルク劇場はヒトラーが自殺した一九四五年四月三十日には制作を再開し、当初上演場所として使われたローナッハー荘でグリルパルツァーの『ザッフォー』を上演した。一九五五年十月にはリングシュトラーセの劇場がグリルパルツァーの『オトカルの幸福と最期』で再開された。国立オペラの建物も一九五五年にようやく再開された。アンサンブル自体はすでに一九四五年五月一日から国民オペラで、一九四五年十月以降はウィーン河畔劇場《テアーター・アン・デア・ウィーン》で上演していた。他のウィーンの伝統ある劇場もやがて再開されていった。一九四五年八月にはザルツブルク祝祭も再開された。

戦争直後のとりわけウィーンではソヴィエト占領軍に少なからず支援された劇場の興隆と、ナチスに禁止されていた文学との集中的なとり組みがなされた。典型的だったのは一九四八年に設立された「スカラ新劇場」(Neues Theater in der Scala)で、ここには多くの亡命帰還者が出演した。とりわけ社会批判作品が上演された――ベルト・ブレヒトはここで一九五三年に自作の『母』を演出した。もっともこの舞台はスターリンの宣伝装置でもあって、一九五〇年にエルンスト・フィッシャーの反チトー主義戯曲『偉大な裏切り』なども上演された。この劇場は一九五六年に閉鎖された。その他いくつかの地下劇場や小舞台の設立もあり、同時代の国際的演劇が上演された。もっとも有名なのは、一九四八年にシュテラ・カトモン(一九〇二―八九)が設立した「肝っ玉劇場」(Theater der Courage)で、これは一九八一年まで存続した。カトモンは一九三八年以前は寄席「いとしのアウグスティン」の主宰者で、一九四七年にパレスティナの亡命からウィーンに帰還し、ブレヒトやボルヒャルト、サルトル、オニールの戯曲を上演していた。

カバレーも再開された。以前「ウィーン手回しオルガン」に参加していたロルフ・オルゼン（一九一九―一九八）は、一九四五年に「小舞台《クライネス・ブレットル》」を開設した。一九四六年にアメリカ亡命から帰還したカール・ファルカス（一八九三―一九七一）は、一九五〇年以降カバレー「ジンプル」を主宰し、一九四四年に強制収容所に収容されたエルンスト・ヴァルトブルン（一九〇七―七七）と二人司会の伝統を再開した。そのほかの重要なカバレティストは一九四八年にパレスティナ亡命から帰還したゲルハルト・ブロナー（一九二二―二〇〇七）、一九四四年に強制収容所に送られ、後に劇場とテレビの演出で有名になったミヒャエル・ケールマン（一九二七―二〇〇五）、一九四六年からシュテラ・カトモンの帰還まで「いとしのアウグスティン」を主宰したカール・メルツ（一九〇六―七九）、後に俳優として大成したヘルムート・クヴァルティンガー（一九二八―八六）である。この四人は一九五二年にカバレー・レヴュー「眼前舞台」（Brettl vor'm Kopf）に登場した。ブロナーとクヴァルティンガーが書いた「バイク違反」、「だらしないフェルドル」、「パパは直すだろう」など数曲の歌は、第二共和国の民衆の記憶に刻み込まれた。メルツとクヴァルティンガーは第二共和国随一のスキャンダラスな舞台・テレビ作品の一つである一九六一年十一月十五日にORFで放送された一人芝居「カールさん」も生み出した。このクヴァルティンガーによって生み出された主人公は、典型的なウィーンの俗物で、職能身分制国家から第二共和国に至る直近の過去の政治体制すべてに追従したのに何も学ばず、すでに満ち足りた第二共和国の虚栄心をくすぐる肖像を供する。視聴者が激昂したのは、多くの人がカールさんのつぶやきにみずからを認識したためであると思われる。

小舞台ではアヴァンギャルド劇場の形態も試みられたのに対して、大劇場は伝統的形態を保持したままだった。もちろん内容は時代に沿ったものだった——こうした劇場では現在および直近の過去との個人の罪および集団的過ちの問題の面から真剣な対峙がなされたのだ。これらの作品の多くとその作家たちが、やがて演目と人々の記憶から消えていったことは、一九六〇年代の文化的変革に帰せられるものであり、そこでは模倣的幻想劇場からの離脱がなされたのであった。

世界的に演じられたのは、フリッツ・ホーホヴェルダーの演劇である。一九一一年にウィーンのユダヤ人内装職人の息子として生まれ——両親は四二年に強制収容所で殺された——、父親に職人としての手ほどきを受けたが、若いころにすでに演劇を書き始め、三八年にスイスに逃れると、八六年に死去するまでここにとどまった。その古典的に構築された戯曲は、たいがい歴史的素材をあつかい、個人的良心と社会的要請の葛藤をテーマとしている。そこでは現代の問題に対して寓意的回答がなされる。もっとも有名なのは、一九四三年にビール＝ゾロトゥルン劇場で初演されていたパラグアイにおけるイエズス会国家の破綻をめぐる演劇『聖なる実験』である。イエズス会管区長はいわゆる高度な次元の判断によって上層部の命令を受け入れ、数千人の命を犠牲にする。そのほかに成功したホーホヴェルダーの演劇には、フランス革命時代を舞台にした『公共の告発者たち』（一九四七）、コンラート・フェルディナント・マイアーのバラード『火中の足』の劇化『ドナデュー』（一九五三）、それに中世のヴェルンヘア・デア・ガルテネーレの物語に基づいた『マイアー・ヘルムブレヒト』（一九六〇）がある。ホーホヴェルダーはウィーン民衆劇場の伝統にのっとっていることを自認していた、一九六五年には『ラズベリーを摘む男』で風刺喜劇を舞台に乗せ、オーストリアの村バート・ブラウニングにおけるナチス的信条の存続を非難した。

一九五〇、六〇年代に有名だった劇作家たちは、長く舞台にとどまることができなかった。オーストリア以外でも多く上演されたハーラルト・ツーザネク（一九二二—八九）の『なぜ掘るんですか、隊長』（一九四九）、『ジャン・フォン・デア・トネ』などの歴史劇は、個人と政治権力の葛藤を主題としていた。一九一七年生まれのヨハン・A・ベックは、強制収容所を舞台にその監視人のサイコグラフを表した戯曲『巣』を、一九六二年にウィーン民衆劇場で上演した。一九六六年の『ジャンヌ四四年』ではジャンヌ・ダルク素材を第二次世界大戦の時代におき換えた。抒情詩人として重要なクルト・クリンガー（一九二八—二〇〇三）は、一九五四年に故郷のリンツで初演された演劇『オデュッセウスはまた旅立たなければならない』で有名になったが、これは古代神話の体裁で戦後世代の経験をテーマとしたものである。また同じくリンツ生まれのルードルフ・バイアー（一九一九—九〇）の文学上のキャリアはナチス時代に始まるが、一九五五年以降ORF要職にあって、古代演劇を再話によってよみがえらせた（『アンティゴネ』一九六一、『エレクトラ』一九六三）。これらの作家たちは皆、一九六〇年代の文学的展開にとり残されていった。

「ウィーン・グループ」

新しい演劇は「ウィーン・グループ」の作家たちにおいて明瞭なかたちをとり、その言語運用は伝統的ジャンルの境界を打破した。一九五八—五九年に彼らはそれぞれ「文学カバレー」を舞台にかけたが、多くの観衆にとってそのパフォーマンスはダダイズムに依拠した学生の冗談と言語考察から成るスキャンダラスな混合物であった。ウィーン・グループの行為はその類例が西ドイツの同様の実験や同時代アメリカの「ハプニング」にみとめられる。一緒に登場することは一九五三年に始まっていた。しかしグループの構成員全員が同じ舞台に立ったことは一度——一九五七年六月、ゲルハルト・ブロナーの「インティーム劇場」で——しかない。一九五八年にはグループの看板詩人H・C・アルトマンがすでに去っていた。市民挑発効果は急速に失われたが、その古来のハンスヴルストの伝統を文学的によび覚まし、身体を強調して舞台と観衆の境界を打破しようという上演は、六〇年代のパラダイム転換を準備するものであった。挙げられるべきはゲルハルト・リュームの『ルブリンのハンスヴルスト』やコンラート・バイアーの『電気椅子のカスパール』などの作品である。オーストリアの伝統に対するこうしたパロディ的異議申し立ては、構想にとどまったプロジェクトであるバイアーとリュームの『脂足』という名の三六五人を要するオペレッタにもみとめられる。

ウィーン・グループのメンバーは文学活動を一九六〇年代になってようやく始めた——たいていは小説によって。グループの構想を練った理論的支柱はオールラウンドの芸術家ゲルハルト・リューム（一九三〇— ）で、彼はウィーン・フィルの団員の息子であり、ウィーンで音楽を学んだ後、一九六四年にベルリン、その後芸術院《アカデミー》教師としてハンブルクに移住した。一九六七年にローヴォルトから出されたアンソロジー『ウィーン・グループ』では、みずからと同志たちを文学史に書き込んだ。文学テクストの音韻的要素および言語の物質的性質に対するリュームの関心は、具体詩〔言語的意味よりも記号としての視覚性・象徴性を重視した詩〕への接近に表れている。グループの若いメンバーの一九三五年生まれのオスヴァルト・ヴィーナーは、言語理論および認識論にとりわけ関心があった。一九六六年までコンピューター会社オリヴェッティのウィーン営業所で働いていたが、「大学での破廉恥」(Uni-Ferkelei) として知られる「芸術と革命」行動に参加し、オーストリアで禁固刑を受けたため、一九六八年ベルリンに逃亡した。一九六二年から六七年まで文芸雑誌『原稿《マヌスクリプト》』に連載された小説『中央ヨーロッパの改革』は一九六九年にドイツで出され、小説形式をさまざまなテクスト形態に解消し、言語は現実を表すという見解を根本から疑問に付した。一九三〇年に上部オーストリアのシャールヒェンに生まれた建築家フリードリヒ・アハライトナーは、一九五五年にグループに加わった。その方言詩と一九七三年にドイツで発表された『正方形小説』は、彼が実験言語の建築家であることを証している。アハライトナーはその後ウィーン応用美術大学で建築史・理論を講義し、一九六〇年代以降オーストリアでもっとも重要な建築評論家の一人だった。一九三二年にウィーンで生まれたコンラート・バイアーは、一九五七年まで銀行員として働いていたが、H・C・アルトマンに倣ってダンディの雰囲気を磨きながら、あらゆる意味というものを拒否し、言語的操作を誇示することに専念する言語学的独我論を代表した。バイアーは一九六四年にみずから命を絶った。死後の一九六六年にゲルハルト・リュームの編集で出された小説『第六の意味』は、人物のアイデンティティといった小説の核心的因習を疑問に付すものだった。

最年長のハンス・カール・アルトマンは、このグループに属することを後に拒否したが、すべてのジャンルを横断していた。アルトマンは芸術家そのもの、現代のトロバドゥール、マルチリンガルの世界旅行者を気どり、その作品と生活は不可分であった。「森林地方の森林地方、ザンクトアハッツ・アム・ヴァルデ〔森林地区ザンクトアハッツ〕」出身であるなどと称し、みずからの経歴を神秘化した。実際には一九二一年にウィーンで職人の息子として生まれ、基幹学校卒業後外国語・文化に興味をもち、独学した。一九四〇年から兵役に就いたが、四五年にアメリカの捕虜となって、同年末ウィーンに帰還し、ここで詩人として若い作家の模範、それに外国文学の重要な紹介者となった。一九五三年に「詩的行為の八項目声明」を発表し、とりわけ「かつて一言も書いたことも語ったこともなくても、詩人たりうる」と宣言したのだった。

しかしH・C・アルトマンにとって言語とその可能性は文学創作にとって決定的規準であった。さまざまな言語の仮面を帯びながら、遊戯的で時にパロディ的に伝統をよび覚ますことで、逆にその潜在性を解放するテクストを、戦後特有の困惑を主題化した詩に対置した——模倣ではなくて適合である。アルトマンの伝統概念は折衷的だった。ウィーン方言文学、バロック抒情詩、アメリカ・イギリス怪奇文学(H・P・ラヴクラフト、ブラム・ストーカー、メアリー・ウルストンクラフト・シェリー)などが古来のウィーン民衆喜劇やカール・フォン・リンネの旅行記『ラップランド紀行』(*Iter Lapponicum*)と同様に盛り込まれていた。一九五八年にオットー・ミュラーから出版された詩集『黒インクで』(*med ana schwoazzn dintn*)によって最初の大きな成功をおさめたが、このウィーン方言による詩は詩人が明確に否定したのにもかかわらず、同時代人からヴァインヘーバーの故郷をしのばせる『ことばのウィーン』の続篇と誤解された。„nua ka schmoez how e xogt! / nua ka schmoez ned...“(「これは感傷なんかじゃないと言ったのに……/感傷なんかじゃ……。」)有名な青ひげパラフレーズ「青ひげ一」に見られるようなブラックユーモアと異様な正書法は、アルトマンの構造主義的イマジネーションを証するものである。「私は輪舞の主催者で/七人の女を殴り殺し/その骨を/寝室の下に埋めた」〔原文はウィーン方言〕。後にアルトマンは「ドイツ文学研究の有能な諸君が、こぞって私をお調子者の軽業師、ことば遊び人、冗談好きの何でも屋ととる」ことを拒否している。

アルトマンは一九五〇年代に大規模なヨーロッパ旅行を計画し、一九六一年から六五年まではスウェーデン、その後数年間をベルリンにくらした後、一九七二年にウィーンに帰還した。一九七三年から七八年まではグラーツ作家会議の初代会長だった。その間に多くの作品が出された——抒情詩、演劇、散文、翻訳と。一九九三、九四年には『文学作品』十巻が出版された。オーストリア国家文学大賞やドイツのゲオルク・ビューヒナー賞など多くの賞を受賞して、二〇〇〇年にウィーンで死去した。

抒情詩

アルトマンは主にトラークル、リルケ、ヴァインヘーバーらに傾倒していた一九四五年以降の若い詩人たちのなかではアウトサイダーであった。直近の過去を憂鬱な調子と幻影で歌いあげた詩が盛んに創られた。戦争体験はとりわけ若い男たちのテーマとなった。負傷と打撃を厳格な形式の創作物でのり越えていったのだった。ソネットが再興した。メディアとしての言語が疑問に付されることはまれであった。ミーロ・ドールは一九六二年に『追放者』という題の選集を出版したとき、その企図を相変わらずナチ時代の作家に執心し、「迷ったときは夢遊病者のように自然に低俗なものを選びとる読者の悪趣味に対する宣戦布告」と称した。「田舎の衣装——革製半ズボン——と完全に調和した視野をもつ我々の文学教授たち」も報いを受けることになる。この選集を代表する作家たちはインゲボルク・バッハマン、クリスティーネ・ブスタ、パウル・ツェラーンそしてクリスティーネ・ラヴァントであった。

高雅な調子がこの作家たちの特徴であった。クリスティーネ・ラヴァントは一九一五年にケルンテンのラヴァント渓谷で貧しい鉱山労働者の第九子として生まれたクリスティーネ・トーンハウザーの筆名である。幼少期から病弱で、小学校を出た後は編み物仕事で生計を立てた。一九三〇年代の最初の文学的試みは成功しなかった。一九三五年に精神科の治療を受けた後、三九年に三十六歳年上の画家ヨーゼフ・ハーバーニクと結婚した。一九四五年に最初の詩を発表してまもなく知られるようになった。若き日のトーマス・ベルンハルトやクリスティーネ・ブスタと知り合い、一九五四年にゲオルク・トラークル賞を受賞して、『乞食の鉢』（一九五六）、『月の糸巻き棒』（五九）、『孔雀の叫び』（六二）といった詩集をザルツブルクのオットー・ミュラー出版から出した。一九七三年に死去した。トーマス・ベルンハルトは一九八七年にズーアカンプ叢書から彼女の詩の選集を出し、「すべての善良な人たちによって偉大な文学と誤解された人間の根本的証言」と称した。

クリスティーネ・ラヴァントの抒情詩は孤独（で女性的）な自我をとりあげ、くりかえしその痛みと絶望を叫ぶ。「ああ、叫ぶ、叫ぶ！……牝狐が／吠えているのか、星が震えるほど！／けれども音もなく、音もなく私は飲みこむ／あなたとの別れの苦い杯を、死のワインを」と詩の一つは始まる。その表現主義的隠喩性と時にシュールな比喩性はクリスティーネ・ラヴァントが現代作家であり、決して直観で詩作するキリスト教的天分の持ち主ではないことを証している。

やはり一九一五年に私生児としてウィーンに生まれたクリスティーネ・ブスタは、貧しい境遇のなかで育ち、大学入学資格《マトゥーラ》を取得してドイツ文学と英文学の勉強を始めたが、一九三八年に中断した。一九四〇年に音楽家マクシミリアン・ディムトと結婚したが、彼は一九四二年に軍部に入隊し、一九四四年に行方不明と通知された。ブスタは夫と同様当初はナチスの信奉者で、一九四六、四七年に『計画』や『畝』に詩を発表することでようやく頭角を現したが、一九三〇年代にはすでに出版を勧められていた。やがて非教条的なカトリック詩人としての名声を確立し、いくつかの賞を受賞した。一九五〇年から七五年まではウィーン市立図書館司書として働き、一九八七年に死去した。ブスタの詩はしばしば聖書のモティーフをとりあげ、くりかえし罪の救いをあつかう。リルケ、ヴァインヘーバー、トラークルが詩集『雨の木』（一九五一）の形式的手本であったが、後にこの伝統から脱し、より自由なリズムと切りつめられた事物言語に到達し、それは一九五八年にオットー・ミュラーから出された詩集『鳥小屋』に表れている。

ジニー・エーブナーの詩にもしばしば讃歌的調子とキリスト教的象徴性を見てとることができる。この一九一八年にシドニー（オーストラリア）で生まれた作家は、一九三九年から四五年まで父親の運送会社を経営するかたわら彫刻を学んだ。ウィーナー・ノイシュタットで育ち、第二共和国の文学界において影響力ある地位を占めた。一九五〇年から死去する二〇〇四年までウィーンでフリーの作家・翻訳家、雑誌『文学と批評』の編集者（一九六八―七九）として活動した。ジニー・エーブナーは数篇の小説のほかいくつかの詩集を遺し、くりかえしみずからの女としての立場を主題化した。「女の生涯」という詩は以下の詩節を含んでいる。「コロンブスは発見した……／オデュッセウスは航海した……／キリストはよみがえらせた……／それは私には何の関係もない。／こうしたことはみな、男だけがしてきたこと。」

高踏様式詩の伝統につらなるのは、一九二七年ウィーンに生まれたクラウス・デームスの創作で、一九四三年から四五年まで戦争に従軍した後、父親の美術史家オットー・デームスと同様に美術史を学んだ。デームスは一九四八年以来パウル・ツェラーンとの長きにわたる友情を結んだ。インゲボルク・バッハマンとも交友関係にあった。一九五三年から八七年に引退するまで、ウィーンの種々の美術館に勤めた。最初の詩集『苦難の地』（一九五八）以来、祭祀的警告者としての詩人が形而上学的真理を希求するという抒情詩にこだわった。

まず劇作家として成功をおさめたクルト・クリンガー（一九二八―二〇〇三）にとって、抒情詩は人生の過程のなかで次第に重要なものになっていった。クリンガーは一九五五年以来リンツやデュッセルドルフ、ハノーファー、チューリヒ、グラーツなどで働き、一九七八年にウィーンにやって来て、『文学と批評』の編集長と「オーストリア文学協会」（Österreichische Gesellschaft für Literatur）の副会長になった。晩年は主としてローマですごした。詩集『地球の客』（一九五六）や『要塞の設計図』（一九七〇）などで発表された詩は、クリンガーがホフマンスタールやリルケ、トラークルから出発し、後年の作品で諦念的・憂鬱的で、時に冷笑的・社会批判的な書法に至った詩人であることを証している。しかし個人的・集団的困惑がくりかえし善意の世界への憧れに対置される。

もっと上の世代に属しているエルンスト・シェーンヴィーゼは、一九四五年以降は主に詩人として世に出た。シェーンヴィーゼは次第にヨーロッパ、後には東アジアの神秘主義に傾倒していき、ヘルマン・ブロッホの意味で文学の任務は価値崩壊の時代に意味連関を提示することにあると考えていた。初期の詩は韻をふんだロマンティックな詩節が用いられているが、後には無韻の擬古典的型が用いられ、最終的には俳句など東洋風の模範を想わせる自由韻律の形式が用いられるようになった。たとえば「それぞれ秘密をもって／かたつむりは倦むことなく／知らせを／きらめく銀の文字で／葉の緑に書く」といった具合である。シェーンヴィーゼは一九八四年にインスブルック大学で行った詩学講義を「人間の根源知としての文学」と名づけた。彼の詩は『失われざる楽園』（一九五一）、『心の階梯』（一九五六）、『木と涙』（一九六二）といった詩集で発表された。

ナチス時代および戦争直後の状況は多くの若い作家に深い傷痕をのこした。特に地方からウィーンに移住してきた失われた世代に属する詩人たちは、混乱・疎外・絶望をテーマにした。一般に彼らの生涯は悲劇的な終わり方をしている。

一九二八年にウィーンに生まれたヘルタ・クレフトナーは、ブルゲンラントのマッタースブルクで育った。終戦時ソヴィエト兵が家に押し入ってきた際、父親は家族を守ろうと試みて殺された――クレフトナーが作品でくりかえしとりあげるトラウマ体験である。ウィーンでドイツ文学と英文学を学び、

「カフカに見るシュールレアリスムの様式原理」という博士論文にとり組むかたわら、心理学にも興味をもった。当初から自覚的になされた文学上のキャリアは、ヘルマン・ハーケルの『リュンコイス』への投稿から始まった。ハンス・ヴァイゲルの支援を受けた。クレフトナーは一九四九年にノルウェイに旅し、一九五〇年には長い時間をパリですごした。一九五一年十一月に睡眠薬によって生涯を閉じた。その数か月前の短い物語テクスト『私が自殺をしてしまったら』はそれを先取りするものであった。ヘルタ・クレフトナーの死後はその短い生涯、鬱病、恋愛沙汰に関する伝記的関心が強かった。文学作品が強く意識されるようになったのは、一九九〇年代になってからのことであった。わずかな作品が遺されている。その虚構的散文・手紙・詩はみずからの状況を反映しているだけではなく、当時典型的だった混乱、それに憧れが描かれている。「誰がまだ信じるだろう、／向こうに梯梧《でいご》の木があって、／鳥が秘密を歌い／時々象牙のようなくちばしを／ばら色の水に浸すことを／（……）ああ、死神は胡椒と／マヨラナの香りがする、／塩漬け鰊の／銀色のしっぽで窒息した／小売りの店に座っていたから」という。「酔いどれの夜」という詩にはこうある。「ジンを十一時と三時になめると／炭酸の気は抜けている。／私を一ターラーで買うのは誰」。しかし「あなたのところに行くのは海の旅／いつも海が／愛の前にあって／海上は嵐だもの。／いまだに英雄時代のよう……。」といったテクストもある。ヘルタ・クレフトナーの遺稿は一九六三年にオットー・ブライヒャとアンドレーアス・オコペンコによって編集された。

地方からウィーンにやって来たといえば、一九二九年にミュルツツーシュラークで労働者の息子に生まれたヴァルター・ブーフエーブナーもそうだった。一九四八年からドイツ文学と地理を学んでいたが、勉強を中断し、ルードルフ・フェルマイアーの助力によって一九五六年以降ウィーン市立図書館で働いた。ヘルマン・ハーケルも助言者の一人だった。ブーフエーブナーは画家としても頭角を現したが、五〇年代末から重い病気を患った。一九六四年にみずから命を絶った。作品の一部は死後アーロイス・フォーゲルによって詩集『セルロースの時間』（一九六九）と『白い原野』（一九七四）で発表された。ブーフエーブナーの詩はシュールレアリスムとアメリカのビート世代の影響を受けていて、大衆社会に対する個人的嘆きが悲壮な長詩行と風刺的短詩で歌われている。攻撃的な時代批判やキリスト教的な救済の願い、それに共産主義的なアンガージュマンが、言語外の現実への関係を辞さない詩の中で結びついている。ブーフエーブナーは言語の伝達機能にこだわり、ウィーン・グループの実験を拒否した。アウトサイダーとして五〇年代末の自己満足的協調には過激に反対した。「ぼくは眠れない——ウィーン」という詩は、「できればぼくは／君の耳に爆弾を／手榴弾を君のスープに突っこんで／後ろのドアから立ち去りたい」。

インゲボルク・バッハマン

インゲボルク・バッハマンは一九二六年クラーゲンフルトに基幹学校教師の娘として生まれ、一九七三年のローマでの悲劇的な死——ひどいやけどによって死んだ——によって女性運動の象徴となり、その晩年の散文作品は注目の的となった。バッハマンは抒情詩人として出発した。最初インスブルックとグラーツ、その後ウィーンで哲学を学び、一九五〇年に「マルティン・ハイデガーの実存哲学の批判的受容」で博士号を取得した。ここですでにルートヴィヒ・ヴィトゲンシュタインの言語哲学と集中的にとり組んでいた。文学上の出発点はヘルマン・ハーケルとハンス・ヴァイゲルの周辺にあった。パウル・ツェラーンとは密接な関係にあった。一九五一年から五三年まではラジオ局「赤・白・赤」のために働いた。一九五三年に抒情詩で四七年グループ賞受賞。その結果フリーの作家として主にローマでくらしたが、一九五八年から六二年まではマックス・フリッシュと関係をもち、一時的にベルリンに居を定めたが、六五年にローマに戻った。一九五〇年代以降西ドイツ文壇での地位を確立した。放送劇『マンハッタンの神様』で一九五九年に「戦争失明者放送劇賞」を受賞した。その受賞記念講演「真理は人間に可能である」は有名である。一九五九、六〇年にフランクフルト大学で詩学の客員講師となり、文学の使命として新たな言語による世界改変を挙げた。一九六四年にゲオルク・ビューヒナー賞、六八年にはオーストリア国家文学大賞を受賞した。

バッハマンの最初の詩は『リュンコイス』と『現代の声』に出された。一九五三年には詩集『猶予の時』がフランクフルトの出版社から刊行された。第二版を請け負ったのはミュンヘンのピーパーだった。表題詩は彼女のテーマの多くを提示している。戦争状態を隠蔽しているにすぎない復古的な現代への批判は、境界の突破への希望と結びついたものである。「より厳しい時がやって来る。／取り消しを猶予された時が／地平線に見えるだろう」とここにはある。高踏様式の抒情詩の伝統はとりわけ「ウィーン近郊の広大な風景」にあり、これは悲歌的調子でオーストリアの過去をよび覚ますと同時に、それ——と不愉快な現代——から距離をとるものである。「船は空っぽで、石は盲いる／誰も救われず、多くが被災する、（……）それで魚も死に／我々を待つ黒い海へと流れていく。」一九五六年にピーパーから出された詩集『大熊座への呼びかけ』の黙示録的な表題詩は、「大熊よ、降りてきて、もじゃもじゃの夜、老いた目をした雲の毛皮の獣よ、／星の目よ」という。一九六四年に成立した『ボヘミアは海辺にある』で、バッハマンはボヘミアが「ある良き日／海をめぐまれ、いまや水辺にある」シェークスピアの『冬物語』を想起している。ここでは詩芸術空間へのユートピア的希望が濃縮し、個人的自我は境界を、言語は限界をなくしてしまっている。「私はまだことばと異国との境にいる、／私は何かにつけわずかでも境にいる、／／放浪のボヘミア人として何も持たず、何ものにも左右されず、／めぐまれているのは、疑わしい海に選択の地を見ること。」

インゲボルク・バッハマンの散文作品は一九六一年にピーパーから出された作品集『三十歳』で始まったが、これにはおおかたの文学批評が拒否の反応を示した。個々の短篇は一九五六／五七年に構想されたものであった。これは国家社会主義的非精神の存続を表面的にではなくて、女性に対する男性の行動に見ることで、バッハマンの大小説『死に方』の構想の中心となるテーマを先取りしたものとなっている。その中の短篇『殺人者と狂人の中で』は「男たちは夜外で一緒に飲み、語り合うことで生気をとりもどす」という文で始まる。七人の男たちは「ウィーンで戦後十年以上」行きつけの飲み屋に集っている。戦後のオーストリアに順応することで、この罪人であると同時に犠牲者たちは折り合いをつけている。背景で殺人が起こる——かつての兵士で、敵を撃つことができなかったために精神病院に入れられていた者が、前線兵士たちの戦友仲間を挑発して、撲殺されるのである。

長い間インゲボルク・バッハマンは連作長篇小説『死に方』にとり組んでいたが、結局は放棄してしまった。この構想の一部として出されたのが、一九七一年の長篇『マーリナ』と一九七二年の短篇集『同時の』である。その他の遺されたテクストは、一九九五年になって校訂版が編集された。いずれも女性の主人公が男のパートナーに計画的に破壊されるというものである。『マーリナ』ではインゲボルク・バッハマンを強く想わせる一人称の匿名の語り手が、同居しているマーリナとみずからの恋人イーヴァンとの関係について物語る。一読すると明らかなように、この小説は模倣的《ミメーシス》に読まれるべきものではなく、イーヴァンは憧れの対象であり、マーリナは語り手の合理的な男性的要素を表したものである。言語に示された父権的秩序が貫徹され、マーリナが残る。「私」は壁の中に消え、小説の最後のことばは「これは殺人だった」である。

パウル・ツェラーン

詩人パウル・ツェラーンも一時的に戦後ウィーン文壇に属していた。ツェラーン、本名パウル・アンチェルは一九二〇年にチェルノヴィッツ〔現ウクライナ領チェルニウツィー〕で生まれ、ユダヤ人市民家庭に育った。一九三八年にトゥール（フランス）で医学の勉強を始め、三九年に戦争の勃発によりチェルノヴィッツ大学に移ることを余儀なくされ、ロマンス語文学を修めた。一九四一年にドイツ人によって両親が強制収容所に連行された。父親はチフスで死に、母親は殺された。若いツェラーンは強制労働を強いられるも生きのび、一九四五年にブカレストに出て、有名な「死のフーガ」を含む最初の詩を執筆した。一九四七年十二月にウィーンに逃れたが、すでに四八年には最終的にパリに移住し、そこで一九七〇年に生涯を閉じた。一九四八年にウィーンでオットー・バージルの『計画』に十七篇の詩が掲載された。最初の詩集『骨壺の砂』はウィーンの出版社ゼクスルから出されたが誤植が多く、回収されて廃棄された。その多くの詩は一九五二年にシュトゥットガルトで出された詩集『けしと記憶』に収められた。ツェラーンの初期作品はいまだリルケ／トラークルの伝統の内にあった。ウィーンの仲間たちは彼をシュールレアリストと見なしていた。それに対して後期作品は言語の濃密化と沈黙にまで至る緊密化が図られていった。

ツェラーンはウィーンで多くの若い作家と知己を得、その交流はパリ時代まで続いた。クラウス・デームスとは長年にわたる文通をし、インゲボルク・バッハマンも彼に近い関係にあった――バッハマンの小説『マーリナ』はツェラーンとの長い対話とも読める。一九六〇年のゴル騒動――クレール・ゴルがパウル・ツェラーンの故なき盗作を訴えた――の際は多くのオーストリア作家たちが、「隣国ドイツ」で中傷されているツェラーンと連帯した。ツェラーンの文学的原点はナチスによって破壊されたポストカカーニエンの世界だった。一九六〇年にはみずからを「古きオーストリアの遅れてきた子ども」と称した。

ウィーン・グループ周辺の詩人たち

先に挙げた作家たちが少なくとも根本的には戦前・戦中の高踏様式詩につらなっていたのに対して、後に不当にウィーン・グループの流れに組み入れられた詩人たちは、言語批判的・実験的手法によって新たな表現形態も模索した。この手法はしばしば独我論的な芸術のための芸術《ラール・プール・ラール》、無原則な戯れに終わった観もあり、不朽の価値の確認・再建を望む伝統派のみならず、誤った意識の暴露と現実の隠された領域の発見を求めるアンガージュマン文学の側からも距離をおかれた。言語素材との遊戯的関係と文学的アンガージュマンが互いに排他的であることは、この流派の代表作家の抒情作品が証している。

アンドレーアス・オコペンコは一九三〇年にスロヴァキアのコシツェでウクライナ人の医者とオーストリア人の母親の息子として生まれ、一九三九年に家族と共にウィーンにやって来て化学を学び、一九五〇年から六八年まで製紙会社で働いた。一九六八年以降フリーの作家として活動し、一九九八年にオーストリア国家文学大賞、二〇〇二年にはゲオルク・トラークル賞を受賞した。二〇一〇年にウィーンで死去した。

オコペンコの文学上の履歴は一九四九年に詩を『新たな道』に発表したことに始まる。一九五一年から五三年までは雑誌『若い作家たちによるウィーン・グループの刊行物』(*publikationen einer wiener gruppe junger autoren*)を編集した。彼にとって言語の現実への関係は重要だったため、ウィーン・グループからは距離をとっていた。文学的信条としては「具体」詩に対して「具体化主義」という呼称を選び、世界に対して可能なかぎり厳密で、具体的・主観的な関係を追求した。想定していたのは神秘的な啓示状況である「流動性」であり、そこで異質な世界が明瞭になる——念頭にはプルースト、ジョイス、エズラ・パウンドがあった。その詩の多彩さは精密で時に冷笑的な時代批判から、俳句のような瞬間の把捉、さらには戯れによる偶発的「気楽詩」(Lockergedicht)にまで及んでいる。一九五〇年の詩「春の目覚め」にはこうある。「彼女は彼に巻き毛を整えて、/あしたも皺にならないように/服を長方形に畳んでちょうだいと頼んだ。/そして彼に来てもいいわよと言った、/もう日記には書きこんでおいたから、最初の恋と。」一九九二年に詩集『私が激しく泣くときはいつも』で発表した後年の気楽詩のなかには、「悲観主義者」という題で「コンセンサスとは/ナンセンスのことだ」といった格言めいた洞察や、「世界史」の法則の洞察として「マウスはミャウで時間を費やす」といったものがある。

一九五〇年代の長い個人的・創作的危機を経て、オコペンコはインゲボルク・バッハマンと同様に散文文学にとり組むようになった。一九六七年には短篇集『ミヒャエル・ツェートゥスの証拠』が出された。表題作は十八歳のギムナジウム生の自殺をあつかったもので、彼は軍備競争と戦争の危機に対する抗議の印としてみずから命を絶つ。物語は主人公の録音テープのほか、厖大なテクストの集積によって再現される。一九八四年にオコペンコは一九四五年の終戦から一九三九年四月に時系列的にさかのぼる六十二の日付入りの挿話から成る小説『ナチス少年』を発表したが、これは主人公の少年アナトール・ヴィトローの視点に限定され、家族とスロヴァキアからウィーンに移住してきた彼は、まったく自然にナチスの世界に適応していく。

オコペンコの形式的にもっとも興味深い散文作品は、一九七〇年の長篇『ドルーデンの貿易商会合のための感傷旅行事典』である。「使用方法」につづくアルファベット順に並べられた七八九の事典項目から、読者は「小説を組みたてていかなければならない。著者は読書にあたって「旅の始まり」から始め、これら旅に直接関係する三十四の項目の最後にイタリックで印字された次の記事への示唆に従うという一つの順番を提案する。項目の多くには小さな矢印で示された他のキーワードへの示唆があり、読者はそれに従うことも可能である。物語られるのは貿易商Jによるウィーンから（デュルンシュタインと目される）ドルーデンまでのドナウを遡っての商用の船旅である。事典的構造をとおして対象の世界が組みたてられ、それはJ（と読者）によって感覚的に知覚され、記憶をよび覚ます。提示されるのは、好ましいことと好ましくないこと、肯定的なものと否定的なものといった世界の全体である。その間には小説の詩学に関する四十五の短いミニ・エッセーが挿入されているが、これはまとめると「後書き」と読めるかもしれない。同様の構造原理は一九七六年に出された長篇『隕石』にもあてはまる。

言語による実験を行った作家のうち――一九七〇年代になってからのことではあるが――もっとも読者の支持を得たのはエルンスト・ヤンドルであった。一九二五年にウィーンで銀行員の息子として生まれ、一九四三年に国防軍に入り、イギリス軍の捕虜となった。一九四六年から四九年までウィーンでドイツ文学と英文学を学び、一九五〇年に「シュニッツラーの小説」で博士号を取得し、その後一九七九年までウィーンのギムナジウムで教えた。一九五四年以降フリデリーケ・マイレカーが彼の生涯の伴侶となった。ヤンドルは一九七〇年代以降オーストリア文壇において主要な役割を演じた――一九七二年の「グラーツ作家会議」の設立は彼の主導でなされたもので、八三年から八七年までは会長を務めた。

一九八四年にドイツのビューヒナー賞とオーストリア国家文学大賞、一九九一年にはエーリヒ・フリート賞、九三年にクライスト賞、九五年にはフリードリヒ・ヘルダーリン賞を受賞した。エルンスト・ヤンドルは二〇〇〇年ウィーンで死去した。

ヤンドルは詩作をウィーン・グループの周辺で始めたが、その後距離をおいて接するようになった。しかしそのメンバーたちとは、詩は言語素材から工芸品のように創られるものであるという見解を共有していた。しばしばなされる急所を衝いた発言は、詩がそれに尽きるものではないものの、やはり重要である。ヤンドルはアングロ＝アメリカ・アヴァンギャルドの立場に集中的にとり組んだほか、現代音楽の影響も受けていた。しかし一つの綱領へのいかなる固定化も彼は欲しなかった。詩集『把捉』への前書きでこう表現している。ある種の詩人たちは「可能なことすべてを、いつも同じ口調で語る。そのようなことをしても人を魅了することはない。結局言えることは一つなのだ。しかし常に、そして永遠に新しいやり方によって」。

長い間ヤンドルの詩が注目されることはなかった。当たったのは一九六六年の詩集『音とルイーゼ』からだった。この時以来ヤンドルは大きな成功をみずからの音響詩の朗読で勝ち得、一九八四／八五年の一連のフランクフルト詩学講義でみずからの綱領を「口の開閉」という題で表し、いくつかの詩集を発表した。一九八五年には三巻本の『作品全集』がドイツのルフターハント出版から出され、一九九七年から九九年にかけては十一巻から成る『詩的作品集』が編集された。

ヤンドルの多様な作品群は多くの形態を包含している。有名な（反）戦争詩 *Schtzngrmm*（Schützengraben → Schüzengramm（オーストリア方言）→ Schtzngrmm ＝「塹壕」）はドイツの「具体詩」への親近性を示しているが、こうした視覚詩・音響詩とならんで、やはり言語素材との戯れによる効果を上げた伝統的な詩もある。挙げられるべきは有名な「明るみ」であろう。「人は言う／右と左を／とり違え／てはいけないと。／何たる誤謬！」さらに「ウィーン英雄広場」という詩も挙げられるが、ここでは一九三八年三月のできごと——オーストリア「合邦」とウィーン英雄広場におけるヒトラーの演説——がよび覚まされ、造語によって暴力性と性化された救済の期待がとらえられている。[*]「輝く英雄広場はおよそ／立錐の余地なき雄どもの海と化し／そのなかで女たちも男に／はらまんとして激しく身を寄せる。／そして本性的にわめき、誘う。／／額の分け目に垂れた髪が／多弁で心底下卑た声で／北方に向かってあえぐ／独行の悩める者たちを駆りたてながら。／／不意打ちだ！／神のごとき雄鶏やぎは／話から話へと／巨大な短尾で煽りたてる。／求愛するがごとく男海はうごめき／ハイルの歓呼のなか女どもに降臨す／跪きし者鹿たちを虜にすれば。」

後期のヤンドルでは厭人的辛辣さが露骨になっていく。みずからの老化・死・過去との対峙が優勢となっていく。一九七〇年代の「荒廃した言語による詩」には、言語への懐疑と文学への疑念が欠落し欠損した言語のうちに表れる。「言語について」という詩はこう言う。「荒廃した言語で書き、話すことは／示威行動であって、／汚らしい生がどれほどまでになったかということを／ことばのス

＊訳注　以下一応試訳を掲げておくが，ヤンドルのこの詩はほとんどが造語によるイメージ喚起的実験詩であり，翻訳は事実上意味をなさない。以下に原文を掲げておく。„der glanze heldenplatz zirka / versaggerte in maschenhaftem männchenmeere / drunter auch frauen die ans maskelknie / zu heften heftig sich versuchten, hoffensdick. / und brüllzten wesentlich. // verwogener stirnscheitelunterschwang / nach nöten nördlich, kechelte / mit zu-nummernder aufs bluten feilzer stimme / hinsensend sämmertliche eigenwäscher. // pirsch! / döppelte der gottelbock / von Sa-Atz zu Sa-Atz / mit hünig sprenkem stimmstummel. / balzerig würmelte es im männechensee / und den weibern ward so pfingstig ums heil / zumahn: wenn ein knie-ender sie hirschelte.“

コップで汲み上げ／それが臭い山であることを示威することだ。美化することなどもはやないのだ（……）」。その後一九九二年に方言で書かれた、ときに猥褻でひどく下品な民俗的四行詩「スタンザ」（*Gstanzln*）がつづく。ここでヤンドルの文学的伝統への批判的姿勢は頂点に達する。「お前たちは神秘的なけつの穴から／塊を押し出して／それをすぐに口に乗せる／抒情詩はみな歌うものだからといって」。

一九二四年にウィーンに生まれたフリデリーケ・マイレカーは、一九五〇年代にウィーンの若い作家たちのサークルに属し、いくつかの詩を発表していた。しかし彼女の主要作が出されるようになるのは、一九七〇年代になってからのことである。一九四六年から六九年まではウィーンの基幹学校で英語を教え、六九年からフリーの作家としてウィーンにくらした。エルンスト・ヤンドルとは生涯の交遊関係を結び、そのことは文学的成果も生むことになった。マイレカーは一九七七年のゲオルク・トラークル抒情詩賞、八二年のオーストリア国家大賞、一九九三年のフリードリヒ・ヘルダーリン賞、二〇〇一年のゲオルク・ビューヒナー賞、二〇一六年のオーストリア書籍賞など多くの表彰を受けた。

マイレカーの多様な作品をイメージするのは容易なことではない。すでに早くから当初のアヴァンギャルドから離れ、韻文と散文の相違とジャンルの境界を止揚するような書法に向かっていった。一九六六年にローヴォルトから出された『女神による詩――詩的テクスト』は、大きな成功をおさめた最初の本であった。一九七三年に出された散文集『雲を頂いた嶺ごとに』は、「短篇集」という副題をもっていたが、マイレカーのテクストは語ることを拒否した。むしろそれはいかなる解決もまぬかれるイメージの織物であった。みずからの伝記が根底にはある。生はマイレカーにとって書くこと、知覚の言語的変換であって、それは死に抗するものである――みずからの死と愛する人々の死に。マイレカーの作品は当初のしばしば自己指示的だった一九五〇年代の言語的実験から、具体的な物を文学に転換させ、外界との関係を必要とする書法へと変貌を遂げている。

散文作品——イルゼ・アイヒンガー

第二共和国の散文作品も具体的なものの優勢のうちに動いていた。その際一部では古い水脈が流れ続けていた——文学市場においては戦前の小説家たちが健在だった。しかし過去の言い表しがたいことは新たな形式をもたらし、それによってその言い表しがたいものが語られることになった。

　鍵となる役割を果たしたのは、一九四八年に出された若きイルゼ・アイヒンガーの小説『より大きな希望』だった。一九二一年にユダヤ人の女医と上部オーストリアの教師の娘として生まれ、両親の離婚後ウィーンで成長した。双子のヘルガは一九三九年にイギリスに避難した。「第一ランクの混血」に分類されたイルゼ・アイヒンガーは母親と共に生きのびたが、祖母とおばは殺されてしまった。アイヒンガーは一九四五年に医学の勉強を始めたが、後に文学活動に専念するため断念した。一九四五年九月一日には『ウィーン急便《ヴィーナー・クリーア》』に短い散文作品『第四の門』が出されたが、これは市立公園で遊ぶと「強制収容所」送りになってしまうため、墓地で遊ばなくてはならないウィーンの子どもたちに関する小説である。アイヒンガーは一九四六年にはオットー・バージルの『計画』に「不信感の訴え」を発表して、従来路線の継続および新たな出発という神話双方に反対し、個々人と言語の自己批判的姿勢をうったえた。

　S・フィッシャーから長篇小説『より大きな希望』をアムステルダムで刊行後、イルゼ・アイヒンガーはドイツに赴いて四七年グループのメンバーとなり、一九五三年に作家ギュンター・アイヒと結婚し、一九六三年から彼が死去する七二年まで共にザルツブルクでくらした。一九八八年にウィーンに戻り、長い間中断していた作家活動を再開した。一九九一年にマーネス・シュペルバー賞、九五年にはオーストリア国家文学大賞を受賞した。イルゼ・アイヒンガーは二〇一六年にウィーンで死去した。

『より大きな希望』は主人公エレンを含む子どもたちの視点から、ナチス時代の生活を物語るものである。場所や時間に関する具体的な示唆はない。読者はこれはウィーンをあつかったものであり、エレンは「混血」で、その遊び仲間はユダヤ人の子どもたちであると推察することになる。子どもたちは自分たちが理解できない世界の中で活動している。ある物語が再構成される。エレンは外国行きのヴィザが取れず、母親について行くことができないため、祖母のもとにとどまるが、その祖母も収容される前にみずから命を絶ってしまい、ますますより良い世界という夢に逃避するようになり、終戦の際手榴弾に当たって死ぬ。「激しい戦闘がくりひろげられた橋の上に、朝、星が輝いていた」というのが最後の文である。死は「より大きな希望」である。この小説は閉じられ、首尾一貫した物語も、できごとの一義的解釈も拒絶する。まとまりのない挿話と、埋められることのない空白が、秩序が失われてしまった馴じみの世界をかたちづくる。

イルゼ・アイヒンガーは一九五二年に短篇小説『鏡物語』――ここでは生涯の物語が死から誕生、言語の行使からその忘却まで遡及的に語られる――で四七年グループ賞を受賞したが、その後の作品ではパウル・ツェラーンに比肩するような言語と既存の連関への不信感を示すようになっていった。その詩や放送劇も刈りこまれた凝集性に規定されている。

ハイミート・フォン・ドーデラー

第二共和国でもっとも名高い小説家は、時代の危機にまったく違った反応を示した。ハイミート・フォン・ドーデラーは世界の物語性にこだわった——あらゆる思想的上部構造の拒絶と芸術的構築のもとに表現される物語性に。全能の語り手が素材を制御する。感覚的に経験しうる世界の肯定は、抽象的な思想へと逃避する「統覚拒否者」に抗するものであった。それはドーデラーが一時ナチスに魅了されたことをみずから捨象することでもあった。

ハイミート・ドーデラーは一八九六年に生まれ、ウィーンのプロテスタント上流市民家庭の出身で、第一次大戦に従軍して一九一六年にロシアの戦争捕虜となり、一九二〇年になってようやく脱出することができた。ウィーンで歴史を学び、一九二五年に博士号を取得し、文学上の経歴を細々と始めた。一九三三年にオーストリアで禁止されていたナチス党に入党し、三六年に個人的な理由でミュンヘン近郊のダッハウに移住してからは、次第にナチスから距離をとるようになっていった。一九四〇年に公然とカトリックに改宗した後の四一年に離党した。第二次世界大戦の際には軍人として従軍した。終戦の際、ドーデラーはオスロでイギリスの戦争捕虜となったが、一九四六年にウィーンに帰還し、四八年から五〇年までオーストリア歴史研究所の講座にかよい、戦時中書き始め一九四八年に脱稿した長篇『シュトルードルホーフ階段あるいはメルツァーと時代の深淵』を一九五一年にミュンヘンのビーダーシュタイン出版から発表して有名になった。

ドーデラーはすでに一九四五年以前に作品を発表していて、そのなかには一九三八年の長篇『誰もが犯す殺人』も含まれている。一九三〇年以降は一度は挫折した大部のウィーン社会小説『悪霊』にとり組んでいた。『シュトルードルホーフ階段』は後に再開されることになるこの計画の素材から発展したものである。『悪霊──局長ガイレンホフの年代記から』は一九五六年に出された。その他の長篇『スルニの滝』（一九六三）などはドーデラーの名声を決定的なものにした。一九六六年に癌で死去し、最後の長篇『国境の森』を書き終えることはできなかった。

『シュトルードルホーフ階段』の中心にはウィーンの階段施設があり、この場所から枝分かれしたいくつかのプロットが展開していく。物語は一九一〇／一一年および一九二三─二五年が舞台である。最終的にはすべてが一九二五年九月二一日に集約され、そこで副題に挙げられたメルツァー少佐が、一九一〇年に恋した女性の命を救う。この複雑に構成された全体小説は、決定的な日の序章と見ることもできる──まさに「時代の深淵」として。平凡な主人公メルツァーは重要人物などではない。しかし語り手は彼に「人間としての成長」、それまでのまちがった人生への反省、それに結婚と家庭の創設という皮肉めいたハッピーエンドをもたらす。しかしそれとならんでウィーンの上流市民と中流市民世界を包含する多様な人物構成が付与される。皮肉屋の語り手の共感は中流市民の領域に向いている。たいがいドーデラーの伝記と対を成す上流市民たちには不幸が及ぶ。大きな物語は締め出される。第一次世界大戦について語り手は、メルツァーは「一九一四年から一八年にかけてやらねばならなかったことを、おおむねなした」が、そのことは彼にさしたる影響をあたえなかった、「人間は戦争を経験しても、覚醒することはないものだから」とだけ書きとめている。ここで語り手は「一九四五年四月、（この物語の）三十五年後のオスロのホテルの部屋で」と、一度だけみずから語っている時代に言及している。つまりこの小説は第一次世界大戦──それにおそらくは第二次世界大戦──との継続性を無視して構成されている。

『悪霊』においては政治を避けて通ることはできない。この小説は一九二七年七月十五日の司法宮殿焼き討ちを頂点とする一九二六／二七年のウィーン社会のパノラマを供するものである。一部で『シュトルードルホーフ階段』と同じ人物が登場し、やはり種々の主人公たちの「人間としての成長」と、性病理学ともいえる思想的盲目からの解放がテーマとなっている。個人的運命が政治状況に優先される。しかしこの一三〇〇ページを超える小説に関しては、その複雑な成立史について言及されなければならない。ドーデラーはナチスを支持していたころ、第一共和国の崩壊を異様な肖像として構想していたが、その後新たな世界観に基づいて改作した。異質な素材を全体へと収斂させようという形式への意志と、一面的な罪のなすりつけを回避し、ラテン語を学ぶ労働者レオンハルト・カカプサをとおして階級闘争を超越した理想的人物を造形しようという意向は、発表された小説では破綻してしまった。世界はそう簡単に語ることはできなかったのである。

『悪霊』の後ドーデラーは三部作小説『小説第七番』の作業にとりかかったが、これは四楽章の交響曲をイメージして構想されたものである。完成されたのは第一楽章『スルニの滝』だけだったが、これは世紀転換期ウィーンを舞台とした多彩な人物から成る小説で、語り手は背後に退いて、プロットの造形は読者にゆだねられることになる。第二小説『国境の森』は戦争犯罪がテーマだが、断片にとどまり、死後発表された。ドーデラーはプルースト、ジョイス、ムージルには批判的に距離をとり、大きな物語に固執して、晩年の小説でも完結した形式を保持していた。しかしこうした伝統を尊重しようという主張に、一九六二年に発表された異様な小説『メロヴィング家の人々』——一九六〇年代のアヴァンギャルド作家たちを想起させるテクスト——のような短篇・小話が対置される。

その他の小説家たち

ドーデラーと好対照だった小説家は、彼が長く師と仰いでいた作家アルベルト・パリス・ギュータースローである。ギュータースロー、本名アルベルト・コンラート・キートライバーは一八八七年ウィーンに生まれ、紡績業者だった父親によってカトリック司祭としての経歴を定められていて、メルクの修道会ギムナジウムにかよっていたが、早くから芸術に転向した。俳優教育を修め、造形美術家としてグスタフ・クリムトとエゴン・シーレの周辺で活動し、一九一〇年に表現主義の鍵となる長篇小説『踊る愚者』を著した。一九一八、一九年にはフランツ・ブライと雑誌『救済《レットゥング》』を発行した。その後も発表が続いた。一九二五年から二九年まで画家として南フランスに住み、一九三一年からはウィーン美術学校で教えた。ナチスは彼の就業を禁止した。一九四五年にウィーン造形美術アカデミー教授となって「アート・クラブ」を主宰し、一九五二年に絵画で、六一年には文学でオーストリア国家大賞を受賞した。一九七三年にウィーン近郊バーデンで死去した。ドーデラーはすでに一九二〇年代には彼と知り、一九三〇年に「ギュータースローの場合――ある運命とその解釈」という文章を発表した。

一九三五年ごろに書き始められた大部の長篇『太陽と月』は語り・できごとの心理学的動機づけ、現実的秩序の再現といったものいっさいから逃れ出るものである。プロットの細い糸――ルナリン伯爵は相続した荒れ果てた城の管理人として、農民のティル・アーデルゼーアーを雇い入れ、結局これを譲りわたす――は、ドーデラーの意地悪いカリカチュアであるアリオヴィスト・フォン・ヴィッセンドルムを含む数多くの登場人物や、ローレンス・スターンやジャン・パウルを想わせる逸脱によって覆い隠されてしまう。すべては寓意的機能をもち、具体的な事象はそれ自体が問題なのではなく、何かを暗示している。ヘラクレイトスのモットー「ぶちまけられたものの山こそ、もっとも美しい秩序である」が、物事を形式的秩序に追いこむドーデラーの試みへの対局としてである。

ジョルジュ・ザイコはみずからの語り方を「魔術的写実主義」と称した。一八九二年に北ボヘミアのゼーシュタットル〔現チョコ領モスト内エルヴィエニーツェ〕に富裕な夫婦の息子に生まれたが、みずからの名前をフランス語で発音し、一九二四年にはウィーン大学で美術史の博士号を取得して、大がかりな外国旅行を企て、ウィーンで在野の学識者としてくらした。一九三八年以降執筆を禁止されて、ウィーンのアルベルティーナ美術館での勤務を義務づけられ、ここで一九五〇年まで働いた。第二共和国の文学活動においてはアウトサイダーの立場にあり、死去する直前の一九六二年になってようやくオーストリア国家文学大賞を受賞した。

表現主義者として出発したころから、ザイコは小説の理論上の問題に従事し、とりわけジョイス、ムージル、ブロッホにとり組んだ。小説で外界を再現しようとしたドーデラーと対照的に、無意識の開示と個人的心理を社会的心理に拡大することに関心があった。その際、性の領域が中心的役割を演じていた。「情動的諸観念とその結びつき、衝動的なもの、主観的象徴の形成（……）、衝動的なものが（……）おき換えられる表面的現実の解消」といったことが、「魔術的写実主義」のテーマであると宣言される。ザイコのテクストはその詩学が予想させるように表面的現実に無関心ではまったくない。

文学史的に大戦間の時代に分類される二つの大部の小説が出されたのは、一九四五年以降になってからのことであった。『筏に乗って』はすでに一九三〇年代に構想され、一九四八年にヴィースバーデンのリーメス出版から刊行されたが、ほとんど反響がなかった。友人のブロッホのように、ザイコはとりわけ一九一八年以降の価値崩壊に関心をもった。物語の舞台はハンガリー国境の依然として封建的雰囲気をのこした地方である。そこの方向を見失った住民たちは、父祖伝来の世界から逃れられず、筏に乗っているかのようにふらふらとさまよう。主人公のアレクサンダー・フェンク侯爵は巨人のような自然児の従僕ヨシュコに、みずからに欠けているものすべてを見いだす。そして彼が死んだ後、剝製にしようとする。この過去を保存しようという奇矯な計画は失敗に終わる。この小説はキリスト教に支えを見いだそうとする人物たちのむだな試みや、十月革命後のロシアから逃れ、ヨーロッパに希望を見いだそうとする移住者についても物語っている。

一九五五年にハンブルクのシュレーダーから出された『葦の中の男』はザルツカンマーグートの湖が舞台で、一九三四年七月のナチスのクーデター未遂をあつかっている。不透明な雰囲気のなかで政敵同士の相違はぼやけていく。すべては暴力の網にまきこまれ、それを克服しようとして一人称の語り手の婚約者は命をおとすことになる。このシンメトリカルに構成された小説では、とりわけ精神分析的次元への関心が示され、参事官モストバウマーに体現されるオーストリアのまったく卑劣な二枚舌が例示される。

戦後世代の小説家たち

戦後の小説創作は若い作家たちの間では伝統的物語技法と、大戦間の時代のモダニズムの時代遅れ的展開ともいえる新たな形式の探究への執着との間で揺れ動いていた。美的時代即応性と政治的同時代性は必ずしも両立しなかった。伝統的手法による小説にも時には同時代の問題に真摯にとり組む試みもあり、一見先進的な物語にもしばしば古い思考形態が見え隠れしていた。

明確にドーデラーの後継者の立場をとったのはヘルベルト・アイゼンライヒだった。この一九二五年にリンツに生まれた作家は、まだ大学入学資格《マトゥーラ》を得る前の一九四三年にドイツ国防軍に召集され、一九四四年に重傷を負った。一九四六年にウィーンでドイツ文学研究の勉強を始めたが、やがて中断された。その後フリーの作家・ジャーナリストとして、一九五二年から五六年まではハンブルクとシュトゥットガルトでもくらした。一九八六年にウィーンで長い病気の末死去した。

アイゼンライヒの初期作品は長篇『罪の中でも』（一九五三）のほかは小品が主で、現実に幻滅した眼ざしに特徴づけられている。主人公たちは人間関係を築けずに破綻する。短篇集『悪しき美しき世界』（一九五七）に顕著なように、一九五〇年代末からはドーデラーへの傾倒が増していって、初期作品の宿命論は肯定的に転換される。みずからの運命を受け入れ、世界と協調していくことが問題となる。当時すでにアイゼンライヒは『勝者と敗者』という大長篇の作業にとりかかっていた。これは一九八五年になって、著作権上の理由から『かたづけられた時代』という題で断片として出された。この戦中戦後を舞台とする挿話風の小説の登場人物たちは、たいていみずからの敗北を甘受し、「撤退の理論」を受け入れることで破滅する。アイゼンライヒは後年保守の挑発的論争家・同時代批判者との評判を得、一九六四年にはエッセー「創造的不信あるいはオーストリアの文学はオーストリア文学といえるか？」で国民文学的性質を強調した。

ドーデラーの後継者といえばペーター・フォン・トラミーン、本名ペーター・リヒャルト・オスヴァルト・チュッグエルも挙げられるだろう。一九三二年にウィーンで生まれ、生涯銀行員を生業として一九八一年に死去した作家で、一九六三年に長篇『御令息たち』を執筆して、戦後ウィーンの上流社会に痛烈な（自己）批判を下し、かつてのオーストリアの偉大さをよび覚ました。

奇妙なことに一九五六年にザルツブルクのオットー・ミュラーから出されたゲルハルト・フリッチュの小説『岩の苔』は、同時代人からはオーストリアに対して肯定的な悲歌的同時代描写として読まれたが、これは楽天的な国家条約時代にふさわしいものであった。小説の結末——「未来はすべて過去をもってい」て、「未来に」灯る明かりは、「墓所からだけ灯っているのではない」——はそうした読解を促すかもしれないが、それは先行するプロットに合致していない。これはマルヒフェルトの荒廃したシュヴァルツヴァッサー城を再建し、「文化センター」として再生させようという若い精力的な人気作家・ジャーナリストのメールマンの試みである。シュヴァルツヴァッサーが第二共和国に見たてられていることはまったく明らかである。メールマンの友人の売れない作家ペトリックは、端的にこう言う。「皆が再興を言う。(……)再興万歳と。(……)どんな再興も失敗だ」。メールマンの婚約者ユッタは城の所有者の娘で、ペトリックと将来を共にすることに決めるが、彼は自動車事故で命をおとしてしまう。こうして城の再建計画は頓挫するが、第二共和国は怪しげな遺産を美しい上辺で繕い続けることだろう。登場人物の一人で帰還したユダヤ人亡命作家のリヒトブラウは、「反ユダヤ主義の祖国」で日常的なユダヤ人敵視に直面する。誰も彼について知ろうとせず、小説の結末である有力な編集者が「ささやかな畏敬の念から」彼に新聞の一部を割くことに決めるのはまやかしにすぎない。最後に語り手によって宣されるメールマンの浄化も怪しいものである。

ゲルハルト・フリッチュは第二共和国の文学界において少なからず重要な役割を演じた。一九二四年にウィーンのギムナジウム教師の息子に生まれ、一九四二年にはドイツ国防軍に召集され、四五年にソヴィエトの捕虜からウィーンに帰還して、中断していた歴史とドイツ文学の勉強を始め、一九五一年以降はウィーン市立図書館で働いた。一九五八年以来フリーの作家として生活したが、次第にみずからの初期作品に距離をとるようになっていった。一九六九年におそらくみずから命を絶った——彼の死は事故の結果だったかもしれない。

フリッチュ初期の抒情詩作品は時代を反映してリルケ、トラークル、ヴァインヘーバー、表現主義の色彩が濃いものであった。雑誌編集者・評論家・出版査読者として影響力ある立場を築き、若い作家を発掘・促進したが、金銭上の理由から委託された仕事を頻繁に受けなければならず、みずからの創作に十分な機会を与えなかった時代の要請を難じた。

ゲルハルト・フリッチュの二番目の小説『謝肉祭《ファッシング》』は文学批評からの全面拒否に遭った。オットー・ミュラー出版が原稿を受け入れなかったため、フリッチュはこの本を一九六七年にローヴォルトから出した。これは一九五七年にシュタイアーマルクの小都市に戻った脱走兵フェーリックス・ゴルプの物語で、彼は戦争末期女中シャルロッテ・ヴェーバーになりすまして生きのびたのだった。この小説は形式的に野心的で、主人公の視点から物語られ、さまざまな時代の次元の間を揺れ動くのだが、読者を政治的テーマ――オーストリアの地方をナチス思想の温床と称した――だけではなく、際だった性的要因によって煩わせた。若い主人公は匿ってくれた男爵夫人ヴィットーリアに婦人服を着せられ、軍人からも性的奉仕の虐待を受ける。彼がこの町を壊滅から救い、赤軍に無血降伏させたことも、事態を好転させることはなかった。フェーリックスはソヴィエト占領軍に密告され、十年間ロシアの捕虜収容所に入れられた。彼は帰還後楽天的に順応しようとするが、町――「義務を果たした我々」――は彼の脱走も服装倒錯も決して許さず、謝肉祭舞踏会で集団暴行する。結末でフェーリックスは民衆の怒りから逃れ、脱走時に潜んでいた窪みに身を隠すが、酸素が次第に欠乏していく。

存続する国家社会主義の総括は、その数年前に吐き気を催す地方の性描写と結びつけられて、ハンス・レーベルトが小説『狼の皮』でなしていたものである。

レーベルトは一九一九年ウィーンの上流市民家庭に生まれ、作曲家アルバン・ベルクの甥で、若いころから芸術に関心をもち、一九三八年以降の第三帝国治下でオペラ、とりわけヴァーグナー歌手として活動したが、ドイツ国防軍からの召集を精神病を偽装して逃れ、戦争末期シュタイアーマルクで抵抗運動に従事した。一九四五年以降『計画』と『新たな道』に寄稿した。アルフレート・クビーンを想わせる魔的なものの世界への干渉をテーマとしたさまざまな短篇につづいて、一九五三年以来従事していた厳密に歴史にのっとった長篇『狼の皮』が、一九六〇年にハンブルクのクラッセンから発表された。この小説はいくつかの文学賞をもたらしたが、大きな反響を得ることはなかった。一九七一年にザルツブルクのレジデンツ出版から出されたレーベルトの二番目の小説『炎の話』にも反響はなかった。一九九一年になって『狼の皮』の新版がようやく大きな成功をおさめた。レーベルトは一九九三年にウィーン近郊バーデンで死去した。

『狼の皮』は複雑に構成された小説で、オーストリアのシュヴァイゲン村の一九五二年十一月八日から五三年二月十四日の九十九日間が舞台である。中心には未解決の犯罪——戦争末期における外国人労働者の殺人——がある。戦後村に帰還した水夫ヨハン・ウンフロイントと、集団射殺に加わった罪がついてまわる写真家カール・マレッタという二人のアウトサイダーの視点から物語は紡ぎだされ、レーベルト自身これを「農村推理小説の体裁の背後にあるホラーの、さらにその背後にある宗教小説」と称した。自然と風土は物語に呼応する。堆肥・雨・泥といった風土のなか、登場人物たちは汚れた「茶色い党の雰囲気」〔茶色はナチスの党色〕に沈んでいき、すべての穴から汚物が吹き出し、便所は臭う。解決されていない過去が人狼部隊〔Werwolf／第二次大戦末期のナチスによるゲリラ部隊〕の形姿をとって、鈍く嘘つきで欲深い村の雰囲気に入りこみ、多くの罪人の命を奪う。かつての地方支部長で大量殺人の総責任者であり、現在の州議会議員であるハーバーガイアーはうまくきりぬける。オーストリアはくだんの水夫にとって「小人たちによる独裁制」、「塗装工の親方たちの国である。ここでは絶えず塗り固められる(……)。庭には色鮮やかに塗られた小人たちがいる。けれども(……)たとえば赤と黒が混じり合うと、おぞましい茶色が生じるのだ」。

『炎の話』でレーベルトは一九三八年の「合邦」をヴァーグナーの兄妹相姦の神話モティーフに依拠することでとりあげた。この小説は神々の黄昏で終わる。物語上の場所はオーストリアを象徴するシュタイアーマルクの村の邸宅で、火を放たれた後、新たなオーストリアが灰の中から生じる。ナチス神話を神話自体で脱構築する試みは、多くの読者の批判に遭った。

若い作家のうちの幾人かはみずからの体験を戦争・社会小説で表したが、その際時には推理小説などの通俗的ジャンルに依拠した。ヘルベルト・ツァントは一九二三年にバート・アウスゼー近郊クノッペンで農民の息子として生まれ、戦争で重傷を負った――彼の一九七〇年の死はその後遺症であった。一九四五年以降は独学で勉強を続けた。一九五四年以来たいていはウィーンでドナウ出版の査読者、一九六一年以降はオーストリア文学協会職員として生活した。当初の文学作品は伝統的自然詩だった。ブロッホの歴史哲学的考察の影響を受けて、一九五三年にウィーンのドナウ出版から「包囲された者たちの小説」『最後の出口』を出し、東部戦線の攻防を舞台に表現主義的言語で個人の逃げ場のない実存をテーマとした。一九六一年にザルツブルクのオットー・ミュラーから出された時代小説『火の末裔』は、再建された共和国の批判的総括であり、その魔術的写実主義と通俗的要素の混交により懐疑的反応に遭った。

フリッツ・ハーベクは一九五〇年代でもっとも成功した作家に属する。一九一六年にウィーン近郊ノイレングバッハに社会民主党員の法律家の息子として生まれ、法律の勉強を終える前の一九三九年に、ドイツ国防軍に召集された。ハーベクはスターリングラード攻防戦を生きのびた後の一九四四年、アメリカの戦争捕虜となり、一九四六年にウィーンに帰還して勉学を終え、ジャーナリスト・演出助手としての経歴を開始した。一九四一年にはショルナイ出版からフランソワ・ヴィヨンに関する小説『左の絞首台の遍歴学生』が出されていた。一九五一年の戦争小説『ボートは夜半過ぎに来る』で有名になった。映画『最後の行為』で脚本からは離れた。ハーベクは一九六八年から七七年までORFのウィーン放送文学部長として活動し、七八年から八〇年まではオーストリアPENクラブ会長を務めた。一九九七年ウィーン近郊バーデンで死去した。

ハーベクはいくつかの時代批判的短篇集、青少年向け図書、グレン・ゴードンの筆名でイギリスとアメリカを舞台とする四つの推理小説を発表した。みずからを「戦争で本質にかかわる経験をした作家」と称した。著書は数か国語に訳された。一九五八年に大部の小説『虎の背に乗って』が出され、あるウィーンの家族三代を通じてオーストリア史が君主制から現代まで物語られた。ハーベクはアーネスト・ヘミングウェイから文学的影響を受け、一九五〇年から五二年まで文通をしている。ヨハネス・マリオ・ジンメルと交友関係にあった。作家としては世界のとらえ方を心得ていて、現実を文学に移し換えることの可能性を疑わなかった。

ミーロ・ドール本名ミルーティン・ドロスロヴァッツは一九二三年にブダペストのセルビア人医師の息子に生まれ、一九三三年以来ベオグラードで育ち、戦争勃発後は共産主義抵抗グループに加わったが、一九四二年に拘束され、一九四三年に強制労働を課せられてウィーンに連行され、ここにとどまることになった。演劇学を学び、『計画』にドイツ語で発表し、四七年グループのメンバーになった。ドールはみずからを啓蒙の伝統に位置づけ、第二共和国の文壇で重要な役割を演じ、多くの賞を受賞した。翻訳家としてはユーゴスラヴィア文学のドイツ語圏における受容に重要な貢献をなした。一九七一年以降はオーストリア作家権益協会副会長、七二年から八八年まではPENクラブ副会長を務めた。

ミーロ・ドールの挿話集のように構成された最初の長篇『休暇の死者』は、一九五二年にシュトゥットガルトのドイツ出版から出され、その後の二つの小説に登場するムラデン・ライコフの自伝的色彩の濃い運命を物語っているほか、占領下のベオグラードと先の大戦下におけるウィーンの生活の広範なパノラマとなっている。小説の大部分の舞台は牢獄と拷問室である。幻滅が支配的である。ユーゴスラヴィア解放後、新たな権力者は以前のファシスト政権と同様に拷問と殺人を行い、ウィーンでは勝った赤軍が略奪と強姦をくりかえす。ラインハルト・フェーダーマンと共同でドールはいくつかの推理小説も書き、これは戦後ウィーンの状況の忠実な描写となっている。際だっているのは、一九五三年に出されたスリラー『国際地帯』で、人気を博した映画『第三の男』に依拠しながら、これを皮肉に引用している。識者から「ドイツ語による最良の詩人の一人」と見なされている登場人物の一人のルーマニア人難民ペトレ・マーリジュールに、この小説はパウル・ツェラーンの肖像を織り込んでいる。

ミーロ・ドールの友人ラインハルト・フェーダーマンは一九三八年に半ユダヤ人として追放された法律家の息子として一九二三年ウィーンに生まれ、一九四二年にドイツ国防軍に召集された。負傷してソヴィエトの戦争捕虜となり、一九四六年にウィーンに帰還した。両親はもう生きてはいなかった。『計画』の周辺で文学上の経歴を始め、PENクラブの事務局長となり、一九七二年から七五年までは文芸雑誌『ペスト記念塔』を編集した。一九七六年にウィーンで死去した。

ミーロ・ドールとの共著の推理小説を含むフェーダーマンの厖大な量の作品は、経済的必要によるところも大きいが、それらは雑誌やORFのためのものが多い。出版社を見つけるのは困難だったのだ。

『ある夜の年代記』は夫が亡命した十年後の一九四八年に夫婦がウィーンで再会する物語で、一九五〇年末に『労働者新聞』に連載小説として発表され、単行本としては一九八八年にようやく発表された。一九五九年にはミュンヘンのランゲン＆ミュラーから『嘘つきの天国』が出された。ここではブルーノ・シンドラーというオーストリアのある若い社会民主主義者の生涯をとおして、一九三四年二月のオーストリアの内戦とソヴィエト連邦のスターリン恐怖政治、それにオーストリアの再建が主題化されている。一九三四年にソヴィエト連邦に逃れたシンドラーは、そこに望んでいた共産主義的理想郷などではなく、嘘を基盤とした体制を見いだす。ふたたびオーストリアでは、今度はハンガリー動乱の惨めな敗北に幻滅する。彼は故郷を喪失した左翼のまま、オーストリアの戦後世界になじむことができない。

一九六〇年代以降ドイツ語文学においてもっとも成功したベストセラー作家であるヨハネス・マリオ・ジンメルも、キャリアをウィーンで始めた。ジンメルは一九三八年にイギリスに亡命したユダヤ人化学者の息子として一九二四年に生まれた。彼は母親とウィーンに残って化学技師となり、一九四五年以降はアメリカ占領軍通訳・ジャーナリストとして働いた。一九四七年に『霧の中の出会い』という題の最初の短篇集を、一九四九年には爆撃犠牲者に関する長篇『とても快活なことに、ぼくは驚く』をシヨルナイから発表した。ジンメルは一九五〇年にドイツに移住した。その後の『いつもキャヴィアである必要はない』（一九六〇）、『愛はことばにすぎない』（一九六三）、『我が祖国は穏やかなのを好む』（一九六五）、『そしてジムニーは虹に行った』（一九七〇）などの娯楽小説は映画化され、その断固たる反ナチメッセージ、現代政治批判、スリルあふれる内容の組み合わせによって多くの読者を獲得した。ジンメルは二〇〇九年スイスで死去した。

当初伝統的・写実的語りに忠実だった多くのナチス・イデオロギーの周辺の作家たちも、その文学上のキャリアの再出発を試みた。ここではまず第一に一九一二年に南チロルのボルツァーノ近郊グリースに生まれたフランツ・トゥムラーが挙げられよう。トゥムラーはギムナジウム教師の息子としてリンツに育ち、小学校教師となったが、郷土小説『ラウザとドゥローンの谷』（一九三五）と軍人小説『実行者』（一九三七）の成功によってフリーの作家となった。一九四一年に自発的に兵役に就いた。一九五〇年にベルリンに移り、四七年グループと関係をもった。一九九八年に死去した。トゥムラーの散文作品は一九四五年以降次第に世界を物語ることへの懐疑に特徴づけられるようになる。一九五三年にミュンヘンのハンザーから出された一九三九年から四九年までを描いた小説『オーストリアの城』は、「古い家での生涯の最終章」をあつかったもので、「小説のように見えるが、今世紀は小説には遅すぎた」。しかしトゥムラーはここではまだ叙事的世界を展開し、ナチス時代のみずからの作品を特徴づけている郷土と秩序の喪失を中心テーマとしている。それに対して一九五九年の短篇『外套』ではフランスの「ヌーボー・ロマン」に接近し、六一年に出された短篇『ヴォルテラ』は模倣的要請が語りへの省察によって放棄されている。一九七二年の長篇『ピーア・ファラー』には言語批判的・言語実験的伝統の衝撃が明らかである。

より強く伝統に密着していたのはゲルトルート・フッセネッガーで、彼女は一時的にトゥムラーと親密な関係にあった。この作家は一九一二年にピルゼン〔現チェコ領プルゼニ〕で軍人の娘に生まれ、フォアアルルベルクとチロルで育ち、一九三四年にインスブルック大学で歴史学の博士号を取得した。カトリックに根ざしながらも、ナチスに近い位置に立ち、すでに一九三三年には党員となった。一九四五年以降はきわめて多作な作家として多くの表彰を受け、一九七七年から七九年までと八四年から八五年まではインゲボルク・バッハマン賞の審査員としてオーストリア文壇における重要な役割を演じた。厖大な作品のなかでは十九世紀ボヘミアが舞台の家庭小説『暗い瓶の家』（一九五一）と、やはりボヘミアで演じられる小説『埋まった顔』（一九五七）が抜きん出ている。フッセネッガーは一九八三年にイエス・キリストをめぐる小説『彼女は同時代人だった』を書いた。自伝的文章『鏡像と火柱』（一九七九）は批評家たちを満足させることはできなかったが、みずからのナチスの過去と対峙した。二〇〇九年にリンツで死去した。

女性のテーマへの関心の高まりによって、死後になって広範な受容を見ることになったのは、マルレーン・ハウスホーファーの作品である。一九二〇年に上部オーストリアのフラウエンシュタインに生まれたマリー・ヘレーネ・フラウエンドルファーは、リンツで高校を卒業した後、ウィーンとグラーツでドイツ文学を学び、一九四一年に未婚のまま息子を生んで、養母のもとに預けることになった。一九四一年に医学生マンフレート・ハウスホーファーと結婚し、一九四七年以降はシュタイアーにくらした。一九五〇年に離婚したが、体面を保つため、ウィーンに滞在するとき以外は夫と同居を続け、一九五八年に復縁した。文学についてはヘルマン・ハーケルとハンス・ヴァイゲルの支援を受けた。生前成功を見たのは、とりわけ『素直であることは難しい』（一九六五）などの児童書だった。マルレーン・ハウスホーファーは長く癌を患った後、一九七〇年に死去した。

彼女の散文作品はしばしば市民の女性をあつかい、安定のための父権的世界への適応と自由の希求の間の道を模索し、優勢である家族イデオロギーには批判的に対峙した。一九五八年に発表した中篇『我々はシュテラを殺す』は、従属的な娘を孕ませ死に追いやった夫のことを、犯人の妻が物語るものである。罪は抑圧され、善良な市民的仮面によって隠蔽される——この小説はオーストリアの戦後状況の一つのドキュメントである。一九六三年に出された終末小説『壁』で、語り手は週末旅行の後、一人狩猟小屋で目を覚まし、この世の終わりの唯一の生存者として、透明な壁によって周囲から遮断される。彼女は何匹かの動物と生活を始めるが、それは家族との以前の生活よりも心のかよったものである。ある日見知らぬ男が現れ、動物を殺された彼女は男を射殺し、物語を書き下ろす——彼女の経験の事実関係だけの記録を。

　アルベルト・ドラッハの記録もかなり遅れて読者を獲得した。ドラッハは一九〇二年にウィーンのドイツ民族主義ユダヤ人家庭に生まれ——父親はレンダー銀行の重役だった——、法学を学んだ後、一九三五年以来メードリングで弁護士として働き、一九二〇年代から文学活動を始めたが成功しなかった。一九三八年にフランスに亡命し、多くの幸運に恵まれて生きのびた。一九四八年にメードリングに帰還し、ふたたび弁護士となったが、長年家の返還を求めることになった。一九六四年になって亡命中に書いた長篇『ツヴェッチュケンバウムの大調書』がミュンヘンのランゲン&ミュラーから作品集第一巻として出された——ドラッハはおそらく全集によって公の場に現れた作家の唯一のケースである。この本は成功したが、ドラッハは驚くほど急速に文壇から忘れさられた。一九八八年のドイツのビューヒナー賞の受賞によってようやくルネサンスが起こった。一九九一年のマーネス・シュペルバー賞、一九九三年にはグリルパルツァー賞がつづいた。アルベルト・ドラッハは一九九五年にメードリングで死去した。

　ドラッハの特徴はみずから言うところの「記録スタイル」であり、この距離感をとることによる辛辣で滑稽な言語によって、追跡される者の運命が物語られる。こうした特徴をよく示しているのが『ツヴェッチュケンバウムの大調書』である。ある若い法廷記録係が反ユダヤ主義的偏見と不穏当な憶測によって、仰々しい官庁ドイツ語で時に恣意的に表面をたどりながら、東方ユダヤ人シュムール・ライプ・ツヴェッチュケンバウム《プルーンの木》の物語を記すが、この素朴な愚か者は第一次世界大戦直後の滅びゆくカカーニエンをさまよい、不当にもプルーン泥棒の罪を着せられて精神病院に入れられた後、ウィーンで闇取引をおぼえる。一見中立的な調書はツヴェッチュケンバウムに「嫌疑を」向けるものである——そして読者は否応なしに語り手と共謀することになる。一九四〇年代末に執筆され、六六年に出された「報告」『反感傷旅行』は、フランス亡命の生活に関する自伝的色彩の濃い小説で、一人称の語り手ペーター・ククーに簡潔で冷笑的な言語的身ぶりを付与する。一九七一年に発表された法廷小説『少女たちの審問』は、またもや戦後の世論《ヴォックス・ポプリ》ともいうべき記録係が、二人のヒッチハイカー、シュテラ・ブルーメントロストとエスメラルダ・ネパレークが彼女らを凌辱した精肉取引業者トゥーグートを殺害したとされることに対する処置を記録したものである。死体はなく、いわゆる犯行の経緯もまったく明らかではないが、審問判事のバルドゥール・マウスグループ博士は被告たちを獲物に定める。この異様な小説は明らかにオーストリアの戦後に根ざしたものである。

地方の文学活動

ウィーンは巨大な魅力を放っていたが、一九四五年以降の文学活動は首都に限定されていたわけではなかった。地方でもウィーンと同様の経過が確認される。新たな出発の後まもなくして復古の局面が続き、作家たちは第一共和国にふたたび敬意を表した。チロルの文学界には職能身分制国家への切れ目ないつながりが特にはっきりと表れている。中心人物は一八九七年にビショフスホーフェンに生まれ、一九五二年にインスブルックで死去したヨーゼフ・ライトゲープで、一九二〇年代にはブレンナー・グループに属し、一九五〇年にオーストリア国家文学大賞を受賞した。ライトゲープは基幹学校教師で、第二次世界大戦には軍人として従軍したが、ナチスには距離をおいていた。再建のスローガンのもとでゲオルク・オーバーコーフラーなどのナチス作家もまもなく公式に復権した。一般に復古的気分が支配的であった。同時代の外国文学の導入は、あったとしてももっぱらカトリックの優勢のもとに行われた。

ケルンテンでも伝統的な文学が優勢だった。ここでの中心人物はヨーゼフ・フリードリヒ・ペルコーニクだった。一九六三年に設立されたペルコーニク協会には、この州の政治的名士が集結した。スラヴへの境界域としてのケルンテンという理解が支配的であった。たしかにインゲボルク・バッハマンやペーター・ハントケといったオーストリアの若い作家たちはケルンテンの出身であった。しかし彼らのほとんどすべてがこの地を去った。作曲家のゲルハルト・ランパースベルク（一九二八—二〇〇二）は一九五〇年代若い芸術家の庇護者を任じ、その避難所としてマリーア・ザール近郊の「音の館」を提供した。ここには画家、彫刻家、作曲家のほかH・C・アルトマン、トーマス・ベルンハルト、コンラート・バイアー、ジニー・エーブナー、ゲルハルト・リュームといった作家たちも長い期間滞在した。

シュタイアーマルクでも同様の状況で、一九五一年にはペーター・ローゼンベルク文学賞が創設された。最初の受賞者たち——マックス・メル、ルードルフ・ハンス・バルチュ、フランツ・ナーブル——は一九三八年以降に評判をおとしていた過去の作家たちだった。しかしやがてウィーンと同様に若い作家たちの反抗が起り、たとえばグラーツでは一九五九年の「市立公園フォーラム」創設でそれは頂点に達した。ここでアルフレート・コラーリチュ（一九三一— ）周辺に集結した若い作家たちも、みずからの居場所を見いだした。詩的には不均質だが、アヴァンギャルドを自認する集団「グラーツ・グループ」の始まりであり、一九六〇年代中盤以降のオーストリア文学を席巻することになる。若い芸術家たちは保守による抵抗に遭いながらも、シュタイアーマルクのÖVPの政治家で文化研究者のハンス・コーレンなど影響力ある庇護者も見いだした。いずれにせよウィーン偏重のオーストリア戦後文学の時代は終わりをつげたのだった。

第二節　社会自由主義路線（一九六六—八九）

社会自由主義路線時代の社会・政治状況

一九六〇年代中盤、第二共和国の初期段階は終わった。しかしオーストリア以外のヨーロッパと世界でも六〇年代は分岐点だった——一九四五年に確立した戦後秩序は崩壊した。学生蜂起の年「一九六八年」が成句となり、オーストリアでは重大なことにはならなかったが、少なくとも文化的革命をもたらしたのだった。

近代化の波がこの国をおおっていた。それはカトリック教会に該当し、第二次ヴァティカン公会議（一九六二—六五）を経て、形式上も現代に適応したが、影響力を失うことになった。それはジェンダー状況にも該当した。女性差別はゆっくりとではあったが確実に解消に向かい、新たな性道徳は両性の平等を約束するものだった。それは消費社会へと向かう経済的展開にも該当した。そしてそれは多くの領域で席巻する若者文化にその表現を見たのだった。

政治において近代化のプロセスは保守の連邦首相ヨーゼフ・クラウスの単独政権とともに始まった。しかしそれは第一に社会民主党の連邦首相ブルーノ・クライスキーによって体現され、彼は一九七〇年から八三年まで絶対多数をもって統治したのだった。ウィーンのユダヤ人上流市民出身のクライスキー（一九一一—九〇）は、ナチス時代をスウェーデンへの亡命によって生きぬいた。社会を民主化するというその政治綱領は、オーストリアの体質を変革するものであった。

この「社会自由主義路線の時代」〔エルンスト・ハニシュ〕は一九八〇年代末に終わった。一九八六年にかつての国連事務総長で国際的に名声のあったÖVP候補者のクルト・ヴァルトハイムが、オーストリア連邦大統領に選出された結果、戦時中のみずからの過去と厳しく対峙することとなった。広範に――もはや少数の知識人や芸術家の間にとどまらず――オーストリアとオーストリア人のナチスの犯罪への関与に関する議論――クライスキー政権の際にはなされなかった議論――が始まった。同様に一九八〇年代なかばにはそれまで重要視されていなかったFPÖの巨大野党への躍進――カリスマ的ポピュリスト党首イェルク・ハイダーに負っていた躍進――が始まった。さらに八〇年代なかばのオーストリアは新環境保護運動によって特徴づけられ、それは政党――「緑の党」――として一九八六年に国会への進出をなし遂げたのだった。そして一九八九年に東ヨーロッパで共産主義政権が崩壊した結果、もはやオーストリアは両陣営の中立的仲介者ではありえなくなったため、みずからを再定義する必要に迫られることになった。一九九五年のEUへの加盟はその論理的帰結だった。

この時代は大規模な教育改革によって特徴づけられてもいる。すでに一九六〇年代には多くの学校が新設され、大学もザルツブルク、リンツ、クラーゲンフルトに設立された。学生の数は著しく増加した。一九七五年には大学の民主化がなされ、労使協調《ゾツィアールパルトナーシャフト》のモデルがとり入れられ、学生と「中間職」〔非常勤講師・助手等〕の大学運営への参画が法的に明文化された。

大学組織――とナチス思想の存続――への学生の批判は一九六〇年代初頭から大きくなっていた。象徴的なできごとはかつてのナチス党員であるウィーン貿易大学教授タラス・ボロダイケヴィッチの件だった。後の著名なSPÖ政治家ハインツ・フィッシャーとフェルディナント・ラツィナら学生数名が、一九六二年の講義における反ユダヤ主義的・ナチス的発言を公にした結果、法廷での何年にもわたる訴訟に至った。一九六五年にはボロダイケヴィッチに対するデモで、かつての強制収容所収容者エルンスト・キルヒヴェーガーが対抗デモ隊の「リング自由学生」メンバーの一人によって撲殺された。ボロダイケヴィッチは一九六六年に強制的に引退させられた。

一九六八年の「学生蜂起」はオーストリアでは政治というよりは文化現象だった。これは悪名高い一九六八年六月七日ウィーン大学新館における「芸術と革命」行動に体現されている。この「大学での破廉恥」(Uni-Ferkelei) と冠された行動は、人前でのマスターベーションと排泄等でさまざまなタブーを破り、多くの参加者が処罰される結果となった。

文学界の動向

文学の領域では国家賞を授与されて公的に認められた伝統的流派と、形式的アヴァンギャルドあるいは政治的左派として活動する一派との間で、一九六〇年代にシスマが生じた。これは組織のうえではグラーツ作家会議 (GAV/Grazer Autorenversammlung) のPENクラブからの分離となって表れた。もちろんここには文学界における権力闘争ということもあり、また双方のグループ内部はきわめて不均質なものであった。背景には若い作家たちの鬱積した不満があり、彼らは既存の組織、とりわけPENクラブが自分たちを代表するには不十分であると考えていた。ここでは一九六九年のチョコールの死去を受けて、アレクサンダー・レルネット＝ホレーニアが会長に選出された。レルネット・ホレーニアは彼の言うところの「ボルシェヴィキ」であるハインリヒ・ベルがノーベル文学賞を受賞したからという突飛な理由で、一九七二年に辞任した。同クラブの副会長だったヒルデ・シュピールが後継候補となった。それに対してフリードリヒ・トールベルクとジェルジ・シャベスティエーン、ラインハルト・フェーダーマン、ペーター・フォン・トラミーンらの仲間は、エルンスト・シェーンヴィーゼを押し、彼が会長に選ばれた。シェーンヴィーゼは予想される分裂の回避を試みたがむだだった。一九七三年初めにH・C・アルトマン、ヴォルフガング・バウアー、オットー・ブライヒャ、バルバラ・フリッシュムート、エルンスト・ヤンドル、G・F・ヨンケ、アルフレート・コラーリチュ、フリデリーケ・マイレカー、ゲルハルト・リューム、ミヒャエル・シャーラングの主導で「グラーツ作家会議」の設立がなされ、「在グラーツ・自主オーストリアPENセンター」として構想されたが、国際PENはこれを拒否した。GVAの会長は一九七三年から七八年までH・C・アルトマン、七八年から八三年までゲルハルト・リューム、八三年から八七年まではエルンスト・ヤンドルが務めた。その後長年にわたって攻撃の応酬が続き、それには政治用語が使われた。それぞれ敵はファシストもしくは共産主義者である、美学的にナチズムもしくはスターリニズムにとらわれている、あるいは年格好から見ていかがわしい過去を引きずっているに違いないなどといって非難した。

一九六〇年代のオーストリア文学界の分裂には多くの原因があった。一方では進歩主義者と伝統主義者の対立があり、またオーストリアの独自性とカカーニエン意識に固執して、まず第一に東ヨーロッパへのかかわりを求める者と、（西）ドイツに目を向けることを優先し、鉄のカーテンを実際に精神的障壁と見る者の対立があった。

したがって一九六一年にヴォルフガング・クラウス（一九二四―九七）によって設立された「オーストリア文学協会」は、伝統主義者の牙城と目される一方で、オーストリアの辺境性をオーストリア＝ドイツの辺境性に移し換え、ヨーロッパ主義に代わる大ドイツ主義的地平を代表するものとしての側面も兼ね備えていた。ÖGL〔Österreichische Gesellschaft für Literatur＝オーストリア文学協会〕はオーストリアの作家たちに議論の場を提供し、亡命作家を招いて、外国とりわけ東ヨーロッパ文学と「東側陣営」の作家たちとの接触を保ったが、それは冷戦期において中立国オーストリアに所在がある機関にとって、「西側の」国の機関よりも容易なことであった。この協会はオーストリアの行政機関のほかすべての全体主義、なかんずくソヴィエト連邦に反対する文化団体„Congress for Cultural Freedom"によって支援されていたが、これはひそかにアメリカのCIAから資金援助を受けていた。こうした状況のなかで、アルトゥル・ケストラーやマーネス・シュペルバーなど転向共産主義者が重要な役割を演じていた。ÖGLは国際大会を開催し、東ヨーロッパから作家や文学研究者を招いて外国の作品を紹介し、一九六八年の「プラハの春」の暴力的鎮圧の後は、ウィーンに逃れてきたチェコスロヴァキアの亡命作家たちの重要な受け入れ先となった。果たせるかな一九九一年にヴォルフガング・クラウスはかつての反体制活動家でチェコ大統領のヴァーツラフ・ハヴェルによって勲章を授与された。一九九四年にマリアンネ・グルーバーがÖGLの会長職をひき継いだ。

PENクラブは一九八八年から九〇年までの会長ジェルジ・シャベスティエーンがGAVとの連携を模索したものの、その意味を失っていき、またGAVは七〇年代にオーストリアを代表する作家団体と目されるようになったが、それ以外にも作家の連携があり、立場を代弁する機能をもつようになっていった。一九七一年にはヒルデ・シュピールとミーロ・ドールの主導で「オーストリア作家権益協会」が設立され、組合のような役割を果たすことになった。一九八一年三月にウィーンで「第一回オーストリア作家会議」が開催された。そのほか一九七一年にヴィルヘルム・サーボ、アーロイス・フォーゲル、イルゼ・ティールシュによって低地オーストリアに設立された文学サークル「演壇《ポーディウム》」のように、地域単位で活動する団体があった。このサークルは文芸雑誌『演壇』を発行し、一九九一年まではアーロイス・フォーゲルが、その後九四年まではマリアンネ・グルーバー、九五年から二〇〇五年まではマンフレート・ホボトが編集した。

出版状況と文学センター

一九七〇年代以降は文芸雑誌の創刊が相次いだ。広範な公衆への文学の普及のために変わったことは、あまり多くはなかった。依然として文学批評はオーストリアのメディアにおいて未発達の状況にあった。オーストリアの作家のテクストはドイツ（とスイス）の新聞や雑誌の書評に依存していた。オーストリアの出版界特有の現象は大衆紙の力で、一九五九年に創刊された『王冠新聞《クローネンツァイトゥング》』は、八一年にはオーストリアのすべての日刊紙の発行部数の三八%を占め、劣等感を帯びた反インテリ・ポピュリズム路線で、いわゆる健全な国民感覚の名のもとに同時代芸術と文学に反対するキャンペーンを展開した。

おそらくもっとも重要だった文芸雑誌は、一九六〇年からアルフレート・コラーリチュによってグラーツで出版された『原稿《マヌスクリプテ》』で、当初は「市立公園フォーラム」の会誌として企画されたが、急速にオーストリア・国際アヴァンギャルド作品の機関誌となった。『原稿』は初出にこだわり、ヴォルフガング・バウアー、バルバラ・フリッシュムート、ペーター・ハントケ、ゲルト・ヨンケ、ゲルハルト・ロート、ミヒャエル・シャーランゲといった若い作家たちに発表の機会を提供した。さらに一九七二年以降は「シュタイアーマルクの秋」フェスティヴァルの一環として毎年開催される文学シンポジウムの原稿を掲載した。

一九六六年に『時代のことば』（*Wort in der Zeit*）の後継誌としてゲルハルト・フリッチュ、ルードルフ・ヘンツ、それにパウル・クルントラートによって創刊された『文学と批評』は、七九年までジニー・エーブナー、そして九〇年まではクルト・クリンガーによって編集され、早くから同時代のオーストリアのほか、中央ヨーロッパ地域の文学テクストを紹介した。この政府によって援助された半官製雑誌は、カール＝マルクス・ガウスが編集をひき継いだ一九九一年以降、国際路線をますます強めていった。一九六九年から七四年まで「シュタイアーマルクの秋」の幹部として活動したオットー・ブライヒャ（一九三二―二〇〇三）は、一九六六年にゲルハルト・フリッチュと共に文芸雑誌『記録文書《プロトコル》』を創刊し、これは九七年まで存続し、とりわけ造形美術を含むアヴァンギャルドに寄与した。

一九六〇年代末から作家たちは政治的姿勢を明確にするようになっていった。社会批判一般、特にオーストリア批判、そして民衆を啓蒙しようという意欲は、それまで興隆していた言語批判的・アヴァンギャルド的文学から、その写実的書法のゆえに距離をとるようになっていった。こうした状況をよく示していたのは、ペーター・ヘーニシュとヘルムート・ツェンカーによる「有用なテクストと絵画のための雑誌」『雀蜂の巣』であった。後にヨーゼフ・ハースリンガーとフランツ・シューが編集委員となった。

ウィーンがもはやオーストリア文学界の中心ではなくなったことは、『原稿』や『演壇』をまたずとも、連邦各州の種々の文芸雑誌が示している。リンツでは一九七五年に「同時代文学促進のための上部オーストリア州の文芸雑誌」『前舞台』（*Rampe*）が、グラーツでは「文学・芸術・文化政策のための雑誌」『尾《シュテルツ》』が創刊された。八〇年代終わりのオーストリアの文芸雑誌は八十から九十をかぞえた。

さらに注目すべきことは文学センターの創設である。ウィーンではすでに一九六一年以来「オーストリア文学協会」が活動していたが、市政府によって助成された「芸術協会」の傘下で、一九七五年にアルテ・シュミーデ〔旧鍛冶場〕に「文学地区《リテラーリッシェ・クヴァルティーア》」が設立され、朗読、セミナー、シンポジウムが催され、同様に国際化されていった。一九九一年にはウィーンに「文学館《リテラトゥーアハウス》」が設立され、一九六五年以来存続していた「オーストリア近代文学資料館」、オーストリア作家権益協会、オーストリア翻訳家協会を統合した。文学館は研究施設であると同時に集会、朗読、発表の開催場所でもある。

連邦諸州にも文学センターが設立された。グラーツは一九六〇年に設立された「市立公園フォーラム」によって先行し、あらゆる現代芸術の潮流を束ねていた。一九九〇年にはグラーツ大学に所在を置くフランツ・ナーブル文学研究所が設立され、二〇〇三年からは「グラーツ文学館」も運営した。一九九一年にはザルツブルク市が文学館を創設した。クラーゲンフルトでは一九九四年にローベルト・ムージル文学研究所が、ブルゲンラントでは一九九四年にマッタースブルク文学館が設立された。一九九七年にはインスブルックの研究所であるブレンナー資料館に運営される「イン文学館」が開設された。一九八一年に設立されたブレゲンツのフランツ・ミヒャエル・フェルダー資料館も、文学館を自認するようになっていった。またリンツには一九五〇年以来「上部オーストリア州立アーダルベルト・シュティフター研究所」が存在していたが、一九九三年に「シュティフター・ハウス」としてリニューアルされた。

一九五六年にザルツブルクで設立され、ドイツ市場においても有力だったレジデンツ出版が独占的団体に成長した六〇年代、オーストリアの出版状況は変わった。依然として西ドイツの出版社がたいていの作家に好まれたパートナーであり、多くの作家たちはその経歴をオーストリアの出版社で始めた後、西ドイツに移っていった。レジデンツは多くの若い作家の発見と育成で名を上げ、H・C・アルトマンやトーマス・ベルンハルト、アーロイス・ブラントシュテッター、フランツ・インナーホーファー、ペーター・ローザイ、ゲルノート・ヴォルフグルーバーなどの作品を出版した。その文学綱領は「穏健なモダン」と形容される。グラーツの文学出版社ドロッシュルは反因習的文学に傾斜し、初出に焦点を当てて名を上げ、グラーツ文壇の機関的出版社になっていった。インスブルックのハイモン出版やウィーンのドイティケ出版といった小規模な出版社も現代文学に参入した。世界的な傾向である出版社の集中は、オーストリアには起こらなかった。以前からオーストリアの多くの出版社は国や教会、政党の所有だった。一八六九年にグラーツで設立され、カトリック教会に近い立場にあって、いくつかの新聞と雑誌を発行したシュテュリア出版も、すでに十八世紀に教科書出版社として設立されていたオーストリア連邦出版と共にここで挙げられるべきだろう。ÖBV〔Österreichischer Bundesverlag＝オーストリア連邦出版〕は一九八〇年にドイティケを、一九八三年にはレジデンツ出版を吸収した。これは二〇〇二年に民営化され、ドイツのエルンスト・クレット出版に買収されたが、さらにレジデンツは低地オーストリア・プレスハウスに買収された。二〇一五年にレジデンツはザルツブルクに帰った。ここにはすでに長年レジデンツ出版の執行役員だったヨッヘン・ユングが、二〇〇〇年に文学出版社ユング・ウント・ユングを設立していて、多くのオーストリア作家たちの根拠地となっていた。

オーストリアの書籍市場で独特だったのは、一九五〇年にルードルフ・クレーマイアーによって設立されたドナウラント書籍協会で、これは個人的アドバイスと家庭訪問を通じて、とりわけ文学に縁遠い層に本を供給しようというものだった。ドナウラントの綱領はまず第一に第一共和国の伝統文学に基盤をおいていた――既存の出版社がこうした運営モデルには否定的な姿勢をとっていたこと、またナチス時代のイデオロギーを帯びた文学は、ライセンスが容易に取れることもあった。しかしやがて世界的ベストセラーのライセンス版や、小規模ではあるがオーストリアの現代文学作品も販売されるようになった。ドナウラントは異例の成功をおさめた。八〇年代終わりには百万人ほどの会員がいた。六〇年代以降ドナウラントは西ドイツのベルテルスマンの書籍クラブ「オイローパリング」と提携することになった。二〇〇一年にこの書籍協会はベルテルスマンに吸収された。

文学賞とテレビ

しかし国内の若い作家にとって状況は厄介なままだった。公的・私的機関による文学賞・奨学金・補助金などの広範な機構がこの状況を改善し、作家たちを市場の独占から解放しようと模索した。しかしこうしたスポンサー活動も隔絶的傾向を強めることになった。オーストリアの文学界はあまりに閉鎖的領域であり、その中で文学を創作する者と審査する者から成る小さなグループは、しばしば人的結合体として活動していたのだった。

一九七七年以来クラーゲンフルトで授与されていたインゲボルク・バッハマン賞は、文学賞と公的催しの奇妙な組み合わせであり、この三日間の「朗読競争」は四七年グループの活動をひき継いで行われた。審査団が全ドイツ語圏諸国から作家たちを招き、朗読された作品を公開討論の場で判定し、その結果賞を授与するのである。この催しは当初は一部が、一九八九年以降はすべてテレビで中継されたことで、文学活動に広範な公共性を付与したが、一方で大衆的なイベント性を帯びることにもなった。一九八六年までは西ドイツの批評家マルセル・ライヒ＝ラニツキが審査団を牛耳っていた。

電子メディアが文学にとって次第に重要性を増していった。真剣なとり組みはとりわけラジオ放送Ö1〔Österreich 1〕でなされた。テレビ用にに制作された作品やシリーズのなかには、公の議論に――オーストリアの直近の過去に関する議論にも――重要な役割を演じた。一九七一年にはキリスト教的良心に従ってドイツ国防軍の召集を拒否し、一九四三年に処刑された上部オーストリアの農民フランツ・

イェーガーシュテッターに関するアクセル・コルティ演出のテレビ作品が放映された。イェーガーシュテッターは二〇〇七年にカトリック教会によって列聖された。他に挙げられるべきは、ヴィルヘルム・ペヴニ（一九四四―　）とペーター・トゥリーニ（一九四四―　）が執筆し、一九七六年から八〇年まで放映された六話のテレビシリーズ『アルプス伝説』で、これは上部オーストリアの農家の運命を通じて、世紀転換期から一九四五年までのオーストリア史をあつかったものである。このいかなる牧歌的雰囲気も拒否した社会批判的肖像は、無数の抗議をまき起こした。このオーストリアとの深刻なとり組みと奇妙な対照を成す十九話からなる風刺的犯罪シリーズ『刑事コタン』も抗議をよび起こしたが、これはヘルムート・ツェンカー（一九四九―二〇〇三）の台本に基づいて、一九七六年から八三年まで放映された後、突然打ち切られた。これは当時の多くの犯罪物とは違って、ウィーンの警察の自然主義的叙述でも古典的探偵物でもなく、むしろブラックユーモア風のギャグコメディ、メタフィクション風の遊戯であり、シリーズの進行とともに奇怪なものへの傾斜がはっきりしてくる。『コタン』は一九九〇年代以降成功したオーストリア推理文学の多くの要素を先取りしていた。さらにメルツとクヴァルティンガーのたわいもない『カール氏』の別バージョンを打ち立てたのは、エルンスト・ヒンターベルガー（一九三一―　）の一九七五年から七九年まで放送された二十四話のテレビシリーズ『生粋のウィーンっ子は不滅だ』の主人公ムンドル・ザックバウアーである。ヒンターベルガーは以前にウィーンの中流市民的気分を描いた社会批判的短篇小説を発表していたが、一九九二年から九九年まで六十四話のテレビシリーズ『カイザーミューレン』によって、さらなる成功をおさめた。

演劇の新たな動向とペーター・ハントケ

六〇年代以来の文化活動を特徴づけてきた通例の期待に対する挑発とだしぬきは、変化の兆しをようやく見せ始めていた公的に財源化された既存の劇場活動の部門さえ容赦はしなかった。こうしたとり組みの頂点と終結を成したのは、クラウス・パイマン（一九三七— ）のブルク劇場監督時代であった。ペーター・ハントケとトーマス・ベルンハルトの作品の演出によって大きな功績を上げていたこの政治的に論議をよぶ西ドイツの演出家は、このウィーンの伝統的劇場を一九八六年から九九年まで率いることになった。こうして六〇年世代はいわば権力を手にしたのだった。

これからの芸術が新たな伝統を求めざるをえないことは、一九六〇年代中ごろに明瞭になった。それはとりわけ一九六七年にオットー・ブライヒャとゲルハルト・フリッチュの編集でレジデンツ出版から出された「読むため、見るための本」が証していて、これはイルゼ・アイヒンガーの有名な論文をひき合いに出して、『不信への要請』という表題をもっていた。このアンソロジーは文学・造形美術・建築・音楽の領域における芸術的中間決算を供したものである。綱領として編者たちは「一九四五年以降の新しいもの、本質的なものを集め」、「通例の基準では美しくもなく、亜流でもない」芸術作品を提示し、三〇年代以降根づいてしまった「自己満足的な土着性・地方性」から、自己をとりもどそうと試みたのだった。文学の領域ではこうした意味での現代の伝統が構築されていったが、これはイルゼ・アイヒンガーによって始まり、ペーター・ハントケによって現在に至っている。

オーストリアの劇文学は六〇年代中盤以来、反逆者として文壇を支配し、時にはスキャンダルをまき起こした二人の作家の呪縛のもとにあった。すなわちペーター・ハントケとトーマス・ベルンハルトである。

ペーター・ハントケは一九四二年にケルンテンのグリフェンでスロヴェニア系市民階級の娘マリア・ジウツの私生児として生まれ、母親が出産の直前にベルリン出身の兵士ブルーノ・ハントケと結婚したため、幼少期をベルリンですごしたが、その後長く言語混在地域のケルンテンで成長した。教会寄宿学校にかよった後、クラーゲンフルトの連邦ギムナジウムを卒業し、一九六一年にグラーツで法律の勉強を始めた。最初の文筆の試みは生徒時代にさかのぼる。グラーツの市立公園フォーラムに加わり、一九六四年に初めて『原稿《マヌスクリプテ》』に作品が発表された。一九六六年にズーアカンプから出された実験小説『雀蜂』と、とりわけ四七年グループのプリンストンでの集会に登場した際、既存の写実的文学の因習的形式とその「記述インポテンツ」を非難したことで有名になった。たちまち彼は「文学のビートルズ」、ポップスターと見なされるようになった。「文学が作られるのは言語によってであって、言語で記述されるものによってではない」というハントケの認識は、カール・クラウスやウィーン・アヴァンギャルドの言語指示的伝統につらなるものであり、ドイツ語戦後文学のメインストリームでは大きな役割を演じてこなかったものである。

ハントケの劇作家としてのキャリアは一九六六年のフランクフルトにおけるクラウス・パイマン演出の『観客罵倒』という、伝統的劇場の因習を過激に疑問に付した戯曲による挑発で始まった。俳優たちは舞台上では何の役柄も演じず、何の劇的行動も示さずに、観衆に語りかける。演劇は舞台上ではなくて、観客席でなされるのである。俳優と観衆の間の境界は取り除かれるが、観客の行動主義的参加も望めない。ハントケの技巧的に律動化された唱和が、美学的に固有の権利を主張する。

総じて言語行為を現実構成的に提示した『予言』、『自己負罪』、『助けを求める声』といった非幻想主義戯曲の後、一九六八年にまたもやフランクフルトで『カスパル』が上演された。歴史上のカスパル・

ハウザーに依拠した主人公には、ウィーン喜劇のカスパールの要素も加えられ、所与の言語秩序への同化が強要されるが、それによって現実をコントロールすることを学ぶ個人の人間形成が例示的に示される。

パントマイム『被後見人は後見人であることを望む』(一九六八)、対話劇『ボーデン湖騎行』(一九七〇)、そして幻想劇に回帰した『非理性者は死に絶える』(一九七三)によって、劇作家としてのハントケの第一期は終わる。一九六六年にはドイツ、七三年にはパリに移住した。ドイツ語文学界における彼の地位は、散文作品によって確保された点もある。一九七三年にビューヒナー賞を受賞した――その記念講演はインゲボルク・バッハマンに捧げられた。マルセル・ライヒ゠ラニツキなどの批評家やギュンター・グラス、マルティン・ヴァルザーといった既存の写実的・政治的文学の代表者たちに拒否されたことは、驚くにあたらない。これには「私は象牙の塔の住人である」や「文学はロマンティックだ」といったエッセーで反抗的態度をとり、文学の自律性を称揚した。ペーター・ハントケにとって言語批判は常に権力批判、通例の言説、世界がどう知覚されうるかという言語的所与に対する批判であった。

舞台に回帰したのは、四部作『ゆっくりとした帰郷』の最終作である「劇詩」『村々を越えて』によってであり、これは一九八二年にザルツブルク祝祭で初演された。一九七九年にハントケはパリからザルツブルクに移住した。この戯曲は兄妹との相続争いを収めるため、村に帰郷した作家グレゴールに関するものである。とりわけより良い世界を告知する寓意的人物ノヴァの語りにおける激越な言語、創造に対する畏怖への呼びかけと説教的調子は、批評家の著しいいらだちをよんだ。

オーストリアを起点にユーゴスラヴィア、ギリシャ、日本、アラスカ、スペイン、イタリアを往来した一九八七年から九〇年にかけての世界大旅行の後、ペーター・ハントケは九〇年ふたたびパリに居住することになった。その結果とりわけ巨大な散文作品に従事することになった。演劇では高踏な調子、現実の神話化、救世主的身ぶりを保った。ウィーンのブルク劇場のために執筆されたのは、一九九〇年に初演された『問いの劇』、九二年の『互いに何も知らなかった時間』、九七年の「王の劇」『不死の備え』である。一九九九年にはユーゴスラヴィア紛争に関する演劇『丸木舟での航海あるいは戦争映像のための戯曲』、そして二〇一〇年には第二次世界大戦下を舞台に、ハントケの家族史に取材した家族・歴史劇『いまだ嵐』がつづいた。

その他の劇作家たち

グラーツ・グループの周辺からはペーター・ハントケのほか、ヴォルフガング・バウアー（一九四一—二〇〇五）が現れ、そのもっとも成功した諸演劇は、同時代の不条理劇（ウジェーヌ・イヨネスコ）と民衆劇の伝統の要素を結びつけたものであった。バウアーはグラーツのギムナジウム教師の息子で、とりわけ演劇学とロマンス語文学を学んだ後、市民公園フォーラムとグラーツ作家会議に属して、『原稿』に発表していた。芸術家の周辺を頻繁に舞台とするその微細な写実的演劇は、観衆の間にスキャンダルをまき起こし、写実的時代批判と解されることが多かった。いくつかの実験的「ミクロ演劇」を経て、一九六七年にインスブルックで初演された『パーティ・フォー・シックス』は、後の成功作を予示するものであった。つきなみなストーリーの背後には現代の状況下における疎外されない生の不可能性への根本的洞察が隠されている。『マジック・アフタヌーン』は一九六八年にハノーファーで出され、五年の間にドイツ語圏の五十の舞台で上演された。この戯曲のメッセージは中心となる文の一つで明確になる。「つまり世界とはひどく醜いものだ」。退屈と投げやりの気分が登場人物の間で殺人となって爆発する。『チェンジ』は一九六九年にウィーンの民衆劇場で初演され、内容的にはアヴァンギャルド文化活動の総括であり、自殺で終わる。『幽霊』は当初ヘンリック・イプセンの同名の家庭劇をモデルにした登場人物たちが、みずからの役割を失っていく戯曲として計画されたもので、やはり役割を外から観察するものの、常套句と儀礼から逃れられない登場人物たちをめぐるものである。バウアーは一九八〇―九〇年代にかけて生産的な劇作家であり続け、その戯曲はシュールレアリスム／不条理演劇の権化として、英語圏でも頻繁に上演された。しかし「ヴォルフィ・バウアー」という自己演出による造形によって公の場に立ち続けたものの、もはや初期作品の反響を得ることはなかった。

ヴォルフガング・バウアーはしばしば自然主義／社会批判演劇の著者と誤解された。ペーター・トゥリーニにおいてこそその衝撃力は明白である。この作家は一九四四年にケルンテンのラヴァント渓谷ザンクトマルガレーテンでイタリア系の父親の息子として生まれ、すでに少年時代にみずからをアウトサイダーと感じていた。一九七一年にウィーンの民衆劇場でスキャンダル戯曲『鼠狩り』が初演された。この一幕物は残酷な現実を苛烈な消費社会批判に結びつけ、鼠狩りによる若い夫婦の射殺で終わるものである。つづく一九七二年の一幕物『豚殺し』は、家庭の暴力的・ファシズム的世界への抗議からことばを拒否し、ブーブーという音を発するだけの農家の息子をめぐるもので、家族は彼を豚と見なし、屠殺するのである。

トゥリーニはみずから郷土詩人と称し、七〇年代以来マルクス主義的立場からオーストリアの歴史と現代に批判的に対峙したが、それは連続テレビドラマ『アルペンサガ』が証している。『ヨセフとマリア』（一九八〇）、『低業績者』（八八）などの劇場作品は経済状況を攻撃し、その際トゥリーニはポルノグラフィカルなシーンやシュールリアリスティックなシークエンスといったショッキングな劇的要素の使用によって観衆に動揺をよび起こし、再三にわたって劇場スキャンダルをまき起こした。一九九〇年にブルク劇場で上演された『死と悪魔――低俗本』は、あらゆる道徳的基準が失われてしまった社会を強烈な効果を用いて糾弾した。罪を犯すカトリック地方司祭をめぐるこの舞台劇は、神学的問題を提起した。多くの批評家は、トゥリーニがこれと後の戯曲で時代不相応の文学手段をみずからの啓蒙的意図に結びつけているとして非難した。二〇〇五年以降はみずからの作品をたいがいはウィーンのヨーゼフシュタット劇場で初演した。

啓蒙的民衆劇場はフェーリックス・ミッテラーのトレードマークでもある。一九四八年に小作農未亡人の私生児としてチロルのアーヘンキルヒに生まれ、ある農民夫婦の養子となった。一九六六年以降はインスブルックの税関で働き、七七年にフリーの作家となった。ミッテラーは俳優として自作の多くに登場したが、七七年の村八分にされた精神障害児の物語『白痴お断り』に初めて出演し、注目すべき成功をおさめた。「チロルの郷土詩人にして民衆作家」と称したミッテラーは、その後の戯曲でも社会的に論議をよぶテーマをとりあげた。一九八二年にチロル民衆劇場で上演された『聖痕――受難』は、十九世紀の物語に依拠しながら、宗教的ヒステリーと性の問題をテーマ化し、激しい拒否に遭った。一九八九年の独り芝居『シベリア』では介護施設の老人の境遇にとり組んだ。チロル地方がナチスにまきこまれていく様子をあつかったのが、『小さな美しい地方』(一九八七)である。風刺的な四部作テレビドラマ『ピーフケサガ』でミッテラーは西ドイツ観光客とチロルの観光産業の衝突を風刺的にとりあげた。

エルフリーデ・イェリネクの演劇作品

エルフリーデ・イェリネクの演劇作品はペーター・ハントケの言語批判路線に立っているが、この作家はかなり初期からハントケの表向きの非政治的形式主義には反対していた。エルフリーデ・イェリネクは一九四六年にミュルツツーシュラークでユダヤ系チェコ人家系の化学者の娘に生まれ、ウィーンで成長し、母親によって音楽家としての経歴が定められ、本格的な音楽教育を受けた。大学入学資格《マトゥーラ》取得および精神疾患を経て、文学上の経歴を実験的テクストによって始めた。その作品、とりわけ散文は常に大きな反響を得たが、共産党への政治的参加もあって拒否されることも多かった。誹謗の最たるものは一九九八年の『新王冠新聞《ノイエ・クローネンツァイトゥング》』紙上における「ミュール、トゥリーニ、イェリネクの／刺すような汚物の／悪臭」に対する詩であった。しかしこの時点でイェリネクはすでに文学界における確固たる地位を確立していた。一九八七年にシュタイアーマルク文学賞、九六年にブレーメン文学賞、九八年にゲオルク・ビューヒナー賞、二〇〇二年にデュッセルドルフ市ハインリヒ・ハイネ賞、〇四年にはフランツ・カフカ賞とノーベル文学賞を受賞している。

イェリネクの演劇上の経歴はヘンリック・イプセンの『人形の家』の続篇である『ノーラが夫を捨てた後起こったこと、あるいは社会の柱石』の一九七七年のグラーツ初演に始まるが、これは主人公が解放されるどころか、男性社会の対象物であり続け、父権的体制を支えるというものである。一九八二年にボンで上演された「音楽悲劇」『クララ・S』も、女性解放の不可能性に関するものである。この一九二九年が舞台の戯曲は、時代を無視してローベルト・シューマンと前ファシズム詩人ガブリエーレ・ダヌンツィオを同時に舞台に上げる。両者の間でクララ・シューマンは疲労困憊して、夫を絞殺してしまう。

エルフリーデ・イェリネクの演劇はさまざまなジャンルの道具を間テクスト的な言語の織物にまとめあげ、引用と暗示、地口を織り交ぜる。登場人物たちはくりかえしみずからの言語によって正体を現すことになる。ここではカール・クラウスと同様にエデン・フォン・ホルヴァートが手本となる。「ホルヴァートはブレヒト以上だ」と、ペーター・ハントケは一九六八年に挑発的に宣言すると同時に、ブレヒトの「矛盾」と「その単純な解決」を示す傾向を非難している――「ホルヴァートとその無秩序と様式化されていない感傷性を」好むのだという。

一九八五年にボンで上演されたイェリネクの「歌付き茶番劇」『ブルク劇場』は、オーストリアで激しい批判をあびたが、これは著名な俳優夫妻パウラ・ヴェッセリーとアッティラ・ヘルビガーがナチスの文化産業にまきこまれていく様を、奇怪な異化によって主題化したものである。一九九一年にウィーンで上演された『トーテナウベルク』の中心にあるのは、マルティン・ハイデガーとハンナ・アレントに関する考察である。『休憩所あるいは彼らはみんなそうしたもの』(一九九五)はモーツァルトとダ・ポンテの『コシ・ファン・トゥッテ』〔女はみんなそうしたもの〕をモデルとした交際広告とスインガークラブを背景とする恋人とり違えの喜劇を脚色したもので、男女関係の救いのなさをあらためて示したものである。一九九六年にイェリネクは『杖・竿・棒――手作業』でブルゲンラントにおける政治的動機による四人のロマの殺人に反応し、この犯罪をナチスへの想起とオーストリアのメディアへの批判に結びつけた。

後年の戯曲でエルフリーデ・イェリネクはますます伝統的作劇法から遠ざかり、演出によって初めて舞台作品になるようなテクスト台本を生み出した。言語批判を通じた時代批判および失政への言語手段による闘争の激烈さは、彼女の劇的作品のミレニアムをまたいだ特徴である。さらに挙げられるべきものとして、一九九八年にブルク劇場で上演された『スポーツ劇』は、スポーツと権力の関係を追究したものであり、二〇〇三年にブルク劇場で初演された『バンビランド』は、イラク戦争と西洋メディアに関するもので、〇六年にハンブルクのタリーア劇場で初演された『ウルリーケ・マリア・シュトゥアルト』は、ドイツ赤軍のテロリストのウルリーケ・マインホーフとグードルーン・エンスリーンをシラー〔の『マリア・シュトゥアルト』〕におけるメアリ・ステュアートとエリザベス一世に見たてたものであり、二〇〇八年にミュンヘンで初演された『レヒニッツ（絞殺の天使）』は、第二次世界大戦終結直前のブルゲンラントにおけるユダヤ人強制労働者たちに対する集団虐殺に関する戯曲である。二〇一三年に発表された『庇護を命じられた者たち』は、ヨーロッパの難民政策に反応したものである。

トーマス・ベルンハルトの演劇作品

トーマス・ベルンハルトの劇作は一九七〇年、物語テクストが文壇で成功をおさめた時点で始まった。死去する一九八九年までに十八の劇を発表し、それらはテーマ的・言語的に散文作品に連動するものであったが、それとは対照的に当初から奇妙な喜劇性を帯びたものであった。形式的にはサミュエル・ベケットの影響が指摘されてきた。ベルンハルトの戯曲は表面的には非劇場的である。ベルンハルトのテーマ領域を貫いて変奏されているのは、たいていは偏執狂的主人公の長い独白である。登場人物たちはみずからに課した要求の高さに挫折し、肉体の老化に屈し、いくつかの固定観念に強迫的に拘泥し、過去から抜け出せずに、周りの人間を抑圧する。たいがいこれらの演劇は破局に終わる。

一九七〇年にクラウス・パイマンはハンブルクで『ボリスのための祝宴』を舞台にかけた。事故で両足を失った女主人公の「いい女」は、足のない身障者のボリスと結婚し、彼はすっかり彼女の言いなりになる。彼女は消極的な抵抗しかできない健常者の女中ヨハンナのことも抑圧する。ボリスの誕生日にいい女は十三人の身障者を招く。祝宴の終わりでボリスは気づかれずに死んでいく。最後の晩餐とザルツブルクの『イェーダーマン』への暗示がこの作品では明白である。ベルンハルトの二番目の劇『無知と狂人』は一九七二年にザルツブルク祝祭で上演されたが、消防署の指示に反して劇場内の完全な消灯を主張した作家は、初演の後この作品を引っ込めてしまうという、数多くのベルンハルト・スキャンダルの一つをまき起こした。中心に立っているのは、人気の女性オペラ歌手とそのアル中の父親、そして高名な医者である。

救いようのないこの世に対する唯一の手段としての芸術は、それ自体死の萌芽を孕んでいる。一九七四年の『習慣の力』は同じテーマを奇妙なしかたで示すものであった。サーカスの座長カルバルディは二十二年来日々芸人たちにシューベルトの『鱒』五重奏曲の稽古をさせ、完璧な演奏を披露することを強いてきた――その企ては今回も失敗するが、次の日への希望がライトモティーフのようにくりかえされる。「あしたはアウクスブルクだ」。

一九七四年にブルク劇場で初演された『狩りの一行』で、初めて物語がはっきりとトーマス・ベルンハルトの劇に出現した。中心にいるのはかつてスターリングラードで負傷した将軍であり、彼の山小屋は次第に木食虫に蝕まれていく。ある作家が客としてその成り行きを観察する。最後に将軍はみずから銃弾を頭に撃ちこむ。一九八四年にベルンハルトは『劇場人』でザルツブルク祝祭に帰還した。これは誇大妄想の国家俳優ブルスコンに関するもので、彼は上部オーストリアの人口二八〇人をかぞえるウッバッハ村の旅館「黒鹿」で、みずからの「人類喜劇」『歴史の歯車』を上演しようと試みるが、とるにたりない現実の条件によって断念する。すべての障害が克服されたかに見え、「レバー団子スープか／パンケーキスープか／それがいつも問題だったが／ついに／パンケーキスープに決めた」という大問題も解決したとき、上演は雨で台無しになる。

一九八八年にブルク劇場の委嘱作として著されたトーマス・ベルンハルト最後の劇場作品『英雄広場』は、初演の前から第二共和国最大の劇場スキャンダルの一つをまき起こした。この一九八八年が舞台の劇はさかのぼることちょうど五十年前のオーストリアのナチス・ドイツへの「合邦」をテーマとし、亡命からウィーンに帰還後、みずから命を絶ったある著名なユダヤ人学者の埋葬をあつかったものである。ベルンハルトのいう暴君的な精神の人である亡くなったシュースター教授に、弟の「ローベルト教授」は長い別れの独白をするが、そこではオーストリアが執拗に喝破され、具体的な人物・機関も容赦されず、以下の発言でそれは極まる。「オーストリア自体が／すべてが朽ち果てた舞台以外の何ものでもなく／嫌われ者の端役たち／六五〇万の見すてられた者たち／六五〇万の魯鈍と躁病者たちが／絶えず声をかぎりに演出家に向かって叫んでいるのだ」。ベルンハルトが最後に発表した小説『消去』は、同様の総括をなしたものである。

抒情詩

一九六〇年代の抒情詩の領域では五〇年代から続くアヴァンギャルド的手法が、ますます勢力を増していった。このころH・C・アルトマンとエルンスト・ヤンドルが注目すべき影響力をもつようになっていた。実験的・言語遊戯的流派には若い作家たちも幾人か加わった。まず第一に一九四五年にウィーンで生まれ、八五年に急逝したラインハルト・プリースニッツが挙げられるべきで、そのわずかな作品は若い作家たちに著しい影響を及ぼした。一九七八年に『四十四の詩』がリンツでハイムラート・ベッカーの「新しいテクスト出版」から出された。プリースニッツは実験的アプローチを具体詩を含む抒情詩の伝統に結びつけ、文学的実験の好みがちな図式主義的傾向を拒否した。そのしばしば言語遊戯的な詩は言語のコミュニケーション的可能性と対峙し、同時代の言語意識以前にたち戻ることを拒否した。プリースニッツは芸術を「自由を獲得し、広い意味でそれを保持する試みである。それは規範の突き崩しと期待の克服を要求する」と定義した。

実験作家たち

実験的テクストの多くは「抒情詩」のジャンルに限定されるものではない。そもそも詩の創作に専念していたのは、ごくわずかの作家だけだった。たいていはいくつかのジャンルで活動していた。広い意味でウィーン・グループとウィーン行動主義の後裔と目される作家たちのうちの幾人かを挙げてみよう。

エルフリーデ・ゲルステルは一九三二年にウィーンでユダヤ人歯科医の娘に生まれ、ナチス時代をさまざまな隠れ家で生きのび、五〇年代に文学上の経歴を『新たな道《ノイエ・ヴェーゲ》』の周辺で始めた。六〇年代はベルリンでくらした。彼女のテクストはエルフリーデ・イェリネクと同様に、言語分析的アプローチをフェミニズム的問題設定に結びつける。二〇〇九年にウィーンで死去し、一九六二年に発表した『私との集団遊戯』などの詩のほか、放送劇、エッセーや一九七七年に発表され、九三年にドロッシュルから再刊されたベルリン体験の省察『遊戯空間』などの物語テクストを遺した。

一九四三年にザルツブルクで生まれたボード・ヘルは、音楽とドイツ文学、哲学を修めた後、物語テクストで頭角を現したが、それらはしばしば写真や挿画を含み、画像と言語の間の緊張から美的可能性を引き出した。一九五〇年にリンツで生まれたアンゼルム・グリュックは、一九七八年からフリーの作家、画家、グラフィック・アーチストとしてウィーンにくらし、言語に条件づけられた知覚のメカニズムを主題として、みずからのテクストの朗読を通じて独特な影響力を保持した。

一九四六年にヴェルスに生まれたエルフリーデ・ツルダは、美術史をザルツブルクで学び、七四年に博士号を取得して、七五年から七六年までグラーツ作家会議の事務局長を務めた後、八〇年にベルリンに移住した。ツルダはとりわけ物語テクストで頭角を現し、男性に支配された世界と女性的アイデンティティ形成の難しさに〈言語〉批判的に向き合った。一九八二年にローヴォルトから出された『ディオティーマあるいは幸福の差異』では、言語モンタージュが用いられている。一九八七年に発表された「冒険小説」『納骨堂』は、男性的という紋切り型の実体を暴露して、注目すべき反響を得た。一九九一年に出された『女毒殺者』と九七年の『眠る女』は、「二つの二重生活」という題で計画された三部作小説に含まれるもので、ここで主人公たちは男性の抑圧に対して血の復讐をなす。

実験文学の助言者・支援者としてきわめて重要な役割を演じたのはハイムラート・ベッカー（一九二五―二〇〇三）で、リンツで一九六八年に雑誌『新しいテクスト』を、七六年には出版社「新しいテクスト出版」を設立した。ベッカーはとりわけ具体詩への場の提供に積極的だった。出版社の審査部にはフリードリヒ・アハライトナー、エルフリーデ・ツルダ、ラインハルト・プリースニッツ、ゲルハルト・リュームがつめていた。ベッカー自身は文学創作を五〇年代にリルケ＝ヴァインヘーバー派の伝統的抒情詩で始めた。一九五二年にウィーンで博士号をカール・ヤスパースに関する論文で取得した。具体詩への転換はみずからの青年時代におけるナチスへの熱狂を克服する試みにも関係していた。ベッカーの代表作『補遺』は一九八六年にみずからの出版社から、九三年にはドロッシュルから第二版が出された。この「引用のみから成る」という本は、ナチスの大量虐殺における加害者の記録――処刑リスト・命令・調書・技術上の手引き――および犠牲者の記録双方の文書による痕跡から構成され、言語資料によるアウシュヴィッツの文学的叙述を可能にしている。

主体的文学

六〇年代以降のオーストリアにおける抒情詩は、実験派によってのみ規定されていたわけではない。多くの作家たちは国際的趨勢にしたがって、主体的発言の可能性に賭け、言語メディアの問題および避けて通ることのできない主体性の問題を意識し続けていた。ここでも何人かの詩人を挙げておくことにしよう。

アルフレート・コラーリチュはまず第一にグラーツ・グループの共同創設者および『原稿』の編集者として世間に認められた。この一九三一年生まれのギムナジウム教師は、六四年にハイデガーを論じて博士号を取得し、小説家としても生産的だった。一九七二年に『桃殺し』、七四年に『緑の側面』、八九年には『アレマン』が出された。これらの小説はみずからの青年期を素材としたもので、権威的構造に対する主体の可能な自己主張を主題化している。これらは存続するナチス的思考への批判も常になしている。詩人としてもコラーリチュは成功した。詩集『避けうることの習得』で一九七八年にペトラルカ賞を受賞した。一九九一年に『逆路』、九九年には『世界の谷で』が出された。これらの詩は日常的場面の観察によって傑出しているが、詩学的・哲学的考察に裏打ちされたものである。

コラーリチュ同様にかつてのギムナジウム教師で受賞歴のある詩人は、一九四五年に低地オーストリアのペッツェルスドルフで生まれたハンス・ライムントである。音楽とドイツ文学・英文学を学び、一九七二年から八四年までウィーン、八四年から九七年まではイタリアのドゥイーノで教えていたが、次第に文学活動に専念するようになっていった。当初は散文作品が主だったが、その後抒情詩に軸足をおくようになっていった。一九八三年に出された詩集『保護区域』の後、『壊れた神話』(九二)、『結婚の詩節』（九四）、『悲しみの夢を見る――ホーホシュトラース・ノートからの抒情的テクスト』（二〇〇四）といった詩集がつづいた。ライムントは一九九七年にオーストリアに帰還後、文化活動をいっさい拒否したが、実存的テーマと対峙して政治的立場を明確にし、救いのない世界の姿を多彩な形式を駆使して精密に描いた詩人であった。

ユリアン・シュッティングも長い間教職に就いていた。一九三七年にアムシュテッテンで女性として生まれ、ウィーンで歴史とドイツ文学を学び、六三年に博士号を取得したが、八九年に性転換手術を受けた。シュッティングの散文作品は知的水準の高さと、文法的に非因習的な言語によって際だっている。『父親』（一九八〇）はこの時代の全ドイツ語圏で見られる「父親本」のなかでも、もっとも印象的なものの一つで、『恋愛小説』（八三）は激しい情熱の分析であり、二〇〇七年の長篇『一日中いつでも』とともにここで挙げられるべきものである。一八九八年にゲオルク・トラークル賞を受賞したシュッティングの抒情作品は、やはりその言語的感受性の強さによって特徴づけられている。エルンスト・シェーンヴィーゼの序文をともなうザルツブルクのオットー・ミュラー出版から出された第一詩集『虫のことばで』（一九七三）から『夢語り』（八七）、『氷の心を打ち破って』（九六）を経て、『月に寄す』（二〇〇八）にいたる詩を提示したが、それらは円滑な形式化を断念し、読者を挑発し、経験を言語に移し換えることの難しさをよく知っているものである。「詩の対象は／どのようにして詩の対象から／詩ができるかという／問題以外の何でありえようか」。シュッティングはみずからの詩学をグラーツにおける「詩学講義」に基づく一九九〇年の詩集『聴衆に面倒をかけて』と、『読者を煩わせて』（九三）で解説した。

エルヴィーン・アインツィンガーはみずからが翻訳したアメリカの詩人ジョン・アッシュベリー、ウィリアム・カーペンター、ロバート・クリーリーの影響を示している。アインツィンガーは一九五三年に上部オーストリアのクレムス河畔キルヒドルフで生まれ、ドイツ文学と英文学をザルツブルクで学んだ後、一九七五年からキルヒドルフのギムナジウムで教えた。文学上の出発は七〇年代のザルツブルクの若者たちによる文学の周辺でなされた。一九七七年に最初の詩集『セロファンに包まれた子羊の舌』が出された。それに一九八六年の『動物・雲・復讐』、九四年の『今ナイフも指す方向へのかすかな合図』、二〇〇八年の『窓辺の犬』がつづいた。アインツィンガーの詩はしばしば害された同時代の現実の複雑な要因を包含している。散文作品では小説『マンスフィールドの髪飾り』(一九八五)が特筆されるが、これは作家キャサリン・マンスフィールドの足跡をコーンウォールにたどる男の物語である。二〇〇五年には小説『娯楽音楽の物語から』が出されたが、これは注と索引をともなうアトランティス文明の物語である。二〇〇〇年にアインツィンガーはオハイオのボーリング・グリーン州立大学のライター・イン・レジデンスとなった。

キャサリン・マンスフィールドやアングロサクソン文学への関心、中学校での教授経験、ライター・イン・レジデンスとしてのアメリカ滞在をアインツィンガーと共有しているはエーヴェリーン・シュラークで、一九五二年にイプス河畔ヴァイトホーフェンに生まれ、八一年以来注目すべき抒情/散文作品を提示してきた。シュラークは観察の厳密さの点でハントケを模範としているが、とりわけ英語作家に依拠し、みずからの病気――一九八一年に結核にかかった――から決定的な影響をこうむっている。エーヴェリーン・シュラークの抒情詩は『耳元での囁き』(一九八四)、『くちばし山』(九二)、『今晩睡眠が必要ですか』(二〇〇二)、『他の木のことば』(〇八)といった詩集で出され、七〇年代から影響力を放った「新即物主義」としばしば結びついていたが、この潮流のあからさまな涙もろさはまったく共有せず、形式的意識と心理的事象の精密な観察で際だっている。

エーヴェリーン・シュラークは多彩な散文作品も執筆したが、それらはすべてではないがしばしば女性の生存／関係危機をあつかうものであった。とりわけ『目だたない女たち――三つの短篇小説』が挙げられよう。この短篇集はバロック詩人カタリーナ・レギーナ・フォン・グライフェンベルクを独自の視点であつかった『漫歩する女羊飼い』を含んでいる。性・セクシュアリティ・欲望の関係は、一九八一年に発表された処女作『助力』から、ローマ・カトリック司祭の生存の危機を長篇『欲望の神的秩序』（九八）を経て、『ラウラのL』（二〇〇三）、『愛の建築』（二〇〇六）に至るシュラークの中心的テーマであった。二〇一六年に出された長篇『カフェー・イエメン』はイエメン内戦が舞台で、そこに勤めるオーストリア人医師の結局はひどい政権を支えていることに対する個人的葛藤と、政治的呵責をあつかったものである。登場人物の一人看護師ハッサンのなかに現地人の内面が見え隠れしている。

政治詩

六〇年代以降文学一般、特に抒情詩において政治参加が再三求められるようになった。この傾向はオーストリアよりも西ドイツにおいてははるかに強く、西ドイツの批評家たちはオーストリア文学者たちの政治的関心の欠如をくりかえし難じた。こうした状況をよく示しているのは、ウルリヒ・グライナーの一九七九年に出された『晩夏の死――オーストリア現代文学に関する論文・肖像・批評』という本である。ドイツでもっとも成功をおさめた政治詩人は、オーストリアからの亡命作家エーリヒ・フリートだった。エーヴェリーン・シュラークは二〇〇八年に彼を回顧して、その作風から距離をとりながら、「フリートの詩には世界の欠如、知覚の欠乏が支配している、その世界の驚くべき修辞的あつかいの過剰は、偉大なことばの文化とたとえてもいいだろう」と主張している。そしてシュラークはフリートをこう非難している。「彼は言語を操作し、それを解剖する、生体解剖だ。彼は単語を類似性にしたがって論拠用の列に組みあげ、単語に印を付けて、作家が確定した以上のことは意味しない副次的意味、余情の範囲に拘束する。単語、言語とのこうした接し方は、言語を無力化する。フリートはしばしば苦しい地口から抜け出すことができないのだ」。

一九二一年にウィーンのユダヤ人運送業者の息子に生まれたエーリヒ・フリートは、三八年に父親がゲシュタポに殺害され、イギリスに逃れた。共産主義亡命組織で活動し、多くの翻訳を手がけたが、それは生涯を通じて続けられることになった。ディラン・トマス、T・S・エリオット、グレアム・グリーンのほか、シェークスピアの演劇を翻訳した。フリートは一九八八年にバーデン＝バーデンで死去した。

フリートの文学創作は亡命時代に始まった。最初期の抒情詩は表現主義にも依拠していた。一九四六年以来とり組んできた小説『兵士と少女』が、六〇年にハンブルクで出されたが、これはアメリカ占領軍の兵士と死刑を宣告された強制収容所所員の恋愛物語である。フリートは最後までロンドンでくらしたが、一九六二年にヴォルフガング・クラウスの招きで初めて公式にウィーンに来訪し、八二年にはオーストリア公民権を回復した。七四年にはドイツPENセンターの会員になり、八七年にゲオルク・ビューヒナー賞を受賞した。フリートが政治参加したのは主に西ドイツだった。ヴェトナム戦争とイスラエルのパレスティナ政策に反対し、ドイツのテロリズム論議に加わり、朗読会を成功させ、多くの論争にまきこまれた。詩集『そしてヴェトナムそして』が好評を博した。その後多くの詩集がつづいたが、それらはことば遊び、引用、モンタージュなどさまざまな言語的手法によって、修辞的に巧みな政治的啓蒙をなすものであった。もっとも読者に受け入れられたのは一九八四年の『愛の詩』で、十五万部以上売れた。

ローベルト・シンデルも文学上のキャリアを政治作家として始めた。亡命オーストリア共産党の依頼で、リンツに抵抗グループを建設したユダヤ人共産主義者の息子として、一九四四年にバート・ハルに生まれた。両親の活動は頓挫し、アウシュヴィッツに護送され、父親はダッハウで殺害された。シンデルは身元を偽って生きのび、一九四五年以降母親のもとウィーンで成長した。学生時代は毛沢東主義学生サークルに参加し、一九七〇／七一年には雑誌『犬の花』を発行した。一九七〇年には実験小説『カッサンドラ』が出された。シンデルの初期抒情詩は反市民的であったが、形式的に注目すべき点は少ない。しかし八〇年代にはユダヤ人としてのアイデンティティをテーマとするようになっていき、皮肉と嘲罵の間を瞬く声が見いだされる。ヘルダーリン、ハイネ、トラークル、ツェラーンといった人々に常に範を仰いでいた。一九九二年に出された詩集『後背の炎』ではウィーンともくりかえしとり組んでいる。『ヴィネータ一』という詩にはこうある。「私はウィーンのユダヤ人だが、この街は／私のを含む熱い心を盲腸にもっている／レーテの川に面した世界でもっとも美しいこの街は／私はこの中に住み、大いに笑う」。そしてこの詩はこう終わる。「おお、この街はアルプスの夕映えのためにあるのではない／ずうっとディアスポラにこそ息づいているのだ」。

一九九二年にズーアカンプから発行された小説『生まれ』で、シンデルは複数のストーリーを融解させ、現代オーストリアのユダヤ人と非ユダヤ人の困難な、いや不可能な共生に関するきわめて複雑な探究をなした。この小説は言語的多様性で際だっている。抒情的なパッセージは辛辣な対話と交替し、ウィーンのボヘミアン生活が背景を成し、小説内小説がナチス犯罪者とユダヤ人亡命者に対するオーストトリアの公式見解に痛烈な風刺を加える。ヨーゼフ・ロートの『ラデツキー行進曲』との関係は明白である。シンデルの小説は九〇年代以降現れたユダヤ人作家による第二共和国のユダヤ人の境遇《コンディツィオ・ユダイカ》に関するテクストの嚆矢となっている。

二〇一三年になって続篇ともいえるクルト・ヴァルトハイムの大統領選出をめぐるモデル小説『冷たい男』が出された。連邦首相、大統領候補にいたるまで、ほとんどすべての登場人物に実際に対応する人物がいる――この逸話に富んだ多視点的なテキストによるウィーンの政治・文化シーンのアイロニカルな肖像は、多くの批評家にドーデラーの作品を想わせた。しかし中心にいるのは表題の「冷たい男」エトムント・フラウルで、このアウシュヴィッツの生き残りは、かつてのアウシュヴィッツの犯罪者ロージンガーと親しくなる。フラウルはみずからロージンガーを法廷におくることになるが、そこで彼に有利な発言をする。ロージンガーはみずからの罪を認め、三年間牢獄に入る。しばしばコミカルな現実を背景としながらも、フラウルとロージンガーを通じて深刻なテーマが明らかになる。ナチスの時代は犠牲者と加害者の双方を破壊したのだ。

エッセー文学

エッセー文学・ノンフィクションに関しては、六〇年代になってようやく広範な読者を獲得した古い世代の二人の作家を挙げなくてはならない。ギュンター・シュテルンとして一九〇二年にブレスラウ〔現ポーランド領ヴロツワフ〕で生まれたギュンター・アンダースは、波乱万丈の生涯をおくった後、五〇年に亡命先のアメリカからウィーンにやって来た。アンダースは重要なユダヤ人心理学者の息子で、一九二三年にエトムント・フッサールのもとで博士号を取得し、二八年にハンナ・アレントと結婚した後、三三年にフランス、三六年にはアメリカに亡命した。亡命中は哲学的文章のほかに抒情詩や娯楽作品も執筆したが成功しなかった。一九五六年にミュンヘンから発表された哲学上の代表作『時代遅れの人間――第二次産業革命時代の魂について』は二十世紀の大量殺戮政策、とりわけ広島の原爆投下に対する反応だが、八〇年代の平和・反核運動をまって、ようやく反響を得た。アンダースは学術活動を拒んで、アウトサイダーであり続け、一九七九年にオーストリア国家文化評論賞を受賞した。死去する一九九二年には、ウィーン大学の名誉博士号を拒否した。

ジャン・アメリ、本名ハンス・マイアーは第一次世界大戦で戦死したユダヤ人の息子として、一九一二年にウィーンで生まれた。母親からカトリックの教育を受けながら、ザルツカンマーグートで育ち、ウィーンで学んで、ウィーン学団の哲学者の影響を受けた。三〇年代の最初の文学活動の後、一九三八年にベルギーに避難した。アメリは死去する一九七八年まで故郷喪失者だった。ベルギーの抵抗運動で活動し、アウシュヴィッツ、ブーヘンヴァルト、ベルゲン゠ベルゼンを生きのび、一九四五年からはスイスの新聞のジャーナリストとして働いた。強制収容所での経験は、一九六六年に「打ちのめされた者の克服の試み」『罪と罰の彼岸』で示された。アメリは「現実的なものの非理性」に対する懐疑的啓蒙家、「過激な自由主義者」、「半左翼的文化保守主義者」を自任した。一九七六年に発表されたエッセー『みずからに手をくだし――自由死に関する論考』で、みずから命を絶つ個人の自由を実存主義的立場から擁護した。アメリは一九七八年に自殺した。

散文文学とペーター・ハントケ

六〇―八〇年代の虚構散文文学はきわめて多様なものであった。まずハイミート・フォン・ドーデラーに体現されるオーストリア的伝統につらなるものがあったが、それらはしばしば皮肉なものだったり、幻想的なものにふみこんだものもあり、歴史と同時代史を考察した。一方において苛烈な写実主義もあり、それは不快な社会状況のほか、主体の動揺や崩壊をテーマとしていた。また五〇年代の言語的実験につらなるものもあり、これは言語批判的基盤の上に現実に接近する試みであった。実践上はたいていの作家においてきわめてさまざまな書法と意図の組み合わせが見られる。彼らを留保なしに精確に言い表したり、とらえたりすることなどはほとんどできない。さらにいかなる分類も拒む、もしくはみずからのみにしか適用されない分類を要する偉大なアウトサイダーもいた――トーマス・ベルンハルトのような。

輝いていた一人はペーター・ハントケだった。小説家としての経歴は一九六六年にズーアカンプから出された実験小説『雀蜂』に始まるが、この短いテクストは最後から二番目の節で短く暗示される以下の物語の語りからすり抜けていくものである。これは（どうやら）三兄弟をめぐるもので、そのうちの一人が遊んでいて溺死したこと、また失明した末弟である一人称の語り手グレゴール、それに戦争をめぐるものである。豚の屠殺からカトリックの典礼にいたるいくつかの儀礼にかかわるストーリーが提示される。しかし一人称の語り手はいかなる一貫性も拒否する。そのかわりに読むための指南を提供し、文学が現実を加工する際の言語的手続きを明快にする。同様の手法をとったのは、一九六七年に発表された小説『家畜』で、推理小説の構造とテクニック、約束がその本来の物語対象を形成している。すでに『雀蜂』でそうであったように、実験の根底には恐れとの作家みずからの対峙がある。一九七〇年の小説『ペナルティキックを受けるゴールキーパーの不安』で、ハントケは初めて物語に一歩回帰（あるいは踏み出）した。物語は解雇された石工ヨーゼフ・ブロッホをめぐるもので、彼は世の中になじめず、すべては殺人を犯し、その逃走上でみずからの状況を解き明かそうとする彼にとって前兆となる。

作家のアメリカ旅行に先だつ一九七二年の小説『長い別れへの短い手紙』で、ハントケは一連の自己発見物語の主導者となり、批評によって「新たな内面性」というレッテルをあたえられることになった。この小説のタイトルはレイモンド・チャンドラーへのオマージュで、「発展小説の虚構」であり、推理／旅行小説の要素を用いて、一人称の語り手である傷心の若いオーストリア作家のロードアイランドのプロヴィデンスから太平洋岸までの旅行を物語ったものである。彼は前妻ユーディットの脅迫から逃れ、次第にアメリカの秩序に同化していき、意識的に自然を味わいながら、とらわれた自己から解放され、最終的にユーディットとの和解を見いだす。ユーディットが演出家ジョン・フォード宅を訪問し、みずからの物語を語ることによってこの本は終わる。

読者の大きな支持をもたらしたのは、ペーター・ハントケの一九七二年の小説『幸せではないが、もういい』で、これは七一年の母親の自殺への回答であった。このテクストは母親の生涯の物語を社会批判的に再構築して、語りの可能性に関する考察に結びつけたものである。他者によって規定された母親の人生は、決して疑問に付されることのない社会秩序によって破壊されるモデルケースとなる。「だから私は女の生涯の伝記につきものの一般的な決まり文句を、一つ一つ私の母親の個別的人生に照らし合わせてみるのだ。そうすることで、その一致と不一致から本来の書く行為が生じてくる」と記す語り手は、最後に恐怖のために失敗することを認めることになる。「後に私はもっと厳密なものについて書くことになるだろう」と最後の文は述べる。

この時代の多くの作家たちは、政治参加によって世界とその法則性を見ぬいたと信じ、その認識を啓蒙的に読者に伝えようとしていたのに対して、ハントケの初期テクストはそれに疑念を呈し、反論を挑んだ。ハントケが自身のテクストそれぞれでみずからをも疑問に付して、新たな美学的解答をくりかえし求めていたことは、すでに同時代の文学批評も気づいていた。

ペーター・ハントケの比較的長かった個人的危機は、古典的なものへの転換とともに終わった。四部作『緩やかな帰郷』はその結果だった。この転換は一九七五年に出された短篇『真の感受の時』と、同名の映画脚本から生まれた一九七六年の短篇『左利きの女』ですでに暗示されていた。双方のテクストとも安定はしているものの、まちがった生活を抜け出す女性に関するものである。この四部作は短篇『緩やかな帰郷』（一九七九）で始まるが、これは北極の自然から社会へ帰還する主人公ヴァレンティン・ゾルガーの「救済」の希求を高踏な調子で物語る。四部作の第二部『サント＝ヴィクトワール山の教え』（一九八〇）はポール・セザンヌの南フランス地方の旅の報告を芸術考察と結びつけ、見いだされた自然現象を調和的に組みたてて変容させ、救い出すことが芸術家の任務なのだという認識に到達する。一九八一年の『子どもの物語』は古典的な歴史家の調子で子どもの成長について物語るものである。根底にあるのは、ハントケのパリ時代における娘に関する経験である。四部作第四部『村々を越えて』をもって、ハントケは劇場に回帰した。

ハントケの執筆現場をかいま見せるのは、一九七七年に発表された日誌『世界の重さ』と八二年に出された『鉛筆の物語』など、そのつど書きとめられた短いメモ、観察、断想である。そこでくりかえし問題にされているのは、自然との真の出会いの瞬間を言語として保持するということである。現代の文学の慣行に抗して、ハントケは文学の預言的任務に論争的に固執する。これに関して、ヴィトゲンシュタインがハイデガーにとって代わられたなどと言われた。ここでは言語分析ではなくて、非歴史的自然、単純に存在する存在の一般的談話からの救済が問題にされる。

ペーター・ハントケは一九八六年に長篇『反復』を発表し、これによってその後の二十年間の文学創作を決定づけることになるテーマを見いだしたのだった。ユーゴスラヴィア――ハプスブルク君主国崩壊によって生じ、一九九〇年以降流血の戦闘によって解消した国家である。『反復』ではまだ主人公の自己発見がその中心にある。四十五歳のフィリップ・コーバルは戦争で消息を絶った兄の跡をたどるために、高校卒業の一九六〇年に計画したスロヴェニア旅行を回想する。ふたたび教養小説にたち返っているが、ここでは信頼に満ちた変容をこうむっている。この若い男は国境を越えることによって神秘的な全体、ユートピア的で疎外されない生を発見する。この経験に関する語りは経験されたものを確保し、「反復」を許容する。遠くでシュティフターが響いている。

一九九〇年のパリへの移住以降ペーター・ハントケは巨大な叙事的プロジェクト「イメージの喪失」に専念したが、それは大部の二冊の本に分割された。一九九四年に『誰もいない入江での一年』、二〇〇二年には『イメージの喪失あるいはグレドス山脈を越えて』が出された。この時期のハントケは公にユーゴスラヴィア戦争に関する発言をくりかえし、戦争の責任が断じられていたセルビア国家の正当性を主張したために、広範な拒否に遭った。滅びゆくユーゴスラヴィアへの彼の姿勢は、オーストリア作家のハプスブルク君主国への悲しげな回顧に近いものがあり、それはコスモポリタン的・超民族的国家のモデルでもあった。このできごとに対するヨーロッパ・メディアの画一的主張への不快感が、断定的な罪の押しつけに対して彼を反抗させた。たび重なるセルビア訪問は、彼の現実認識に役だった。戦争犯罪人として国際司法裁判所に訴えられたかつてのセルビア大統領スロボダン・ミロシェヴィッチへのハントケの弁護とその葬儀への参列は、彼の支持者をも苛だたせるものであった。

一九九四年に出された「新時代の童話」『誰もいない入江での一年』は、一九九七年の内戦後のドイツが舞台である。自伝的響きのなかに、ゲーテ後期の小説『ヴィルヘルム・マイスター』が見え隠れする。『真の感受の時』の主人公である一人称の語り手グレゴール・コイシュニクは、その後作家としてパリ郊外に住み、ゆっくりと散歩しながら周囲を観察し、友人と共に安らぎのない世界の中でいい生活をおくろうとする。『イメージの喪失』の中心にいる女主人公である著名な「銀行家」は、ある「作家」と彼女に関する本を慣習的なイメージを用いないで書くという契約を結ぶ。主人公はその後さまざまな移動手段とみずからの足を使って戦時下のスペインのグレドス山脈を動きまわり、現在と過去の人物たちに出会い、さまざまな土地に滞在するが、ある穴に落ちて「イメージ喪失」を患うようになったことで、みずからを見いだす。彼女の体験を言語化する語り手は、くりかえし問題を立て、表現化を試みるが、その多くを撤回する。個々のパッセージは引用であることが明示される。彼が登場人物として語られる「作家」自身であるかどうかははっきりしない。『オデュッセイア』とセルバンテスの『ドン・キホーテ』が背景にあることは明白である。短い「短篇」『大事件』(二〇一一)や大部の長篇『果物泥棒あるいは奥地への片道旅』(二〇一八)でハントケは心理描写と緊迫感を断念して、(筋に乏しい)叙事詩の語り方に倣っている。主人公たちは地方を徒歩で放浪し、不愉快な現実の束縛を回避しようと試みるが、それは不意に姿を現す。断定口調や既存のものに対する攻撃は、時として自嘲によって緩和される。

ペーター・ハントケの文学活動の重要ではないとはいえない部分を成しているのが翻訳である。ドイツ語文壇における彼に対する風当たりの強さが、文学のメインストリームの外にある翻訳という作業を可能にしたのだった。アメリカ(ウォーカー・パーシー)・フランス(エマニュエル・ボーヴ)文学の翻訳のほか、とりわけオーストリアのスロヴェニア語作家たち(フローリアン・リープシュ、グスタヴ・ヤーヌシュ）の翻訳が際だったものである。

その他の小説家たち

ペーター・ハントケの出発点にはグラーツ・グループの実験文学があった。この周辺からはほかにも何人かの作家たちが現れている。

ベルンハルト・ヒュッテネガーは一九四八年にシュタイアーマルクのロッテンマンに生まれ、小学校教師のための教育を受けた後、フリーの作家として生き、「市立公園フォーラム」や放送、新聞を舞台に活動したが、八〇年代に文学界の表舞台から退いた。自身の孤立についてはその散文作品でくりかえし主題化されている。長篇『氷上旅行』（一九七九）など、言語的精密さと日常の綿密な観察で際だった初期作品は、批評家に広く受け入れられた。その後田舎の城に引きこもった画家をめぐる芸術家小説『迷彩色』（一九九一）や、ウィーンの作家が奇怪なパラレルワールドに迷いこむ――書評家たちはトマス・ピンチョンの影響を指摘した――という、批評家にほとんど顧みられることがなかった複雑な小説『西洋』（二〇〇一）がつづいた。自伝的に彩られた『老いた愚か者の懺悔』（二〇一七）ではグラーツの文学活動の辛辣な総括がなされている。

見おとすことができないのは、クラウス・ホッファーの小説『ビーレシュのところで』へのフランツ・カフカの影響である。ホッファーは一九四二年にグラーツで生まれ、六六年以来『原稿《マヌスクリプテ》』に発表し、七二年にはカフカに関する論文で博士号を取得し、七三年から七五年までＧＡＦ〔グラーツ作家会議〕の事務局長を務めながら、二〇〇二年まで教師として働いた。『ビーレシュのところで』は『途上』（一九七九）と『偉大なるポトラッチ』（八三）の二部からなる。オスヴァルト・ヴィーナーに裏づけられたホッファーの世界の表現可能性への言語懐疑的疑念は、経験の媒介性への全般的懐疑にまで拡大する。『ビーレシュのところで』は都会出身の一人称の語り手ハンスが「帝国東部の藪深い田舎の」寒村で亡くなった叔父の代わりに一年間郵便局員を務め、住民のビーレシュらに次第に受け入れられていくという話である。長い会話ではしばしば互いに矛盾した風習と神話が明かされるが、その際作家は間テクスト的織物を編む。ホッファーは翻訳家・文学理論家としても卓越していたが、この注目すべき小説の後は本格的作品を遺すことはなかった。

一九三九年グラーツに生まれ、二〇〇三年にウィーンで食道癌で死去したヘルムート・アイゼンドレは心理学博士であり、テクストにおいて文学と科学的・分析的書法を結びつけ、『理性の彼岸』(一九七六)、『亡命か茶色いサロンか』(七七)といった長篇で自然科学的世界観批判と包括的言語批判の間を往還した。一九八一年に発表された短篇『丘の上の阿呆』は写実的書法の不可能性をテーマとし、この旅行記の「私」はその知覚が常にすでに言語的・文学的範型によって規定されていることを認識する。しかしこうした認識は逆説的にこの語り手を解放し、彼はあらゆる写実主義的要請からも解き放たれて、夢みる阿呆として書くことになる。アイゼンドレは厖大な作品を遺したが、それはエッセー的部分を織り込みながら芸術と科学の関係をあつかい、くりかえし死に向き合うものであった。最後の長篇『青い空の曲』は死の数日前に出された。これは食道癌を患う作家をあつかったものである。

一九四六年にクラーゲンフルトで生まれ、二〇〇九年にウィーンで癌で死去したゲルト・ヨンケは、ウィーンでとりわけ音楽学を学んだ。一九七一年から七八年まではベルリンに住んだ。一九七七年に第一回インゲボルク・バッハマン賞を受賞した。その後の数多くの受賞のなかでは、一九九七年のエーリヒ・フリート賞、二〇〇三年のオーストリア国家文学大賞などが挙げられる。

ヨンケは一九六九年の『幾何学的郷土小説』で有名になった。ここではパロディ風に通俗小説のジャンルを使って、実験を含むきわめて多様な言語手法を用いて世界の幾何学化、すべての対抗物の規制化・平準化というテーマを形成している。ヨンケのその後の作品は人間的意識は現実をどのように構築し、その際文学はどのような貢献をなすのかという問題に向けられているが、それらは音楽的主題と擬似音楽的構造によって特徴づけられている。作曲家フリッツ・ブルクミュラーをめぐる三部作は、短篇集『熟達の教則（練習曲）』（一九七七）、二人称で語られる長篇『遠い響き』（七九）、短篇『大睡眠戦争への覚醒』から成り、芸術家のテーマ、仮象と存在の差異、内界と外界の関係ととり組んでいる。特徴的なのは装飾的《アラベスク》で不思議な物語と時空の解消、そして空想的で奇矯な要素である。九〇年代からヨンケは『穏やかな憤りあるいは耳の技師』（一九九〇）、『作品一一一』（九三）、『合唱幻想曲』（二〇〇三）といった劇場作品でも成功をおさめ、いくつかの賞を受賞した。ここでも音楽的テーマと作曲媒体が中心にあり、言語的技巧性と不条理なユーモアといったきわめて深刻な根本問題が変奏している。

グラーツ・グループの周辺に加えることはできないものの、その言語批判的姿勢においてそれに比肩しているのはアーロイス・ブラントシュテッターである。この一九三八年に上部オーストリアのピッヒルに生まれた作家は、ウィーン大学においてドイツ語研究で博士号を取得し、七〇年にザールブリュッケンで教授資格を得、七四年から二〇〇七年までクラーゲンフルト大学でドイツ語学を教えた。一九七一年にレジデンツから出された短篇集『とっさの不安の克服』では、慣習的言いまわしを導入することで喜劇的・風刺的効果を上げている。おそらくこの作品集でもっとも有名なテクスト「我が人生最初の黒人」は、第二次世界大戦末のある子どもに関する論評抜きに再現された物語の中で、人種差別思想を暴き出している。

ブラントシュテッターが発表した小説の多くは成功を得たが、そのなかではたいてい保守的で人道的な世界観をもった偏執狂的な語り手の独白が、強烈な言語意識によって現代批判を展開する。『郵便配達員の負担で』（一九七四）や『大修道院』（七七）、『城塞』（八六）、『アイヒャの男について』（九一）、『ヴァンダル族はフン族ではない』（二〇〇七）といった本は笑いを誘う風刺としての機能を果たし、豊かな文化史的知識を開陳しているが、それはしばしば次第に表面的で教養から遠ざかっていく世界へのかすかなメランコリーをともなっている。

あらゆる文学上のグループ形成から離れたところに立っていることでは、一九三八年ザルツブルク生まれのヴァルター・カパハーもそうで、彼は長い間ほとんど知られていなかった。自動車整備の養成を経て、一九六一年からとりわけザルツブルクの旅行会社で働き、七八年以降フリーの作家となった。二〇〇四年のヘルマン・レンツ賞と〇九年のゲオルク・ビューヒナー賞の受賞によって、ようやくオーストリアで一般に知られるようになった。二〇〇八年にザルツブルク大学から名誉博士号が授与された。

カパハーの一九七五年に発表された長篇『明日』は、ザルツブルクの会社員による一人称小説で、最後に疎外された生活から抜け出すというものであり、短篇『ロジーナ』（七八）や八二年に出された長篇『長い手紙』と同様に、現代の労働界の肖像であると同時に、ユートピア的選択肢の希求でもある。『チェレートある作家の発展を描いているのは、自伝的色彩の長篇『アマチュア』（一九九三）である。『チェレート——作家によるスケッチ付きトスカーナ素描』（一九八八）と『セリーナあるいはもう一つの生活』（二〇〇五）は真の生活への希求をトスカーナの経験と結びつけたものである。二〇〇九年の長篇『さまよう宮殿』は老いゆくフーゴ・フォン・ホフマンスタールの生涯からの数日間を物語ったもので、文学批評からの広範な支持を得た。

ペーター・ローザイは一九四六年にウィーンで生まれ、六八年に法律で博士号取得後、六九年から七一年までは画家エルンスト・フックスの秘書を務め、七二年以降フリーの作家になった。一九七三年から七八年までGAFに所属した。ローザイの大部の作品は、現代の状況の冷静な記録的総覧と迷宮のような複視点的語りの間を往還する。冒頭にはカフカを想わせる非人間的な現実の情動的描写がある。こうした特徴をよく表しているのが、一九七五年に出された『人間なき世界の構想』である。短い長篇『ここからそこへ』（一九七八）は、「イージー・ライダー」風に金を麻薬取引で儲けた一人称の語り手が、バイクに乗ってもの悲しい地方を旅するものである。成功したのはヴェネツィアが舞台の長篇『エドガー・アランとは誰だったのか？』（一九七七）で、エドガー・アラン・ポーを暗示する推理小説の要素を用いた麻薬依存症の一人称の語り手をめぐる物語であり、彼にとって存在と仮象は渾然一体となっていく。多数の挿話がちりばめられた長篇『天の川』（一九八一）と、六巻から成る『一万五千の魂プロジェクト』（一九八四―八八）は、饒舌でポストモダン的傾向を導入したものである。二〇〇五年にローザイは『メトロポリス・ウィーン』できわめてさまざまな人物の経歴とモデル小説の要素を用いて、一九四五年以降のオーストリア史を提示した。その他『金《かね》』（二〇一一）、『グローバリスト』（一四）、『カルスト』（一八）といったいくつかのしばしば風刺的で簡潔に物語られた長篇でも、ローザイはグローバル化された現代を批判している――たいていは方向性を見失った主人公が、見通しのきかない中央ヨーロッパを放浪する。

ペーター・ローザイと同様に大規模な作品を著したのは、ゲルハルト・ロートである。彼も知覚に障害のある主人公の視点によって、疎外された世界を描く実験的散文から、オーストリアの現在と過去に向き合った物語の間を往還する。

ロートは一九四二年グラーツで医者の息子に生まれ、医学の勉強を始め、六六年以降はグラーツの電算センターで働き、市立公園フォーラムとGAFの会員となり、七八年以降フリーの作家となった。一九七二年にズーアカンプからある分裂症者の虚構の伝記『アルベルト・アインシュタインの自伝』が出された。精神に障害のある主人公と、形式上ではチャンドラー由来の推理小説の導入は、アメリカ旅行の成果でハントケの『長い別れへの短い手紙』への対抗作である『大いなる地平線』(一九七四)などその後の小説をも特徴づけた。一九八〇年に発表された村の小説『静かなる大洋』によって、ロートは主題的にオーストリアの地方にたち返った。この本は南シュタイアーマルクののどかとは言いがたい村に引きこもった医師をあつかったものである。小説は無差別殺人で頂点をむかえるが、その詳細な観察によっても一貫性のある物語は形成されない。『静かなる大洋』はオーストリアの現代史をあつかい、一九九一年に完結した七冊に及ぶ連作『沈黙の記録文書』の一部を成すものである。その中心となる長篇『ありきたりの死』はそれぞれ異質な完結した部分から成り、二十《はたち》の唖者で分裂症者の語り手フランツ・リンドナーが、療養所でみずからの経験を再構成したものである。この連作には写真本『オーストリアの奥深くで』(一九九〇)やエッセー集『ウィーンの内部への旅』といったノンフィクションのテクストも属している。九〇年代以降ロートは政治的エッセイスト、オーストリアの苛烈な批判者としても知られた。

一九九五年に『湖』によってロートは八部から成る『オルクス』という名の連作を始め、二〇一一年に完結させた。何人かの登場人物は『沈黙の記録文書』からとり入れられ、推理/旅行小説の要素を導入し、たいていはオーストリアから異郷に旅する障害のある主人公をあらためてとりあげた。『湖』はノイジードラー湖畔での凶悪な事件をあつかったもので、ここは濁った浅い水が多くの犯罪の痕跡を覆い隠してしまう。『計画』（一九九八）ではパラノイアの司書コンラート・フェルトが日本に旅して、盗まれたモーツァルトの手稿を買うが、押し寄せてくる楽譜の判読に失敗するというものである。その後の連作は『山』（二〇〇〇）、『大河』（〇二）、『迷宮』（〇五）といった小説や『時代の基本』（〇七）、『オルクス——死者への旅』（一一）といった自伝的テクストから成る。二〇一七年にロートは犯罪小説『ミヒャエル・アルドリアーンの彷徨』でヴェネツィア三部作を開始した。

ペーター・ローザイやゲルハルト・ロートのようなグラーツ・グループの言語実験の周辺出身の作家たちでさえ、作品の中でますますオーストリアの社会・政治状況ととり組むようになっていった。すでに六〇年代には政治文学への断固とした要求が作家たちの間から上がっていた。まず第一にここではミヒャエル・シャーラングが挙げられなければならない。

シャーラングは一九四一年にカプフェンベルクの労働者家庭に生まれ、六五年にウィーン大学でローベルト・ムージルの劇作に関する論文によって博士号を取得し、六〇年代末からはグラーツの市立公園フォーラムに参加して、言語批判的作家としてデビューしたが、それを証しているのが、七〇年に出された散文集『語りとその他の物語の終焉』である。すでにここでは言語批判が社会批判のために用いられている。シャーラングは一九七三年から七八年までオーストリア共産党員であり、社会的異議に無関心な実験的書法を批判し、一般に理解されやすい写実的文学の路線をとった。プロレタリア教養小説『チャーリー・トラクター』（一九七三）は主人公のある若い労働者の視点から物語ったものであるが、彼は最後に自分が適切な視点をもっているものの、「適切なことば」に欠けていて、それは政治的教養によって体得しうるということを認識する。この肯定的教育作品に対置されるのが、主人公の自殺に終わる一九七六年の長篇『農夫の息子』である。ここでは田舎から大都会にやって来た若い労働者フランツ・ヴルクラヴェッツが、職場での企みや腐敗によって破滅するというものである。

シャーラングの推理小説など大衆的なジャンルの型を用いたその後の小説も、現代の職業世界をテーマとしていたが、党政策への文学の機能化からは離れていった。シャーラングはエッセーでも社会・政治問題に言及するようになっていき、当初のとりわけ資本主義市場活動における作家の立場（『芸術の解放について』一九七一）から、その後次第にオーストリアの歴史や現代史、それに民主主義の欠如した文化、直近の過去の不愉快な側面にかかわることへの逡巡（『芸術の策略』八六、『不思議のオーストリア』九一、『パイマンがウィーンにとどまるか、共産主義がふたたび来るか――物語・風刺・論文』九三）といったことに広がっていった。第二共和国の皮肉で風刺的な総括を供しているのが、一九九二年の長篇『さあアメリカへ』である。二〇一〇年にシャーラングはあるオーストリア人作家とその若いエジプト人の友人をめぐる自伝的色調の『老化の喜劇』を発表し、ミレニアム後の他の作家たちと同様に「第三世界」に向き合った。

一九四四年にザルツブルクのクリンメルに生まれたフランツ・インナーホーファーは、みずからの経歴を三部作小説に著し、その第一巻によって有名になった。インナーホーファーはある農婦の私生児で、父親の農家で下男として育ち、鍛冶の修業と職業養成のためのギムナジウムにかようことで、みずからの素性の圏域から解放された。一九七〇年から短い期間ドイツ文学と英文学をザルツブルクで学んで、七三年以降フリーの作家となり、その後グラーツで作業員・書店員として生計を立てた。二〇〇二年に自殺によって命を絶った。

一九七四年にレジデンツから出された『美しき日々』は、金持ちの父親の農場で農奴として搾取され、虐待されながら育った洗礼名をもたないホルの物語である。彼だけがどんどん増えていく機械を操作することができるために、次第に自由を手にしていく。最後には修業に出ていく決断をする。『日陰』（一九七五）と『大きなことば』（七七）は一人称でフランツ・ホルのその後の人生を物語るもので、彼は次第に鍛冶の修業によってふるさととの村への依存構造から解き放たれ、最後に学問を始めるが、「ことばの世界」でも束縛と依存が支配していることを認識する。短篇『成上り者』（一九八二）など数少ない晩年の作品でも、インナーホーファーは最初の小説の成功につづくことはできなかった。

　インナーホーファーのようにみずからの伝記を基に創作し、文学批評からしばしば彼と一緒にとりあげられるのはゲルノート・ヴォルフグルーバーで、やはり戦後の社会状況と向き合っていた。この作家は一九四四年低地オーストリアのグミュントの生まれで、見習い・臨時雇いとして働いた後に大学入学資格《マトゥーラ》をとり、ウィーンでジャーナリズムと政治学を学んだ。一九七五年以降はフリーの作家としてウィーンでくらした。一九七五年にレジデンツから出された処女長篇『自由の身』はオーストリアの地方の暗い若者の物語で、つづく七六年の成功作『親方時代』は閉塞状況に陥った中流市民の物語である。この小説は指物師メルツァーの修業時代と職業遍歴、そして家庭の創造を物語るもので、三人の子どもの若い父親でプレハブの家の所有者である男やもめがすべての幻想に敗れ、あらゆる望みを捨てることで終わる。『無人地帯』（一九七八）は作業員クラインが事務職員になるまでの社会的上昇と、その結果としての自己喪失について物語る。一九八一年に発表された『夏の経過』は、得られる以上の生活を望む男性主人公をあらためてあつかったものである。一九八五年に出された男性主人公の内面生活をあつかう長篇『大洋の近く』の後、ヴォルフグルーバーは文壇を退いた。

　ペーター・ヘーニシュは「有用なテクストと絵画のための雑誌」『雀蜂の巣』の周辺で文学上の経歴を始めたが、その多面的な散文作品も同時代の社会状況との絶えざる対峙によって際だっている。ヘーした。ニシュは抽象化され、政治的に機能化された叙述法を拒否し、社会的・地域的立場の明確な文学を擁護した。

ペーター・ヘーニシュは一九四三年にウィーンで生まれ、心理学と哲学を修めた後、七一年以降はフリーの作家・音楽家・シンガーソングライターとして生計を立てた。一九七二年の『カール男爵について——逸話その他の散文』からして、そのテクストではウィーンの現実がくりかえし言語化されている。ナチス時代に報道写真家として成功した父親をとりあげた一九七五年の『我が父親の小さな姿』で、ヘーニシュは七〇年代の「父親文学」の一翼を担った。その後の自伝的色彩をもった数篇の小説は、ウィーンと第二共和国の生活を主題化したものである。『五月が過ぎて』(一九七八)は神話にまでまつり上げられた一九六八年のできごとの回想である。『預言者ペーピ・プロハスカ』(一九八六)はトーマス・マンの『ファウストゥス博士』に依拠して、戦後のウィーンを物語るものである。『シュタインのパラノイア』(一九八八)はあるウィーンのユダヤ人が相変わらず存在する反ユダヤ主義と対峙するものである。二〇〇〇年にレジデンツから出された『黒人ペーター』は、多くの挿話を含んだ風刺的一人称小説で、ウィーンで成長したアフリカ系アメリカ占領軍兵士の私生児ペーター・ヤロシュが、サッカー選手・ポップスターとしてキャリアを築いた後、一九七六にニューオーリンズに移住し、二〇年後に生れ故郷を訪問するが、外国人差別に直面するというものである。ヘーニシュは長篇『非常に小さな女』(二〇〇七)でみずからの生涯をとりあげ、一人称の語り手パウル・シュピールマンとして祖母に記念碑を捧げた。『猫と判じ絵』(一六)は自伝と虚構の慣例を用いた機知に富んだテクストで、戦後ウィーンの少年時代を物語ったものである。

ヘーニシュは文化史的に重要な人物たちの伝記とも再三遊戯的にとり組んだ。一九八三年に出された長篇『ホフマン物語――いかれたドイツ文学者の手記』は、ある学生がE・T・A・ホフマンの生まれ変わりと称するものである。『モリソンの隠れ家』（一九九三）はロック歌手ジム・モリソンと彼の死後のモリソン崇拝に関するものである。さらに『インド人になるという望み――フランツ・カフカはカール・マイに出会ったが、アメリカに上陸しなかったこと』（一九九四）は、フランツ・カフカがアメリカへの船旅の途上で老年のカール・マイに出会うというものである。マックス・ブロートによって『アメリカ』として編集されたカフカ最初の長篇小説『失踪者』を、彼らは共同で構想する。

「ことばの達人」と「世界改革者」、あるいは言語批判的・実験的文学と写実的枠組みを用いた者の間で時に交わされた苛烈な対立の一方で、PENクラブの組織のもと、戦後の叙事的伝統をよりどころとしていた作家たちのグループがあった。第一共和国の歴史がアーロイス・フォーゲルの二つの代表小説のテーマである。フォーゲルは一九二二年にウィーンで生まれ、両親がギムナジウムにかよわせることができなかったため、精密機械工の修養を経て、世界大戦に徴兵された後、『新たな道』と『時代のことば』に詩を発表した。一九五九年には処女長篇『もう一つの顔』が出された。こうしてフリーの作家としてくらしを立て、一九七六年に低地オーストリアのプルカウに居を定め、主に文学サークル「演壇《ポーディウム》」で活動した。二つの長篇『投影』（一九七七）、『全面的灯火管制』（八〇）は、さまざまな登場人物の視点から、一九三四年の二月内乱〔ドルフス首相をはじめとするプレファシズム勢力が、社会民主党などを非合法化した政変〕のできごとと第二次世界大戦末の二か月について物語る。フォーゲルは二〇〇五年に死去した。文学サークル「演壇」はイルゼ・ティールシュにとっても重要な組織だった。一九二九年に南モラヴィアのアウスピッツ〔現チェコ領フストペチェ〕で医者の娘に生まれ、一九四五年に故郷を追われて、ウィーンでジャーナリズムの博士号を取得した後、とりわけ抒情詩と散文を含む厖大な作品を執筆した。シュテュリアから出された三部作小説『家系』（一九八〇）、『故郷を求めて』（八二）、『涙の果実』（八八）は、数代にわたるボヘミア・モラヴィアの家族の歴史を物語ったものである。

世界への辛辣な女性的視点を提示したのは、一九二二年にインゲ・クラウナーとして生まれたインゲ・メルケルで、一九四四年にウィーン大学独文科で博士号を取得後、ウィーン古典文献学研究所の助手を務め、七四年から八四年まではラテン語ギムナジウムで教えた。最初の長篇『もう一つの顔』が出されたのは一九八二年だった。二〇〇四年にメキシコの娘のもとに移住し、そこで〇六年に死去した。深い古典的教養に裏打ちされ、力強い言語を行使したメルケルの長篇は、神話的・神学的問題をあつかったものである。『もう一つの顔』はユダヤ人歴史家S・O・ジンガーと古典文献学者I・Mの文通であり、一九七九年三月十二日ウィーンの英雄広場での二人の出会いに始まり、二人の生活史を物語りながら、父なる神ヤハウェと大母神《マグナ・マーテル》の対立をあつかったものである。結末はウィーンの黙示録である。小説の最後の文は断罪されたあるウィーン人の叫びである。„Gemma, und sag ma, es war nix!"〔「行こう、そしてこう言おう、何でもない！」ウィーン（方言）の決まり文句〕

技巧的構造をもった多視点小説『最後の喇叭』（一九八五）は退職した女教師によるみずからとヨーロッパの歴史の回想であり、老いと晩節を主題としている。『まったく普通の結婚――オデュッセウスとペネロペ』（一九八七）は、ペネロペの視点からオデュッセウスの物語を語ったもので、男の英雄主義を解体する。一九九〇年に出された長篇『大スペクタクル――空虚なものによって解きほぐされた死ぬほど真面目な物語』で、メルケルは一緒に大西洋文化史を著そうとした最初の小説の二人の主人公にたち戻る。それは男性中心的なヨーロッパ精神遺産の皮肉な総括となる。

ヘルマン・ブロッホを継承し、現代を叙事的手段で提示する小説を著したのは、一九三三年にグラーツでハーラルト・マンドルとして生まれたマティアス・マンダーで、オーストリアの大企業でマネージャーとして働き、ポストモダンの産業社会がもっぱら合目的的に進行し、いかなる価値意識も失ってしまったことに、小説において再三厳しい批判をあびせた。個人の宗教的な理由による回心が、解決策として暗示される。初期の六〇年代の発表の後の一九七九年、マンダーはシュテュリアから長篇『火食鳥』を出版したが、これは重病による死を前にして、みずからの疎外された仕事の日常を認識するある簿記係の生涯の総括である。この本は『荒廃』（一九八五）、『吸引』（八九）とともに三部作を成す。その後さらに作家ハンス・ツィサーなる人物をとおして結び合された三部作小説が、これまでに二部まで出されている。『ガラナスあるいは連禱』（二〇〇一）は推理小説の要素を含む複合的に構築されたグローバル化した金融資本主義の陰謀に関する小説であり、『橋の崩落あるいは回し金』（〇五）は一九三七年にあるウィーンの大学教授がウィーンの帝国橋建設についての技術的異議が無視され、自殺に追いやられたことについて物語ったものである——この橋は実際に一九七六年に倒壊した。『取り立て債務あるいはガラナスの紅炎』（二〇一二）は詐欺的な超資本主義への痛烈な攻撃を、根本的な倫理的問題に結びつけたものである。

風刺的で風変わりなオーストリア像は何人かの作家が遺した。ペーター・マルギンターは一九三四年にウィーンに生まれ、七一年以来オーストリア外務省の文化部門に勤務し、二〇〇八年に死去したが、一九六六年にヘルツマノフスキ゠オルランドに倣って、ユートピア・形而上学・風刺を混在させた『男爵と魚たち』という小説を提示した。ウィーンのイェルク・マウテ（一九二四—八六）は文化史の博士号取得後に赤・白・赤放送、その後ORFや種々の新聞で批評家として活動し、七八年以降はÖVP〔オーストリア国民党〕からウィーンの市議会議員となったが、七四年には風刺小説『猛暑あるいは公使館参事官トゥッツィ博士によるオーストリアの救済』で大きな成功をおさめた。一九二三年に低地オーストリアのオーバーンドルフに生まれたハンス・ハインツ・ハーンルは、ウィーンでドイツ文学を学び、カール・クラウスに関する論文で博士号を取得した。一九四八年から八八年までは『労働者新聞』に勤めていた。文学上の最初の発表はオットー・バージルの『計画《プラーン》』とエルンスト・シェーンヴィーゼの『銀の舟《ジルバーボート》』掲載の詩だった。七〇年代末からは皮肉で内省的な三部作『アニンガーの隠者たち』(一九七八)、『ビーザム山の旅』(七九)、『消えた村々』(八〇)、心理学的推理小説『止まれ』(八三)、それにオーストリアの文学界に関する風刺的なモデル小説『魔女の九九』(九三)などによって小説家として頭角を現していった。ハーンルは表現主義者ローベルト・ミュラーの作品集も編集し、二〇〇六年にウィーンで死去した。またジェルジ・シャベスティエーンは一九三〇年にブダペストに生まれ、二言語的環境で育ち、四〇年代末には共産党の周辺で文学活動を行って、一九五六年のハンガリー動乱参加後オーストリアに逃れた。ここでフリーの作家として、また『畝』(*Furche*)で活動した。一九八八年から死去する九〇年まではオーストリアPENクラブの会長だった。シャベスティエーンは六〇年代から中央ヨーロッパという理念に基づいて活動した。一九八六年に出された小説『孤独の作品』は、「ギャング団」の支配と特徴づけられた戦後史に幻滅した眼ざしが、この「中間の時代」における正しい生活への疑問に結びつけられている。

東ヨーロッパへの——そしてかつてのトルコ帝国への——世界に開かれた眼ざしは、一九四一年にアルトアウスゼーに生まれたバルバラ・フリッシュムートももっている。グラーツとウィーンでトルコ語を学び、一九六〇/六一年にはエルズルムのアタテュルク大学で一学年を過ごし、長篇『太陽の中での影の消失』(七三)がその証言になっているが、文学上の経歴はグラーツ・グループの周辺で言語実験的に現実を把握しようという試みによって始めていた。『修道院学校』（一九六八）では言語が教育手段として提示される。後期作品では現代社会における女性の役割像について――レジデンツから発表された一部妖精界が舞台の幻想的三部作小説『ゾフィー・ジルバーの幻惑』（一九七六）、『アミーあるいは変容』（七八）、『カイとさまざまな類型への愛』（七九）のなかで皮肉に、そしてユートピア的に――考察しているが、ここで女の主人公たちは男に依存しない女性・母親として行動する。フリッシュムートの多くのテクストでは「母親と子ども」というテーマが支配的であり、『非道徳的ながらがら』（六九）、『ビーバーの歯と風の小舟』（九〇）、『マリア・カロリーナのためのおやすみのお話』（九四）といった児童書も発表している。一九八七年に出された長篇『さまざまな関係について』は、オーストリア政治について歯に衣をきせずにとりあげている。一九九八年に出された長篇『友人の筆跡』はトルコ文化に関する情報と女性主人公の自己発見の物語に、政治スリラーの構造を交錯させたものである。批評がそれまでの創作の総決算として見たのが、政治的家庭小説『我々が来たところ』（二〇一二）で、これは一九四四年から二〇〇九年までザルツカンマーグートとイスタンブールを舞台に、三世代の三人の女性の生涯をとおして、女性のアイデンティティをあつかったものである。

自己発見物語によって有名になったのはブリギッテ・シュヴァイガーである。一九四九年に上部オーストリアのフライシュタットで医者の娘に生まれ、とりわけフリードリヒ・トールベルクに支援されて、七七年に出された処女長篇『どうして海に塩がある』にみずからの半生を織り込んで、全ドイツ語圏でセンセーショナルな成功をおさめた。これはフライシュタットの医者の娘の不幸な結婚に関する言語への懐疑から超越した真理を示唆する一人称の物語で、一九七八年にはやはり医者の娘ギティの少女時代の自伝的回想『私のスペインの村』がつづいた。『長い不在』（一九八〇）は一人称の女性の語り手が、父親の死と年配の男性とのみずからの恋愛関係について物語る。さらに二〇〇〇年の明確な自伝小説『命を探してあなたを見つけた』では、みずからの経験を主題化した。

一九三六年生まれのマリー＝テレーズ・ケルシュバウマーは母親がナチスに追われ、チロルの祖父母のもとで成長した。一九六三年にウィーンで大学入学資格《マトゥーラ》を取りなおし、ドイツ文学とロマンス語文学を学んで、七三年に言語学の論文で博士号を取得した。文学の開始は七〇年代初期にさかのぼる。一九八三年から八九年まではGAV〔グラーツ作家会議〕の副会長を務めた。一九八〇年にはナチスに殺された八人の女性の伝記『抵抗運動の女の名前』を発表した――そのなかには作家のアルマ・ヨハンナ・ケーニヒと名前不詳の「ジプシー」がいる。一八七八年から一九七八年までを描いた社会小説『姉妹たち』は、やはり女性史をとりあげたものである。こうした関心は『異郷』（一九九二）と『出口』（九四）、『遠くに』（二〇〇二）でも継続している。

オーストリア文学界における特異な現象は、一九四八年にシュタイアーマルクのヴァイツに生まれ、二〇〇七年にウィーンで死去したマリアンネ・フリッツで、死に至るまで完結しなかった記念碑的プロジェクト『要塞』を書き続け、文法規則を無視した独自の言語と非時系列的できわめて錯綜した語りの技法を展開した。これはふつうだったら発言権のない底辺の視点による二十世紀オーストリア史である。一九八〇年にフランクフルトのフィッシャーから出された『暴力の子とロマの星』は、一九二一年のグノーム村が舞台で、あるロマ女性への当地の豪農による凌辱をめぐるものである。一九八五年にはズーアカンプから一九一四年におけるプロレタリア家族ヌルの三千ページに及ぶ物語『あなたが理解しないその言語』がつづいた。このプロジェクトの第三部は三部作『当然』で、第一部・第二部の『当然ながらI――永久に冷や汗か、合同収監か』（*Naturgemäß I. Entweder Angstschweiß. Ohnend. Oder Pluralhaft*／

一九九六)、『当然ながらⅡ――ばらが芽ぶいた。それは何の名前もない』(*Naturgemäß II. Es ist ein Ros entsprungen. Wedernoch heißt sie*／九八)〔讃美歌「エサイの根より」をもじったものである〕はそれぞれ五巻から成り、複写印字で編集され、全部で四五〇〇ページに及ぶ。重病の作家は最後まで未完の『当然ながらⅢ』にとり組んでいた。

ヨーゼフ・ヴィンクラーは初期作品において言語批判的伝統を村の生活のどぎつい描写に結びつけた。「反郷土文学」と異なって、彼においては言語表現によるトラウマ経験の芸術作品への変形が問題なのであった。ヴィンクラーは一九五三年にケルンテンのカーマリングの農家に生まれ、小学校の後商業学校にかよい、十七歳から働き始め、文学に救いを見いだした。一九七九年にズーアカンプから長篇『人の子』が出された。一九八二年以来フリーの作家としてくらしている。イタリア・インド・日本での長期滞在は後期作品に反映されている。世間に広く認められるようになったのは、とりわけ二〇〇七年オーストリア国家文学大賞と〇八年ゲオルク・ビューヒナー賞であった。二〇〇九年以来くりかえしケルンテンの政治情勢についても発言し、予期したとおりFPÖの批判を招来することになった。

八十四年に出版社によって三部作『未開のケルンテン』として文庫版で販売された『人の子』、『ケルンテンの農夫』(一九八〇)、『母語』(八二)は荒廃させる体験としての村での成長を、力強い筆致で叙述したものである。三冊に支配的な根本的トラウマは二人の若者の自殺である。一人称の語り手は直線的物語ではなくて、このできごとのタブーを犯した強迫的状況を、カトリックの典礼から転用した言語によって提示する。宗教と性、肉体と死の経験、独裁的父親との清算とホモセクシュアルな願望が隠喩に満ちた語りによってよび覚まされる。苛だったある批評は「血と睾丸《ブルート・ウント・ホーデン》の文学」〔ナチスの「血と大地《ブルート・ウント・ボーデン》の文学」のもじり〕と揶揄した。このテーマは自伝への距離は広がったものの、その後の小説でも一貫して続いている。『農奴』(一九八七)は農村とその古めかしい権力構造の社会関係の図式化を試みたものである。『苦いオレンジの墓地』(一九九〇)ではカトリックとホモセクシュアルがイタリアを舞台に対置される。文体はここではますます距離をとった記述的なものになってきている。観察者の姿勢は『ドムラ――逍遙の岸辺で』(一九九六)におけるインドの死者崇拝の叙述と二〇〇一年に出され、批評によってきわめて肯定的に受けとめられた「ローマ小説」『静物画《ナトゥラ・モルタ》』を特徴づけるものである。このテクストはローマの市場の生と死、魚以外の動物の死体、腐った果実、喧騒といった静物画的情景を活写したものである。物語の進展のなかでいちじく売りの十六歳の美しい息子ピコレットが、事故の犠牲になって死んでしまう。

千年紀転換期以降ウィンクラーはケルンテンでの少年時代に文学的にたち返った。二〇〇七年にヴィンクラーは中篇『六本木――ある父親のためのレクイエム』でみずからの父親の死を、一三年には『母と鉛筆』で母の死を悼んだ。『さっさと失せろ――父親あるいは死を胸に刻みこむ』(一八)はナチス親衛隊の戦争犯罪人オーディロ・グロボツニクが自殺後、村の畑に埋葬された決して口にされない事実と、それを後に耕すことになったヴィンクラーの家族の歴史を結びつけている。ハンス・レーベルトの『狼の皮』やエルフリーデ・イェリネクの『死者の子どもたち』のように、人々はオーストリアのナチスの過去を葬りさるが、死者たちは子孫を苦しめるのである。

エルフリーデ・イェリネクの散文作品

エルフリーデ・イェリネクの散文作品は実験的・言語批判的伝統に沿ったテクストとともに始まった。一九七〇年にはローヴォルトから『俺たちはおとりだぜベイビー!』が出されたが、これは言語モンタージュをパロディ的に用いて、型にはまった女らしさととり組んだもので、後に「ポップ小説」と称された。一九七五年の『愛人たち』は表面的には写実的なテクストで、郷土小説の構造を用いて、田舎の工場で働く二人の女の運命における女性的性の破壊を示したものである。大きな成功を得たのは、一九八三年の『ピアニスト』であり、これは母と娘の問題をめぐる自伝的色彩の小説である。しかしこのエーリカ・コフートの物語は失敗した芸術家個人の心理的肖像というよりも、所与の社会的抑圧機構との言語的とり組みであり、これに対して主人公は自己破壊で臨むしかない。

性と支配、克服されていない歴史と抑圧的構造の存続の関係が、その後の作品にも支配的である。こうしてイェリネクは次第にオーストリア第二共和国の状況と明確に対峙するようになっていった。シュタイアーマルクのクランペンが舞台の反郷土小説『おお荒野よ、おお守りたまえ』は、犯人であり犠牲者でもある木こりのエーリヒと低俗な自然詩人女性、それにエーリヒを犠牲にする狩猟業者をまとめあげたものである。「自然とは宣伝である。芸術もまた宣伝である。そしてそれについて言いうることもまた宣伝である」というのが結論である。女性による反ポルノ小説と称されて、メディアの大きな注目をあびた一九八四年の『したい気分』は、女性が市民社会において支配を受けるシステムを暴露し、言語的暴露の花火を放ったものである。暴行を受けた女性主人公のゲルティも、所与の言語的強制から逃れることはできない。彼女の逃避は新たな依存を生むことになる。二〇〇〇年に出された「娯楽小説」『欲望』は、村の警官クルト・ヤニシュの物語で、彼は女性と物質のいずれにも欲望を懐き、若い愛人を殺し、女盛りの愛人の所有物を横領する。二〇〇八年にエルフリーデ・イェリネクは長篇『妬み』をインターネットのみずからのホームページで公表した。

一九九五年に出された大部の小説『死者の子どもたち』は、それまでの創作の総決算であり、オーストリアとその歪みの激烈な総括である。不死のゾンビがシュタイアーマルクのペンション「アルプスのばら」に跋扈するが、その言語空間は種々の言説を包含し、通俗文化や古典的正典、宣伝文句やカトリックの典礼、聖書を区別することはない。テクストはストーリーのレベルの時間的配列ではなく、言語によって生み出される。字義どおりにとらえられた隠喩、駄じゃれ、同音異義語、（しばしば猥褻な）連想が濃密なテクストの絨毯を生じさせる。最後にくるのは黙示録である――土石流がペンションを埋める。ショアで殺された何千万もの人が、安らかに眠ることはできず、地下から地面にはい上がってくる。著者はみずからの本を「ゴシック小説の伝統に立った幽霊小説」と称したが、それは陰険な笑いに彩られ、明らかにハンス・レーベルトの『狼の皮』と関連がある。

翻訳家としてのイェリネクは主要なポストモダン小説の一つであるトマス・ピンチョンの『重力の虹』と、状況の喜劇性とグロテスクなストーリー展開で市民性を暴露するジョルジュ・フェドーの笑劇を数篇、それにラテンアメリカ文学を翻訳した。

トーマス・ベルンハルトの散文作品

ベルンハルトは一九三一年に望まれない子どもとして、作家ヨハネス・フロイムビヒラーの娘ヘルタ・ベルンハルトを母親に、彼女が家政婦として働いていたオランダのヘールレンで生まれた。祖父のそばで成長し、ほとんど父親同然となった。母親が一九三五年に結婚し、ベルンハルトは幸福とはいえない青年時代をザルツブルク近郊ですごした。一九四七年に学校を辞め、商業の養成を受けた。一九四八年に重い肺病を患い、療養所生活を五一年まで強いられた。これは完全に癒えることはなく、一九八九年の早世は病気の結果だった。一九六五年以来上部オーストリアのグムンデン近郊オールスドルフのオーバーナタール地区の農家を購入・改装してくらした。そのほか何度も健康上の理由からマヨルカ島、それにウィーンに長期滞在した。

一九五二年からトーマス・ベルンハルトはザルツブルクの『民主民報』（*Demokratisches Volksblatt*）の裁判記者として働きながら、音楽理論の教育を受け、さらに文学上の発表――短い物語テクストや宗教的気分が濃厚な伝統的様式の詩――を開始した。一九六三年にフランクフルトのインゼル出版から出された小説『霜』で当たりをとった。インゼルを傘下に置くズーアカンプ出版社主のジークフリート・ウンゼルトが編集者だった。当時からベルンハルトは有名人であり、何度もスキャンダルをまき起こした。一九六八年のオーストリア国家文学「小賞」授与の際は、ベルンハルトの講演の際に教育相がホールから立ち去る事態になった。この講演ではベルンハルトの全作品の基調を成すことばを聞くことができる。「褒めることでも、糾弾することでも、訴えることでもありませんが、多くは滑稽なことです。すべては滑稽なことなのです、死について考えるということは。（……）国家とは絶えず失敗を運命づけられている組織、民衆とは常に卑怯で精神薄弱の烙印を押されるものなのです。（……）我々はオーストリア人で、我々は冷淡です。我々の生は一般的無関心としての生です。（……）我々は惨めだという以外に、何も報告することはありません」。

トーマス・ベルンハルトは一貫して一般的合意を拒否し、政治的に決まった立場をとらず、反抗し、そして挑発した。その後彼がひき起こした騒ぎのなかでは、一九七〇年にゲオルク・ビューヒナー賞を授与したダルムシュタット言語・文学アカデミーを七九年に脱退したこと、読者欄での政治家罵倒、小説『伐採』をめぐる対立、戯曲『英雄広場』をめぐる論争、それにみずからの遺言が挙げられる。この遺言では彼のすべての作品のオーストリア共和国内における上演と出版の禁止が指示されている。その後相続人たちはこの禁止を解いた。

『霜』は早くも一九六三年に出された。この長篇は二十三歳の匿名の医療研修生の手記で、上司の医者の依頼でその兄である画家シュトラウフを見張るというものである。二十七日に及ぶ記録は、ザルツブルクの荒涼とした冬のヴェング村での画家シュトラウフの生活を記す。次第に画家の独白がこの本の基調を成すようになっていき、語り手は思考の世界に引きこもり、小説は「無職のG・シュトラウフ」が吹雪のなか、行方不明となったという新聞記事で不意に終わる。孤独で混乱したシュトラウフの語りは、暗鬱で逃れようのない衰弱と死の世界を開示する。この小説はいかなる一貫した物語にも抗し、解決もなんらもたらさない。それはベルンハルトの全作品に典型的な世界を提示する。それは内部に閉じこもって、誇張とくりかえしの絶対化された言語のうちに構築され、相当なまでに人工的ではあるが、現実の断片をかいま見せるものである。

一九六七年に長篇『惑乱』がつづいたが、これは家族対立の物語として始まり——シュタイアーマルクの田舎医者の息子である一人称の語り手が、みまいに行く父親に同行する——、狂ったザウラウ侯爵の激しい世界総括の独白にホーホゴーバーニッツ城でつきあわされることになる。『石灰工場』（一九七〇）は民間学者コンラートが妻を科学実験の対象に用いたあげくに殺人を犯した経緯の再構成をあつかったものである。できごとはきわめて入り組んだ語りのシステムのなかで、報告する証人の予想によって再現されていく。『修正』（一九七五）でも語り手は学者ロイトハーマーの書類から妹のために理想的な住居を円錐形で建設し、みずからの生命を絶ったという過去を再構成する。

一九七五年から八二年にかけて、ザルツブルクのレジデンツ出版からトーマス・ベルンハルトの五巻の自伝的文章『原因——暗示』（七五）、『地下室——停止』（七六）、『呼吸——決断』（七八）、『換気——

孤立』（八一）、『子ども』（八二）が出された。ここで語り手は原因究明を行い、みずからの素性を解明しようとし、体験をその後の意識と対決させる。虚構作品の作為性はここでも言語と巻の構成に見てとれる。様式化された屈辱のイメージのほかに、救いも素描される。ちょうど一九七〇年ごろにふたたびはやりだした自伝的文章の破壊という意味において、この五部作はある若い人間としての芸術家の必然的に後期作品へと通じる理想の伝記を示すものである。

この自伝的な本の後にトーマス・ベルンハルトはいくつかの物語テクストを著したが、それらはそれまでの作品よりもはるかに強く現実と虚構の境界を消しさったため、自伝的な解釈を喚起した。これはたとえば小説『伐採』をめぐるスキャンダルに該当し、ベルンハルトのかつての支援者である作曲家のゲルハルト・ランパースベルクは、登場人物をとおして誹謗されたと感じ、発行停止を求めた。ジニー・エーブナー、エルンスト・ヤンドル、フリデリーケ・マイレカーといった作家たちも、ほとんどあからさまに『伐採』に登場した。一九八二年にやはりズーアカンプから出された『コンクリート』は一人称の語り手ルードルフの独白で、妹の訪問によってメンデルスゾーン＝バルトルディに関する大作の完成の邪魔をされ、マヨルカ島に逃避するというものである。『破滅者』（一九八三）では一人称の語り手が、ピアニストのグレン・グールドと彼がかつて「破滅者」と名づけたヴェルトハイマーとの若き日の交友について省察したものである。ヴェルトハイマーはピアニストのキャリアを途中で断念し、グレン・グールドの死の一年後にみずから命を絶つ。一九八四年に出された『伐採——興奮』は、ある五十二歳の作家の思想的独白で、安楽いすに腰掛けながら、ウィーンでの「芸術家の晩餐」の客を観察し、彼らとみずからに厳しい批判をあびせるというものである。ベルンハルトが書いた最後の小説は、民間学者アッツバッハの手記という『古典絵画の巨匠たち』（一九八五）で、これは八十二歳の音楽批評家レーガーの独白を報告するものである。レーガーは妻の死後自殺を思いたつが、二日おきにウィーンの美術史博物館を訪問するという習慣に戻ってしまう。その発言は一般的には世界そして個別的にはオーストリア、ブルックナーやシュティフターといった具体的な芸術家、それに芸術一般に対する絶望的に滑稽な波状攻撃である。あらゆる芸術作品は詳細に検討すれば、欠陥のある――逆に言えば、芸術だけが人生を耐えうるものにする――ものなのだから。

トーマス・ベルンハルトが最後に発表した小説は、すでに一九八一／八二年に書かれていたもので、八六年になってようやく出された。『消去――崩壊』はベルンハルト畢生の大作である。ローマにくらす四十八歳の民間学者である一人称の語り手フランツ＝ヨーゼフ・ムーラウは、みずから「誇張芸術家」と称し、非常に間接的なかたちでみずからの体験を執筆する。弟子のガンベッティにみずからの経験について語ったことを想い出しているのである。両親と兄が不慮の事故で亡くなった後、葬儀のために故郷の上部オーストリアのヴォルフスエック城に帰り、オーストリアを換喩的に代表している両親の遺産を受けとらずに、「丸ごとヴォルフスエックとそれに属するすべてを」在ウィーン・イスラエル信仰協会に寄贈する決心をする。小説の最後の文はムーラウの一九八三年の死について報告する。

『消去』はベルンハルトの叙事作品に典型的な要素の多くを統合している。みずからを疑問に付す必ずしも信用できない語り手は、過去の消去に努める。長口上とくりかえし、誇張、造語によって、ほとんどすべての立場にその否定が存在する世界にいきりたち、しばしば滑稽な総括がなされる。現実の断片が小説の中に流れこむ――たとえば明らかにインゲボルク・バッハマンを想わせる詩人が登場する。語り手にとってナチスはみずからの故郷の原罪のままである。「ガンベッティ、今日のオーストリアにとって卑劣さが指針、下劣さが動機、不正直が鍵なんだよ。（……）今日のオーストリアは死刑だ、オーストリア人は皆死刑の宣告を受けているんだ、とガンベッティに言ったと、私は開いた墓のところで考えた」。

その他の散文文学

六〇年代以降は直近のオーストリア史と明確に対峙した児童文学も成立した。エンゲルハルツツェル出身の多作作家ケーテ・レヒャイス（一九二八―二〇一五）による一九六四年に出された小説『影の網』は、若い女性の語り手と強制収容所収容者だったユダヤ人との出会いをあつかったものである。『レーナー――私たちの村と戦争』（一九八七）は子どもの視点からナチス時代を展望したものである。レヒャイスはさらにネイティヴ・アメリカンに関する数多くの児童書や、賞を得た空想児童小説『白い狼』（一九八三）を書いたが、これは二〇〇三年までに十三版に達した。

オーストリア労働組合連盟で指導的立場にあったヴィンフリート・ブルックナー（一九三七―二〇〇三）は、一九六三年に『死んだ天使たち』でワルシャワ蜂起に関する児童小説を書き、九三年までに十四版に達した。戦後ウィーンの生活に関する物語でいえば、一九七三年にクリスティーネ・ネストリンガーの『黄金虫は飛ぶ』がつづいた。

一九三六年のウィーン生まれで、応用美術アカデミーの卒業生であるクリスティーネ・ネストリンガーは、この時代のもっとも有名な児童書作家であり、多くの賞を授与された。不当な権威に疑問を呈し、家庭を批判し、幼年期の問題を主題とするその機知に富んだ本は、六〇年代の教育学の新たな動向を反映したものである。合理化されすぎ、愛情に乏しい大人の世界に対する若者の選択肢を、その幻想的な呪いの夢はくりかえし開示した。一九七〇年にウィーンの「若者と国民」から出された『真っ赤なフリデリーケ』が、ネストリンガーの文学上の経歴を始めるものだった。一九七二年にベルツ&ゲルベルクから出され、七五年には映画化された『きゅうりの王さまやっつけろ』、七五年にハンブルクのF・エッティンガーから発表され、二〇〇七年に映画化された『かんづめぼうやコンラート』、それに『プリンを壁にぶつけろ！』（ハンブルク／一九九〇）といったタイトルは、ドイツの書籍市場に販路を広げるものだった。クリスティーネ・ネストリンガーは国際的評価も得た。二〇〇三年にはスウェーデンのアストリッド・リンドグレーン記念賞を獲得した。一八年に死去した。

南チロルのドイツ語文学は一九六〇年代にパラダイム転換を経験した。南チロルは一九四五年に多くの住民の期待に反してイタリアに残留した。五〇年代以降には暴力による抵抗運動が生じたが、七一年に紛争は国連の仲介により調停され、南チロルは高度な自治権を獲得した。南チロル文学は六〇年代まで民族主義的・ドイツ国家主義的なものであった。伝統の断絶は作家ノルベルト・C・カーザーと結びついていた。一九四七年ブルネック〔イタリア名ブルーニコ〕の生まれで、平凡な境遇出身のカーザーはウィーン大学を中退した後、七一年から南チロルで教師として働き、七八年にアルコール中毒で死去した。詩や散文といった現代的で、しばしば風刺的・論争的なテクストで、故郷の地方と批判的に向き合っている。死後になってようやく若い世代の信条を体現する人物と見なされるようになった。

ヨーゼフ・ツォーデラー（一九三五―　）は一九八二年の『イタリアの女』で新しい南チロル文学の鍵となるテクストを書いた。ツォーデラーはウィーンで学んだ後、ジャーナリストとして働き、テクストにおいてくりかえし「民族集団」、故郷の問題、アイデンティティといったことをテーマとした。『イタリアの女』は父親の葬儀のために（ドイツ語圏の）山村に戻った三〇代なかばのオルガの視点で、街でイタリア人男性と同棲しているという理由で彼女に向けられる悪意について物語る。この関係もその後ルーティーン化してしまい、イタリア語コミュニティでもオルガは疎外感をいだくことになる。

ザビーネ・グルーバーの長篇『シュティルバッハあるいは憧れ』（二〇一一）も死去が物語の契機となっている。グルーバーは一九六三年にメラーン〔イタリア語名メラーノ〕に生まれ、ウィーンで学び、数年間ヴェネツィアで働いた後、二〇〇〇年以降ウィーンに定住した。一九九七年にクラーゲンフルトのヴィーザーから出された最初の長篇『宿無し』からすでに、ヴェネツィアでもウィーンでも故郷を見いだせないある南チロルの兄弟の根なし草について語っている。『シュティルバッハ』は南チロル出身でウィーン在住の作家である主人公は、ローマで死んだ若いころの友人イーネスのいきさつにとり組む。イタリア人と南チロル人相互の憎悪を背景に、物語は直接の過去だけではなく（イーネスはどうやら一九七八年のイタリア人政治家アルド・モーロの誘拐と殺害にまきこまれたらしい）、第二次世界大戦と悪名高い一九四四年のアルデアティーノ洞窟の虐殺〔第二次大戦末期、ローマ南部で起きたレジスタンスに対するドイツ軍による虐殺事件〕をめぐって展開していく。

六〇年代以降非ドイツ語オーストリア文学もふたたび盛んになってきた。一九三七年生まれのケルンテンのスロヴェニア語小説家フローリアン・リープシュは、母親をラーヴェンスブリュック強制収容所で殺され、五八年にマリアーヌム・タンツェンベルク司教少年セミナーで大学入学資格《マトゥーラ》をとった後、司教教育を中断し、二言語小学校で教師として働いた。一九七二年に自伝的に構成された寄宿学校の物語である長篇『生徒テャーシュの惑い』を出版し、ペーター・ハントケがヘルガ・ムラチュニカルと共に八一年に『寄宿学校生テャーシュ』としてドイツ語に訳した。リープシュはケルンテンのスロヴェニア民族集団の辺境性をくりかえし嘲罵し、個人の崩壊のテーマを『我が村の処分』（一九八三／ファービアン・ハーフナーによるドイツ語訳九七）、『ボシュテャンの飛行』（二〇〇三／ヨハン・シュトルッツによるドイツ語訳〇五）などその後の小説でもとりあげた。二〇一八年にはオーストリア国家文学大賞で表彰された。

一九六〇年から九一まではクラーゲンフルトでリープシュ、エーリク・プルンチュ、カレル・スモレによって設立された文芸雑誌『若木』（*Mladje*）が出され、これには一九三九年ツェル生まれの詩人グスタヴ・ヤーヌシュも発表している。さらに一九七〇年以降はケルンテンのブライベルク〔プリベルク〕近郊アイヒ〔ドープ〕に生まれたヤンコ・メスナー（一九二一―二〇一一）がジャーナリズムで頭角を現した。第一共和国以来の単一言語によるオーストリア文学界はもはや終焉に向かいつつあった。

第三節　新たなヨーロッパの中で――一九八九―二〇一八

EU加盟と政治情勢

一九八九年、鉄のカーテンの崩壊とともにヨーロッパ史の新たな時代が開始した。それまで二つのNATO加盟国〔西ドイツ／イタリア〕とワルシャワ条約機構の二国〔チェコスロヴァキア／ハンガリー〕の間の中立的緩衝材となっていたオーストリア共和国にとって、対外的政治状況は根本的に変わった。総じてヨーロッパはヨーロッパ共同体の枠組みの中で一緒に発展していくことになった。オーストリアはEUに一九九五年に加盟した。一九九九年にはヨーロッパ共通通貨ユーロが決済通貨として導入され、二〇〇二年からは日常で使用されるようになった。二〇〇四年にはスロヴァキア、スロヴェニア、チェコ、ハンガリーといったハプスブルク君主国の後継諸国がみな等しくEUに加盟した。二〇一三年にはクロアチアがつづいた。

幾多の戦争を経てのユーゴスラヴィアの流血による崩壊は、多くの難民が国内に流れこんできたというかぎりにおいて、オーストリアに関係した。北方と東方への国境の開放は同様に移民を引き寄せることになり、その結果右派ポピュリストは「外国人問題」をポピュリズム的に使い、反移民だけではなく、反EU・反ユーロのために利用するようになった。

内政的には九〇年代のクルト・ヴァルトハイムの大統領職をめぐる軋轢の後、フランツ・フラニツキによる社会民主党とÖVPの連立政府に特徴づけられることになった。政府はEUへの加盟を断行したが、右派ポピュリストFPÖの強い政治圧力にさらされることになり、また同党首イェルク・ハイダーは国際的反感も惹起することになった。一九九九年十月の国民議会選挙においてFPÖはÖVPとほとんど並ぶ第二党となった。ÖVPは連邦首相の地位をひき継いだヴォルフガング・シュッセルのもと、二〇〇〇年二月にFPÖと連立政権を組んだが、その組閣は国内外からの激しい反感をまねくことになった。二〇〇二年一月の政府分裂を受けた選挙でÖVPが大勝したのに対し、FPÖは大敗した。ÖVPはあらためてFPÖと連立政府を組閣した。二〇〇六年には社会民主党が第一党となり、ÖVPと連立を組むことになった。このことは結果としてあらためてFPÖの躍進をもたらすことになった。イェルク・ハイダーは二〇〇五年に支持者の一部とFPÖを離脱し、二〇〇八年に自動車事故により死去した。内部分裂をはらんだ連立政権の危機は、二〇一六年の連邦大統領選挙の際にFPÖと緑の党の候補者が決選投票に進み、明白になった。勝者は緑の党のアレクサンダー・ファン・デア・ベレンという結果になった。二〇一七年の国民議会選挙にÖVPが勝利し、党首ゼバスティアン・クルツはFPÖとの連立政権を組閣した。

文学界の動向

文学界の制度的条件はほとんど変わらなかった。依然としてオーストリアの作家はドイツの市場と出版社、それに賞や奨学金を通じたオーストリアの公的補助に依存していた。依然として文学・文化批評はメディアにおいて重要な役割を演じることはなかった。PENやGAV〔グラーツ作家会議〕といった文学的利権団体は存続していたが、その意味は減退していった。文学界の著しい商業化と広範な読者に自由な立場から語りかけようという意図をもった作家の増加が、対抗運動をよび起こすことになった。一九九七年にグスタフ・エルンストとカーリン・フライシャンダールは文芸雑誌『疝痛』(*kolik*)を創刊し、第一号の編集後記に「あまりに批判的・論争的という理由で市場の基準と要請に適合しない文学、それにとりわけ文学に関する議論に場を提供する」という雑誌の方針を表明した。その結果『疝痛』は主にオーストリアの二百人以上の作家に議論の場を提供することになった。

言及するに値するのは、一九九一、九二年にコロラド州ボルダーの"Jack Kerouac School of Disembodied Poetics"〔ヒッピー世代に絶大な人気を博した作家ジャック・ケルアックにちなんだナロパ大学のカウンターカルチャー系創作学部〕を模範にウィーンで設立された「創作の学校」である。主導者の一人は詩人のクリスティアン・イーデ・ヒンツェだった。この学校では多くの非ドイツ語作家のほか、とりわけH・C・アルトマンやヴォルフガング・バウアー、フランツ・ヨーゼフ・チェルニン、マリアンネ・グルーバー、ゲルト・ヨンケ、ゲルハルト・リューム、ローベルト・シンデル、ユリアン・シュッティングやマルレーネ・シュトレールヴィッツらが教えた。

ウィーンの「亡命協会」主宰による文学賞「文化の間の文章」の一九九七年の設立は、増大するインターカルチュラリティへの反応であり、ミーロ・ドール、ヨーゼフ・ハースリンガー、エルフリーデ・

ゲルストル、ローベルト・シンデルといった有名な審査員を得て、ディミトレ・ディネフやユリア・ラビノヴィチらが文壇に参入するのを可能にした。

たいへんな騒ぎをまき起こしたのは、一九四五年以降のオーストリア文学の叢書を予算化しようという二〇〇四年の「オーストリアの箱《アウストロコッファー》」というシュッセル政権のプロジェクトであった。イルゼ・アイヒンガー、バルバラ・フリッシュムート、エルフリーデ・イェリネク、ミヒャエル・ケールマイアー、マルレーネ・シュトレールヴィッツ、ゲルハルト・ロートを含む多くの作家が、よりによって自分たちが拒絶した政権がこのプロジェクトで飾りたてようとしているという理由で、テクストを使用することを拒否した。最終的に評論家のギュンター・ネニングが編者を務め、ミーロ・ドール、マリー＝テレーズ・ケルシュバウマー、アンナ・ミットグーチュ、ローベルト・シンデル、ユリアン・シュッティングの共編を得た。この二十一巻箱入り本はレジデンツから『土地測量』（*Landvermessung*）という題で共和国六十周年を契機とする二〇〇五年に出された。

エッセー文学と社会批判

ヴァルトハイム時代、特にシュッセル政権成立以降、多くのオーストリア作家たちは政治的発言をするようになった。六〇—七〇年代すでに疑わしいものになっていた非政治的オーストリア文学という神話が不適切であることは、決定的に明らかになった。ヨーゼフ・ハースリンガーは一九八七年にこの国の回顧的・忘却的文化と対峙した「オーストリアに関するエッセー」『感情の政治』を発表した。ローベルト・メナッセは一九九〇年に出した「オーストリア精神に関するエッセー」『労使協調《ゾツィアールパルトナーシャフト》の美学』の表題作で、歴史を忘却した保守主義とアヴァンギャルドという互いに相反するとともにもつれ合った路線を生みだしたオーストリアの文学界は、労使協調モデルに象徴されていると説明した。メナッセのエッセー集『特性のない国』が一九九二年につづいたが、これは「あれも、これも」(Entweder-und-Oder) で説明されるオーストリア・アイデンティティとの論争的対峙である。「我々は共に騎行することを望むが、不都合な場合にはいなかったことにしようとする」というのは、クルト・ヴァルトハイムがナチス突撃隊のメンバーではなかったものの、突撃隊騎乗部隊に所属していたことへの暗示である。この文によってメナッセは第二共和国の根本的合意形成であるオーストリアの中立を特徴づけたのである。したがって二〇一〇年代以降は一貫してヨーロッパ連合をポピュリスト・国家主義者勢力に対して擁護したが、もっとも影響力が強かったのは、「ヨーロッパ急使——市民の怒りとヨーロッパの平和あるいはなぜ与えられた民主主義は勝ちとったそれに屈しなければならないのか」(二〇一二)という文章である。

エッセイストとしては一九四七年ウィーン生まれのフランツ・シューも有名であり、七五年にウィーン大学で哲学の博士号を取得し、七六年から八〇年までGAVの事務局長を務めた後、九三年まで雑誌『雀蜂の巣』の編集長として活動し、そのエッセーはたとえば『ツァイト』などドイツの文芸欄《フユトン》でもきわめて支持されていた。一九八六年にオーストリア国家文化評論賞、二〇〇〇年にジャン・アメリ・エッセー賞、〇六年にはエッセー集『重い非難、汚れた洗濯物』でライプツィヒ書籍見本市賞を受賞した。現代の政治と文化に対するシューのしばしば皮肉な反応は、多くの書評家によってウィーンのカフェーハウスと第一共和国のフユトンの伝統につらなるものとされた。

中央ヨーロッパ的な眼ざしが一九五四年にザルツブルクで生まれたカール＝マルクス・ガウスのエッセー作品を特徴づけるもので、彼はドイツ文学と歴史の教授法を学んだ後に、フリーの作家としての経歴を始めたのだった。一九九一年以降は雑誌『文学と批評』を編集したほか、オーストリア・ドイツ・スイスのフユトンで活躍した。一九九四年にはオーストリア国家文化評論賞、二〇〇六年にはマーネス・シュペルバー賞、〇七年にはザルツブルク大学の名誉博士号を授与された。『インクは苦い』（一九八八）や『中央ヨーロッパの破壊』（九一）などの本でガウスは忘却と闘い、平和的解消に対して中央ヨーロッパ史の崩壊を強調した。一九八九年の『好意的専制者――国家的な影の人物たち』では反ヴァルトハイム報道に対して批判的に発言した。その後も善良なアルプスの住民の共和国という神話を、ナチスにまみれたファシスト国家の神話におき換える多くのオーストリア知識人による陰鬱な伝説に反対した。『死にゆくヨーロッパ人』（二〇〇一）と『追いたてられるドイツ人』（二〇〇五）でガウスはサラエヴォのセファルディ〔南欧系ユダヤ人の一派〕、スロヴェニアのゴッチェーのドイツ人、ドイツ東部のソルブ人など忘れられたヨーロッパの少数者をとりあげた。『スヴィニアのフンデッサー』（二〇〇四）は東スロヴァキアにおけるロマの生活状況をポートレートしたものである。『二十レフあるいは死――四つの旅』（二〇一七）はモルドバ、ブルガリア、ザグレブ、ヴォイヴォディナ〔セルビア北部の自治州〕への非常に個人的な見解を示したものである。

フィラッハに生まれたヴェルナー・コーフラー（一九四七年―二〇一一）は、八四年に推理小説『競争』というこのジャンルのパロディを発表したが、これは時代状況への総攻撃へと展開していくもので、言語批判の精神によって時代の全般的無気力に苛烈な攻撃をなし、現実を書くことによって「やりこめ」ようとしたものだった。現物からの引用のモンタージュと強い自己対象化がコーフラーの「罵倒芸術」の文学的手段だった。一九七五年にベルリンのヴァーゲンバッハから出された自伝的断片『グッギレ――実直さと不潔さについて。地方の資料集』は、戦後の中流市民世界を成り立たせている言語モデルを再現したものである。一九八八年にローヴォルトから出された『机で――アルプス伝説／旅の絵／報復』や『嫌な悪口――恐れと不安』（九七）などその後のテクストは、メディアや文化産業、トーマス・ベルンハルトやノルベルト・グストライン、ローベルト・シュナイダーといった同僚たちとの間に軋轢を起こしている。

コーフラーは批判を時には寸劇（Dramolett）に織り込んだが、その多くはアントーニオ・フィアンとの合作であった。一九五六年にクラーゲンフルトに生まれたフィアンは、このジャンルで日々のできごとを定期的に論評し、大きな反響を得た。一九九〇年にはオーストリア国家文化評論賞を受賞した。フィアンも批判に値するものをはっきりさせるために、直接的な引用を用い、カール・クラウスによって打ち立てられた伝統を、二十一世紀に継続することになった。二〇一四年には風刺小説『ポリュクラテス・シンドローム』でセンセーションをまき起こし、批評からはブラックユーモアと緊張感に富む心理的スリラーとして称讃された。

児童文学

一九八九年以降の時代の児童文学は六〇年代の伝統につらなるものである。もっとも際だった作家の一人は一九三七年生まれのレナーテ・ヴェルシュで、すでに六九年に最初の児童書を発表していた。一九七九年に出された『吸血鬼ちゃん』は小さな吸血鬼の物語で、たちまち古典になり、いくつかの続篇がつづいた。レナーテ・ヴェルシュはオーストリアの現実ともくりかえし批判的に向き合った。『過去からの訪問』（一九九九）では十四歳のレーナが十四歳の時に追放され、一九九九年にウィーンに帰還したユダヤ人亡命者と向き合う。自伝的構成の長篇『ディーダあるいは見知らぬ子』（二〇〇二）は第二次世界大戦中のつらい幼年期について物語ったものである。三〇年代の偏狭な村の若い女性の物語『ヨハンナ』（一九七九）など、ヴェルシュは青少年向けの歴史小説でメッテルニヒ時代からナチスまでのオーストリア史にとり組んだ。この長篇は一九八〇年にドイツ児童文学賞を受賞した。

一九九〇年代の児童文学の伸張は、このジャンルがようやく文学批評と文学研究によって、相応の注目を受けることになったことで説明される。ウィーン生まれだが、ふだんブルゲンラントにくらしていたエルヴィーン・モーザー（一九五四―二〇一七）は、すでに一九八〇年には西ドイツのベルツ&ゲルベルク出版からブルゲンラントの夏に関する処女小説『沼地の彼方』、『象のちいちゃん』（一九八五）とその続篇、『からすのアルフォンス』（九五）あるいは『雄猫ボリス』（二〇一二―）のシリーズといったみずからの挿画入りの児童書を多く出していた。一九六〇年にギュッシング（ブルゲンラント）に生まれ、ORFのプロデューサーだったハインツ・ヤーニシュも、一九八九年以降数多くの児童書を執筆し、その挿画によって大きな影響力をもった。ウィーン出身のリースベト・ツヴェルガー（一九五四―）と南チロルのブルネック出身のリンダ・ヴォルフスグルーバー（一九六一―）は絵本画家として名をなした。

児童文学の領域では、たとえば上部オーストリア出身のアーデルハイト・ダヒメネ（一九五六―二〇一〇）が挙げられ、その形式上実験的な「LP形式の児童小説」『インディー・アンダーグランド』は一九八八年にオーストリア児童文学賞を獲得した。また一九六八年にウィーンで生まれたウルズラ・ポツナンスキは、二〇一〇年に空想的児童スリラー『エレボス』と一連の同じジャンルの本によって国際的な成功をおさめた。

抒情詩

娯楽文学の領域では九〇年代から二つの明確に相違する路線が確認されるが、一つは穏健なモダンと言えるものであり、進歩的な理論的立場を無視はしないものの、市場の要請にこたえて、より多くの読者層を獲得しようというテクスト、他方はアヴァンギャルドの要請にこだわり、消費に供するのを拒む文学である。最もアヴァンギャルドの伝統が色濃く表れていたのは、抒情詩の領域であった。

ウィーン・グループとラインハルト・プリースニッツを経た実験路線は、とりわけフランツ・ヨーゼフ・チェルニンとフェルディナント・シュマッツによって継承された。二人は一九八七年に詩集『旅——全世界をめぐる八十の詩』で意図的につたない詩をレジデンツ出版から発表して旋風をまき起こした。彼らは自分たちのやり口を『旅——深い罠に落ちた八十の平凡な犬』で暴露し、文学的価値基準をめぐる論争をまき起こそうとした。一九五二年ウィーン生まれのチェルニンにとって、その非常に内省的な詩における関心事は当初から言語と文学の機能のしかた一般と、文学と認識の連関であった。三巻の『ソネットの技法』(一九八五—九三)やシェークスピアのソネット翻訳『ソネット訳』(九九)などで、くりかえし伝統的形式にたち返った。チェルニンは『亡き六人の作家(ハウスマン、カフカ、クラウス、ムージル、トラークル、プリースニッツ)』(一九九二)や『おお、星と花よ、精神と衣装よ——ブレンターノの詩/読本』(九七)などで、理論的にも他の詩人の詩学ととり組んだ。初期ロマン派美学に倣って、チェルニンはアフォリズムにも関心をもっていた。一九九二年には『アフォリズム——力学への案内』八巻を発表した。

フェルディナント・シュマッツは一九五三年コルノイブルクに生まれ、ドイツ文学の博士号をウィーン大学で取得後、一九八三年から八五年まで東京でドイツ語講師を務め、チェルニン同様いくつかの文学賞を受賞したが、エッセー集『意味と感覚――ウィーン・グループとウィーン行動主義その他の先駆者』（九二）で示されたように、理論的にはヘルマン・ニッチュ周辺のウィーン行動主義から出発した。シュマッツは「文学は記述するよりも、所与の記述モデルから逃れようとする一方で、それは何が私にとって重要なのかを示す」という理由から、言語指示性と世界媒介を文学によって結びつけようとした。一方ラインハルト・プリースニッツの遺稿管理者としては、一九八六年から九四年の間にその作品集を編集した。また一九九八年には詩集『偉大なバベル』で聖書テクストを元に改作と創作をもたらした。ここで詩的主観は巨大な原作と格闘している。『東京、余韻／あるいは／我々はバベルの坑を掘り続ける』（二〇〇四）は東京とサンクトペテルブルクという二つの街での体験を詩的内面世界に結びつけたものである。

ペーター・ウォーターハウスは一九五六年にベルリンでイギリス軍人とオーストリア人の母親の間に生まれ、みずからの作品の中で言語に懐疑的な契機をみずからのアイデンティティの問題に求めている。ウォーターハウスは一九七五年からウィーンでドイツ文学と英文学を学び、八四年にパウル・ツェラーンに関する研究で博士号を取得した。その間カリフォルニアやローマ、イギリスでもくらした。一九八四年にはドロッシュルから詩集『メンツ』が出され、八六年にはローヴォルトから『あちこちで』がつづいた。バイリンガルに育ったこの作家は、単語の可能な意味、対応と類似について探究した。したがってとりわけイギリスの詩人マイケル・ハンバーガーの翻訳者としても活動した。二〇〇六年にザルツブルクのユング・ウント・ユングから出された自伝的色彩の濃いエッセー風小説『戦争と世界』が注目すべき代表作である。

多言語詩人としてはゲルハルト・コーフラー（一九四九―二〇〇五）も際だっていた。南チロルのボルツァーに生まれた作家で、ウィーンでドイツ文学とロマンス語文学を修めた後、ORFの文化部に勤め、一九八九年から二〇〇五年までGAVの事務局長も務めた。当初の言語実験の後はイタリア語で詩を書き、みずからドイツ語版を著した。さらにH・C・アルトマン、エルンスト・ヤンドル、フリデリーケ・マイレカーの詩をイタリア語に訳した。その二言語によるテクストはクラーゲンフルトのヴィーザー出版から大部の二巻本 *Poesie di mare e terra*〔『海と大地の詩』〕(二〇〇〇)、*Poesie di mare, terra e cielo*〔『海、大地そして空の詩』〕(二〇〇三)として出された。これらは多言語と古代から現代に至るヨーロッパ文化史との詩的対峙を提示したものである。

多言語詩博士という評判を得たのは、一九六四年にチロルのランデックに生まれたラウール・シュロットである。一時期チュニスやチューリヒで育ったこともあるこの作家は、ドイツ文学と英文学をインスブルックで学び、ダダイズムで博士号を取得した。一九九六年に『文学の言語の断片――古代ギリシャからダダイズムまでの詩的構造』という研究で比較文学の教授資格を取得した。シュロットの抒情詩作品は世界文学の名作の続篇・改作ということができる。*Rime*〔『韻』〕(一九九一)は最初のトルバドゥール「アキテーヌ公・ポワティエ伯ギョーム九世」の十一の詩を紹介したものである。一九九五年の『ホテル』は現代の宿無し状態の居場所に関する連作詩である。『詩の発明――四千年間の詩』は一九九七年にフランクフルトのアイヒボルンから出された全世界文学をめぐる改作の旅であるが、文献学者からの厳しい批判に遭った。同じことは二〇〇一年に出された『叙事詩ギルガメシュ』の新訳にも該当した。シュロットは小説家としても頭角を現し、*Finis terrae*〔『地の果て』〕(一九九五)では古代マルセイユのピュティアスの旅行記の翻訳に虚構の考古学者ルートヴィヒ・ヘーンルのテクストを織り込み、また二〇〇三年にハンザーから発表された『トリスタン・ダ・クーニャあるいは地球の裏側』は、技巧的に構成された世界の果てにある島に関する暗示に富んだ大部の多視点的叙事作品である。新訳『イリアス』(二〇〇八)でシュロットはホメロスに関する議論〔「ホメロスの故郷——トロイア戦争とその真の背景」〕を盛り込み、彼をアッシリアに仕えるギリシャ書記官としたが、これは多くの古典文献学者たちから批判されることになった。そして二〇一七年には八百ページに及ぶ『はじめの地球——叙事詩』が出たが、これはビッグバンから現代に至る世界の歴史を提示し、その際古い神話と現代の科学を結びつけようと試みている。

演劇作品

アヴァンギャルド的文学伝統は抒情詩だけではなく、演劇の領域でも息づいていて、九〇年代初頭全ドイツ語圏で大きな成功をおさめた二人のオーストリア作家、マルレーネ・シュトレールヴィッツとヴェルナー・シュヴァープはこの流派に加えられる。

五〇年代にウィーン近郊バーデンで後の市長の娘に生まれたマルレーネ・シュトレールヴィッツは、その風変わりな演劇作品で後期資本主義の疎外された生活を舞台にもたらし、豊富な引用を基盤として、統語論を破ったスタッカート風の人工言語を用いて、幻想破壊的舞台装置とともに演劇的処置に人工性を提示した。題名も的外れのものである。一九九二年の処女作『ワイキキ海岸』はオーストリアの田舎の廃屋が舞台で、市長の妻ヘレーネ・ホーフリヒターが夫の政敵である愛人ミヒャエル・パーシヴァルと逢いびきするというものである。彼女はスキンヘッドの男たちに撲殺される。愛人と夫はその遺体の処理をする。ウィーンの市電ブルク通り駅の男性用トイレが舞台の『ニューヨーク、ニューヨーク』(一九九三)は、掃除婦ホルヴァアートの目を通したオーストリア的男性見物と、オーストリアの風刺的総括を供したものである。オーストリアの民族衣裳に身を包んだ日本人観光客の一団には、ここは皇帝フランツ・ヨーゼフも用を足した場所として紹介される。„It is told that he pissed in here and said: ‚It was very beautiful. I was very pleased.' He always said this."アルプスの頂きが舞台の『オーシャン・ドライヴ』(一九九三)でも、オーストリア神話が破壊される。ここではホフマンスタールの『気難しい男』の伯爵カール・ビュールが雪男の格好をして登場し、山の偶像は観光の対象と化してしまう。

シュトレールヴィッツは社会問題に対する発言を公の場でくりかえし、一九九七年のテュービンゲンにおける詩学講義「存在と仮象と現象」では言語批判的フェミニズム詩学を提示し、それは九七/九八年のフランクフルトにおける詩学講義「可能・希望・許可・義務・意志・強制・使役」(*Können. Mögen. Dürfen. Sollen. Wollen. Müssen. Lassen*)に展開していった。ここではとりわけ女性に「固有の言語に至ること」を可能にすべき「脱植民地化の詩学」が提唱された。

九〇年代中ごろからシュトレールヴィッツはとりわけ女性の生活構想に関する散文作品を提示したが、その際従来の小説ジャンルを異化した。一九六六年にズーアカンプから出された『誘惑・シリーズ三・女性の時代』は、妻と母親の解放の試みについて物語ったものである。『リザの恋・シリーズ一―三』(一九九七)は三文小説の指標をパロディ風に導入したものである。『苦痛を与える女』(二〇一一)はスリラーのジャンルをとって、グローバル化し民営化した保安産業で働き、身に覚えのないままに妊娠した若い女性の生涯と苦悩の物語である。この小説は主人公の謎――なぜ妊娠したのか?――にもスリラーとしての謎にも答えを提示していない。また「三十七話からなる冒険小説」『イズー』(二〇一六)はある老女をあつかったもので、彼女はオーストリアでの慰めのない幼少期の後、次第に父権的束縛から解放されて、とうとうイタリアに逃亡するが、憧れの地もそれに値しないことが判明するというものでである。

批評家たちから「シュヴァーベン訛り」と言われた普通ではない言語が、「腕ずくの劇作家」ヴェルナー・シュヴァープの特徴であり、数年間ドイツ語演劇界を魅了したのだった。その戯曲は自身の評価によれば、「人物たちは話すのではなく、話しかけられる」のが特徴なのだという。シュヴァープの「スカトロジー演劇」はハンスヴルストの身体喜劇の伝統に言語的次元でつらなるもののように思われる。それはいかなる意味も拒否し、そのかぎりにおいてウィーン・グループの遺産なのである。

シュヴァープは一九五八年にグラーツに生まれ、未婚の母のもとで貧しい境遇に育ち、ウィーンの造形美術アカデミーでの彫刻の勉強を八二年に中断し、木こり・建築作業員として働き、九一年にウィーンの演劇会館《シャウシュピールハウス》で初演された『体重超過、重要ではない——不格好』とミュンヘンで出版された『民族殲滅あるいは私の肝臓は意味がない』で劇作家としての名声を獲得した。一九九四年一月一日にアルコール中毒がもとで死去した。

シュヴァープの奇怪で滑稽な十六の戯曲では純粋な身体性・セクシュアリティ・スカトロジー・カニバリズムが問題にされる。『女大統領』（一九九〇）では愚鈍な主人公マリードルにとって最大の幸福は詰まったトイレを素手で始末することである。二人の友だち、凝り固まったカトリックの年金受給者エルナは肉屋のカール・ヴォッティラに憧れ、めかしこんだ年金受給者のグレーテはあるたくましい音楽家に思いを寄せていて、その夢に介入してきたマリードルの首をかき切る。しかし最後にすべては演劇的幻像であることが判明する。『体重超過、重要ではない——不格好』で村の宿屋の客に食べられながら、最後に戻ってくる「すてきなカップル」や、『民族殲滅あるいは私の肝臓は意味がない』の毒を盛られながら、最後に完全復活をことほぐ未亡人グロルフォイアーの客たちについても同様である。

反幻想主義劇場の実践を継承したのは、二十一世紀転換後の二人の若い作家エーヴァルト・パルメッツホーファーとフェルディナント・シュマルツだった。

パルメッツホーファーは一九七八年の生まれで、上部オーストリアの水車地方で育ち、ウィーンで主に神学を学んだ後、二〇〇五年以降は全ドイツ語圏で文学的成功をおさめた。すでに二〇〇八年には雑誌『今日の劇場《テアーター・ホイテ》』でその年の注目劇作家に選ばれた。そのきわめて技巧的な作品では言語に対する不信感が表れていて、その有効性が疑われる。パルメッツホーファーはヨーロッパの演劇伝統に参入していることは、『ファウストは腹ぺこで、グレーテにむせる』(二〇〇九)、『ハムレットは死んだ――無重力』(二〇〇七)、『群盗――性器の負債』(二〇一二/シラーによる)、『エドワード二世――私は愛だ』(二〇一五/マーローによる)、『日の出前』(二〇一七/ゲルハルト・ハウプトマンによる)といった題名が示している。『未婚者』(二〇一四)は故郷の上部オーストリアに取材したもので、ナチス国防軍兵士がある女性による密告で処刑されるにいたる。

フェルディナント・シュマルツ(一九八五年生まれのアトモントで育ったマティアス・シュヴァイガーの芸名)は演劇学と哲学をウィーンで学び、二〇一三年に戯曲『バターを例に』(二〇一四年ライプツィヒ初演)のレッツホーファー演劇賞受賞によって文学上の成功をなし遂げた。二〇一四年には『今日の劇場』の注目劇作家に選出され、一七年にシュマルツはインゲボルク・バッハマン賞を獲得した。『缶詰肉(at)』(二〇一三)や『心臓食い』(二〇一五)といった彼の戯曲は、批判的民衆劇の伝統につらなるものである。シュマルツはとりわけネストロイ、ユーラ・ゾイファー、ヴェルナー・シュヴァーブをよりどころとしていた。二〇一八年にはブルク劇場の委嘱作としてホフマンスタールの著名な作品の新バージョン『イェーダーマン(は死ぬ)』を執筆した。

散文作品

六〇年代以来糾弾されてきた物語だが、その復権が散文作品で世紀の終わりごろに起こった。トーマス・ベルンハルトが「私は物語の破壊者である（……）私の仕事において物語の兆候があったり、散文の丘の背後に物語の暗示がかすかにでも見えたりしたら、撃ち落としてやるのだ」と説明していたのに対して、ふたたび公然と物語られるようになったのだった。実は一九八九年より前も言語に鋭敏で浮き世離れした独我論的アヴァンギャルドと、世俗に関心をもった素朴に物語る大向こう狙いの文学の対立は、多くの批評家や作家が騒ぎたてるほど顕著なものではなかった。深刻に受けとられた散文作品は、常に物語と語りの構造的性質の条件を反映したものであった。それは常に新たな展開をみせた手法を創造的に用いていたのだった。ヨハネス・マリオ・ジンメルなど文学批評によって長い間軽蔑されていたベストセラー作家でさえ、文学界の聖杯の守護者たちの多くが確信しているよりは、形式的にはるかに先進的だったのだ。

新しい物語文学に典型的な代表者はヨーゼフ・ハースリンガーである。この作家は一九五五年に低地オーストリアのツヴィットルに生まれ、八〇年にウィーン大学でノヴァーリスに関する研究で博士号を取得、七七年から九二年までは文芸雑誌『雀蜂の巣』の共同編集者、八六年から八九年までGAVの事務局長だった。仕事上の数度のアメリカ滞在の影響がハースリンガーには濃厚で、オーストリアではエッセイスト・政治活動家として活動していた。一九九六年以降は作家養成機関であるライプツィヒ・ドイツ文学研究所で教えた。二〇一三年から一七年まではドイツPENセンターの会長だった。短篇集『修道院学校寄宿舎のサボテンその他の小説』（一九八〇）や短篇『小農イグナーツ・ハイェクの死』（八五）など、ハースリンガーの初期作品は社会批判・写実主義の伝統につらなるものである。一九九五年の『オペラ舞踏会』はウィーンのオペラ舞踏会への右翼過激派による架空のテロ攻撃を多視点的に物語ったものだが、これは政治スリラーというだけではなく、宗教を背景とする国際テロの問題をとりあげ、さらにメディア批判を展開して、衝撃的なできごとの伝え方の問題を読者に投げかけ、センセーショナルな成功をおさめた。ハースリンガーは二〇〇〇年には長篇『父親ゲーム』でオーストリア戦後史とショア〔ホロコースト〕の後の世代への影響をテーマとしている。一人称の語り手ルーペルト・クラーマーは社会民主党の大臣の息子で、目的意識も信念もなく、ニューヨークにくらす以前の恋人ミミに、戦争犯罪人である逃亡中の大伯父を司直から匿うよう頼まれるというものである。

同様に政治的経緯の批判的論評者、物語の擁護者を代表しているのはローベルト・メナッセである。一九五四年にウィーンのユダヤ人を父親に生まれ、八歳の時にイギリスに送られて、七四年になってウィーンに戻ってきた。メナッセはウィーンでドイツ文学を学び、学生自治に参加した後、文学作品を発表し、一九八〇年に博士号を取得した。一九八一年から八六年まではサンパウロで講師を務めた。この時代に最初の長篇『感覚的確信』を執筆し、一九八八年にローヴォルトから出版した。その後ウィーンで二冊のエッセー集『労使協調《ゾツィアールパルトナーシャフト》の美学』（一九九〇）と『特性のない国』（九二）を発表した。長篇『至福の時代――はかない世界』は一九九一年にレジデンツから出され、九五年の『逆噴射』がつづいた。

メナッセの最初の三つの小説は、一九九一年に出された理論的著作『放心の現象学――消えゆく知識の物語』に関連して、作家自身『放心の三部作』と呼び、ブラジルで教えるオーストリア人ローマン・ギラニアンをあつかい、ヘーゲルの『精神の現象学』に対して「後退小説」という形式で意識の退行を物語るもので、最終巻での主人公の母胎回帰願望によってその頂点をむかえる。避難してきたユダヤ人および逃亡してきたナチスを交えた一人称の語り手のサンパウロでの生活は、ジェルジ・ルカーチの伝記に依拠したあるユダヤ知識人の生活史、低地オーストリア国境の町での一九八九年のできごとの影響とともに、知的背景に富んだこの野心的小説群の素材的基盤を形成している。

二〇〇一年に出された技巧的構成の長篇『地獄からの追放』で、メナッセは学生運動時代のみずからに批判的・皮肉気味に対峙し、よりによって一九五五年のオーストリアの国家条約締結の日に生まれた一人称の語り手ヴィクトール・アブラヴァーネルの伝記を、十七世紀スペインからオランダに逃れたラビ、マナセ・ベン・イスラエルの伝記に結びつけた。二〇〇七年に出された長篇『ラマンチャのドン・ファンあるいは快楽の教育』も、とりわけ性生活に関する五十歳のナータンによる自伝的スケッチで、ポストモダンの時代の愛と生活を反映したものである。二〇一七年にズーアカンプから出された『首都』で、メナッセはドイツ書籍賞を受賞している。このブリュッセル市をめぐる皮肉で時に風刺的な長篇では、くりかえしムージルの『特性のない男』が暗示され、作家は明確な政治的メッセージをつめこんでいる――ヨーロッパ連合の強化という意志を。

ローベルト・シンデルが一九九二年に発表した長篇『生まれ』以来、何人かのオーストリアの作家はみずからのユダヤ・アイデンティティと向き合った。ローベルト・メナッセの一九七〇年生まれの異母妹エーファ・メナッセは、二〇〇五年に自伝的な家族の歴史『ヴィエナ』を出版し、あるウィーン家庭の数世代を通じて、一九四五年以降のウィーンにおけるユダヤ人の生活を物語った。FAZ〔『フランクフルト一般新聞《アルゲマイネ・ツァイトゥング》』〕に連載されたこの長篇は、大きな成功をおさめた。一九六一年テルアヴィヴ生まれのドロン・ラビノヴィチも、作家・エッセイストとして名を成した。ラビノヴィチの家族は一九六四年にウィーンに移住してきた。二〇〇〇年に歴史学で博士号を取得し、メディアにおけるヴァルトハイム論争やとりわけシュッセル政権への抗議運動に加わった。一九九四年にはズーアカンプから短篇集『パピルニク』が、九七年には長篇『Mの捜索』が出され、後者は犠牲者と加害者のショアへの沈黙が第二世代である子どもに及ぼす影響ととり組んだものである。二〇〇四年にはバルカン戦争によって強まった外国人敵視と、ナッシュ市場の多文化的風景の間で揺らめくウィーンのイメージを、一九九五年が舞台の長篇『いずれにせよ』で描いた。二〇一〇年にズーアカンプから出された『他の場所で』は、ウィーンとテル・アヴィヴを舞台にユダヤ人のアイデンティティという厄介な問題が、レッシングの『賢者ナータン』など十八世紀の喜劇を媒介としてあつかわれる。すなわち主人公たちは当初想定されていたこととはまったく違った点で、互いに似通っていることが判明するのである。

アンナ・ミットグーチュの散文作品でもやはりユダヤ・アイデンティティの問題が重要な役割を演じるようになってきている。ミットグーチュは一九四八年リンツの生まれで、ザルツブルクで英文学とドイツ文学を学んだ。イギリスとアメリカのいくつかの大学で教えた後、八〇年代中ごろから上部オーストリア――一九八七年から九二年まで文芸雑誌『前舞台《ランペ》』の編集チームに加わっていた――とボストンでくらすようになった。処女長篇『折檻』（一九八五）の成功によって、批評家たちはミットグーチュを新たな内面性の潮流における女性の体験文学のジャンルに定着させた。『別の顔』（一九八六）と『見知らぬ街々で』（九二）も女性の運命をテーマとしているが、異文化体験のテーマが次第に中心に浮上してきている。『エルサレムとの別れ』（一九九五）はオーストリア人の主人公が秘められたユダヤ的ルーツと向き合うという体験を物語ったもので、『幼年期の家』（二〇〇〇）はアメリカからのユダヤ人帰還者の視点によるオーストリア社会小説であり、『家族の祝い』（〇三）はボストン在住のユダヤ系アメリカ人の家庭小説である。『歩み寄り』（二〇一六）は年金生活に入ったオーストリア人女性教師が、九十六歳の父親の死の直前に彼の戦争の過去と対峙するというものである。

エーリヒ・ハックルは散文作品のなかでオーストリアの過去と積極的に対峙したほか、アメリカの「ニュー・ジャーナリズム」を想わせる集中的な調査に基づいた手法で、前代未聞の暴力と弾圧に富んだ二十世紀の歴史を物語った。ハックルは一九五四年にシュタイアーで役人の息子に生まれ、ザルツブルクでロマンス語文学とドイツ文学を学んだ後、何度もスペインとラテンアメリカに滞在し、八三年以降はフリーの作家・翻訳家としてウィーンでくらした。一九八七年にディオゲネス社から出された最初の刊行本『アウロラの契機』は、スペインの女性活動家アウロラ・ロドリゲスが一九三三年に期待にこたえなかった娘のヒルデガルトを殺した物語を、ほとんど全能の語り手による解説なしに再構成している。この国際的に成功したテクストに、一九八九年の『シドニーとの別れ』がつづいたが、これは綿密に調査された物語であり、一九四三年にシュタイアーのジプシー娘が善良な町の住民が見て見ぬふりをするか協力するなか、育ての親からとりあげられてアウシュヴィッツで殺害されるというものである。ハックルはその後の多くのテクストではラテンアメリカのほか、国際旅団〔一九三六―三九年のスペイン内戦における共和国政府支持のコミンテルン主導による国際的左派義勇軍。一万人以上の犠牲者を出したといわれる〕のオーストリア人の物語『一目惚れのスケッチ』（一九九九）などでナチスもくりかえしとりあげた。『アウシュヴィッツの結婚――天使のように／実記』（二〇〇七）はナチス時代にアルゼンチンに逃れたウィーン家族の経験を、七〇年代に新たなふるさとでファシズムと闘う孫の運命と結びつけたものである。ギゼラ・テネンバウムは最後に多くの失踪者、おそらくは軍事独裁者による被殺害者の一人になる。『母に捧ぐ本』（二〇一三）でハックルは母親の記念碑として、第一共和国から大戦直後の時代の水車地方の田舎の女性の生涯に焦点をあてている。二〇一八年に出た『綱で』はナチス時代に二人のユダヤ人女性を匿まって命を救ったウィーンの工芸職人の実録である。

記録小説『心臓肉の腐敗』（二〇〇一）で一九五五年リンツ生まれのルートヴィヒ・ラーハーは、〔ナチス〕突撃隊が一九四〇年にオーストリア中央部の田舎にあるイン地方の村ザンクトパンターレオンに設立した「労働教育収容所」をとりあげた。あまりにも多くの収容者がいわゆる自然死によって亡くなったので、同地の検事が調査を始めると、ベルリンからの圧力で訴訟手続きは停止され、収容所は「ジプシー収容所」に改編された。語り手は距離をとった辛辣な手法で、この事実とこのできごとにこの国の住民が一九四五年以降とった態度を語っている。その後の記録小説、たとえば『ビッター』（二〇一四年／ナチスの虐殺者フリードリヒ・ビッターを指す）でもラーハーは過去と現在を批判的に、そして感情移入たっぷりに考察している。

一九四四年バート・ハル生まれのマルティン・ポラクは長い間ジャーナリストを務め、二〇〇四年に『塹壕の死人——我が父の記録』で実の父親が一九四七年に暗殺された戦争犯罪人ゲルハルト・バストであるという事実と対峙した。記録的・例示的にこの小説は無数のナチス犯罪人の生涯をたどる。「血塗られた地」の消しさられた犯罪の跡をめぐる『アメリカ皇帝——ガリツィアからの大量追放』（二〇一〇）から『汚染された地方』（二〇一四）まで、東ヨーロッパはポラクの記録本の関心の中心でありつづけた。

アウシュヴィッツからの生還はルート・クリューガーの一九九二年にゲッティンゲンで発表され、センセーションをまき起こした回想『生き続ける——青春時代』のテーマである。一九三一年にウィーンに生まれたこのユダヤ人作家は、四二年に母親を連行され、テレージエンシュタットとアウシュヴィッツ＝ビルケナウを生きのび、四七年にはアメリカに移住して、プリンストンとアーヴァインで文学研究者としてのキャリアを築いた。『生き続ける』はナチス収容所におけるつきなみな日常、母親との軋轢、空腹と汚物、屈辱と死の不安について、いかなる感傷もさしはさまずに物語ったものである。二〇〇八年にウィーンで出された続篇『途中で負ける』は、反ユダヤ主義・女性差別のつらい経験の回顧である。

父権的で権威的な現代におけるナチス思想の存続についてあつかったのは、一九五三年に上部オーストリアのシュタイレックに生まれたエリーザベト・ライヒャルトである。一九八三年にザルツブルク大学でザルツカンマーグートにおける共産主義者蜂起〔第二次大戦末期の反ナチ・パルチザン運動〕に関する研究で博士号を取得した後、アメリカのいくつかの大学にライター・イン・レジデンスとして滞在した。一九八四年に出された長篇『二月の影』は、「水車地方の兎狩り」をとりあげたものである。一九四五年二月、マウトハウゼン強制収容所のロシア兵をはじめとする約五百人の収容者が逃亡を企てた。彼らは地域住民の積極的な協力によって探索され、殺害されたのだった。『二月の影』は当時このできごとにかかわったヒルデの娘エーリカが、後に真実を知ろうとすることをあつかったものである。ナチスへの女性の抵抗についてあつかったのは、短篇『湖を越えて』（一九八八）である。一九九三年に出された短篇『膣』は、性・言語・暴力の関係をテーマ化したものである。散文詩『ジャケットの陶酔』（一九九四）はスキャンダルにとりまかれた世紀転換期の作家ヘレーネ・フォン・ドルスコヴィッツのことばを借りた男性社会批判の大弁舌である。『死にゆく男たちの家』（二〇〇五）と『姿なき女性写真家』（二〇〇八）の二つの長篇は女性の運命と過去との対峙にかかわるものである。『フェーストの子どもたち』（二〇一一）〔Voest はオーストリアを代表する鉄鋼メーカー〕はみずからの幼年期に関する小説風の記録であり、それは直近の過去にして抑圧されたナチスに彩られている。

この時代の多くのオーストリアの作家は地方に育ち、みずからの青年期の経験を盛り込むことで文学創作を始め、その後広範なテーマをとりあげるようになった。このことはノルベルト・グストラインにも該当する。一九六一年にチロルのミルスでホテル経営者の息子、オーストリアの有名なスキー選手の兄に生まれ、インスブルックで数学を学んで、八八年に『問いの論理について』で博士号を取得した。同じ年にズーアカンプから短篇『ある男』が出されたが、これは観光産業に破壊されたチロルのある村の異端者の物語で、入れ替わるパースペクティヴのなかで、決定的な答えが見つからない。推測文、真実の空しい追求というのが、その後のグストラインの技巧的に構成された物語テクストの特徴である。『翌日』(一九八九)は一人称の語り手による観光の村での青年期、学生時代、失恋体験との対峙に関するものである。長篇『索引』(一九九二)は数学者とスキー選手という不釣り合いな兄弟が、強圧的な父親のもとで消耗するという物語である。一九三一年の気球飛行という歴史的なできごとをめぐる九三年の短篇『O_2』で、グストラインは多視点が技巧的に交錯する小説を著した。もっとも成功した長篇『イギリス時代』は過去を認識する難しさをあつかったものである。語りの技法面で野心的なこのテクストは、一人称の女性の語り手が最後にはみずから登場人物となり、ナチスによってイギリス亡命を強いられたオーストリア人作家ヒルシュフェルダーの生涯の再構築を試みる。彼女はヒルシュフェルダーの生涯を二人称で語られる部分でイメージする。その間には同時代の女性たちの証言がインタビューとして挿入されている。最後にヒルシュフェルダーが戦争中にユダヤ人亡命者を称する男と身分をとり替えていたことが判明する。その男自身はおそらく死亡したものと思われる。同じように錯綜した物語は、コソヴォ戦争をめぐる二〇〇三年に出された『殺しの手作業』で、これはたび重なる誤報による戦争報道の信憑性に関する問題を投げかけたものである。長篇『南の冬』(二〇〇八)はテーマ的にバルカンを継続したもので、一九四五年以降アルゼンチンに逃亡したクロアチアのファシストの生涯を、その娘と一九九〇年代のユーゴ紛争に結びつけたものである。文化欄《フユトン》でズーアカンプ出版の成りたちをめぐるモデル小説として読まれた長篇『完全なる真実』で、グストラインは二〇一〇年にセンセーションをまき起こしたが、題からしてすでに著者がみずからの中心的問題設定に忠実であったことは明らかである。大部の長篇『自由な世界で』（二〇一三）ではチロル出身の作家である一人称の語り手が、殺されたアメリカ系イスラエル人の友人ジョンにまつわる真実を再構築し、イスラエルの政治的に行きづまった状況に関して確固たる主張を形成しようと試みるが徒労に終わる。『来年』（二〇一八）は二〇一六年のヨーロッパ「難民危機」を背景とした結婚小説で、三バージョンの最終章は一見確実に見えるものすべてを突き崩す。

地方からは一九五九年にドラウ渓谷のベルク生まれのアーロイス・ホッチュニクも現れたが、彼はドイツ文学と英文学の勉強をインスブルックで修めた後、八九年以降はフリーの作家としてくらしている。批評家から反郷土文学のコンテストに組み入れられたホッチュニクの処女作である短篇『おしまいだ』（一九八九）は、技巧的言語を用いて、農家における父＝息子の対立をあつかったものである。回想のテーマは一九九二年に出された恋愛／推理小説の要素を含む長篇『レオナルドの手』の根幹も成している。歴史的罪の回想は長篇『ルートヴィヒの部屋』（二〇〇〇）に支配的であり、ここでは一人称の語り手がオシアッハ湖畔の家を相続し、抑圧された家族の秘密、政治的反抗、裏切りと直面する。

オーストリア文壇におけるアウトサイダーの役柄を演じているのはエーリヒ・ヴォルフガング・スクヴァーラで、一九四八年にザルツブルクで生まれ、七五年以来アメリカで生活し、八五年にニューヨーク州立大学オールバニ校でドイツ人亡命作家ハンス・ザールに関する研究でドイツ文学の博士号を取得した後、サンディエゴで教えたが、多くの時間をパリでもすごした。スクヴァーラは七〇年代に抒情詩から出発した。一九七六年以来いくつかの長篇を発表し、文学批評はヘルマン・ブロッホ、ジャン・アメリ、トーマス・ベルンハルトとの親近性を指摘した。時にはペーター・ハントケも想わせる。スクヴァーラの物語テクストは時に厭人的ともいえる根本的文化批判によって特徴づけられている。たいていは自伝的気分の濃厚な主人公はアメリカに住むオーストリア人で、美的・倫理的存在の間で揺れ動き、仮借なき審判の日をみずからにもたらす。抒情的・随想的処女長篇『シエナのペスト』はドン・ファンがヨーロッパに別れを告げるというもので、一九七六年に出されたが、八三年と二〇〇一年に改訂新版が刊行された。空転する現代への深い軽蔑がその後のテクストを特徴づけている。アメリカも、追想されるヨーロッパも選択肢とはならない。『橋の上の氷』（一九九一）はオーストリアの建築家ゼバスティアン・ヴィンターをあつかったもので、彼はカリフォルニアでの交通事故の際の妻の死に責任があり、一時的にみずからの罪深い過去と向き合わざるをえなくなるが、最終的には自己中心主義を克服できないというものである。技巧的に構成された長篇『はかなさあるいはボードワイエ広場の死者』（二〇〇二）は、オーストリア系アメリカ人文学教授シュタインがそれまでの人生と死に向き合うというものである。『自由な没落』（二〇一〇）はオーストリア出身でアメリカ在住のシュピールマンという名の主人公が老いと向き合う物語で、憧れの対象である「青ざめた少女」をヨーロッパとアメリカに空しく探し求め、結局長年連れ添った夫人のもとに帰還するというものである。

一九九〇年以降の文学の特徴は、しばしばポストモダン的性質とともに説明される神話への回帰である。ここでは特にクリストフ・ランスマイアーの成功作長篇『最後の世界』に言及する。

ランスマイアーは一九五四年にウィーンで生まれ、グムンデン近郊で成長し、ウィーンで哲学と民族学の勉強を中断した後、旅行雑誌を中心としてジャーナリストとして働き、みずからも世界の大部分を旅した。一九八四年に出された長篇『氷と暗黒の恐怖』は、ユリウス・パイアーとカール・ヴァイプレヒトによる一八七二―七四年のオーストリア・ハンガリーの北極探検に関する報告を、参加者の子孫ヨーゼフ・マッツィーニによる架空の再挑戦と結びつけたものだが、彼は途中北極の氷の中で消息を絶ってしまう。二つの旅は一人称の語り手によって再構成され、イメージ化される。『最後の世界』は一九八八年にネルトリンゲンのグレーノから「もう一つの叢書」の一環として出され、世界的にセンセーショナルな成功をおさめた。この長篇は多くの部分で現代を想わせる古代が舞台で、政治的理由から黒海岸のトミスに追放され、ここでは「ナソ」と呼ばれる友人オウィディウスの探索について、ローマ人のコッタが物語ったものである。オウィディウスの著書『変身物語』は焼失してしまう。コッタはオウィディウスも、失われてしまった原稿も見つけることができないが、トミスの住民、みずからが見る映画、それに夢の中で『変身物語』の人物たちを見いだす。オウィディウスのイメージは現実となる。この本は全体主義体制の工業化された首都ローマとともに、文明の境界にあって環境破壊のすすんだ野蛮で荒廃した町トミスへの鋭い批判も含み、世界の石化をナソが黙示録的に語って終わる。

終末のイメージは一九九五年にフィッシャーから出された長篇『キタハラ病』にも表れている。ザルツカンマーグートを想わせるオーストリアの地方にあるかつての強制収容所近郊の架空の町モールが舞台で、一九四五年以降の歴史的選択肢を構想する。石器時代に逆戻りしたこの地方は、アメリカ占領軍に管理され、近代機器はすべて撤去されてしまう。ナチス犯罪の記憶は結局のところ現実的意味を成さない祭祀的儀式によって維持される。かつての強制収容所収容者で、現在の権力者である「犬の王」アンブラスとその運転手でボディーガードのベーリング、それに秩序の外に生きるリリーの間に、複雑な物語がまき起こり、死をもって終わる。この小説もアナクロニズムと暗示的イメージ、それに物語の力への絶えざる信頼に彩られている。この小説も人類なき世界で終わる。

作品集『スラバヤへの道——ルポルタージュと小品』(一九九七)以降、ランスマイアーはくりかえし見知らぬ世界の旅について報告している。『さまよえる山』(二〇〇六)は韻文小説ないしは叙事詩であり、アイルランド人兄弟がヒマラヤに救いを求めるものである。『臆病な男の地図帳』は、ある語り手が預言者的に「私は見た」で始まる七十のエピソードで地球上各地での出会いを想起するものである。長篇『コックスあるいは時の流れ』(二〇一六)は『最後の世界』同様、十八世紀の物語で虚構と現実を結びつけている。イギリスの著名な時計職人アリスター・コックスは永久に止まらない時計、すなわち永久機関を制作するために、乾隆帝の招きで中国に渡る。この長篇の精巧な言語は無時間的な技巧・美、または非人間的冷淡さの世界を現出させる。

神話の再生は一九九二年に書き始められ、九五年に出された共同小説『絶対にホメロス』のテーマでもあり、このヴァルター・グロントの代表作はエルフリーデ・ツルダ、フェルディナント・シュマッツ、ユリアン・シュッティング、ヨーゼフ・ヴィンクラーのほか、多和田葉子、パウル・ヴュールを含む二十二人の作家たちとの『オデュッセイア』の新バージョンを主導したものである。グロントは一九五七年にシュタイアーマルクのマウターーンで生まれ、七〇年代なかばからグラーツの市立公園フォーラムの周辺で活動し、九五年から九七年までは議長であり、その後対立から脱退したが、彼は主人公の生涯を死から誕生までをさかのぼった物語『ラブリュス』(八九)などで言語実験作家として活動を始めた。長篇『兵士と美』(一九九八)でグロントはグラーツの文化活動と時代遅れのアヴァンギャルドを辛辣に総括した。『アルマシー』(二〇〇二)ではマイケル・オンダーチェの世界的成功作『イギリスの患者』

の主人公で、歴史上の人物であるラディスラウス・アルマシーをとりあげた。『我が白昼夢トリエステ』（二〇一二）では架空の一人称の語り手が、みずからの祖父のカカーニエン時代のトリエステにおける生涯を空想し、そこで祖父はジェイムズ・ジョイスの言語の授業を受けている――ハプスブルク神話は二十一世紀においてもまだ息づいているのだ。

神話へのはるかに伝統的な接し方を用いたのは、ローベルト・シュナイダーの一九九二年の世界的な成功作『眠りの兄弟』である。一九六一年にブレゲンツで生まれ、ウィーンでの美術史と演劇学の勉強を八六年に中断したこの作家の処女作は、多くの出版社に断られた後、ライプツィヒのレクラム出版に受け入れられたが、この成功にシュナイダーはその後の小説で最後まで達することはできなかった。これは一八〇二年にフォアアルルベルクのベルクドルフに生まれた天才音楽家ヨハネス・エリアス・アードラーが、周囲の無理解と満たされない恋、非情な神の裁きに絶望し、「もう寝ないと決めてから、二十二年後に生涯に終止符を打つ」という、率直で言語的にも古風な全能の語り手が描く物語である。シュナイダーの小説はフランツ・ミヒャエル・フェルダーを模範とした農村物語、ロマン派芸術家の伝記、伝説の諸要素を組み合わせたものである。『眠りの兄弟』と「ライン渓谷三部作」を成すその後の二つの小説『風を運ぶ女』（一九九八）と『貞潔な女』（二〇〇〇）で、シュナイダーはフォアアルルベルクの物語を二十世紀およびアメリカ移民の世界で書き継いでいった。二冊とも批評からは明確な拒否に遭った。「洗礼王」ヤン・ファン・ライデン〔宗教改革期ミュンスター再洗礼派王国の狂信的指導者の一人〕をめぐる大部の歴史小説『キリスト』（二〇〇四）も批評から一致して低俗とかたづけられた。

語りにおける屈託のなさと奇怪なもの・不気味なものの嗜好において、オーストリア文学のアヴァンギャルド的・言語実験的伝統に理論的に根ざしていることが、フランツォーベルの作品を特徴づけているが、彼はフランツ・シュテファン・グリーブルとして一九六七年上部オーストリアのフェクラブルックに生まれ、ウィーン大学でドイツ文学と歴史を学び、当初「フランツ・ツォーベル」の名前で造形美術家として、九一年以降はフリーの作家として活動している。一九九五年に短篇『草の氾濫』でインゲボルク・バッハマン賞を受賞して有名になった。その後まさに発表の氾濫が続いた。その後は短篇と劇場作品のほか、とりわけ長篇が際だっている。一九九八年にショルナイから出された『ベーゼルクラウトとフェルディナント——カロル・アーロイスのベストセラー』は、推理小説・童話・ポルノグラフィといったさまざまなジャンルをパロディにしている。『聖なる階段《スカラ・サンタ》あるいはヨゼフィーネ・ヴルツンバッハーの頂点』（二〇〇〇）はきわめて複雑なストーリーを組み合わせた長篇で、多数の登場人物と語りの視点、暴力的な死亡事件にあふれ、（ジクストゥス・ポンスティングル＝リービズルという名の警部による）推理小説のパロディと『ヨゼフィーネ・ムッツェンバッハー』〔フェーリックス・ザルテン〕と『シュトルードルホーフ階段』〔ハイミート・ドーデラー〕への暗示に満ちている。この本はストーリーが生命線なのではなくて、ことばの力によって生みだされたように思われる。大きな成功をおさめたのは、二〇一七年の『メドゥーサの筏』で、これはメタフィクション的で下卑た言葉遊びにあふれているが、効果的に物語られた「本当のできごとに基づく」歴史「小説」である。

　一九四九年にフォアアルルベルクのハルトに生まれたミヒャエル・ケールマイアーもきわめて多作の作家で、マールブルクでドイツ文学と政治学を、ギーセンで数学と哲学を学んだ後、長い間ＯＲＦに勤め、いくつかの放送劇を創作して成功した後、一九八二年に『ペヴァール・トーニと彼が私の頭を巡る冒険の旅』という最初の長篇を発表した。多くの短篇で真実への慎重な接近がなされ、主人公の行動の可能性について考察され、現実と虚構が融解する。『英雄たちの遊び場』で作家はグリーンランド探検の物語を三人の参加者への聞き取りによって再構成しようとするが、三つの非常に異なったバージョンができあがってしまう。学校小説『優等生』（一九八九）は一人称の語り手がクラス全体で犯した悪事を二十五年後に再構成し、解明しようというものである。二〇〇七年に出された大部の長篇『西洋』は、九十五歳の数学者カール・ヤーコプ・カンドリスと五十二歳の一人称の語り手ゼバスティアン・ルカサーそれぞれの家族の歴史によって二十世紀を俯瞰し、幾人かの歴史上の人物を登場させたものである。同様の構想に従った『ヨーエル・シュパツィーラーの冒険』（二〇一三）は現代版の悪漢小説で、主人公の愛すべき殺人者が、共産主義のハンガリーからオーストリアを経て、東ドイツで学者としてのキャリアを積むというみずからの生涯を作家ゼバスティアン・ルカサーに物語るものである。

ケールマイアーは九〇年代以降古典テクストの再話で有名になったが、これらは当初放送で完成稿にとらわれることなく、自由に語ったものであった。後の書籍版でも口語体が保持されている。『ミヒャエル・ケールマイアーの古典古代の伝説』（一九九六）、『ニーベルンゲン再話』（九九）、『聖書の物語──天地創造からモーゼまで』（二〇〇三）はこうしたメディア媒体の成果である。『シェークスピア物語』（二〇〇四）は最初から書籍版のために執筆されたものである。それまでのギリシャ神話とのとり組みのなかからようやく生み出されたのが『オデュッセイア』の新版である。一九九五年には口語体で語られた長篇『テレマコス』が出されたが、これはオデュッセウスの息子が現代を想わせる世界で神々の教育プログラム、特に英雄らしさと規格化された理性、歴史目的論を想定した女神アテナの要求から解放される物語である。一九九七年に発表された『カリュプソ』は、ニンフのカリュプソが永遠の若さと不死の約束によって呪縛する官能的楽園を去って、妻ペネロペのもとに戻ろうというオデュッセウスの決断を物語ったものである。彼は抗しがたい幸福な瞬間と、戦争でトロヤに犯した罪の記憶に駆りたてられる。これらの長篇に特徴的なのはその内省的で饒舌な語り手であるが、彼は語りの行為自体には疑念をもつが、言語の可能性にそれを懐くことはない。

破壊的ユーモアと幻想に満ちた語り手として名を成したのは、リリアン・ファッシンガーである。この作家は一九五〇年にケルンテンのチェラーンに生まれ、グラーツで英文学を学び、七九年に博士号を取得して、九一年まで大学に勤めた。その後数度のアメリカ滞在とフリーの作家としての経歴がつづいた。

最初の大きな成功は一九八六年に空想上の官能的な冒険『新しいシェーラザード』でもたらされ、ケルンテンのペルシャ人ヘートヴィヒ・モーザーが風刺的に描かれた現地人の偏狭さと何度も衝突を起こし、みずからのために男性支配から自由な生活を案出するというものである。全篇が若い女性の独白である長篇『喜劇』(一九八九)でも、語り手は知的・性的解放を要求し、書きながら既婚男性との問題ある関係を断ち切っていく。短篇集『三機の飛行機の女』(一九九三)では疎外され、感情的空虚さに直面している主人公の描写が、より繊細になされている。

国際的に成功したのは男性殺害者マグダレーナ・ライトナーの物語『罪人マグダレーナ』(一九九五)で、彼女はカトリック司祭を誘拐し、七人の殺害を告白し、ついに彼を誘惑してしまう。空想の嗜好は一九九九年に出された三人の語り手による『ウィーン受難』を特徴づけるものでもある。声楽専攻学生マグノリア・ブラウンはオーストリア人の祖母をもつアフロ・アメリカ人で、声楽教師ヨーゼフ・ホルヴァートが現在のストーリーを媒介する。それに抑圧され、最終的には処刑されるボヘミア人下女ローザ・ハヴェルカの一九〇〇年ごろに作成された手記が加えられる。こうして世紀転換期の暗鬱なイメージが醸成される。二〇〇二年に出された短篇集『ペアで――八つのパリ・エピソード』は形式的にはシュニッツラーの『輪舞』の構成原理に従い、大都会の生活群像を提示する。長篇『敗北者の街』(二〇〇七)ではふたたびウィーンが中心となる。この小説は女嫌いの殺人者による女殺しをめぐるもので、心理的推理小説の要素を風刺的都市肖像と結びつけている。

一九六一年にアムシュテッテンで生まれ、九二年以来ウィーンで小児精神科医として活動しているパウルス・ホーホガテラーの事例報告も、推理小説の構造を帯びている。『滞在』(一九九〇)と『外科について』(九三)は医療機関に関するものである。短篇『渓流』(一九九七)では十七歳の一人称の語り手が、カヌーを漕いでいて消息を絶った父親の死の解明にのりだすものである。二〇〇二年に出された学校小説『からすについて』は、山に姿をくらました教師と十三歳の女子生徒の物語である。『フライフィッシングの短い物語』(二〇〇三)は、二〇一一年九月十一日の三人の精神科医によるのどかなハイキングをあつかったものである。『人生の心地よさ』(二〇〇六)はオーストリアの小都市を舞台とした推理小説で、ここでの捜査班は『マットレスの家』(二〇一〇)にもふたたび登場する。

推理小説

九〇年代からは推理小説のブームが起こった。この伝統的なジャンルはさまざまな目的で応用された。それはたとえば現実社会批判や心理探究の端緒となった。パロディ的・喜劇的なもののほかに言語遊戯的テクストも見られる。このジャンルでもっとも成功したのはヴォルフ・ハースだった。

ハースは一九六〇年にザルツブルク州のマリアアルムに生まれ、八七年にザルツブルク大学で論文『具体詩の言語理論的基礎』で博士号を取得した。一九八八年から九〇年までスウォンジー大学でドイツ語講師、ひき続きウィーンでコピーライターとして働いた。一九九六年にローヴォルトから探偵ブレナーによる最初の推理小説『死者の復活』が出された。その後たて続けに『骨男』（一九九七）、『来たれ、甘美な死よ』（九八）、『静粛に!』（九九）、『獣のように』（二〇〇一）が出された。ハースは『永遠の命』によって二〇〇三年にこのシリーズを終えたが、二〇〇九年の『ブレナーと神様』では前前作で殺された人物を語り手に、事実上の主人公として復活させている。二〇一四年には当座の最終巻として『ブレナーローヴァ』が出されている。

ブレナー小説は「ハードボイルド探偵小説」の図式に従い、オーストリアの風刺的肖像をさまざまな犯行現場で供している。物語は語られるというよりも、むしろきわめて多弁な語り手によって現在完了で論評され、その口語を模倣した人工言語は、読者への語り手による呼びかけと脱線で際だっている。これらの間テクスト的暗示に富んだきわめて複雑な小説は大きな成功をおさめ、このハースの言語はよく未消化のまま模倣された。二〇〇六年にハースは『十五年前の天気』で「文学の付け足し」と称される女性ジャーナリストによる、作家「W・H」への最新小説に関するインタビューから成る小説を発表した――小説のストーリーはインタビューそのものから成り立っているのである。『宣教師の立場の弁護』（二〇一二）も娯楽的なメタフィクションであり、作中人物のヴォルフ・ハースによる創作をめぐるメタレプシス〔転喩。時間的に後続するもので表現する比喩〕を駆使したこの長篇には、ベンジャミン・リー・ウォーフ〔サピア＝ウォーフの仮説で有名なアメリカの在野の言語学者〕にちなんだ主人公であるイン河畔ジンバッハ出身のベンヤミン・レー・バウムガルトナーによる多くの言語考察が織りこまれている。

ハースにおいてはその時々のオーストリアの現在に関する考察をしながらも、言語／語りの理論がその中心にあったのに対して、他の作家たちは推理小説（Krimi）を社会相・精神状況の提示のために利用し、オーストリアの現実に対する批判的論評を供した。

エルンスト・ヒンターベルガーやエルフリーデ・ゼムラウ、エーファ・ロスマン、アルフレート・コマレクは推理小説で環境探究を行った。ヒンターベルガーの推理小説はテレビシリーズの成功作がそうであったように、ウィーンの中流市民的環境で演じられる。この作家は一九三一年の生まれで、他の小説ジャンルにも従事し、『中流市民――ある時代のある家族の小説』（八九）では一八九七年から一九三四年までのオーストリア史を家族の歴史に交差させながら提示している。その推理小説は本当らしい感じをあたえる――ヒンターベルガーは一時警察学校にかよっていた。小説では当初は冷めた警部オットー・ホットヴァーグナーが（『小さな花』一九九三、『支払い日』九七など）、後に警部ポリュカープ・トラウトマン（『暗部』九八）が推理し、後者は二〇〇〇年以降テレビシリーズの主人公でもあった。ヒンターベルガーは二〇一二年に死去した。宗教教師として勤めていたエルフリーデ・ゼムラウは一九二二年の生まれで二〇〇四年に死去したが、その社会・制度批判小説はウィーンの上流市民・中流市民的環境を舞台としていて、『右の角からの混乱』（一九九四）のように形式的にはイギリスの古典的Whodunit〔「誰がやった？」〕に従っている。一九六二年生まれの法律家エーファ・ロスマンは、政治的に活動的なジャーナリストとして知られていたが、九九年以降『選挙戦』（九九）、『ヨーデルを歌って』（二〇〇〇）、『よろしい、でも死んでしまう』（二〇一六）といった伝統的な体裁による二十近くの推理小説を発表し、そこでウィーンの女性ジャーナリストであるミーラ・ヴァレンスキーがボスニア人掃除婦のヴェスナ・クライナーと事件を解決し、美しいオーストリアの仮面を暴いてゆく。一九四五年生まれのアルフレート・コマレクが九八年以来発表した推理小説の舞台はワイン地方などの田舎で、『ポルトは泣く』（九九）や『ポルトの夕暮れ〔乱痴気騒ぎ《ポルターアーベント》〕』（二〇〇三）、『老いてもポルト』（二〇一五）といった小説のメランコリックな警部ジーモン・ポルトは、事件を解決しても不穏な世界をおちつかせることはできないのである。エーディット・クナイフルは一九五四年ヴェルス生まれの政治活動家・精神分析家で、九一年以降『二晩の間』(一九九一年ウィーン女性出版刊)、『死に神はウィーンの女』(二〇〇七)、『忘れる者は幸いかな』(二〇〇九)、『死に神はオペラがお好き』(二〇一七)といった、とりわけ登場人物の心理に焦点を当てたかなりの数の推理小説を発表し、数か国語に翻訳された。

このジャンルの喜劇的・パロディ的でしばしば自己参照的な変種を代表しているのは、まず第一に一九六二年ウィーン生まれのシュテファン・スルペツキーで、そのシリーズの主人公でかつての警部レオポルト・ヴァリッシュはレミングと呼ばれ、『レミングの事件』(二〇〇四)、『レミングの怒り――レミングの第四事件』(〇九)などの小説でウィーンの闇の部分と格闘する。それから一九六一年の生まれでウィーンに育ち、九〇年代の終わりにシュトゥットガルトに移住したハインリヒ・シュタインフェストもそうで、彼のシュールリアリスティックな推理小説では特に片腕の中国系オーストリア人探偵マルクス・チャン(『チャン』二〇〇〇、『がっしりした犬』〇三)やウィーンの警部でヴィトゲンシュタイン信奉者のリヒャルト・ルカスティック(『神経質な魚』二〇〇四、『マリアシュヴァルツ』〇八)が諸事件を解決する――もしくは解決しない。また一九七〇年ウィーン生まれで、最初ギムナジウム教師だったトーマス・ラープのくつろいで物語られた談話調の長篇(『メッツガー居残らされる』二〇〇七、『メッツガー楽園へ』二〇一三)では、家具屋の主人ヴィリバルト・アードリアーン・メッツガーが事件にまきこまれていく。

ダニエル・ケールマンと若い世代の作家たち

千年紀前後には――ハスリンガー、メナッセ、ケールマイアーらの成功もあって――物語文学における世代交代が顕著になった。若い作家たちはアングロ・アメリカ文学に依拠することが多かったために、物語に対する国内の反感を共有することがなかった。時にはこの若い作家たちは彼らの目には古くさく映った中心的立場を占めるアヴァンギャルドへの攻撃によって、文壇における地位を勝ち取ろうとした。長くオーストリア文学界の指標であった論争的性格は、まだ息づいていたのである。

もっとも成功した一九七五年生まれのダニエル・ケールマンは、演出家ミヒャエル・ケールマンの息子で、ウィーンで哲学とドイツ文学を学び、二〇〇五年に『世界の測量』で世界的成功を得た。ケールマンの文学上のデビューは長篇『ベルホルムの想念』(一九九七)で、これは数学的神童による一人称物語であり、彼は魔術師としてのキャリアを経て、最後に塔から飛び下りて、みずからの魔術的力を確かめようとする。信頼できない語り、それに夢と現実の融解がこの本を特徴づけている。ケールマンは二〇〇三年に『私とカミンスキ』で当たりを得たが、これは厚かましく虚栄心の強いゼバスティアン・ツェルナーの一人称物語で、彼は有名な画家カミンスキの本を書こうと誘拐するが、後になってこの一見無力な老人に操られていたことを知るのである。この長篇は文化産業に対する嘲笑的風刺でもある。

二〇〇五年にローヴォルトから出され、世界的なミリオンセラーとなった『世界の測量』は、経験主義の探検家アレクサンダー・フォン・フンボルトと数学者カール・フリードリヒ・ガウスという二人の天才科学者に関するユーモアを含んだ歴史小説で、彼らが不遜にも世界を測量するというものである。間接話法の多用と間テクスト的暗示の充溢は、この長篇が歴史小説のジャンルそのものを自己参照していることを示している。二〇〇九年にケールマンは『名声――九つの物語から成る小説』を発表したが、これは登場人物、携帯やインターネットによるコミュニケーションの成功と失敗のテーマ、グローバル化した世界における居場所のなさという経験、それに精妙なメタフィクション的遊戯など、さまざまな形で結びつけられたそれぞれに完結した短い物語を集めたものである。『F』（二〇一三）はエーリク、イーヴァン、マルティーニ・フリーデマン三兄弟――違法株投資家、贋作画家、不信心な司祭――の運命をそれぞれ相反する視点から物語り、真実と虚偽、事実と虚構の関係を問う。『テュル』（二〇一七）は三十年戦争をめぐる暗い時代のパノラマを描いたグリンメルスハウゼンの『ジンプリチシムス』を想わせる壮大な歴史小説で、その主人公テュル（ウーレンシュピーゲル）は多くの歴史上の人物にアナクロニズム的に出会うことになる。

一九七二年にグラーツで生まれたトーマス・グラヴィニチの成功した小説群は、きわめて多彩な物語手法で際だっている。『カール・ハフナーの引き分けへの愛』（一九九八）はさまざまな人物の視点をもつ全能の語り手を用いて、ウィーンの浮き世離れした架空の天才カール・ハフナーと、歴史上のドイツの世界チャンピオンであるエマヌエル・ラスカーによる一九一〇年に行われたチェスの対局をあつかったものである。グラヴィニチはサッカースポーツへの風刺『ズージ氏』（二〇〇〇）と、批評から高く評価された問題の中篇『カメラ殺人者』（〇一）で信頼できない語り手をあつかった。ブラックユーモアを多用した『人はいかに生くべきか』（二〇〇四）は、「人は……」の形式で語られた若い無能者チャーリー・コロストルムの物語である。終末小説『夜の仕事』（二〇〇六）は三十五歳のウィーン人ヨーナスがある年の七月四日に目覚めると、世界で唯一の人間になってしまったことに気づくというものである。『それは私だ』（二〇〇七）は虚構と現実の間を皮肉にたゆたう長篇で、一人称の心気症の語り手トーマス・グラヴィニチがみずからの長篇『夜の仕事』のために出版社を探し、友人ダニエルの本『世界の測量』が毎週ベストセラーにはいるのを、非常に苛だちながら観察するというものである。『望みの生活』（二〇〇九）は三十五歳の主人公ヨーナスが、誰にも漏らしていない秘密の望みが、小説の冒頭で怪しげな人物が約束したとおり、すべて実現していくのをみとめるというものである。この例示的人物ヨーナスは、その後の二つの長篇においてもグラヴィニチに奉仕することになるが、そこではまた違った運命をあてがわれることになる。『比較的大きな奇跡』（二〇一三）において非常に金持ちのヨーナスは、おとぎ話めいてはいるものの、悲劇的な青春時代を過去にもち、奇跡的にエヴェレストに登頂を果たす。しかし比較的大きな奇跡とは、最愛の人マリーとの和解のことである。『ヨーナス・コンプレックス』（二〇一七）は「我々が何者であるか、我々は知らない。私は我々自身でもある少なくとも三人の人物に最終的にいきついた」という最初の文章にのっとって、三つの話から成る。物語られるのは二〇一五年の元日から大晦日までで、『それは私だ』のアルコールにおぼれるウィーンの作家、シュタイアーマルク出身でチェスに逃避する虐待された少年、そしてマリーと南極探検を計画する金持ちヨーナスの体験である。グラヴィニチにおいてたいがいそうであるように、ここでは人がいかに生くべきかが問題にされている。

そのほかドイツおよび国際的書籍市場で成功したオーストリア作家は、アルノ・ガイガーである。一九六八年にブレゲンツで生まれ、インスブルックとウィーンでドイツ語文献学を学び、九七年にハンザーから最初の長篇『回転木馬の小さな学校』を発表したが、これは「君」という呼びかけで語られた二十三歳の世慣れていないフィリップ・ヴォロフスキーの一九八九年夏の恋の体験で、フランス革命の経過と並行して語られていく。二〇〇五年にドイツ書籍賞を初めて授与された長篇『私たちはうまくいっている』は、技巧的な構成でオーストリア史を家族の歴史として物語り、若いフィリップ・エルラハが大きな遺産である祖父母の家を処分することで、過去を清算しようという試みで終わる。この小説は現在のストーリーと一九三八年以降の時代からの断片描写の間で揺れ動きながら、老いた男たちによる復古的国家としての第二共和国の幾分居心地のよいイメージを素描したもので、そこでは一見すべてがうまくいっているように見えながらも、その実住民たちは内面的空虚さから逃れることができないのである。その後ガイガーは結婚小説『ザリーのすべて』(二〇一〇)とアルツハイマーを患う父親をめぐる自伝的テクスト『亡命の先王』(二〇一〇)を発表した。『カバとの自画像』(二〇一五)は夏休みにアルバイトで小人カバの面倒を見るはめになった、ウィーンにくらす二十二歳の学生ユリアン・ビルクの非常にコミカルでメランコリックな物語である。『ドラッヘンヴァントの麓で』(二〇一八)は第二次世界大戦で負傷し、トラウマを得た二十四歳の兵士ヴァイト・コルベの、モントゼーでの帰省休暇をあつかったものである。登場人物たちのパースペクティヴから一九四四年が、将来への見とおしがたたないいま、記録文書を組みこむことで非感傷的に、それだけ印象的に喚起される。

現代史におけるとるにたりないささやかな私生活に関しては、ウィーン出身の俳優で作家のローベルト・ゼーターラー(一九六六—)も、意外なベストセラー『タバコ屋』(二〇一三)で描いているが、これは一九三七年末にタバコ屋見習いとしてウィーンで老年のジークムント・フロイトと知り合い、親しくなった十七歳の田舎出身の少年フランツ・フッヘルの物語である。この短い長篇の結末は開かれているが、フランツはフロイトの移住後、象徴的な抵抗運動によってゲシュタポに殺害される。二〇一四年に出された短めの長篇『全生涯』もオーストリア史を山村出身の単純なアンドレーアス・エガーの伝記をとおして描き、その人生は苦渋に満ちたものであるにもかかわらず、ストイックに堪えぬくというものである。この小説は二〇一六年にイギリスのマン・ブッカー国際賞の候補にノミネートされた。『野』(二〇一八)は二十九人の一人称がオーストリアの小都市パウルシュタットの墓地に埋葬された二十九人の死者について淡々と物語るというもので、第二次世界大戦から現在にいたるパノラマとなっている。

二〇〇六年にドロッシュルから出されたベッティーナ・バラカの長篇『氷の囁き』はオーストリア、もちろん第一共和国の過去をとりあげたもので、一九二二年の戦争帰還者をめぐる綿密に組みたてられた推理小説である。この作家は一九六六年にザルツブルクで生まれ、ウィーン大学で翻訳学を修めた後、九一年からフリーの作家となり、いくつかの詩集・短篇集を出したが、二〇一六年の『アルボーリオ伯女』などの作品で成功し、広範な支持を得た。

批評もさることながら、広範な読者からの肯定的な反響を得たのは、二〇〇六年にドイツ書籍賞候補になったダニエル・グラッタウアーのEメール小説『北風の吹く夜には』である。この作家は一九六〇年にウィーンで生まれ、教育学と美術史を修めた後、八九年以来日刊紙『スタンダード』の文芸欄《フユトン》に執筆した。『北風の吹く夜には』は結局のところ伝統的な書簡体小説で、ここでは手紙がはるかに早く往復するだけのことである――グラッタウアーはEメール用語など、新しいメディアの特性をほとんど利用していない。この本はインターネット時代の失恋・結婚破綻をめぐる物語である。二〇〇九年の連載小説『七番目の波』は大きな成功をもたらした。二〇一二年に出され、やはり成功をおさめた『永遠におまえのもの』は、あるストーカーの物語で、手に汗にぎるサイコスリラーへと展開していく。

一九九〇年代に文壇に登場した女性作家たちの綿密に構想された作品は、広範な読者を得るにはいたらなかった。

リューディア・ミシュクルニクは一九六三年にクラーゲンフルトに生まれ、ここで学んだ後、一九九〇年からウィーンの音楽・造形美術大学で学んだ。二〇〇八年以降は何度か名古屋（日本）に比較的長期間くらした。一九九三年以降ミシュクルニクは長短篇小説を発表し、常に社会的にアクチュアルなテーマにもとり組んできた。長篇『冬のハリウッド』（一九九六）はザルツブルク音楽祭への辛辣な風刺の形態で、現代の芸術活動とそのえせ天才・スキャンダル志向に関する考察を供した。『望みの使い方について』（二〇一四）は両性の関係をあつかったもので、ヨーロッパの偉大なオペラ文学を題材に、養老院で少年時代をすごしたある男の主人公の情熱的な生涯を物語るものである。

性と権力はオルガ・フローアの中心テーマでもあった。一九六八年にウィーンで生まれ、物理学を修めた後、二〇〇二年に最初の長篇『魔王』を発表したが、これは六十四の短いエピソードから成る家庭小説である。つづく『女王は死んだ』（一二）は、現代のシカゴを舞台としたマクベス・パラフレーズで、『黄色の私』（一五）はウィーンの自然史博物館での奇妙な芸術イベントをめぐって、時間をさかのぼって物語られたブログ小説で、特にモデル界における異常な痩せ型志向と若いブロガーのビオトープがテーマになっている。『はっきりした夢』（二〇一七）はオーストリア人女性の主人公PとドイツA人男性Aという二人の既婚者の関係をめぐるものである。ゲーテの『親和力』を想わせる実験的図式の中に、さまざまな素性のテクストが挿入され、現代の状況下における情熱的な愛の（不）可能性をめぐって、政治的・経済的現実がくりかえし言及される。

アンドレーア・ヴィンクラーは一九七二年に上部オーストリアのフライシュタットに生まれ、ウィーンでドイツ文学と演劇学を学んだ。最初の散文集『哀れなあほう』は二〇〇六年にドロッシュルから出され、理解しがたい世界に対する世代特有のメランコリーな眼ざしを提示したものである。『王と宮廷道化師と民衆――空想小説』（二〇一三）は若いリンダ・ローアベールの幻滅を物語るもので、彼女は大学の「思想・理解」研究所に職を得るが、男性教授イックスと女性教授シュタインに体現される文学界と学術界における因習を克服できないのである。

言語遊戯的・言語批判的伝統につらなるのは、一九七一年ザルツブルク生まれのカトリーン・レッグラで、八八年以降本格的に文学活動を始め、ドイツ文学とジャーナリズムを当初ザルツブルクで、九二以降ベルリンで学んだ。レッグラは数多くの放送劇やマルチメディア作品、舞台作品を執筆したが、その中心にはいつも後期資本主義の生活、経済危機、マスメディアに形成された現実があった。最初の散文集『誰も後ろ向きに笑わない』は一九九五年にレジデンツから出され、大都市の日常生活の場面を描いた。レッグラの最初の長篇『疾走』はザルツブルクの小市民的閉塞感だけではなく、ベルリンの驕ったコスモポリタニズムとの若い一人称の語り手による批判的対峙である。二〇〇一年九月にはニューヨークに滞在し、九月十一日のテロ攻撃に対してメディア報道の信頼性に関するルポルタージュ『リアリー・グラウンド・ゼロ』で反応した。『我々は眠らない』は二〇〇四年に小説およびオーディオブック双方で発表されたが、現代の「ニューエコノミー」とその中心的価値観である効率性への多くのインタビューに基づいた批判的対峙である。論評抜きに伝えられる六人による独白は、彼らの思考が組織の型にはまった言語に刻印されていて、車輪を走り続けるハムスターのように、逃げ場のないことを示している。

一九八二年にグラーツで生まれたクレメンス・ゼッツは、文学界での輝かしいデビューをかざると、新世代オーストリア文学の神童として多くの批評家から祝福された。ゼッツは二〇〇一年から数学とドイツ文学の教職課程を学び始めたが、それを終えることはなかった。二〇〇九年にレジデンツから出された二番目の大部の長篇『周波数』でドイツ書籍賞の候補になった。二〇一一年にはズーアカンプから出版された短篇集『マールシュタットの子どもの時間への愛』は、ライプツィヒ書籍見本市賞を獲得した。『インディゴ』(二〇一二)は二〇〇六年から二一年が舞台で、数学教師クレメンス・ゼッツの『インディゴ』という謎の小児病と闘う物語である。二〇一五年に出された千ページを超える大部の長篇

『女性とギターの時間』は、身障者施設の介護士である若いナターリエ・ライネガーの奇妙な出会いをあつかったものである。『作者なき対話』（二〇一八）は（いわゆる）作者と編集者アンゲリカ・クラマーとの電子日記の記録から自動的に生じた対話である。ゼッツの物語テクストはしばしばシュールリアリスティックで、たいがい暴力的な世界に関する暗鬱な考察である。文学上の手本としてはデヴィッド・フォスター・ウォレスがよく挙げられた。

多言語作家たち

オーストリアにおける文学はドイツ語だけではないということが、一九八九年以降次第に一般の意識にふたたび浮上してきた。マヤ・ハーダーラップによってケルンテンのスロヴェニア語文学は大きな注目をあびることになり、彼女は二〇一一年に『忘却の天使』でインゲボルク・バッハマン賞を獲得した。一九六一年にバート・アイゼンカッペル／ジェレズナ・カプラ生まれで、スロヴェニアを母語とする農家の娘として育ち、演劇学とドイツ文学を専攻して、一九九二年から二〇〇七年まではクラーゲンフルト市立劇場の演出家だった。すでに一九八〇年代からスロヴェニア語詩を発表していた。しかし自伝小説『忘却の天使』ではドイツ語を選択した。無名の一人称の語り手が家族史にとり組む。祖母がラーヴェンスブリュック強制収容所から生還し、次第に中心人物となる父親は、少年時代反ナチスのパルチザンに参加し、それ以来トラウマをえて、攻撃的になっていく。「ドイツ人」とパルチザンの戦争がまったく解決されないまま、後者は祖国の裏切り者とされる。この長篇は一貫して人物による視点を用い、言語的にも田舎の幼少時代から劇場における就業時代までの若い女性の意識の高まりを追体験できるようになっている。

一九八九年以降のオーストリアの文学界に特徴的なのは「移民」、つまり独力か親に伴われてやって来た作家の存在感である。

一九七二年生まれのミヒャエル・スタヴァリチは、七九年に両親と共にチェコのブルノからオーストリアにやって来て、二言語で育った。ウィーン大学でチェコ文学とジャーナリズムを学んだ後、さまざまな出版社と雑誌で働き、二〇〇〇年以降翻訳・児童書・小説を含む多くの作品を発表したことで、文学批評によって現代文学の「彗星」ともてはやされた。『死産《シュティルボーン》』（二〇〇六年レジデンツ刊）、『テルミニフェラ』（〇七）、『マグマ』（〇八）、『悪い遊び』（〇九）、『燃える日々』（一一）、『ゴートラント』（一七）などの長篇の中心にあるのは物語ではなく、言語と文学的技法である。『死産』は若い一人称の語り手エリーザ・ミュールベルガーの動揺をめぐるもので、この一見成功したかに見えるウィーンの不動産業者の女性は、幾つかの犯罪に関わっていると思われる。『ゴートラント』はきわめて信頼できない一人称の語り手と、相互に交錯する幾つかの陳述層から成る。物語は精神を病んだ母親殺しチャールス・ハンソンをめぐるもので、彼はみずからを神を殺害した預言者だと想像していると思われる。しかし一方において語り手は試行的指針に従って、伝統的宗教心の喪失を主題化している物語を創作しているようにも思われる。

東ヨーロッパ的背景をもった作家たちは、異文化内での生活、超民族的アイデンティティ形成の困難性、オーストリアにおける移民の問題ととり組んだ。

一九六四年にワルシャワで生まれたラーデク・クナップは、一九七六年にウィーンにやって来て大学入学資格《マトゥーラ》を取得し、哲学の勉強を始めた。ポーランドの地方の奇怪な物語を集めた一九九四年の短篇集『フラニオ』は、彼を作家として有名にした。悪漢小説『クーカ氏の勧め』（一九九九）は若いポーランド人の一人称の語り手ヴァルデマルが、ウィーンで幸運を探すおかしな体験を描いたものである。二〇〇三年に出された「五つの挿話から成る物語」『張子の虎』は、無為の青年ヴァレリアン・グガニアに関する物語で、彼は図らずもベストセラーを書いたものの、疎外感から抜け出せないというものである。『頂上泥棒』（二〇一二）の若いルドヴィック・ヴィエヴルカも、十二歳の子どもの時に母親にワルシャワからウィーンに連れてこられ、オーストリアでの現実と苦闘するというものである。

一九六六年レニングラード生まれのヴラディミル・フェアトリープは、七一年に両親と共にソヴィエト連邦を後にした。イスラエル、オランダ、アメリカ、イタリア滞在を経て、一九八一年にオーストリアにやって来て、最終的にザルツブルクに定住した。最初の本の発表としては一九九五年に自伝的色彩の強い短篇『追放』が出された。多声的に語られる長篇『ローザ・マズーアの特別な記憶』は、一九〇七年に生まれ、二十世紀の苦難を生きのびたロシア系ユダヤ人の生涯を含んでいる。二〇〇二年に出された長篇『最後の願い』はユダヤのアイデンティティに関するものである。ドイツのある小都市のユダヤ人コミュニティは、一九三九年にナチスから逃れてきたユダヤ人が厳格な信仰をもたなかったという理由で、ユダヤ人墓地への埋葬を拒否する。自伝小説『シモンの沈黙』（二〇一二）と喜劇小説『ルーチア・ビナールとロシア魂』（二〇一五）では主人公たちはソヴィエトとイスラエル、オーストリアをめぐってみずからを確立していかなければならない。

移民作家のなかで読者からもっとも大きな成功を勝ち取ったのは、一九六八年にブルガリアで生まれたディミトレ・ディネフの二〇〇三年の長篇『天使のことば』だった。ディネフは故郷でドイツ語ギムナジウムにかよい、一九八六年にまずドイツ、その後ウィーンにやって来て、二〇〇一年に短篇集『銘』を刊行した。摩訶不思議でありながら、写実的な大部の長篇『天使のことば』は、二人の若いブルガリア人の家族の物語で、この共産党幹部の息子たちはウィーンの中央墓地で出会うが、その運命は以前から知らず知らずのうちに絡み合っている。この小説はさまざまな地域での生活をあつかい、奇怪で悲劇的な挿話、ブラックユーモアと憂鬱な情熱に満ちたブルガリア史の壮大なパノラマとなっている。

ユリア・ラビノヴィチは一九七〇年にレニングラードで生まれ、七七年にウィーンにやって来て、まずウィーン大学で通訳を学んだ後、応用美術大学で絵画を学び、二〇〇八年にウィーンのドイティケ出版から長篇『分裂した頭』を発表したが、これは一人称の語り手を媒介とするソヴィエト連邦を後にしたユダヤ人家族の物語である。二〇一一年には心臓手術をしてくれた外科医に恋をした女性の物語『心臓小説』がつづいた。『土食い』（二〇一二）はあるロシア移民女性について物語るものである。『ひき蛙の恋』（二〇一六）でラビノヴィチはオーストリア史を素材に選び、アルマ・マーラー＝ヴェルフェルとオスカル・ココシュカ、それに悪名高い自然科学者パウル・カメラー（獲得形質説（後天的に獲得した形質は遺伝するとする説）をとなえ自殺した第一次大戦期オーストリアの生物学者）を登場人物とした。

しかしオーストリアへの「移住」はヨーロッパ諸国からに限ったことではなかった。詩人として頭角を現したのは、一九八二年にアイオワで生まれたアン・コッテンで、八七年以来ウィーンでくらし、二〇〇七年にドイツ文学の勉強を具体詩に関する卒業論文で終えた。同年ラインハルト・プリースニッツ賞を授与された。二〇〇六年にはベルリンに移住した。二〇〇七年にズーアカンプから出された言語遊戯的な詩集『外来語辞典ソネット』および一〇年の『フロリダ地域』は、彼女の二言語性を反映したものである。『叙事詩「燃えた！」』は著者による挿絵を伴い、（韻を踏んだ）スペンサー詩節（九行一連詩節）の変形を用いて、古い伝説、インターネット、孤島での生活に、グローバル化した移民のテーマを結びつけたものである。

韓国からは一九七七年テジョン生まれのアンナ・キムが七九年にまず西ドイツ、次いで八四年にウィーンにやって来て、ここで哲学と演劇学を学んだ。二〇〇四年にドロッシュルから出された最初の著書である短い小説『絵の跡』で、すでに言語と文化をめぐる生活をテーマにしていた。『凍りついた時代』(二〇〇八)と『夜の解剖学』(一二)はユーゴスラヴィアとグリーンランドをとりあげたものである。『大きな帰郷』(一七/ズーアカンプ)でアンナ・キムは両親の世界にたち返り、第二次世界大戦後の韓国史に関する大部の歴史小説を物した。

ミレーナ・ミチコ・フラシャールは一九八〇年にザンクトペルテンで日本人の母親とオーストリア人の父親の娘として生まれ、ドイツ文学とフランス文学をウィーンとベルリンで学んだ。二〇〇八年に最初の小説『私は』がレジデンツから出された。二〇一〇年には『お母さん——私の見知らぬ母』がつづいた。二〇一二年にドイツ書籍賞候補になった短い長篇『私は彼をネクタイと名づける』は、東京の公園のベンチで偶然知り合った、世代が異なる二人の男をあつかったものである。『加藤氏は家族を演じる』(二〇一八)も日本が舞台で、主人公の初老の男が、定年後に精神の危機に陥るというものである。

「外国人」ということばを避けるために二〇一八年ごろオーストリアで婉曲に使われた表現である「移民的背景をもった」これらの若い作家たちの作品では、みな文化的根なし草というテーマが文学活動を始めたころの中心を占めていたが、その後この作家たちがオーストリアの文学における広範な領域に居場所を見いだしていったことは明らかである——数百年来移住してきた多くの先行者たちと同様に。

訳者あとがき

これはWynfrid Kriegleder, *Eine kurze Geschichte der Literatur in Österreich*, Wien 2011, ^{2}2014, ^{3}2018の全訳である。著者クリークレーダーの主著である本書は、二〇一一年の初版以来、近代的・学術的なオーストリア文学史の記念碑的著作としての評価を得、改訂・増補三版（二〇一八年現在）をかぞえている。原題を直訳すると、「オーストリアの文学の短い歴史」ということになるが、これはHeinz Schlaffer, *Die kurze Geschichte der deutschen Literatur*, München, Wien 2002（ハインツ・シュラッファー『ドイツ文学の短い歴史』同学社）を意識していることはまちがいのないところである。シュラッファーによる同書は、ドイツ文学が世界レベルに達したのはようやく一七五〇年以降のことであり、それはたかだか二百年ほどしか続かず、それ以前の歴史に関しては遡及的に造形されたものだとして、学界でセンセーションをまき起こしたものであり、分量的にも小冊である。一方クリークレーダーによる本書は中世から説き起こし、原文で六百ページになんなんとする大著であり、原題からかけはなれた壮大なオーストリア文学の歴史となっている。したがって表題に関しては同氏の謙遜な性格を反映した「オーストリア文学小史」という程度の意味の、一種のしゃれである。大きな特徴としてはそれぞれの時代における政治・社会・文化状況に関する詳細な叙述であり、近年の文化研究の潮流を反映して、時代相との連関のなかから文学的現象が浮かび上がるようになっている。あるいは文学的現象を通じて、「オーストリア」とその時代相が浮き彫りになるように構成されている。そういった意味で本書は『ドイツ文学の社会史』（J・ベルク他／叢書ウニベルシタス・一九八九）と対になる著作ということができ、邦題も著者との協議のうえで『オーストリア文学の社会史——かつての大国の文化』とした。ただし『ドイツ文学の社会史』が一九一八年から一九八〇年までの近現代に特化して、それを集中的に叙述しているのに対して、本書は先述のとおりオーストリアが「誕生」した中世から、現代にまで至る「オーストリア文学」の総覧となっている点で大きく異なる。これは「オーストリア文学史」の叙述の動きが、近年ようやく本格的に始まったことにも関係していると思われる。

中世以来ドイツ語圏の中心であったオーストリア＝ウィーンから十九世紀、いわゆる「ドイツ」にその中心が移り、オーストリアの文学は「ドイツ文学」の一部という扱いを受けるようになっていった。これはシュラッファーの言う「ドイツ近代文学」が本格化した十八世紀後半が、オーストリアが「ドイツ」における覇権を失っていく時期にあたっていたこととも符合する。そして十九世紀後半にはドイツ文学史記述が本格化する。それはまさに近代的な学問体系が整備される時期、「ドイツ国民」意識が確立していく時期でもあった。それに対してクリークレーダーはオーストリアという視座から巨視的に「ドイツ文学」を、さらに一方で地域文学としての視点から「オーストリア文学」をとらえなおそうとする。そこには「ドイツ」という一面性に対する伝統的な「オーストリア的」違和感と、戦後七十年を経ての「オーストリア」の「近代国家」としての定着化があるように思われる。緒言にあるように戦後近代的なオーストリア文学史の構想を学問的に練ったのは、ヘルベルト・ツェーマンであった。そのプロジェクトにはその弟子であるクリークレーダーも参画している。しかしツェーマンの数種の著作がプロジェクトとして複数の著者によってなされているのに対して、本書はその集大成としてクリークレーダー単独による統一的理念のもとに構想されている。

これまでに我が国では、やはり緒言にも言及されているゲルリヒの『オーストリア文学史』（Ernst Joseph Görlich, *Einführung in die Geschichte der österreichischen Literatur*, Wien 1946）の清水健次日本大学名誉教授による翻訳がある（芦書房）。これはその翻訳とともに上記「オーストリア文学史運動」の歴史的経緯を伝える貴重な記録である。いずれにせよ二〇一〇年代の文学動向まで詳述している点で、クリークレーダーによる本書は最新の本格的オーストリア文学史記述として有用である。巨視的総覧と情報が命の本であり、私があれこれと御託を並べるよりも、読者諸氏には直接本文あたっていただく方が有益である。索引に掲載された人物が、優に千人を超えていることから見てもわかるように、当然事典的側面をもつ本書は、どこから読み始めても使用に耐えうるように書かれている。

さて、著者のヴィンフリート・クリークレーダーは一九五八年生まれのオーストリアのドイツ文学者・文学史家で、ウィーン大学を卒業後、一九九七年以来同大学独文科教授の地位にあり、これまでにローマ大学・アントワープ大学・ベルン大学・カンザス大学等で客員教授を務めている。オーストリア文学史記述のほか、十八、十九世紀オーストリア小説を専門とし、オーストリア啓蒙主義風刺詩人・作家ヨーゼフ・フランツ・ラチュキー、特にチャールズ・シールズフィールド（カール・ポストル）研究の第一人者として知られ、同全集の編者の一人でもある。その著書は共著を含めると二十を優に超える。訳者は二〇一〇／一一年同教授のもとで在外研究を行ったが、ちょうど本書の第三章にあたる部分の講義を聴くことができ、その該博な知識に裏打ちされた堅牢な手法に感銘を受けたものである。訳出作業はウィーンでの懐かしい日々とともに、同氏の気さくで心配りのいきとどいたお人がらを想いだしながらのものであった。連絡をとる際は、いちいち形容詞を付けて、「先生の長い『オーストリア文学の短い歴史』に苦戦しています」などと軽口をたたいたものであった。先年刊行されたリースマンの『反教養の理論』（叢書ウニベルシタス）の時と違って自分の専攻分野でもあり、訳出は比較的スムーズにいったが、なにせ上述のとおりとりあげられる人物が厖大なうえ、領域・文献も広範にわたり、当然そのすべてに目をとおしているわけではないので、思わぬ誤解・誤訳があるかもしれない。読者諸賢のご叱責を乞うものである。なお原書に注は本文中一か所しかないが、日本語話者にとって必要な情報を訳者注としてやはり本文中に〔　〕で、または＊を付して脚注に記した。一方原書には厖大な小見出しが付されているが、やや煩雑なため、やはり著者との協議のうえで適宜まとめてある。いずれにせよ本書が『反教養の理論』と同様に、ドイツ語圏最古を誇り、フロイト、フッサール、シュレーディンガーらを輩出した名門ウィーン大学の、いわゆる「ウィーン学派」の仕事が我が国においても広く普及することに寄与することを願うものである。

ところで二〇一八年の春に本書の下訳を終え、著者にその旨伝えた際、実は秋に第三版が出ることを知らされた。そこで編集者の郷間雅俊氏に相談したところ、それまで待つべきではないかとの示唆を得た。第三版は終章の「第二共和国」、特に第三節の「新たなヨーロッパの中で――一九八九―二〇一八」に大幅な変更・加筆がなされ、まさに現代オーストリア文学の現況が生々しく伝えられることになった。また著者の意向により、「日本語版への序」をもってドイツ語版の「序」および「第三版への序」に代えた。クリークレーダー教授には最終校正の段階までいろいろとアドバイスをいただいたが、ちょうどそのころオーストリアでは政治スキャンダルに端を発する内閣不信任案が可決され、二〇一五年の難民危機・EU拡充問題を背景に誕生した史上最年少首相を首班とする右派＝ポピュリスト連立政権が崩壊し、自然会話はもっぱらこれをめぐる生々しいものになっていった。また、この間ウィーン留学の先輩でもある兄弟子の里村和秋成蹊大学教授にはいろいろとお世話になった。

さて、今回もこうした機会を与えてくれたのは、その法政大学出版局編集部長の郷間雅俊氏である。著者や訳者というものは、つい編集者が自分にだけかまっていると考えがちだが、恐るべき多忙にもかかわらず、訳文や文献表・索引の点検をはじめ、訳語への提言を頂くなど、いつものごとく誠実かつ精確なご尽力をいただいた。記して感謝申し上げる次第である。

二〇一九年六月

斎藤　成夫

叢書・ウニベルシタスより

(表示価格は税別です)

1070 リベラルな学びの声
M. オークショット／T. フラー編／野田裕久・中金聡訳 3400円

1071 問いと答え　ハイデガーについて
G. フィガール／齋藤・陶久・関口・渡辺監訳 4000円

1072 啓蒙
D. ウートラム／田中秀夫監訳 4300円

1073 うつむく眼　二〇世紀フランス思想における視覚の失墜
M. ジェイ／亀井・神田・青柳・佐藤・小林・田邉訳 6400円

1074 左翼のメランコリー　隠された伝統の力
E. トラヴェルソ／宇京賴三訳 3700円

1075 幸福の形式に関する試論　倫理学研究
M. ゼール／高畑祐人訳 4800円

1076 依存的な理性的動物　ヒトにはなぜ徳が必要か
A. マッキンタイア／高島和哉訳 3300円

1077 ベラスケスのキリスト
M. デ・ウナムーノ／執行草舟監訳，安倍三﨑訳 2700円

1078 アルペイオスの流れ　旅路の果てに〈改訳版〉
R. カイヨワ／金井裕訳 3400円

1079 ボーヴォワール
J. クリステヴァ／栗脇永翔・中村彩訳 2700円

1080 フェリックス・ガタリ　危機の世紀を予見した思想家
G. ジェノスコ／杉村昌昭・松田正貴訳 3500円

1081 生命倫理学　自然と利害関心の間
D. ビルンバッハー／加藤泰史・高畑祐人・中澤武監訳 5600円

1082 フッサールの遺産　現象学・形而上学・超越論哲学
D. ザハヴィ／中村拓也訳 4000円

1083 個体化の哲学　形相と情報の概念を手がかりに
G. シモンドン／藤井千佳世監訳 6200円

著　者

ヴィンフリート・クリークレーダー

（Wynfrid Kriegleder）

1958年生まれのオーストリアのドイツ文学者・文学史家。ウィーン大学を卒業後，1997年以来同大学独文科教授を務め，これまでにローマ大学・アントワープ大学・ベルン大学・カンザス大学等で客員教授を務めている。専門は18，19世紀オーストリア小説およびオーストリア文学史記述。オーストリア啓蒙主義風刺詩人・作家ヨーゼフ・フランツ・ラチュキー，特にチャールズ・シールズフィールド（カール・ポストル）研究の第一人者として知られ，同全集の編者の一人でもある。著書・共著は20冊を超えるが，本書『オーストリア文学の社会史』（原題 *Eine kurze Geschichte der Literatur in Österreich*）はその主著であり，師ヘルベルト・ツェーマンの「オーストリア文学史」の構想を受け継ぎ，その集大成として近代的・学術的オーストリア文学史の記念碑的著作との評価を得，改訂・増補3版（2019年現在）をかぞえている。

訳　者

斎藤成夫（さいとう・しげお）

1965年生まれ。東北大学大学院文学研究科博士課程満期退学。博士（文学）。ドイツ文学専攻。盛岡大学文学部教授。著書に『エディプスとドイツ近代小説』，『世紀転換期ドイツの文化と思想——ニーチェ，フロイト，マーラー，トーマス・マンの時代』，『楽都の薫り——ウィーンの音楽会から』，共著に『価値崩壊と文学——ヘルマン・ブロッホ論集』，訳書にJ. ヘルマント『ドイツ近代文学理論史』（以上，同学社），K. P. リースマン『反教養の理論』（共訳／法政大学出版局）ほか。

《叢書・ウニベルシタス　1098》
オーストリア文学の社会史
かつての大国の文化

2019年 7 月 31 日　初版第 1 刷発行

ヴィンフリート・クリークレーダー
斎藤成夫 訳
発行所　一般財団法人　法政大学出版局
〒102-0071 東京都千代田区富士見 2-17-1
電話 03(5214)5540 振替 00160-6-95814
組版: HUP　印刷: 平文社　製本: 誠製本

Printed in Japan

ISBN978-4-588-01098-9

人名索引

ア 行

アーヴァ夫人　Frau Ava　11
アードラー，アルフレート　Adler, Alfred　416, 441
アードラー，ヴィクトール　Adler, Viktor　257, 281
アードラー，フリードリヒ　Adler, Friedrich　331
アーベレ・フォン・ウント・ツー・リーリエンベルク，クリストフ　Abele von und zu Lilienberg, Christoph　111
アーベレ・フォン・ウント・ツー・リーリエンベルク，マティアス　Abele von und zu Lilienberg, Matthias　110–11
アーモン，プラーツィドゥス　Amon, Placidus　125, 171
アイゼンドレ，ヘルムート　Eisendle, Helmut　556
アイゼンライヒ，ヘルベルト　Eisenreich, Herbert　465, 467, 504–05
アイヒ，ギュンター　Eich, Günter　497
アイヒェンドルフ，ヨーゼフ・フォン　Eichendorff, Joseph von　180
アイヒボルン（出版）　Eichborn (Verlag)　592
アイヒャー，オットー　Aicher, Otto　115
アイヒンガー，イルゼ　Aichinger, Ilse　464–67, 473, 497–98, 529, 585
アイベル，ヨーゼフ・ヴァレンティン　Eybel, Joseph Valentin　132, 135
アイレンホフ，コルネリウス・フォン　Ayrenhoff, Cornelius von　165–66, 190
アインツィンガー，エルヴィーン　Einzinger, Erwin　543–44
アウアーバッハ，ベルトルト　Auerbach, Berthold　261, 270
アヴァンチーニ，ニコラウス・フォン　Avancini, Nicolaus von　113–14
アウグスティヌス，オロムツェンシス　Augustinus Olomucensis　77
アスキン，レーオ　Askin, Leo　381
アッシュベリー，ジョン　Ashberry, John　543
アッティラ（フン王）　Attila, König der Hunnen　21, 54, 184
アドルフ・フォン・ナッサウ（神聖ローマ皇帝）　Adolf von Nassau, Kaiser　30
アドルフ，ヨハン・バプティスト　Adolph, Johann Baptist　114–15
アハライトナー，フリードリヒ　Achleitner, Friedrich　467, 480, 541
アビゲドール・ベン・エリーヤ　Abigedor ben Elija　29
アブラハム・ア・ザンクタ・クラーラ（ヨハン・ウルリヒ・メゲルレ）　Abraham a Sancta Clara (Johann Ulrich Megerle)　106, 108, 115, 137
アメリ，ジャン　Améry, Jean　549, 586, 606
アラゴン，ルイ　Aragon, Louis　463
アリオスト，ルドヴィーコ　Ariost, Ludovico　153
アルクシンガー，ヨハン・バプティスト・フォン　Alxinger, Johann Baptist von　126, 133, 138, 147, 149–50, 153–54, 166, 178, 183, 225
アルテンベルク，ペーター　Altenberg,

Peter　289, 295, 298–300, 305, 363
アルトナー，テレーゼ・フォン　Artner, Therese von　184–86, 216
アルトマン，ハンス・カール　Artmann, Hans Carl　467, 470, 479–82, 517, 521, 525, 539, 584, 592
アルトマン（聖フローリアン修道院長） Altmann, Propst von St. Florian　12
アルブレヒト・フォン・ヨハンスドルフ Albrecht von Johannsdorf　17
アルブレヒト一世（神聖ローマ皇帝） Albrecht I., Kaiser　9, 30, 32
アルブレヒト二世（神聖ローマ皇帝＝オーストリア公アルブレヒト五世）Albrecht II., Kaiser（Albrecht V., Herzog von Österreich）　30, 41–42, 44, 47, 60–61, 68, 90
アルブレヒト二世賢公（オーストリア公） Albrecht II. der Weise, Herzog von Österreich　41, 55
アルブレヒト三世（オーストリア公） Albrecht III. Herzog von Österreich 43, 46, 53
アルブレヒト六世（オーストリア公） Albrecht VI. Herzog von Österreich 71–72, 90
アルベルティーヌス，エギドゥス　Albertinus, Aegidius　106
アルンシュタイン，ファニー・フォン Arnstein, Fanny von　177, 449
アレント，ハンナ　Arendt, Hannah　536, 548
アンダース，ギュンター　Anders, Günther　548–49
アンツェングルーバー，ルートヴィヒ Anzengruber, Ludwig　254, 272–73, 289
アンツェングルーバー（ズシツキ兄弟）出版　Anzengruber-Verlag（Brüder Suschitzky）　356, 466
アンドリアーン＝ヴェルブルク，レオポルト・フォン　Andrian-Werburg, Leopold von　298, 302–03, 321, 384
イーザク・ベン・モーゼ（イーザク・オル・ザルア） Isaak ben Mose（Isaak Or Sarua）　29
イェーガーシュテッター，フランツ Jägerstätter, Franz　528
イェセンスカ，ミレーナ　Jesenská, Milena　364
イェリネク，エルフリーデ　Jelinek, Elfriede　534–36, 540, 572–74, 585
イェルジッチ，ミルコ　Jelusich, Mirko 352–53, 369, 385, 390, 392, 399–401, 436
イサライン，イスラエル　Isserlein, Israel 60
イツィヒ，ダーフィット　Itzig, David　177
イニッツァー，テオドール（ウィーン大司教） Innitzer, Theodor, Erzbischof von Wien　367, 379
イプセン，ヘンリック　Ibsen, Henrik 275, 297–98, 305, 533, 535
イボットソン，エヴァ　Ibbotson, Eva　451
イヨネスコ，ウジェーヌ　Ionesco, Eugene　532
インゼル出版　Insel-Verlag　386, 396, 575
インナーホーファー，フランツ Innerhofer, Franz　525, 562–63
ヴァーグナー，オットー　Wagner, Otto 288
ヴァーグナー，リヒャルト　Wagner, Richard　162, 240, 257, 365, 424, 508–09
ヴァイゲル，ハンス　Weigel, Hans　463, 465–66, 470, 486–87, 514
ヴァイゲル，ヘレーネ　Weigel, Helene 452
ヴァイゲル（出版），クリスティアン Weigel, Christian（Verlag）　107
ヴァイスケルン，フリードリヒ・ヴィルヘルム　Weiskern, Friedrich Wilhelm　161
ヴァイトマン，パウル　Weidmann, Paul 144, 152–53, 158, 166, 184
ヴァイニンガー，オットー　Weininger,

Otto 265, 283–84, 286, 295, 301, 326, 335, 337–38, 341, 385, 390, 412, 429
ヴァイプレヒト，カール Weyprecht, Carl 607
ヴァイル，クルト Weill, Kurt 373
ヴァイレン，ヨーゼフ Weilen, Joseph 276–77
ヴァインヘーバー，ヨーゼフ Weinheber, Josef 359, 385–86, 390–92, 394, 404, 436–37, 468, 481–83, 507, 541
ヴァッガール，カール・ハインリヒ Waggerl, Karl Heinrich 330, 358, 396, 436, 463, 468
ヴァッサーマン，ヤーコプ Wassermann, Jakob 418, 423
ヴァット，ヨアヒム・フォン（ヴァディアーヌス） Watt, Joachim von (Vadianus) 75, 84
ヴァッラ，ロレンツォ Valla, Lorenzo 91
ヴァルザー，マルティン Walser, Martin 531
ヴァルター・フォン・デア・フォーゲルヴァイデ Walther von der Vogelweide 5, 15, 17, 20, 330, 439
ヴァルツェル，オスカル Walzel, Oskar 302
ヴァルツェル，カミロ Walzel, Camillo 274
ヴァルディンガー，エルンスト Waldinger, Ernst 385–87, 392
ヴァルデック，ハインリヒ・ズーゾ Waldeck, Heinrich Suso 333, 368
ヴァルトハイム，クルト Waldheim, Kurt 519, 548, 583, 585–87, 600
ヴァルトブルン，エルンスト Waldbrunn, Ernst 476
ヴァレリウス・マクシムス Valerius Maximus 54, 56
ヴィーザー（出版），ロイゼ Wieser, Lojze (Verlag) 581, 592
ヴィースナー，ベルトルト・パウル Wiesner, Berthold Paul 450
ヴィート（シュナーブル／ヴァイズル），マルティーナ Wied (Schnabl/Weisl), Martina 384, 420–21, 449, 463
ヴィーナー，オスヴァルト Wiener, Oswald 467, 479, 555
ヴィーラント，クリストフ，マルティン Wieland, Christoph Martin 127, 136, 139, 144, 147, 149–50, 153–54, 170–71, 173, 182–83, 191, 235
ヴィテーズ，ヤーノシュ Vitéz, János 77
ヴィトゲンシュタイン，ルートヴィヒ Wittgenstein, Ludwig 349, 487, 552, 616
ヴィヨン，フランソワ Villon, François 510
ヴィルコム，エルンスト・フォン Willkomm, Ernst von 221
ヴィルトガンス，アントン Wildgans, Anton 375–76
ヴィルブラント，アドルフ・フォン Wilbrandt, Adolf von 275–76, 278
ヴィルント・フォン・グラーフェンベルク Wirnt von Grafenberg 28
ヴィンクラー，アンドレーア Winkler, Andrea 622
ヴィンクラー，ヨーゼフ Winkler, Josef 571–72, 608
ヴィンター，エルンスト・カール Winter, Ernst Karl 356, 358, 606
ヴィンディッシュ，カール・ゴットリープ Windisch, Karl Gottlieb 172
ヴィンディッシュ＝グレーツ侯爵，アルフレート Windisch-Graetz, Alfred Fürst 195
ヴィンディッシュグレーツ，ゴットリープ・フォン Windischgrätz , Gottlieb von 103
ヴーヒェラー（出版），ゲオルク・フィリップ Wucherer, Georg Philipp (Verlag) 132

ウーラント，ルートヴィヒ　Uhland, Ludwig　203
ヴェーツェル，ヨハン・カール　Wezel, Johann Karl　140
ヴェーデキント，フランク　Wedekind, Frank　334, 452
ヴェーベルン，アントン・フォン　Webern, Anton von　288
ヴェッセリー，パウラ　Wessely, Paula　436, 445, 536
ウェルギリウス　Vergil　76, 80, 108–09, 154–56, 430–31, 443
ヴェルザー，ミヒェル　Velser, Michel　48–49
ヴェルシュ，レナーテ　Welsh, Renate　588–89
ウェルズ，ハーバート・ジョージ　Wells, Herbert George　352, 355, 463
ヴェルディ，ジュゼッペ　Verdi, Giuseppe　424
ヴェルトハイムシュタイン，フランツィスカ・フォン　Wertheimstein, Franziska von　252
ヴェルトハイムシュタイン，ヨゼフィーネ・フォン　Wertheimstein, Josephine von　252, 267, 308
ヴェルナー，オスカル　Werner, Oskar　474
ヴェルナー，ツァハリーアス　Werner, Zacharias　179–80, 186
ヴェルフェル，フランツ　Werfel, Franz　289, 293, 295, 331, 339, 350–51, 355, 360, 364, 372–73, 379, 384, 389, 416, 423–25, 440–41, 464, 627
ヴェルレーヌ，ポール　Verlaine, Paul　306
ヴェルンヘア・デア・ガルテネーレ（庭師）　Wernher der Gartenaere　27, 477
ヴェルンヘア（修道士）　Wernher (Bruder)　20
ヴェレシュマルティ，ミハーイ　Vőrősmarty, Mihaly　250
ヴェンター，ヨーゼフ　Wenter, Josef　358
ウォー，イーヴリン　Waugh, Evelyn　463
ウォーターハウス，ペーター　Waterhouse, Peter　591
ウォーフ，ベンジャミン・リー　Whorf, Benjamin Lee　614
ヴォック・ズ・ロジュンベルカ，ペトル　Vok z Rožmberka, Petr (Peter Wok von Rosenberg)　99
ヴォルター，シャルロッテ　Wolter, Charlotte　276–78
ヴォルフ，フーゴ　Wolf, Hugo　286
ヴォルフ（出版），クルト　Wolff, Kurt (Verlag)　293
ヴォルフガー・フォン・エルラ（パッサウ司教）　Wolfger von Erla, Bischof von Passau　15, 17–18, 21
ヴォルフグルーバー，ゲルノート　Wolfgruber, Gernot　525, 563
ヴォルフスグルーバー，リンダ　Wolfsgruber, Linda　589
ヴォルフラム・フォン・エッシェンバッハ　Wolfram von Eschenbach　21, 28–29, 54
ウォレス，デヴィッド・フォスター　Wallace, David Foster　624
ウツィツキ，グスタフ　Ucicky, Gustav　436
ヴュール，パウル　Wühr, Paul　608
ウルシュタイン（出版）　Ullstein (Verlag)　416–17
ウルストンクラフト・シェリー，メアリー　Wollstonecraft Shelley, Mary　481
ウルバニツキ，グレーテ・フォン　Urbanitzky, Grete von　352, 385, 412
ヴルピウス，クリスティアン・アウグスト　Vulpius, Christian August　191
ウルフ，ヴァージニア　Woolf, Virginia　415
ウルリヒ・フォン・ポッテンシュタイン　Ulrich von Pottenstein　46

ウルリヒ・フォン・リヒテンシュタイン Ulrich von Liechtenstein 20, 25–26
ウンゼルト，ジークフリート Unseld, Siegfried 575
エウリピデス Euripides 85
エーヴァース，ハンス・ハインツ Ewers, Hans Heinz 341
エーザー，イルムハルト Öser, Irmhart 48
エードリング，アンゼルム・フォン Edling, Anselm von 142
エーバース，ゲオルク Ebers, Georg 250
エーブナー，ジニー Ebner, Jeannie 465, 484, 517, 524–25, 577
エーブナー＝エッシェンバッハ，マリー・フォン Ebner-Eschenbach, Marie von 202, 265–67, 286
エーブナー＝エッシェンバッハ，モーリッツ・フォン Ebner-Eschenbach, Moritz von 265
エーベンドルファー，トーマス Ebendorfer, Thomas 45, 53
エーレンシュタイン，アルベルト Ehrenstein, Albert 293, 336–37, 355, 360, 367
エーレンフェルス，ベルンハルト・フォン Ehrenfels, Bernhard von 402
エスラヴァ，アントーニオ・デ Eslava, Antonio de 112
エッゲンフェルダー，リープハルト Eghenvelder, Liebhard 52
エッティンガー（出版），F. Oetinger, F.（Verlag） 580
エトヴェシュ，ヨージェフ Eőtvős, József 250
エリーザベト・フォン・ルクセンブルク（ハンガリー王妃） Elisabeth von Luxemburg, Konigin von Ungarn 91
エリーザベト（オーストリア公妃） Elisabeth, Herzogin von Österreich 47
エリーザベト（シシー／オーストリア皇妃） Elisabeth, österr. Kaiserin 245, 281, 363, 473
エリオット，トーマス・スターンズ Eliot, Thomas Stearns 546
エルトル，エーミール Ertl, Emil 293, 320, 352, 408
エルンスト，グスタフ Ernst, Gustav 584
エレオノーラ・ディ・ゴンザーガ（神聖ローマ皇妃） Eleonora di Gonzaga, Kaiserin 96
エンゲルス，フリードリヒ Engels, Friedrich 206, 260
エンゲルベルト（アトモントの） Engelbert von Admont 32
エンスリーン，グードルーン Ensslin, Gudrun 537
エンター（出版），ミヒャエル Endter, Michael（Verlag） 98, 101, 111
オイゲン（サヴォイア公子） Eugen, Prinz von Savoyen 95, 400
オウィディウス Ovid 76, 607
オーバーコーフラー，ヨーゼフ・ゲオルク Oberkofler, Josef Georg 368, 387, 517
オーピッツ，マルティン Opitz, Martin 80, 97, 100, 105, 117
オコペンコ，アンドレーアス Okopenko, Andreas 467, 470, 473, 486, 491–93
オスヴァルト・フォン・ヴォルケンシュタイン Oswald von Wolkenstein 49, 57–58
オソリンスキ伯爵，ヨゼフ・マクシミリアン Ossoliński, Jozef Maksymilian Graf 249
オタカル（オトカル）二世プシェミスル（ボヘミア王） Ottokar II. Přemysl, König von Böhmen 39, 86, 230
オットー一世（神聖ローマ皇帝） Otto I., Kaiser 5
オットー陽気公（オーストリア大公） Otto der Fröhliche, Herzog von Öster-

reich 52, 92
オッフェンバック，ジャック Offenbach, Jacques 240, 271, 274, 296
オトカル（ガール／ホルネックの） Ottokar aus der Gaal/von Horneck 32, 38–39
オニール，ユージン O'Neill, Eugene 476
オリーヴェン，フリッツ Oliven, Fritz 342
オルゼン，ロルフ Olsen, Rolf 476
オルデン，バルダー Olden, Balder 451
オルトナー，ヘルマン・ハインツ Ortner, Herman Heinz 368, 376–77
オルフ，カール Orff, Carl 303
オンダーチェ，マイケル Ondaatje, Michael 608

カ 行

ガーゲルン，フリードリヒ・フォン Gagern, Friedrich von 436
カーザー，ノルベルト Kaser, Nobert C. 580
カーティス，マイケル（ミハーイ・ケルテース） Curtis, Michael（Mihaly Kertesz） 368
カーペンター，ウィリアム Carpenter, William 544
カール，カール Carl, Karl 234, 238, 241
カール（オーストリア大公） Karl, Erzherzog von Österreich 183
カール一世（オーストリア皇帝） Karl I., österr. Kaiser 345
カール四世（神聖ローマ皇帝） Karl IV., Kaiser 34, 41–42, 68
カール五世（神聖ローマ皇帝） Karl V., Kaiser 62, 84, 152, 183–84
カール六世（神聖ローマ皇帝） Karl VI., Kaiser 94–95, 121–22
カールヴァイス，カール Karlweis, Carl 322, 418
カールヴァイス，マルタ Karlweis, Marta 418
カールマン，エメリッヒ Kálmán, Emmerich 342
ガイアー，エーミール Geyer, Emil 369, 508
ガイガー，アルノ Geiger, Arno 619–20
カイザー，フリードリヒ Kaiser, Friedrich 241, 270–71
ガイスマイアー，ミヒャエル Gaismair, Michael 65
カウス，オットー Kaus, Otto 416
ガウス，カール・フリードリヒ Gauß, Carl Friedrich 617
ガウス，カール＝マルクス Gauß, Karl-Markus 524, 586–87
カウス，ギーナ Kaus, Gina 350, 364, 415–16, 449
カウツキー，カール Kautsky, Minna 260
カウツキー，ミンナ Kautsky, Karl 260
カウニッツ伯爵，ヴェンツェル・アントン Kaunitz, Wenzel Anton Graf 140
カシャーク，ラヨシュ Kassak, Lajos 361
ガシュパル，エンドレ Gaspar, Endre 361
カジンツィ，フェレンツ Kazinsczy, Ferenc 250
カスティ，ジョヴァンニ・バティスタ Casti, Giovanni Battista 167
カステリ，イグナーツ・フランツ Castelli, Ignaz Franz 183, 203, 205, 212
カストレ，エドゥアルト Castle, Eduard 6, 354–55, 460–61
カトゥルス Catull 80
カトモン，シュテラ Kadmon, Stella 371, 475–76
カネッティ，エリアス Canetti, Elias 419–20, 428–29, 441
カネッティ（タウブナー＝カルデロン），

ヴェザ　Canetti (Taubner-Calderon), Veza　419–20, 428
カパハー，ヴァルター　Kappacher, Walter　558
カフカ，フランツ　Kafka, Franz　5, 222, 294, 331, 341, 364, 464, 486, 535, 555, 559, 565, 590
カメラー，パウル　Kammerer, Paul　627
カラ・ムスタファ　Kara Mustapha　66
カラジッチ，ヴーク　Karadžić, Vuk　249
カラミヌス，ゲオルク　Calaminus, Georg　79, 85–86
カルツァビージ，ラニエリ・デ　Calzabigi, Ranieri de　165, 167
カルデロン・デ・ラ・バルカ　Calderon de la Barca, Pedro　231, 311
カルトネッカー，ハンス　Kaltneker, Hans　372
カルヒベルク，ヨハン・フォン（騎士）　Kalchberg, Johann Ritter von　174
カルプツォ，ベネディクト　Carpzov, Benedict　94
カルプフェン，フリッツ　Karpfen, Fritz　306
ガルボ，グレータ　Garbo, Greta　368
ガンス＝ルダシー，ユリウス・フォン　Gans-Ludassy, Julius von　322–23
カント，イマヌエル　Kant, Immanuel　175
カンペ（出版）　Campe (Verlag)　198, 203, 254
キアヴァッチ，ヴィンツェンツ　Chiavacci, Vincenz　259, 271, 322
キシュファルディ，カーロイ　Kisfaludy, Karoly　250
キション，エフライム　Kishon, Ephraim　469
キッシュ，エゴン・エルヴィーン　Kisch, Egon Erwin　293, 331, 351
ギボン，エドゥアルト　Gibbon, Edward　187
キム，アンナ　Kim, Anna　628
ギュータースロー，アルベルト・パリス　Gütersloh, Albert Paris　291, 334, 351, 359, 438, 467, 502
キューレンベルガー　Kürenberger　16, 22
キューンブルク伯，マックス・ガンドルフ・フォン（ザルツブルク大司教）　Kuenburg, Max Gandolf Graf von, Erzbischof von Salzburg　115
キュフシュタイン，ハンス・ルートヴィヒ・フォン　Kuefstein, Hans Ludwig von　100
キュルンベルガー，フェルディナント　Kürnberger, Ferdinand　207, 220–21, 247, 258
ギュンター，ヨハン・アントン　Günther, Johann Anton　179
キルヒヴェーガー，エルンスト　Kirchweger, Ernst　520
ギルム，ヘルマン・フォン　Gilm, Hermann von　206, 213
キンダーマン，ハインツ　Kindermann, Heinz　392, 461
ギンツカイ，フランツ・カール　Ginzkey, Franz Karl　293, 330, 352, 358, 385, 392, 462
グアリノニウス，ヒッポリトゥス　Guarinonius, Hippolytus　110
グアレスキ，ジョヴァンニ　Guareschi, Giovanni　463
クー，アントン　Kuh, Anton　350, 362–64
クー，エーミール　Kuh, Emil　254
クヴァルティンガー，ヘルムート　Qualtinger, Helmut　476, 528
クウェーリド（出版）　Querido (Verlag)　450
グーツィンガー，オットー　Guzinger, Otto　115
グーテンベルク，ヨハン　Gutenberg, Johann　66
グートルフ・フォン・ハイリゲンクロイツ

Gutolf von Heiligenkreuz　32
クーパー，ジェームズ・フェニモア　Cooper, James Fenimore　200
グーベツ，マテイヤ　Gubec, Matija　65
グールド，グレン　Gould, Glenn　577
グズール出版　Gsur-Verlag　413
グストライン，ノルベルト　Gstrein, Norbert　588, 604–05
クスピニアン（シュピースハイマー），ヨハネス　Cuspinian (Spiesheimer), Johannes　75
グスマン，オルガ　Gussmann, Olga　313
クナイフル，エーディット　Kneifl, Edith　616
クナップ，フリッツ・ペーター　Knapp, Fritz Peter　37, 59, 625
クナップ，ラーデク　Knapp, Radek
クニッゲ，アドルフ・フォン　Knigge, Adolph von　138
クネープラー，パウル　Knepler, Paul　343
クビーン，アルフレート　Kubin, Alfred　341, 378, 404, 407, 508
グマイナー（ライナー），アンナ　Gmeyner (Reiner), Anna　450–51
グラーザー，ルードルフ　Graser, Rudolph　125, 171
グラースベルガー，ハンス　Grasberger, Hans　280
クラート・フォン・クラフトハイム，ヨハネス　Crato von Craftheim, Johannes　85
クラーネヴィッター，フランツ　Kranewitter, Franz　326
クラーマー，テオドール　Kramer, Theodor　385, 389, 392, 439
クラーマー，ハインリヒ（インスティトーリス）　Kramer, Heinrich (Institoris)　94
クラーリク，リヒャルト・フォン　Kralik, Richard von　257, 323, 332–33, 353, 365–66
クライスキー，ブルーノ　Kreisky, Bruno　459, 518–19
グライナー，ウルリヒ　Greiner, Ulrich　545
グライナー，カロリーネ　Greiner, Caroline　186
グライナー，フランツ・ザーレス・フォン　Greiner, Franz Sales von　134, 147, 186
グライヒ，ヨーゼフ・アーロイス　Gleich, Joseph Alois　186, 235
グライヒ，ルイーゼ　Gleich, Louise　235
グライフェンベルク，カタリーナ・レギーナ・フォン　Greiffenberg, Catharina Regina von　101–02
グライフェンベルク，ハンス・ルードルフ・フォン　Greiffenberg, Hans Rudolph von　101
グライム，ヨハン・ヴィルヘルム・ルートヴィヒ　Gleim, Johann Wilhelm Ludwig　145, 155, 182
グラインツ，フーゴ　Greinz, Hugo　325, 353
グラインツ，ルードルフ　Greinz, Rudolf　293
グラヴィニチ，トーマス　Glavinic, Thomas　618–19
クラウス，ヴェルナー　Krauss, Werner　368
クラウス，ヴォルフガング　Kraus, Wolfgang　521–22, 546
クラウス，カール　Kraus, Karl　238, 253, 258, 284, 293–94, 296, 300–02, 306, 324, 327, 334, 336–37, 339, 350–51, 362–63, 370, 372, 380, 386, 390–91, 416, 419, 428, 445, 454, 466, 470, 530, 536, 568, 588
クラウス，クレメンス　Krauss, Clemens　370
クラウス，ヨーゼフ　Klaus, Josef　518
グラス，ギュンター　Grass, Günter　531

クラッセン（出版） Claassen (Verlag) 508
クラッター，フランツ Kratter, Franz 142–43
グラッタウアー，ダニエル Glattauer, Daniel 621
グラッツ，ヤーコプ Glatz, Jakob 85
クラッヘンベルガー，ヨハン Krachenberger, Johann 73
クラフト＝エービング，リヒャルト・フォン Krafft-Ebing, Richard von 264
クラマー，アンゲリカ Klammer, Angelika 624
クラリー，デジレ Clary, Desirée 419
クランダ，イグナーツ Kuranda, Ignaz 197–98, 241
クランツ，ヨーゼフ Kranz, Josef 416
クリーリー，ロバート Creeley, Robert 544
グリーン，グレアム Greene, Graham 463, 474, 546
グリーン，ジュリアン Green, Julien 463
クリスティアン・フォン・リーリエンフェルト Christian von Lilienfeld 34
クリスティアンセン，エアリング Kristiansen, Erling 419
クリステン，アーダ Christen, Ada 254
クリムト，グスタフ Klimt, Gustav 259, 288–89, 297, 502
クリューガー，ルート Klüger, Ruth 602
グリューン，アナスタージウス（アレクサンダー・フォン・アウアースペルク伯爵） Grün, Anastasius (Alexander Graf von Auersperg) 158, 202–03, 205, 207, 209–10, 222, 226, 256, 385
グリューンヴァルト，アルフレート Grünwald, Alfred 343
グリューンバウム，フリッツ Grünbaum, Fritz 343
グリュック，アンゼルム Glück, Anselm 202, 540
グリルパルツァー，フランツ Grillparzer, Franz 39, 86, 145, 149, 162, 181, 183–84, 186–87, 195, 197, 199, 202–03, 205, 207, 214, 217, 221–22, 226–34, 237, 244, 269, 275, 277, 311, 326, 348, 358, 368–69, 374, 379, 385, 461, 475, 515
クリンガー，クルト Klinger, Kurt 478, 484–85
クリングシュタイナー，フェルディナント Kringsteiner, Ferdinand 162, 239
グルーバー，ザビーネ Gruber, Sabine 581
グルーバー，マリアンネ Gruber, Marianne 522–23, 584
クルシェネク，エルンスト Křenek, Ernst 359, 370
クルツ（＝ベルナルドン），フェーリックス・フォン Kurz (-Bernardon), Felix von 161–62
グルック，クリストフ・ヴィリバルト Gluck, Christoph Willibald 165, 167
クルツベック（出版），ヨーゼフ・フォン Kurzböck, Joseph von (Verlag) 131–32, 145–46, 155
クルツマン，アンドレーアス Kurzmann, Andreas 48
クルントラート，パウル Kruntorad, Paul 523
グレーノ（出版） Greno (Verlag) 607
クレーマイアー，ルードルフ Kremayr, Rudolf 526
グレゴリウス一世（大グレゴリウス／教皇） Gregor der Große, Papst 46
グレッケル，オットー Glöckel, Otto 354
クレット（出版），エルンスト Klett, Ernst (Verlag) 526
グレッファー，フランツ Gräffer, Franz 196
グレッファー（出版），ルードルフ Gräffer, Rudolph (Verlag) 132, 155

クレフトナー，ヘルタ　Kräftner, Hertha 466, 485–86
クレプファー，ハンス　Kloepfer, Hans 328, 437
クレム，クリスティアン・ゴットロープ Klemm, Christian Gottlob 126, 162, 172
グレンク，マリア　Grengg, Maria 356, 358, 394
クロイツァー，コンラディーン Kreutzer, Conradin 274
クローネス，テレーゼ　Krones, Therese 236
グローブス出版　Globus-Verlag 463, 469
グロッガー，パウラ　Grogger, Paula 352, 393
クロプシュトック，フリードリヒ・ゴットロープ　Klopstock, Friedrich Gottlieb 127, 146, 152, 157, 182–83, 400
グロボツニク，オーディロ　Globocnik, Odilo 359, 572
グロント，ヴァルター　Grond, Walter 608
グンダカー・フォン・テルンベルク Gundaker von Thernberg 92
グンダカー・フォン・ユーデンブルク Gundacker von Judenburg 35
ゲイ，ピーター　Gay, Peter 313
ゲーテ，オッティーリエ・フォン Goethe, Ottilie von 214
ゲーテ，ヨハン・ヴォルフガング Goethe, Johann Wolfgang 97, 139, 147–48, 150, 152, 166, 180, 189, 211, 214–15, 217, 224, 226, 228, 230, 250, 255, 279, 296, 309, 336, 362, 470, 554, 622
ゲーディケ，フリードリヒ　Gedike, Friedrich 138
ケーニヒ，アルマ・ヨハンナ　König, Alma Johanna 402–03, 570
ケーニヒ，エドゥアルト　König, Eduard 473
ゲープラー男爵，トビアス・フォン Gebler, Tobias Freiherr von 166
ケールマイアー，ミヒャエル　Köhlmeier, Michael 585, 610–11, 616
ケールマン，ダニエル　Kehlmann, Daniel 616, 617
ケールマン，ミヒャエル　Kehlmann, Michael 476
ゲオルク・アウンペック・フォン・ポイアーバッハ　Georg Aunpekh von Peuerbach 70–71
ゲオルゲ，シュテファン　George, Stefan 303, 307, 309, 452
ケストラー，アルトゥル　Koestler, Arthur 350, 442–43, 522
ゲッシェン（出版）　Goeschen (Verlag) 153, 156
ゲッベルス，ヨーゼフ　Goebbels, Joseph 371, 400
ゲネルジヒ，ヨハン　Genersich, Johann 182
ケプラー，ヨーゼフ・フリードリヒ Keppler, Joseph Friedrich 158
ケラー，ゴットフリート　Keller, Gottfried 270, 320–21, 398
ゲラート，クリスティアン・フュルヒテゴット　Gellert, Christian Furchtegott 127
ケリドニウス，ベネディクトゥス　Chelidonius, Benedictus 84
ケル，アルフレート　Kerr, Alfred 295
ゲルヴィーヌス，ゲオルク・ゴットフリート　Gervinus, Georg Gottfried 1
ケルシュバウマー，マリー＝テレーズ Kerschbaumer, Marie-Thérèse 570, 585
ゲルストル，エルフリーデ　Gerstl, Elfriede 473, 584–85
ゲルストル，リヒャルト　Gerstl, Richard 334
ケルナー，クリスティアン・ゴットフリート　Körner, Christian Gottfried 190

ケルナー，テオドール　Körner, Theodor 189
ケルナー，ユスティヌス　Kerner, Justinus　208
ケルバー，リリー（アグネス・ムート） Körber, Lili (Agnes Muth)　414, 449
ゲルホーホ・フォン・ライヒャースベルク Gerhoch von Reichersberg　10
ゲルリヒ，エルンスト・ヨーゼフ Görlich, Ernst Josef　6
ケルンシュトック，オトカル　Kernstock, Ottokar　327–28
ゲンツ，フリードリヒ・フォン　Gentz, Friedrich von　217
コイン，イルムガルト　Keun, Irmgard 426
コーフラー，ヴェルナー　Kofler, Werner 587–88
コーフラー，ゲルハルト　Kofler, Gerhard 591
コーヘン，マルティン・フォン　Cochem, Martin von　107
コーラル，ヤーン　Kollar, Ján　248
ゴーリキー，マクシム　Gorki, Maxim 463
ゴールズワージー，ジョン　Galsworthy, John　351, 355
ゴールディング，ウィリアム　Golding, William　462
コーレン，ハンス　Koren, Hanns　517
コクマタ，カール　Kocmata, Karl　293
ココシュカ，オスカル　Kokoschka, Oskar 293, 334–35, 337, 418, 627
コシュート，ラヨシュ　Kossuth, Lajos 195
コスタ，カール　Costa, Karl　271–72
コツェブー，アウグスト・フォン Kotzebue, August von　225
コッタ（出版），ヨハン・フリードリヒ Cotta, Johann Friedrich (Verlag)　185, 199, 207, 607
コッターナリン，ヘレーネ　Kottanner (in), Helene　90–91
ゴッチェート，ヨハン・クリストフ Gottsched, Johann Christoph　97, 124–27, 146, 153, 159, 161–62, 165, 171–72
コッテン，アン　Cotten, Ann　627
ゴットフリート・フォン・シュトラースブルク　Gottfried von Straßburg　17, 21
ゴットヘルフ，イェレミーアス　Gotthelf, Jeremias　279
コピタル，イェルネイ（バルトロメウス） Kopitar, Jernej (Bartholomäus)　249
コマレク，アルフレート　Komarek, Alfred　615
コムロシュ，アラダール　Komlos, Aladar 361
コラーリチュ，アルフレート　Kolleritsch, Alfred　397, 517, 521, 523, 542
コリーン，ハインリヒ・フォン　Collin, Heinrich von　180–82, 186, 189–90
コリーン，マテウス・フォン　Collin, Matthäus von　181, 186–87, 190, 251
ゴル，イヴァン　Goll, Ivan　453
ゴル，クレール　Goll, Claire　491
コルヴィーヌス，エリアス　Corvinus, Elias　71, 76
コルダ，アレクサンダー　Korda, Alexander　368
コルティ，アクセル　Corti, Axel　528
コルテス，エルナン　Cortez, Hernando 404
コルナー，グレゴール・ダーフィット Corner, Gregor David　98
コルベンハイアー，エルヴィーン・グイード　Kolbenheyer, Erwin Guido　350
コルンフェルト，パウル　Kornfeld, Paul 331
コレット　Colette　451
コロヴラート，ザシャ　Kolowrat, Sascha, 368

コロヴラート伯爵，フランツ・アントン Kolowrat, Franz Anton Graf 226
コロレド，ヒエロニムス・フォン（ザルツブルク大司教） Colloredo, Hieronymus von, Erzbischof von Salzburg 140, 172–73
コンペルト，レオポルト Kompert, Leopold 261–62
コンラート・フォン・ハインブルク Konrad von Hainburg 34
コンラート・フォン・ハスラウ Konrad von Haslau 38
コンラート・フォン・フーセスブルネン Konrad von Fußesbrunnen 15
コンラート・フォン・メーゲンベルク Konrad von Megenberg 33
コンラート（僧） Konrad (Pfaffe) 28
コンラッド，ジョゼフ Conrad, Joseph 336

サ 行

サーボ，ヴィルヘルム Szabo, Wilhelm 385, 388, 522
ザール，ハンス Sahl, Hans 605
ザール，フェルディナント・フォン Saar, Ferdinand von 252, 254–56, 266–69, 472
ザイコ，ジョルジュ Saiko, George 438, 503
ザイツ，カール Seitz, Karl 358
ザイドラー，ヘルベルト Seidler, Herbert 460
ザイドル，ヨハン・ガブリエル Seidl, Johann Gabriel 196, 199, 201–02, 207, 212
ザイフリート・ヘルブリング Seifried Helbling 38
ザイペル，イグナーツ Seipel, Ignaz 346
ザイラー，トニー Sailer, Toni 459
ザウアー，アウグスト Sauer, August 331, 354
ザウアー，ヘッダ Sauer, Hedda 331
ザスマン，ハンス Sassmann, Hanns 380
ザックス，ハンス Sachs, Hans 81, 86
ザッハー，フリードリヒ Sacher, Friedrich 385
ザッハー＝マゾッホ，アレクサンダー・フォン Sacher-Masoch, Alexander von 465, 472
ザッハー＝マゾッホ，レオポルト Sacher-Masoch, Leopold 247, 257, 264–65, 278, 323
ザフィーア，モーリッツ・ゴットリープ Saphir, Moritz Gottlieb 196–97, 199
サリエリ，アントーニオ Salieri, Antonio 167
ザルツブルクの修道士 Mönch von Salzburg 59
ザルツマン，クリスティアン・ゴットヒルフ Salzmann, Christian Gotthilf 182, 301
ザルテン，フェーリックス Salten, Felix 293, 298, 301, 352, 355, 610
サルトル，ジャン＝ポール Sartre, Jean-Paul 476
ザルブルク伯女，エーディット Salburg, Edith, Gräfin 286
ザルム＝ライファーシャイト侯爵夫人，エリーザベト Salm-Reifferscheidt, Elisabeth, Fürstin 267
サン・ペドロ，ディエゴ・デ San Pedro, Diego de 100
サン＝テグジュペリ，アントワーヌ・ド Saint-Exupery, Antoine de 464
サンド，ジョルジュ Sand, George 219
サンブクス，ヨハネス（ヤーノシュ・ジャンボキー） Sambucus, Johannes (János Zsámboky) 76–77, 85
ジーギスムント（神聖ローマ皇帝） Sigismund, Kaiser 58

ジーギスムント硬貨公（オーストリア公）
Sigismund (der Münzreiche), Herzog von Österreich　69–70
ジーモン・フォン・リーガースブルク
Simon von Riegersburg　46
シーラッハ，バルドゥール・フォン
Schirach, Baldur von　437
シールズフィールド，チャールズ　Sealsfield, Charles　218–20, 336, 472
シーレ，エゴン　Schiele, Egon　334, 502
ジウツ，マリア　Siutz, Maria　530
シェークスピア，ウィリアム　Shakespeare, William　85, 165, 191, 250, 275, 296, 470, 488, 546, 590, 611
シェーネラー，ゲオルク・フォン
Schönerer, Georg von　256, 281, 284, 296
シェーラー，ヴィルヘルム　Scherer, Wilhelm　247
シェーラー，ゲオルク　Scherer, Georg　78–79
シェーンヴィーゼ，エルンスト
Schönwiese, Ernst　359, 385, 387, 470, 485, 521, 543, 568
シェーンヘア，カール　Schönherr, Karl　326–27, 352, 368, 371
シェーンベルク，アルノルト　Schönberg, Arnold　288, 334
シェプス，モーリッツ　Szeps, Moritz　253, 289
シェル，マリア　Schell, Maria　474
シカネーダー，エマヌエル　Schikaneder, Emanuel　142, 154, 168–70, 190
ジッキンゲン，フランツ・フォン
Sickingen, Franz von　400
シック，ヨハン　Schickh, Johann　196
シャーラング，ミヒャエル　Scharang, Michael　521, 523, 561–62
シャイプ，フランツ・クリストフ・フォン
Scheyb, Franz Christoph von　125–26, 152
シャイベ，テオドール　Scheibe, Theodor　259
シャイベルライター，エルンスト　Scheibelreiter, Ernst　358
シャウカル，リヒャルト・フォン
Schaukal, Richard von　306, 385
シャファーリク，ヨゼフ・パヴェル
Šafarik, Josef Pavel　248
シャベスティエーン，ジェルジ
Sebestyén, György　520, 522, 568
シャルンホルスト，ゲルハルト・フォン
Scharnhorst, Gerhard von　400
シャレンベルク，クリストフ・フォン
Schallenberg, Christoph von　79–80, 99, 101
ジャン・パウル　Jean Paul　179, 214, 502
ジャンヌ・ダルク　Jeanne d'Arc　478
シュー，ウジェーヌ　Sue, Eugène　259
シュー，フランツ　Schuh, Franz　524, 586
シュヴァープ，ヴェルナー　Schwab, Werner　593, 595–96
シュヴァープ，グスタフ　Schwab, Gustav　208
シュヴァイガー，ブリギッテ　Schwaiger, Brigitte　569
シュヴァルツヴァルト，オイゲーニエ
Schwarzwald, Eugenie　452
シュヴァルツェンベルク，カール・フォン
Schwarzenberg, Karl von
シュヴァルツェンベルク，フリードリヒ・フォン　Schwarzenberg, Friedrich von　216
シュヴェーアー，クリストフ（ヘチルス）
Schweher, Christoph (Hecyrus)　98
シュースター，マルク＝オリヴァー
Schuster Marc-Oliver　539
シューベルト，フランツ　Schubert, Franz　179, 200–01, 206, 214, 226, 329, 368, 538
シュシュニク，クルト　Schuschnigg,

Kurt　348, 379, 388
シュタークマン（出版）　Staackmann (Verlag)　293, 320, 324–25, 330
シュタイゲンテシュ，エルンスト・フォン　Steigentesch, Ernst von　190
シュタイナー，ルードルフ　Steiner, Rudolf　257, 323
シュタイン，レーオ　Stein, Leo　343
シュタインスベルク（騎士），フランツ・カール・グオルフィンガー・フォン　Steinsberg, Franz Karl Guolfinger Ritter von　143–44
シュタインフェスト，ハインリヒ　Steinfest, Heinrich　616
シュタインヘーヴェル，ハインリヒ　Steinhöwel, Heinrich　70
シュッセル，ヴォルフガング　Schüssel, Wolfgang　583, 585, 600
シュッティング，ユリアン　Schutting, Julian　543, 584–85, 608
シュティアスニー出版　Stiasny-Verlag　471–72
シュティフター，アーダルベルト　Stifter, Adalbert　141, 197, 202, 213, 219, 221–25, 237, 244, 268–69, 320–21, 348, 358, 399, 461, 472, 525, 553, 578
シュテッスル，オットー　Stoessl, Otto　320, 408
シュテファニー，ゴットリープ　Stephanie, Gottlieb　169
シュテルツハーマー，フランツ　Stelzhamer, Franz　213, 242, 298
シュテルン，ヨーゼフ・ルイトポルト　Stern, Josef Luitpold　323
シュトゥーベンベルク，ヨハン・ヴィルヘルム・フォン　Stubenberg, Johann Wilhelm von　100–02, 110
シュトゥール，リュドヴィート　Štur, L'udovit　248
シュトッカー（出版），レオポルト　Stocker, Leopold (Verlag)　356
シュトライン・フォン・シュヴァルツェナウ，ライヒャルト　Strein von Schwarzenau, Reichard　85
シュトラウス，オスカル　Straus, Oscar　302, 342
シュトラウス，ヨハン　Strauß, Johann　241, 274, 343, 368, 382
シュトラウス，リヒャルト　Strauss, Richard　307, 310, 370
シュトラウス（出版），アントン　Strauß, Anton (Verlag)　186
シュトラッヘ（出版），エドゥアルト　Strache, Eduard (Verlag)　334
シュトラニツキ，ヨーゼフ・アントン　Stranitzky, Joseph Anton　120, 159, 160–61
シュトリッカー　Stricker　26–28, 37, 54–55, 92
シュトル，ルートヴィヒ　Stoll, Ludwig　180
シュトレールヴィッツ，マルレーネ　Streeruwitz, Marlene　584–85, 593–94
シュトローブル，カール・ハンス　Strobl, Karl Hans　330, 341, 352–53, 404, 409, 436
シュトロス，ヴァルター　Stross, Walter　418
シュナイダー，ローベルト　Schneider, Robert,　588, 609
シュナイダー，ロミ　Schneider, Romy　473
シュニッツラー，アルトゥル　Schnitzler, Arthur　227, 289, 291, 298, 300, 305, 312–19, 323, 336, 351, 357, 360, 368, 371, 464, 493, 612
シュニッツラー，リリー　Schnitzler, Lili　313
ジュネ，リヒャルト　Genée, Richard　241
シュパイデル，ルートヴィヒ　Speidel, Ludwig　258

シュピール，ヒルデ　Spiel, Hilde　161, 169–70, 447–49, 451, 520, 522, 564, 606
シュピッツァー，ダニエル　Spitzer, Daniel　258
シュプリンゲンシュミット，カール　Springenschmid, Karl　437
シュペー，フリードリヒ・フォン　Spee, Friedrich von　99, 105
シュペルバー，マーネス　Sperber, Manès　350, 441–42, 498, 515, 522, 587
シュマッツ，フェルディナント（マティアス・シュヴァイガー）　Schmatz, Ferdinand（Matthias Schweiger）　590–91, 608
シュマルツ，フェルディナント（マティアス・シュヴァイガー）　Schmalz, Ferdinand（Matthias Schweiger）　596
シュミット・ツー・シュヴァルツェンホルン，ヨハン・ルードルフ　Schmid zu Schwarzenhorn, Johann Rudolf　100
シュミット，エーリヒ　Schmidt, Erich　319
シュミット，ユリアン　Schmidt, Julian　198
シュメルツル，ヴォルフガング　Schmeltzl, Wolfgang　69, 87
シュラーク，エーヴェリーン　Schlag, Evelyn　486, 535, 544–46
シュライフォーゲル，フリードリヒ　Schreyvogl, Friedrich　352–53, 366–67, 379–80, 465
シュライフォーゲル，ヨーゼフ　Schreyvogel, Joseph　138, 149, 178, 180, 196, 221, 225–26, 228, 379
シュリック，カスパル　Schlick, Kaspar　70
シュリック，モーリッツ　Schlick, Moritz　364
シュレーグル，フリードリヒ　Schlögl, Friedrich　258
シュレーゲル，アウグスト・ヴィルヘルム　Schlegel, August Wilhelm　178, 180
シュレーゲル，ドロテーア　Schlegel, Dorothea　179
シュレーゲル，フリードリヒ　Schlegel, Friedrich　180–81
シュレーダー（出版）　Schröder（Verlag）　504
シュレルン，ハインリヒ・フォン　Schullern, Heinrich von　325
シュロット，ラウール　Schrott, Raoul　592–93
ジョイス，ジェームズ　Joyce, James　276, 359, 430, 448, 470, 492, 501, 503, 609
ショーバー，ヨハン　Schober, Johann　350
ショーペンハウアー，アルトゥル　Schopenhauer, Arthur　247, 268, 391
ショルツ，ヴェンツェル　Scholz, Wenzel　238
ショルナイ（出版），パウル　Zsolnay, Paul（Verlag）　355–56, 389, 398, 405, 412, 415, 422, 449–50, 463, 510, 512, 610
シラー，フリードリヒ　Schiller, Friedrich　97, 147, 150, 152, 174, 180, 189, 200, 202, 204, 214, 229, 265, 274–75, 278, 305, 415, 537, 596
ジルビク，ハインリヒ・フォン　Srbik, Heinrich von　402
ジルベルト，ヨハン・ペーター　Silbert, Johann Peter　179
ジングリーナー（出版）　Syngriener（Verlag）　87
シンデル，ローベルト　Schindel, Robert　547–48, 584–85, 599
ジンメル，ヨハネス・マリオ　Simmel, Johannes Mario　463, 510, 512, 597
ズーアカンプ（出版）　Suhrkamp（Verlag）　483, 530, 547, 550, 560, 570–71, 575, 577, 594, 599–600, 604–05, 623, 627–28
スヴィーテン，ゲラルト・ヴァン

Swieten, Gerard van　128
スヴィーテン，ゴットフリート・ヴァン　Swieten, Gottfried van　143, 150, 189
スウィフト，ジョナサン　Swift, Jonathan　151
スウィンバーン，アルジャーノン・チャールズ　Swinburne, Algernon Charles　297
ズーヘンヴィルト，ペーター　Suchenwirt, Peter　54–57
スキュデリ，マドレーヌ・ド　Scudery, Madeleine de　101
スクヴァーラ，エーリヒ・ヴォルフガング　Skwara, Erich Wolfgang　605–06
スクリーブ，ウジェーヌ　Scribe, Eugène　199
スコーダ，アルビン　Skoda, Albin　474
スコット，ウォルター　Scott, Walter　250
スターン，ローレンス　Sterne, Laurence　144, 220, 502
スタヴァリチ，ミヒャエル　Stavarič, Michael　625
ズットナー，アルトゥル・グンダカー・フォン　Suttner, Arthur Gundaccar von　287
ズットナー，ベルタ・フォン　Suttner, Bertha von　287, 449
スッペ，フランツ・フォン　Suppé, Franz von　274
ストーカー，ブラム　Stoker, Bram　341, 481
ストリンドベリ，アウグスト　Strindberg, August　327, 374, 452
ストリンドベリ，フリードリヒ　Strindberg, Friedrich　452
スノー，チャールズ・パーシー　Snow, Charles Percy　463
ズバラ，フランチェスコ　Sbarra, Francesco　118
スモレ，カレル　Smolle, Karel　582
ズルツァー，ヨハン・ゲオルク　Sulzer, Johann Georg　214
スルペツキー，シュテファン　Slupetzky, Stefan　616
ゼーターラー，ローベルト　Seethaler, Robert　620
ゼーノ，アポストロ　Zeno, Apostolo　119
ゼクスル（出版）　Sexl (Verlag)　490
セザンヌ，ポール　Cezanne, Paul　552
ゼッケンドルフ，レーオ・フォン　Seckendorf, Leo von　180
ゼッツ，クレメンス　Setz, Clemens　623–24
セネカ　Seneca　83–84
ゼムラウ，エルフリーデ　Semrau, Elfriede　615
セリンコ，アンネマリー　Selinko, Annemarie　418
セルバンテス，ミゲル・デ　Cervantes, Miguel de　554
ゼン，フランツ・ミヒャエル　Senn, Franz Michael　206
ゼン，ヨハン・ヒリュゾストムス　Senn, Johann Chrysostomus　242
ゾイカ，オットー　Soyka, Otto　341
ゾイファー，ユーラ　Soyfer, Jura　371, 380–81, 596
ゾネンシャイン，フーゴ　Sonnenschein, Hugo　338, 351–52, 355
ゾネンフェルス，ヨーゼフ　Sonnenfels, Joseph　126, 128–29, 133, 136, 148, 151, 162–63, 172
ゾラ，エミール　Zola, Émile　297
ソロン　Solon　155
ゾンライトナー，ヨーゼフ　Sonnleithner, Joseph　163, 225, 228

タ 行

ダ・ポンテ，ロレンツォ　Da Ponte, Lorenzo　167–68, 170, 310, 536

ダーウィン，チャールズ　Darwin, Charles　283, 321
ダーフィット，ヤーコプ・ユリウス　David, Jakob Julius　319, 472
ターフェ伯爵，エドゥアルト　Taaffe, Eduard, Graf　280
ダーン，フェーリックス　Dahn, Felix　250
ダインハルトシュタイン，ルートヴィヒ　Deinhardstein, Ludwig　199, 226
タウシンスキ，ヤン　Tauschinski, Jan　403
タッソ，トルクアート　Tasso, Torquato　153, 184
ダヌンツィオ，ガブリエーレ　D'Annunzio, Gabriele　299, 535
ダヒメネ，アーデルハイト　Dahimene, Adelheid　589
多和田葉子　Tawada, Yoko　608
ダンテ・アリギエーリ　Dante Alighieri　31
タンホイザー　Tannhäuser　19
チェスティ，アントーニオ　Cesti, Antonio　118
チェルニン，フランツ・ヨーゼフ　Czernin, Franz Josef　584, 590
チマーニ，レオポルト　Chimani, Leopold　182
チャブシュニク，アドルフ・フォン　Tschabuschnigg, Adolf von　219, 242
チャンドラー，レイモンド　Chandler, Raymond　551, 560
チュピック，カール　Tschuppik, Karl　350, 363
チョコール，フランツ・テオドール　Csokor, Franz Theodor　293, 367, 373–74, 379, 383, 385, 392, 406, 463, 465, 520
ツァイドラー，ヤーコプ　Zeidler, Jakob　6, 355
ツァント，ヘルベルト　Zand, Herbert　509
ツィネマン，フレート　Zinnemann, Fred　368
ツィリッヒ，ハインリヒ　Zillich, Heinrich　392
ツーア・ミューレン，ヴィクトール・フォン　Zur Mühlen, Victor von　413
ツーア・ミューレン，ヘルミュニア　Zur Mühlen, Hermynia　356, 412–13, 449
ツヴァイク，シュテファン　Zweig, Stefan　289, 293, 360, 370, 384, 387, 405, 421–22, 439, 441, 464
ツヴェルガー，リースベト　Zwerger, Lisbeth　589
ツーザネク，ハーラルト　Zusanek, Harald　473, 478
ツェードリッツ，ヨーゼフ・クリスティアン・フォン　Zedlitz, Joseph Christian von　199, 202, 205
ツェーマン，ヘルベルト　Zeman, Herbert　6
ツェラーン，パウル　Celan, Paul　466, 482, 484, 487, 490–91, 498, 511, 547, 591
ツェル，F.　Zell, F.　274
ツェルティス，コンラート　Celtis, Conrad　3, 5, 71, 73–74, 77, 84
ツェルナット，グイード　Zernatto, Guido　352–53, 385, 388
ツェンカー，ヘルムート　Zenker, Helmut　524, 528
ツォーデラー，ヨーゼフ　Zoderer, Joseph　580
ツッカーカンドル，ベルタ　Zuckerkandl, Bertha　289
ツックマイアー，カール　Zuckmayer, Carl　398, 463
ツルゲーネフ，イワン・S.　Turgenjew, Iwan S.　264
ツルダ，エルフリーデ　Czurda, Elfriede　541, 608
デ・ランゲ（出版），アレルト　De Lange,

Allert (Verlag)　383, 416
ディートマル・フォン・アイスト　Dietmar von Aist　16
ティールシュ，イルゼ　Tielsch, Ilse
ティエル，マリアンネ・フォン　Tiell, Marianne von　184
ディオゲネス（出版）　Diogenes (Verlag)　601
ディケンズ，チャールズ　Dickens, Charles　219, 225–26
ディズニー，ウォールト　Disney, Walt　301
ディネフ，ディミトレ　Dinev, Dimitré　585, 626
ティミッヒ，ハンス　Thimig, Hans　436
ディミトリエヴィッチ，ドラグティン　Dimitrijevic, Dragutin　402
ディムト，マクシミリアン　Dimt, Maximilian　483
ディンゲルシュテット，フランツ　Dingelstedt, Franz　275
デーニス，ヨハン・ミヒャエル　Denis, Johann Michael　125–27, 131, 145–46, 148–49, 182
デーブリーン，アルフレート　Döblin, Alfred　415
デームス，オットー　Demus, Otto　484
デームス，クラウス　Demus, Klaus　484, 490
テオーデリヒ大王（東ゴート王）　Theoderich der Grose, König der Ostgoten　23
テオドラ（ビザンティン皇妃）　Theodora, byzant. Kaiserin　403
テクシュ，ヨハン・ミヒェル　Tekusch, Johann Michel　172
デブス，ベネディクト　Debs, Benedikt　51, 81
デューラー，アルブレヒト　Dürer, Albrecht　72
デュマ（父），アレクサンドル　Dumas, Alexandre d. Ä.　250
デルマン，フェーリックス　Dörmann, Felix　298, 301–02, 343, 409
デレ・グラーツィエ，マリー・オイゲーニエ　Delle Grazie, Marie Eugenie　257, 332
テレンティウス　Terenz　83–84
ドイティケ（出版）　Deuticke (Verlag)　526, 627
ドイブラー，テオドール　Däubler, Theodor　472
トゥムラー，フランツ　Tumler, Franz　513
トゥリーニ，ペーター　Turrini, Peter　528, 533–35
ドージャ，ジェルジー　Dozsa, György　65
ドーデラー，ハイミート・フォン　Doderer, Heimito von　284, 459, 465, 468, 499–505, 548–49, 610
トーマジン・フォン・ツェルクレーレ　Thomasin von Zerklaere　15
ドール，ミーロ　Dor, Milo　465–67, 473, 482, 510–11, 522, 584–85
トールベルク，フリードリヒ　Torberg, Friedrich　407–08, 422–23, 448, 466, 469, 520, 569
トスカーノ・デル・バナー，ヨーゼフ・ゲオルク　Toscano del Banner, Josef Georg　6
トスカニーニ，アルトゥーロ　Toscanini, Arturo　370
ドナウ出版　Donau-Verlag　509
ドブロフスキ，ヨーゼフ　Dobrowský, Josef　248
トマ（カンタンプレの）　Thomas von Cantimpre　33
トマス，ディラン　Thomas, Dylan　546
ドラーギ，アントーニオ　Draghi, Antonio　118
トラークル，ゲオルク　Trakl, Georg　208,

291, 293, 295, 327, 335, 339–40, 482–83, 485, 490–91, 496, 507, 543, 547, 590
トライツザウアーヴァイン，マルクス Treitzsaurwein, Marx 72
トラットナー（出版），トーマス・フォン Trattner, Thomas von (Verlag) 131–32, 146
ドラッハ，アルベルト Drach, Albert 515
トラミーン，ペーター・フォン Tramin, Peter von 505, 521
トルスカ，ヘリオドール Truska, Heliodor 253
ドルスコヴィッツ，ヘレーネ・フォン Druskowitz, Helene von 286, 603
ドルフス，エンゲルベルト Dollfuß, Engelbert 347–48, 351, 367
ドルマー・フォン・パーベンバッハ，マテウス Drummer von Pabenbach, Matthäus 112
トレービチュ，アルトゥル Trebitsch, Arthur 385, 400, 412
ドレクセル，イェレミーアス Drexel, Jeremias 106
ドレフュス，アルフレッド Dreyfus, Alfred 284
トレンカー，ルイス Trenker, Luis 380, 394
トロツキー，レフ Trotzki, Leo 338
ドロッシュル（出版） Droschl (Verlag) 526, 540–41, 591, 621–22, 628

ナ 行

ナーグル，ヨハン・ヴィリバルト Nagl, Johann Willibald 6, 355
ナース，ヨハネス Nas, Johannes 78
ナーデラー，ハンス Naderer, Hans 380
ナードラー，ヨーゼフ Nadler, Josef 6, 297, 354, 358, 366, 392, 460, 468
ナーブル，フランツ Nabl, Franz 352, 359, 397–98, 420, 460, 462, 465, 517, 525
ナイトハルト Neidhart 13, 18–19, 27, 51–52, 59, 82–83
ナイトハルト・フックス Neithart Fuchs 52, 82–83, 92
ナポレオン一世（フランス皇帝） Napoleon I., franz. Kaiser 144, 174–76, 178, 180–83, 185, 202, 230, 270, 320, 327, 380, 400, 402, 419, 448
ニーダー，ヨハネス（イスニの） Nider, Johannes (von Isny) 45
ニーチェ，フリードリヒ Nietzsche, Friedrich 256, 286, 310, 391, 397
ニールセン，アスタ Nielsen, Asta 368
ニェムツォヴァー，ボジェナ Němcova, Božena 248
ニクラス・フォン・ヴィーレ Niklas von Wyle 70
ニコライ，オットー Nicolai, Otto 277
ニコライ，フリードリヒ Nicolai, Friedrich 138, 149, 151, 166
ニコラウス・フォン・クザーヌス Nicolaus von Cusanus 70
ニコラウス・フォン・ディンケルスビュール Nikolaus von Dinkelsbühl
ニコラウス・フォン・ディンケルスビュール編者 Nikolaus von Dinkelsbühl-Redaktor 44–45, 47
ニッセル，フランツ Nissel, Franz 276, 278
ニッチュ，ヘルマン Nitsch, Hermann 591
ニュヒターン，ハンス Nüchtern, Hans 358, 367, 473
ネーゲライン，アダム Negelein, Adam 119
ネーメト，アンドル Nemeth, Andor 361
ネストリンガー，クリスティーネ Nöstlinger, Christine 462, 579–80
ネストロイ，ヨハン Nestroy, Johann 162–64, 197, 235–41, 244, 270–71, 274,

278, 295–96, 381, 470, 472, 596
ネニング，ギュンター　Nenning, Günter 585
ネロ（ローマ皇帝）　Nero, röm. Kaiser 41, 256, 403
ノイグレシェル，メンデル　Neugröschel, Mendel　361
ノイマン，ヨハン・フィリップ Neumann, Johann Philipp
ノイマン，ローベルト　Neumann, Robert 179, 352, 440, 446–47, 464–65
ノヴァーリス　Novalis　174, 597

ハ 行

ハーゲドルン，フリードリヒ・フォン Hagedorn, Friedrich von　127
ハーケル，ヘルマン　Hakel, Hermann 466, 486–87, 514
パーシー，ウォーカー　Percy, Walker 554
バージル，オットー　Basil, Otto　291, 385, 466, 470, 490, 497, 568
ハース，ヴォルフ　Haas, Wolf　613–14
ハースリンガー，ヨーゼフ　Haslinger, Josef　524, 584–85, 597–98
ハーダーラップ，マヤ　Haderlap, Maja 624
ハーバーニク，ヨーゼフ　Habernig, Josef 482
ハーフィズ　Hafis　215
パープスト，ゲオルク・ヴィルヘルム Pabst, Georg Wilhelm　368, 450, 474
ハーフナー，ファービアン　Hafner, Fabjan　581
ハーフナー，フィリップ　Hafner, Philipp 131, 146, 162–64, 172, 191, 270
ハーベ，ハンス　Habe, Hans　454
ハーベク，フリッツ　Habeck, Fritz　463, 474, 509–10
パーペン，フランツ・フォン　Papen, Franz von　413
ハーマーリング，ローベルト　Hamerling, Robert　255–56, 321, 385
ハーリンガー，ヤーコプ　Haringer, Jakob 385
バール，ヘルマン　Bahr, Hermann　291, 293–98, 301–03, 307, 322, 324, 352
ハーンル，ハンス・ハインツ　Hahnl, Hans Heinz　568
バイアー，コンラート　Bayer, Konrad 467, 479–80, 517
パイアー，ユリウス　Payer, Julius　607
バイアー，ルードルフ　Bayr, Rudolf　478
ハイゼ，パウル　Heyse, Paul　266, 321, 323
ハイダー，イェルク　Haider, Jörg　519, 583
ハイデガー，マルティン　Heidegger, Martin　487, 536, 542, 552
ハイドン，ヨーゼフ　Haydn, Joseph 128, 134, 162
ハイニッシュ，マリアンネ　Hainisch, Marianne　285
ハイネ，ハインリヒ　Heine, Heinrich 202, 204–05, 208–10, 233, 254, 295, 446, 535, 547
パイマン，クラウス　Peymann, Claus 529–30, 537
ハイモン（出版）　Haymon (Verlag)　526
バイロン卿，ジョージ・ゴードン　Byron, George Gordon Lord　202, 208
ハインリヒ・デア・タイヒナー　Heinrich der Teichner　54–55
ハインリヒ・フォン・オイタ　Heinrich von Oyta　44
ハインリヒ・フォン・テュールリーン Heinrich von Türlin　28, 40
ハインリヒ・フォン・ノイシュタット Heinrich von Neustadt　40
ハインリヒ・フォン・ブルガイス Heinrich von Burgeis　36
ハインリヒ・フォン・ミューゲルン

Heinrich von Mügeln 54, 56
ハインリヒ・フォン・ミュンヘン Heinrich von München 53
ハインリヒ・フォン・ランゲンシュタイン Heinrich von Langenstein 44–45
ハインリヒ・ヤゾーミルゴット（オーストリア公） Heinrich Jasomirgott, Herzog von Österreich 9, 16
ハインリヒ（メルクの） Heinrich (von Melk) 14
ハインリヒ捕鳥王（東フランク王） Heinrich der Vogler, ostfränkischer Konig 5
バウアー，ヴォルフガング Bauer, Wolfgang 521, 523, 532–33, 584
バウアーンフェルト，エドゥアルト・フォン Bauernfeld, Eduard von
ハヴェル，ヴァーツラフ Havel, Vaclav 522
ハウスホーファー，マルレーン Haushofer, Marlen 465–66, 514
ハウスホーファー，マンフレート Haushofer, Manfred 514
ハウスマン，アンナ Hausmann, Anna 58
ハウスマン，ラウール Hausmann, Raoul 590
ハウプトマン，ゲルハルト Hauptmann, Gerhard 432, 596
バウム，ヴィッキー Baum, Vicki 416–17, 449
バウム，オスカル Baum, Oskar 331
パウムガルテン，カール Paumgartten, Karl 356, 409
パウリ，ヴォルフガング Pauli, Wolfgang 449
パウリ，ヘルタ Pauli, Hertha 449–50
パウンド，エズラ Pound, Ezra 492
パオリ，ベティー Paoli, Betty 202
パシ，アントン Passy, Anton 179
パシ，ゲオルク Passy, Georg 179
ハシシュテインスキー，ボフスラフ・ロプコヴィツ・ズ Hassenstein, Bohuslav Lobkowitz von 77
ハシュカ，ローレンツ・レオポルト Haschka, Lorenz Leopold 138, 146, 147, 149, 201
バスト，ゲルハルト Bast, Gerhard 602
バック，パール・S. Buck, Pearl S. 355, 463
ハックル，エーリヒ Hackl, Erich 601
バッハマン，インゲボルク Bachmann, Ingeborg 465–67, 473, 482, 484, 487–90, 492, 513, 517, 527, 531, 578, 596, 610, 624
バデーニ伯爵，カシミール・フェーリクス Badeni, Kasimir Felix, Graf 280–81, 305
ハトヴァニ，パウル Hatvani, Paul 337
バトラー，サミュエル Butler, Samuel 156
ハニシュ，エルンスト Hanisch, Ernst 519
ハフナー，カール Haffner, Karl 241, 274, 618
ハマースタイン，オスカー Hammerstein, Oscar 474
ハムスン，クヌート Hamsun, Knut 396
バラカ，ベッティーナ Baláka, Bettina 621
ハリルシュ，ルートヴィヒ Halirsch, Ludwig 199–200
バルザック，オノレ・ド Balzac, Honoré de 219, 321
ハルスデルファー，ゲオルク・フィリップ Harsdörffer, Georg Philipp 101, 103, 105, 110–11
バルチュ，ルードルフ・ハンス Bartsch, Rudolf Hans 293, 328–30, 395, 517
バルデ，ヤーコプ Balde, Jacob 89, 98
ハルデン，マクシミリアン Harden, Maximilian 295–96

ハルトヴィヒ，テオドール　Hartwig, Theodor　415
ハルトヴィヒ，メーラ　Hartwig, Mela　415, 449
ハルトマン・フォン・アウエ　Hartmann von Aue　15, 21, 27, 29
ハルトマン，モーリッツ　Hartmann, Moritz　158, 205, 209, 241
ハルトル，カール　Hartl, Karl　436
ハルム，フリードリヒ（エリギウス・フランツ・ヨーゼフ・フォン・ベリングハウゼン）　Halm, Friedrich (Eligius Franz Joseph von Bellinghausen)　226–27
パルメツホーファー，エーヴァルト　Palmetshofer, Ewald　596
ハンザー（出版）　Hanser (Verlag)　513, 592, 619
ハンスリック，エドゥアルト　Hanslick, Eduard　251
ハンデル=マツェッティ，エンリーカ・フォン　Handel-Mazzetti, Enrica von　333, 352
ハントケ，ブルーノ　Handke, Bruno　530
ハントケ，ペーター　Handke, Peter　397, 459, 467, 473, 517, 523, 529–32, 534, 536, 549–55, 581, 606
ハンバーガー，マイケル　Hamburger, Michael　591
バンベルガー，リヒャルト　Bamberger, Richard　461
ハンマー=プルクシュタル，ヨーゼフ　Hammer-Purgstall, Joseph von　195, 199, 203, 205, 215
ビアス，アンブローズ　Bierce, Ambrose　341
ビースター，ヨハン・エーリヒ　Biester, Johann Erich　138
ヒーゼル，フランツ　Hiesel, Franz　473
ビーダーシュタイン出版　Biederstein-Verlag　499
ピーパー（出版）　Piper (Verlag)　488–89
ヒールスツマン，ハンス　Hierszmann, Hans　90
ヒエロニムス・バルブス（ジローラモ・バルビ）　Balbus, Hieronymus (Girolamo Balbi)　73
ビオンディ，ジョヴァンニ・フランチェスコ　Biondi, Giovanni Francesco　101
ビショフ，ヨハネス　Bischoff, Johannes　461
ピスカートル，エルヴィーン　Piscator, Erwin　450
ビスマルク，オットー・フォン　Bismarck, Otto von　247, 256
ピック，ローベルト（ヴァレンティン・リヒター）　Pick, Robert (Richter, Valentin)　453–54
ピッコローミニ，エネーア・シルヴィオ（教皇ピウス二世）　Piccolomini, Enea Silvio (Pius II., Papst)　45, 53, 69–70, 77, 83
ヒトラー，アドルフ　Hitler, Adolf　281, 285, 348, 350–51, 353, 363, 370, 383, 394, 401, 425, 434–36, 444–45, 450, 452, 454, 474–75, 495
ピピッツ，フランツ・E.　Pipitz, Franz E.　219–20
ピヒラー，アドルフ　Pichler, Adolf　279, 326
ピヒラー，アンドレーアス　Pichler, Andreas　186
ピヒラー，エリーザベト　Pichler, Elisabeth　186
ピヒラー，カロリーネ　Pichler, Caroline　134, 179, 181, 185–88, 197, 216–17, 252
ピヒラー（出版），アントン　Pichler, Anton (Verlag)　186
ビューヒナー，ゲオルク　Büchner, Georg　263, 374
ヒューブナー，ローレンツ　Hübner, Lorenz　173

ヒュッテネガー，ベルンハルト　Hüttenegger, Bernhard　555
ピュルカー，ヨハン・ラディスラウス　Pyrker, Johann Ladislaus　183–85
ヒラー，クルト　Hiller, Kurt　336
ビリンガー，リヒャルト　Billinger, Richard　367, 378, 385
ピルグリム（パッサウ司教）　Pilgrim, Bischof von Passau　21
ピルグリム二世（ザルツブルク大司教）　Pilgrim II. von Puchheim, Erzbischof von Salzburg　56
ビルケン，ジークムント・フォン　Birken, Sigmund von　101–03
ヒルデブラント，ルードルフ・フォン　Hildebrand, Rudolf von　279
ヒルファーディング，ヨハン・バプティスト　Hilverding, Johann Baptist　120
ヒンターベルガー，エルンスト　Hinterberger, Ernst　528, 615
ピンチョン，トマス　Pynchon, Thomas　555, 574
ヒンツェ，クリスティアン・イーデ　Hintze, Christian Ide　584
ヒンデミット，パウル　Hindemith, Paul　335
ピントゥス，クルト　Pinthus, Kurt　337
ファーディンガー，シュテファン　Fadinger, Stefan　65
ファイギウス，ヨハン・コンスタンティン　Feigius, Johann Constantin　109
ファイト，ヨハン・エマヌエル　Veith, Johann Emmanuel　179
ファッシンガー，リリアン　Faschinger, Lilian　612
ファブリツィウス，パウルス　Fabricius, Paulus　76
ファル，レーオ　Fall, Leo　343–44
ファルカス，カール　Farkas, Karl　371, 476
ファルメライアー，ヤーコプ・フィリップ　Fallmerayer, Jakob Philipp　216
フアレス，ベニート　Juarez, Benito　373
フィアテル，ベルトルト　Viertel, Berthold　441, 445–46, 450
フィアン，アントーニオ　Fian, Antonio　588
フィーアターラー，フランツ・ミヒャエル　Vierthaler, Franz Michael　173
フィーグル，レオポルト　Figl, Leopold　458
フィールディング，ヘンリー　Fielding, Henry　139
フィッカー，ルートヴィヒ・フォン　Ficker, Ludwig von　291, 321, 327, 334, 339
フィッシャー，ヴィルヘルム　Fischer, Wilhelm　321
フィッシャー，エルンスト　Fischer, Ernst　468–70, 475
フィッシャー，ハインツ　Fischer, Heinz　519
フィッシャー（出版），ザームエル　Fischer, Samuel (Verlag)　293, 300, 303, 313, 418, 497, 570, 607
フィッシャルト，ヨハン　Fischart, Johann　78
フィリップ（修道士）　Philipp (Bruder)　35–36
フィントラー，ハンス　Vintler, Hans　56
フーゴ・フォン・モンフォール　Hugo von Montfort　57–58
フーバー，テレーゼ　Huber, Therese　186
フーバー，フランツ・クサーヴァー　Huber, Franz Xaver　138, 144, 220
ブーフエーブナー，ヴァルター　Buchebner, Walter　486–87
フープマイアー，バルタザール　Hubmaier, Balthasar　64
フェアトリープ，ヴラディミル　Vertlib, Vladimir　626

フェーダーマン，ラインハルト Federmann, Reinhard 465, 473, 511, 520
フェーリックス五世（教皇） Felix V., Papst 69
フェドー，ジョルジュ Feydeau, Georges 574
フェルダー，フランツ・ミヒャエル Felder, Franz Michael 279, 525, 609
フェルディナント一世（神聖ローマ皇帝） Ferdinand I., Kaiser 62, 75, 84, 87–88
フェルディナント二世（オーストリア大公・チロル方侯） Ferdinand II., Erzherzog von Österreich, Landesfürst von Tirol 78, 93
フェルディナント二世（神聖ローマ皇帝） Ferdinand II., Kaiser 88
フェルディナント三世（神聖ローマ皇帝） Ferdinand III., Kaiser 88, 94, 96, 119
フェルビガー，ヨハン・イグナーツ・フォン Felbiger, Johann Ignaz von 123
フェルマイアー，ルードルフ Felmayer, Rudolf 466, 486
フォイヒタースレーベン，エルンスト・フォン Feuchtersleben, Ernst von 188, 197, 214
フォーゲル，アーロイス Vogel, Alois 487, 522, 565
フォス，ヨハン・ハインリヒ Voss, Johann Heinrich 157
フォルスト，ヴィリー Forst, Willi 368, 436
フォンターナ，オスカル・マウルス Fontana, Oskar Maurus 334, 353, 364–65, 384, 464
ブスタ，クリスティーネ Busta, Christine 466, 482–83
フックス，アーブラハム・モッシェ Fuchs, Abraham Mosche 361
フックス，エルンスト Fuchs, Ernst 559
フックスマーク，ヨハネス Fuchsmag, Johannes 73
フッサール，エトムント Husserl, Edmund 548
ブッシュベック，エアハルト Buschbeck, Erhard 334
フッセネッガー，ゲルトルート Fussenegger, Gertrud 513–14
フッター，ヤーコプ Hutter, Jakob 64
プッチュ，ウルリヒ Putsch, Ulrich 49
プファイファー，イーダ Pfeiffer, Ida 217
プファンドラー，ヨーゼフ Pfandler, Josef 385
プフィンツィング，メルヒオール Pfinzing, Melchior 72
プフェンファート，フランツ Pfemfert, Franz 334
フメルニツキ，メレヒ Chmelnitzi, Melech 361
ブライ，フランツ Blei, Franz 291, 294, 334, 351, 360, 364, 416, 502
フライ，ブルーノ Frei, Bruno 468
プライアー Pleier 28–29
ブライアー，エドゥアルト Breier, Eduard 259
フライシャンダール，カーリン Fleischanderl, Karin 584
フライターク，グスタフ Freytag, Gustav 198, 219, 225, 261
ブライヒャ，オットー Breicha, Otto 486, 521, 524, 529
プラウトゥス Plautus 84
ブラウン，フェーリックス Braun, Felix 373, 387, 392, 402–03, 439
フラシャール，ミレーナ・ミチコ Flašar, Milena Michiko 628
フラニツキ，フランツ Vranitzky, Franz 583
フランクフルター，フィリップ Frankfurter, Philipp 92, 209

フランクリン，ベンジャミン　Franklin, Benjamin　133
フランクル，ルートヴィヒ・アウグスト　Frankl, Ludwig August　195–96, 202, 210, 213, 219, 226
ブランケンブルク，フリードリヒ・フォン　Blanckenburg, Friedrich von　141
フランコ，イワン　Franko, Iwan　251
プランタン（出版）　Plantin (Verlag)　76
フランツ・フェルディナント（オーストリア大公）　Franz Ferdinand, Erzherzog von Österreich　281–82, 402
フランツ・フォン・レッツ　Franz von Retz　44–45
フランツ・ヨーゼフ・カール（ライヒシュタット公）　Franz Joseph Karl, Herzog von Reichstadt　181
フランツ・ヨーゼフ一世（オーストリア皇帝）　Franz Joseph I., österr. Kaiser　190, 243–45, 281, 290, 345, 363, 373, 433, 473, 594
フランツ一世（神聖ローマ皇帝＝フランツ・シュテファン・フォン・ロートリンゲン）　Franz I., Kaiser (Franz Stephan von Lothringen)　133, 176, 183, 242, 402
フランツ二世（神聖ローマ皇帝＝オーストリア皇帝フランツ一世）Franz II., Kaiser (Franz I., österr. Kaiser)　134, 144, 171, 173, 175–76, 220
フランツォース，カール・エーミール　Franzos, Karl Emil　254, 262–63, 265, 319, 323
フランツォーベル（フランツ・シュテファン・グリーブル）　Franzobel (Franz Stefan Griebl)　609
ブランデス，ゲオルク　Brandes, Georg　299
ブランド，マーロン　Brando, Marlon　419
ブラントシュテッター，アーロイス　Brandstetter, Alois　525, 557–58
プラントシュテッター，マルティン・ヨーゼフ　Prandstetter, Martin Joseph　151
ブランベキン，アグネス　Blannbekin, Agnes　33
プリースニッツ，ラインハルト　Priessnitz, Reinhard　539–41, 590–91, 627
フリーデル，エゴン　Friedell, Egon　362–64, 380
フリーデル，ヨハン　Friedel, Johann　142
フリート，アルフレート・ヘルマン　Fried, Alfred Hermann　287
フリート，エーリヒ　Fried, Erich　545–46
フリードリヒ・フォン・ゾネンブルク　Friedrich von Sonnenburg　21
フリードリヒ二世（神聖ローマ皇帝）　Friedrich II., Kaiser　18, 23
フリードリヒ二世（大王／プロイセン王）　Friedrich II. (der Große), König von Preußen　152, 165
フリードリヒ三世（神聖ローマ皇帝）　Friedrich III., Kaiser　42, 60–62, 68–73, 90
フリードリヒ四世文無し公（オーストリア公）　Friedrich IV. (mit der leeren Tasche), Herzog von Österreich　58
フリードリヒ好戦公（オーストリア公）　Friedrich der Streitbare, Herzog von Österreich　9, 19, 37
プリヴィエー，テオドール　Plievier, Theodor　463
フリシャウアー，エドゥアルト　Frischauer, Eduard　416
フリシャウアー，パウル　Frischauer, Paul　367
フリゼー，アドルフ　Frisé, Adolf　433
フリッシュ，マックス　Frisch, Max　488
フリッシュムート，バルバラ　Frischmuth, Barbara　521, 523, 568–69, 585

フリッシュリーン，ニコデームス Frischlin, Nikodemus 79
フリッチュ，ゲルハルト Fritsch, Gerhard
フリッツ，マリアンネ Fritz, Marianne 570
プルースト，マルセル Proust, Marcel 470, 492, 501
ブルーマウアー，アーロイス Blumauer, Aloys 132–33, 136, 148–51, 154–56, 158, 166, 173, 183, 209
ブルーム，ローベルト Blum, Robert 195, 205
ブルックナー，アントン Bruckner, Anton
ブルックナー，ヴィンフリート Bruckner, Winfried 578–79
ブルックナー，カール Bruckner, Karl 461
フルトヴェングラー，ヴィルヘルム Furtwängler, Wilhelm 370
ブルヤン，ヒルデガルト Burjan, Hildegard 285
ブルングラーバー，ルードルフ Brunngraber, Rudolf 410
プルンチュ，エーリク Prunč, Erik 582
ブルナー，ゼバスティアン Brunner, Sebastian 179, 198, 210, 220
ブルナー，トーマス Brunner, Thomas 86
ブレーデン，アーデルマール・フォン Breden, Adelmar von 254
プレーハウザー，ゴットフリート Prehauser, Gottfried 161
プレーミンガー，オットー Preminger, Otto 369
ブレーム，ブルーノ Brehm, Bruno 352, 359, 390, 392, 401–02, 404, 436
プレームレヒナー，ヨハン・バプティスト Premlechner, Johann Baptist 125
プレールス，マックス Prels, Max 417
ブレクトゥス，リヴィヌス Brechtus, Livinus 88
プレシェーレン，フランツェ Prešeren, France 203, 249
フレッシュ＝ブルニンゲン，ハンス Flesch-Brunningen, Hans 350, 384, 447–48
ブレッツナー，クリストフ・フリードリヒ Bretzner, Christoph Friedrich 169
ブレヒト，ベルトルト Brecht, Bertolt 452, 469, 475
プレラドヴィッチ，パウラ・フォン Preradović, Paula von
プレラドヴィッチ，ペタル Preradović, Petar 249, 439
フレンセン，グスタフ Frenssen, Gustav 324
ブレンターノ，クレメンス Brentano, Clemens 180, 186,
ブロイアー，ヨーゼフ Breuer, Josef 283
フロイト，ジークムント Freud, Sigmund, 283, 315–16, 360, 440, 620
フロインビヒラー，ヨハネス Freumbichler, Johannes 398–99
フローア，オルガ Flor, Olga 622
ブロート，マックス Brod, Max 331, 355, 422, 565
プロケシュ・フォン・オステン伯爵，アントン Prokesch von Osten, Anton Graf 472
プロコピウス・フォン・テンプリーン Procopius von Templin 103, 105
プロシュコ，フランツ・イージドール Proschko, Franz Isidor 259
ブロックハウス（出版） Brockhaus (Verlag) 181, 198, 252
ブロッホ，ヘルマン Broch, Hermann 294, 306, 337, 359, 364, 385, 387, 394, 416, 428–32, 441, 443, 453, 461, 470, 485, 503, 509, 566, 606

ブロティウス，フーゴ　Blotius, Hugo　76
ブロナー，ゲルハルト　Bronner, Gerhard　476, 479
フロベール，ギュスターヴ　Flaubert, Gustave　225, 306
プロペルティウス　Properz　150
フンダー，フリードリヒ　Funder, Friedrich　290, 468
フンボルト，アレクサンダー・フォン　Humboldt, Alexander von　617
ベアトリクス（オーストリア公）　Beatrix, Herzogin von Österreich　46
ヘヴェシ，イヴァーン　Hevesy, Ivan　361
ペヴニ，ヴィルヘルム　Pevny, Wilhelm　518
ヘーア，フリードリヒ　Heer, Friedrich　468
ベーア，ヨハン　Beer, Johann　111–12
ベーア，ルードルフ　Beer, Rudolf　370
ベーア＝ホフマン，リヒャルト　Beer-Hoffmann, Richard　298, 303–05, 360
ベーケーシ，イムレ　Békessy, Imre　363, 454
ヘーゲル，ゲオルク・ヴィルヘルム・フリードリヒ　Hegel, Georg Wilhelm Friedrich　184, 214, 225, 251, 598
ベーコン，フランシス　Bacon, Francis　101, 308
ベートーヴェン，ルートヴィヒ・ヴァン　Beethoven, Ludwig van　8, 177, 189, 368
ヘーニシュ，ペーター　Henisch, Peter　524, 563–64
ベーハイム，ミヒェル　Beheim, Michel　47, 71–72
ヘーベンシュトライト，ヴィルヘルム　Hebenstreit, Wilhelm　184, 214
ヘーロルト出版　Herold-Verlag　463, 468
ベケット，サミュエル　Becket, Samuel　537
ベッカー，ハイムラート　Bäcker, Heimrad　539, 541
ベック，カール・イージドール　Beck, Karl Isidor　206, 210
ベック，ヨハン・A.　Boeck, Johann A.　478
ヘッケル，エルンスト　Haeckel, Ernst　257, 260
ヘッケンアスト（出版），グスタフ　Heckenast, Gustav (Verlag)　197, 223
ベッタウアー，フーゴ　Bettauer, Hugo　360, 368, 409, 410, 451
ペッツォルト，アルフォンス　Petzold, Alfons　323
ペッツル，エドゥアルト　Pötzl, Eduard　258
ベッティガー，カール・アウグスト　Böttiger, Karl August　149
ヘッベル，フリードリヒ　Hebbel, Friedrich　223, 227, 240, 278
ペツル，ヨハン　Pezzl, Johann　140–41
ペテーフィ，シャーンドル　Petőfi, Sandor　250
ペトラーク，ウルリヒ　Petrak, Ulrich　171
ペトラッシュ，ヨーゼフ・フォン　Petrasch, Joseph von　125
ペトラルカ，フランチェスコ　Petrarca, Francesco　31, 43, 49, 68, 80, 542
ベナツキー，ラルフ　Benatzky, Ralph　342
ヘミングウェイ，アーネスト　Hemingway, Ernest　464, 510
ヘラント・フォン・ヴィルドーン　Herrand von Wildon　26
ペリネット，ヨアヒム　Perinet, Joachim　162–63, 170, 191
ベル，ハインリヒ　Böll, Heinrich　406
ヘル，ボード　Hell, Bodo　540
ベルク，O. F.　Berg, O. F.　271–72
ベルク，アルバン　Berg, Alban　288,

428, 443, 462, 507
ベルクホーファー，アルマント Berghofer, Armand 136
ペルコーニク，ヨーゼフ・フリードリヒ Perkonig, Josef Friedrich 358, 395–96, 517
ヘルダー，ヨハン・ゴットフリート Herder, Johann Gottfried 149, 193
ヘルダーリン，フリードリヒ Hölderlin, Friedrich 337, 390–91, 453, 547
ベルツ＆ゲルベルク（出版） Beltz & Gelberg (Verlag) 580, 589
ヘルツァー，ルートヴィヒ Herzer, Ludwig 343
ペルッツ，レーオ Perutz, Leo 401, 404–05
ヘルツマノフスキ＝オルランド，フリッツ・フォン Herzmanovsky-Orlando, Fritz von 407–08, 567
ヘルツル，テオドール Herzl, Theodor 284, 291
ベルテ，ハインリヒ Berté, Heinrich 329
ヘルティ，ルートヴィヒ・クリストフ・ハインリヒ Hölty, Ludwig Christoph Heinrich 182
ベルトゥフ，フリードリヒ・ユスティーン Bertuch, Friedrich Justin 187
ペルナーストルファー，エンゲルベルト Pernerstorfer, Engelbert 257
ヘルニク，フィリップ・ヴィルヘルム・フォン Hörnigk, Philipp Wilhelm von 108
ベルネ，ルートヴィヒ Börne, Ludwig 192
ヘルバルト，ヨハン・フリードリヒ Herbart, Johann Friedrich 251
ヘルビガー，アッティラ Hörbiger, Attila 536
ヘルビガー，パウル Hörbiger, Paul 436, 474, 536
ヘルベルシュタイン，ジークムント・フォン Herberstein, Sigmund von 90
ヘルベルストルフ伯，アダム Herberstorff, Adam Graf 65
ヘルベルト，フランツ・パウル Herbert, Franz Paul 173–74
ヘルマン，ニコラウス Hermann, Nicolaus 99
ベルマン，モーリッツ Bermann, Moritz 259
ベルマン＝フィッシャー出版 Bermann-Fischer-Verlag 463–64
ベルラ，アーロイス Berla, Alois 271
ヘルロスゾーン，カール Herloßsohn, Karl 241
ペルンター，ハンス Pernter, Hans 464
ベルンハルト，トーマス Bernhard, Thomas 398, 463, 482–83, 517, 525, 529, 537–39, 550, 574–78, 588, 597, 606
ベルンハルト，ヘルタ Bernhard, Herta 574
ベレンゲル・デ・ランドラ Berengar von Landorra 49
ペン，ウィリアム Penn, William 155
ヘンスラー，フリードリヒ Hensler, Friedrich 191
ベンダ，オスカル Benda, Oskar 460, 471
ヘンツ，ルードルフ Henz, Rudolf 353, 358, 367, 377–78, 385, 439, 460, 462, 464, 471, 523
ホイアー，アルヌルフ Hoyer, Arnulf von 414
ボイアーレ，アドルフ Bäuerle, Adolf 196–97, 235, 239, 270
ポイガー，ラインハルト Peuger, Lienhart 47
ホイットマン，ウォールト Whitman, Walt 339, 390
ホイベルガー，リヒャルト Heuberger, Richard 343

ポイントナー，トーマス　Peuntner, Thomas　47
ポー，エドガー・アラン　Poe, Edgar Allan　559
ボーヴ，エマニュエル　Bove, Emmanuel 554
ホーエンローエ侯爵夫人，マリー・ツー Hohenlohe, Marie zu, Fürstin　267
ボードレール，シャルル　Baudelaire, Charles　301
ポープ，アレクサンダー　Pope, Alexander　151, 156, 158
ホーファー，アンドレーアス　Hofer, Andreas　176, 206, 402
ホーフシュテッター，フェーリックス・フランツ　Hofstätter, Felix Franz　138, 147
ホーフハイマー，パウル　Hofhaimer, Paul　78
ホーフバウアー，クレメンス・マリア Hofbauer, Clemens Maria　179–80
ホーベルク，ヴォルフ・ヘルムハルト・フォン　Hohberg, Wolf Helmhard von 102–03, 108–09
ホーホヴェルダー，フリッツ Hochwälder, Fritz　477
ホーホガテラー，パウルス　Hochgatterer, Paulus　613
ボーマルシェ，ピエール　Beaumarchais, Pierre　168
ポーラク，エルンスト　Polak, Ernst　364
ホールバウム，ローベルト　Hohlbaum, Robert　330, 352–53, 385, 390, 392, 399–401, 409, 436
ボッカッチョ，ジョヴァンニ　Boccaccio, Giovanni　26, 31, 43
ホック，シュテファン　Hock, Stephan 365
ホック，テオバルト　Hock, Theobald　99
ホッチュニク，アーロイス　Hotschnig, Alois　605
ポツナンスキ，ウルズラ　Poznanski, Ursula　589
ポップ，アーデルハイト　Popp, Adelheid 285
ホッファー，クラウス　Hoffer, Klaus 555
ホフマン・ウント・カンペ（出版） Hoffmann u. Campe (Verlag)　203, 254
ホフマン・フォン・ファラースレーベン Hoffmann von Fallersleben, August Heinrich　108, 204
ホフマン，E. T. A.　Hoffmann, E.T.A. 565
ホフマン，レオポルト・アーロイス Hoffmann, Leopold Alois　137, 143, 144, 146, 157
ホフマンスタール，フーゴ・フォン Hofmannsthal, Hugo von　227, 252, 293, 298–99, 303, 305–313, 321, 349, 354, 366, 371, 378, 384, 387, 395, 430, 464, 485, 558, 594, 596
ホフマンスタール，フランツ・フォン Hofmannsthal, Franz von
ポポヴィッチュ，ジークムント・ヴァレンティン　Popowitsch, Siegmund Valentin 125
ホボト，マンフレート　Chobot, Manfred 523
ホメロス　Homer　84, 91, 157, 184, 593, 608
ポラク，マルティン　Pollack, Martin 602
ホラティウス　Horaz　76, 80, 117, 151
ホルヴァート，エデン・フォン　Horváth, Ödön　5, 373, 380–81, 383, 405, 449, 536, 593, 612
ボルヴァーリ，ゲーザ・フォン・ Bolvary, Geza von　436
ポルガル，アルフレート　Polgar, Alfred 293, 350, 360, 362, 426, 441, 445
ボルツァーノ，ベルナルト　Bolzano,

Bernard　179, 251
ホルバイン，フランツ・イグナーツ・フォン　Holbein, Franz Ignaz von　226
ボルヒャルト，ヴォルフガング　Borchert, Wolfgang　476
ボルヘス，ホルヘ・ルイス　Borges, Jorge Luis　404
ボルン，イグナーツ・フォン　Born, Ignaz von　133
ボロダイケヴィッチ，タラス　Borodajkewycz, Taras　519–20
ボワロー，ニコラ　Boileau, Nicolas　158, 165
ポンターヌス，ヤコブス　Pontanus, Jacobus　89

マ 行

マーチャーシュ一世（ハンガリー王）　Matthias Corvinus, Konig von Ungarn　62, 77
マーハ，カレル，ヒネク　Mácha, Karl Hynek　248
マーラー，アンナ　Mahler, Anna　370
マーラー，グスタフ　Mahler, Gustav　257, 289, 370
マーラー＝グローピウス＝ヴェルフェル，アルマ　Mahler-Gropius-Werfel, Alma　424
マーロー，クリストファー　Marlowe, Christopher　596
マイ，カール　May, Karl　335, 357, 565
マイアー・ベン・バルフ・ゼガール　Meir ben Baruch Segal　60
マイアー，エーリヒ・アウグスト　Meyer, Erich August
マイアー，コンラート・フェルディナント　Meyer, Conrad Ferdinand　319–20, 477
マイアー，フィリップ　Mayer, Philipp　214
マイアーホーファー，ヨハン　Mayrhofer, Johann　201
マイアーン，ヴィルヘルム・フリードリヒ　Meyern, Wilhelm Friedrich　188
マイスター・エックハルト（エックハルト・フォン・ホーホハイム）　Meister Eckhart（Eckhart von Hochheim）　47
マイスナー，アルフレート　Meißner, Alfred　205–06, 209–10, 212, 241, 259
マイスル，カール　Meisl, Karl　162, 235
マイゼルス，アービシュ　Meisels, Abisch　361
マイラート伯爵，ヨハン　Mailath, Johann Graf　197
マイリンク，グスタフ　Meyrink, Gustav　331, 341, 404
マイレーダー，ローザ　Mayreder, Rosa　286
マイレカー，フリデリーケ　Mayröcker, Friederike　466, 470, 473, 493, 496, 521, 577, 592
マインホーフ，ウルリーケ　Meinhof, Ulrike　537
マウアー，オットー　Mauer, Otto　468
マウテ，イェルク　Mauthe, Jörg　473, 567
マウリツィウス，ゲオルク　Mauritius, Georg d. A.　86
マカルト，ハンス　Makart, Hans　246, 255, 275–76
マクシミリアン（オーストリア大公・メキシコ皇帝）　Maximilian, Erzherzog von Osterreich, mexikan. Kaiser　373
マクシミリアン一世（神聖ローマ皇帝）　Maximilian I., Kaiser　22, 30, 62, 68, 71–72, 74, 78, 82, 84, 90, 210
マクシミリアン二世（神聖ローマ皇帝）　Maximilian II., Kaiser　63, 64, 88
マクファーソン，ジェームズ　McPherson, James　146
マリス，クラウディオ　Magris, Claudio　349

マジュラニチ，イヴァン　Mažuranić, Ivan　249
マターヤ（マリオット），エミーリエ　Mataja (Marriot), Emilie　257, 286, 323, 332
マッハ，エルンスト　Mach, Ernst　282
マティアス一世（神聖ローマ皇帝）　Matthias I., Kaiser　63
マテイカ，ヴィクトール　Matejka, Viktor　468
マラルメ，ステファヌ　Mallarmé, Stéphane　306
マリア・テレジア（オーストリア大公）　Maria Theresia, Kaiserin　94, 121–23, 125–26, 128–31, 133, 153, 161, 165, 244, 259, 310, 354, 363
マリア（ブルゴーニュ公女）　Maria von Burgund　72
マリー・ルイーズ（フランス皇妃）　Marie Louise, franz. Kaiserin　176
マリネッリ，カール　Marinelli, Karl　164, 191
マルギンター，ペーター　Marginter, Peter　567
マルセル，ガブリエル　Marcel, Gabriel　463
マルナー　Marner　20
マルリット，オイゲーニエ　Marlitt, Eugenie　84
マン，トーマス　Mann, Thomas　2, 229, 321, 333, 389, 455, 464, 470, 564
マン，ハインリヒ　Mann, Heinrich　355
マンスフィールド，キャサリン　Mansfield, Katherine　544
マンダー，マティアス　Mander, Matthias　567
マンデヴィル，ジョン（ジャン）Mandeville, John (Jean)　48–49
ミガッツィ，アントン・フォン（ウィーン大司教）　Migazzi, Anton von, Erzbischof von Wien　137
ミッソン，ヨーゼフ　Misson, Josef　212
ミッテラー，エーリカ　Mitterer, Erika　385–86, 439
ミッテラー，フェーリックス　Mitterer, Felix　534
ミットグーチュ，アンナ　Mitgutsch, Anna　585, 600
ミナート，ニコロ　Minato, Nicolo　118
ミヒェル，ローベルト　Michel, Robert　293, 321
ミヒャエーラー，カール・ヨーゼフ　Michaeler, Karl Josef　173
ミヒャエリス，ヨハン・ベンヤミン　Michaelis, Johann Benjamin　155
ミュール，オットー　Mühl, Otto　535
ミュラー，アダム　Müller, Adam　179
ミュラー, アドルフ（父）　Müller, Adolf d. A.　274
ミュラー，ローベルト　Müller, Robert　291, 335, 568
ミュラー（出版），オットー　Müller, Otto (Verlag)　463, 481, 483, 505, 507, 509, 543
ミュラー＝グッテンブルン，アダム　Müller-Guttenbrunn, Adam　289–90, 329
ミュラー＝グッテンブルン，ローダーリヒ（ローダーリヒ・マインハルト）Müller-Guttenbrunn, Roderich (Roderich Meinhart)　409
ミュラー＝ライツナー，アドルフ Müller-Reitzner, Adolf　371
ミレカー，カール　Millöcker, Carl　274
ミロシェヴィッチ，スロボダン　Milosevic, Slobodan　553
ムージル，ローベルト　Musil, Robert　243, 245, 284, 291, 293–94, 312, 350, 359, 384–85, 394, 416, 423, 428, 432–33, 441, 461, 470, 501, 503, 525, 561, 590, 599
ムージル（マルコヴァルディ），マルタ　Musil (Marcovaldi), Martha　432–33
ムート，カール　Muth, Karl　332

ムラチュニカル，ヘルガ　Mračnikar, Helga　581
ムルナー，トーマス　Murner, Thomas　79
メスナー，ヤンコ　Messner, Janko　582
メタスタージオ，ピエトロ　Metastasio, Pietro　119, 165, 167, 189
メッテルニヒ侯爵，クレメンス・ヴェンツェル・ロータル　Metternich, Clemens Wenzel Lothar Furst　149, 173, 176–77, 180–81, 185, 192–95, 198–99, 202, 204, 208, 210, 217–18, 226, 232, 250, 380, 589
メナッセ，エーファ　Menasse, Eva　599
メナッセ，ローベルト　Menasse, Robert　585–86, 598–99, 616
メランヒトン，フィリップ　Melanchthon, Philipp　86
メリメ，プロスペル　Mérimée, Prosper　306
メル，アレクサンダー　Mell, Alexander　377
メル，マックス　Mell, Max　352, 358, 366–67, 377, 384, 393, 439, 462, 465, 517
メルケル，インゲ　Merkel, Inge　566
メルシエ，ルイ＝セバスチャン　Mercier, Louis-Sebastien　143
メルツ，カール　Merz, Carl　476, 528
メンデルスゾーン，ペーター・デ　Mendelssohn, Peter de　448
メンデルスゾーン＝バルトルディ，フェーリックス　Mendelssohn-Bartholdy, Felix　577
モーザー，エルヴィーン　Moser, Erwin　589
モーザー，ハンス　Moser, Hans　474
モーゼンタール，ザロモン・ヘルマン・フォン　Mosenthal, Salomon Hermann von　276–77
モーツァルト，ヴォルフガング・アマデウス　Mozart, Wolfgang Amadeus　8, 154, 166–69, 171, 310, 368, 436, 462, 536, 561
モートン，フレデリック　Morton, Frederic　455
モーロ，アルド　Moro, Aldo　581
モリエール　Molière　165, 168
モリソン，ジム　Morrison, Jim　565
モルゲンシュテルン，ゾーマ　Morgenstern, Soma　350, 360, 443–44
モルダッチ，ヤシャ　Morduch, Jascha　450
モルデン，エルンスト　Molden, Ernst　439, 471
モルデン，フリッツ　Molden, Fritz　439
モレ，カール　Morre, Karl　271–72
モンテヴェルディ，クラウディオ　Monteverdi, Claudio　118
モンテマヨル，ホルヘ・デ　Montemayor, Jorge de　100

ヤ 行

ヤーニシュ，ハインツ　Janisch, Heinz　589
ヤーヌシュ，グスタヴ　Januš, Gustav　554–55, 582
ヤイテレス，イグナーツ　Jeitteles, Ignaz　199, 214
ヤコブセン，イェンス＝ペーター　Jacobsen, Jens-Peter　299
ヤスパース，カール　Jaspers, Karl　541
ヤニチェク，マリア　Janitschek, Maria　285
ヤン・ファン・ライデン　Jan van Leiden　256, 609
ヤンス・フォン・ウィーン　Jans von Wien　37, 41, 53
ヤンドル，エルンスト　Jandl, Ernst　470, 473, 493–96, 521, 539, 577, 592
ユイスマンス，ジョリス＝カルル　Huysmans, Joris-Karl　299
ユゴー，ヴィクトル　Hugo, Victor　250
ユング・ウント・ユング出版　Jung und Jung (Verlag)　526, 591

ユング，ヨッヘン　Jung, Jochen　526
ユング，カール・グスタフ　Jung, Carl Gustav　418
ヨーカイ，モール　Jokai, Mor　250
ヨーゼフ・フォン・ホルマイアー　Josef von Hormayr　181, 185–87
ヨーゼフ一世（神聖ローマ皇帝）　Joseph I., Kaiser　118
ヨーゼフ二世（神聖ローマ皇帝）　Joseph II., Kaiser　127–32, 141, 143–44, 156, 164, 168, 194, 205, 220, 259, 329
ヨハネス・ド・サクロボスコ　Johannes de Sacrobosco　33
ヨハネス・フォン・グムンデン　Johannes von Gmunden　70
ヨハネス・フォン・テープル　Johannes von Tepl　68
ヨハネス・フォン・ノイマルクト　Johannes von Neumarkt　68
ヨハン・パリツィーダ（オーストリア公）　Johann Parricida, Herzog von Österreich　30
ヨハン・フォン・フィクトリング　Johann von Viktring　32
ヨハン（オーストリア大公）　Johann, Erzherzog von Österreich　181, 242, 393
ヨンケ，ゲルト　Jonke, Gert　521, 523, 556–57, 584

ラ 行

ラ・ロシュ，ゾフィー・フォン　La Roche, Sophie von
ラ・ロシュ，ヨハン　La Roche, Johann　164, 187
ラーツィウス，ヴォルフガング　Lazius, Wolfgang　39, 75
ラーバー，ヴィギール　Raber, Vigil　51, 59, 82–83
ラーハー，ルートヴィヒ　Laher, Ludwig　602
ラープ，トーマス　Raab, Thomas　616
ラープ，ユリウス　Raab, Julius　458
ラーベ，ヴィルヘルム　Raabe, Wilhelm　333
ライゼントリット，ヨハン　Leisentritt, Johann　98
ライトゲープ，ヨーゼフ　Leitgeb, Josef　516
ライトナー，カール・ゴットフリート・フォン　Leitner, Karl Gottfried von　242
ライナルター，エルヴィーン　Rainalter, Erwin　353
ライヒ＝ラニツキ，マルセル　Reich-Ranicki, Marcel　527, 531
ライヒャルト，エリーザベト　Reichart, Elisabeth　603
ライムント，ハンス　Raimund, Hans　542
ライムント，フェルディナント　Raimund, Ferdinand
ラインハルト，エーミール・アルフォンス　Rheinhardt, Emil Alphons　384
ラインハルト，マックス　Reinhardt, Max　289, 297, 305, 307, 311, 365–66, 369, 377, 449
ラインプレヒト・フォン・ヴァルゼー二世　Reinprecht II. von Wallsee　46
ラインホルト，カール・レオンハルト　Reinhold, Karl Leonhard　174
ラインマル・フォン・ハーゲナウ　Reinmar der Alte　13, 17–18
ラヴァント，クリスティーネ　Lavant, Christine　482–83
ラヴクラフト，H. P.　Lovecraft, H. P.　481
ラウテンシュトラウフ，ヨハン　Rautenstrauch, Johann　135, 168
ラウベ，ハインリヒ　Laube, Heinrich　231, 271, 275–78
ラウレンツィウス・フォン・シュニュフィス　Laurentius von Schnüffis　103–05

ラサール，フェルディナント　Lassalle, Ferdinand　279
ラザル，アウグステ　Lazar, Auguste　452
ラザル，マリア（エスター・グレン）　Lazar, Maria (Esther Green)　451–52
ラスカー，エマヌエル　Lasker, Emanuel　618
ラチュキー，ヨーゼフ・フランツ　Ratschky, Joseph Franz　97, 133, 138, 148, 151, 156–58, 166, 177–78, 183, 209, 240
ラツィナ，フェルディナント Lacina, Ferdinand　519
ラディスラウス・アルマシー　Almasy, Ladislaus
ラディスラウス・ポストゥムス（オーストリア大公）　Ladislaus Postumus, Herzog von Österreich　42, 61, 91
ラデツキー伯爵，ヨハン・ヨーゼフ・ヴェンツェル　Radetzky, Johann Joseph Wenzel Graf　195, 309, 368
ラビノヴィチ，ドロン　Rabinovici, Doron　599
ラビノヴィチ，ユリア　Rabinowich, Julya　585, 627
ラフマーノヴァ，アーリャ（ガリナ・ジュラジン）　Rachmanowa, Alja (Galina Djuragin)　414–15
ラブレー，フランソワ　Rabelais, François　78
ラヨシュ一世（ハンガリー王）　Ludwig I., König von Ungarn　55
ラヨシュ二世（ボヘミア・ハンガリー王）　Ludwig II., König von Böhmen und Ungarn　62
ランガー，アントン　Langer, Anton　271–72
ラング，フリッツ　Lang, Fritz　368
ラング，マテウス　Lang, Matthäus　77, 84
ラングマン，フィリップ　Langmann, Philipp　322
ランゲン＆ミュラー（出版）　Langen & Müller (Verlag)　512, 515
ランスマイアー，クリストフ　Ransmayr, Christoph　606, 608
ランツ・フォン・リーベンスフェルス，イェルク　Lanz von Liebensfels, Jörg　284
ランパースベルク，ゲルハルト　Lampersberg, Gerhard　517, 577
リーガー，ヨーゼフ・アントン・フォン　Riegger, Joseph Anton von　126
リーグル，アーロイス　Riegl, Alois　251
リース，ヤン　Rys, Jan　473
リーテンブルク城伯　Rietenburg, Burggrafen von　16
リーピナー，ジークフリート　Lipiner, Siegfried　256–57, 365
リープクネヒト，カール　Liebknecht, Karl　260
リープシュ，フローリアン　Lipuš, Florjan　554, 581–82
リーメス出版　Limes-Verlag　503
リスト，グイード・フォン　List, Guido von　285, 407
リチャードソン，サミュエル　Richardson, Samuel　139
リッツェル，ゲオルク（メガリスス）　Litzel, Georg (Megalissus)　124
リットナー，エドゥアルト　Rittner, Eduard　305
リットナー，タッデーウス　Rittner, Thaddäus　305
リヒター，ヨーゼフ　Richter, Joseph　178, 259, 271
リューム，ゲルハルト　Rühm, Gerhard　467, 473, 479–80, 517, 521, 541, 584
リルケ，ライナー・マリア　Rilke, Rainer Maria　5, 293, 331, 386–87, 390, 402, 453, 470, 482–83, 485, 490, 507, 541

リンデマイアー，マウルス　Lindemayr, Maurus　171–72, 213
リンネ，カール・フォン　Linnè, Carl von　135, 481
ルイス，シンクレア　Lewis, Sinclair　355, 359
ルークマイアー，カール　Lugmayer, Karl　461
ルーザー（出版），アドルフ　Luser, Adolf (Verlag)　359, 390
ルーデンドルフ，エーリヒ　Ludendorff, Erich　363
ルートヴィヒ，パウラ　Ludwig, Paula　452–53
ルートヴィヒ五世（バイエルン公）　Ludwig V., Herzog von Bayern　55
ルードルフ・フォン・エンス　Rudolf von Ems　53
ルードルフ（オーストリア大公）　Rudolf, Erzherzog von Österreich　9
ルードルフ一世（ドイツ王）　Rudolf I., Römisch-deutscher König　30, 39, 114
ルードルフ二世（オーストリア公）　Rudolf II., Herzog von Österreich
ルードルフ二世（神聖ローマ皇帝）　Rudolf II., Kaiser　63–64, 85, 88, 95, 233–34
ルードルフ四世建設公（オーストリア公）　Rudolf IV., der Stifter, Herzog von Österreich　41–42, 52–53
ルエーガー，カール　Lueger, Karl　262, 281, 322
ルカーチ，ジェルジ　Lukács, György　420, 599
ルクス，ヨーゼフ・アウグスト　Lux, Joseph August　332, 352–53
ルサージュ，アラン＝ルネ　Lesage, Alain-René　162
ルター，マルティン　Luther, Martin　36, 63–64, 68, 92
ルフターハント（出版）　Luchterhand (Verlag)　494
ルプリヒ，ハンス　Rupprich, Hans　461
レーヴェンタール，ゾフィー・フォン　Löwenthal, Sophie von　211
レーオン，ゴットリープ　Leon, Gottlieb　133, 138, 148–49, 200
レーゲンスブルク城伯　Regensburg, Burggraf von　16, 28, 33, 73, 79, 102–03, 109, 111
レーデラー，ジョー　Lederer, Joe　451
レーナー，ベーダ　Löhner, Beda　343
レーナウ，ニコラウス　Lenau, Nikolaus　196, 200, 202, 204–05, 207–12, 221–22, 226, 329, 472
レーハル，フランツ　Lehár, Franz　342–43
レーベルト，ハンス　Lebert, Hans　376, 466, 507–09, 572, 574
レオーン，ヴィクトール　Léon, Viktor　231, 343
レオポルト（ウィーンの）　Leopold von Wien　46, 52
レオポルト一世（オストマルク辺境伯）　Leopold I., Markgraf von Österreich　9
レオポルト一世（神聖ローマ皇帝）　Leopold I., Kaiser　88, 95–96, 102, 111, 113, 118–19
レオポルト二世（神聖ローマ皇帝）　Leopold II., Kaiser　130, 137, 168, 220
レオポルト三世（オストマルク辺境伯）　Leopold III., Markgraf von Österreich　9
レオポルト六世（オーストリア公）　Leopold VI., Herzog von Österreich　9, 18, 29
レギオモンターヌス（ヨハネス・ミュラー）　Regiomontanus (Johannes Müller)　71
レクシウス，ヨハン・バプティスタ　Rexius, Johann Baptista　91
レクラム（出版）　Reclam (Verlag)　199, 609

レジデンツ出版　Residenz-Verlag　508, 525–26, 529, 557, 562–64, 569, 576, 585, 590, 598, 623, 625, 628
レッグラ，カトリーン　Röggla, Kathrin　622–23
レッシング，ゴットホルト・エフライム　Lessing, Gotthold Ephraim　97, 127–28, 138, 145, 155, 174, 191, 250, 400, 600
レッツァー，ヨーゼフ・フォン　Retzer, Joseph von　133, 147, 154, 166
レッテンパッハー，ジーモン　Rettenpacher, Simon　98, 116–17
レッピン，パウル　Leppin, Paul
レナー，カール　Renner, Karl　435, 457, 469
レヒャイス，ケーテ　Recheis, Käthe　579
レベリング，ヘルマン　Röbbeling, Hermann　369
レマルク，エーリヒ・マリア　Remarque, Erich Maria　357, 474
レルト，リヒャルト　Lert, Richard　417
レルネット＝ホレーニア，アレクサンダー　Lernet-Holenia, Alexander　385–86, 392, 404–07, 438–39, 460, 520
レンス，ヘルマン　Löns, Hermann　324
ローヴォルト（出版）　Rowohlt (Verlag)　362, 432, 479, 496, 507, 541, 572, 588, 591, 598, 613, 617
ローザイ，ペーター　Rosei, Peter　525, 559, 561
ロース，アドルフ　Loos, Adolf　288, 295, 334, 339, 418
ローゼガー，ペーター　Rosegger, Peter　2, 256, 269–70, 272, 279–80, 293, 320, 324, 326–27, 330, 333, 356, 359, 401
ローダ・ローダ，アレクサンダー　Roda Roda, Alexander　292–93
ロータル，エルンスト　Lothar, Ernst　369, 441, 444–45
ロート，ゲルハルト　Roth, Gerhard　523, 559, 561, 585
ロート，ヨーゼフ　Roth, Joseph　350, 360, 363, 425–26, 441, 443, 449, 548
ローベ，フリードリヒ　Lobe, Friedrich　462
ローベ，ミーラ　Lobe, Mira　462
ロジャース，リチャード　Rodgers, Richard
ロスヴィータ（ガンダースハイムの）　Hrotsvit von Gandersheim　3, 84
ロスマン，エーファ　Rossmann, Eva　615
ロドリゲス，アウロラ　Rodriguez, Aurora　601
ロドリゲス，ヒルデガルト　Rodriguez, Hildegart　601
ロドロン伯，パリス（ザルツブルク大司教）　Lodron, Paris Graf, Erzbischof von Salzburg　96
ロペ・デ・ベガ，フェリクス　Lope de Vega, Felix　232
ロベスピエール，マクシミリアン　Robespierre, Maximilien　312
ロルム，ヒエロニムス　Lorm, Hieronymus　260
ロレット，エトヴィーン　Rollet, Edwin　464

ワ 行

ワイルダー，ビリー　Wilder, Billy　368
ワイルド，オスカー　Wilde, Oscar　297, 299

文献一覧

Acham, Karl: Volk, Nation, Europa – bezogen auf ältere und neuere Formen Österreichs und des Österreichischen. In: Volk – Nation – Europa. Zur Romantisierung und Entromantisierung politischer Begriffe. Hg. v. Alexander v. Bormann. In Verbindung mit Gerhart von Graevenitz, Walter Hinderer, Gerhard Neumann, Günter Oesterle und Dagmar Ottmann. Würzburg: Königshausen & Neumann 1998, 245–261.

Achberger, Friedrich: Fluchtpunkt 1938. Essays zur österreichischen Literatur zwischen 1918 und 1938. Hg. v. Gerhard Scheit mit einem Vorwort von Wendelin Schmidt-Dengler. Wien: Verlag für Gesellschaftskritik 1994.

Ackerl, Isabella/Rudolf Neck (Hg.): Geistiges Leben im Österreich der Ersten Republik. Auswahl der bei den Symposien in Wien vom 11. bis 13. November 1980 und am 27. und 28. Oktober 1982 gehaltenen Referate. Wien: Verlag für Geschichte und Politik 1986.

Adel, Kurt: Die Literatur Österreichs an der Jahrtausendwende. 2. überarbeitete und ergänzte Auflage. Frankfurt etc.: Peter Lang 2003.

Adel, Kurt: Geist und Wirklichkeit. Vom Werden der österreichischen Dichtung. Wien: Österr. Verlagsanstalt 1967.

Adel, Kurt: Von Sprache und Dichtung. 1500–1800. Frankfurt etc.: Peter Lang 2004.

Alker, Stefan: Das Andere nicht zu kurz kommen lassen. Werk und Wirken von Gerhard Fritsch. Wien: Braumüller 2007.

Amann, Klaus/Albert Berger (Hg.): Österreichische Literatur der dreißiger Jahre. Ideologische Verhältnisse, institutionelle Voraussetzungen, Fallstudien. Wien, Köln, Graz: Böhlau 1985.

Amann, Klaus/Armin A. Wallas: Expressionismus in Österreich. Die Literatur und die Künste. Wien, Köln, Weimar: Böhlau 1994.

Amann, Klaus/Hubert Lengauer (Hg.): Österreich und der Große Krieg 1914–1918. Die andere Seite der Geschichte. Wien: Christian Brandstätter 1989.

Amann, Klaus/Hubert Lengauer/Karl Wagner: Literarisches Leben in Öster-

reich. 1848–1890. Wien, Köln, Weimar: Böhlau 2000.
Amann, Klaus: Die Dichter und die Politik. Essays zur österreichischen Literatur nach 1918. Wien: Deuticke 1992.
Amann, Klaus: P.E.N. Politik, Emigration, Nationalsozialismus: ein österreichischer Schriftstellerclub. Wien, Köln, Graz: Böhlau 1984.
Amann, Klaus: Zahltag. Der Anschluß der österreichischen Schriftsteller an das Dritte Reich. 2. erweiterte Auflage. Bodenheim: Philo Verlagsgesellschaft 1996.
Arlt, Herbert: Österreichische Literatur. „Strukturen", Transformationen, Widerspruchsfelder. St. Ingbert: Röhrig 2000.
Aspalter, Christian / Wolfgang Müller-Funk / Edith Saurer / Wendelin Schmidt-Dengler / Anton Tantner (Hg.): Paradoxien der Romantik. Gesellschaft, Kultur und Wissenschaft in Wien im frühen 19. Jahrhundert. Wien: WUV 2006.
Aspetsberger Friedbert / Daniela Strigl: (Hg.): Ich kannte den Mörder – wußte nur nicht wer er war. Zum Kriminalroman der Gegenwart. (=Schriftenreihe Literatur des Instituts für Österreichkunde 15). Innsbruck etc.: Studien-Verlag 2004.
Aspetsberger Friedbert: (Hg.) Neues. Trends und Motive in der (österreichischen) Gegenwartsliteratur.(=Schriftenreihe Literatur des Instituts für Österreichkunde 14). Innsbruck etc.: StudienVerlag 2003.
Aspetsberger, Friedbert (Hg.): Österreichische Literatur seit den zwanziger Jahren. Beiträge zu ihrer historisch-politischen Lokalisierung. Wien: Österr. Bundesverlag 1979.
Aspetsberger, Friedbert (Hg.): Ein Dichter-Kanon für die Gegenwart! Urteile und Vorschläge der Kritikerinnen und Kritiker. Innsbruck, Wien etc.: Studien-Verlag 2002.
Aspetsberger, Friedbert / Norbert Frei / Hubert Lengauer (Hg.): Literatur der Nachkriegszeit und der fünfziger Jahre in Österreich. (=Schriften des Instituts für Österreichkunde 44/45). Wien: Österr. Bundesverlag 1984.
Aspetsberger, Friedbert: Literarisches Leben im Austrofaschismus. Der Staatspreis. Königstein/Ts.: Hain 1980.
Bachleitner, Norbert: Eine soziologische Theorie des literarischen Transfers. Erläutert am Beispiel Hermann Bahrs. In: Helga Mitterbauer u. Katharina Scherke (Hg.): Ent-grenzte Räume. Kulturelle Transfers um 1900 und in der Gegenwart. Wien: Passagen Verlag 2005, 147–156.

Bachmaier, Helmut (Hg.): Paradigmen der Moderne. (=Viennese Heritage/Wiener Erbe, Vol. 3). Amsterdam, Philadelphia: John Benjamins Publishing Company 1990.

Bartsch, Kurt/Dietmar Goltschnigg/Gerhard Melzer (Hg.): Für und wider eine österreichische Literatur. Königstein/Ts.: Athenäum Verlag 1982.

Bartsch, Kurt: Ödön von Horvath. Stuttgart, Weimar: Metzler 2000.

Bauer, Roger: Österreichische Literatur oder Literatur aus Österreich? In: Deutschland und Österreich. Ein bilaterales Geschichtsbuch. Hg. v. Robert A. Kann u. Friedrich E. Prinz. Wien, München: Jugend und Volk 1980, 264–287.

Bauer, Werner M.: Aus dem Windschatten. Studien und Aufsätze zur Geschichte der Literatur in Österreich. Innsbruck 2004.

Bauer, Werner M.: Fiktion und Polemik. Studien zum Roman der österreichischen Aufklärung, Wien 1978.

Baur, Uwe/Karin Gradwohl-Schlacher/Sabine Fuchs (Hg., unter Mitarbeit v. Helga Mitterbauer): Macht Literatur Krieg. Österreichische Literatur im Nationalsozialismus. Wien, Köln, Weimar: Böhlau 1998.

Baur, Uwe/Karin Gradwohl-Schlacher: Literatur in Österreich 1938–1945. Handbuch eines literarischen Systems. Band 1. Steiermark. Wien, Köln, Weimar: Böhlau 2008.

Beales, Derek: Joseph II. und der Josephinismus. In: Der aufgeklärte Absolutismus im europäischen Vergleich. Hg. v. Helmut Reinalter u. Harm Klueting. Wien, Köln, Weimar: Böhlau 2002, 35–54.

Béhar, Pierre: Die Anfänge der österreichischen Literatur. In: Literatur im Kontext. Robert Musil. Littérature dans le contexte de Robert Musil. Hg. v. Marie-Louise Roth u. Pierre Béhar. Bern etc.: Peter Lang 1999, 35–48.

Beilein, Matthias: 86 und die Folgen. Robert Schindel, Robert Menasse und Doron Rabinovici im literarischen Feld Österreichs. Berlin: Erich Schmidt 2008.

Beller, Steven (Hg.): Rethinking Vienna 1900. New York, Oxford: Berghahn Books 2001.

Beller, Steven. A Concise History of Austria. Cambridge etc.: Cambridge University Press 2006.

Belobratov, Aleksandr V. (Hg.): Österreichische Literatur: Moderne und Gegenwart. (=Jahrbuch der Österreich-Bibliothek in St. Petersburg, Bd. 6). St. Petersburg: Verlag Petersburg. XXI Vek 2005.

Belobratov, Aleksandr V. (Hg.): Österreichische Literatur: Zentrum und Peripherie. (=Jahrbuch der Österreich-Bibliothek in St. Petersburg, Bd. 7). St. Petersburg: Verlag Petersburg. XXI Vek 2007.

Berger, Albert: Josef Weinheber (1892–1945). Leben und Werk – Leben im Werk. Salzburg: Otto Müller 1999.

Berger, Albert: Patriotisches Gefühl oder praktisches Konstrukt? Über den Mangel an österreichischen Literaturgeschichten. In: Literaturgeschichte: Österreich. Prolegomena und Fallstudien. Hg. v. Wendelin Schmidt-Dengler, Johann Sonnleitner und Klaus Zeyringer. Berlin: Erich Schmidt 1995, 29–41.

Berger, Albert: Überlegungen zum Begriff der Österreichischen Literatur in der Forschung. In: Sprachkunst 14 (1983), S. 37–46.

Best, Alan/Hans Wolfschütz (Hg.): Modern Austrian Writing: Literature and Society after 1945. London: Wolff 1980.

Betten, Anne/Konstanze Fliedl (Hg., in Zusammenarbeit mit Klaus Amann u. Volker Kaukoreit): Judentum und Antisemitismus. Studien zur Literatur und Germanistik in Österreich. Berlin: Erich Schmidt 2003.

Beutner, Eduard: Österreichische Literatur in der Zeit der Aufklärung. Forschungsdesiderate und Probleme ihrer Darstellung im Rahmen einer österreichischen Literaturgeschichte. In: Geschichte der österreichischen Literatur. Hg. v. Donald G. Daviau u. Herbert Arlt. Teil 1. St. Ingbert: Röhrig 1996, 40–48.

Blasberg, Cornelia: Literaturgeschichte am Ende – kein Grund zu trauern? In: Grenzen der Germanistik. Rephilologisierung oder Erweiterung? Hg. v. Walter Erhart. Stuttgart, Weimar: Metzler 2004, 467–481.

Bobinac, Marijan: Das Wiener Volksstück um die Jahrhundertwende. Zerfall und Neuanfang. In: Akten des X. Internationalen Germanistenkongresses Wien 2000. „Zeitenwende – Die Germanistik auf dem Weg vom 20. ins 21. Jahrhundert". Hg. v. Peter Wiesinger unter Mitarbeit von Hans Derkits. Bd. 6. Bern etc.: Lang 2002 (=Jahrbuch für Internationale Germanistik, Reihe A. Kongreßberichte, Bd. 58), 511–518.

Bodi, Leslie: Literatur, Politik, Identität – Literature, Politics, Cultural Identity. St. Ingbert: Röhrig 2002.

Bodi, Leslie: Sprache – Kultur – Literatur. Modellfall Österreich im Kontext Mitteleuropas. In: Literatur als Text der Kultur. Hg. v. Moritz Csáky u. Richard Reichensperger. Wien: Passagen Verlag 1999, 119–139.

Bodi, Leslie: Sprachregelung als Kulturgeschichte. Sonnenfels: Über den

Geschäftsstil (1784) und die Ausbildung der österreichischen Mentalität. In: Pluralität. Eine interdisziplinäre
Annäherung. Festschrift für Moritz Csáky. Hg. v. Gotthart Wunberg u. Dieter A. Binder. Wien, Köln, Weimar: Böhlau 1996, S. 122–153.
Bodi, Leslie: Tauwetter in Wien. Zur Prosa der österreichischen Aufklärung 1781–1795. 2. Aufl., Wien, Köln, Weimar: Böhlau 1995.
Bombitz, Attila (Hg.): Brüchige Welten. Von Doderer bis Kehlmann. Einzelinterpretationen. Szeged, Wien: JATE Press/Praesens 2009.
Bosse, Anke/Leopold Decloedt (Hg.): Hinter den Bergen eine andere Welt. Österreichische Literatur des 20. Jahrhunderts. Amsterdam, New York: Rodopi 2004.
Breuer, Dieter: Oberdeutsche Literatur. 1565–1650. Deutsche Literaturgeschichte und Territorialgeschichte in frühabsolutistischer Zeit. München: Beck 1979.
Brix, Emil/Patrick Werkner (Hg.): Die Wiener Moderne. Ergebnisse eines Forschungsgespräches der Arbeitsgemeinschaft Wien um 1900 zum Thema „Aktualität und Moderne". Wien: Verlag für Geschichte und Politik/München: Oldenbourg 1990.
Broser, Patricia/Dana Pfeiferová (Hg.): Der Dichter als Kosmopolit. Zum Kosmopolitismus in der neuesten österreichischen Literatur. Beiträge der tschechisch-österreichischen Konferenz, České Budějovice, März 2002. Wien: Edition Praesens 2003.
Bruckmüller, Ernst: Biedermeier und österreichische Identität. In: The Biedermeier and Beyond. Selected Papers from the Symposium held at St. Peter's College, Oxford from 19–21 September 1997. Ed. by Ian F. Roe and John Warren. Bern etc.: Peter Lang 1999, 21–44.
Cerha, Michael (Hg.): Literatur-Landschaft Österreich: Wie sie einander sehen, wie die Kritik sie sieht. 39 prominente Autoren. Wien: Brandstätter 1995.
Chapple, Gerald (Hg.): Towards the Millenium. Interpreting the Austrian Novel 1971–1996./Zur Interpretation des österreichischen Romans 1971–1996. Tübingen: Stauffenburg 2000.
Corbea-Hoisie, Andrei: Pawlitschek, Pekelmann, Kaindl & Co. Zum Entstehen und Bestehen einer österreichischen ostprovinziellen Literatur vor 1918. In. Sprachkunst 26 (1995), 263-281.
Corbin, Anne-Marie/Friedbert Aspetsberger (Hg.): Traditionen und Modernen: Historische und ästhetische Analysen der österreichischen Kultur.

Innsbruck, Wien, Bozen: StudienVerlag 2008.
Cornejo, Renata/Ekkehard W. Haring (Hg.): Wende - Bruch - Kontinuum. Die moderne österreichische Literatur und ihre Paradigmen des Wandels. Wien: Praesens Verlag 2006.
Csáky, Moritz/Walter Pass (Hg.): Europa im Zeitalter Mozarts. Wien, Köln, Weimar: Böhlau 1995.
Csáky, Moritz: Ambivalenz des kulturellen Erbes: Zentraleuropa. In: Ambivalenz des kulturellen Erbes. Vielfachcodierung des historischen Gedächtnisses. Paradigma Österreich. Hg. v. Moritz Csáky u. Klaus Zeyringer. Innsbruck, Wien, München: StudienVerlag 2000, 27–49.
Csáky, Moritz: Ideologie der Operette und Wiener Moderne. Ein kulturhistorischer Essay zur österreichischen Identität. Wien, Köln, Weimar: Böhlau 1996.
Dassanowsky, Robert von: Austrian Cinema. A History. Jefferson, London: McFarland 2005.
Daviau, Donald G. (Hg.): Austrian Writers and the Anschluss: Understanding the Past - Overcoming the Past. Riverside: Ariadne Press 1991.
Daviau, Donald G. (Hg.): Major Figures of Austrian Literature: The Interwar Years 1918–1938. Riverside: Ariadne Press 1995.
Daviau, Donald G. (Hg.): Major Figures of Nineteenth-Century Austrian Literature. Riverside: Ariadne Press 1998.
Daviau, Donald G.: Austria in Literature. Riverside: Ariadne Press 2000.
Daviau, Donald G.: Understanding Hermann Bahr. St. Ingbert: Röhrig 2002.
Demetz, Peter: After the Fires. Recent Writing in the Germanies, Austria, and Switzerland. San Diego, New York, London: Harcourt Brace Jovanovich 1986.
Deréky, Pál: Ungarische Avantgarde-Dichtung in Wien 1920–1926. Wien, Köln, Weimar: Böhlau 1991.
Deutsch-Schreiner, Evelyn: Theater im 'Wiederaufbau'. Zur Kulturpolitik im österreichischen Parteien- und Verbändestaat. Wien: Sonderzahl 2001.
Dictionary of Literary Biography, vol. 85: Austrian Fiction Writers After 1914. Ed. by James Hardin and Donald G. Daviau. Detroit etc.: Gale Research Inc. 1989.
Doppler, Alfred: Geschichte im Spiegel der Literatur. Aufsätze zur österreichischen Literatur des 19. und 20. Jahrhunderts. Innsbruck: Institut für Germanistik 1990 (=Innsbrucker Beiträge zur Kulturwissenschaft. Germanistische

Reihe, 39)
Duhamel, Roland/Clemens Ruthner (Hg.): 50 Jahre 2. Republik – 1000 Jahre „Ostarrichi“. Beiträge zur Sprache, Literatur und Kultur in Österreich. (=Germanistische Mitteilungen 43–44). Brüssel: Belgischer Germanisten- und Deutschlehrerverband 1996.
Dusini, Arno/Karl Wagner (Hg.): Metropole und Provinz in der österreichischen Literatur des 19. und 20. Jahrhunderts. Beiträge des 10. Österreichisch-Polnischen Germanistentreffens Wien 1992. Wien: Dokumentationsstelle für Neuere Österreichische Literatur 1994.
Dvořák, Johann (Hg.): Radikalismus, demokratische Strömungen und die Moderne in der österreichischen Literatur. Frankfurt etc.: Peter Lang 2003.
Eder, Thomas/Juliane Vogel (Hg.): Verschiedene sätze treten auf. Die Wiener Gruppe in Aktion. (=Profile, Bd. 15). Wien: Zsolnay 2008.
Eder, Thomas/Klaus Kastberger (Hg.): Schluss mit dem Abendland! Der lange Atem der österreichischen Avantgarde. (=Profile. Bd.5). Wien: Paul Zsolnay 2000.
Eidherr, Armin/Karl Müller (Hg.): Jiddische Kultur und Literatur aus Österreich. Klagenfurt/ Celovec: Theodor Kramer Gesellschaft u. Drava-Verlag 2003.
Ewers, Hans-Heino/Ernst Seibert (Hg.): Geschichte der österreichischen Kinder- und Jugendliteratur vom 18. Jahrhundert bis zur Gegenwart. Wien: Buchkultur Verlag 1997.
Eybl, Franz M.: Hanswurststreit und Broschürenflut. Die Struktur der Kontroversen in der österreichischen Literatur des 18. Jahrhunderts. In: Konflikte – Skandale – Dichterfehden in der österreichischen Literatur. Hg. v. Wendelin Schmidt-Dengler, Johann Sonnleitner und Klaus Zeyringer. Berlin: Erich Schmidt 1995, S. 24–35.
Eybl, Franz M.: Probleme einer österreichischen Literaturgeschichte des 18. Jahrhunderts. In: Literaturgeschichte: Österreich. Prolegomena und Fallstudien. Hg. v. Wendelin Schmidt-Dengler, Johann Sonnleitner und Klaus Zeyringer. Berlin: Erich Schmidt 1995, S. 146–157.
Eybl, Franz: Patriotismusdebatte und Gelehrtenrepublik: Kulturwissenschaftliche Forschungsfelder im Problembereich nationaler Identitätenbildung. In: Harm Klueting, Wolfgang Schmale (Hg.): Das Reich und seine Territorialstaaten im 17. und 18. Jahrhundert. Aspekte des Mit-, Neben- und Gegeneinander. Münster: LIT Verlag 2004, 149–162.
Fackelmann, Christoph (Hg., in Zusammenarbeit mit Wynfrid Kriegleder):

Literatur - Geschichte - Österreich. Probleme, Perspektiven und Bausteine einer österreichischen Literaturgeschichte. Thematische Festschrift zur Feier des 70. Geburtstags von Herbert Zeman. Wien, Berlin: Lit Verlag 2011.

Feichtinger, Johannes/Elisabeth Großegger/Gertraud Marinelli-König/Peter Stachel/Heidemarie Uhl (Hg.): Schauplatz Kultur - Zentraleuropa: Transdisziplinäre Annäherungen. Innsbruck, Wien, Bozen: StudienVerlag 2006.

Feichtinger, Johannes/Peter Stachel (Hg.): Das Gewebe der Kultur: Kulturwissenschaftliche Analysen zur Geschichte und Identität Österreichs in der Moderne. Innsbruck, Wien, München: StudienVerlag 2001.

Fischer, Ernst (Hg.): Hauptwerke der österreichischen Literatur. Einzeldarstellungen und Interpretationen. Mit einem Essay. München: Kindler 1997.

Fischer, Ernst/Wilhelm Haefs (Hg.): Hirnwelten funkeln. Literatur des Expressionismus in Wien. Salzburg: Otto Müller 1988.

Fischer, Ernst: Literatur und Ideologie in Österreich 1918–1938. Forschungsstand und Forschungsperspektiven. In: Internationales Archiv für Sozialgeschichte der deutschen Literatur. 1. Sonderheft. Forschungsreferate (1985), 183–252.

Fliedl, Konstanze: Arthur Schnitzler. Stuttgart: Reclam 2005.

Freund, Winfried/Johann Lachinger/Clemens Ruthner: Der Demiurg ist ein Zwitter. Alfred Kubin und die deutschsprachige Phantastik. München: Wilhelm Fink 1999.

Frimmel, Johannes: Literarisches Leben in Melk. Ein Kloster im 18. Jahrhundert im kulturellen Umbruch. Wien, Köln, Weimar: Böhlau 2005.

Frimmel, Johannes: Literarisches Leben in Melk. Ein Kloster im 18. Jahrhundert im kulturellen Umbruch. Wien, Köln, Weimar: Böhlau 2005.

Füssel, Stephan (Hg.): Deutsche Dichter der frühen Neuzeit (1450–1600). Ihr Leben und Werk. Berlin: Erich Schmidt 1993.

Glaser, Horst Albert (Hg.): Deutsche Literatur zwischen 1945 und 1995. Eine Sozialgeschichte. Berlin, Stuttgart, Wien: Haupt 1995.

Golec, Janusz (Hg.): Der Schriftsteller und der Staat. Apologie und Kritik in der österreichischen Literatur. Beiträge des 13. Polnisch-Österreichischen Germanistentreffens, Kazimierz Dolny 1998. Lublin: Wydawnictwo Uniwersytetu Marii Curie-Skłodowskiej 1999.

Gollner, Helmut (Hg.): Die Wahrheit lügen. Die Renaissance des Erzählens in der jungen österreichischen Literatur. Innsbruck, Wien, Bozen: StudienVerlag 2005.

Goltschnigg, Dietmar / Günther A. Höfler / Bettina Rabelhofer (Hg.): "Moderne", "Spätmoderne" und "Postmoderne" in der österreichischen Literatur. Beiträge des 12. Österreichisch- Polnischen Germanistiksymposions Graz 1996. Wien: Dokumentationsstelle für Neuere Österreichische Literatur 1998.

Görlich, Ernst Josef: Einführung in die Geschichte der österreichischen Literatur. Auf Grund der „Einführung in die Geschichte der deutschen Literatur" von Kummer-Stejskal bearbeitet. Wien: Manzsche Verlagsbuchhandlung 1946.

Grohotolsky, Ernst (Hg.): Provinz, sozusagen. Österreichische Literaturgeschichten. Graz, Wien: Droschl 1995.

Gürtler, Christa / Sigrid Schmid-Bortenschlager: Erfolg und Verfolgung. Österreichische Schriftstellerinnen 1918–1945. Fünfzehn Porträts und Texte. Salzburg: Residenz 2002.

Haas, Franz / Hermann Schlösser / Klaus Zeyringer (Hg.): Blicke von außen. Österreichische Literatur im internationalen Kontext. Innsbruck: Haymon 2003.

Habsburg postcolonial. Machtstrukturen und kollektives Gedächtnis. Hg. v. Johannes Feichtinger, Ursula Prutsch, Moritz Csáky. Innsbruck: Studien-Verlag 2003.

Hadamowsky, Franz: Wien – Theatergeschichte. Von den Anfängen bis zum Ende des Ersten Weltkriegs. Wien: Jugend und Volk 1988.

Haefs, Wilhelm (Hg.): Nationalsozialismus und Exil. 1933–1945. (=Hansers Sozialgeschichte der deutschen Literatur vom 16. Jahrhundert bis zur Gegenwart, Bd. 9). München, Wien: Hanser 2009.

Haider-Pregler, Hilde / Beate Reiter (Hg.): Verspielte Zeit. Österreichisches Theater der dreißiger Jahre. Wien: Picus Verlag 1997.

Haider-Pregler, Hilde: Des sittlichen Bürgers Abendschule. Bildungsanspruch und Bildungsauftrag des Berufstheaters im 18. Jahrhundert, Wien, München: Jugend und Volk 1980.

Hall, Murray G. / Franz Kadrnoska, Friedrich Kornauth, Wendelin Schmidt-Dengler (Hg.): Die Muskete. Kultur- und Sozialgeschichte im Spiegel einer satirisch-humoristischen Zeitschrift. 1905–1941. Wien: Edition Tusch 1983.

Hall, Murray G.. Der Fall Bettauer. Wien: Löcker 1978.

Hall, Murray G.: Österreichische Verlagsgeschichte. 1918–1938. 2 Bde. Wien, Köln, Graz: Böhlau 1985.

Hanisch, Ernst: Der lange Schatten des Staates. Österreichische Gesellschaftsge-

schichte im 20. Jahrhundert. (=Österreichische Geschichte 1890–1990. Hg. v. Herwig Wolfram). Wien: Ueberreuther 1994.

Hanlin, Todd C. (Hg.): Beyond Vienna. Contemporary Literature from the Austrian Provinces. Riverside: Ariadne Press 2008.

Hansel, Michael/Michael Rohrwasser (Hg.): Kalter Krieg in Österreich. Literatur - Kunst - Kultur. (=Profile, Bd. 17). Wien: Zsolnay 2010.

Heger, Roland: Das österreichische Hörspiel. Wien, Stuttgart: Braumüller 1977.

Heger, Roland: Der österreichische Roman des 20. Jahrhunderts. 2 Bde. Wien, Stuttgart: Braumüller 1971.

Hein, Jürgen: Das Wiener Volkstheater. 3. neu bearbeitet Auflage. Darmstadt: Wiss. Buchges. 1997.

Hipfl, Iris/Raliza Ivanova (Hg.): Österreichische Literatur zwischen den Kulturen. Internationale Konferenz Veliko Târnovo, Oktober 2006. St. Ingbert: Röhrig 2008.

Höller, Hans: Peter Handke. Reinbek: Rowohlt 2007.

Holzner, Johann/Karl Müller (Hg.): Literatur der „Inneren Emigration" aus Österreich. Wien: Döcker 1998.

Holzner, Johann/Sigurd Paul Scheichl/Wolfgang Wiesmüller: Eine schwierige Heimkehr. Österreichische Literatur im Exil 1938–1945. Innsbruck: Institut für Germanistik 1991. (=Innsbrucker Beiträge zur Kulturwissenschaft: Germanistische Reihe 40).

Ingen, Ferdinand van: Zum Begriff der österreichischen Literaturgeschichte. Probleme und Perspektiven. In: Jahrbuch der Österreichische Goethe-Gesellschaft 104/105 (2000/2001), 15–37.

Janke, Pia: Manifeste kollektiver Identität. Politische Massenfestspiele in Österreich zwischen 1918 und 1938. Wien: Habilitationsschrift 2006.

Kadrnoskas, Franz (Hg.): Aufbruch und Untergang. Österreichische Kultur zwischen 1918 und 1938. Wien, München, Zürich: Europaverlag 1981.

Kastberger, Klaus/Kurt Neumann (Hg., unter Mitarbeit von Michael Hansel): Grundbücher der österreichischen Literatur seit 1945. Erste Lieferung. Wien: Zsolnay 2007.

Kaszyński, Stefan H.: Ist die österreichische Literatur regional? Methodologische Komplikationen bei der Präsentation österreichischer Lyrik in deutschsprachigen Anthologien. In: Regionalität als Kategorie der Sprach- und Literaturwissenschaft. Hg. v. Instytut Filologii Germańskiej der Uniwersytet Opolski. Frankfurt etc.: Lang 2002, 245–255.

Kaszyński, Stefan H: Kurze Geschichte der österreichischen Literatur. Aus dem Polnischen übersetzt von Alexander Höllwerth. Frankfurt a.M. u.a.: Lang 2012.

Kaukoreit, Volker/Kristina Pfoser: Die österreichische Literatur seit 1945. Eine Annäherung in Bildern. Stuttgart: Reclam 2000.

Kerschbaumer, Gert/Karl Müller: Begnadet für das Schöne. Der rot-weiß-rote Kulturkampf gegen die Moderne. (=Beiträge zu Kulturwissenschaft und Kulturpolitik 2). Wien: Verlag für Gesellschaftskritik 1992.

Kimmich, Dorothee/Tobias Wilke: Einführung in die Literatur der Jahrhundertwende. Darmstadt: Wiss. Buchges. 2006.

Knapp, Fritz Peter: Die Literatur des Früh- und Hochmittelalters in den Bistümern Passau, Salzburg, Brixen und Trient von den Anfängen bis zum Jahre 1273. (=Geschichte der Literatur in Österreich von den Anfängen bis zur Gegenwart. Hg. v. Herbert Zeman, Bd. 1). Graz: ADeVA 1994.

Knapp, Fritz Peter: Die Literatur des Spätmittelalters in den Ländern Österreich, Steiermark, Kärnten, Salzburg und Tirol von 1273 bis 1439. 2 Bde. (=Geschichte der Literatur in Österreich von den Anfängen bis zur Gegenwart. Hg. v. Herbert Zeman, Bd. 2). Graz: ADeVA 1999.

Knapp, Fritz Peter: Was heißt und zu welchem Ende schreibt man regionale Literaturgeschichte? Das Beispiel der mittelalterlichen österreichischen Länder. In: Hartmut Kugler (Hg.): Interregionalität der deutschen Literatur im europäischen Mittelalter. Berlin, New York: De Gruyter1995, 11–21.

Kohl, Katrin/Ritchie Robertson (Ed.): A History of Austrian Literature 1918–2000. Rochester, NY: Camden House 2006.

Konstantinović, Zoran/Fridrun Rinner: Eine Literaturgeschichte Mitteleuropas. Innsbruck, Wien etc.: StudienVerlag 2003.

Konstantinović, Zoran: Universitas complex. Überlegungen zu einer Literaturgeschichte Mitteleuropas. In: „Kakanien". Aufsätze zur österreichischen und ungarischen Literatur, Kunst und Kultur um die Jahrhundertwende. Hg. v. Eugen Thurnher, Walter Weiss, János Szabó und Attila Tamás unter Mitarbeit von Huldemar Holl. Budapest, Wien 1991, 9–30.

Kucher, Primus-Heinz: Literatur und Kultur im Österreich der Zwanziger Jahre. Vorschläge zu einem transdisziplinären Epochenprofil. Bielefeld: Aisthesis Verlag 2007.

Kucher, Primus-Heinz: Ungleichzeitige/verspätete Moderne. Prosaformen in der österreichischen Literatur 1820–1880. Tübingen u. Basel: Francke 2002.

Kunzelmann, Heide / Martin Liebscher / Thomas Eicher (Hg.): Kontinuitäten und Brüche.
Österreichs literarischer Wiederaufbau nach 1945. Oberhausen: Athena-Verlag 2006.
Le Rider, Jacques: Das Ende der Illusion. Die Wiener Moderne und die Krisen der Identität. Aus dem Französischen übersetzt von Robert Fleck. Wien: Österr. Bundesverlag 1990.
Le Rider, Jacques: Hugo von Hofmannsthal. Historismus und Moderne in der Literatur der Jahrhundertwende. Aus dem Französischen übersetzt von Leopold Federmair. Wien, Köln, Weimar: Böhlau 1997.
Leitner, Gerald: „Was wird das Ausland dazu sagen?" Literatur und Republik in Österreich nach 1945. Wien: Picus Verlag 1995.
Lengauer, Hubert: „Abgelegte Zeit?" Österreichische Literatur der fünfziger Jahre. Beiträge zum 9. Polnisch- Österreichischen Germanistenkolloquium Łódź 1990. Wien: Dokumentationsstelle für Neuere Österreichische Literatur 1992.
Lengauer, Hubert: Ästhetik und liberale Opposition. Zur Rollenproblematik des Schriftstellers in der österreichischen Literatur um 1848. Wien, Köln: Böhlau 1989.
Lengauer, Hubert: Kontinuität und Diskontinuität. Zur Hermeneutik einer österreichischen Literaturgeschichte des neunzehnten Jahrhunderts. In: Das schwierige neunzehnte Jahrhundert. Germanistische Tagung zum 65. Geburtstag von Edda Sagarra im August 1998. Hg. v. Jürgen Barkhoff, Gilbert Carr u. Roger Paulin. Mit einem Vorwort von Wolfgang Frühwald. Tübingen: Niemeyer 2000, 65–76.
Lorenz, Dagmar: Wiener Moderne. 2. aktualisierte und überarbeitete Auflage. (=Sammlung Metzler 290). Stuttgart, Weimar: Metzler 2007.
Magris, Claudio: Der habsburgische Mythos in der modernen österreichischen Literatur. Wien: Zsolnay 2000.
Martens, Wolfgang: Drei Sammlungen von Schülerdichtungen aus dem Wiener Theresianum. In: Herbert Zeman (Hg.): Die österreichische Literatur – Ihr Profil an der Wende vom 18. zum 19. Jahrhundert (1750–1830), 2 Teile, Graz 1979, 1–22.
Maurer, Stefan / Doris Neumann-Rieser / Günther Stocker: Diskurse des Kalten Krieges. Eine andere österreichische Nachkriegsliteratur. Wien, Köln, Weimar 2017.

McVeigh. Joseph: Kontinuität und Vergangenheitsbewältigung in der österreichischen Literatur nach 1945. Wien: Braumüller 1988.
Meid, Volker: Die deutsche Literatur im Zeitalter des Barock. Vom Späthumanismus zur Frühaufklärung 1570–1740. München: C. H. Beck 2009.
Michler, Werner: Darwinismus und Literatur. Naturwissenschaftliche und literarische Intelligenz in Österreich, 1859–1914. (=Literaturgeschichte in Studien und Quellen 2). Wien, Köln, Weimar: Böhlau 1999.
Mitterbauer, Helga u. András F. Balogh (Hg.): Zentraleuropa. Ein hybrider Kommunikationsraum. Wien: Praesens Verlag 2006.
Mitterbauer, Helga: Dynamik – Netzwerk – Macht. Kulturelle Transfers „am besonderen Beispiel“ der Wiener Moderne. In: Helga Mitterbauer u. Katharina Scherke (Hg.): Entgrenzte Räume. Kulturelle Transfers um 1900 und in der Gegenwart. Wien: Passagen Verlag 2005, 109–130. Mitterer, Nicola/Werner Wintersteiner: Und (k)ein Wort Deutsch... Literaturen der Minderheiten und MigrantInnen in Österreich. Innsbruck, Wien, Bozen: StudienVerlag 2009.
Moritz, Rainer: Wie schreibt man eine Literaturgeschichte? Zu stilistischen und anderen Defiziten einer Textsorte. In: Literaturgeschichte: Österreich. Prolegomena und Fallstudien. Hg. v. Wendelin Schmidt-Dengler, Johann Sonnleitner und Klaus Zeyringer. Berlin: Erich Schmidt 1995, S. 64–78. Mühlberger, Günter: Die Revolution von 1848 in Österreich im Spiegel des historischen Romans. In: Scheichl, Sigurd Paul/Emil Brix (Hg.): „Dürfen's denn das?“. Die fortdauernde Frage zum Jahr 1848. Wien: Passagen Verlag 1999, 205–223.
Müller, Karl/Hans Wagener (Hg.): Österreich 1918 und die Folgen. Geschichte, Literatur, Theater und Film. Wien, Köln, Weimar: Böhlau 2009.
Müller, Karl: Zäsuren ohne Folgen. Das lange Leben der literarischen Antimoderne Österreichs seit den 30er Jahren. Salzburg: Otto Müller 1990.
Müller-Funk, Wolfgang/Peter Plener/Clemens Ruthner (Hg.): Kakanien revisited. Das Eigene und das Fremde (in) der österreichisch-ungarischen Monarchie. Tübingen, Basel: Francke 2002.
Müller-Funk, Wolfgang: Komplex Österreich. Fragmente zu einer Geschichte der modernen österreichischen Literatur. Wien: Sonderzahl 2009.
Nadler, Josef: Literaturgeschichte Österreichs. Linz: Österr. Verlag f. Belletristik und Wissenschaft 1948.
Neissl, Julia: Tabu im Diskurs: Sexualität in der Literatur österreichischer

Autorinnen. Innsbruck, Wien, München: StudienVerlag 2001.
Neuber, Wolfgang: Geschichtsteleologie im Zeitroman oder: Tradition und Ordnung. Vom Wiener Gassen- zum Großstadtroman. In: Zeman, Herbert (Hg.): Die österreichische Literatur. Ihr Profil von der Jahrhundertwende bis zur Gegenwart (1880–1980). Graz: ADeVA 1989, Teil 2, 1051–1075.
Niederstätter, Alois: Das Jahrhundert der Mitte. An der Wende vom Mittelalter zur Neuzeit. (=Österreichische Geschichte 1400–1522. Hg. v. Herwig Wolfram). Wien: Ueberreuter 1996.
Obermayer, August (Hg.): 1000 Jahre Österreich im Spiegel seiner Literatur. Otago: Department of German 1997.
Österreichische Literatur des 20. Jahrhunderts. Einzeldarstellungen. Von einem Autorenkollektiv unter Leitung von Horst Haase und Antal Mádl. Berlin: Volk und Wissen 1988.
Paul, Markus: Sprachartisten – Weltverbesserer. Bruchlinien in der österreichischen Literatur nach 1960. Innsbruck: Institut für Germanistik 1991.
Pfeiffer, Ingrid: Scheideweg der Worte. Literatur in österreichischen Zeitschriften 1945–1948. Wien: Edition Steinbauer 2006.
Pfoser, Alfred: Literatur und Austromarxismus. Wien: Löcker 1980.
Plaschka, Richard G./Gerald Stourzh/Jan Paul Niederkorn: Was heißt Österreich? Inhalt und Umfang des Österreichbegriffs vom 10. Jahrhundert bis heute. Wien: Verlag der Österr. Akademie der Wissenschaften 1995.
Polheim, Karl Konrad (Hg.): Literatur aus Österreich. Österreichische Literatur. Ein Bonner Symposion. Bonn: Bouvier 1981.
Polt-Heinzl, Evelyne/Daniela Strigl (Hg.): Im Keller. Der Untergrund des literarischen Aufbruchs um 1950. [auf dem Titelblatt: nach 1945]. Wien: Sonderzahl 2006.
Polt-Heinzl, Evelyne: Zeitlos. Neun Porträts. Von der ersten Krimiautorin Österreichs bis zur ersten Satirikerin Deutschlands. Wien: Milena Verlag 2005.
Puchalski, Lucjan: Imaginärer Name Österreich. Der literarische Österreichbegriff an der Wende vom 18. zum 19. Jahrhundert. (=Schriftenreihe der österreichischen Gesellschaft zur Erforschung des 18. Jahrhunderts, Bd. 8). Wien, Köln, Weimar: Böhlau 2000.
Reichmann, Eva (Hg.) Habsburger Aporien? Geisteshaltungen und Lebenskonzepte in der multinationalen Literatur der Habsburger Monarchie. Bielefeld: Aisthesis-Verl. 1998.
Renner, Gerhard: Die Deutsch-Österreichische Literaturgeschichte. In: Literari-

sches Leben in Österreich. 1848–1890. Hg. v. Klaus Amann, Hubert Lengauer, Karl Wagner. Wien, Köln, Weimar: Böhlau 2000, 859-889.

Renner, Gerhard: Österreichische Schriftsteller und der Nationalsozialismus (1933–1940). Der „Bund der deutschen Schriftsteller Österreichs“ und der Aufbau der Reichsschrifttumskammer in der „Ostmark“. Frankfurt: Buchhändler-Vereinigung 1986.

Rettenwander, Matthias: Nachwirkungen des Josephinismus. In: Der aufgeklärte Absolutismus im europäischen Vergleich. Hg. v. Helmut Reinalter u. Harm Klueting. Wien, Köln, Weimar: Böhlau 2002, 303–329.

Ritter, Michael: „Man sieht der Sternen König glantzen“: Der Kaiserhof im barocken Wien als Zentrum deutsch-italienischer Literaturbestrebungen (1653 bis 1718) am besonderen Beispiel der Libretto-Dichtung. Wien: Edition Praesens 1999.

Rohrwasser, Michael: Josef Nadler als Pionier moderner Regionalismuskonzepte? In: Regionalität als Kategorie der Sprach- und Literaturwissenschaft. Hg. v. Instytut Filologii Germańskiej der Uniwersytet Opolski. Frankfurt etc: Lang 2002, 257–280.

Rommel, Otto: Die Alt-Wiener Volkskomödie. Ihre Geschichte vom barocken Welt-Theater bis zum Tode Nestroys. Wien: Anto Schroll & Co. 1952.

Rossbacher, Karlheinz: Heimatkunst der frühen Moderne. In: York-Gothart Mix (Hg.): Naturalismus. Fin de siècle. Expressionismus. 1890–1918. (=Hansers Sozialgeschichte der deutschen Literatur vom 16. Jahrhundert bis zur Gegenwart, Bd. 7). München, Wien: Hanser 2000, 300–313.

Rossbacher, Karlheinz: Literatur und Liberalismus. Zur Kultur der Ringstraßenzeit in Wien. Wien: Jugend und Volk 1992.

Rumpler, Helmut: Eine Chance für Mitteleuropa. Bürgerliche Emanzipation und Staatsverfall in der Habsburgermonarchie. (=Österreichische Geschichte 1804–1915. Hg. v. Herwig Wolfram). Wien: Uberreuther 1997.

Sachslehner, Johannes: Führerwort und Führerblick. Mirko Jelusich. Zur Strategie eines Bestsellerautors in den Dreißiger Jahren. Königstein/Ts.: Hain 1985.

Sauermann, Eberhard: Literarische Kriegsfürsorge. Österreichische Dichter und Publizisten im Ersten Weltkrieg. Wien, Köln, Weimar: Böhlau 2000.

Scheichl, Sigurd Paul: Mitteleuropäische Defizite in Geschichten der Literatur Österreichs. In: Schmitz, Walter (Hg., in Verbindung mit Jürgen Joachimsthaler): Zwischeneuropa/Mitteleuropa. Sprache und Literatur in inter-

kultureller Konstellation. Akten des Gründungskongresses des Mitteleuropäischen Germanistenverbandes. Dresden: Thelem 2007, 274–285.

Scheichl, Sigurd Paul: Weder Kahlschlag noch Stunde Null. Besonderheiten des Voraussetzungssystems der Literatur in Österreich zwischen 1945 und 1966. In: Albrecht Schöne (Hg.:) Kontroversen, alte und neue. (=Akten des VII. Internationalen Germanisten-Kongresses Göttingen 1985, Bd. 10). Tübingen: Niemeyer 1986, 37–51.

Scheidl, Günther: Ein Land auf dem rechten Weg? Die Entmythisierung der Zweiten Republik in der österreichischen Literatur von 1985 bis 1995. Wien: Braumüller 2003.

Schmidt, Adalbert: Dichtung und Dichter Österreichs im 19. und 20. Jahrhundert. Salzburg, Stuttgart: Bergland 1964.

Schmidt-Bortenschlager, Sigrid: Österreichische Schriftstellerinnen 1800–2000. Eine Literaturgeschichte. Darmstadt: Wiss. Buchges. 2009.

Schmidt-Dengler, Wendelin/Johann Sonnleitner/Klaus Zeyringer (Hg.): Die einen raus – die anderen rein. Kanon und Literatur: Vorüberlegungen zu einer Literaturgeschichte Österreichs. Berlin: Erich Schmidt 1994.

Schmidt-Dengler, Wendelin/Johann Sonnleitner/Klaus Zeyringer (Hg.): Literaturgeschichte: Österreich. Prolegomena und Fallstudien. Berlin: Erich Schmidt 1995.

Schmidt-Dengler, Wendelin: Abschied von Habsburg. In: Bernhard Weyergraf (Hg.): Literatur der Weimarer Republik. 1918–1933. (=Hansers Sozialgeschichte der deutschen Literatur vom 16. Jahrhundert bis zur Gegenwart, Bd. 8). München, Wien: Hanser 1995, 483–548.

Schmidt-Dengler, Wendelin: Bruchlinien. Vorlesungen zur österreichischen Literatur 1945 bis 1990. Salzburg: Residenz 1995. 3., korrigierte Auflage 2010.

Schmidt-Dengler, Wendelin: Gedicht und Veränderung. Zur österreichischen Lyrik der Zwischenkriegszeit. In: Schmidt-Dengler, Wendelin (Hg.): Formen der Lyrik in der österreichischen Gegenwartsliteratur. (=Schriften des Instituts für Österreichkunde 39). Wien: Österr. Bundesverlag 1981.

Schmidt-Dengler, Wendelin: Ohne Nostalgie. Zur österreichischen Literatur der Zwischenkriegszeit. Wien, Köln, Weimar: Böhlau 2002.

Schmidt-Dengler, Wendelin: Österreichische Gegenwartsliteratur ab 1990 – Notizen zur Lehrveranstaltung. (http://www.elib.at/index.php/Oesterreich_-_Gegenwartsliteratur_ ab_1990_-_Wendelin_ Schmidt-Dengler)

Schmidt-Dengler, Wendelin: Vom Staat, der keiner war, zur Literatur, die keine ist. Zur Leidensgeschichte der österreichischen Literaturgeschichte. In: Germanistische Mitteilungen. Zeitschrift für deutsche Sprache, Literatur und Kultur in Wissenschaft und Praxis 39 (1994), 51–62.

Schorske, Carl E.: Wien: Geist und Gesellschaft im Fin de Siècle. Deutsch von Horst Günther. Frankfurt: Fischer 1982.

Schulte, Hans/Gerald Chapple (Hg.): Shadows of the Past. Austrian Literature of the Twentieth Century. New York etc.: Peter Lang 2009.

Schwartz, Agata: Shifting voices: Feminist Thought and Women's Writing in Fin-de-siècle Austria and Hungary. Montreal & Kingston etc.: McGill-Queen's Univ. Press 2008.

Seibert, Ernst: Jugendliteratur im Übergang vom Josephinismus zur Restauration, mit einem bibliographischen Anhang über die österreichische Kinder- und Jugendliteratur von 1770–1830. Wien, Köln, Graz: Böhlau 1987.

Seidler, Herbert: Deutsche Sprache und österreichische Literatur. In: Sprachkunst 14 (1983), S. 47–55.

Seidler, Herbert: Österreichischer Vormärz und Goethezeit. Geschichte einer literarischen Auseinandersetzung. Wien: Verlag der Österreichischen Akademie der Wissenschaften 1982.

Sonnleitner, Johann: Die Geschäfte des Herrn Robert Hohlbaum. Die Schriftstellerkarriere eines Österreichers in der Zwischenkriegszeit und im Dritten Reich. Wien, Köln: Böhlau 1989.

Sonnleitner, Johann: Romantische und Wiener Komödie. Affinitäten und Divergenzen. In: In: Paradoxien der Romantik. Gesellschaft, Kultur und Wissenschaft in Wien im frühen 19. Jahrhundert. Hg. v. Christian Aspalter, Wolfgang Müller-Funk Edith Saurer, Wendelin Schmidt-Dengler, Anton Tantner. Wien: WUV 2006, S. 380–400.

Spiel, Hilde (Hg.): Die zeitgenössische Literatur Österreichs. (=Kindlers Literaturgeschichte der Gegenwart. Autoren. Werke. Themen. Tendenzen seit 1945). Zürich, München: Kindler 1976.

Sprengel, Peter/Gregor Streim: Berliner und Wiener Moderne: Vermittlungen und Abgrenzungen in Literatur, Theater, Publizistik. Mit einem Beitrag von Barbara Noth. (=Literatur in der Geschichte, Geschichte in der Literatur 45). Wien, Köln, Weimar: Böhlau 1998.

Sprengel, Peter: Geschichte der deutschsprachigen Literatur 1870–1900. Von der Reichsgründung bis zur Jahrhundertwende. (=Geschichte der deutschen

Literatur von den Anfängen bis zur Gegenwart, begründet von Helmut de Boor und Richard Newald, Bd. IX/1). München: Beck 1998.

Sprengel, Peter: Geschichte der deutschsprachigen Literatur 1900–1918. Von der Jahrhundertwende bis zum Ende des Ersten Weltkriegs. (=Geschichte der deutschen Literatur von den Anfängen bis zur Gegenwart, begründet von Helmut de Boor und Richard Newald, Bd. IX/2). München: Beck 2004.

Stachel, Peter: Ein Staat, der an einem Sprachfehler zugrunde ging. Die „Vielsprachigkeit"des Habsburgerreiches und ihre Auswirkungen. In: Das Gewebe der Kultur. Kulturwissenschaftliche Analysen zur Geschichte und Identität Österreichs in der Moderne. Hg. v. Johannes Feichtinger u. Peter Stachel. Innsbruck, Wien, München: StudienVerlag 2001, 11–45.

Stadler, Friedrich (Hg.): Kontinuität und Bruch. 1938 - 1945 - 1955. Beiträge zur österreichischen Kultur- und Wissenschaftsgeschichte. Wien, München: Jugend und Volk 1988.

Steinecke, Hartmut: Von Lenau bis Broch: Studien zur österreichischen Literatur - von außen betrachtet. (= Edition Patmos 7). Tübingen, Basel: Francke 2002.

Strallhofer-Mitterbauer, Helga: NS-Literaturpreise für österreichische Autoren. Eine Dokumentation. Wien, Köln, Weimar: Böhlau 1994.

Strelka, Joseph P.: Des Odysseus Nachfahren: Österreichische Exilliteratur seit 1938. Tübingen, Basel: Francke 1999.

Strelka, Joseph P.: Exil, Gegenexil und Pseudoexil in der Literatur. Tübingen, Basel: Francke 2003.

Strelka, Joseph P.: Vergessene und verkannte österreichische Autoren. Tübingen: Narr Francke Attempto Verlag 2008.

Strelka, Joseph P.: Zwischen Wirklichkeit und Traum. Das Wesen des Österreichischen in der Literatur. Tübingen etc.: Francke 1994.

Suchy, Viktor: Literatur in Österreich von 1945 bis 1970. Strömungen und Tendenzen. Wien: Dokumentationsstelle für neuere österreichische Literatur 1973.

Szabo, Wilhelm: Die anonyme Generation. Perspektiven der österreichischen Lyrik 1918–1954. In: Jahrbuch des Wiener Goethe-Vereins 77 (1973), 146–162.

Tálos, Emmerich/Ernst Hanisch/Wolfgang Neugebauer/Reinhard Sieder (Hg.): NSHerrschaft in Österreich. Ein Handbuch. Wien: ÖBV & hpt 2000.

Tebben, Karin (Hg.): Deutschsprachige Schriftstellerinnen des Fin de siècle.

Darmstadt: Wiss. Buchges. 1999.
Thurnher, Eugen / Walter Weiss / János Szabó / Attila Tamás, unter Mitarbeit von Hildemar Holl (Hg.): Kakanien: Aufsätze zur österreichischen und ungarischen Literatur, Kunst und Kultur um die Jahrhundertwende. Budapest: Akadémiai Kiadó; Wien: Verlag der Österreichischen Akademie der Wissenschaften 1991. (=Schriftenreihe der Österreichisch- Ungarischen Gemischten Kommission für Literaturwissenschaft 2)
Thurnher, Eugen: Zwischen Siebzig und Achtzig. Studien zur deutschen Geistesgeschichte. (=Innsbrucker Beiträge zur Kulturwissenschaft: Germanistische Reihe 68). Innsbruck 2005.
Tilg, Stefan: Die Entwicklung des Jesuitentheaters vom 16. bis zum 18. Jahrhundert. Eine Fallstudie am Beispiel Innsbrucks. In: Das lateinische Drama der frühen Neuzeit. Exemplarische Einsichten in Praxis und Theorie. Hg. v. Reinhold F. Glei u. Robert Seidel. Tübingen: Niemeyer 2008, 183–199.
Vajda, György M.: Wien und die Literaturen in der Donaumonarchie. Zur Geschichte Mitteleuropas 1740–1918. Wien, Köln, Weimar: Böhlau 1994.
Vocelka, Karl: Geschichte Österreichs. Kultur – Gesellschaft – Politik. München: Heyne 2002. [erstmals Graz, Wien, Köln 2000]
Vocelka, Karl: Glanz und Untergang der höfischen Welt. Repräsentation, Reform und Reaktion im habsburgischen Vielvölkerstaat. (=Österreichische Geschichte 1699–1815. Hg. v. Herwig Wolfram). Wien: Ueberreuter 2001.
Weigel, Robert: Zerfall und Aufbruch. Profile der österreichischen Literatur im 20. Jahrhundert. Tübingen, Basel: Francke 2000.
Weiss, Walter: Annäherungen an die Literatur(wissenschaft) II. Österreichische Literatur. Stuttgart: Verlag Hans Dieter Heinz, Akademischer Verlag Stuttgart 1995.
Weiss, Walter: Das Salzburger Projekt einer österreichischen Literaturgeschichte. Konzepte und Probleme. In: Sprachkunst 14 (1983), S. 56–66.
Wiesinger, Peter: Die sprachlichen Verhältnisse und der Weg zur allgemeinen deutschen Schriftsprache in Österreich im 18. und frühen 19. Jahrhundert. In: Sprachgeschichte des Neuhochdeutschen. Gegenstände, Methoden, Theorien. Hg. v. Andreas Gaardt, Klaus J. Mattheier, Oskar Reichmann. Tübingen: Niemeyer 1995, 319–367.
Winkelbauer, Thomas: Ständefreiheit und Fürstenmacht. Länder und Untertanen des Hauses Habsburg im konfessionellen Zeitalter. 2 Teile. (=Österrei-

chische Geschichte 1522–1699. Hg. v. Herwig Wolfram). Wien: Ueberreuter 2003–2004.
Wischenbart, Rüdiger: Der literarische Wiederaufbau in Österreich. 1945–1949. Am Beispiel von sieben literarischen und kulturpolitischen Zeitschriften. Königstein/Ts.: Hain 1983.
Wolf, Norbert Christian: Für eine Literaturgeschichte der österreichischen Aufklärung. Überlegungen zu einem immer noch vernachlässigten Thema. In: Austriaca 2, No. 44 (1997) 95–123.
Wolf, Norbert Christian: Von „eingeschränkt und erzbigott" bis „ziemlich inquisitionsmäßig": Die Rolle der Zensur im Wiener literarischen Feld des 18. Jahrhunderts. In: Zensur im Jahrhundert der Aufklärung. Geschichte - Theorie - Praxis. Hg. v. Wilhelm Haefs und York-Gothart Mix. Göttingen: Wallstein Verlag 2007, 305–330.
Wollman, Slavomír: Die Literaturen in der österreichischen Monarchie im 19. Jahrhundert in ihrer Sonderentwicklung. Opladen: Westdeutscher Verlag 1994.
Worbs, Michael: Nervenkunst. Literatur und Psychoanalyse im Wien der Jahrhundertwende. Frankfurt: Europ. Verlagsanstalt 1983.
Yates, William Edgar: Theatre in Vienna. A Critical History, 1776–1995. Cambridge Univ. Press 1996.
Zeit- und Gesellschaftskritik in der österreichischen Literatur des 19. u. 20. Jahrhunderts. Hg. v. Institut für Österreichkunde. Wien 1973.
Zelewitz, Klaus: Propaganda Fides Benedictina. Salzburger Ordenstheater im Hochbarock. In: Gegenreformation und Literatur. Beiträge zur interdisziplinären Erforschung der katholischen Reformbewegung. Hg. v. Jean-Marie Valentin. Amsterdam: Rodopi 1979, 201–215.
Zeman, Herbert (Hg.): Das 20. Jahrhundert. (=Geschichte der Literatur in Österreich von den Anfängen bis zur Gegenwart. Hg. v. H. Z., Bd. 7). Graz: ADeVA 1999.
Zeman, Herbert (Hg.): Die österreichische Literatur - Ihr Profil an der Wende vom 18. zum 19. Jahrhundert (1750–1830). 2 Teile. Graz: ADeVA 1979.
Zeman, Herbert (Hg.): Die österreichische Literatur - Ihr Profil im 19. Jahrhundert (1830–1880). Graz: ADeVA 1982.
Zeman, Herbert (Hg.): Die österreichische Literatur. Ihr Profil von den Anfängen im Mittelalter bis ins 18. Jahrhundert. (1050–1750). Graz: ADeVA 1986.
Zeman, Herbert (Hg.): Die österreichische Literatur. Ihr Profil von der Jahrhun-

dertwende bis zur Gegenwart (1880–1980). 2 Teile. Graz: ADeVA 1989.
Zeman, Herbert (Hg.): Joseph Haydn und die Literatur seiner Zeit, Eisenstadt 1976.
Zeman, Herbert (Hg.): Literaturgeschichte Österreichs: von den Anfängen im Mittelalter bis zur Gegenwart. Graz: ADeVA 1996. 2., überarbeitete und aktualisierte Auflage. Freiburg: Rombach 2014.
Zeyringer, Klaus: Literaturgeschichte als Organisation. Zum Konzept einer Literaturgeschichte Österreichs. In: Literaturgeschichte: Österreich. Prolegomena und Fallstudien. Hg. v. Wendelin Schmidt-Dengler, Johann Sonnleitner und Klaus Zeyringer. Berlin: Erich Schmidt 1995, S. 42–53.
Zeyringer, Klaus: Österreichische Literatur seit 1945. Überblicke, Einschnitte, Wegmarken. Umfassend überarbeitete Neuausgabe. Innsbruck, Wien, Bozen: StudienVerlag 2008.
Zeyringer, Klaus/Helmut Gollner: Eine Literaturgeschichte: Österreich seit 1650. Innsbruck, Wien, Bozen: StudienVerlag 2012.
Zöllner, Erich: Der Österreichbegriff. Formen und Wandlungen in der Geschichte. Wien: Verlag für Geschichte und Politik 1988.